죄와 벌 2

죄와 벌 2

표도르 도스토옙스키 | 김학수 옮김

문예출판사

Преступление и наказание

Фёдор Миха́йлович Достое́вский

차례

- 이 책은 1971년(도스토옙스키 탄생 150주년)에 출간된 김학수 교수의 번역본을 재편집한 것이다.

- 이 책의 번역 저본으로는 '도스토옙스키 전집'(10권) 가운데 제5권(Фёдор Михáйлович Достоéвский, Преступление и наказание, Москва, 1957)을 사용했다.

- 본문의 주석은 모두 옮긴이 주다.

- 원서에서 강조된 부분은 굵은 글씨로 표기했다.

등장 인물

라스콜니코프 본명은 로지온 로마느이치 라스콜니코프. 애칭은 로쟈, 로 젠카. 병적일 정도로 이성적이며 명석한 두뇌를 가진 법과 대학 중퇴생

폴헤리야 알렉산드로브나 라스콜니코바 라스콜니코프의 어머니

두냐 본명은 아브도치야 로마노브나 라스콜니코바. 애칭은 두네치카. 라스콜니코프의 여동생

소냐 본명은 소피야 세묘노브나 마르멜라도바. 애칭은 소네치카. 전직 9등관의 딸로 매춘부

마르멜라도프 본명은 세묜 자하르이치 마르멜라도프. 전직 9등관이며, 불행한 주정뱅이

카체리나 이바노브나 마르멜라도바 마르멜라도프의 두 번째 아내. 폐병 환자

라주미힌 본명은 드미트리 프로코피치 라주미힌. 라스콜니코프의 친구.

포르피리 페트로비치 예심판사

조시모프 의사. 라주미힌의 친구

알료나 이바노브나 고리대금업을 하는 전당포 노파

리자베타 이바노브나 알료나의 여동생

스비드리가일로프 본명은 아르카지 이바노비치 스비드리가일로프. 두
  냐가 가정교사로 일했던 집의 가장

마르파 페트로브나 스비드리가일로프의 부인

루쥔 본명은 표트르 페트로비치 루쥔. 두냐의 약혼자

니코짐 포미치 경찰서 서장

일리야 페트로비치 경찰서 부서장

자묘토프 본명은 알렉산드르 그리고리예비치 자묘토프. 경찰서 사무관

프라스코비야 자르니츠이나 라스콜니코프가 세 든 하숙집의 주인아주
  머니

나스타시야 라스콜니코프가 세 든 하숙집의 하녀

리페베흐젤 아말리야 이바노브나(표도로브나, 류드비고브나). 마르멜라도
  프 가족의 셋집 여주인

레베쟈트니코프 본명은 안드레이 세묘느이치 레베쟈트니코프. 마르멜
  라도프 가족의 이웃

니콜라이 (미콜라이, 미콜카) 칠장이

드미트리 (미트레이, 미치카) 니콜라이의 동료

4부

1

'과연 이건 꿈의 연속일까?' 라스콜니코프는 다시 한 번 이렇게 생각했다. 조심스럽고 미심쩍은 눈으로 그는 이 뜻밖의 방문객을 유심히 바라보았다.

"스비드리가일로프? 무슨 말을 하는 거야! 그럴 수가 있나!" 마침내 그는 의혹에 싸여 이렇게 소리 내어 외쳤다.

이러한 외침에도 손님은 전혀 놀라는 기색이 없었다.

"나는 두 가지 이유가 있어 찾아왔습니다. 첫째, 오래전부터 당신에 대해서 매우 흥미 있고도 유익한 소문을 수없이 들어왔으므로 한번 가까이 사귀고 싶었습니다. 둘째, 댁의 여동생 아브도치야 로마노브나와 직접적인 이해관계가 있는 어떤 계획에 대해서 어쩌면 당신도 도움을 거절하시지 않을지 모르겠다고 생각했기 때문입니다. 만약에 내가 혼자서 소개도 없이 찾아간다면, 여동생께서는 어떤 선입감 때문에 마당에도 들여놓지 않을지 모릅니다. 그러나 당신의 도움만 있다면 그와 반대로 잘 고려해주지 않을까 해서요……."

"잘못 생각하신 겁니다." 라스콜니코프는 그의 말을 가로챘다.

"저, 한 가지 묻겠습니다만, 두 분은 바로 어제 도착하셨다죠?"

라스콜니코프는 대답하지 않았다.

"어젭니다. 나도 알고 있어요. 실은 나도 그저께 도착했습니다. 그런데 내가 드리고 싶은 얘기는, 로지온 로마느이치, 그 일에 대해선 새삼스레 변명할 필요도 없다고 생각합니다만, 당신에게 이 점만은 꼭 말씀드리고 싶습니다. 사실 말이지, 그 사건에서 나에게 무슨 두드러진 범죄적인 데라도 있습니까? 편견을 버리고 상식으로 판단해서 말입니다!"

라스콜니코프는 말없이 그를 바라보고만 있었다.

"자기 집에서 의지할 데 없는 처녀의 꽁무니를 뒤쫓으며 '추잡한 청을 해서 모욕했다'··· 이런 말씀이죠? 내가 너무 앞질러 말하는 것 같습니다만 말이죠! ··· 그러나 잘 생각해보십시오, 나도 인간입니다. et nihil humanum('인간적인 것은 무엇이든'이라는 뜻)··· 한마디로 말해서 나 역시 유혹을 느낄 수 있거니와 사랑을 할 수도 있습니다—그리고 이것은 물론 누구의 명령에 따라 되고 안 되는 건 아니거든요. 우선 그 점을 생각하신다면, 모든 일이 매우 자연스럽게 해석될 것입니다. 이때 모든 문제는 내가 악한이냐, 아니면 반대로 희생물이냐 하는 데 있습니다. 그렇다면 어째서 희생자냐? 다름 아니라 내가 상대방에게 미국이나 스위스로 함께 도망하자고 말했을 적에 나는 가장 경건한 감정이었는지 모릅니다. 그뿐 아니라 서로의 행복을 구축하려고 진지하게 생각했는지도 모르니까요. 이성이란 정욕에 봉사하게 마련이에요. 그러니까 어쩌면 내 편에서 도리어 자기 자신을 망쳐놨는지도 모르지요. 잘 생각해보십시오."

"아니, 문제는 전혀 다른 데 있습니다." 혐오의 빛을 띠며 라스콜니코프는 그의 말을 막았다. "나는 무조건 당신이 싫습니다. 당신이 옳든 그르든 간에 나는 만나기도 싫소. 돌아가세요, 나가주십시오!"

스비드리가일로프는 갑자기 큰 소리로 껄껄 웃었다.

"아무튼 당신은··· 정말··· 대단하신 분이군요!" 그는 기탄없이 웃으면서 말했다. "나는 잔꾀를 좀 부리려고 했습니다만, 안 되는군요. 당신이 다짜고짜 문제의 핵심을 찌르고 말았으니!"

"하지만 당신은 여전히 잔꾀를 부리고 있군요!"

"그러니 어쨌단 말입니까? 어쨌단 말이에요?" 스비드리가일로프는 거리낌 없이 웃으면서 되풀이했다. "이것은 이른바 bonne guerre('정의의 싸움'이라는 뜻)이니까 얼마든지 허용될 수 있는 잔꾀거든요! … 하지만 당신은 내 말을 도중에 꺾어버렸어요. 그래서 다시 한 번 말하지만, 그때 그 정원에서 그 일만 없었다면 불쾌한 상황이라곤 하나도 일어나지 않았을 겁니다. 마르파 페트로브나는……."

"그 마르파 페트로브나 역시 당신이 때려 죽였다더군요?" 하고 라스콜니코프는 거칠게 말을 막았다.

"아니, 그 이야기도 들으셨나요? 하긴 못 들었을 리도 없겠지만… 글쎄, 당신의 그 질문에 대해서는 정말이지 뭐라고 대답해야 할지 모르겠군요. 그 문제에 관해서는 조금도 내 양심에 거리낌이 없지만요, 그렇다고 내가 뭐 어떤 근심이라도 하고 있는 듯이 생각하시면 곤란합니다. 그 사건은 지극히 조리 있는 정확한 상태에서 일어났으니까요. 검시를 한 의사도 배가 터지도록 식사하고 술을 한 병이나 들이켠 다음 곧 물에 들어갔기 때문에 일어난 뇌일혈이라고 진단을 내렸지요. 그리고 다른 사인은 아무것도 발견할 수 없었습니다. 그래도 나는 한동안, 특히 이번에 기차를 타고 오는 동안 이런 생각을 했어요. 혹시 내가 그… 불행을 어쩌다가 간접적으로 초래한 것은 아닐까? 무슨 정신적 자극이라든가, 아니면 뭔가 그 비슷한 원인으로. 하지만 나는 절대로 그럴 리 없다고 결론을 내렸습니다."

라스콜니코프는 웃었다.

"뭘 그렇게까지 걱정합니까!"

"아니, 왜 웃으시오! 생각해보세요. 나는 채찍으로 단 두 번 때렸을 뿐입니다. 그것도 매 자국 하나 나지 않을 정도로… 제발 나를 파렴치한 놈이라고 생각하지 마시오. 나도 그따위 짓이 추악한 행위라는 것쯤은 알고 있어요. 그러나 동시에 내 아내 마르파는 그런 나의 열띤 행동을 도리어 좋아했다는 것도 나는 확실히 알고 있습니다. 당신의 동생에 관한 얘기도 우려먹을 만큼 다 우려먹어서 아내는 사흘 동안이나 집에 들어박혀 있지 않을 수 없었지요. 읍내로 가져갈 거리도 없어졌고, 편지 낭독에도—편지 낭독에 대한 이야기도 들으셨겠죠—읍내 사람들이 싫증을 냈거든요. 그러던 참에 갑자기 그 채찍 두 대가 마치 하늘에서 내린 것처럼 떨어진 셈이지요! 그러자 아내는 무엇보다도 먼저 마차를 준비시켰습니다! … 지금 새삼스럽게 말할 나위도 없지만, 여자란 겉으로 아무리 성난 얼굴을 하고 있어도 모욕당하는 것을 매우 흐뭇해하는 경우가 있는 법입니다. 하기야 그런 경우는 누구에게나 다 있습니다만, 대체로 인간은 모욕당하는 것을 퍽 좋아하거든요. 당신은 그렇게 느끼신 적이 없습니까? 그러나 여자는 그런 경향이 더 심합니다. 오히려 모욕당하는 것만을 낙으로 삼는다고 해도 과언이 아닐 정도죠."

한때 라스콜니코프는 자리에서 일어나 방을 나가버림으로써 그와의 회견을 끝마칠까도 생각해보았으나, 약간의 호기심과 일종의 타산 같은 것이 잠시 동안 그를 주저앉혔다.

"당신은 싸움을 좋아합니까?" 하고 라스콜니코프는 건성으로 물었다.

"아니, 별로." 스비드리가일로프는 침착하게 대답했다. "아내하고도 거의 싸워본 일이 없지요. 우리는 매우 정답게 지내왔고, 아내도 언제나 나에게 만족했으니까요. 내가 채찍으로 매질을 한 것은 결혼 생활 7년 동안 단 두 번밖에 없었어요… 하긴 세 번째는 여러 가지 뜻을 가지므로 그건 제외하고 말입니다… 처음은 결혼 후 두 달 만에 시골로 내려간 직후였고, 또 한 번은 이번이죠. 당신은 아마 나를 지독한 악당이요, 반동주의자요, 농노제 지지자라고 생각하셨겠죠? 헤, 헤… 로지온 로마느이치, 기억하십니까? 몇 해 전, 아직도 그 고마운 언론 자유 시대〔1861년 농노 해방 전후의 비교적 검열 제도가 완화되었던 시대〕의 일입니다만, 어떤 귀족이 ─이름은 잊었습니다!─ 모든 사람에게 일제히 공격받은 적이 있었지요, 기차 안에서 어느 독일 부인을 채찍으로 때렸다고 해서요, 기억하세요? 그때 또 하나, 역시 같은 해였다고 생각합니다만, '〈세기(世紀)〉지의 추악한 행위' 사건이 일어났었지요… 그 '이집트의 밤' 말이에요, 그때의 그 공개 낭독회, 기억하시죠? 검은 눈동자여! 오, 내 청춘의 황금시대여, 너는 지금 어디 있느냐! 말이에요… 그런데 나의 의견은 이렇습니다. 그 독일 여자를 때린 귀족에 겐 별로 동정이 가지 않습니다. 왜냐하면 사실 말이지 그것은… 조금도 동정할 만한 행위가 아니니까요! 그래도 나는 이렇게 언명하지 않을 수 없습니다. 아무리 진보주의적 인간이라 하더라도 어디까지나 자기 자신을 보증할 수 있다고는 도저히 장담할 수 없는, 그런 도발적인 '독일 여자'가 이 세상엔 때때로 있는 법입니다. 그 당시에는 아무도 이런 관점에서 사건을 평하는 사람이 없었지만, 실은 이러한 견지야말로 진정한 인도적 견지라고 할 수 있죠. 사실입니다!"

이렇게 말하고 스비드리가일로프는 또 갑자기 소리를 내어 웃었다. 이 사나이가 반드시 무언가 굳은 결심을 품은 빈틈없는 사람이라는 것은 라스콜니코프에게도 명백했다.

"당신은 아마 요 며칠 동안 쭉 아무하고도 말 한마디 하지 못한 모양이군요?" 하고 라스콜니코프는 물었다.

"그럴지도 모르죠. 그건 그렇고, 당신은 아마 내가 이렇게 반죽이 좋은데 놀라신 모양이군요?"

"아니, 정말이지 너무나도 반죽이 좋으신 데 놀랐습니다."

"내가 당신의 무례한 질문에도 화를 내지 않기 때문인가요? 네, 그래서입니까? 하지만… 화낼 게 뭐 있습니까? 당신 묻는 대로 대꾸하고 있을 뿐이니까요." 놀랄 만큼 소탈한 표정을 지으며 그는 말을 이었다. "사실 나는 아무런 문제에도 별로 흥미를 느끼지 않는 사람입니다. 정말이에요" 하고 그는 생각에 잠기는 듯한 어조로 말을 이었다. "특히 지금은 아무것 도 흥미를 끌 만한 게 없습니다… 하기야 당신으로선 내가 무슨 속셈이 있어서 비위를 맞추려 든다고 생각하셔도 무리는 아닙니다. 더구나 여동 생에게 볼일이 있다고 나 자신이 말했으니까요. 그러나 솔직히 말씀드려 서, 나는 요즘 아주 지루해 죽을 지경입니다. 특히 요 사흘 동안은 말이에 요. 그래서 당신을 만난 것이 여간 기쁘지 않습니다… 로지온 로마느이치, 화내지는 마십시오. 당신도 내 눈엔 어쩐지 아주 괴팍한 사람같이 보이는 군요. 당신은 어떻게 생각하실지 모르겠습니다만, 당신에겐 좀 이상한 데 가 있어요. 특히 지금은. 그러나 이 순간을 말하는 것은 아니고 대체로 요 즘… 아니, 그만둡시다. 더는 말하지 않겠으니 그렇게 낯을 찌푸리지는 마 십시오! 이래 봬도 나는 당신이 생각하는 것처럼 그렇게 미련한 곰은 아 니니까."

라스콜니코프는 음울한 얼굴로 그를 바라보았다.

"천만에, 당신은 곰 같은 사람일 수 없어요. 내가 보기에 당신은 상류 사회 인사이거나, 적어도 경우에 따라선 훌륭한 신사일 수도 있는 사람 같습니다."

"그렇지만 나는 누구의 어떤 의견에도 도무지 관심이 없는 사람입니 다." 약간 오만한 빛까지 엿보이는 어조로 스비드리가일로프는 건성으로 대꾸했다. "그러니까 때로는 저속한 인간이 돼도 무방하다고 생각해요. 게다가 이 저속한 인간이라는 옷이 우리나라 기후엔 입기 편하고… 또 천 성적으로 그런 경향을 지닌 사람이라면 더욱 그렇겠지요" 하고 그는 또 웃으면서 말을 이었다.

"하지만 내가 들은 바로 당신은 이곳에 아는 사람이 많다더군요. 그러니 당신은 이른바 '연줄이 많은' 사람일 테죠. 그런데 나를 찾은 용무는 대체 무엇입니까, 아무 목적도 없으시다면서?"

"맞아요, 아는 사람들은 있습니다." 중요한 물음에는 대답도 안 하며 스비드리가일로프는 상대방의 말을 받았다. "벌써 몇 친구 만났지요. 사흘 동안이나 돌아다녔거든요. 이쪽에서 아는 체하면 저쪽에서도 알아보는 모양이에요. 하기야 나도 옷을 단정히 입고 있으니까 대체로 궁상맞은 편은 아니죠. 우리는 농노 해방의 피해도 그다지 입지 않았고, 게다가 소유지는 숲과 강변의 목초지뿐이었으니 수입도 별로 줄지 않은 셈이지요. 그러나… 그따위 친구들한테는 찾아가지 않습니다. 전부터 이미 싫증을 느끼고 있으니까요. 그래서 벌써 사흘 동안이나 싸돌아다녔지만 그런 작자들하곤 만나고 싶지도 않습니다. 게다가 또 이 도시! 어째서 이런 것이 러시아에 생겼는지 한번 물어보고 싶군요! 관리들과 가지각색의 신학생(神學生)들이 들끓는 도시! 하긴 8년 전에 내가 여기서 빈둥빈둥 세월을 보내던 시절엔 여러 가지 모르고 지낸 일도 많았어요. 이제 와서 기대를 걸 수 있는 거라면, 해부학 하나밖엔 없습니다. 정말이에요!"

"해부학이라뇨?"

"그러나 각종 클럽이라든가 뒤소〔레스토랑 이름〕라든가 당신들이 좋아하는 발끝 무용이라든가, 그리고 또 진보적 사상이라는 것… 이러한 것들은 우리가 없더라도 잘되어갈 겁니다." 그는 다시금 질문을 무시하고 이렇게 말을 이었다. "그리고 또 사기 도박꾼이 되는 것도 재미있는 일일 테죠!"

"당신은 사기 도박꾼 노릇도 했던가요?"

"안 할 수 있습니까? 8년쯤 전이지만, 우리 동료들은 정말 쟁쟁한 친구들이었죠, 한세월 잘 보냈답니다. 모두 의젓한 친구들로 시인도 있고, 자본가도 있었어요. 대체로 우리 러시아 사회에서 가장 세련된 예의범절은 모진 고초를 겪은 사람들에게서 볼 수 있습니다. 당신도 그것을 느끼셨는지요? 내가 이렇게 된 것도 실은 시골에 처박혀 있었기 때문입니다. 하지만 당시엔 나도 남의 빚 때문에 감옥살이를 할 뻔한 일이 있었지요. 상대는 네진의 그리스 사람이었습니다. 그때 우연히 마르파 페트로브나라는 여자가 나타나서 상대방과 교섭 끝에 3만 루블로 나를 구해주었지요. 내 빚은 전부 7만 루블이었습니다만. 그래서 나는 마르파와 정식 결혼을 하게 되었고, 마르파는 나를 무슨 보물처럼 소중히 여기며 곧 자기 시골로 끌고 갔습니다. 아내는 나보다 다섯 살이나 위여서 나를 퍽 사랑해주었습니다. 나는 7년 동안 마을에서 나가본 적이 없었습니다. 그런데 아시겠어요, 아내는 나를 구해준 그 3만 루블의 차용증서를, 타인 명의로 된 그 증서를 죽을 때까지 간직하고 있었습니다. 그러니까 내가 조금이라도 배반할 기색을 보이면 당장 그 함정에 빠지게 마련이었지요! 서슴지 않고 그런 일을 해낼 수 있는 여자였어요! 본시 여자란 그런 복잡한 감정의 혼합물이거든요."

"그 증서만 없었다면, 당신은 그 집에서 도망쳤단 말입니까?"

"글쎄, 뭐라고 말해야 할지 모르겠군요. 그렇지만 나는 그런 증서 따위에는 거의 구속을 받지 않았습니다. 나는 아무 데도 가고 싶지 않았던 거지요. 마르파는 내가 우울하게 지내는 것을 보고 두 번씩이나 외국 여행을 권했습니다. 그러나 외국에 간들 무슨 소용이 있습니까? 외국엔 그전에도 가끔 가본 적이 있었지만, 언제나 불쾌하기만 했어요. 아침에 동쪽 하늘이 훤해질 무렵의 나폴리 만이며 바다를 보고 있노라면 뭔지 모르게 처량한 생각이 들거든요. 무엇보다도 참을 수 없는 것은, 그 처량해지는 원인이 뭔지는 모르지만 실재한다는 겁니다. 그래요, 역시 고국이 제일 좋아요. 고향에선 적어도 모든 것을 남 탓으로 돌려 자기변호를 할 수 있거든요. 나는 지금 가능하다면 북극 탐험이라도 하고 싶은 심정입니다. j'ai le vin mauvais.('나는 술을 마시면 기분이 좋지 않아요'라는 뜻) 그래서 술은 마시기 싫어하죠. 그렇지만 술까지 끊는다면 내게 무엇이 남겠어요? 하긴 끊어보려고도 했죠. 그런데 이번 일요일에 유스포프 공원에서 베르그가 커다란 기구를 타고 하늘을 나는 데 요금을 받고 동승자를 모집한다던데, 사실입니까?"

"어때요, 한번 날아보시지요?"

"내가요? 아니… 난 그저……." 스비드리가일로프는 정말로 무슨 생각에 잠긴 듯이 중얼거렸다.

'도대체 이 사나이는 어떻게 된 걸까? 무엇을 생각하는 걸까?' 하고 라스콜니코프는 생각했다.

"아니에요, 차용증서 따위에 구속을 받은 것은 아닙니다." 스비드리가일로프는 생각에 잠긴 표정으로 계속했다. "나는 스스로 그 마을에서 나오지 않았을 뿐입니다. 벌써 그럭저럭 1년이 되지만, 내 영명축일〔가톨릭 신자가 자신의 세례명으로 택한 수호성인의 축일〕에 마르파는 그 차용증서를 돌려주고 덤으로 상당한 액수의 현금까지 내게 선물로 주었습니다. 아내는 상당한 재산가였으니까요. 그리고 '이만하면 내가 얼마나 당신을 믿고 있는지 아시겠죠, 아르카지 이바노비치'… 정말 아내는 이렇게 말했습니다. 아내가 이런 말을 했으리라곤 도저히 믿어지지 않을 겁니다. 아무튼 나는 마을에서도 의젓한 지주가 되어 그 지방 사람들에게도 알려지게 되었지요. 책도 주문해서 읽었습니다. 마르파는 처음에 찬성했지만 나중에는 너무 공부에 열중한다고 해서 늘 근심만 했답니다."

"그러고 보니 돌아가신 마르파 페트로브나가 몹시 그리워지는 모양이군요?"

"내가요? 그럴지도 모르죠. 정말 그럴지도 모릅니다. 그건 그렇고, 당신은 유령을 믿습니까?"

"어떤 유령 말입니까?"

"어떤 유령이라니, 보통 유령 말이에요!"

"당신은 믿습니까?"

"글쎄요, 당신을 위해서는 믿지 않는다고 해도 좋겠지만… 그렇다고 전혀 믿지 않는 것도 아니니까요……."

"그럼 유령이 나온단 말인가요?"

스비드리가일로프는 기묘한 눈초리로 라스콜니코프를 바라보았다.

"마르파 페트로브나의 유령이 가끔 찾아오거든요" 하고 이상한 미소로 입을 일그러뜨리면서 그는 말했다.

"찾아오다니, 어떻게?"

"벌써 세 번이나 찾아왔어요. 처음으로 본 것은 장례식 날 묘지에서 돌아와 한 시간쯤 지났을 때였습니다. 바로 내가 여기로 출발하기 전날 밤이었지요. 두 번째는 이곳으로 오는 도중 그저께 새벽녘에 말라야 비세라 역에서 보았고, 세 번째는 두 시간 전에 내가 유숙하고 있는 하숙방에서 봤어요. 그때 나는 방 안에 혼자 있었지요."

"꿈이 아닌 생시에?"

"생시고말고요. 세 번 다 생시였습니다. 찾아와서 한 1분쯤 말을 하고는 문으로 나가버립니다. 언제나 꼭 문으로 해서 나가거든요. 발자국 소리까지 들리는 것 같아요."

"왜 그런지 당신한텐 반드시 그런 이상한 데가 있으리라고 나는 처음부터 생각하고 있었어요!" 라스콜니코프는 불쑥 이렇게 말했으나, 그 순간 이런 말을 입 밖에 낸 자기 자신에 깜짝 놀랐다. 그는 몹시 흥분해 있었다.

"그래요? 그렇게 생각하셨다고요?" 스비드리가일로프는 놀란 어조로 물었다. "그게 정말입니까? 그래서 내가 말하지 않았어요, 우리 두 사람에겐 어딘지 공통점이 있다고!"

"그런 말은 한 번도 하지 않았어요!" 라스콜니코프는 열띤 어조로 날카롭게 대답했다.

"내가 그런 말을 하지 않았던가요?"

"하지 않았어요!"

"나는 한 줄 알았는데요. 아까 내가 이 방에 들어와서 당신이 눈을 감고 누운 채 자는 체하는 것을 보고 나는 자기 자신에게 이렇게 말했어요. '이것이 바로 그 사나이로구나!'"

"그건 대체 무슨 뜻이오, 그 사나이라니? 도대체 누구 말을 하는 겁니까?" 하고 라스콜니코프는 소리쳤다.

"누구 말이냐고요? 하긴 나도 무슨 뜻인지 모르겠군요……." 솔직히 자기도 좀 당황한 표정으로 스비드리가일로프는 이렇게 중얼거렸다.

잠시 동안 두 사람은 말이 없었다. 둘 다 눈을 크게 뜨고 서로 마주 보고만 있었다.

"부질없는 소리 말아요! 그래, 부인이 나타나 무슨 얘기를 합디까?" 라스콜니코프는 화가 난 듯이 외쳤다.

"아내가 말입니까? 글쎄, 그게 모두 쓸데없는 군소리뿐이죠. 인간이란 묘하거든요, 그게 나를 화나게 만든단 말이에요. 맨 처음 나타났을 때는—아시다시피 나는 피곤했어요… 장례식이다, 기도식이다, 미사다, 조문객 대접이다 해서 한바탕 치른 뒤에 겨우 혼자 서재에서 담배를 피우며 생각에 잠겨 있었지요—방문을 열고 들어오더니 '여보, 아르카지 이바노비치, 오늘은 너무 분주해서 식당 시계에 태엽 감는 걸 잊으셨군요' 하지 않겠어요. 그런데 실제로 그 시계는 7년 동안 쭉 일주일에 한 번씩 내가 맡아서 태엽을 감아주었으므로 어쩌다가 잊으면 아내가 일러주곤 했거든요. 그다음 날에는 이곳으로 떠났지요. 새벽녘에 정거장 식당으로 들어가서—전날 밤에 잠도 제대로 못 잔 데다 몸은 노곤하고 눈은 빨갛게 충혈

되어 있었습니다—내가 커피 잔을 들고 문득 옆을 보니까, 어느 틈에 마르파가 카드 한 벌을 손에 들고 내 옆에 앉으면서 '당신 여행을 점쳐드릴까요, 아르카지 이바노비치' 하지 않겠어요. 아내는 정말 카드 점을 잘 쳤지요. 그런데 내가 깜짝 놀라서 도망치는 바람에 아내의 점괘를 얻지 못한 것이 유감천만입니다. 하긴 그때 마침 발차 신호 벨도 울렸지만요. 그리고 오늘 말입니다. 오늘은 식당에서 주문한 지독히 맛없는 점심을 먹고 괴로운 위를 달래며 앉아서 담배를 피우고 있노라니까, 또다시 마르파가 새로운 녹색 비단옷을 입고 긴 옷자락을 끌면서 불쑥 나타나지 않겠어요. '안녕하세요, 아르카지 이바노비치? 이 옷은 당신 맘에 드세요? 아니시카도 이렇게는 만들지 못해요' 하지 않겠어요… 아니시카는 우리 마을 재봉사인데 농노 출신이지만 모스크바에서 양재 공부를 한 귀여운 처녀입니다. 그러면서 마르파는 내 앞에서 빙그르 몸을 돌려 보였습니다. 나는 아내의 옷을 보고, 다음에 아내의 얼굴을 유심히 들여다보고는 '마르파 페트로브나, 당신도 꽤 변덕스럽구려, 그런 보잘것없는 일로 일부러 여기까지 찾아와서 괴롭히다니' 하니까, '어머나, 잠깐만 뵈러 온 것도 안 되나요!' 하더군요. 나는 아내를 좀 놀려주고 싶어서, '마르파 페트로브나, 나는 다시 결혼할 생각이야' 했더니, '아르카지 이바노비치, 그건 당신 마음에 달렸지만, 죽은 여편네의 장례를 마치기가 무섭게 딴 여자와 결혼하기 위해 떠난다면 그리 명예로운 일은 아닐 거예요. 그것도 상대방을 잘 선택하면 모르되, 내가 다 알고 있는 그 애하고라면 당신이나 그 애나 다 세상 사람들의 웃음거리밖엔 안 돼요' 하고는 곧 나가버렸습니다. 그때 옷자락 스치는 소리까지 들리는 것 같았어요. 이런 어처구니없는 얘기가 어디 있겠습니까, 네?"

"그러나 당신이 하나에서 열까지 거짓말을 하고 있는지 누가 압니까?" 하고 라스콜니코프는 대꾸했다.

"나는 좀처럼 거짓말을 하지 않습니다" 하고 스비드리가일로프는 무언가 생각하는 얼굴로 대답했으나, 질문이 무례한 데는 조금도 신경 쓰지 않는 듯했다.

"그럼 그전에는 한 번도 유령을 본 적이 없었나요?"

"아… 아니, 다른 유령도 꼭 한 번 보았는데, 그것은 6년 전 일입니다. 우리 집에 필카라는 하인이 있었는데, 그 사내의 장례식을 치른 직후에 내가 그전 입버릇대로 '필카, 파이프!' 하고 소리쳤더니 그 하인이 얼른 나타나서 내 파이프가 놓여 있는 찬장 쪽으로 성큼성큼 걸어가지 않겠어요. 나는 의자에 앉은 채 '저놈이 나한테 복수를 하러 왔구나' 하고 생각했습니다. 그놈이 죽기 전에 호되게 꾸중한 일이 있었기 때문입니다. 그래서 나는 '넌 그런 팔꿈치 뚫어진 옷을 걸치고 잘도 내 앞에 나타났구나, 썩 물러가지 못하겠니, 이 돼먹지 못한 놈 같으니!' 하고 호령했습니다. 그러자 획 돌아서서 그냥 나가버렸는데 그 후로 두 번 다시 나타나지 않았습니다. 그때 마르파에겐 그 얘기를 하지 않았어요. 나는 그 하인을 위해 위령제라도 지내주려고 했지만 쑥스러운 생각이 들어 그만두었습니다."

"의사한테 가보시죠."

"그런 충고는 하지 않으셔도 잘 알고 있습니다. 사실 어디가 나쁜진 모르지만, 건강하지 않은 건 분명해요. 하지만 내가 보기에 당신보다는 내가 확실히 다섯 배쯤 건강합니다. 그런데 내가 묻고자 하는 것은 유령의 출현을 믿느냐 안 믿느냐가 아니라, 유령의 존재를 믿느냐 안 믿느냐 하는 겁니다."

"아니, 절대로 믿지 않습니다!" 라스콜니코프는 이렇게 외쳤으나 그 음성에는 노기까지 어려 있었다.

"그렇지만 세상에선 흔히 뭐라고 말합니까?" 스비드리가일로프는 한 눈을 팔면서 고개를 좀 기울이고 혼잣말처럼 중얼거렸다. "세상 사람들은

'너는 병자다. 따라서 네 눈에 나타나는 것은 현실에 존재하지 않는 환상에 지나지 않는다'라고 말합니다. 하지만 거기에는 엄밀한 이론이 없습니다. 그야 유령은 오직 병자에게만 나타나 보인다는 데는 나도 동의합니다. 그러나 그것은 단지 유령은 병자가 아니면 나타나지 않는다는 것을 증명할 뿐이지, 유령 자체가 존재하지 않는다는 증명은 되지 않으니까요."

"아무튼 존재하지 않습니다!" 라스콜니코프는 핏대를 곤두세우며 주장했다.

"존재하지 않는다? 당신은 그렇게 생각하십니까?" 스비드리가일로프는 천천히 그를 바라보면서 말을 이었다. "그럼 이렇게 생각해보면 어떨까요? … 좀 도와주십시오… '유령은 이를테면 저승의 세편(細片)이요, 단편(斷片)이요, 그 시초다. 물론 건강한 사람에겐 그런 것이 보일 리 없다. 왜냐하면 건강한 인간은 가장 지상적(地上的)인 인간이므로 충실과 질서를 위해서 이 세상의 현실적 생활만으로 살아야 하기 때문이다. 그러나 조금이라도 병이 들어 육체 조직이 정상적인 지상의 질서를 약간이나마 침범하면 곧 다른 세계의 가능성이 나타나기 시작한다. 그리고 병이 심해질수록 다른 세계와의 접촉이 빈번해진다. 그래서 완전히 죽어버리면 당장에 다른 세계로 가버린다.' 이런 이론을 나는 오래전부터 생각하고 있었습니다. 당신도 만일 내세라는 것을 믿는다면 이런 사고방식도 믿을 수 있을 겁니다."

"나는 내세 같은 건 믿지 않습니다" 하고 라스콜니코프는 말했다. 스비드리가일로프는 생각에 잠긴 채 앉아 있었다.

"그렇지만 어떨까요, 만일 저승에 거미나 그 비슷한 것밖에 없다면." 불쑥 그는 이렇게 말했다.

'미친놈이군' 하고 라스콜니코프는 생각했다.

"우리는 언제나 영원이라는 것을 이해할 수 없는 하나의 관념으로서 무언가 크고 거창한 것으로 상상하고 있습니다! 그렇지만 어째서 반드시 거창한 것이어야만 합니까? 어디 한번 그런 것 대신에, 시골 목욕탕같이 그은 좁다란 방이 있고 구석구석에 거미가 줄을 치고 있는 그런 것이 바로 영원이라고 상상해보십시오. 실은 이따금 그런 것이 내 눈에 가물거릴 때가 있거든요."

"도대체 당신 머리엔 그보다 좀 더 위안이 될 만한, 좀 더 공정한 생각은 떠오르지 않습니까?" 라스콜니코프는 병적인 기분에 사로잡히며 이렇게 외쳤다.

"좀 더 공정한? 그런 건 모르겠는데요. 아니, 어쩌면 이것이야말로 공정한 것인지도 모르잖습니까. 그리고 나는 일부러라도 꼭 그렇게 하고 싶습니다!" 야릇하게 웃으면서 스비드리가일로프는 대답했다.

이 무례한 대답을 듣고 라스콜니코프는 등골이 오싹함을 느꼈다. 스비드리가일로프는 고개를 쳐들고 그를 찬찬히 바라보다가 느닷없이 큰 소리로 웃어댔다.

"아니, 그런데 이건 어떻게 된 겁니까!" 하고 그는 외쳤다. "30분 전까지만 해도 우리는 생면부지였고 지금도 서로 원수같이 생각하고 있으며, 우리 사이엔 아직 처리되지 못한 용건이 남아 있습니다. 그런데도 중대한 용건은 젖혀놓고 이런 문학 얘기를 시작했으니 말입니다! 그러고 보면 우리는 똑같은 종류의 인간들이라고 한 내 말이 맞지 않습니까?"

"제발 부탁입니다." 라스콜니코프는 초조하게 말을 이었다. "어서 용건이나 말해주십시오. 무엇 때문에 찾아오셨는지 그 이유나 말해주세요. 그리고… 난 바쁩니다. 시간이 없어요. 외출할 일이 좀 있어서……."

"예, 잘 알겠습니다. 그런데 여동생 아브도치야 로마노브나는 루쥔 씨와 결혼한다죠, 표트르 페트로비치와?"

"제발 내 누이동생에 관한 문제는 일절 언급하지 말아주십시오. 당신이 내 앞에서 어떻게 감히 그 이름을 입에 올릴 수 있는지 이해할 수가 없군요. 만약 당신이 정말로 스비드리가일로프라면 말입니다."

"하지만 그 여자의 일로 할 말이 있어서 왔는데 어떻게 그 이름을 부르지 않을 수 있습니까!"

"그럼 어서 말해보시오, 그러나 되도록 간단히!"

"내 아내의 친척뻘 되는 그 루쥔 씨에 관해선 당신 자신도 이미 의견을 갖고 계신 줄 믿습니다. 비록 반 시간이라도 그를 만나보셨거나, 아니면 무엇이든 그 사람에 대한 확실한 소문을 들으셨다면 말입니다. 그 사람은 아브도치야 로마노브나의 배필이 될 수 없는 사내입니다. 내가 보건대, 아브도치야 로마노브나는 이번 혼담에서 지극히 관대하게 타산을 무시한 심정으로 가족을 위해 일생을 희생하려 하고 있습니다. 지금까지 들어온 당신에 대한 소문을 종합해본 결과, 만약 이해관계를 파괴하지 않고 이 혼담을 취소할 수만 있다면 당신도 퍽 만족하시리라고 생각합니다. 그런데 이렇게 직접 만나고 보니 나는 그것을 아주 확신하게 되었습니다."

"이제 와서 그런 말을 하다니 당신도 어지간히 천진난만하군요. 아니, 용서하십시오. 실은 너무 철면피 같다고 말하고 싶었던 겁니다" 하고 라스콜니코프가 말했다.

"그건 곧 내가 자기 이익만을 위해 골몰한다는 말씀이군요. 그런 걱정은 마십시오, 로지온 로마느이치. 만일 내 욕심만 차리려 든다면 이렇게 솔직히 터놓지는 않을 겁니다. 나도 그렇게 바보는 아니니까요. 이 점에 대해서 한 가지 당신에게 나의 기묘한 심리 상태를 고백하겠습니다. 아까 나는 아브도치야 로마노브나에 대한 애정을 변명하면서, 나 자신이 희생자라고 말했습니다. 그런데 지금 어떤지 아세요, 나는 현재 애정 따위는 조금도 느끼지 않습니다. 그래서 나 자신도 참 이상하게 여기고 있습니다. 그 당시에는 실제로 무언가를 느꼈는데 말입니다……."

"그건 당신의 나태와 방탕 때문이었겠죠" 하고 라스콜니코프는 그의 말을 막았다.

"사실 난 나태와 방탕의 혼합물이죠. 그러나 당신 여동생에게는 여러 가지 훌륭한 점이 있어서, 나 같은 놈이라도 몇몇 인상에 대해서는 굴복하지 않을 수가 없었습니다. 하지만 이런 건 모두 실없는 소리죠. 나도 지금은 잘 알고 있습니다."

"오래전부터 알았나요?"

"알기 시작한 것은 꽤 오래전 일이지만, 아주 확신을 갖게 된 것은 그저께 이 페테르부르크에 도착한 순간부터였습니다. 하긴 모스크바에 있을 때만 해도 아브도치야 로마노브나에게 청혼을 해서 루쥔 씨와 겨뤄볼 생각이었지요."

"말씀 도중에 실례지만, 제발 다른 말은 그만두시고 어서 나를 찾아온 용건부터 말씀해주실 순 없을까요? 나는 바쁩니다, 좀 외출할 일이 있어서……."

"네, 잘 알겠습니다. 실은 여기 도착하고 나서 이번엔 어떤… 여행이라도 하려고 결심했으므로, 그 전에 여러 가지 필요한 조처를 취하고 싶습니다. 내 자식들은 백모 집에 맡겨두었지만, 그 애들도 제각기 자기 재산들이 있으니까 나 같은 건 별로 필요도 없게 되었습니다. 게다가 나 같은 게 무슨 아비 자격이 있겠습니까! 그래서 나는 1년 전에 마르파가 준 재산만을 갖고 왔습니다. 나는 그것만으로도 충분합니다. 용서하십시오, 이제 곧 용건으로 넘어가겠습니다. 그래서 틀림없이 실현되리라고 믿는 여행을 떠나기에 앞서 나는 루쥔 씨와도 결말을 짓고 싶습니다. 나는 그 사람이 참을 수 없을 정도로 싫다는 건 아니지만, 그러나 어쨌든 그 사람 때문에 마르파하고 부부 싸움까지 한 일이 있으니까요. 이 혼담도 실은 마르파가 주선했다는 말이 귀에 들어왔기 때문이었죠. 그래서 나는 이번에 당신의 주선으로 여동생과 만나보고 싶습니다. 되도록 당신도 자리를 같이해주셨으면 좋겠습니다. 나는 무엇보다 루쥔 씨와의 결혼은 결코 이롭지 않을 뿐더러 도리어 큰 손해를 입을 것임에 틀림없다는 점을 동생에게 설명해 드리고 싶습니다. 그리고 전번의 여러 가지 불쾌했던 일에 대해 사과를 드리고, 내가 1만 루블을 드리도록 허락해달라고 간청하겠습니다. 그렇게 함으로써 루쥔 씨와의 파혼에서 생기는 고통을 조금이라도 덜어드리고 싶은 겁니다. 이 파혼에 대해선 여동생께서도 별로 이의가 없을 테고, 다만 적당한 기회만 오면 하고 생각하고 계시리라고 나는 믿어 의심치 않습니다."

"당신은 정말, 정말 미치광이군요!" 하고 라스콜니코프는 소리쳤으나, 화가 났다기보다는 오히려 어이가 없어서 이렇게 외쳤다. "어떻게 감히 그런 뻔뻔스러운 소릴 할 수 있소!"

"당신이 호통을 치리라는 건 이미 각오하고 있었습니다. 그러나 우선 나는 부자가 아니지만 그 1만 루블은 놀고 있는 돈입니다. 다시 말해서 내겐 조금도 필요 없는 돈입니다. 만약 아브도치야 로마노브나가 받아주시지 않으면 나는 필시 그 돈을 아주 허황된 일에 써버릴 겁니다. 이것이 첫째 이유이고, 둘째로 나로선 양심상 거리낄 것이 하나도 없다는 것입니다. 즉 나의 이 제안에는 타산이라는 게 조금도 포함되어 있지 않으니까요. 지금은 이 말을 믿으시든 안 믿으시든 언젠가는 당신도, 아브도치야 로마노브나도 내 마음을 알아주실 때가 있을 겁니다. 요컨대 문제는 내가 존경하는 당신의 여동생에게 일시나마 걱정을 끼치고 불쾌한 인상을 주었다는 데 있습니다. 그래서 지금 충심으로 회개하고 진정으로 이런 생각을 하고 있는 겁니다. 그렇다고 돈으로 때운다든가, 내가 끼친 불쾌감에 대해서 배상을 한다든가 하는 의미는 아닙니다. 다만 그분을 위해서 조금이라도 도움이 되고 싶을 뿐입니다. 게다가 나라고 해서 실은 나쁜 짓만 도맡아서 하는 그런 인간이 아니라는 것을 이해해주십사 하는 뜻에서 말씀드리는 겁니다. 만일 나의 이 제안에 백만 분의 1이라도 어떤 타산이 포함되어 있다면 겨우 1만 루블 정도의 돈을 드리겠다고 하진 않을 겁니다. 5주일 전만 해도 그보다 훨씬 많은 금액을 드리겠다고 제의했었으니까요. 뿐만 아니라 경우에 따라선 나도 가까운 시일 내에 어떤 여자와 결혼할지 모릅니다. 이 사실로도 내가 아브도치야 로마노브나를 유혹하려는 것이 아닐까 하는 의심은 깨끗이 소멸될 겁니다. 결론적으로 말씀드려서 아브도치야 로마노브나는 루쥔 씨와 결혼하셔서도 이 정도의 돈은 받으실 겁니다. 다만 받는 대상이 다를 뿐이죠. 아무튼 로지온 로마느이치, 화만 내실 게 아니라 침착하고 냉정하게 잘 생각해주십시오."

이렇게 말하면서도 스비드리가일로프 자신은 지극히 침착하고 냉정한 태도였다.

"제발 그만해주십시오" 하고 라스콜니코프는 말했다. "어쨌든 용서 못 할 폭언입니다."

"절대로 그렇지 않습니다. 그렇다면 인간은 이 세상에서 서로 부질없는 세속 형식 때문에 나쁜 짓만 되풀이할 뿐, 반대로 좋은 일을 할 권리는 털끝만큼도 없게 됩니다. 그건 어리석습니다. 가령 내가 죽고 유언으로 그만한 돈을 여동생께 남겼다고 해도 역시 그분은 거절하실까요?"

"물론 거절하겠죠."

"그렇지 않을 겁니다. 그러나 정 싫다면 싫은 대로 하는 수 없겠지요. 하지만 1만 루블이란 돈은 경우에 따라서는 요긴한 것이거든요. 좌우간 지금 한 이야기를 아브도치야 로마노브나에게 전해주시기 바랍니다."

"아니, 전하지 않겠습니다."

"정 그러시다면 로지온 로마느이치, 나는 하는 수 없이 억지로라도 직접 만날 기회를 찾겠습니다. 결국 쓸데없는 걱정을 끼치게 되는 거죠."

"그럼 내가 전하기만 하면 당신은 억지로 만나지 않겠단 말인가요?"

"글쎄요, 뭐라고 대답해야 좋을지 모르겠군요. 한 번만은 꼭 만나뵙고 싶은데요."

"기대하지 않는 게 좋을 겁니다."

"유감천만이군요. 하기야 당신은 아직 나라는 인간을 잘 모르시니까. 그러나 앞으로 좀 더 친해질지도 모릅니다."

"당신은 우리가 친해지리라고 생각하십니까?"

"그렇게 안 된다고 단언할 수는 없지 않겠어요?" 스비드리가일로프는 싱긋 웃으며 이렇게 말하고, 일어서서 모자를 집었다. "실은 나도 꼭 당신에게 수고를 끼칠 생각은 하지 않았습니다. 그래서 이리 찾아오면서도 별로 기대는 걸지 않았습니다. 하긴 오늘 아침에 당신 얼굴을 처음 보고 좀 놀라기는 했습니다만……."

"오늘 아침에 어디서 나를 보셨죠?" 하고 라스콜니코프는 불안스러운 듯이 물었다.

"우연히 본 거죠. 어째선지 자꾸 나하고 당신은 닮은 데가 있는 것같이 느껴집니다. 그러나 걱정은 마십시오, 나는 남을 귀찮게 하는 사람이 아닙니다. 사기 도박꾼과도 어울릴 수 있었고, 먼 친척인 스비르베이 공작이라는 고관에게도 싫증을 주지는 않았습니다. 그리고 라파엘의 마돈나에 관한 감상을 프릴루코바 부인의 앨범에 써 넣을 만한 솜씨도 있었고, 마르파 페트로브나 같은 여자와 7년 동안이나 시골에 들어박혀 살기도 했으며, 옛날엔 센나야의 뱌젬스키 여인숙에 유숙한 일도 있고, 어쩌면 베르그와 함께 기구를 타고 하늘을 날아볼지도 모를 인간이니까요."

"네, 좋습니다. 그런데 당신은 곧 여행을 떠나게 됩니까?"

"여행이라뇨?"

"아까 그 '여행' 말입니다… 아까 말하지 않았습니까?"

"여행? 참 그랬지! … 정말 여행에 대한 말을 했었죠. 그러나 그건 광범한 문제가 돼서… 하지만 당신이 묻는 '여행'이라는 게 무슨 뜻인지, 그걸 당신이 아신다면!" 하고 그는 덧붙이더니 느닷없이 큰 소리로 웃어댔다. "경우에 따라선 여행 대신 결혼을 할지도 모릅니다. 중매를 서겠다는 사람이 있어서요."

"여기서요?"

"그렇습니다."

"어느새 벌써 그럴 겨를이 있었죠?"

"아무튼 아브도치야 로마노브나를 꼭 한 번 뵙고 싶습니다. 진정입니다. 그럼 이만 실례하겠습니다. 아, 참… 중요한 일을 잊고 있었군! 로지온 로마느이치, 여동생께 전해주십시오. 그분은 마르파의 유언으로 3천 루블을 받게 되어 있습니다. 이건 틀림없는 사실입니다. 마르파는 죽기 일주일 전에 내 앞에서 그런 결정을 내렸습니다. 2, 3주일 후면 아브도치야 로마노브나도 그 돈을 받을 겁니다."

"정말입니까?"

"정말이고말고요. 꼭 전해주세요. 그럼 또 뵙겠습니다. 나는 바로 이 근처에 머무르고 있습니다."

스비드리가일로프는 나가다가 문간에서 라주미힌과 마주쳤다.

2

어느덧 8시가 되어가고 있었다. 두 사람은 루쥔보다 먼저 도착하려고 바칼레예프의 하숙집으로 발걸음을 재촉했다.

"그런데 그 녀석은 누구지?" 거리로 나오자마자 라주미힌이 물었다.

"그 녀석이 스비드리가일로프라는 자야. 내 누이동생이 가정교사로 있을 때 모욕을 준 그 지주란 말이야. 그 녀석이 그 애 꽁무니를 쫓아다니는 바람에 그 애는 안주인 마르파 페트로브나에게 쫓겨나서 그 집을 나왔던 거지. 그 마르파 페트로브나는 그 후 두냐에게 사과를 했다지만, 이번에 갑자기 죽었다는 거야. 아까는 바로 그 여자 얘기를 했어. 왜 그런지 모르지만 나는 그자가 굉장히 무서운 생각이 들어. 그자는 아내의 장례식을 치르기가 무섭게 이곳으로 떠나왔는데 말이야. 굉장히 변태적인 데다가 무언가 속으로 결심한 것이 있는 모양이야. 그 녀석은 무언가 알고 있는 것 같아… 그자한테서 두냐를 보호해줘야겠어. 난 바로 이걸 자네한테 말하고 싶었던 걸세, 알겠나?"

"보호하다니! 그따위 놈이 아브도치야 로마노브나에게 무슨 짓을 할 수 있겠나? 하여간 고맙네, 로쟈, 그렇게 말해줘서… 잘 보호해주어야지. 한데 그놈은 어디 살고 있지?"

"모르겠어."

"왜 물어보지 않았나? 거참, 잘못했군! 그러나 염려 없어, 내가 곧 알아내지!"

"그자를 봤나?" 잠시 말이 없다가 라스콜니코프는 이렇게 물었다.

"응, 봤어. 똑똑히 봐두었어."

"그자를 자세히 봤나, 똑똑히 봤어?" 라스콜니코프는 끈덕지게 물었다.

"응, 잘 봐두었어. 천 명 속에서도 찾아낼 수 있을 거야. 나는 사람의 얼굴을 기억하는 데 소질이 있거든."

그들은 다시금 입을 다물었다.

"흠… 그렇지, 그래." 라스콜니코프는 중얼거렸다. "여보게… 나는 이런 생각이 들어… 자꾸 이런 생각이 드는데… 이것도 어쩌면 환상일지 몰라."

"아니, 무슨 말을 하는 거야? 난 자네 말을 통 알아들을 수 없군그래."

"자네들은 모두 이렇게들 말하고 있잖나." 라스콜니코프는 쓴웃음을 지으며 말을 계속했다. "내가 미쳤다고. 그런데 나도 지금 그런 생각이 드는 거야. 어쩌면 나는 정말로 미쳐서 내가 본 것은 모두 환상에 지나지 않는지도 모르겠어!"

"대체 무슨 소릴 하는 거야?"

"누가 알아! 어쩌면 나는 정말로 미쳤는지 모르지. 그리고 요 며칠 동안에 일어난 일들은 모두 상상의 산물에 지나지 않을지도 몰라……."

"이봐, 로쟈! 또 머릿속이 혼란스러워진 모양이군. 대체 그 사나이는 무슨 말을 했나? 무슨 일로 왔어?"

라스콜니코프는 대답하지 않았다. 라주미힌은 잠시 생각에 잠겼다.

"자, 내 보고를 좀 들어보게" 하고 그는 말하기 시작했다. "아까 자네 집에 들렀더니 자네는 자고 있더군. 그래서 식사를 한 다음 포르피리한테 갔었지. 자묘토프는 아직 거기 있었네. 나는 곧 그 얘기를 끄집어내려고 했으나, 어디 말이 나와야 말이지. 아무리 애써도 제대로 말이 안 나오더군. 그 친구들은 도무지 영문을 모르겠다는 듯한 표정들이었지만, 그러면서도 별로 당황하는 기색은 없었어. 그래서 나는 포르피리를 창가로 끌고 가서 다시 얘기를 해봤으나 웬일인지 마음먹은 대로 말이 안 나오는 거야. 그자는 딴 쪽을 보고 나도 딴 쪽을 보고 있는 형편이었지. 마침내 나는 그 녀석의 코밑에 주먹을 들이대고, 친척으로서 네놈의 콧등을 부숴놓겠다고 위협했지. 그런데 녀석은 내 얼굴을 흘긋 쳐다보고는 그만이야. 나는 침을 탁 뱉고 나와버렸어. 그게 다야. 참 어이없을 지경이지. 자묘토프하고는 한마디도 하지 않았어. 그래서 도리어 일을 망쳐놨구나 생각했는데, 층계를 내려오다가 문득 이런 생각이 떠올라서 나를 깨우쳐주었다네. 다름 아니라… 왜 우리는 이렇게 안달하고 있을까? 혹시 자네한테 무슨 위험 같은 것이 닥쳤다면 그야 물론 조심을 해야겠지. 그러나 자네가 어떻게 되었다는 건가! 자네는 이 일에는 전혀 관계가 없으니까 그런 녀석들에겐 침이나 뱉어주면 그만이야. 나중에 우리 한번 그놈들을 실컷 놀려주도록 하세. 만일 내가 자네라면 좀 더 그 녀석들을 곯려주겠네. 두고 봐, 나중에 녀석들은 부끄러워서 쥐구멍을 찾게 될 테니까! 침을 뱉는 거야. 하긴 나중에 혼을 낼 방법도 있으니까 지금은 그저 웃어주기나 하지!"

"그야 물론이지!" 하고 라스콜니코프는 대답했다. '그렇지만 이 친구도 내일이면 무슨 말을 할지 몰라.' 그는 마음속으로 생각했다. 이상하게도 '라주미힌이 알게 되면 어떻게 생각할까?' 하는 생각은 여태까지 한 번도 그의 머릿속에 떠오르지 않았던 것이다. 지금 문득 그런 생각이 나면서 라스콜니코프는 뚫어질 듯이 그의 얼굴을 바라보았다. 포르피리를 방문한 데 대한 라주미힌의 보고엔 그다지 흥미를 느끼지 않았다. 그때 이후 그에게 아주 많은 사건이 일어났기 때문이다. 플러스 면에서도, 마이너스 면에서도!

그들은 복도에서 루쥔과 마주쳤다. 루쥔은 정각 8시에 와서 방을 찾고 있던 참이라 세 사람은 함께 방으로 들어갔지만, 서로 마주 보지도 않았거니와 인사도 하지 않았다. 두 젊은이는 앞서서 먼저 들어갔으나 루쥔은 예의상 문간에서 외투를 벗으면서 잠시 시간을 끌었다. 풀헤리야 알렉산드로브나는 그를 맞으려고 곧 문간까지 나왔다. 두냐는 오빠와 인사를 나누고 있었다.

루쥔은 방 안에 들어서자 제법 상냥하게 전보다 더 점잔을 빼면서 여성들하고 인사를 나누었다. 그러나 다소 당황한 듯 아직도 갈피를 못 잡는 눈치였다. 풀헤리야 알렉산드로브나도 어쩐지 어색한 표정으로 사모바르가 끓고 있는 탁자 둘레에 급히 자리들을 권했다. 두냐와 루쥔은 탁자를 사이에 두고 서로 맞은편 끝에 자리 잡고 앉았다. 라주미힌과 라스콜니코프는 풀헤리야 알렉산드로브나와 마주 보게 되었다. 라주미힌은 루쥔 옆에, 라스콜니코프는 누이동생 옆에.

한순간 침묵이 흘렀다. 루쥔은 향수 냄새가 풍기는 고급 삼베 손수건을 천천히 꺼내더니 신사다운 품위를 유지하면서, 그러나 손상된 자기 체면에 대해서 충분한 해명을 들으려고 굳게 결심한 듯한 태도로 코를 풀었다. 그는 문간에 들어설 때부터 그냥 외투도 벗지 않고 돌아가버림으로써 바로 그 자리에서 두 여성에게 모진 분풀이를 하여 모든 것을 깨우쳐줄까 하는 생각이 떠올랐다. 그러나 실행은 하지 못했다. 더구나 이 사나이는 분명치 않은 일은 싫어하는 성격이었으므로 이런 경우 그에게는 해명이 필요했다. 이처럼 노골적으로 자기 명령이 유린된 데는 반드시 무슨 이유가 있으리라고 생각했다. 그러니까 우선 그것을 알아야 했다. 응징은 언제라도 할 수 있는 일이고, 또 그것은 그의 손에 달려 있었다.

"여행 중에 별고는 없었으리라 믿습니다만?" 그는 새삼스럽게 풀헤리야 알렉산드로브나에게 형식적인 말을 건넸다.

"네, 표트르 페트로비치, 덕분에 무사했어요."

"무엇보다 다행입니다. 아브도치야 로마노브나도 피로하시지 않았습

35

니까?"

"나는 젊고 건강해서 조금도 피로하지 않았지만 어머니는 꽤 힘드셨던 모양이에요" 하고 두네치카는 대답했다.

"어쩔 수 없지요. 우리나라 철도는 길기로 유명하니까요. 그래서 '어머니 러시아'는 위대하다지 않습니까. 어젠 꼭 마중 나가고 싶었습니다만, 도저히 시간에 맞춰 갈 수 없는 형편이었습니다. 그러나 별일은 없었다고 생각합니다만."

"없는 게 뭡니까, 표트르 페트로비치. 우리는 정말 눈앞이 캄캄했답니다." 특별히 억양에 힘을 주면서 풀헤리야 알렉산드로브나는 성급히 말했다. "만일 하느님께서 어제 이 드미트리 프로코피치를 우리에게 보내주시지 않았더라면, 우리 둘은 어떻게 되었을지 모릅니다. 이분이 바로 드미트리 프로코피치 라주미힌이랍니다" 하고 덧붙이며 그녀는 루쥔에게 라주미힌을 소개했다.

"벌써 뵈었습니다… 어제." 못마땅하다는 듯이 곁눈질로 라주미힌을 흘겨보며 루쥔은 중얼거렸다. 그러고는 얼굴을 찌푸리고 입을 다물어버렸다. 대체로 루쥔은 사람들 가운데 있을 때면 겉으로는 자못 상냥한 듯하고 또 자기의 상냥함을 자랑하면서도, 조금이라도 마음에 거슬리는 일이 있으면 곧 자기 분수를 잊어버리고 좌중을 유쾌하게 하는 상냥한 신사라기보다는 도리어 꿰다놓은 보릿자루가 되어버리는 그런 부류의 인간이었다. 다시금 좌중에 침묵이 흘렀다. 라스콜니코프는 처음부터 굳게 입을 봉하고 있었고, 두냐는 때가 올 때까지 침묵을 깨뜨리지 않을 생각이었으며, 라주미힌은 아무것도 할 말이 없었다. 그래서 풀헤리야 알렉산드로브나는 마음을 졸이기 시작했다.

"저, 마르파 페트로브나가 돌아가셨다는 소식 들으셨나요?" 특별히 간직했던 화제에 기대를 걸며 그녀는 입을 열었다.

"물론 듣고말고요. 맨 먼저 들었습니다. 지금도 실은 아르카지 이바노비치 스비드리가일로프가 부인 장례식을 마치자마자 곧 페테르부르크로 출발했다는 소식도 알려드리려고 왔습니다. 적어도 내가 얻은 확실한 정보에 의하면 그렇습니다."

"페테르부르크로? 이리로요?" 두네치카는 불안스러운 듯이 반문하고 어머니와 서로 눈짓을 했다.

"확실히 그렇습니다. 그리고 출발을 급히 서두른 점과 그전의 사정을 고려한다면, 아무 목적도 없이 떠나지는 않았으리라는 것도 물론 자명한 일입니다."

"큰일 났군요! 그 사람은 여기서도 또 두네치카를 괴롭히려는 걸까요?" 하고 풀헤리야 알렉산드로브나는 외쳤다.

"내 생각으로는 어머님이나 아브도치야 로마노브나나 그다지 걱정하실 필요는 없다고 봅니다. 그야 물론 두 분이 그 사나이와 어떤 관계를 맺으려는 생각만 하시지 않는다면 말입니다. 나도 그의 행방을 좇으며 지금 그가 어디서 머무는지 알아보는 중입니다."

"아아, 표트르 페트로비치, 당신은 내가 얼마나 놀랐는지 아마 모르실 거예요!" 하고 풀헤리야 알렉산드로브나는 말을 이었다. "나는 그 사람을 두 번밖에 보지 못했지만 굉장히 무서운 생각이 들어요! 돌아가신 마르파 페트로브나도 그 사람이 죽였을 거라고 나는 믿고 있어요."

"그 점에 대해서는 그렇다고만 단정할 수는 없습니다. 나는 정확한 정보를 입수하고 있지요. 하긴 그 사나이가, 이를테면 모욕이라는 정신적인 영향으로 사태의 진전을 촉진시켰는지도 모른다는 것은 나도 굳이 부인하려고 하지 않습니다. 그러나 그자의 평소 소행이나 도덕적 경향에 대해서는 나도 당신과 동감입니다. 지금 그자가 재산을 갖고 있는지 어떤지, 마르파 페트로브나가 그자에게 얼마나 남겨주고 갔는지 그것은 나도 모르겠습니다. 그런 것은 불원간 내 귀에 들어오게 마련이지요. 그러나 약간의 돈이라도 가지고 이 페테르부르크에 온 이상 그자는 곧 낡은 버릇을 드러낼 겁니다. 그자는 같은 종류의 사람들 가운데서도 방탕과 타락에서는 유례가 없을 정도니까요! 8년 전에 운수 사납게도 그자에게 반해서 그의 빚을 갚아준 마르파 페트로브나는 또 다른 면에서도 그를 구해주었다는, 또 하나의 확실한 증거를 나는 가지고 있습니다. 순전히 그 부인의 노력과 희생 덕분으로, 말하자면 엽기적인 살인 사건이라고도 할 수 있는 끔찍한 형사사건이 아주 초기에 말살된 일이 있습니다. 그것이 드러나면 그 사내는 지금쯤 시베리아에서 귀양살이를 해야 마땅합니다. 아시겠어요? 그자는 그런 인간이랍니다."

"아아, 그럴 수가!" 하고 풀헤리야 알렉산드로브나는 외쳤다. 라스콜니코프는 주의 깊게 듣고 있었다.

"그 점에 대해서 정확한 정보를 갖고 계시다고 말씀하셨는데, 정말인가요?" 두냐는 위압적이고 엄격한 어조로 따져 물었다.

"나는 다만 죽은 마르파 페트로브나한테서 비밀히 직접 들은 말을 하고 있을 뿐입니다. 미리 말해두지만 법률상 견지에서 본다면 그 사건은 매우 모호한 성질의 것입니다. 이곳에 레슬리흐라는, 돈놀이도 조금씩 하고 다른 장사도 하는 외국 여자가 있었습니다. 아마 지금도 있는 모양입니다만, 이 레슬리흐라는 여자와 스비드리가일로프는 옛날부터 몹시 친한 사이여서 일종의 비밀 관계를 맺고 있었던 겁니다. 이 여자네 집에 먼 친척뻘 되는 조카딸이 있었는데, 벙어리에다 귀머거리인 열다섯인가 열네 살될까 말까 하는 소녀였습니다. 레슬리흐는 그 애를 몹시 미워했지요. 무슨 일을 해도 욕설뿐이고 사정없이 매질까지 했습니다. 그런데 그 애가 다락방에서 목을 매고 죽지 않았겠어요. 그때는 자살이라는 판정으로 형식적인 절차를 밟아서 일이 처리되었습니다. 그런데 나중에 그 어린 계집애

38

가… 스비드리가일로프에게 무참하게 능욕을 당했다고 밀고하는 자가 나타났습니다. 그러나 그 증거가 매우 희미한 데다 밀고한 자 역시 다른 독일 여자로서 신용을 할 수 없는 불량한 사람이었거든요. 더구나 엄밀한 의미에서 정식 고발도 아니었으므로, 결국 마르파 페트로브나의 노력과 돈 덕택으로 이 사건은 소문만으로 끝났습니다. 그러나 이 소문은 의미심장한 것이었습니다. 아브도치야 로마노브나, 당신은 물론 그 집에서 고문 때문에 죽은 하인 필카의 사건을 아시겠죠? 6년 전, 아직 농노제 시대의 얘깁니다만."

"내가 들은 이야기는 그와 반대로, 필카가 제 손으로 목을 매 죽었다더군요."

"그렇습니다. 그러나 스비드리가일로프의 끊임없는 학대와 박해가 그 하인에게 그런 강제적인 죽음을 가져오게 했던 겁니다. 좀 더 적절하게 말한다면 자살하지 않을 수 없도록 만든 거죠."

"그건 잘 모르겠어요." 두냐는 무심하게 말했다. "나는 다만 몹시 이상한 얘길 들었을 뿐이에요. 그러니까 그 필카라는 하인은 우울증 증세가 있는 엉터리 철학자여서 여러 사람 말에 따르면 '지나치게 책을 읽었다'는 거예요. 목을 매 죽은 것도 스비드리가일로프한테 맞았기 때문이 아니라 놀림을 받았기 때문이라더군요. 내가 그 집에 있을 때 그는 하인들을 친절히 다루어서 모두 그를 따르기까지 했어요. 물론 필카가 죽은 일에 대해 그를 책망하긴 했지만요."

"아브도치야 로마노브나, 어쩐지 당신은 그 사람을 변호하고 싶으신 모양이군요." 야릇한 웃음으로 입을 일그러뜨리면서 루쥔은 이렇게 말했다. "사실 그자는 여자에 대해서는 교활하기 짝이 없는 탕아입니다. 저 괴이한 죽음을 맞은 마르파 페트로브나가 그 슬픈 실례지요. 나는 다만 분명히 당신 눈앞에 다가오고 있는 그자의 새로운 계획에 관해 조언을 드리고 당신과 자당을 위해 도움을 드리고 싶었을 뿐입니다. 나 개인의 의견으로는, 그자는 다시금 빚 때문에 감옥에 들어가게 되리라고 확신하고 있습니다. 마르파 페트로브나는 아이들의 장래를 생각해서 그자한테 유산을 넘겨줄 생각은 털끝만큼도 가지고 있지 않았습니다. 그래서 설사 무슨 유산을 남겨놓고 갔다손 치더라도 일상생활에 필요한 정도의 별로 가치도 없고 일시적인 것에 지나지 않을 테니까, 그런 못된 버릇을 가진 사나이는 1년도 채 지탱해내지 못할 겁니다."

"표트르 페트로비치" 하고 두냐는 말했다. "제발 그 스비드리가일로프 씨 이야기는 그만해두세요. 그 말을 들으면 기분이 좋지 않아요."

"그자는 방금 나한테 왔었어요" 하고 비로소 침묵을 깨뜨리며 갑자기 라스콜니코프가 말했다.

사방에서 경악의 소리가 일어나고, 모두 그에게로 시선을 모았다. 루쥔까지도 흥분할 정도였다.

"한 시간 반쯤 되었을까, 자고 있는데 들어와서 나를 깨워가지고 자기소개를 하더군." 라스콜니코프는 말을 계속했다. "제법 허물없는 태도였고 유쾌한 표정이었어. 그리고 그자는 나하고 곧 친밀해질 수 있을 것이라 생각하는 모양이더군. 그건 그렇고, 그자는 너를 꼭 만나고 싶다는 거야, 두냐. 나더러 그걸 좀 주선해달라고 부탁하지 않겠니. 너한테 무언가 제안할게 있다면서 그 내용을 나한테도 말하더구나. 그 밖에도 두냐, 그자는 확실한 얘기라고 하면서 마르파 페트로브나가 죽기 일주일 전에 유언으로 너한테 3천 루블을 주기로 했다고 말하더라. 그 돈은 불원간 네가 받을 수 있으리라는 거야."

"아이, 고마워라!" 풀헤리야 알렉산드로브나는 이렇게 외치면서 성호를 그었다. "그분을 위해서 기도해라, 두냐, 기도해!"

"그건 사실입니다" 하고 루쥔이 불쑥 말했다.

"그다음 또 무슨 말을 했어요?" 두냐는 이야기를 재촉했다.

"그리고 그자가 말하기를, 자기는 그다지 돈이 많지 않고 재산은 모두 지금 백모한테 가 있는 아이들 소유로 돼 있다더구나. 그리고 현재 내 하숙 근처에 유숙하고 있다고 했지만, 어딘지는 모르겠다. 물어보질 않았으니……."

"그런데 대체 무엇을, 무엇을 두냐에게 제안하려는 걸까?" 풀헤리야 알렉산드로브나는 미리 겁부터 집어먹으면서 이렇게 물었다. "너한테는 말했니?"

"예, 말했어요."

"뭔데?"

"나중에 얘기하죠." 라스콜니코프는 입을 다물고 찻잔으로 손을 내밀었다.

루쥔은 시계를 꺼내 보았다.

"나는 볼일이 있어서 가봐야겠습니다. 그리고 여러분의 얘기에도 방해가 될 것 같으니" 하고 그는 좀 부루퉁해서 이렇게 덧붙이며 의자에서 일어나려고 했다.

"가지 마세요, 표트르 페트로비치" 하고 두냐가 말했다. "오늘 저녁은 여기 죽 계실 작정으로 오셨을 텐데요. 그리고 어머니하고도 직접 하실 말씀이 있다고 편지에 쓰셨잖아요."

"그건 그렇습니다, 아브도치야 로마노브나." 루쥔은 다시 의자에 앉으면서 의젓한 어조로 말했으나 모자는 그대로 손에 들고 있었다. "사실 나는 당신과 존경하는 당신의 어머니하고 자세한 이야기를 나눌 작정이었습니다. 지극히 중요한 여러 가지 문제에 관해서요. 그렇지만 당신 오빠가 내 앞에서는 스비드리가일로프의 제안을 말할 수가 없다고 하니, 나도 역시… 다른 사람 앞에서는… 극히 중요한 문제를 얘기하고 싶지도 않거니와, 또 할 수도 없습니다. 더욱이 그토록 부탁드린 중요한 점이 이행돼 있지 않으니 말입니다……."

루쥔은 쓰디쓴 표정을 지으며 거만스레 입을 다물었다.

"오빠를 이 자리에 동석시키지 말아달라는 당신의 희망이 실행되지 않은 것은, 다름 아니라 내가 오빠의 참석을 고집했기 때문이에요." 하고 두냐는 말했다. "당신은 오빠한테 모욕을 당했다고 쓰셨는데, 그렇다면 곧 사정을 밝히고 두 분이 화해해주셔야겠다는 생각에서였지요. 만약 오빠가 당신을 정말로 모욕했다면 오빠는 마땅히 당신한테 사과**해야 하며** 또 **하리라** 믿어요."

루쥔은 곧 기운을 되찾았다.

"아브도치야 로마노브나, 이 세상에는 마음씨가 아무리 선량한 사람이라도 도저히 잊을 수 없는 모욕이 있습니다. 무슨 일에든 한계가 있어서 그것을 넘어선다는 건 위험합니다. 한번 넘어서기만 하면 다시 돌아오기가 불가능하니까요."

"내가 하려는 말은 그런 게 아니에요, 표트르 페트로비치" 하고 답답하다는 듯이 두냐는 말을 막았다. "잘 생각해주세요. 우리의 장래는 이런 모든 문제가 한시바삐 명백해져서 원만히 해결되느냐 안 되느냐에 달려 있지 않을까요? 솔직히 아무 가식 없이 말씀드립니다만, 나는 그 밖엔 달리 생각할 수가 없어요. 만일 당신이 조금이라도 나를 아껴주신다면, 좀 어려울지 몰라도, 이런 문제는 오늘 안으로 반드시 해결을 지어야 한다고 생각해요. 거듭 말씀드립니다만, 만약 오빠에게 잘못이 있었다면 오빠가 사과를 할 테죠."

"당신이 문제를 그렇게 보시는 데는 놀라겠군요, 아브도치야 로마노브나." 루쥔은 점점 더 초조해져갈 뿐이었다. "나는 당신의 가치를 인정하고 또 소중히 생각하고 있습니다만, 동시에 가족 가운데 누군가를 좋아하지 않는다는 것은 어디까지나 내 자유라고 생각합니다. 나는 당신하고 결혼한다는 행복을 희구하고는 있지만, 그렇다고 해서 마음에도 없는 의무를 질 수는 없습니다⋯⋯."

"아아, 제발 그렇게 감정적으로 나오진 말아주세요, 표트르 페트로비치" 하고 두냐는 정다운 어조로 말을 막았다. "그리고 내가 항상 생각해왔고, 또 그렇게 생각하려 하는 그런 분별 있고 점잖은 분이 돼주세요. 나는 당신에게 중요한 약속을 했어요. 나는 당신의 약혼녀예요. 그러니 이 일은 내게 맡겨주세요. 그리고 내게 공평하게 처리할 힘이 있다고 믿어주세요. 내가 재판관 역할을 맡는 것은 당신과 마찬가지로 오빠에게도 역시 놀라운 일일 거예요. 나는 당신의 편지를 보고 오빠한테 꼭 이 자리에 참석해 달라고 부탁했을 때도 내 생각은 조금도 오빠에게 알리지 않았습니다. 제발 잘 생각해주세요. 만약 두 분이 화해하시지 않는다면, 나는 당신이나 오빠 두 분 중 한 분을 택하지 않으면 안 돼요. 당신 쪽에서도 오빠 쪽에서도, 문제는 이렇게 되고 말았어요. 나는 이 선택을 그르치고 싶지 않고, 또 그래서도 안 된다고 생각해요. 당신을 위해서는 오빠하고 남매의 정을 끊어야 하고, 오빠를 위해서는 당신하고 헤어지지 않으면 안 돼요. 나는 지금 분명히 알고 싶어요, 그리고 또 알 수 있으리라고 생각해요. 그러니까 저이가 나의 오빠인지 아닌지? 그리고 당신에겐⋯ 내가 과연 당신에게 소중한 인간인지 아닌지, 나의 가치를 인정해주시는지 어떤지, 과연 당신은 내 남편이 될 분인지 아닌지를."

"아브도치야 로마노브나." 루쥔은 못마땅한 어조로 말했다. "당신의 말은 내게 대단히 의미심장합니다. 아니, 좀 더 분명히 말하면, 당신이 허용한 내 입장에서 볼 때 그 말은 오히려 모욕적입니다. 나와 저⋯ 오만불손한 청년을 동렬(同列)로 다루려는 그 이해할 수 없는 기막힌 처사에 대해서는 새삼 말하지 않더라도, 방금 하신 말로 볼 때 당신은 나하고의 약속

43

을 파기할 가능성까지 인정하고 계십니다. 당신은 '루쥔이냐, 오빠냐?'고 하십니다. 그렇다면 내가 당신에게 대수로운 의미를 갖지 않는다는 걸 입증하는 셈이 됩니다. 나는 우리 사이에 존재하는 관계로 보거나… 의무로 보거나… 도저히 그런 것을 용납할 수 없습니다."

"뭐라고요!" 두냐는 발끈했다. "나는 당신의 이익을 이제껏 내 생애에서 소중했던 것, 지금까지의 내 전 생애를 형성하고 있던 모든 것과 동렬에 놓고 생각하고 있는 거예요. 그런데도 내가 당신을 충분히 존중하지 않는다고 그렇게 화를 내실 수 있어요!"

라스콜니코프는 잠자코 독기 어린 웃음을 지었다. 라주미힌은 온몸을 부르르 떨었다. 그러나 루쥔은 이 반박에는 아랑곳없이 한 마디 한 마디에 더욱더 힘을 주며 신경질적으로 물고 늘어졌다. 마치 그것이 취미에 맞기라도 한 듯이.

"앞으로 일평생의 반려가 될 사람, 즉 남편에 대한 사랑은 남매간의 사랑을 능가하지 않으면 안 됩니다." 그는 교훈적인 투로 말했다. "어쨌든 나는… 그런 사람과 동렬에 설 수는 없습니다. 아까 나는 당신의 오빠 앞에서 방문의 용건을 말하고 싶지도 않고, 또 말할 수도 없다고 주장했습니다만, 하여간 나는 존경하는 당신의 어머님에게서 가장 근본적이며 나에게는 가장 모욕적인 점에 대해서 반드시 해명을 들어야겠다고 생각하고 있습니다. 당신의 아드님은 말입니다" 하고 그는 풀헤리야 알렉산드로브나에게 몸을 돌렸다. "어제 라수드킨 씨… 아니… 그렇지 않던가요? 용서하십시오, 성함을 잊어서… (하고 그는 상냥하게 라주미힌에게 머리를 숙였다.) 이분 앞에서 내 생각을 고의적으로 곡해해서 나를 모욕했습니다. 언젠가 당신하고 커피를 마시면서 허물없이 얘기하다가 나온 말이었습니다만, 세상의 고생을 맛본 가난한 처녀와의 결혼은 부유하게 자란 처녀와의 결혼보다 도덕적으로 유익하므로 부부 관계에서도 유리하다고 한 말입니다.

그런데 내가 보기에 아드님은 당신 편지를 근거 삼아 고의적으로 말뜻을 나쁘게 과장해서 내가 마치 무슨 간악한 의도라도 가지고 있는 듯이 비난했습니다. 풀헤리야 알렉산드로브나, 제발 나의 오해를 풀어 안심시켜주신다면 나도 그것으로 만족하겠습니다. 내가 한 말을 로지온 로마느이치에게 보내는 편지에 어떤 식으로 쓰셨는지 말씀해주실 수는 없겠는지요?"

"기억하고 있지 않은데요." 풀헤리야 알렉산드로브나는 당황하는 표정이었다. "나는 그저 들은 대로만 써 보냈는데, 로쟈가 당신한테 어떻게 말했는지 모르겠습니다만… 어쩌면 그 애가 몹시 과장했는지도 모르죠."

"그러나 자당님의 암시가 없었다면 아드님은 그렇게 과장할 리가 없을 텐데요."

"표트르 페트로비치" 하고 풀헤리야 알렉산드로브나는 근엄하게 말했다. "나와 두냐가 당신의 말을 조금도 나쁜 의미로 생각하지 않았다는 건 우리가 **여기** 이렇게 와 있는 것으로도 증명되지 않겠어요."

"그래요, 어머니!" 두냐가 동감이라는 듯이 말했다.

"그러니까 그 점에서도 내가 나쁘다는 말씀이군요!" 루쥔은 화를 냈다.

"표트르 페트로비치, 당신은 모든 일을 로쟈 탓으로 돌리시지만, 그렇게 말하는 당신도 엊그제 편지에 로쟈에 대해서 거짓말을 쓰지 않았습니까!" 풀헤리야 알렉산드로브나는 갑자기 기운을 내며 이렇게 덧붙였다.

"나는 거짓말을 쓴 기억이 없는데요."

"당신은 썼습니다." 루쥔을 외면한 채 라스콜니코프는 날카롭게 말했다. "내가 어제 돈을 준 것은 바로 마차에 치여 죽은 사람의 미망인이었습니다. 그걸 과부가 아니라 그 딸에게 주었다고 썼어요. 나는 어제까지 그 여자를 본 적도 없었는데 말이죠. 당신이 그런 거짓말을 쓴 것은 가족끼리 싸움을 붙이기 위한 농간이에요. 그 때문에 비열한 언사로 알지도 못하는 그 처녀의 행실까지 덧붙여 쓴 것입니다. 그건 모두 비열한 중상입니다."

"실례지만" 분노에 몸을 떨면서 루쥔은 대꾸했다. "그 편지에서 당신의 성격과 행동까지 언급한 것은 당신의 여동생과 어머니의 부탁을 이행하기 위해서였을 뿐입니다. 즉 당신을 방문했을 때의 모양은 어떠했으며, 당신이 나에게 어떤 인상을 주었는지, 그런 점을 상세히 알려달라는 부탁이 있었기 때문입니다. 그런데 지금 지적된 편지의 내용 한 줄이라도 사실과 다른 점이 있단 말입니까? 그러니까 당신은 돈을 낭비하지 않았나요, 또 그 가족이 가난한 것은 사실이라 할지라도 과연 그들 가운데 더러운 인간이 한 사람도 없었단 말입니까?"

"그러나 내가 보기에 당신 따위는 아무리 있는 장점을 다 긁어모아도 지금 당신이 돌을 던지고 있는 그 불행한 처녀의 새끼손가락만큼도 가치가 없습니다."

"그러면 당신은 그 여자를 어머니나 여동생과 교제시킬 만한 자신이 있겠군요?"

"원하신다면 말씀드리죠. 난 벌써 그걸 실행에 옮겼습니다. 그 처녀를 어머니와 두냐하고 나란히 앉혔으니까요."

"로쟈!" 하고 풀헤리야 알렉산드로브나는 외쳤다.

두네치카는 얼굴을 붉혔고, 라주미힌은 눈썹을 찌푸렸다. 루쥔은 독기 띤 거만한 웃음을 흘렸다.

"아브도치야 로마노브나, 보시다시피" 하고 그는 말했다. "이래가지고 어떻게 화해가 가능하겠습니까? 나는 이것으로 만사는 끝났고 모든 사정은 명백해진 것으로 간주하겠습니다. 이제 더는 모자와 남매간 상면의 기쁨과 비밀 얘기를 방해하지 않도록 나는 물러가겠습니다. (그는 의자에서 일어나 모자를 집었다.) 그러나 가기 전에 한 말씀 더 드리겠습니다만, 앞으론 이런 회합, 아니 이런 타협은 절대 삼가주시기를 바라겠습니다. 존경하는 풀헤리야 알렉산드로브나, 당신한테는 특히 이 점을 다짐해둡니다. 더욱이 그 편지는 다른 사람이 아니라 바로 당신한테 보냈으니까요."

풀헤리야 알렉산드로브나도 이 말에는 다소 화가 났다.

"당신은 뭡니까, 우리를 당신의 권력으로 마음대로 휘두르시겠다는 건가요, 표트르 페트로비치? 당신의 희망대로 되지 않은 까닭은 방금 두냐가 말한 대롭니다. 그 애는 좋은 생각을 가지고 있었어요. 그리고 당신은 마치 명령이라도 내리듯이 편지를 쓰셨더군요. 그래, 우리는 당신의 희망을 일일이 명령처럼 생각해야만 합니까? 오히려 나는 그와 반대되는 의견을 말씀드리고 싶습니다. 당신은 지금의 우리에게는 특별히 친절하고 관대히 대해주셔야 할 처지입니다. 우리는 모든 것을 버리고 오로지 당신만을 믿고 여기까지 왔으니까요. 그렇잖아도 우리는 지금 당신 손아귀에 들어 있는 거나 다름없지 않느냐 말이에요."

"아니, 전혀 그렇다고만은 할 수 없습니다, 풀헤리야 알렉산드로브나. 특히 조금 전에 마르파 페트로브나의 유언에 따라 3천 루블을 받게 되었다는 보고가 있었으니까요. 나에 대한 말투가 금방 달라진 점으로 보아도 그건 절호의 기회였던 것처럼 느껴지는군요" 하고 그는 독기 어린 어조로 덧붙였다.

"그런 말씀을 하시는 걸 보니, 확실히 우리의 무력한 신세를 이용하려 했다고 해도 과언은 아니겠군요" 하고 두냐는 화를 내며 말했다.

"그러나 지금으로서는 적어도 그런 것을 고려할 수는 없습니다. 특히 아르카지 이바노비치 스비드리가일로프 씨의 비밀 제안을 방해하고 싶지도 않고요. 그 사람은 오빠에게 전권을 위임한 셈이니까요. 보건대 그 제안은 당신에게 중대한 의미를, 어쩌면 지극히 유쾌한 의미를 지니고 있을지도 모르죠."

"아니, 뭐라고요!" 하고 풀헤리야 알렉산드로브나는 외쳤다.

라주미힌은 의자에 앉아 있을 수가 없었다.

"넌 이래도 부끄럽지 않니, 두냐?" 하고 라스콜니코프는 물었다.

"부끄러워요, 오빠" 하고 두냐는 대답했다. "표트르 페트로비치, 썩 나가주세요!" 그녀는 분노에 질린 파리한 얼굴로 루쥔에게 말했다.

루쥔도 설마 이런 결말이 올 줄은 꿈에도 생각하지 못한 듯했다. 그는 자기 자신과 권력, 그리고 두 사람의 무력한 처지에 너무나 기대를 걸고 있었다. 그는 아직도 이런 현실이 믿기지 않았다. 그의 얼굴은 파랗게 질리고 입술은 바르르 떨리기 시작했다.

"아브도치야 로마노브나, 내가 이런 대접을 받고 이 문에서 나가버리면, 알겠소, 난 두 번 다시 돌아오지 않을 거요. 잘 생각하란 말이오! 나는 일구이언은 안 합니다."

"아니, 그런 뻔뻔스러운 소릴!" 두냐는 벌떡 자리에서 일어나면서 외쳤다. "네, 나도 당신이 되돌아오길 원치 않아요!"

"뭐? 아니 뭐라고요!" 최후의 순간까지 이런 종말을 믿지 않았던 루쥔도 이제는 완전히 실마리를 잃고 저도 모르게 이렇게 외쳤다. "아, 그렇군요! 하지만 아실 테죠, 아브도치야 로마노브나. 나는 이의를 제기할 수도 있습니다!"

"당신은 무슨 권리가 있어서 우리 애한테 그런 소릴 하시죠!" 풀헤리야 알렉산드로브나도 후끈 달아서 끼어들었다. "대체 무슨 이의를 제기할 수 있다는 거예요? 무슨 권리가 있다고! 정말이지 당신 같은 사람에게 내 소중한 딸을 내주다니! 자, 썩 나가요, 우리한텐 더 참견하지 말아요! 처음부터 우리가 잘못이었지, 이런 당치도 않은 일을 이루어보려고 했으니. 누구보다도 내가 제일 나빴어…….."

"그러나 풀헤리야 알렉산드로브나." 루쥔은 미친 듯이 대들었다. "당신은 그런 약속으로 나를 속박해놓고는 이제 와서 그걸 파기하려는 겁니까… 그렇다면 결국… 나는 그 때문에 공연히 돈만 쓴 것이 되지 않습니까……."

이 마지막 항의는 루쥔의 성격을 여실히 드러냈으므로, 분노의 발작과 그것을 억제하려는 노력 때문에 창백해 있던 라스콜니코프조차 마침내 참지를 못하고 큰 소리로 웃음을 터뜨렸다. 그러나 풀헤리야 알렉산드로브나는 완전히 이성을 잃고 말았다.

"돈만 썼다고요? 대체 무슨 돈입니까? 설마 우리 트렁크를 말하는 건 아니겠죠? 그건 당신의 낯을 보고 차장이 거저 실어준 것이니까. 아니, 뭐 우리가 당신을 속박했다고요? 제발 정신 좀 차려요, 표트르 페트로비치. 당신이 우리 손발을 비끄러매는 것이지, 우리가 당신을 속박한 건 아니에요!"

"그만두세요, 어머니. 제발 그만두세요!" 하고 두냐는 애원하듯이 말했다. "표트르 페트로비치, 제발 나가주세요!"

"나갑니다. 그러나 마지막으로 한마디만 하겠습니다!" 그는 거의 자제력을 잃고 외쳤다. "당신의 어머니는 이미 잊으신 모양이지만, 나는 당신에 대한 불미한 소문이 온 고을에 퍼지기 시작한 직후에 당신과 결혼하기로 결심했습니다. 나는 당신의 명예를 회복시켜드렸으니 물론 크나큰 보수를 바랄 수도 있고, 또 당신에게 감사를 요구해도 무방하다고 생각합니다. 그러나 이제야 나도 겨우 눈을 떴습니다! 내가 여론을 무시한 것은 어쩌면 지극히 경솔한 짓이었는지도 모르겠다는 것을 이제야 알겠군요……."

"이 자식, 네 대갈통은 두 개인 줄 아니!" 라주미힌은 의자에서 벌떡 일어나서 당장에라도 대들 기세로 이렇게 호통을 쳤다.

"당신은 비열하고 간악한 인간이에요!" 하고 두냐는 말했다.

"말하지 마! 가만 놔둬!" 라주미힌을 제지하면서 라스콜니코프는 외쳤다. 그러고는 루쥔 곁으로 바싹 다가섰다.

"어서 나가시오!" 그는 토막토막 끊기는 나직한 음성으로 말했다. "아무 소리 마시고, 그렇잖으면……."

루쥔은 몇 초 동안 분노로 일그러진 창백한 얼굴로 그를 바라보다가 획 몸을 돌려 그대로 나가버렸다. 지금 이 사나이가 라스콜니코프에게 품은 분노와 증오는 누구도 느끼기 어려운 것이었다. 그는 라스콜니코프만을, 그 한 사람만을 일체의 원인이라고 생각했다. 그러나 여기서 특기해야 할 점은, 그가 층계를 내려가면서도 어쩌면 일은 완전히 끝난 것이 아닐지도 모른다, 적어도 두 모녀에 관해서는 아직도 '충분히' 회복할 가망이 있다고 생각한다는 사실이었다.

3

무엇보다 중요한 것은 그가 최후의 순간까지도 이러한 결말을 전혀 예기치 못했다는 점이다. 가난하고 의지할 곳 없는 두 여인이 자기 세력에서 벗어날 수 있으리라고는 도저히 상상도 할 수 없었기 때문에 그는 마지막 단계로 접어들 때까지 그토록 뻔뻔스럽게 버티어댔던 것이다. 이러한 신념을 크게 북돋아준 것은 그의 허영심과 자부심이라고 불러야 할 그의 자신(自信)이었다. 보잘것없는 처지부터 그만한 지위를 쌓아올린 루쥔은 병적일 정도로 자만심이 강했고, 자기 두뇌와 재능을 높이 평가하고 있었다. 때로는 혼자서 거울에 비치는 자기의 얼굴을 넋을 잃고 바라보기도 했다. 그러나 그가 이 세상에서 무엇보다 사랑했던 것은 모든 노력과 온갖 방법을 통해 획득한 자기 돈이었다. 바로 그 돈이 자기보다 높은 곳에 있던 모든 사람과 동등한 자리에 앉게끔 해주었기 때문이다.

조금 전에 그가 두냐에게, 자기는 불미한 소문이 있는데도 그녀와 결혼하기로 결심했었다고 비통한 어조로 경고한 것은 어디까지나 진심에서 나온 말이었다. 그리고 그런 '비겁한 배은'에 대해서 그는 격렬한 분노까지 느꼈다. 하긴 그가 두냐에게 청혼했을 때는 이미 마르파 페트로브나 자신이 발 벗고 나서서 그런 풍문을 씻어버린 뒤였고 세상 사람들도 모두 그런 건 잊어버리고 두냐를 변호하고 있었으므로, 그도 그것이 허무맹랑한 낭설임을 완전히 믿어 의심치 않았다. 그리고 그 자신도 그런 사정을 그 당시부터 알고 있었음을 이제 와서 부정할 수는 없다. 그런데도 그는 두냐를 자기와 동등한 위치로 끌어올려주겠다는 스스로의 결심을 여전히 높이 평가하면서 그것을 커다란 공적으로 생각하고 있었다. 그래서 지금 두냐에게 그런 말을 한 것도 실은 지금까지 수없이 감탄해오면서 다소곳이 마음에 숨겨두었던 비밀스런 상념의 고백이었을 뿐인데, 어째서 남들은 자기의 이 공적을 감탄의 눈으로 보아주지 않는지 도무지 이해할 수가 없었다. 전날 라스콜니코프를 찾아갔을 때도 그는 충분히 자기 공적의 성과를 거두고 더없이 감미로운 찬사를 들을 양으로 은인처럼 자처하고 그의 방에 들어갔었다. 그렇기 때문에 지금 그가 층계를 내려가면서 자기의 진가를 인정받지 못하고 가장 큰 모욕을 받은 듯이 생각하는 것도 실은 무리가 아니었다.

　한편 두냐는 그에게 도저히 없어서는 안 될 존재였다. 그녀를 단념한다는 것은 상상도 못할 일이었다. 이미 오래전부터 몇 년 동안이나 그는 결혼이라는 것을 즐겁게 공상하면서 끊임없이 돈을 저축하며 시기가 오기만을 기다려왔다. 그는 달콤한 희망을 안고 남몰래 마음속 깊이 품행이 좋고 가난한(반드시 가난해야 했다), 젊고 예쁘고 좋은 가문에 교육도 받고, 그러면서도 세상의 온갖 고초를 다 겪어 겁이 많아진 처녀, 끝까지 자기한 사람에게만 순종하면서 한평생 자기를 은인으로 존경하고 숭배하는 그런 처녀를 공상하고 있었다. 그는 일을 하다가도 틈틈이 조용한 곳에서 이 매혹적이고 즐거운 테마에 관해서 얼마나 달콤한 에피소드와 장면을 공상 속에 그려보았는지 모른다! 그런데 이제 그 몇 년 동안의 공상이 거의 실현을 보게 된 것이다. 아브도치야 로마노브나의 미모와 교양은 그에게 깊은 감동을 주었고, 그 의지할 데도 없는 환경은 극도로 그 욕망을 자극했다. 게다가 거기에는 그의 공상 이상의 것까지 있었다. 이 처녀는 자존심이 강하고 의지가 굳고 품행이 단정하고, 교양과 두뇌의 발달은 오히려 그 이상이었다(그도 이것을 느끼고 있었다). 더욱이 이토록 훌륭한 여성이 앞으로 한평생 그의 위업에 대해서 노예적인 감사를 바치면서 공손히 무릎을 꿇고, 그는 그 위에서 완전하고도 무한한 지배력을 휘두르려는 것이다! … 때마침 그는 얼마 전부터 오랜 숙고 끝에 마침내 근본적으로 방침을 고쳐서 더 넓은 활동권으로 뛰어듦과 동시에 오랫동안 그토록 갈망해오던 상류사회로도 서서히 발을 들여놓기로 결심하고 있었다. 한마디로 말해서, 그는 페테르부르크에서 자신의 운명을 시도해보기로 결심했던 것이다. 그는 여자라는 것이 일을 하는 데 '참으로' 많은 도움이 된다는 점을 알고 있었다. 아름답고 기품과 교양이 있는 여성의 매력은 그의 인생행로를 장식해주고 사람들을 그에게 끌어들일뿐더러 그의 명성을 높여줄 것임에 틀림없다……. 그런데 지금 그 모든 것이 일시에 무너져버리고 만 것이다. 이 뜻하지 않은 추악한 결렬은 그에게 청천벽력과도 같은 충격을 주었다. 그것은 참으로 어처구니없는 장난이었다. 바보 같은 얘기다. 그는 잠깐 거드름을 피워보았을 뿐 제대로 하고 싶은 말도 하지 못했다. 그저 농담조로 좀 열중했을 뿐인데 이런 중대한 결과를 초래하게 되다니! 더욱이 그는 이미 자기 나름대로 두냐를 사랑하고 있지 않은가. 마음속으로는 벌써부터 그녀에게 군림하고 있지 않느냐 말이다. 그런데 느닷없이… 아니다! … 내일이라도, 내일이라도 당장 사태를 회복해서 응급조처를 취하고 개선하지 않으면 안 된다. 첫째, 일체의 원인인 그 젖비린내 나는 오만한 풋내기를 납작하게 혼내줘야겠다. 그리고 이때 병적인 감각과 더불어 저도 모르게 라주미힌이 머리에 떠올랐다. 그러나 그 라주미힌에 대해서는 그도 이내 안심했다. '물론 그런 자는 그놈과 똑같은 족속일 게다!' 그러나 그가 진정으로 두려워하고 있던 것은… 다름 아닌 스비드리가일로프였다. 한마디로 말해서, 수많은 근심 걱정이 그의 눈앞을 가로막고 있었다…….

"아니에요, 내가, 내가 제일 나빴어요!" 어머니를 꺼안고 키스하면서 두네치카는 이렇게 말했다. "나는 그의 돈에 눈이 멀었던 거예요. 그러나 오빠, 맹세하겠어요. 나는 설마 그가 그렇게까지 졸장부인 줄은 꿈에도 생각지 못했어요. 전부터 그가 그런 사람인 줄 알았더라면 무슨 일이 있어도 속아 넘어가지 않았을 거예요! 나를 책망하지 마세요, 오빠!"

"하느님이 구해주셨다! 하느님이 구해주셨어!" 풀헤리야는 방금 일어난 일들이 아직도 완전히 납득이 가지 않는 듯이 건성으로 입을 놀리며 이렇게 중얼거렸다.

모두 서로 기뻐했다. 5분쯤 지나자 웃음까지 퍼져 나왔다. 때때로 두네치카만이 조금 전의 사건을 상기하면서 파리해진 얼굴로 미간을 찌푸릴 뿐이었다. 풀헤리야 알렉산드로브나는 자기도 함께 기뻐하리라고는 꿈에도 생각지 못했었다. 오늘 아침까지만 하더라도 루쥔과의 결렬이 무서운 불행으로만 생각되었던 것이다. 그러나 라주미힌은 기뻐서 어쩔 줄을 몰랐다. 그는 아직 충분히 기쁨을 표현할 수는 없었으나, 마치 5푸드나 되는 저울추를 가슴에서 떼어낸 듯이 열병 환자처럼 떨고 있었다. 이제 그는 자기의 온 생애를 바쳐서 이들 모녀에게 봉사할 권리를 얻은 셈이다. 사실 이제부터는 무슨 일이 일어날지도 모른다! 하지만 장래의 일을 생각하면 그는 더욱 겁이 나서 그런 생각을 몰아내고 자기 자신의 상상을 두려워하고 있었다. 그러나 라스콜니코프만은 여전히 같은 자리에 앉은 채 침울한 방심 상태에 빠져 있었다. 그는 누구보다도 열심히 루쥔을 물리치자고 주장했으면서도 지금 일어난 일에는 누구보다도 가장 관심이 없어 보였다. 두냐는 아직도 오빠가 자기에게 몹시 화나 있다고 생각했다. 풀헤리야 알렉산드로브나는 겁먹은 눈으로 그를 바라보고 있었다.

"스비드리가일로프가 오빠한테 무슨 말을 했어요?" 두냐는 그에게로 다가갔다.

"아 참, 그래그래!" 하고 풀헤리야 알렉산드로브나가 외쳤다.

라스콜니코프는 고개를 들었다.

"그는 꼭 너에게 1만 루블을 선사하고 싶다는 거야. 그리고 나도 함께 한자리에서 너를 한 번 만나고 싶다더구나."

"만나고 싶다고! 절대로 안 된다. 안 돼!" 풀헤리야 알렉산드로브나는 외쳤다. "이 애한테 돈을 주겠다고! 아니, 어떻게 감히 그런 소릴 할 수 있단 말이냐!"

라스콜니코프는 (극히 무관심한 어조로) 스비드리가일로프하고 주고받은 얘기를 전했다. 쓸데없는 말은 하고 싶지도 않았고, 또 실제 필요한 것 말고는 하나도 언급하고 싶지가 않아서 마르파 페트로브나의 유령 얘기는 빼버렸다.

"그래서 오빠는 뭐라고 대답하셨어요?" 하고 두냐는 물었다.

"처음엔 너한테 알리지 않겠다고 말했지. 그랬더니 그가 무슨 수단을 써서라도 너를 직접 만나겠다고 우기는 거야. 그리고 너에 대해서 열을 올렸던 것은 일시적인 착란이었고, 지금은 아무런 감정도 느끼지 않는다고 보증하더군… 그는 너를 루쥔과 결혼시키고 싶지 않은 거야… 대체로 앞뒤가 잘 들어맞지 않는 말이었어."

"오빠 자신은 그를 어떻게 생각하세요? 어떤 인상을 받으셨어요?"

"솔직히 말해서 뭐가 뭔지 알 수가 없더구나. 1만 루블을 제의하는가 하면, 자기는 부자가 아니라는 소리도 하고… 어디로 멀리 가버리고 싶다고 하다가는 10분도 지나기 전에 자기가 한 그 말을 까맣게 잊어버리기도 하고. 그리고 또 느닷없이 결혼할 작정이라면서 중매하는 사람이 있다는 말도 하고. 물론 무슨 목적이 있을 테지만 십중팔구 좋지 못한 목적이겠지. 그리고 만일 너한테 불순한 생각이라도 있다면 그렇게 우둔하게 나올 리는 만무하거든. 하여튼 나는 너를 대신해서 그 돈 문제는 딱 잘라 거절했다. 대체로 그자는 몹시 변태적이란 인상을 받았어. 아니, 오히려… 발광할 징후가 있는 것같이 보이기도 했어. 하긴 내가 잘못 추측했을 수도 있겠지. 어쩌면 단순한 속임수일지도 몰라. 그러나 마르파 페트로브나의 죽음은 그에게 충격을 준 모양이더군……."

"아아, 하느님, 그 여자의 영혼에 평안을 주옵소서!" 하고 풀헤리야 알렉산드로브나는 외쳤다. "나는 영원히, 영원히 그 여자를 위해 기도하겠다! 얘, 두냐야, 그 3천 루블이 없었다면 우리는 지금 어떻게 되었겠니? 정말로 하늘이 주신 복 같다! 로쟈야, 글쎄, 오늘 아침 우리 수중엔 겨우 3루블밖엔 남아 있지 않았으니 말이다. 그래서 나하고 두냐는 빨리 시계라도 전당 잡혀야겠다고 생각했단다. 저쪽에서 먼저 말을 꺼내기 전엔 그 사람한테서 돈을 빌리기 싫었으니까."

두냐는 스비드리가일로프의 제안에 무척 큰 충격을 받은 것 같았다. 그녀는 생각에 잠긴 채 멍청히 서 있기만 했다.

"그 사람은 무언가 무서운 일을 생각해냈을 거예요!" 그녀는 부르르 몸을 떨다시피 하며 속삭이듯 중얼거렸다.

라스콜니코프는 누이의 극심한 공포를 눈치챘다.

"왜 그런지 나는 앞으로도 종종 그자와 만날 것만 같다" 하고 그는 두냐에게 말했다.

"모두 조심합시다. 내가 그자의 거처를 알아내겠습니다!" 라주미힌이 힘차게 외쳤다. "계속해서 감시를 하겠습니다! 로쟈가 나에게 허락해주었으니까요. 로쟈는 아까 나한테 누이동생을 보호해달라고 했거든요. 아브도치야 로마노브나, 당신도 허락해주시겠죠?"

두냐는 방긋 웃고 그에게 손을 내밀었으나, 근심의 빛은 그 얼굴에서 사라지지 않았다. 풀헤리야 알렉산드로브나는 조심조심 딸의 눈치를 살피고 있었다. 그러나 3천 루블이란 돈은 분명히 그녀를 안심시킨 모양이었다.

15분 후에는 모두 활기 띤 대화를 나누었다. 라스콜니코프도 자신은 말을 하지 않았지만 한동안 열심히 귀를 기울이고 있었다. 신 나게 열변을 토하고 있는 것은 라주미힌이었다.

"아니, 왜 여기서 떠나셔야만 합니까?" 그는 무엇에 취한 듯이 환희에 넘치는 어조로 말했다. "도대체 시골 도시에서 무엇을 하신다는 겁니까? 무엇보다도 중요한 것은 두 분 다 여기 계셔야 하고, 모두 필요한 사람들이라는 것입니다. 모두 얼마나 서로 필요한 사람들인지 생각해보세요! 비록 당분간만이라도 말입니다. 그리고 부디 저를 친구로서 한몫 끼워주십시오. 그러면 정말 멋진 일을 시작할 수 있습니다. 자, 들어보세요, 이제 그 상세한 계획을 말씀드릴 테니! 오늘 아침에, 아직 아무런 일도 일어나기 전에 내 머리에 문득 이런 생각이 떠올랐습니다. 그 생각이란 이런 것입니다. 내겐 백부가 한 분 계십니다. 언젠가 소개해드리겠습니다만 아주 훌륭하고 점잖은 노인입니다! 그 백부가 1천 루블쯤 갖고 있는데 그분 자신은 연금으로 생활하고 있어서 조금도 궁색하지 않습니다. 그래서 백부는 2년 전부터 그 돈을 나더러 이용하라면서 이자는 연 6부면 된다고 귀찮게 권하고 있습니다. 그러나 그 속셈은 알고 있습니다. 백부는 다만 나를 돕고 싶을 뿐입니다. 그런데 지난해엔 나도 그럴 필요가 별로 없었지만, 올해는 백부가 오시는 대로 그 돈을 빌리기로 결심했습니다. 자당님께서도 그 3천 루블 가운데 1천 루블만 제공해주시면 착수금으로 충분합니다. 그러면 우리는 합자한 셈이 되지요. 그 돈으로 우리는 무엇을 하는가 하면?"

여기서 라주미힌은 자기의 계획을 설명하기 시작했다. 그리고 거의 모든 서적상과 출판업자가 자기 상품에 대해서 그다지 조예가 깊지 않기 때문에 대부분 좋은 평들을 못 받고 있지만, 착실한 책만 출판하면 반드시 수지를 맞추고도 이익을 올려서 상당한 돈을 벌 수 있다고 열심히 설명했다. 라주미힌은 2년간이나 남의 출판사를 위해서 일을 했으며 유럽 3개

국어에 능통했으므로 출판업을 하려는 공상을 항상 품어왔던 것이다. 엿새 전에 그는 라스콜니코프에게 독일어만은 '시원치 않다'고 했지만, 그것은 친구에게 번역 일을 반쯤 맡기고 선금 3루블을 쥐어주기 위한 구실에 지나지 않았다. 그때 그는 거짓말을 했던 것이다. 그리고 라스콜니코프도 그 말이 거짓말이라는 것은 잘 알고 있었다.

"어째서 이 좋은 기회를 놓칠 수 있겠습니까! 제일 중요한 자본의 하나인 자기 돈이 생겼는데 말입니다!" 라주미힌은 열을 올렸다. "물론 굉장한 노력이 필요합니다. 그러나 우리 힘을 합해서 일해봅시다. 자당님을 비롯해서 아브도치야 로마노브나, 그리고 나와 로지온이 협력해서 말입니다. 몇몇 출판은 지금 굉장한 이득을 올리고 있거든요! 그런데 이 사업의 근본 문제는 요컨대 무엇을 택해서 번역하느냐, 그것을 잘 알아야 하는 데 있습니다. 우리는 번역도 하고, 출판도 하고, 공부도 함께하자는 겁니다. 그러면 나도 꽤 쓸모가 있을 겁니다. 경험이 있으니까요. 이미 2년 동안이나 여러 출판사를 돌아다녔으므로 그자들의 내막이라면 속속들이 다 알고 있습니다. 전문가라는 게 따로 있는 것이 아닙니다. 정말입니다! 맛있는 음식을 입에까지 가져다주는데 그냥 밀어낼 필요가 어디 있습니까? 나는 아주 근사한 책을 두세 권 알고 있습니다. 그것을 번역해서 출판한다는 아이디어만으로도 한 권에 100루블씩은 쉽게 받을 수 있는 비밀을 갖고 있거든요. 그중 한 권은 아이디어료만으로 500루블을 준다고 해도 응하고 싶지 않을 정도입니다. 여러분들 생각은 어떠신지? 내가 누구한테 이런 얘기를 하면 미친 소리라고 의심할지도 모르죠. 세상엔 바보들도 많으니까요. 그리고 인쇄라든가 용지라든가 판매 같은 잡무는 일체 내게 맡겨주십시오! 그 방면의 내막은 환하니까요! 처음엔 소규모로 시작해서 점점 사업을 키워가는 거죠. 적어도 그것으로 먹고살 수는 있습니다. 그리고 또 설령 잘못된다고 해도 본전은 건질 수 있으니까요."

두냐의 두 눈이 빛났다.

"당신 이야기는 퍽 마음에 드는군요, 드미트리 프로코피치" 하고 그녀는 말했다.

"난 그런 얘기는 하나도 모르지만…" 하고 풀헤리야 알렉산드로브나가 대답했다. "그 계획은 좋을 것도 같군요. 하지만 장래의 일은 아무도 보증하지 못할 거예요. 새로운 일이라 어떨지 알 수가 있어야죠. 물론 우리는 당분간이라도 여기 머물러 있긴 해야겠지만……."

그녀는 로쟈에게 눈을 주었다.

"오빠는 어떻게 생각하세요?" 두냐가 물었다.

"나도 참 좋은 계획이라고 생각해" 하고 그는 대답했다. "회사를 만든다는 공상까지 미리 할 필요는 없지만 대여섯 권 정도의 출판이라면 반드시 성공시킬 수 있어. 나도 틀림없이 잘 팔릴 책을 한 권 알고 있으니까. 그리고 이 친구의 경영 능력에 대해서는 의심할 여지가 없어, 사업적인 두뇌가 있거든. 그러나 아직 상의할 시간은 충분히 있어……."

"만세!" 라주미힌은 외쳤다. "잠깐만! 여기 이 집에 같은 주인이 갖고 있는 아파트가 하나 있습니다. 다른 방들과는 통로가 막혀서 아주 독립된 집 같고, 가구도 딸렸으며, 작긴 하지만 방이 세 개나 되고 집세도 퍽 쌉니다. 우선 그 집을 빌려 드세요. 시계는 내가 내일 당장 전당 잡혀다 드리겠습니다. 그다음은 만사가 다 잘되어갈 겁니다. 무엇보다도 좋은 것은 세 분 가족이 함께 사실 수 있다는 겁니다. 로쟈도 가족들과 함께… 아니, 어디 가는 거야, 로쟈?"

"얘, 로쟈, 너 벌써 가려는 거니?" 풀헤리야 알렉산드로브나는 깜짝 놀란 듯이 물었다.

"아니, 하필이면 이러한 때!" 하고 라주미힌은 외쳤다.

두냐는 의아스러운 듯 놀란 빛을 띠면서 오빠를 쳐다보았다. 그의 손에는 모자가 들려 있었다. 그는 금방 나가려는 자세였다.

"마치 모두가 나를 장송(葬送)하거나 생이별이라도 하는 것 같은 얼굴이군요." 그는 몹시 이상한 말투로 이런 말을 했다.

그는 빙긋 웃는 것 같았으나 웃음이 아닌 것도 같았다.

"하긴 무리도 아니지, 우리가 얼굴을 대하는 것도 이것이 마지막일지 모르니까." 그는 지나가는 말처럼 이렇게 덧붙였다.

그는 마음속으로만 생각하고 있던 말을 문득 저도 모르게 입 밖에 내고 만 것이다.

"아니, 너 왜 그러느냐?" 하고 어머니가 외쳤다.

"오빠, 어딜 가세요?" 두냐도 어쩐지 이상한 어조로 물었다.

"잠깐 꼭 가봐야 할 데가 있어서." 자기가 말하려던 생각에 동요를 느낀 듯 그는 막연히 대답했다. 그러나 그의 창백해진 얼굴엔 그 어떤 단호한 결심의 빛이 어려 있었다.

"나는 이런 말을 하려고 했던 겁니다… 이리로 오는 도중에… 이런 말을 하려고 했던 거예요. 어머님께… 그리고 네게도 두냐, 우리는 당분간 따로 떨어져 있는 게 좋겠다고. 나는 기분이 좋지 않고 마음이 진정되지 않습니다. 나중에 또 오지요, 올 처지가 되면 내 발로 걸어오겠어요. 나는 어머니와 두냐를 잊지 않고 사랑하고 있습니다… 제발 내 걱정은 말아주세요! 나 혼자 내버려두세요! 나는 전부터 이렇게 결심하고 있었습니다… 이 결심은 확고합니다… 설사 나에게 무슨 일이 있더라도, 내 몸이 파멸해 버리든 그렇지 않든 간에 나는 혼자 있고 싶습니다… 나에 대해서는 완전히 잊어주세요. 그쪽이 편합니다… 아예 내 소식을 수소문하거나 하지는 말아주세요. 필요할 때는 내가 오든지… 어머니와 두냐를 부르든지 하겠습니다. 어쩌면 모든 것이 다시 부활할지도 모르겠습니다! … 그러나 지금은, 나를 사랑하신다면 단념해주세요… 그렇잖으면 나는 어머니를 원망하겠습니다. 아무래도 그럴 것만 같아요… 그럼 안녕히!"

"아아, 이를 어쩌나!" 하고 풀헤리야 알렉산드로브나는 외쳤다.

어머니도 누이동생도 기절을 할 만큼 놀랐다. 라주미힌 역시 마찬가지였다.

"로쟈, 로쟈! 마음을 풀어다오. 다시 그전처럼 지내자꾸나, 응!" 가엾은 어머니는 애원하듯 외쳤다.

라스콜니코프는 문 쪽으로 천천히 몸을 돌리더니 느릿느릿 방을 나갔다. 두냐가 그 뒤를 쫓았다.

"오빠! 어머니를 어떡할 작정이세요!" 분노에 타는 눈으로 오빠를 바라보면서 그녀는 속삭이듯이 말했다.

그는 괴로운 눈으로 누이동생을 바라보았다.

"걱정 마, 올 테니. 자주 들르겠다!" 자기 자신 무슨 말을 하려는지도 모르는 듯이 그는 낮은 음성으로 중얼거리고는 방에서 나가버렸다.

"매정하고 심술궂은 에고이스트!" 두냐는 외쳤다.

"저건 미, 미치광입니다. 매정한 게 아니라 머리가 돌았어요! 당신은 그걸 모르십니까? 모르신다면 당신이 오히려 매정해요!" 라주미힌은 두냐의 손을 꼭 잡으면서 그녀의 귀에 입을 대고는 열띤 음성으로 속삭였다.

"얼른 갔다 오겠습니다!" 그는 기절하다시피 한 풀헤리야 알렉산드로브나에게 이렇게 외치고 방에서 뛰쳐나갔다.

라스콜니코프는 복도 끝에서 라주미힌을 기다리고 있었다.

"자네가 뛰쳐나올 줄 알았네" 하고 그는 말했다. "어서 방으로 돌아가서 두 사람과 함께 있어주게… 내일도 와서 함께 있어주고… 그리고 앞으로도 죽, 나도 어쩌면 다시 올지 모르지… 올 수만 있다면… 잘 있게!" 이렇게 말하고 그는 손도 내밀지 않고 그대로 걸어갔다.

"대체 자넨 어딜 가는 건가? 왜 그래? 무슨 일이야? 그래, 이럴 수가 있나?" 어안이 벙벙한 라주미힌은 이렇게 중얼거렸다.

라스콜니코프는 다시 한 번 걸음을 멈추었다.

"마지막으로 말하네만, 다시는 나한테 아무것도 묻지 말아주게. 물어 봐야 아무것도 대답할 게 없으니까. 나를 찾아오지도 말고. 어쩌면 내가 이리 올지도 모르지. 나를 내버려두란 말이야. 그러나 저 두 사람만은 내 버리지 말아주게. 알겠나?"

복도는 어두웠다. 그들은 램프 옆에 서 있었다. 1분쯤 그들은 잠자코 서로 얼굴만 마주 보고 있었다. 라주미힌은 한평생 이 순간을 잊을 수 없었다. 라스콜니코프의 불타는 듯한 날카로운 시선은 마치 시시각각으로 힘을 더해서 라주미힌의 영혼과 의식을 꿰뚫는 듯했다. 라주미힌은 부르 르 몸을 떨었다. 무엇인지 괴이한 것이 그들 사이를 스쳐 간 듯한 느낌이 었다… 그 어떤 상념이 마치 암시처럼 번쩍 스쳐 간 것이다. 무섭고도 추 악한, 그러나 쌍방이 동시에 느낄 수 있었던 그 무엇이……. 라주미힌은 죽은 사람처럼 새파랗게 질렸다.

"이젠 알겠지?" 라스콜니코프는 병적으로 얼굴을 일그러뜨리며 느닷없 이 이렇게 말했다. "어서 두 사람한테로 돌아가보게." 이렇게 덧붙이고 그 는 휙 돌아서서 밖으로 나가버렸다.

이날 밤 풀헤리야 알렉산드로브나의 거처에서 생긴 일에 대해서는 자 세히 쓰지 않겠다. 라주미힌은 라스콜니코프를 보내고 돌아와서 모녀를 위로했다. 로쟈는 지금 병중이라 정양(靜養)이 필요하다, 로쟈는 반드시 찾아올 것이다, 날마다 올 것이다, 그는 지금 몹시 머리가 혼란되어 있으 니 그의 신경을 자극해서는 안 된다, 자신, 곧 라주미힌은 그를 잘 보살피 려고 좀 더 좋은 의사를 데려오겠다 등등을 약속했다. 한마디로 말해서 이날 밤부터 라주미힌은 두 여인을 위해 아들이 되고 오빠가 된 셈이었다.

62

4

한편 라스콜니코프는 그길로 소냐가 살고 있는 운하가의 집을 향해 걸음을 옮겼다. 그 집은 녹색으로 칠한 낡은 3층집이었다. 그는 문지기를 찾아서 재봉사 카페르나우모프가 어느 방에 살고 있는지 대충 위치를 알아보았다. 마당 한구석에서 좁고 어두운 층계로 통하는 출입문을 발견하고 간신히 2층으로 올라갔다. 그리고 안뜰에 면한 복도로 나왔다. 그가 어둠 속을 더듬으며 카페르나우모프가 살고 있는 방문을 찾으려고 머뭇거리고 있을 때, 문득 서너 걸음 떨어진 데서 문 같은 것이 열렸다. 그는 기계적으로 그 문을 붙잡았다.

"거기 누구세요?" 불안스러운 여자의 음성이 물었다.

"나요, 당신을 찾아왔습니다." 라스콜니코프는 대답하고 조그만 문간으로 쑥 들어섰다. 거기에는 찌그러진 의자 위에 비틀린 구리 촛대가 놓여 있고 촛불이 켜져 있었다.

"어머나, 당신이군요!" 소냐는 가냘프게 외치고는 못 박힌 듯 그 자리에 서버렸다.

"당신 방은 어딥니까? 이쪽이오?"

라스콜니코프는 소냐를 보지 않으려고 애쓰면서 황급히 방 안으로 들어갔다.

잠시 후 소냐도 촛불을 들고 들어왔다. 그녀는 촛불을 내려놓고, 뜻하지 않은 방문에 놀란 듯이 말할 수 없는 흥분에 사로잡혀 망연히 그의 앞에 서 있었다. 순간 창백한 얼굴에 홍조가 깃들고 눈에는 눈물이 스며 있었다. 소냐는 싫기도 하고, 부끄럽기도 하고, 또 감미로운 기분이기도 했다……. 라스콜니코프는 황급히 외면을 하고 탁자 앞 의자에 앉았다. 흘긋 바라보는 것만으로 방 안의 모습을 한눈에 알아볼 수 있었다.

　방은 넓긴 하지만 천장이 몹시 낮았는데, 카페르나우모프가 세를 주고 있는 단칸방이었다. 왼편 벽에 주인네 방으로 통하는 문이 닫혀 있고, 반대편인 오른쪽 벽에는 언제나 굳게 닫혀 있는 또 다른 문이 있었다. 거기는 번호가 다른 이웃집 방이었다. 소냐의 방은 어쩐지 창고 같은 일그러진 네모꼴이었는데, 그것이 이 방에 그 어떤 불구자 같은 인상을 주었다. 운하 쪽으로 창문이 세 개 달린 벽은 방 안을 비스듬히 지르고 있어서 한쪽 구석은 심한 예각을 이루며 희미한 불빛으로는 잘 보이지 않을 만큼 깊숙이 들어가 있는 데 반해, 다른 한쪽 구석은 보기 흉할 정도로 둔각을 이루고 있었다. 이 넓은 방에 가구다운 것이라곤 하나도 눈에 띄지 않았다. 침대가 있는 쪽 벽에 다른 방으로 통하는 문이 있고, 바로 그 옆에 청색 커버를 씌운 싸구려 탁자가 있고, 그 앞에 등의자가 두 개 놓여 있었다. 그리고 그 반대편 벽을 따라 예각을 이룬 구석 근처에 그리 크지 않은 조잡한 옷장이 버려진 듯이 혼자 놓여 있었다. 그 정도가 이 방 안에 있는 전부였다. 닳고 낡아빠진 누런 도배지는 구석구석마다 거무스름하게 그을어 있었다. 겨울이면 눅눅해서 탄산가스라도 낄 것 같았다. 가난한 생활임을 첫눈에 알 수 있었다. 침대 옆에 커튼조차 없을 정도였다.

　소냐는 말없이 방 안을 염치없이 둘러보는 손님을 지켜보았으나, 나중에는 마치 재판관이나 자기의 운명을 결정하는 사람 앞에 서 있는 듯이 공포에 몸을 떨기 시작했다.

　"이렇게 늦게 와서… 벌써 11시는 됐겠죠?"그는 여전히 소냐에게 눈을 주지 않으며 물었다.

"네." 소냐는 중얼거렸다. "네, 맞아요!" 마치 그 말 한마디에 자기의 운명이 달려 있기라도 한 듯이 소냐는 황급히 대답했다. "방금 주인네 방에서 시계 치는 소릴 들었어요… 11시예요."

"나는 마지막으로 당신한테 들른 겁니다." 라스콜니코프는 여기 온 것이 처음이면서도 침울한 어조로 말을 이었다. "나는 어쩌면 당신과는 아주 만나지 못할지도 모릅니다……."

"어디… 여행이라도?"

"모릅니다… 내일이면 모든 것이……."

"그럼 내일 우리 어머니한테도 오시지 못하겠군요?" 소냐의 음성은 떨리고 있었다.

"모르죠. 모든 것은 내일 아침에 봐야 압니다. 그러나 문제는 그게 아닙니다. 나는 한마디 하고 싶은 말이 있어서 왔습니다……."

그는 생각에 잠긴 눈으로 그녀를 올려다보았다. 그리고 그제야 자기는 앉아 있는데 소냐는 아직도 서 있다는 것을 깨달았다.

"왜 그렇게 서 있습니까? 앉으세요." 그는 갑자기 어조를 바꾸어 조용하고 상냥한 음성으로 말했다.

소냐는 의자에 앉았다. 그는 동정 어린 부드러운 눈으로 얼마 동안 그녀를 바라보았다.

"왜 이렇게 여위었습니까! 그 손은 말이 아니군요. 핏기가 하나도 없는 게 마치 죽은 사람 손가락 같군요."

그는 그녀의 손을 잡았다. 소냐는 가냘프게 웃었다.

"나는 언제나 이런걸요" 하고 그녀는 말했다.

"집에 있을 때도요?"

"네."

"하긴 그럴 수밖에!" 그는 내뱉듯이 말했다. 그리고 그의 얼굴 표정도 음성도 다시금 갑자기 변해버렸다. 그는 다시 한 번 방 안을 둘러보았다.

"이 방은 카페르나우모프한테서 빌리고 있나요?"

"네……."

"카페르나우모프네는 방문 저쪽이죠?"

"네… 저쪽에도 이것과 똑같은 방이 하나 있어요."

"모두 한방에 살고 있나요?"

"네, 한방에."

"나는 이런 방에 있으면 밤에 꽤 무서울 것 같은데요" 하고 그는 우울한 어조로 말했다.

"주인은 모두 좋은 사람들이에요. 아주 친절하고요." 소냐는 이렇게 대답했으나, 아직도 제정신이 아닌 듯 얼떨떨한 표정이었다. "내가 쓰는 가구들도 모두 주인네 거예요. 참 좋은 분들이에요. 아이들도 자주 내 방에 놀러 오곤 해요……."

"그 말더듬이 아이들 말이죠?"

"네… 주인은 말더듬이에 절름발이예요… 안주인도 역시… 더듬는 정도는 아니지만, 언제나 말이 분명치 못한 것 같아요. 그러나 안주인은 참 좋은 사람이에요. 주인은 전에 지주 집에서 일하던 농부 출신인데 아이가 모두 일곱이나 있어요… 제일 큰아이 하나만 말을 더듬고, 다른 아이들은 몸이 허약할 뿐이지 더듬지는 않아요… 그런데 그런 말은 어디서 들으셨어요?" 소냐는 좀 놀란 듯이 이렇게 덧붙였다.

"그때 당신 아버님이 죄다 말해주셨지요… 그리고 당신 얘기도 들려주셨습니다… 당신이 저녁 6시에 집을 나가서 8시에 돌아온 것도, 카체리나 이바노브나가 당신 침대 옆에 무릎 꿇고 있었던 일도."

소냐는 당황했다.

"나는 오늘 그분을 본 것 같아요." 소냐는 머뭇거리며 속삭였다.

"누구를?"

"아버지요. 이 근처 길모퉁이에서 9시 좀 지나서였을 거예요. 내가 길을 걸어가는데 앞을 걷고 있는 이가 꼭 아버지를 닮았어요. 어찌나 닮았는지 나는 곧 카체리나 이바노브나한테 달려가려고까지 생각했다니까요……."

"산책을 하고 있었나요?"

"네." 소냐는 다시금 당황해서 눈을 내리깔며 나직한 소리로 대답했다.

"아버님과 같이 살 땐 카체리나 이바노브나가 당신을 심하게 구박했다면서요?"

"어머, 천만에요. 무슨 말씀을 하세요. 그런 일 없어요!" 소냐는 깜짝 놀란 표정으로 그의 얼굴을 바로 보았다.

"그럼 당신은 그분을 사랑하십니까?"

"그분을? 네, 그야 물론이죠." 소냐는 갑자기 괴로운 듯이 두 손을 모아 쥐면서 애처롭게 말끝을 끌었다. "아아! 당신이 그녀를, 당신이 조금이라도 그녀를 아신다면! … 그녀는 어린애와 다름없어요… 머리가 돌아버린 거예요… 너무 고생을 해서. 그렇지만 예전엔 참으로 현명한 여자였어요… 얼마나 마음이 넓고 상냥했는지 당신은 모르실 거예요! 당신은 아무것도 모르세요… 아아!"

소냐는 흥분하고 괴로워하며 손을 비비대면서 절망적인 표정으로 이렇게 말했다. 마음에 여러 가지로 강한 충격을 받았으므로 그것을 표현하고 이야기하고 변호하고 싶은 충동을 참지 못하는 듯싶었다. 그 어떤 싫증을 모르는 연민의 정이—만일 이런 표현이 허용된다면—갑자기 소냐의 얼굴 전체에 떠올랐다.

"그녀가 나를 구박했다니! 대체 당신은 무슨 말씀을 하시는 거예요?

아니, 설사 그녀가 딸을 좀 때렸다 하더라도 그것이 어떻단 말이에요! 네, 어떻단 말이에요! 당신은 아무것도 모르세요! 그녀는 정말 불행한 분이에요. 아아, 얼마나 불행한지 몰라요! 게다가 앓기까지 하니… 그녀는 매사에 공평이란 것을 원하고 있어요… 그녀는 결백해요. 무슨 일이든지 공평해야 한다는 것을 확신하고 그것을 요구하고 있어요… 아무리 고통스러운 경우를 당해도 정의에 어긋나는 일은 절대로 하지 않아요. 세상만사가 모두 올바르게 될 수 없다는 것을 깨닫지 못하고 초조하게 애태우고 있는 거예요… 마치 순진한 어린애처럼 말이에요! 그녀는 올바른 사람이에요! 올바른 사람이에요!"

"그러나 당신은 앞으로 어떻게 되는 거죠?"

소냐는 반문하는 듯한 눈으로 라스콜니코프를 보았다.

"가족들이 모두 당신에게 달렸으니 말이에요. 하긴 여태까지도 당신이 부양해왔지만, 돌아가신 아버지도 술값을 얻으려고 가끔 당신을 찾아다녔다는 얘기를 들었지요. 그러니 앞으론 어떻게 할 생각입니까?"

"나도 모르겠어요." 소냐는 슬픈 듯이 대답했다.

"모두 그 집에 그냥 있게 되나요?"

"글쎄, 모르겠어요, 그 집엔 빚이 있거든요. 오늘도 집주인이 나가달라고 했는데 카체리나 이바노브나는 오히려 이쪽에서 한시도 있고 싶지 않다고 말했다더군요."

"그분은 왜 그렇게 호통만 치시죠? 당신을 믿고 그러시는 건 아닙니까?"

"아아, 아니에요, 그렇게 말씀하지 마세요! … 우리는 다 함께 사는 한 집안 식구예요." 소냐는 갑자기 또 흥분하여 초조한 모습을 보이기 시작했다. 그것은 마치 카나리아 같은 작은 새가 화를 내면 그럴 거라고 생각될 만큼 애처로운 모습이었다. "하지만 그녀는 어떡하면 좋을까요? 어떡하면 좋겠어요?" 소냐는 흥분하고 열띤 어조로 물었다. "오늘도 그녀는 얼마나 울었는지 몰라요! 그녀는 머리가 혼란되어 있어요. 당신은 그걸 눈치채지 못하셨나요? 완전히 혼란되어 있어요. 내일을 위해 격식대로 갖추어야 한다, 여러 가지 음식도 마련해야 한다… 마치 어린애같이 이렇게 조바심하는가 하면, 두 손을 비벼대기도 하고 피를 토하며 울기도 하고, 그러다가는 갑자기 자포자기한 듯이 머리를 벽에 들이받기도 하거든요. 그러다가 진정되면, 아직도 당신만을 믿고서 구해줄 것이라고 말하곤 해요. 그리고 또 이런 공상도 하죠. 어디서 돈을 좀 변통해서 나하고 함께 고향으로 돌아가 좋은 가정의 아가씨들을 수용하는 기숙학교를 세우고, 나를 그 학교의 사감으로 앉힌대요. 그래서 지금과는 전혀 다른 새롭고 멋진 인생을 시작한다고 하면서, 나를 끌어안고 키스하고 위로해주는 거예요. 글쎄, 그런 꿈같은 공상을 완전히 믿고 있다니까요! 이러고 보니 어떻게 반대할 수나 있겠어요? 오늘도 온종일 빨래를 한다, 청소를 한다, 수선을 한다 하면서 그 약한 몸으로 큰 대야를 방 안에 끌어들이다가 숨이 차서 침대에 쓰러지기까지 했어요. 그래도 오늘 아침엔 나하고 둘이서 폴레치카와 레냐의 구두를 사러 시장에 갔다 왔어요. 둘 다 망그러져 신을 수 없게 됐거든요. 그런데 예상했던 돈으론 모자랐어요. 조금만 모자란 게 아니에요. 그녀는 굉장히 예쁘장한 구두를 골라잡았어요. 당신은 모르시겠지만, 그녀는 눈이 높답니다. 그러자 상인들이 득실거리는 그 구둣방에서 돈이 모자란다고 울음을 터뜨리지 않겠어요… 아, 정말 얼마나 애처로웠는지 볼 수 없을 정도였어요."

"그야 그렇겠죠. 당신들이… 이런 생활을 하고 있는 이상……." 라스콜니코프는 쓴웃음을 지으면서 말했다.

"그럼 당신은 불쌍하다고 생각지 않으세요? 불쌍하지 않으세요?" 소냐는 다시 펄쩍 뛸 듯이 말했다. "당신은 그때 아직 아무것도 보시기 전에 갖고 있던 돈을 죄다 털어 주셨잖아요. 다 알고 있어요. 그러니 만일 모든 걸 다 보셨더라면, 아아, 그때야말로! 그런데도 나는 몇 번이나 그녀를 울렸는지 몰라요! 바로 요 전주만 해도 그랬어요! 아아, 내가 어쩌자고 그녀를! 아버지가 돌아가시기 일주일 전이었어요. 나는 잔인한 짓을 했어요! 지금까지 그런 일을 얼마나 했는지 모르죠. 아아, 지금도 그 일을 떠올리면 온종일 가슴이 아파요!"

소냐는 이렇게 말하면서도 괴로운 기억을 참지 못해 두 손을 비비기 시작했다.

"당신이 잔인하단 말인가요?"

"그래요, 나는 잔인해요! 그때 내가 그 집으로 갔더니" 하고 소냐는 울면서 말을 계속했다. "돌아가신 아버지가 '소냐, 내게 책을 좀 읽어다오. 어쩐지 머리가 아파서 그런다. 뭐 좀 읽어주려무나… 자, 여기 책이 있다' 하시기에, 보니 어떤 책을 가지고 계시더군요. 그것은 바로 이웃에 살고 있는 안드레이 세묘느이치 레베쟈트니코프한테서 빌려 온 웃음거리 책이었어요. 그때 나는 '돌아갈 시간이 됐어요' 하고 그 책을 읽으려 하지 않았어요. 나는 그때 카체리나 이바노브나한테 옷깃을 좀 보아달래려고 들렀었거든요. 헌옷 장사를 하는 리자베타가 깃과 커프스를 헐값에 주었는데, 아직 새 깃이나 다름없는 아름다운 장식이 달린 것이었어요. 그런데 카체리나 이바노브나는 그것이 무척 마음에 드는 듯 몸에 걸치고 거울을 들여다보더니만, 정말로 마음에 들었던지 '이거 내게 주렴, 소냐, 내 소원이니' 하지 않겠어요. '소원이다'고 했으니 여간 마음에 든 게 아니었던 모양이에요. 그러나 그녀가 그걸 가져서 무슨 소용이 있겠어요? 그저 옛날의 행복했던 시절이 되살아날 뿐이죠! 그녀는 자기 모습을 거울에 비춰 보고 좋아했지만 옷이라곤 한 벌도 없었어요. 벌써 몇 해 전부터 자기 것이라곤 하나도 없었으니까요! 그러면서도 그녀는 남에게 물건을 조른 적이 한 번도 없었어요. 자존심이 강해서 오히려 없는 가운데서도 도와주는 성격이었지요. 그런 사람이 달라고 조르는 걸 보니 정말이지 굉장히 마음에 들었던가 봐요! '이런 것이 어머니에게 무슨 소용이 있어요?' 하고 나는 말했어요. 그래요, '무슨 소용이냐'고 말했어요. 이런 말은 하지 말았어야 하는데 말이에요! 그랬더니 내 얼굴을 물끄러미 바라보더군요. 내가 거절한 것이 퍽 섭섭했던 모양이에요. 정말 딱했어요. 어머니는 그것을 못 갖는 것보다도 나한테 거절당했다는 것이 섭섭했던 거예요. 난 그걸 알아요. 아아, 모든 걸 돌이킬 수만 있다면, 그때의 그 말을 지워버릴 수만 있다면, 나는 그때의 그 일을 얼마나 후회하고 있는지 몰라요… 하지만 내가 어쩌자고 이런 이야기를 할까요… 당신하곤 아무 상관도 없는 얘기인데……."

"당신은 헌옷 장수 리자베타를 알았나요?"

"네… 당신도 그 여자를 아시나요?" 좀 놀란 듯이 소냐는 되물었다.

"카체리나 이바노브나는 폐병입니다. 그것도 악성이에요. 그녀는 머지않아 죽을 겁니다." 라스콜니코프는 잠시 말이 없다가 그녀의 물음에는 대답도 않고 이렇게 말했다.

"오오, 아녜요, 아녜요, 그렇잖아요!" 하며 소냐는 저도 모르게 그의 두 손을 움켜잡았다. 마치 그런 불행이 없게 해달라고 애원이라도 하는 듯이.

"그게 오히려 낫지 않을까요, 죽는 편이?"

"아녜요, 낫지 않아요, 낫지 않아요, 절대로 낫지 않아요." 소냐는 질겁하며 정신없이 같은 말을 되뇌었다.

"그러나 아이들은? 만약 그렇게 되면 당신은 아이들을 어디로 보낼 작정이죠, 당신이 맡지 않는다면?"

"아아, 그건 나도 모르겠어요!" 소냐는 거의 절망에 가까운 어조로 외치고는 두 손으로 머리를 감쌌다. 아마도 이런 생각은 수없이 그녀의 머리에 떠올랐는데, 그가 다만 그것을 입 밖에 내주었을 뿐인 것 같았다.

"그러나 만약 당신이 카체리나 이바노브나가 아직 살아 있는 동안에 지금이라도 갑자기 병에 걸려서 병원에 가게 되면 그땐 어떻게 되죠?" 그는 사정없이 묻고 늘어졌다.

"아아, 당신은 무슨 말씀을 그렇게 하세요? 절대로 그럴 리는 없어요!" 소냐의 얼굴은 무서운 놀라움으로 일그러졌다.

"어째서 그럴 리가 없다는 거죠?" 라스콜니코프는 잔인한 웃음을 지으면서 계속했다. "당신에게도 그런 보장은 없잖겠어요? 만약 그렇게 된다면, 저들은 어떻게 되는 겁니까? 온 식구가 구걸하러 거리로 나가겠죠. 그녀는 콜록콜록 기침하며 동냥을 하고… 오늘처럼 어느 벽에 머리를 들이받기도 하겠죠. 아이들은 울어대고, 마침내 그녀는 거리에 쓰러져서 경찰에 의해 운반되어 병원으로 가서 죽어버리겠죠. 그러나 아이들은……."

"아, 아녜요… 그런 일은 하느님이 용서하시지 않을 거예요!" 짓눌린 소냐의 가슴에서 겨우 이런 말이 튀어나왔다. 그녀는 마치 모든 것이 그의 의지에 따라 좌우되기라도 하는 것처럼 무언의 애원 가운데 두 손을 모으고 물끄러미 그의 얼굴을 바라보면서 기도하듯이 그의 말에 귀 기울이고 있었다.

라스콜니코프는 일어나서 방 안을 거닐기 시작했다. 1분쯤 지났다. 소냐는 무서운 고민에 사로잡혀 두 팔과 고개를 축 늘어뜨린 채 서 있었다.

"저금은 할 수 없습니까, 만일의 경우를 위해서?" 하고 갑자기 그는 소냐 앞에서 걸음을 멈추면서 물었다.

"없어요" 하고 소냐는 속삭였다.

"물론 할 수 없겠죠! 그러나 해보려고 애쓴 적은 있습니까?" 그는 조롱하는 듯한 어조로 이렇게 덧붙였다.

"있었어요."

"안 되더란 말이군요!" 하긴 뻔한 일이지! 물어볼 것도 없이!

그는 다시금 방 안을 거닐기 시작했다. 또 1분쯤 흘러갔다.

"날마다 버는 건 아니겠죠?"

소냐는 아까보다 더욱 당황했다. 또다시 얼굴이 빨개졌다.

"아녜요." 그녀는 간신히 속삭이듯 대답했다.

"폴레치카도 필경 같은 운명이 되겠지" 하고 그는 불쑥 뇌까렸다.

"아녜요! 아녜요! 절대 그럴 리가 없어요!" 소냐는 마치 누구한테 칼부림이라도 당한 듯이 정신없이 외쳐댔다. "하느님이 그런 무서운 일은 용서하시지 않을 거예요!"

"하지만 다른 사람에겐 용서하고 있는걸요."

"아녜요, 아녜요! 그 애는 하느님이 돌봐주실 거예요. 하느님이!" 그녀는 정신없이 되풀이했다.

"그러나 어쩌면 그 하느님도 전혀 없는지 모르지요." 라스콜니코프는 일종의 간악한 쾌감까지 느끼며 대답하고는, 웃으면서 그녀의 얼굴을 바라보았다.

순간 소냐의 얼굴에는 무서운 변화가 일어나고 경련이 그 얼굴을 스쳤다. 소냐는 형언할 수 없는 비난의 표정으로 그를 바라보았다. 분명히 무슨 말인가 하고 싶은 눈치였으나 한마디도 말하지 못했다. 그녀는 두 손으로 얼굴을 감싸고 비통하게 흐느껴 울기 시작했다.

"당신은 카체리나 이바노브나의 머리가 이상하다고 했지만, 당신 자신도 머리가 좀 이상하군요." 잠시 잠자코 있다가 그는 이렇게 말했다.

5분쯤 지났다. 그는 여전히 그녀한테는 외면을 한 채 말없이 방 안을 거닐고 있었다. 이윽고 그는 그녀 옆으로 다가갔다. 그의 눈은 광채를 발하고 있었다. 그는 두 손으로 그녀의 어깨를 잡고 우는 얼굴을 정면으로 들여다보았다. 메마른 그의 눈은 불타는 듯 날카롭고 입술은 파르르 떨고 있었다. 별안간 그는 재빨리 온몸을 굽혀 방바닥에 몸을 던지더니 그녀의 발에 키스했다. 소냐는 소스라치게 놀라서, 미친 사람이라도 대하듯이 한 걸음 뒤로 물러섰다. 사실 그는 미친 사람 같은 눈을 하고 있었다.

"이게 무슨 짓이에요! 무슨 짓을 하는 거예요, 나 같은 여자 앞에서?" 그녀는 새파랗게 질려서 중얼거렸다. 갑자기 그녀의 심장은 아프도록 죄어들었다.

그는 곧 일어났다.

"나는 당신한테 머리를 숙인 것이 아니라, 온 인류의 고통 앞에 머리를 숙인 거요." 그는 거칠게 뇌까리고 나서 창가로 물러갔다. "내 말 들어요." 1분쯤 지나서 그녀에게 돌아오며 그는 말을 이었다. "나는 아까 어느 무례한 녀석에게 이렇게 말해줬소, 너 같은 놈은 소냐의 새끼손가락만한 가치도 없다고… 그리고 오늘 나는 내 누이를 소냐와 나란히 앉힘으로써 누이에게 영광을 주었다고도 말해줬다오."

"어머나, 그런 말씀을 다 하시다니! 동생께서도 거기 계셨나요?" 소냐가 눈이 휘둥그레져서 외쳤다. "나하고 나란히 앉은 게 영광이라고요! 나 같은… 더러운 죄인하고… 아아, 그런 말씀을 다 하시다니!"

"나는 당신의 불명예나 죄악을 두고 그렇게 말한 게 아니오. 당신의 위대한 고통을 두고 한 말이지. 당신이 위대한 죄인이라는 건 사실이오." 그는 감격 어린 어조로 계속했다. "당신이 죄인이라는 것은, 무엇보다도 먼저 아무 보람 없이 자기 자신을 죽이면서 제 몸을 팔았기 때문이오. 이처럼 무서운 일이 어디 있겠소! 그토록 증오하는 이 시궁창에서 산다는 것, 그리고 동시에 이런 짓을 해봐야 누구를 구하지도 못하며 어떤 불행에서 구해내지도 못하리라는 것을 너무나 잘 알고 있는데―이건 조금만 눈을 떠도 알 수 있는 일이지만―이게 어찌 무섭지 않단 말이오! 그건 그렇고, 난 한 가지 묻고 싶은 게 있소." 그는 거의 광분에 사로잡혀 말했다. "이렇게 수치스럽고 비열한 짓이 어떻게 당신의 내부에서 그와는 정반대인 신성한 감정과 나란히 공존할 수 있단 말이오? 차라리 거꾸로 물속에 뛰어들어 단숨에 결말을 내버리는 편이 천배나 옳고 사리에 맞는 영리한 방법이 아니겠소?"

"그럼 저 사람들은 어떻게 돼요?" 소냐는 괴로운 듯이, 그러나 그의 이런 제의에는 별로 놀라는 기색도 없이 그를 바라보며 가냘픈 소리로 이렇게 물었다. 라스콜니코프는 기묘한 표정으로 그녀를 보았다.

그는 소냐의 눈초리 하나에서 모든 것을 알아차릴 수 있었다. 그러니까 이런 생각이 이미 그녀의 마음에도 없었던 것은 아니다. 어쩌면 그녀는 몇 번이나 절망 끝에 어떻게 하면 단숨에 해치울 수 있을까 하고 심각하게 생각했는지도 모른다. 지금 그의 말을 듣고도 별로 놀라지 않을 정도로 심각하게 생각해봤는지도 모른다. 그녀는 상대의 말에서 잔인함조차 느끼지 못했다(그의 비난의 뜻도, 그녀의 수치스러운 행위에 대한 그의 특수한 견해도 물론 그녀는 알아채지 못했다. 그리고 그 점은 그도 알고 있었다). 그러나 자신의 더럽고 부끄러운 처지를 생각하는 마음이 오래전부터 그녀를 얼마나 괴롭혀왔는지는 그도 충분히 알 수 있었다. 오늘날까지 단숨에 죽어버리자는 결심을 지체시키고 있었던 것은 대체 무엇일까? 이렇게 그는 생각했다. 그러자 이때야 비로소 그는 의지할 데 없는 불쌍한 어린애들과 반미치광이가 되어 머리를 벽에 들이받는 비참한 폐병쟁이 계모 카체리나가 소냐에게 어떤 의미인지를 충분히 이해할 수 있었다.

그러나 그렇다고는 하더라도, 이만한 성격이고 부족한 대로 다소의 교육이나마 받은 소냐가 결코 이런 생활을 언제까지나 계속해 나갈 수 없으리라는 것은 명백한 일이었다. 그러나 그에게는 다음과 같은 점이 아무래도 이해되지 않았다. 어떻게 그녀는 이토록 오랫동안 이런 처지를 감수해올 수가 있었을까? 물속에 뛰어들 수가 없었다면, 어떻게 미쳐버리지도 않았을까? 물론 소냐의 처지가 불행히도 유일한 예외적인 경우라고 할 수는 없어도, 하여튼 사회의 우연한 현상이라는 것을 그는 이해하고 있었다. 그러나 다름 아닌 이 우연성, 그녀가 받은 약간의 교육, 그리고 여태까지 보내온 그녀의 모든 생활은 이 더러운 길에 들어서는 첫걸음에서 그녀를 죽여버릴 수도 있었으리라고 생각된다. 대체 무엇이 그녀를 지체케 했을까? 설마 음탕한 마음은 아니겠지? 이런 수치스러운 행위는 다만 기계적으로 그녀를 건드린 것에 지나지 않으리라. 진짜 음탕은 한 방울도 그녀의 마음속에 스며들지 않았을 것이다. 그는 이것을 알고 있었다. 그녀는 지금 그의 눈앞에 서 있지 않는가……

'이 여자에게 세 가지 길이 있다' 하고 그는 생각했다. '운하에 몸을 던지든지, 정신병원에 들어가든지, 그렇잖으면… 그렇잖으면 마지막 방법으로 이성을 마비시키고 사람을 화석으로 만드는 음탕 속으로 뛰어드는 것이다.' 마지막 생각은 무엇보다도 저주스러운 길이었다. 그러나 그는 지나치게 회의파였고, 나이가 젊고, 추상론을 좋아했다. 따라서 그는 잔혹했으므로 마지막 출구, 즉 음탕이 가장 있을 수 있는 길이라고 믿지 않을 수 없었다.

'그러나 과연 그럴 수가 있을까?' 하고 그는 마음속으로 외쳤다. '아직도 정신적인 순결을 보존하고 있는 그녀 같은 인간도 결국엔 저 더러운 악취가 풍기는 구렁텅이 속으로 멀쩡한 의식을 가지고 끌려 들어가게 마련인 것일까! 과연 그 유혹의 손은 이미 뻗쳐진 것일까? 그리고 소녀가 지금까지 그런 생활을 참을 수 있었던 것도 실은 그 추악한 행위가 별로 나쁘게 생각되지 않았기 때문이 아닐까? 아니다, 그럴 리는 없다!' 그는 조금 전에 소녀가 외쳤듯이 마음속으로 외쳤다. '아니다, 지금까지 이 소녀에게 투신자살을 만류시켜온 것은 죄라는 관념이다. 그리고 **그들, 그 사람들** 때문이다. 만일 소녀가 여태까지 미치지 않았다면… 하지만 그녀가 미치지 않았다고 누가 보증하는가? 과연 이 여자는 건전한 판단력을 갖고 있을까? 건전한 사람이라면, 과연 아까와 같은 말을 할 수 있겠느냐 말이다. 멸망의 심연 위에, 이미 자기를 끌어들이기 시작한 더러운 구렁텅이 위에 서서 위험의 경고를 들으려고도 하지 않고 손을 내젓고 귀를 막고 있을 수가 있을까? 어쩌면 기적이라도 기다리고 있는 게 아닐까? 음, 확실히 그렇다. 그러나 이 모든 사실은 다 발광의 징후가 아니고 무엇이냐?'

그는 집요하게 이 상념에 골몰했다. 이 결론은 다른 무엇보다도 가장 그의 마음에 들었다. 그는 더욱더 뚫어질 듯이 소냐를 바라보기 시작했다.

"그래서 당신은 열심히 하느님께 기도를 드리고 있군요, 소냐?" 하고 그는 물었다.

소냐는 잠자코 있었다. 그는 옆에서 대답을 기다렸다.

"하느님이 안 계신다면 어떻게 살아왔겠어요?" 하고 소냐는 힘 있게 빠른 소리로 속삭였다. 그리고 갑자기 빛나는 눈으로 라스콜니코프를 흘끔 보면서 그의 손을 꼭 쥐었다.

'아아, 역시 그랬구나!' 하고 그는 생각했다.

"그래서 하느님은 기도의 보답으로 뭘 주시지?" 하고 그는 캐물었다.

소냐는 대답할 바를 모르는 듯이 한참 동안 잠자코 있었다. 그 연약한 가슴은 흥분으로 물결치고 있었다.

"아무 말도 마세요, 묻지 말아주세요! 당신에겐 그럴 자격이 없어요!" 성난 눈으로 매섭게 그를 노려보면서 소냐는 갑자기 이렇게 외쳤다.

'그랬구나, 역시 그랬구나!' 그는 마음속으로 되풀이했다.

"하느님은 무엇이든지 다 해주십니다!" 다시 눈을 내리깔면서 그녀는 빠른 소리로 속삭였다.

'이것이 해결이다! 이것이 해결의 설명이다!' 극도의 호기심에 사로잡힌 채 유심히 그녀를 뜯어보면서 그는 마음속으로 결론을 내렸다.

새롭고도 불가사의한, 거의 병적인 감정을 품으면서 그는 그 파리하게 여윈, 윤곽이 고르지 못한 도드라진 조그마한 얼굴과, 불길처럼 타오르는가 하면 준엄하고 강렬한 감정에 빛날 수도 있는 그 상냥한 푸른 눈과, 아직도 분노와 흥분에 떨고 있는 그 조그마한 체구를 바라보았다. 그러자 그 모든 것이 그의 눈에는 더욱 이상하게 느껴져서 도저히 있을 수 없는 것같이 생각되었다. '광신자다! 광신자야!' 하고 그는 마음속으로 되풀이했다.

장롱 위에 책이 한 권 놓여 있었다. 그는 이리저리 거닐면서 그 앞을 지날 때마다 책이 있는 것을 눈여겨보다가 마침내 손에 들고 보았다. 그것은 러시아 말로 번역된 신약성서였다. 손때가 묻은 가죽 표지의 헌책이었다.

"이건 어디서 얻었소?" 그는 방 한쪽 구석에서 물었다. 그녀는 탁자에서 서너 걸음쯤 떨어진 곳에 여전히 서 있었다.

"누가 가져다준 거예요." 그녀는 마음이 내키지 않는 듯 그를 바라보지도 않으며 이렇게 대답했다.

"누가요?"

"리자베타가 주었어요, 내가 부탁했더니."

'리자베타라니! 이상한데!' 하고 그는 생각했다. 그에게는 소냐에 대한 모든 것이 시간이 갈수록 점점 이상하고 기이해져갔다. 그는 책을 촛불 옆으로 가지고 가서 책장을 들추기 시작했다.

"나사로의 부활은 어디지?" 그는 갑자기 이렇게 물었다.

소냐는 골똘히 마룻바닥만 응시하면서 아무 대답도 하지 않았다. 그녀는 탁자 쪽으로 비스듬히 서 있었다.

"나사로의 부활은 어디지? 소냐, 좀 찾아줘요."

그녀는 곁눈으로 그를 보았다.

"거기가 아녜요… 제4복음서예요!" 그녀는 옆으로 다가가려고도 하지 않고 준엄한 어조로 속삭였다.

"찾아서 읽어주시오." 그는 이렇게 말하고 의자에 앉자, 탁자에 팔꿈치를 세우고 한 손으로 머리를 괸 다음 들으려는 자세를 취하면서 침울한 얼굴로 공간의 한 점을 응시했다.

'3주일쯤 후엔 7킬로미터 되는 곳(정신병원)으로 와주시지! 나도 아무래도 그쪽으로 갈 것 같으니까… 더 악화만 되지 않는다면' 하고 그는 속으로 중얼거렸다.

소냐는 미심쩍은 듯이 라스콜니코프의 기묘한 청을 받고 머뭇머뭇 탁자로 다가갔다. 그러면서도 성경책을 집어 들었다.

"아직까지 읽어보신 적이 없나요?" 그녀는 탁자 너머로 그를 쳐다보면서 물었다. 그녀의 음성은 점점 엄숙한 빛을 띠어갔다.

"옛날… 학교 시절에. 어서 읽어요!"

"교회에서도 듣지 못하셨어요?"

"난… 가본 적이 없어. 당신은 자주 나가나?"

"아, 아뇨." 소냐는 속삭이듯이 대답했다.

라스콜니코프는 히죽 웃었다.

"그럴 테지… 그럼 내일 아버지 장례식에도 안 가겠군?"

"가요, 난 요 전주에도 갔다 왔어요… 추도 미사에."

"누구?"

"리자베타요, 그 여자는 도끼에 맞아 죽었어요."

그의 신경은 점점 초조해졌다. 머리가 빙빙 돌기 시작했다.

"리자베타와는 친하게 지냈나?"

"네, 리자베타는 마음이 정직한 여자였어요… 여기도 왔었어요, 이따금… 자주는 못 왔지만. 둘이서 함께 성경도 읽고… 얘기도 하곤 했어요.

그녀는 하느님을 맞을 수 있을 거예요."

무미건조한 이런 말들이 그의 귀에는 이상하게 울려 퍼졌다. 뿐만 아니라 그녀가 리자베타와 남몰래 만나곤 했고, 둘 다 광신자라는 사실도 그에게는 역시 새로운 소식이었다.

'이런 데 있다가는 나도 광신자가 될 것 같군! 감염될 것 같아!' 하고 그는 생각했다. "어서 읽어요!" 그는 갑자기 강요하는 듯한 어조로 초조하게 외쳤다.

소냐는 여전히 망설이고만 있었다. 그녀는 가슴이 두근거렸다. 어쩐지 그에게 성경을 읽어주기가 꺼려졌던 것이다. 그는 '불행한 광녀'를 고통에 가까운 표정으로 응시하고 있었다.

"무엇 때문에 읽으라는 거죠? 당신은 믿음이 없잖아요?" 그녀는 나지막하면서도 숨 가쁜 음성으로 속삭였다.

"읽어줘! 듣고 싶어서 그래! 리자베타에겐 읽어줬겠지."

소냐는 책장을 뒤져서 그 대목을 찾아냈다. 손이 떨리고 목소리가 나오지 않았다. 그녀는 두 번을 고쳐 읽었으나 두 번 다 그 첫 구절이 잘 발음되지 않았다.

"어떤 병자가 있으니 이는 마리아와 그 자매 마르다의 마을 베다니에 사는 나사로라……." 소냐는 가까스로 겨우 여기까지 읽었다. 그러나 셋째 구절부터 목소리가 갈려서 지나치게 죈 현악기의 줄처럼 툭 끊어지고 말았다. 숨이 막히고 가슴이 답답해졌다.

라스콜니코프는 소냐가 왜 자기에게 읽어주기를 꺼리는지 그 이유를 조금은 알 수 있었다. 그러나 그 이유를 알면 알수록 그는 더욱 초조해져서 더욱 낭독을 강요했던 것이다. 그녀에게 있어 자기가 간직하고 있는 전부를 털어놓는다는 것이 말할 수 없이 쓰라리리라는 점을 라스콜니코프는 아주 잘 알고 있었다. 그리고 이런 감정이 실제로 현재의 비밀을 형성해주었으리라는 것도 그는 알고 있었다. 이 비밀은 어쩌면 훨씬 전부터, 일찍이 어린 시절 불행한 아버지와 슬픔 때문에 미친 계모 옆에서 굶주린 아이들과 차마 들을 수 없는 아우성에 찬 가정에 있을 때부터 그녀의 가슴속에 싹트기 시작했을지도 모른다. 그러나 그와 동시에 지금 성서를 읽기 시작했을 때 그녀는 번민에 사로잡혀 무언가를 몹시 두려워했지만, 한편으로는 그러한 번민과 공포에도 그에게 들려주기 위해서, 다름 아닌 그를 위해―'비록 나중엔 무슨 일이 있더라도!'―지금 꼭 읽어서 들려주고 싶은 욕망으로 그녀 자신이 괴로워하고 있음을 그는 분명히 알아차렸다. 그는 그것을 그녀의 눈에서 읽었으며, 그녀의 감격 어린 흥분에서 깨달았다. 그녀는 자신을 억제하고 1절 첫머리에서 낭독을 멈추게 했던 목의 경련을 진정시키면서 '요한복음' 11장을 읽었다. 그렇게 해서 19절에 이르렀다.

"많은 유대인이 마르다와 마리아에게 그 오라비의 일로 위로하러 왔더니, 마르다는 예수께서 오신다는 말을 듣고 곧 나가 맞이하되 마리아는 집에 앉았더라. 마르다가 예수께 여짜오되 주께서 여기 계셨더라면 내 오라버니가 죽지 아니하였겠나이다. 그러나 나는 이제라도 주께서 무엇이든지 하나님께 구하시는 것을 하나님이 주실 줄을 아나이다."

여기서 그녀는 다시 낭독을 멈추었다. 또다시 목소리가 떨려서 더 읽지 못할 것 같다는 예감이 들어 부끄러웠던 것이다.

"예수께서 이르시되 네 오라비가 다시 살아나리라, 마르다가 이르되 마지막 날 부활 때에는 다시 살아날 줄을 내가 아나이다, 예수께서 이르시되 나는 부활이요 생명이니 나를 믿는 자는 죽어도 살겠고, 무릇 살아서 나를 믿는 자는 영원히 죽지 아니하리니 이것을 네가 믿느냐, 이르되…(소녀는 괴로운 듯이 숨을 몰아쉬고 한 구절 한 구절 힘을 주어 읽었다. 마치 온 세계를 향해서 자기의 신앙을 고백이라도 하듯이.) 주여 그러하외다 주는 그리스도시요 세상에 오시는 하느님의 아들이신 줄 내가 믿나이다."

그녀는 잠깐 낭독을 멈추고 재빨리 그의 얼굴에 눈을 주었으나, 곧 자기를 억제하고 다음을 읽기 시작했다. 라스콜니코프는 의자에 앉아서 돌아보려고도 하지 않으며 탁자에 팔꿈치를 세우고 허공을 응시한 채 꼼짝도 않고 귀 기울이고 있었다. 마침내 32절을 읽어 내려갔다.

"마리아가 예수 계신 곳에 가서 뵈옵고 그 발 앞에 엎드리어 이르되 주께서 여기 계셨더라면 내 오라버니가 죽지 아니하였겠나이다 하더라. 예수께서 그가 우는 것과 또 함께 온 유대인들이 우는 것을 보시고 심령에 비통히 여기시고 불쌍히 여기사, 이르시되 그를 어디에 두었느냐 이르되 주여 와서 보옵소서 하니, 예수께서 눈물을 흘리시더라, 이에 유대인들이 말하되 보라 그를 얼마나 사랑하셨는가 하며, 그중 어떤 이는 말하되 맹인의 눈을 뜨게 한 이 사람이 그 사람은 죽지 않게 할 수 없었더냐 하더라."

라스콜니코프는 그녀 쪽으로 몸을 돌리고 흥분 가운데 그녀를 바라보았다. 그렇다, 역시 그랬구나! 그녀는 이미 진짜 열병에 걸리기라도 한 듯이 온몸을 후들후들 떨고 있었다. 그는 바로 이것을 기다리고 있었다. 그녀는 전대미문의 위대한 기적을 이야기하는 대목에 다가가고 있었다. 위대한 승리감이 그녀를 사로잡았다. 그녀의 음성은 금속 같은 맑은 음향을 띠기 시작했다. 내부에 충만하여 넘쳐흐르는 승리와 환희의 감정이 그 음성에 힘을 주었다. 눈앞이 어두워져서 글줄과 글줄이 서로 섞갈렸으나, 그녀는 책이 없어도 암송할 수가 있었다. '맹인의 눈을 뜨게 한 이 사람이… 죽지 않게 할 수 없었더냐' 하는 마지막 구절에 이르자, 그녀는 음성을 낮추어 믿지 않는 맹인인 유대인의 의혹과 비난과 중상을 전하고 또 그들이 1분 후엔 벼락이라도 맞는 듯이 땅에 엎드려 통곡하면서 신앙으로 들어간 심정을 불타는 듯한 열정으로 전했다.

'이 사람도, 이 사람도… 역시 맹인으로서 믿음이 없는 이 사람도 이제 이 기적을 들으면 믿게 될 것이다. 그렇다, 그렇다! 이제 곧, 지금 당장!'

하고 그녀는 공상했다. 그리고 그녀는 기쁜 기대감에 온몸을 떨었다.

"이에 예수께서 다시 속으로 비통히 여기시며 무덤에 가시니 무덤이 굴이라 돌로 막았거늘, 예수께서 이르시되 돌을 옮겨놓으라 하시니 그 죽은 자의 누이 마르다가 이르되 주여 죽은 지가 나흘이 되었으매 벌써 냄새가 나나이다."

그녀는 특히 **나흘**이라는 말에 힘을 주었다.

"예수께서 이르시되 내 말이 네가 믿으면 하나님의 영광을 보리라 하지 아니하였느냐 하시니, 돌을 옮겨놓으니 예수께서 눈을 들어 우러러보시고 이르시되 아버지여 내 말을 들으신 것을 감사하나이다. 항상 내 말을 들으시는 줄을 내가 알았나이다 그러나 이 말씀 하옵는 것은 둘러선 무리를 위함이니 곧 아버지께서 나를 보내신 것을 그들로 믿게 하려 함이니이다. 이 말씀을 하시고 큰 소리로 나사로야 나오라 부르시니, 죽은 자가⋯ (그녀는 마치 자기가 눈앞에 보기라도 한 듯이 오들오들 몸을 떨면서 벅찬 감격에 높은 소리로 읽어 내려갔다.) 수족을 베로 동인 채로 나오는데 그 얼굴은 수건에 싸였더라 예수께서 이르시되 풀어놓아 다니게 하라 하시니라."

"(이때) 마리아에게 와서 예수께서 하신 일을 본 많은 유대인이 그를 믿었으나⋯⋯."

그녀는 그다음을 읽지 않았다. 또 읽을 수도 없었다. 그녀는 책을 덮고 벌떡 의자에서 일어섰다.

"나사로의 부활은 이게 전부예요." 그녀는 띄엄띄엄 엄숙한 어조로 말했다. 그러고는 그를 보기가 부끄러운 듯 옆으로 몸을 돌린 채 꼼짝 않고 서 있었다. 그녀의 열병적인 전율은 아직도 계속되고 있었다. 비뚤어진 촛대에 꽂힌 타다 남은 촛불은 이 초라한 방에서 영원한 책을 읽기 위해 기묘하게 만난 살인자와 매춘부를 희미하게 비추면서 이미 오래전부터 꺼지려고 가물거리고 있었다. 5분, 아니면 그 이상의 시간이 흘렀다.

"나는 할 말이 있어서 왔어." 라스콜니코프는 얼굴을 찌푸리면서 갑자기 큰 소리로 말하고는 자리에서 일어나 소냐 옆으로 다가갔다.

소냐는 말없이 그에게 눈을 들었다. 그의 눈초리는 매우 준엄했고, 그 속에는 뭔가 거친 결의의 빛이 어려 있었다.

"오늘 나는 육친을 버렸어" 하고 그는 말했다. "어머니와 누이동생을. 이제 그들에겐 가지 않을 생각이야. 거기서 완전히 인연을 끊고 왔으니까."

"아니, 왜요?" 소냐는 소스라치게 놀라며 물었다.

조금 전에 그의 어머니와 누이동생을 만났던 일은 그녀 자신도 분명히 알 수는 없었으나 그녀에게 어떤 깊은 인상을 남겼다. 그래서 지금 그가 자기의 육친과 인연을 끊었다고 하는 얘기를 그녀는 거의 공포에 가까운 기분으로 들었다.

"나한텐 이제 당신 한 사람이 있을 뿐이야" 하고 그는 덧붙였다. "우리 함께 가… 그래서 나는 일부러 온 거야. 우리는 다 같이 저주받은 인간이야. 그러니 함께 가자는 거야!"

그의 눈이 번쩍번쩍 빛났다.

'반미치광이로군!' 소냐는 또 소냐대로 이렇게 생각했다.

"어디로 가자는 거예요?" 공포 가운데 그녀는 이렇게 묻고, 저도 모르게 한 걸음 뒤로 물러섰다.

"내가 어떻게 알아? 내가 아는 건, 우리가 같은 길을 간다는 것뿐이야. 그 점만은 확실히 알고 있어. 다만 그것뿐이야. 우리의 목적은 하나야!"

소냐는 물끄러미 그를 바라보았으나 아무것도 이해할 수 없었다. 그녀는 다만 그가 무섭도록 한없이 불행하다는 것을 알 뿐이었다.

"딴 놈들에게 이야기를 해봐야 아무도 알아주는 사람은 없을 거야" 하고 그는 계속했다. "그러나 나는 알았어. 당신은 내게 필요해. 그래서 이렇게 찾아온 거야."

"무슨 말인지 모르겠어요……." 소녀는 속삭이는 소리로 말했다.

"차차 알게 되겠지. 당신도 나와 같은 짓을 했으니까. 당신 역시 한계를 뛰어넘었어… 뛰어넘을 수 있었던 거야. 당신은 제 손으로 자기를 해쳤어. 당신은 하나의 생명을 멸망시켰단 말야… **자기 생명을**! … 어차피 마찬가지야! … 당신은 정신과 이성으로 살아갈 수 있는 사람이지만, 결국은 센나야에서 마칠 운명이지. 하지만 당신은 그때까지 참아내지 못할 거야. 만일 혼자 남으면 나처럼 미칠 거야. 당신은 지금도 이미 머리가 돈 거나 마찬가지니까. 그러니까 우리 둘은 함께 같은 길을 가야 해, 같이 가는 거야!"

"왜 자꾸 그런 말만 하세요!" 그의 말에 이상할 정도로 가슴이 두근거림을 느끼며 소녀는 이렇게 말했다.

"왜라니? 언제까지나 이러고 있을 순 없기 때문이지. 그것이 이유야! 이젠 어린애처럼 울거나 하느님이 용서하지 않는다고 울부짖고만 있을 게 아니라 진지하게, 솔직하게 판단하지 않으면 안 돼! 만일 내일이라도 당신이 병원에 들어가게 되면 어떻게 되지? 미치광이 같은 폐병 환자는 머지않아 죽겠지만, 남은 아이들은 어떻게 돼? 폴레치카가 파멸하지 않는다고 보장할 수 있을까? 당신은 이곳 거리 모퉁이에서 제 어미를 위해 구걸질을 하며 다니는 아이들을 보지 못했나? 그런 어머니들이 어디서 어떻게 사는지 나도 잘 알고 있어. 거기선 아이들도 아이로 남아 있을 수 없어. 거기서는 일곱 살짜리 아이도 음탕하고 도둑질을 하게 마련이니까. 그러나 아이들은 그리스도의 화신, '천국은 그들의 것이다'고 하잖냐 말이야. 하느님은 그들을 존경하고 사랑하라고 명하셨어. 그들이야말로 미래의 인류지……."

"그럼 어쩌면 좋아요, 어쩌면 좋아요?" 소녀는 히스테릭한 울음을 터뜨리고 두 손을 비비면서 되풀이했다.

"어쩌면 좋으냐고? 때려 부숴야 할 것은 때려 부수는 거야, 그것으로 끝나는 거지. 그리고 고통을 한 몸에 떠맡는 거야! 뭐? 모르겠다고? 차차 알게 돼. 권력, 특히 권력이지! 전전긍긍하는 겁쟁이에 대해서, 개미 떼 같은 버러지에 대해서 권력을 휘두르는 거야! 이것이 우리의 목적이지! 이것을 알아둬! 이것이 당신에 대한 나의 이별 선물이야! 어쩌면 당신하고 이야기하는 것도 이게 마지막일지 몰라. 만약 내일 내가 다시 오지 않으면 여러 가지 이야기를 듣게 될 거야. 그때는 지금 내가 한 말을 상기해줘. 그리고 언젠가 몇 년 후에, 생활을 거듭하노라면 내 말의 의미를 알게 될지 모르지. 그러나 만약 내일 다시 오게 되면, 그땐 말해주지, 누가 리자베타를 죽였는가를. 그럼 안녕!"

소냐는 너무도 무서워서 부르르 몸을 떨었다.

"당신은 아시나요, 누가 죽였는지?" 그녀는 공포에 얼어붙은 채 멍하니 그를 바라보며 이렇게 물었다.

"알고 있으니까 말하겠다는 거지… 당신에게, 당신에게만! 나는 당신을 선택했어. 당신에게 용서를 빌려고 오는 건 아니야, 다만 그것을 알려주러 오겠다는 거지. 나는 당신 아버지한테 처음 당신 얘기를 들었을 때부터 이 사실을 알릴 사람으로 당신을 선택했던 거야. 그리고 리자베타가 살아 있을 때부터 그렇게 생각했어. 안녕, 손을 내밀 건 없어. 그럼 내일!"

그는 나갔다. 소냐는 미친 사람이라도 보듯이 그의 뒷모습을 바라보았다. 하긴 그녀 자신도 역시 미친 사람 같았다. 그녀 자신도 그것을 느끼고 있었다. 그녀는 현기증을 느꼈다.

'아아, 그는 어떻게 리자베타를 죽인 범인을 알고 있을까? 그 말은 무슨 뜻일까? 아아, 무서워라!' 그러나 이 순간 **설마 하는 생각**은 그녀의 머리에 떠오르지 않았다. 전혀, 전혀 그런 생각은 떠오르지 않았다! … '아아,

그는 굉장히 불행한 분일 거야! … 어머니와 누이동생을 버렸다니. 무엇 때문일까? 무슨 일이 있었을까? 그리고 그는 무엇을 계획하고 있을까? 대체 그는 나한테 무슨 말을 했을까? 그는 내 발에 키스하고 그런 말을 했어… 그런 말을 했어. 그는 분명히 말했어, 나 없이는 살 수 없다고, 아아, 하느님!' 소냐는 그날 밤을 신열과 악몽 속에서 보냈다. 그녀는 이따금 벌떡 일어나서 울기도 하고 안타깝게 두 손을 비벼대기도 하다가는 다시 열병 환자처럼 정신없이 자기도 했다. 그녀는 폴레치카며, 카체리나며, 리자베타며, 복음서를 읽는 광경이며, 그리고 그의 꿈을 꾸었다. 그는 창백한 얼굴을 하고 그 눈은 불길같이 타오르고 있었다… 그는 그녀의 발에 키스하며 울고 있었다… 오오, 하느님!

오른쪽 방문, 소냐의 방과 게르트루다 카를로브나 레슬리흐의 방을 가로막고 있는 저쪽에는, 역시 레슬리흐 부인의 주택에 속한 중간방이 오랫동안 비어 있었다. 그 방은 셋방으로 내놓아서, 조그만 종이쪽지에 쓴 광고가 문 앞과 운하 쪽을 향한 유리창에 붙어 있었다. 소냐는 그전부터 그 방에 사람이 살지 않는 줄 알고 있었다. 그런데 그 빈방의 방문 바로 옆에서 스비드리가일로프가 그동안 죽 서서 숨을 죽여가며 엿듣고 있었다. 라스콜니코프가 나가버리자 그는 잠시 동안 그냥 서서 생각한 뒤에, 발끝으로 걸어서 빈방 옆에 붙은 자기 방으로 돌아가 의자 한 개를 들고 소냐의 방으로 통하는 문 옆에다 슬그머니 갖다 놓았다. 두 사람의 대화는 매우 흥미 있고 의미심장해서 그에게도 무척 흡족한 모양이었다. 그래서 앞으로, 이를테면 내일이라도 오늘처럼 한 시간 동안이나 서서 엿듣는 고역을 되풀이하지 않기 위해서, 그리고 모든 점에서 충분히 만족감을 얻기 위해서 되도록 편한 자리를 만들려고 일부러 의자까지 갖다 놓은 것이다.

5

그다음 날 아침 정각 11시에 라스콜니코프가 지구 경찰서로 들어가 예심판사 사무실로 출두하여 포르피리에게 면회를 청했을 때, 그는 너무 오래 기다리게 하는 데 오히려 놀랄 지경이었다. 그가 안으로 들어가기까지 적어도 10분은 걸렸다. 그의 계산으로는 다짜고짜로 자신에게 달려들 줄로 알았다. 한편 그가 대기실에 서 있는 동안 많은 사람들이 그의 옆을 지나가고 왔다 갔다 했으나, 보건대 그와는 아무 관련도 없는 사람들인 듯 싶었다. 사무실처럼 보이는 다음 방에서는 서기 몇 명이 책상에 앉아 서류를 꾸미고 있었는데, 그중 누구 하나 라스콜니코프가 누구며 어떤 인물인지 아는 사람은 없는 것 같았다. 그는 불안하고도 미심쩍은 눈으로 주위를 두리번거리며, 혹시 근처에 간수 같은 자가 있지나 않나, 그가 어디로 가지 못하도록 감시 명령을 받은 비밀의 눈이 있지나 않나 하고 살펴보았으나 전혀 그런 기색이 없었다. 그는 다만 바쁜 듯이 서성거리는 사무원 몇 사람과 그 밖의 몇 명을 보았을 뿐, 그가 지금 곧 어디로 뛰어나가더라도 문제 삼을 사람은 아무도 없어 보였다. 그래서 만일 수수께끼 같은 어제의 사나이가, 저 땅속에서 솟은 그 환상의 사나이가 정말로 모든 것을 보았고 모든 것을 알고 있다면, 지금 라스콜니코프로 하여금 이렇게 서서 태연하게 기다리도록 그냥 놔둘 리가 만무하다는 생각이 그의 머릿속에서 점점 굳어져갔다. 또한 그가 11시나 되어서야 겨우 제 발로 어슬렁어슬령 나타날 때까지 이렇게 멍청히 기다리고 있을 리도 없지 않은가? 그렇다면 그 사나이가 아직 아무런 밀고도 하지 않았든가, 혹은… 혹은 그 자신도 아무것도 모르고 있든가, 전혀 보지를 못했든가, 그중 하나다. (그러면 그렇지, 제깟 놈이 어떻게 볼 수 있담!) 그렇다면 어제 라스콜니코프에게 일어난 모든 일은 역시 초조한 병적 상상으로 과장된 환상에 지나지 않는 셈이다. 이러한 추측은 이미 어제부터 가장 심한 불안과 절망 속에서도 그의 심중에 굳어지고 있었다. 지금 모든 것을 회상하고 새로운 투쟁을 다짐하면서 그는 문득 자기 몸이 떨리고 있음을 느꼈다. 그리고 저 죽이고 싶도록 미운 포르피리가 두려워서 떨고 있다는 생각이 들자, 그의 마음에는 분노까지 끓어올랐다. 그에게 무엇보다 두려운 것은 또다시 그자와 얼굴을 마주치는 일이었다. 그는 그자를 한없이 증오했다. 그 증오감 때문에 어쩌다가 그의 앞에서 자기 정체를 폭로하지나 않을까, 그런 것까지 근심될 정도였다. 분노의 도가 너무 심한 때문인지 도리어 몸의 떨림은 곧 멎고 말았다. 그는 침착하고도 대담한 표정으로 들어갈 준비를 하고 있었다. 그리고 되도록 침묵을 지키며 상대방을 살피고 귀 기울여서 눈치를 살피자, 적어도 이번만은 무슨 일이 있어도 병적으로 혼란되기 쉬운 자기 성질도 스스로 극복하자고 굳게 다짐했다. 마침 이때 그는 포르피리에게 불려 들어갔다.

포르피리는 자기 방에 혼자 있었다. 그의 방은 크지도 작지도 않았다. 방 안에는 큰 탁자, 그 앞에 놓인 유포를 씌운 소파, 사무용 탁자, 한구석에는 책상, 그리고 의자 몇 개 등이 있었는데, 전부 손질이 잘된 황목(黃木) 제품의 관용물(官用物)이었다. 구석진 뒷벽에, 벽이라기보다 차라리 칸막이 판자라고 할 수 있는 곳에 닫힌 문이 있었다. 그것으로 보아 그 칸막이 저쪽엔 다른 방문이 더 있을 것 같았다. 라스콜니코프가 방에 들어서자 포르피리는 곧 그 문을 닫아버렸으므로 그들은 단둘이 마주 앉게 되었다.

포르피리는 겉보기에 매우 유쾌한 듯이 상냥한 태도로 손님을 맞았다. 그러나 불과 몇 분도 지나기 전에 라스콜니코프는 두세 가지 징후로 그가 좀 당황하고 있는 듯한 눈치를 챘다. 그것은 무슨 뜻밖의 일로 어리둥절했거나, 혹은 남몰래 무슨 비밀스런 일을 하다가 들켰을 때 같은 그런 당황스러움이었다.

"아아, 선생, 이거 참… 이렇게 먼 길을 오시게 해서……." 포르피리는 그에게 손을 내밀며 이렇게 입을 열었다. "자, 어서 앉으십시오, 노형! 참 당신은 노형이니… 선생이니 하는 말을 좋아하지 않으실지도 모르겠군요! tout court?('그러시죠'라는 뜻) 너무 허물없이 군다고 오해하지는 마시고… 자, 어서 이 소파에……."

라스콜니코프는 상대방에게서 눈을 떼지 않은 채 자리에 앉았다.

'이렇게 먼 길을'이라든지, 허물없는 태도에 대한 변명이라든지, 'tout court' 따위의 프랑스 말 등은 모두 특수한 징후였다. '그러나 이 사나이는 두 손을 다 내밀었다가 한 손도 쥐게 하지 않고 슬그머니 다 빼버리고 말았군.' 이러한 의심스런 생각이 그의 머릿속에 스쳤다. 두 사람은 서로 상대방의 눈치를 살피면서도 쌍방의 시선이 마주치기가 무섭게 번개처럼 재빨리 눈길을 돌려버렸다.

"이 서류를 갖고 왔습니다… 그 시계 건으로… 이겁니다만, 양식은 이걸로 됩니까? 다시 고쳐 쓰지 않아도 될까요?"

"뭐, 서류라고요? 아, 좋습니다. 좋습니다… 염려 마십시오, 그걸로 됐습니다." 포르피리는 급히 나갈 일이라도 있는 듯이 이렇게 성급히 말했으나, 서류를 들고 본 것은 그렇게 말하고 난 다음이었다. "이걸로 좋습니다. 다시 쓸 필요는 없어요." 그는 여전히 빠른 어조로 말하고 서류를 탁자 위에 놓았다. 그러나 잠시 후, 이미 딴 얘기를 하고 있을 때였지만 그는 다시 탁자에서 서류를 집어서 자기 옆 책상 위로 옮겨놓았다.

"당신은 어제 분명히 나에게… 그… 살해된 노파와의 관계를… 정식으로… 묻고 싶다고 말하신 것 같은데?" 하고 라스콜니코프는 다시 입을 열었다. 그러나 그때, '쳇, 나는 왜 **분명히**라고 필요 없는 말까지 덧붙였을까?' 하는 생각이 번개처럼 그의 머리를 스쳤다. '아니, 나는 또 왜 **분명히**라고 말한 것을 이토록 걱정하고 있을까?' 하는 반대의 생각도 번개처럼 번쩍였다.

그러자 문득 그의 위구심이 포르피리와 단 한 번 접촉한 것만으로, 한두 마디 주고받은 것만으로, 한두 번 시선을 부딪친 것만으로 순식간에 놀랄 만큼 크게 성장해버렸다는 것을… 그리고 그것이 매우 위험하다는 것을 그는 느꼈다. 신경은 초조해지고 마음의 동요는 더해갈 뿐이었다. '큰일 났다! 큰일 났어! 또 실언을 할지 모른다!'

"예, 예, 그렇습니다! 염려하실 건 없어요! 시간은 충분하니까요." 탁자 주위를 왔다 갔다 하면서 포르피리는 중얼거렸다. 그러나 별로 무슨 목적이 있는 것 같지도 않게 창 옆으로 성큼성큼 걸어가는가 하면 사무용 탁자 쪽으로 가기도 하고, 그러다가 다시 탁자 있는 데로 돌아오기도 했다. 그리고 라스콜니코프의 의아스런 시선을 피하는 것 같다가도 갑자기 한자리에 멈춰 서서 그의 얼굴을 뚫어질 듯이 쏘아보곤 했다. 둥글둥글 살찐 조그만 그의 몸이 마치 공처럼 이리저리 튀어 갔다가 사방의 벽과 구석구석에서 도로 튀어 오는 모양은 말할 수 없이 괴이한 느낌을 주었다.

"늦지 않습니다, 늦지 않고말고요! … 아 참, 담배 피우십니까? 가지셨어요? 자, 한 대, 궐련이지만." 그는 궐련을 권하면서 말을 이었다. "실은 지금 이 방으로 모셨습니다만, 내 숙소는 바로 저 칸막이 저쪽입니다. 관사요. 그러나 지금은 임시로 사삿집에 있습니다. 좀 수리를 해야겠기에, 하긴 집수리도 거의 끝났습니다… 관사라는 건 그대로 꽤 쓸 만하거든요, 안 그렇습니까? 당신 생각은 어떻습니까?"

"물론 쓸 만할 테죠." 비웃는 듯한 눈으로 그를 보면서 라스콜니코프는 대답했다.

"쓸 만하죠, 쓸 만해요……." 갑자기 무슨 다른 생각에 정신이 팔린 듯이 포르피리는 이렇게 되풀이했다. "암, 쓸 만하고말고요!" 그는 문득 라스콜니코프에게 시선을 던지고, 두 걸음쯤 떨어진 곳에 멈춰 서면서 거의 외치다시피 말했다. 관사는 쓸 만한 것이라는 실없는 말의 반복은 그 저속한 점에 있어서 그가 지금 손님에게 쏟고 있는 진지하고 의미심장한 수수께끼 같은 시선과는 너무나도 모순되는 것이었다.

그런데 그것이 라스콜니코프의 분노를 더욱더 촉발시켰다. 그는 이 부주의한 냉소적 도전을 더는 참을 수가 없었다.

"그런데 당신도 아시겠지만…" 하고 그는 거의 뻔뻔스러울 만큼 대담한 시선으로 상대방을 노려보며, 그 대담성에 스스로 기쁨이라도 느끼는 듯이 불쑥 이렇게 물었다. "거의 모든 예심판사에게는 일종의 재판상 원칙이랄까, 법률가적 방법이랄까, 그런 것이 있는 모양이더군요. 즉 처음엔 멀찍이 우회해서 아주 부질없는 얘기 또는 비록 진지한 화제라 하더라도 그와는 전혀 관계없는 얘기부터 시작해 그것으로 피신문자에게 기운을 주고, 아니 좀 더 절절히 말하면 주의를 산만케 해서 경계심을 잠재워놓고, 그다음에 느닷없이 아닌 밤중에 홍두깨 내밀듯 가장 치명적인 위험한 질문을 정면으로 퍼붓는단 말입니다. 그렇잖습니까? 이것은 아직까지도 모든 법규와 훈계 속에서 성스럽게 가르쳐지고 있다더군요?"

"아, 그래요… 그럼 당신은 내가 숙소 얘기를 꺼낸 것도 역시 그런 수법이라고 생각하십니까?"

포르피리는 이렇게 말하고는 눈을 가늘게 뜨고 그에게 윙크를 해 보였다. 무언가 유쾌한 듯한 교활한 표정이 그의 얼굴을 스쳐 갔다. 이마 주름살이 펴지고 눈이 가늘어지며 얼굴의 윤곽이 길어지는가 싶더니, 갑자기 그는 라스콜니코프의 눈을 똑바로 들여다보면서 온몸을 물결처럼 흔들며 신경질적으로 길게 웃어댔다. 라스콜니코프도 하는 수 없이 따라 웃으려고 했다. 그러나 포르피리가 상대방도 따라 웃는 것을 보고는 얼굴이 거의 자줏빛으로 변할 만큼 허리를 잡고 웃었으므로 라스콜니코프의 혐오감은 순식간에 일체의 경계심을 압도하고 말았다. 그는 웃음을 거두고 미간을 찌푸리면서, 포르피리가 무슨 속셈이 있는 양 오래도록 계속 웃고 있는 동안 상대방에게서 눈을 떼지 않고 언제까지나 그 얼굴을 쏘아보았다. 그러나 경계심의 해이는 쌍방에서 모두 찾아볼 수 있었다. 포르피리는 손님 앞에서 큰 소리로 웃어대고, 손님이 자기 웃음을 증오로 받아들이고 있는데도 그런 상태에는 조금도 신경을 쓰는 것 같지 않았다. 이런 사실은 라스콜니코프에게 지극히 의미심장했다. 그는 조금 전에 포르피리가 전혀 당황했던 것이 아니고, 도리어 함정에 빠진 것은 자기, 곧 라스콜니코프임에 틀림없다고 느꼈다. 여기엔 반드시 자기가 모르는 무엇인가가 있다. 무슨 목적이 있다. 어쩌면 이미 모든 준비가 다 되어 있어서 지금이라도, 지금 당장이라도 본성을 드러내어 그의 머리 위에 쏟아져 내릴지도 모른다……. 그는 급히 용건에 들어가려고 자리에서 일어나 모자를 집어 들었다.

"포르피리 페트로비치." 단호한 어조이긴 했으나 몹시 초조한 음성으로 그는 입을 열었다. "당신은 어제 신문할 일이 있다며 나더러 와달라고 하셨죠(그는 특히 **신문**이라는 말에 힘을 주었다). 그래서 나는 왔습니다. 물을 것이 있으면 어서 물으십시오. 그렇잖으면 돌아가겠습니다. 나는 시간이 없습니다. 볼일이 있어서요. 당신도… 잘 아시겠지만, 말에 밟혀 죽은 관리의 장례식에 가야 합니다" 하고 그는 덧붙였으나, 쓸데없는 소리를 덧붙였구나 싶어 이내 화가 치밀어올랐다. 그는 더욱 초조해지면서 이렇게 항의했다. "이런 문제엔 이제 진절머리가 납니다. 아시겠어요, 벌써 오래전부터… 나는 이 문제로 병이 났을 정돕니다… 한마디로 말해서." 병이

났다는 한마디는 더욱 큰 실언이었다고 느끼면서 그는 거의 외치듯이 말했다. "한마디로 말해서 곧 신문을 하든지, 아니면 당장 돌려보내주든지 하시오. 그리고 만일 신문을 하겠으면 반드시 정식으로 해주시오! 그렇잖으면 거절하겠습니다. 그럼 오늘은 이만 실례하겠습니다. 이렇게 마주 보고 있다고 다 되는 건 아니니까요."

"아니, 무슨 말씀을 하십니까! 당신을 신문할 필요가 어디 있겠어요." 포르피리는 갑자기 웃음을 그치고, 어조도 표정도 바꾸면서 마치 투정이라도 하듯이 이렇게 말했다. "조금도 염려는 마십시오." 그러고는 또다시 이리저리 걷기 시작하더니, 갑자기 라스콜니코프를 자리에 권하기도 하면서 수선을 피웠다. "시간은 충분합니다. 충분해요. 그리고 그런 건 문제 삼을 것도 안 됩니다. 나는 오히려 당신이 이렇게 일부러 찾아주신 걸 기뻐하고 있습니다… 당신을 손님으로 맞을 수 있게 된 것을 말입니다. 방금 함부로 웃은 실례에 대해서는 용서해주십시오. 로지온 로마느이치… 아마 그렇죠, 당신의 부칭(父稱)은? 나는 원래 신경질적인 인간이라 지나치게 날카로운 당신의 관찰이 우스워서 참지를 못했을 뿐입니다. 나는 때로 마치 고무 제품처럼 온몸을 떨면서 웃곤 합니다. 게다가 그런 웃음이 반 시간씩이나 계속될 때가 있어요… 아무튼 잘 웃는 편이죠. 그런 체질이라 졸도할 우려가 있을 지경입니다. 어서 앉으십시오. 왜 그러십니까? 자꾸 그러신다면 단단히 화나신 것이라고 생각하겠습니다."

라스콜니코프는 여전히 화난 듯이 눈살을 찌푸린 채 잠자코 상대방의 말을 들으면서 그의 모습을 지켜보았다. 아무튼 그는 자리에 앉긴 했지만, 모자는 그냥 손에 들고 있었다.

"그런데 로지온 로마느이치, 나 자신에 대해서 한마디 얘기해둘 것이 있습니다. 이를테면 내 성격의 설명이라는 거죠." 방 안을 부산스럽게 거닐며 그는 말을 이었으나, 여전히 손님하고 시선을 마주치는 것만은 피하는 것 같았다. "아시다시피 나는 독신자로서 사교계란 것도 모르는 보잘 것없는 인간입니다. 그러면서도 이미 다 끝난 인간, 아주 굳어버린 인간이고 이미 열매가 맺힌 인간입니다. 그래서… 그래서 로지온 로마느이치, 당신도 아마 느끼셨겠지만 우리나라에선, 즉 우리 러시아에선, 특히 이 페테르부르크 사교계에선 서로 각별히 친한 사이는 아니더라도 서로가 존경하는 총명한 두 인간이, 예를 들면 지금의 당신과 나 같은 인간이 한자리에서 만났다고 하면 30분쯤이나 아무 화제도 찾지 못하고 쌍방이 다 굳어져서 어색하게 앉아 있게 마련입니다. 대체로 화제라는 것은 누구나 가지고 있는 것으로, 예컨대 여자인 경우엔 더욱 그렇습니다. 예를 들어 사교계의 인간, 상류사회의 인사들도 화제는 언제나 갖고 있지요. C'est de rigueur.('그건 꼭 필요하니까요'라는 뜻) 그런데 우리 같은 중류층 인간은 하나같이 수줍어하고 구변이 없어요. 다시 말해 사색형이거든요. 도대체 무슨 까닭일까요? 우리에겐 사회적 흥미가 결여되어 있기 때문인지, 아니면 너무 정직해서 서로 기만하길 원치 않기 때문인지 그 이유를 모르겠습니다. 당신은 어떻게 생각하십니까? 자, 그 모자를 내려놓으시죠… 곧 가시려는 것만 같아서 보기에 민망스럽습니다. 나는 도리어 이렇게 기쁜데 말입니다……."

라스콜니코프는 모자를 내려놓았으나, 여전히 아무 말도 없이 미간을 찌푸린 채 진지한 얼굴로 포르피리의 공허하고 두서없는 요설(饒舌)에 귀기울이고 있었다. '대체 이 사나이는 이런 실없는 잡담으로 내 주의를 산만하게 하려는 생각일까?'

"커피를 드릴 수는 없습니다. 장소가 장소니만큼. 그러나 친구하고 기분을 풀기 위해 한 5분쯤 앉아 있으면 안 된다는 법은 없겠지요" 하고 포르피리는 쉬지 않고 지껄여댔다. "아무튼 이런 직무상의 의무란 것은… 그러나 노형, 내가 이렇게 앞뒤로 거닐며 서성거리는 것을 기분 나쁘게는 생각하지 마십시오. 실례지만, 실은 당신 기분이 상하지나 않을까 몹시 염려됩니다만, 나에겐 운동이라는 게 꼭 필요하거든요. 노상 앉아만 있기 때문에 단 5분 동안만이라도 이렇게 걸어 다니는 것이 여간 유쾌하지가 않습니다… 치질 증상이 좀 있어서요. 그래서 이 병을 고쳐볼 생각이죠. 풍문으로는 5등관이나 4등관, 심지어 3등관 관리들까지 자진해서 줄넘기 운동을 한다더군요. 아무튼 과학 만능의 시대니까요… 정말 그래요. 한데 이곳의 여러 가지 직무라든가 신문이라든가, 그런 형식적인 일들은… 방금 당신도 신문에 대해서 말씀하셨지만… 사실 말이지, 노형, 로지온 로마느이치, 이 신문이라는 것은 자칫하면 신문당하는 사람보다도 신문하는 사람을 난처하게 만들 때가 있답니다. 그것은 노형께서 방금 정확하고도 예리하게 지적하신 대로입니다(라스콜리코프는 거기에 대해 아무 말도 한 기억이 없었다). 갈피를 잡을 수가 없어요! 정말 갈피를 잡을 수 없을 때가 있어요! 그래서 밤낮 같은 소리만, 마치 북을 치듯이 같은 소리만 되풀이하게 되는 거죠! 다행히 개혁이 진행 중이니까 우리는 하다못해 명칭만이라도 변경되기를 기대하고 있지요, 헤, 헤, 헤! 그런데 법률가적 수법에 대해선—기지에 넘친 당신의 표현을 빌린다면 말입니다—전적으로 당신 의견에 찬성입니다. 어떤 피고든지, 머리가 우둔한 농민 출신의 피고들까지도 그만한 것은 잘 알고 있거든요. 즉 처음엔 아무 관계도 없는 질문을 퍼붓다가—당신의 훌륭한 표현에 따르면 말입니다—그다음에 느닷없이 정면을 내리치죠. 헤, 헤, 헤! 바로 정면을 말이오, 당신의 그 훌륭한 비유에 따라서 말입니다. 헤, 헤, 헤! 그만한 것쯤은 누구나 다 알고 있어요. 그래서 당신은 정말 그렇게 생각하셨습니까, 내가 관사 얘기를 꺼내서 당신을… 어떻게 하려 했다고. 헤헤! 당신도 꽤 비꼬기를 좋아하시는군요. 아니, 그런 말은 그만둡시다! 아 참, 말이 나온 김에 한 가지만 더. 원래 말이나 사상은 하나가 또 다른 하나를 끌어내게 마련이죠… 당신은 아까 형식에 대해서 말씀하셨죠? 즉 신문의 형식에 대해서 말입니다. 그러나 정식으로란 대체 뭡니까! 형식이란 건 대개의 경우 어리석기 짝이 없는 거죠. 경우에 따라선 친구처럼 허물없이 얘기하는 편이 훨씬 편할 때가 있어요. 형식이란 것은 결코 도망치지 않으니, 그 점은 안심하십시오. 그리고 본질적으로 봐서 형식이란 대체 뭡니까? 물어보고 싶습니다. 형식 따위는 어떤 경우에도 예심판사를 구속할 수 없습니다. 예심판사의 일은, 이를테면 일종의 자유 예술이거든요. 일종의 그 어떤… 헤, 헤, 헤!"

포르피리는 잠깐 숨을 돌렸다. 그는 피로한 기색도 없이 무의미하고 공허한 수작을 늘어놓는가 하면, 갑자기 수수께끼 같은 말을 뇌까리기도 하고, 그러다가는 다시 실없는 수다를 피우면서 지껄여댔다. 그는 거의 뛰다시피 방 안을 걸어 다녔다. 그 짧고 굵은 다리를 재게 놀리면서 여전히 마룻바닥에만 눈을 준 채 오른손은 등 뒤로 돌리고 왼손은 연방 흔들어대면서, 말의 의미와는 놀랄 만큼 동떨어진 갖가지 몸짓을 하는 것이었다. 그가 방 안을 돌아다니는 도중에 두어 번쯤 문 옆에 잠깐 멈춰 서서 귀를 기울인 듯한 것을 라스콜니코프는 눈치챘다. '누군가를 기다리고 있는 게 아닐까?'

"그러나 실은 당신의 말이 옳습니다" 하고 포르피리는 유쾌한 듯이 유달리 솔직한 태도로 라스콜니코프를 보면서(그 때문에 오히려 이쪽은 흠칫 몸을 떨면서 한순간 정신을 가다듬을 정도였다) 말을 계속했다. "당신은 법률상 형식에 대해 실로 날카로운 조소를 퍼부었지만, 사실은 당신의 말이 옳습니다. 헤, 헤, 헤! 그 의미심장한 심리적 방법이란 것은, 물론 다 그렇다는 건 아니지만, 지극히 우스꽝스러워서 너무 형식에 치우치면 오히려 유익하지 않을 겁니다. 그렇고말고요… 아니, 또 형식으로 되돌아왔군요. 그런데 만약 내가 위임받은 무슨 사건으로, A나 B나 C를 범죄자로 인정한다, 아니 좀 더 적절하게 말해서 용의자로 인정한다고 합시다… 그런데 당신은 법률가를 지망한다고 하셨죠, 로지온 로마느이치?"

"예, 그럴 생각이었습니다……."

"그럼 당신에게 한 가지, 이를테면 장래의 참고로 말하겠습니다. 그렇다고 해서 내가 뭐 당신에게 주제넘게 설교를 한다고 생각하시면 곤란합니다. 당신은 그처럼 훌륭한 범죄론을 발표하신 분이 아닙니까! 그렇고말고요. 나는 다만 한 가지 사실로 조그만 실례를 들려는 것뿐입니다. 가령 말입니다, 내가 A나 B나 C를 범인으로 지목했다고 합시다. 이러한 경우에 비록 내가 증거를 잡았다 하더라도 시기가 무르익기 전에 본인을 불안하게 할 필요가 어디 있겠습니까. 하기야 때로는 지체 없이 체포해야 할 경우도 있죠. 그러나 개중에는 성질이 다른 인간도 있거든요. 이건 사실입니다. 그런 자에 대해서는 잠시 거리를 산책하게 내버려둬도 무방하지 않을까요. 헤, 헤! 그런데 당신은 이해가 잘 가지 않는 모양이군요. 그렇다면 좀 더 알기 쉽게 설명하겠습니다. 가령 내가 그 사나이를 너무 빨리 미결 감방에 잡아넣으면, 그 때문에 도리어 그 사나이에게 일종의 정신적인 지주(支柱)를 주게 되는 셈이거든요… 헤, 헤! 당신은 웃고 계시는군요(라스콜니코프는 웃으려고 생각지도 않았다. 그는 입을 굳게 다물고 이글거리는 시선을 포르피리에게서 떼지 않고 있었다). 하지만 실제로 어떤 종류의 인간에 대해선 특히 그렇습니다. 인간은 가지각색이지만, 여러 사람들에 대한 실제적인 방법은 하나밖에 없으니까요. 그럼 당신은 곧 증거라는 것이 있지 않느냐고 말하실 테죠. 물론 증거가 있다고 해둡시다. 그러나 증거란 것은 대부분 양쪽에 꼬리를 달고 있거든요. 나는 예심판사이면서 동시에 마음 약한 인간이라 고백합니다만, 예심이란 것은 수학적으로 명확히 내밀고 싶다, 2 곱하기 2는 4 같은 확실한 증거를 잡고 싶다, 변명할 여지가 없는 확고한 증거를 잡고 싶다, 이겁니다! 그런데 그 사나이를 시기가 무르익기 전에 체포해서 수감해보십시오, 비록 내가 그자임에 틀림없다는 확신을 갖고 있더라도 말입니다. 그렇게 되면 나는 그 사나이에 대한 그 이상의 증거를 잡을 방법을 스스로 포기해버리는 셈이 됩니다. 왜냐고요? 그를 수감함으로써 나는 그에게 일정한 지위를 주고, 말하자면 심리적으로 일정한 방향을 주어서 그를 안정시켜버리기 때문입니다. 그러면 그는 나를 떠나서 제 껍데기 속으로 들어가버립니다. 즉 자기는 죄수가 됐다고 깨닫게 되는 거죠. 여기 이런 말이 있더군요. 세바스토폴(크림반도의 남단 해군 기지. 크림전쟁 때의 포위전으로 유명함)에서 알마 강 전투 직후, 식자들은 당장에라도 적이 총공격으로 나와 일거에 세바스토폴을 함락하지나 않을까 하고 매우 두려워했답니다. 그런데 적이 정공법(正攻法)에 의한 포위 작전을 택하고 첫 번째 평행호(平行壕)를 파는 광경을 보자, 그들은 몹시 기뻐하면서 안심했다는 겁니다. 즉 정공법에 의한 포위 작전으로는 적어도 두 달 동안은 함락이 연기될 것 같았기 때문이죠. 아니, 또 웃으시는군요. 아직도 내 말을 믿지 않으십니까? 그야 물론 당신의 말에도 일리는 있습니다. 옳아요, 옳고말고요! 이건 모두 특수한 경우니까요, 당신의 말씀대롭니다. 지금 예로 든 건 정말 특수한 경우임에 틀림없습니다! 그러나 로지온 로마노이치, 여기서는 다음 사실도 또한 잊어서는 안 됩니다. 즉 모든 법률상의 형식과 규칙이 그대로 적용되고 고려되는, 책에도 쓰여 있는 그런 일반적인 경우라는 것은 실제론 결코 존재하지 않는 법입니다. 왜냐하면 모든 사건, 모든 범죄는 그것이 현실에서 발생하자마자 곧 하나의 특수한 경우가 되어버리기 때문입니다. 때에 따라서는 전혀 전례가 없는 것이 되어버립니다. 이런 식으로 전혀 생각지도 않은 우스꽝스런 사건이 생기는 수도 흔히 있습니다. 가령 내가 어떤 혐의자를 멋대로 혼자 내버려둔다고 합시다. 체포도 하지 않거니와 별로 불안도 주지 않지만, 그 대신 나는 모든 것을 다 알고 있다, 모든 비밀을 다 알고 있다, 그래서 밤낮으로 그의 행동을 주시하고 끈덕지게 감시하고 있다는 사실을 본인에게 끊임없이 느끼게 한다, 적어도 그런 의심을 품게 한다, 그 말입니다. 이렇게 그 사나이가 항상 나한테서 혐의를 받고 위협을 받고 있다고 자각하게끔 하는 겁니다. 그러면 그 사나이는 반드시 머리가 혼란되어 마침내는 자수하게 됩니다. 더욱이 나로서는 2 곱하기 2는 4라는 이른바 정확한 수학적 증거까지 얻을 수 있을 테니, 그야말로 유쾌하기 짝이 없는 일이지요. 이런 일은 신경이 무딘 농민에게도 있을 수 있는 일이니까, 우리처럼 현대적 두뇌를 가진, 더구나 어떤 방향으로 발달한 인간이라면 더 말할 것도 없습니다! 그래서 그 사나이가 과연 어떤 방향으로 발달한 인물인가를 아는 것이 가장 중요합니다. 그러나 문제는 신경이죠, 신경이에요, 당신은 중요한 이 점을 잊고 있어요! 오늘날 이런 족속들의 신경은 모두 병적이요 영양실조인 데다가 항상 들떠 있거든요. 이를테면 담즙 작용이죠. 그들에겐 이 담즙이 얼마나 있는지 알 수 없을 지경입니다! 이것은 사실 일종의 광맥 같은 겁니다! 그래서 그 사나이가 제멋대로 거리를 싸돌아다녀도 나로서는 별로 걱정이 안 됩니다. 뭐, 멋대로 당분간 산책하도록 내버려두는 겁니다, 제멋대로. 그런 것 없이도 나는 그 사나이가 내 손아귀에 든 희생물이며, 결코 내게서 도망칠 수 없다는 걸 알고 있으니까요! 또 도망가려야 도망갈 곳이 있어야죠, 헤, 헤! 외국으로요? 외국으로 도망치는 것도 폴란드 정도나 가능하지, 그 **사나이**는 안 됩니다. 더구나 나는 항상 그를 감시하면서 적당한 수단을 강구하고 있기 때문에 더욱 그럴 수 없을 겁니다. 그럼 국내의 어느 깊은 시골로라도 도망친다면? 그러나 거기엔 농민들이 살고 있습니다. 순진하고 곰 같은 진짜 러시아 백성이 살고 있어요. 교양 있는 현대인이라면 그 외국인 같은 우리나라 백성과 함께 사느니 차라리 감옥을 택할 겁니다. 헤, 헤! 그러나 이런 것은 모두 대수롭잖은 표면적인 문제입니다. 도대체 도망이라는 건 뭡니까? 그런 것은 어디까지나 형식적인 것에 지나지 않습니다. 중요한 문제는 그런 데 있는 것이 아닙니다. 즉 그 사나이는 도망칠 곳이 없다는 이유만으로 내게서 도망치지 못하는 것이 아니라, **심리적으로** 이미 도망치지 못하는 거죠. 헤헤. 어떻습니까, 멋진 표현이죠! 즉 그 사나이는 비록 도망해 숨을 곳이 있더라도 자연법칙에 의해서 도망치지 못하는 겁니다. 당신은 촛불에 모여드는 나방을 본 일이 있겠죠? 마치 그것처럼 그 사나이는 항상 내 주위에서 뱅뱅 돌 겁니다. 마치 나방이 촛불 주위를 뱅뱅 돌듯이 말입니다. 그런 상황에서는 자유도 달갑지 않고 침울한 생각에 잠겨 머리가 점점 혼란해집니다. 그리고 그물에 걸린 것처럼 스스로 제 몸을 묶어버리고 죽도록 혼자 고민할 것이 뻔합니다. 뿐만 아니라 2 곱하기 2는 4 식의 정확한 수학적 증거를 자기 쪽에서 나를 위해 제공해주게 됩니다. 내가 막간을 좀 길게 잡아주기만 하면 말입니다. 그리고 끊임없이 내 주위를 돌면서 그 행동반경을 차츰 좁히다가, 마침내는 탁 걸려듭니다! 곧장 내 입속으로 뛰어드는 거죠. 그러면 나는 꿀꺽 삼켜버린다 이 말씀입니다. 이렇게 되면 정말 유쾌한 일이죠, 헤, 헤, 헤! 당신은 믿어지지 않습니까?"

라스콜니코프는 대답하지 않았다. 그는 시종일관 긴장된 표정으로 포르피리의 얼굴을 지켜보면서 파랗게 질린 채 꼼짝도 않고 앉아 있었다.

'그럴싸한 설교로군!' 온몸이 얼어붙는 듯한 느낌으로 그는 이렇게 생각했다. '이렇게 되면 어제처럼 고양이가 쥐를 놀리는 정도의 얘기가 아니다. 이자가 공연히 자기의 힘을 과시하거나… 나한테 조언을 할 리는 없다. 그런 짓을 하기에 이자는 너무나도 영리하다… 필시 딴 목적이 있는 것 같은데, 도대체 무엇일까? 흥, 어리석다, 너는 나를 위협해서 골탕을 먹이려는 거지! 하지만 네게는 아무런 증거도 없을뿐더러 어제의 그 사나이도 실제로는 존재하지 않는다! 다만 너는 나를 당황하게 하여 초조와 불안 속에 몰아넣은 다음 그 틈을 타서 덜컥하게 할 속셈일 거다. 천만에, 빤히 들여다보이는 엉뚱한 수작만 늘어놓고 내가 거기 넘어갈 줄 알고! 그런데 대관절 무엇 때문에, 아니 도대체 무엇 때문에 이자는 이렇게까지 나한테 조언을 해주는 걸까? … 나의 병적인 신경을 고려하고 있기라도 한가 보지. 네가 아무리 잔재주를 피워도 네 정체는 드러나게 마련이야… 어디 두고 보자, 네가 얼마나 잔재주를 피우는지.'

여기서 그는 예측할 수 없는 가공할 파국에 대비하여 온몸의 힘을 모아 굳게 마음을 도사렸다. 가끔 그는 포르피리에게 덤벼들어 당장에 목을 졸라 죽여버릴까 하는 충동을 느꼈다. 그는 이 방으로 들어오면서도 이런 증오심이 폭발하지나 않을까 염려했었다. 그는 입이 바싹 마르고, 가슴이 두근거리고, 입술에 침이 말라붙는 것을 느꼈다. 그래도 그는 침묵을 지키고 시기가 올 때까지 말 한마디 하지 않으리라 결심했다. 그는 현재의 자기 처지로서는 이것이 최선의 방책임을 깨달았던 것이다. 왜냐하면 그렇게 함으로써 자기 쪽에서 무슨 실언을 할 염려가 없을 뿐 아니라, 도리어 그 침묵으로써 적을 초조하게 하고 적으로 하여금 또 무슨 말이든 지껄이게 할 수 있을 것이기 때문이다. 적어도 그는 이것을 노리고 있었다.

"아니, 당신은 아무래도 내 말을 믿지 않는 것 같군요. 그리고 내가 무슨 실없는 농담이라도 하는 줄로 아시는 것 같습니다." 포르피리는 점점 더 유쾌하다는 듯이 만족스럽게 키득거리면서 말을 이었다. 그러고는 또다시 방 안을 돌기 시작했다. "그야 물론 당신이 옳겠지요. 보시다시피 나는 이 몸뚱이부터가 남에게 우스꽝스런 느낌을 주게끔 만들어져 있으니까요. 그야말로 어릿광대지요. 그러나 나는 이것만은 말해두고 싶습니다. 다시 한 번 되풀이하지만, 로지온 로마느이치, 노인의 말이다 생각하고 들어주십시오. 당신은 아직 젊고, 말하자면 한창 청춘기에 있는 분입니다. 그래서 보통 젊은 사람과 마찬가지로, 무엇보다도 인간의 지혜라는 것을 존중하고 계십니다. 즉 발랄한 기지라든가 이지(理智)의 추상적 연역(演繹) 따위에 당신은 유혹을 느끼시겠지요. 그것은 내가 군사(軍事)에 관해서 판단하는 한, 마치 오스트리아의 군사 회의와 똑같은 겁니다. 그들은 종이 위에선 나폴레옹을 분쇄하고 포로로 잡기까지 했습니다. 자기네 서재에선 종횡의 기지를 발휘하여 모든 계획을 세우고 적을 술책에 빠뜨리게 했습니다. 그러나 어떠했습니까? 마크 장군은 전군을 이끌고 항복하고 말았습니다. 헤, 헤, 헤! 아니, 다 알고 있어요, 알고 있어요. 로지온 로마느이치, 내가 문관 신분이면서 군사상의 실례를 드는 게 우습다는 거죠? 그러나 할 수 없습니다. 이것이 내 약점이니까요. 실은 군사 문제에 취미가 있어서 전쟁 보고서 따위를 읽는 것이 퍽 재미있습니다. 정말 나는 길을 잘못 들었어요. 나 같은 사람은 군대에 복무하면 좋았을 겁니다. 나폴레옹은 못 됐어도, 적어도 소령쯤은 됐을 테니까요, 헤, 헤, 헤! 그건 그렇고, 나는 여기서 당신에게 그 **특수 경우**라는 것에 대해서 좀 더 자세히 말하겠습니다. 현실이라든가 자연이란 것은 실로 중요합니다. 때로는 주도면밀한 계획까지도 일거에 뒤집어엎을 때가 있으니까요. 자, 노인의 말을 좀 들어보시오. 나는 진정으로 말하고 있으니까요, 로지온 로마느이치(이렇게 말했을 때 서른다섯 살밖에 안 된 포르피리는 정말 갑자기 늙은이같이 보였다. 음성이 변하고 허리까지 구부정하니 굽은 것 같았다). 더구나 나는 개방적인 인간입니다. 그렇지 않습니까? 어때요, 당신 생각은? 확실히 그렇다고 생각합니다만. 아무튼 이런 것까지 당신한테 공짜로 가르쳐주고 아무 사례도 청구하지 않으니 말입니다. 헤, 헤! 자, 그건 그렇고, 얘기를 계속합시다. 도대체 기지라는 건 내가 보기에 참으로 멋진 것이어서, 이를테면 자연의 아름다움, 인생의 위안이라고도 할 수 있습니다. 그건 무슨 요술이든 능히 부릴 수 있을 것만 같습니다. 그리고 자기 망상에 열중해 있는 하잘것없는 예심판사 따위는 도저히 그것을 간파할 수 없으리라고 생각될 정도지요. 이런 일은 흔히 있는데, 예심판사도 역시 인간이니까요! 그런데 인간성이란 것이 이 초라한 판사를 구원해주거든요. 이것이 곤란합니다! 그런데 자기

기지에 열중해서 '모든 장애를 밟고 넘어가는'—이것은 어제 당신이 말한 묘하고도 현명한 표현입니다만—청년은 이 점을 전혀 생각하려 하지 않습니다. 그래서 가령 교묘하게 거짓말을 했다고 합시다, 어떤 사나이가 말이에요. 즉 **특수 경우**를 말하는 겁니다. 남모르게, 교묘하게, 감쪽같이 거짓말을 했다고 합시다. 이걸로 이젠 승리를 거두었다, 마침내 기지의 성과를 즐길 수 있다, 이렇게 생각하고 있을 때 천만뜻밖에도 퍽 쓰러져버립니다! 하필이면 가장 중요하고 가장 소동을 일으키기 쉬운 장소에서 퍽 하고 졸도 같은 걸 일으킨단 말입니다. 그야 갑자기 병이 났다든가, 아니면 방 안 공기가 너무 탁하다든가 하는 경우도 있겠지만, 그래도 말입니다, 그래도 역시 상대방에게는 어떤 암시 같은 걸 주게 됩니다! 그 사나이는 거짓말은 교묘하게 했지만 인간성을 계산에 넣는 걸 잊었던 겁니다! 엉뚱한 곳에 복병이 있는 법이지요! 그런가 하면, 이번에는 자유분방한 자기의 기지에 현혹되어 자기에게 혐의를 걸고 있는 상대방을 우롱하기 시작합니다. 마치 일부러 그러는 듯이, 제법 연극처럼 새파랗게 질려 보입니다. 게다가 **지나치게 자연스러울** 정도로 너무나 그럴싸하게 질려 보이기 때문에, 또다시 상대방은 그럴싸한 암시를 받게 되는 겁니다! 그러나 처음 한 번은 속여 넘겼다 하더라도, 상대방이 바보가 아닌 이상 하룻밤 사이에 그것을 눈치채고 맙니다. 아무튼 하나하나가 다 이런 식이죠! 그뿐이겠습니까, 자기 쪽에서 먼저 앞지르는가 하면, 묻지도 않은 말을 불쑥 뇌까리기도 하고, 또 그와는 반대로 잠자코 있어야 할 때 함부로 지껄이거나 여러 가지 비유를 들어 말하기도 합니다. 헤, 헤! 나중에는 제 발로 어슬렁어슬렁 찾아와서, 왜 나를 이렇게 오랫동안 체포하지 않소, 하고 따지고 들게 되지요, 헤, 헤, 헤! 더구나 이것은 기지가 매우 발달한 사람들, 심리학자나 문학자에게도 일어날 수 있는 현상이거든요! 자연은 거울입니다, 거울이고말고요, 가장 맑은 거울입니다! 자신을 비춰 보고 즐기는 게 좋겠죠! 바로 이거예요! 아니, 로지온 로마느이치, 당신 얼굴이 왜 그렇게 창백해졌습니까? 답답하십니까, 창문이라도 열어드릴까요?"

"아니, 그런 걱정 마십시오." 라스콜니코프는 이렇게 외쳤다. 그러고는 느닷없이 큰 소리로 웃어댔다. "아무 염려 마십시오!"

포르피리는 그의 앞에 멈춰 서서 잠시 기다리고 있다가 자기도 갑자기 껄껄 따라 웃었다. 라스콜니코프는 자기의 그 발작적인 웃음을 뚝 끊고 의자에서 일어났다.

"포르피리 페트로비치!" 그는 후들후들 떨리는 다리로 간신히 서 있으면서도 커다란 소리로 분명히 말했다. "나는 이제야 비로소 모든 걸 똑똑히 알았습니다. 당신이 그 노파와 리자베타의 살인범으로서 확실히 나한테 혐의를 걸고 있다는 것을. 그래서 똑똑히 말해두지만, 벌써부터 나는 이런 일에 진저리가 났습니다. 만일 당신이 법에 따라 나를 조사할 권리가 있다고 인정한다면 어서 조사해보시오. 체포하겠으면 빨리 체포하란 말이오. 그러나 맞대놓고 조롱하거나 괴롭히는 일은 나로서도 용서할 수 없습니다."

별안간 그의 입술은 떨리고 두 눈은 분노에 불타면서 여태까지 억제하던 음성이 쩽쩽 울려 나오기 시작했다.

"용서할 수 없어요!" 그는 버럭 소리를 지르며 주먹으로 힘껏 탁자를 내리쳤다. "들립니까, 포르피리 페트로비치? 용서할 수 없어요!"

"아니, 이거 왜 이러십니까, 또!" 포르피리는 소스라치게 놀라면서 이렇게 외쳤다. "노형! 로지온 로마느이치! 이봐요! 대체 왜 그러십니까?"

"용서할 수 없어요!" 라스콜니코프는 또 한 번 외쳤다.

"제발 좀 진정하시오! 남이 들으면 달려와요! 그러면 어떻게 말하겠습니까! 생각해보십시오!" 포르피리는 자기 얼굴을 라스콜니코프의 얼굴에 바싹 갖다 대고 공포에 질린 표정으로 속삭였다.

"용서할 수 없어요! 용서할 수 없단 말이오!" 라스콜니코프는 기계적으로 되풀이했으나, 그 음성도 어느새 속삭이는 소리로 변해 있었다.

포르피리는 얼른 몸을 돌려 창문을 열려고 달려갔다. "방 안에 공기를 넣어야지, 신선한 공기를! 그리고 당신은 물이라도 좀 마시는 게 어때요, 이건 발작이니까요!" 이렇게 말하고 그는 물을 가져오도록 이르려고 문 쪽으로 달려가려 했으나, 마침 그쪽 구석에 있는 물병을 발견했다.

"자, 좀 드십시오." 그는 물병을 들고 라스콜니코프에게로 달려오더니 속삭이듯 이렇게 말했다. "그러면 좀 도움이 될 겁니다……" 포르피리의 놀라는 표정과 간호하는 품이 너무나 자연스러웠으므로 라스콜니코프는 입을 다물고 의아심과 호기심으로 그를 지켜보았다. 그러나 물은 받지 않았다.

"로지온 로마느이치! 이봐요! 정말 그러시다간 자기 자신을 미치게 만듭니다. 정말이에요. 자! 어서! 물을 좀 마시세요! 조금이라도 좋으니 마시십시오!"

그는 억지로 물이 든 컵을 그의 손에 쥐여주었다. 라스콜니코프는 기계적으로 그것을 입술로 가져갔으나 퍼뜩 정신이 들어 불쾌한 표정을 띠며 탁자 위에 내려놓았다.

"그래요, 당신은 발작을 일으킨 겁니다! 그러다간 또 전의 병이 재발합니다" 하고 포르피리는 정다운 어조로 지껄여대기 시작했으나, 그 얼굴엔 아직도 당황한 빛이 엿보였다. "큰일이군요! 당신은 왜 그렇게 자신의 몸을 아끼지 않습니까? 어제도 라주미힌이 왔었는데… 하긴 나한테 빈정거리는 나쁜 버릇이 있다는 건 나도 압니다. 그러나 그 친구들이 어떤 결론을 내렸는지 아십니까… 말씀 마십시오! 그 친구는 어제 당신이 돌아가신 뒤에 와서 함께 식사를 했는데, 어쩌나 지껄여대는지 나는 하도 어이가 없어 그저 두 손을 벌리고, 이거 큰 봉변을 당하는군, 하고 생각했을 정도죠. 대체 그 친구는 당신이 보냈습니까? 자, 좀 앉으세요, 어서!"

"그는 내가 보낸 게 아닙니다! 그러나 나는 그가 당신을 방문했다는 것도, 그리고 그 방문의 목적이 무엇이었는지도 잘 알고 있습니다." 라스콜니코프는 날카로운 어조로 대답했다.

"알고 있었다고요?"

"알고 있었습니다. 그래서 어쨌단 말입니까?"

"다름 아니라 로지온 로마느이치, 나는 그 밖에도 당신의 행동에 대해 굉장한 것을 알고 있어요. 속속들이 다 알고 있습니다. 이미 해가 저물어서 밤이 될 무렵 당신이 **셋방을 구하러** 가서 초인종을 울리고, 피가 어떻게 되었느냐고 묻고 해서 인부와 문지기들을 어리둥절하게 한 사실까지 정확히 알고 있거든요. 그야 당시 당신의 정신 상태를 나도 모르는 바는 아닙니다. 그렇지만 그런 짓을 하면 그야말로 자기 자신을 미친 사람으로 만들어버립니다. 이건 진담이에요! 머리가 돌아버리고 맙니다! 당신의 내부엔 여러 가지 모욕 때문에… 우선은 운명에게서 받은 모욕, 다음엔 경찰 친구들에게서 받은 모욕 때문에 고결한 분노가 강렬히 끓어오르고 있습니다. 그래서 당신은 한시바삐 모든 사람의 입을 열게 해서 대번에 완전히 결말을 지어버리려고 사방으로 뛰어다니고 있는 겁니다. 즉 그런 맹랑한 공상과 혐의가 싫어서 참을 수 없는 거겠죠. 어떻습니까, 그렇죠? 당신 마음을 잘 알아맞혔죠? 그러다가는 당신 자신뿐만 아니라 라주미힌까지 미치게 만듭니다. 그 친구는 정말 사람이 좋거든요. 그건 당신도 잘 아시겠죠? 당신이 그러시는 건 병 때문이지만 그 친구가 그러는 건 우정 때문입니다. 그러나 병이란 건 전염되기가 쉽거든요… 아니, 지금이라도 당신의 기분이 가라앉으면 내가 자세히 얘기하겠습니다… 우선 자리에 앉으십시오. 얼굴빛이 아주 말이 아닙니다. 자, 좀 앉으세요."

라스콜니코프는 의자에 앉았다. 전율은 차츰 가라앉았으나, 그 대신 온몸에 열이 올랐다. 깊은 놀라움에 사로잡힌 채 그는 주의력을 긴장시키고, 허둥지둥 열심히 간호해주는 포르피리의 말에 귀를 기울였다. 그는 포르피리의 말을 액면 그대로 믿고 싶은 이상야릇한 욕구를 느끼면서 실은 한마디도 그 말을 믿고 있지 않았다. 셋방을 구하러 갔었다는 포르피리의 뜻밖의 말에 그는 강렬한 충격을 받았다. '대체 어찌 된 걸까? 그럼 내가 그 집에 갔던 일을 알고 있군그래?' 문득 이런 생각이 떠올랐다. '더구나 자기 쪽에서 그걸 내게 말하다니!'

"그렇습니다. 그와 똑같은 심리적 사건이 우리가 취급한 재판 사건 중에 있었어요. 즉 그런 병적인 사건 말입니다." 포르피리는 빠른 어조로 말을 이었다. "역시 어떤 사나이가 자기 자신을 살인범이라고 단정해버렸는데 그 방법이 또한 교묘했습니다. 자기가 본 환각을 끌어내서 사실을 구체적으로 늘어놓고 그 현장의 상황까지 상세히 진술함으로써 듣는 사람들을 모두 어리둥절하게 만들어버렸습니다! 그런데 그 사나이는 아주 우연히 무의식중에 어느 정도 살인의 원인이 되었다고는 하지만, 실은 문제삼을 만한 정도는 아니었어요. 그러나 그 사나이는 자기가 살인의 원인이 되었다는 것을 안 뒤에 갑자기 고민하기 시작해서 머리가 이상해지고, 결국 망상에 사로잡혀 완전히 발광 상태에 이르게 되었고, 마침내 자기가 살인범이라고 믿게 되었단 말입니다! 그러나 결국 대법원이 사건을 명료하게 해명해주었으므로 그 불행한 사나이는 무죄가 증명되어 요양소로 보내졌습니다. 이건 어디까지나 대법원 덕분이랄 수 있겠죠! 정말 놀라운 일이 아닐 수 없어요! 그러니 당신도 자꾸 그러시다가는 나중에 어떻게 될지 모릅니다. 밤중에 초인종을 울리러 가거나, 피가 어떻게 되었느냐고 묻거나 해서 자기 자신의 신경을 자극하고 싶은 경향이 나타나기 시작하면, 열병 정도는 쉽사리 일으키게 마련이니까요! 이런 심리라면 나 자신의 실지 경험을 통해서 잘 알고 있습니다. 그런 짓을 하지 않으면, 경우에 따라 창문이나 종루에서 뛰어내리고 싶어집니다. 게다가 그런 유혹은 굉장히 매력적이거든요. 밤중에 초인종을 울리는 것 역시 같은 성질의 것이죠… 병입니다. 로지온 로마느이치, 병이고말고요! 당신은 자기의 병을 너무 경시하고 있어요. 어떻습니까, 경험 있는 의사한테 진찰을 받아보시는 것이? 당신의 그 뚱보 의사는 틀렸어요! … 당신은 열에 들떠 있는 겁니다. 그런 건 모두 열에 들떠서 정신없이 한 짓입니다!"

순간 라스콜니코프는 주위의 모든 것이 빙글빙글 돌기 시작한 것같이 느꼈다.

'이자는 과연 지금도 거짓말을 하는 걸까?' 하는 상념이 그의 머리를 스쳤다. '그럴 리가 없다. 그럴 리가 없어!' 그는 그런 상념을 밀어냈다. 그는 그런 상념이 자기를 어떠한 광분에 몰아넣을지 모를 일이며, 그 광분의 결과 아주 발광까지 하게 될지 모른다는 것을 예감했기 때문이다.

"열에 들떠 있었던 것이 아닙니다. 나는 제정신으로 한 겁니다!" 포르피리의 연기를 간파하려고 온갖 이성의 힘을 다 경주시키면서 그는 외쳤다. "제정신이었어요! 제정신으로 한 겁니다! 내 말이 들립니까?"

"예, 알고 있습니다. 다 듣고 있어요! 당신은 어제도 열에 들떠 있지 않다고 말씀하셨고, 열에 들떠 있지 않다는 것을 특히 강조해서 말씀하셨습니다! 당신이 무슨 말을 하려는지도 다 알고 있습니다! 암, 알고말고요! 그러나 로지온 로마느이치, 제발 부탁이니 내 말 좀 들어주십시오. 만약에 말입니다, 당신이 정말로 범죄자이거나 또는 그 끔찍한 사건에 다소나마 관계가 있다고 한다면 당신은 열에 들떠 무의식중에 한 일이 아니라 완전히 의식해서 한 일이라고 제 입으로 강조할 수 있을까요? 더구나 그것을 특별히 강조한다, 집요하게 강조한다, 대체 그럴 수가 있을까요? 생각해보십시오, 그럴 수가 있겠는가? 내가 보기엔 그와 전혀 반대입니다. 만약에 당신에게 무슨 켕기는 일이라도 있다면, 당신은 반드시 '의식이 없었다'고 주장해야만 할 겁니다. 그렇잖습니까, 예? 그렇잖아요?"

이 질문에는 무언가 교활함이 느껴졌다. 라스콜니코프는 자신한테 허리를 굽히며 얼굴을 들이대는 포르피리를 피해서 소파 등받이에 몸을 기댔다. 그러고는 미심쩍은 눈으로 말없이 상대방을 지켜보았다.

"그리고 그 라주미힌 군만 해도 그렇습니다. 결국 그 친구가 어제 나한테 얘기하러 온 것은 자기의 의사에 따른 것이냐, 아니면 당신의 교사에 의한 것이냐 하는 문제도 마찬가집니다. 당신의 입장으로선 라주미힌 자신의 의사로 온 것이라고 말하고, 당신의 교사에 의한 것이라는 점은 감춰 둬야 합니다! 그런데 당신은 감추려고도 하지 않습니다! 뿐만 아니라 당신의 교사에 의한 것이라고 주장하고 계시니 말입니다!"

라스콜니코프는 결코 그런 주장을 한 기억이 없었다. 그는 등골이 오싹해짐을 느꼈다.

"당신은 거짓말만 하는군요." 그는 병적인 미소로 입술을 일그러뜨리면서 약한 음성으로 천천히 말했다. "당신은 또다시, 내 술책을 빤히 알고 있고 내 대답을 죄다 미리 알고 있다는 걸 나한테 과시하고 싶은 거죠?" 그는 자기가 이미 말을 선택하는 데 마땅히 해야 할 주의를 소홀히 하고 있다고 느끼면서 이렇게 말해버렸다. "당신은 나를 위협하고 있습니다… 그렇잖으면 다만 나를 우롱하고 있는 거예요……."

그는 이렇게 말하면서도 계속해서 상대방을 뚫어지게 응시했다. 그러자 갑자기 끝없는 증오가 다시금 그의 눈에서 번쩍이기 시작했다.

"당신은 거짓말만 하고 있어요!" 하고 그는 외쳤다. "범인의 입장에서 감추지 않아도 무방한 것은 되도록이면 사실대로 말하는 것이 가장 능란한 기만 방법임을 당신 자신도 잘 알고 있잖나 말이에요. 나는 당신을 믿지 않습니다!"

"당신은 정말 대단한 사람이군요!" 하고 포르피리는 키득거리며 웃어댔다. "당신한텐 손들었습니다. 아무래도 당신한텐 모노마니아(偏執狂) 비슷한 경향이 있는 것 같습니다. 그럼 내 말을 믿지 않는단 말씀이죠? 그러나 나는 이렇게 말하겠어요. 당신은 이미 나를 믿고 있다고. 적어도 4분의 1아르신 정도는 믿고 있어요. 하지만 나는 1아르신 전부를 믿도록 해 보이겠습니다. 왜냐하면 나는 진정으로 당신을 사랑하고 충심으로 당신의 행복을 바라고 있으니까요."

라스콜니코프의 입술이 바르르 떨리기 시작했다.

"그렇습니다, 바라고 있고말고요. 그래서 분명히 말해둡니다만…" 하고 그는 자못 정답게 라스콜니코프의 팔꿈치 위를 가만히 잡고서 말을 계속했다. "분명히 말해둡니다만, 당신은 자신의 병에 주의하셔야 합니다. 더욱이 지금 당신한텐 가족이 와 계시니 그분들에 대해서도 좀 생각을 하셔야 할 게 아닙니까. 당신은 그분들을 안심시키고 위로해드려야 할 텐데, 도리어 그들을 놀라게만 하고 있으니 말입니다……."

"당신이 무슨 상관이오? 어떻게 그런 걸 알고 있죠? 무엇 때문에 그렇게 흥미를 가지십니까? 그러고 보니 당신은 역시 나를 감시하고 있고, 또 그렇다는 것을 나한테 보이려는 거죠?"

"무슨 말씀을! 그건 모두 당신한테서, 당신 자신의 입에서 들은 얘기가 아닙니까! 흥분한 나머지 당신 자신이 나와 다른 사람들에게 이미 얘기한 것까지도 모르시는군요. 하긴 라주미힌한테서도, 드미트리 프로코피치한테서도 어제 여러 가지 흥미 있는 얘기를 상세히 들었습니다만. 아니, 그보다 당신은 내 말을 중간에 막고 말았어요. 그래서 다시 계속하겠습니다만, 당신은 그 시기심 때문에 날카로운 기지를 지녔으면서도 사물에 대한 건전한 판단력까지 잃고 만 겁니다. 예를 들면, 또 같은 얘기가 됩니다만, 그 초인종 건만 해도 그렇습니다. 그만큼 귀중한 정보 자료를, 그만큼 중대한 사실을―그야말로 굉장한 사실이거든요!―나는 죄다 당신한테 털어놓지 않았습니까, 예심판사인 내가 말입니다! 그러나 당신은 거기에 아무런 의미도 인정하지 않고 있어요. 만약에 내가 털끝만큼이라도 당신을 의심한다면 과연 이런 짓을 할 수 있을까요? 천만에, 우선 당신의 의심스런 생각을 흐리게 해놓고, 내가 이미 그 사실에 대해서 알고 있다는 것은 눈치도 보이지 말아야 할 겁니다. 당신의 주의력을 전혀 다른 쪽으로 돌려놓고는 느닷없이 정수리를 내리치고—당신의 표현을 빌린다면 말이죠—그다음 계속해서 '도대체 당신은 밤 12시, 아니 11시 가까운 시각에 살인 사건이 일어난 그 집에 가서 무엇을 했소? 무엇 때문에 초인종을 울렸으며, 또 무엇 때문에 피에 대해 물었소? 그리고 무엇 때문에 경찰서에 가자느니, 경찰서 보좌관한테 가자느니 하면서 문지기를 골탕 먹였느냐 말이오?' 하고 묻습니다. 아마 이런 식으로 추궁하는 게 옳았을 겁니다. 만약에 내가 당신을 털끝만큼이라도 의심한다면 말입니다. 모두 격식대로 당신한테서 신문조서를 받고 가택수사를 할 뿐만 아니라, 경우에 따라서는 당신을 체포할 수도 있었을 겁니다. 따라서 그런 식으로 나가지 않은 이상 당신한테 아무 혐의도 품고 있지 않다는 건 명백하지 않으냐 말이오. 그런데도 당신은 건전한 판단력을 잃고 있기 때문에, 거듭 말합니다만 아무것도 보이지가 않는 겁니다!"

라스콜니코프는 온몸을 떨었다. 그것은 포르피리까지도 똑똑히 눈치챌 정도였다.

"당신은 여전히 거짓말을 하고 있어요!" 하고 그는 외쳤다. "어떤 목적에서 그러는지는 모르지만, 아무튼 당신의 말은 모두 거짓입니다. 아까 당신이 한 말은 그런 의미가 아니었습니다. 내가 오해할 리 없어요… 당신은 일부러 거짓말을 하고 있는 겁니다!"

"내가 거짓말을 하고 있다고요?" 포르피리는 분명히 화난 표정으로 이렇게 반문했다. 여전히 유쾌한 듯한 조소 어린 표정을 간직한 채, 라스콜니코프가 자기를 어떻게 생각하든 조금도 관심이 없다는 태도였다. "내가 거짓말을 하고 있다고요? 그렇다면 아까 내가 당신한테 취한 행동은요? 내가 말이오, 예심판사인 내가! 나는 자진해서 당신한테 가능한 모든 변호 방법을 암시하고 털어놓기도 하지 않았습니까. 예를 들면 '병이라든가, 열병의 발작, 극도의 모욕, 우울증, 경찰관들'… 이런 심리적 묘사까지 내 입으로 열거하지 않았느냐 말입니다. 그렇잖아요? 헤, 헤, 헤! 하긴 그런 건, 말이 나왔으니 말입니다만, 그런 심리적 변호법이나 변명이나 구실은 이렇게도 저렇게도 해석될 수 있어서 하나도 믿을 것이 못 됩니다. '병이나 열병의 발작이다, 잠꼬대다, 환각이다, 기억에 없다' 등등은 모두 실제로 그렇기는 하겠지만, 그러나 병을 앓거나 잠꼬대를 할 때 왜 하필이면 언제나 그런 환각만 보이고 다른 것은 나타나지 않았을까요? 다른 것도 환각 속에 나타날 수는 있을 텐데 말입니다. 그렇잖아요? 헤, 헤, 헤!"

라스콜니코프는 경멸하는 눈으로 오만하게 상대방을 바라보았다.

"한마디로 말해서" 하고 그는 포르피리를 조금 밀치듯이 일어나서 어디까지나 강경한 어조로 크게 말했다. "나는 당신이 내게 완전히 혐의가 없다고 인정하는지, 아니면 **그렇지 않은지** 알고 싶습니다. 어서 말해주시오, 포르피리 페트로비치. 분명히 딱 잘라 말해주시오, 자, 어서!"

"당신은 정말 까다롭군요! 당신에겐 정말 손들겠습니다." 포르피리는 자못 유쾌한 듯이 태연자약한 능글맞은 표정으로 이렇게 외쳤다. "그런데 당신은 무엇 때문에, 대체 무엇 때문에 그렇게 여러 가지를 다 알아야 한다는 겁니까, 아직 아무도 당신에게 폐 끼치는 일은 하지도 않고 있는데 말이오! 그렇다면 어린애와 다를 게 뭡니까, 손에 불을 쥐여달라, 빨리 쥐여달라고 보채는 것과 뭐가 다르냐 말이오. 그리고 당신은 무엇 때문에 그토록 걱정하십니까? 무엇 때문에 그렇게 생떼를 쓰십니까? 그 이유가 뭡니까, 예? 헤, 헤, 헤!"

"되풀이하지만" 하고 라스콜니코프는 분연히 외쳤다. "나는 더 참을 수가 없습니다……."

"뭣을요? 분명치 않다는 것 때문인가요?" 포르피리는 말을 가로챘다.

"약 올리지 마십시오! 나는 싫습니다! … 나는 싫단 말이오! … 더는 참을 수 없소! … 알겠소? 알겠느냐 말이오?" 또다시 주먹으로 탁자를 내리치며 그는 이렇게 호통을 쳤다.

"아하, 조용히 하세요, 조용히! 남이 듣겠어요! 진심으로 충고합니다만, 자기 자신을 소중히 여기십시오. 농담이 아니에요!" 포르피리는 속삭이듯 말했으나, 이번에는 아까처럼 노파 같은 선량함도, 놀라는 듯한 표정도 그 얼굴에 떠오르지 않았다. 뿐만 아니라 그는 지금 눈썹을 찌푸리고서 모든 비밀과 모호한 태도를 일시에 내동댕이쳐버리기라도 하는 듯이 맞대놓고 엄격하게 **명령한** 것이다. 그러나 그것은 한순간에 지나지 않았다. 한 대 얻어맞아 어리벙벙해진 라스콜니코프는 극도의 광분 상태에 이르렀다. 그러나 이상하게도 그는 분노의 발작이 최절정이었는데도 다시금 조용히 말하는 상대방의 명령에 복종하고 말았다.

"더는 나 자신을 괴롭힐 수 없어요!" 그는 갑자기 조금 전과 같은 어조로 속삭였으나 명령에 복종하지 않을 수 없는 자기 자신을 고통이나 증오와 함께 순간적으로 의식했다. 그리고 그 의식 때문에 더욱 격심한 광분에 빠져들었다. "나를 체포하시오, 가택수색을 하시오. 그러나 모든 행동을 정식으로 해주시오. 공연히 사람을 우롱하지 말란 말이오! 그런 무례한 짓은……."

"뭐, 그런 형식 따위를 걱정하실 필요는 없어요." 포르피리는 여전히 교활하게 웃고 만족스러운 듯이 라스콜니코프의 격분하는 모양을 바라보며 말을 가로챘다. "나는 오늘 당신을 가정적으로 초대한 것이니까, 순전히 우정에서 부른 겁니다."

"당신의 우정 따윈 바라지도 않소. 그런 돼먹지 않은 소린 하지도 마시오! 아시겠소? 자, 나는 이렇게 모자를 들고 나갑니다. 어쩌겠소, 체포할 생각이면 뭐라고 해야 할 게 아니오?"

그는 모자를 들고 문 쪽으로 걸어갔다.

"그보다도 뜻밖의 선물이 하나 있는데 보고 싶지 않소?" 포르피리는 또다시 라스콜니코프의 팔꿈치 위를 붙잡아 문가에 멈춰 세우며 히히히 웃었다. 분명히 그는 더욱더 유쾌하고 장난기 서린 기분에 잠기는 듯싶었다. 그 때문에 라스콜니코프는 완전히 제정신을 잃고 말았다.

"뜻밖의 선물이란 뭐요? 대체 뭐냐 말이오?" 그는 문득 걸음을 멈추고 겁먹은 듯이 포르피리를 바라보며 물었다.

"뜻밖의 선물은 저기 문 저쪽 내 방에 있습니다. 헤, 헤, 헤! (하고 그는 자기 관사로 통하는 칸막이에 붙은 닫힌 문을 가리켰다.) 도망가지 못하도록 문을 잠가두었지요."

"대체 뭡니까? 어디 있어요? 뭐예요?" 라스콜니코프는 다가가서 열려고 했으나 문은 잠겨 있었다!

"잠가두었다니까요. 자, 여기 열쇠가 있지요!"

포르피리는 정말로 호주머니에서 열쇠를 꺼내어 라스콜니코프에게 보였다.

"네 녀석은 거짓말만 하고 있어!" 라스콜니코프는 더 참지 못하고 악을 쓰기 시작했다. "거짓말 마, 빌어먹을 어릿광대 같으니!" 그는 이렇게 고함을 치며 포르피리에게 덤벼들었다. 포르피리는 출입문 쪽으로 뒷걸음치기는 했으나 위축되는 기색은 조금도 보이지 않았다.

"나는 모든 걸 다 알고 있다!" 하고 라스콜니코프는 포르피리에게 대들었다. "너는 거짓말만 하면서 내가 실토하도록 놀리고 있는 거야……."

"이젠 더 실토할 것도 없을 거요, 로지온 로마느이치. 당신은 정말 제정신이 아닌 것 같군요. 그렇게 자꾸 고함을 치면 사람들을 부르겠소!"

"거짓말 마, 네가 무엇을 하겠다고? 사람을 부르겠으면 불러봐! 너는 내가 병에 걸린 걸 알고 미칠 때까지 내 신경을 자극해서 실토케 하려는 거겠지? 그게 네 목적이었어! 그러나 안 돼, 증거를 제시해라! 나는 다 알고 있어! 네놈에겐 증거가 없단 말이야, 다만 자묘토프 식의 황당무계한 추측이 있을 뿐이야! … 너는 내 성격을 아니까 나를 미치도록 화나게 해놓고는 느닷없이 사제나 입회인을 데려와서 내 혼을 빼려는 거야… 너는 그자들을 기다리고 있지, 응? 무엇을 기다리고 있어? 어디 있느냐 말이야? 어서 내놔봐!"

"이봐요, 여기 무슨 입회인이 필요하단 말입니까? 정말 엉뚱한 것까지 다 생각해내시는군요! 그래서는 당신 말대로 정식으로 하긴 다 틀렸소! 당신은 이런 일에 대해선 너무 몰라요… 형식은 절대로 달라지지 않습니다. 이젠 스스로 알게 될 거요…….." 문 쪽으로 귀를 기울이면서 포르피리는 중얼거리듯 말했다.

실제로 이 순간 다음 방의 바로 문 옆에서 무슨 소음이 들렸다.

"아, 오는군!" 라스콜니코프는 외쳤다. "네가 저놈들을 부르러 보냈지? … 너도 저놈들을 기다리고 있었던 거야! 너는 계산에 넣고 있었어. 자, 모두 이리 오라고 해. 입회인이든, 증거든, 누구든지 맘대로… 어서 내놔보란 말이야! 나도 각오가 되어 있으니, 각오가!"

그러나 이 순간 보통 때는 도저히 생각할 수도 없는 실로 기묘하기 짝이 없는 사건이 일어났다. 그것은 라스콜니코프는 물론 포르피리까지도 그렇게 되리라고는 도저히 예기할 수 없었을 만큼 돌발적인 사건이었다.

6

훗날 이 순간의 일을 상기할 때 라스콜니코프는 언제나 다음과 같은 광경이 머리에 떠올랐다.

문 저쪽에서 들렸던 소음이 별안간 커지며 문이 빠끔히 열렸다.

"아니, 왜 그래?" 하고 포르피리는 몹시 못마땅한 듯이 외쳤다. "내가 미리 일러두지 않았느냐 말이야······."

한순간 아무 대답도 없었다. 그러나 문 저쪽에는 사내들 몇 사람이 누군가를 떼밀려는 것 같은 눈치였다.

"대체 무슨 일이야?" 하고 포르피리는 근심스러운 듯이 되풀이했다.

"미결수를 데려왔습니다. 니콜라이를" 하고 누군가가 말했다.

"필요 없어! 저리 데려가! 기다리게 해! 아니, 무엇 때문에 이런 데 데려오는 거야! 질서가 이래서야!" 문 쪽으로 달려가서 포르피리는 외쳤다.

"하지만 이 녀석이······." 또다시 같은 목소리가 대꾸를 하려다가 뚝 끊어지고 말았다.

2초도 채 지나기 전에 문 저쪽에서는 진짜 격투가 벌어졌다. 그리고 갑자기 누군가 또 하나를 홱 뿌리치는 것 같은 소리가 들렸다. 그러자 곧 얼굴이 창백한 사내 한 사람이 느닷없이 포르피리의 사무실로 뚜벅뚜벅 걸어 들어왔다.

그 사나이는 첫눈에 보기에도 이상한 꼴을 하고 있었다. 그는 똑바로 정면을 바라보고 있었으나 아무도 눈에 들어오지 않는 것 같았다. 그 눈에는 굳은 결심의 빛이 어렸지만, 한편으로는 마치 형장에라도 끌려가는 사람처럼 죽음의 창백한 그림자가 그 얼굴을 뒤덮고 있었다. 핏기를 잃은 입술은 바르르 떨고 있었다.

그는 평민 복장에 머리는 짧게 깎아 올리고 얼굴은 여위고 갸름한, 호리호리한 중키의 아주 젊은 사나이였다. 갑자기 그에게 떼밀렸던 사나이가 그의 뒤를 따라 먼저 방에 달려 들어와서 간신히 그의 어깨를 움켜잡았다. 그는 호송 간수였다. 그러나 니콜라이는 팔을 빼며 다시금 간수를 뿌리쳐버렸다.

문가에는 구경꾼들도 몇 명 모여들었다. 개중에는 방 안에까지 들어서려는 사람도 있었다. 이상은 거의 삽시간에 일어난 일이었다.

"저리 가, 아직 일러. 내가 부를 때까지 기다려! … 어쩌자고 이렇게 미리 데려오는 거야?" 포르피리는 어이가 없다는 듯이 몹시 못마땅한 어조로 중얼거렸다. 그러나 니콜라이는 별안간 그의 앞에 무릎을 꿇었다.

"뭐야, 넌?" 포르피리는 깜짝 놀라서 이렇게 외쳤다.

"죄송합니다! 제가 한 짓입니다! 제가 죽였습니다!" 숨을 헐떡이기는 했지만 그래도 꽤 큰 소리로 니콜라이는 느닷없이 이렇게 말했다.

10초쯤 침묵이 흘렀다. 모두 어안이 벙벙한 듯했다. 간수까지도 엉겁결에 한 걸음 뒤로 물러나더니, 다시는 니콜라이한테 접근하려 하지 않고 기계적으로 뒷걸음질 쳐서 문 옆에 멈춰 섰다.

"뭐라고?" 순간적인 마비 상태에서 깨어나자 포르피리는 이렇게 외쳤다.

"제가… 죽였습니다……." 잠시 입을 다물고 있다가 니콜라이는 다시 되풀이했다.

"뭐라고… 네가! … 어떻게… 누구를 죽였어?"

포르피리는 분명히 낭패한 꼴을 하고 있었다.

니콜라이는 다시금 잠시 입을 다물었다.

"알료나 이바노브나와 그 동생 리자베타 이바노브나를… 제가 죽였습니다… 도끼로. 돈에 눈이 멀어서……." 그는 불쑥 이렇게 덧붙이고 또다시 입을 다물어버렸다. 그는 여전히 무릎을 꿇고 있었다.

포르피리는 생각에 잠긴 듯이 잠시 우두커니 서 있다가, 갑자기 껑충 껑충 뛰면서 제멋대로 모여든 증인들에게 나가라고 손을 내저어 보였다. 그들은 이내 사라지고 문은 닫혔다. 그리고 그는 한쪽 구석에 서서 놀란 눈으로 니콜라이를 보고 있는 라스콜니코프에게 흘긋 눈길을 주고는 그쪽으로 다가가려다가 다시 걸음을 멈추더니, 그를 바라보고 다시 곧 그 시선을 니콜라이에게로 옮겼다. 그러고는 다시금 라스콜니코프와 니콜라이를 번갈아 보더니, 갑자기 무엇인가에 열중한 듯 또다시 니콜라이한테로 달려갔다.

"너는 무엇 때문에 돈에 눈이 어두웠느니 뭐니 하며 부르지도 않았는데 뛰어드는 거야?" 하고 그는 거의 증오에 찬 어조로 외쳤다. "네가 눈이 멀었는지 아닌지 나는 아직 그런 건 묻지도 않았어… 자, 말해봐, 네가 죽였다고?"

"제가 죽였습니다… 자백하겠습니다" 하고 니콜라이는 대답했다.

"망할 자식! 그래, 무엇으로 죽였어?"

"도끼로요, 미리 준비했었죠."

"이봐, 천천히 말해! 혼자?"

니콜라이는 질문의 뜻을 알아듣지 못했다.

"혼자서 죽였느냐 말이야?"

"혼잡니다. 미치카한테는 죄가 없어요. 그 녀석은 아무런 관계가 없습니다."

"미치카 얘긴 할 필요 없어! 이런 제기랄……."

"그럼 넌 어떻게 그 층계를 뛰어 내려갔지, 문지기가 너희들 둘을 보았다던데?"

"그건 사람들의 눈을 속이기 위해… 그래서 그때… 미치카하고 함께 뛰어 내려갔던 겁니다." 니콜라이는 미리부터 준비해둔 말을 몹시 서두르며 늘어놓듯이 이렇게 대답했다.

"흠, 역시 그랬구나!" 포르피리는 증오에 찬 어조로 외쳤다. "제멋대로 꾸며대고 있어!" 그는 혼잣말처럼 중얼거렸으나 그 순간 문득 라스콜니코프가 눈에 띄었다.

아마도 그는 니콜라이에게 정신이 쏠린 나머지 잠시 동안 라스콜니코프를 잊고 있었던 모양이다. 그래서 지금 퍼뜩 제정신으로 돌아오자 약간 당황하는 기색조차 엿보였다.

"로지온 로마느이치! 정말 실례했습니다." 그는 라스콜니코프에게 달려왔다. "이러니 하는 수 없군요… 어서 돌아가주세요… 여기 계셔야 별수 없으니. 게다가 나 자신도… 보시다시피 이런 뜻밖의 선물이 있어서! … 자, 그럼!"

이렇게 말하고 그는 라스콜니코프의 손을 잡고 문 쪽을 가리켰다.

"당신도 아마 이런 일은 예기치 못했나 보군요?" 물론 라스콜니코프는 아직도 뭐가 뭔지 사태를 똑똑히 알 수 없었지만, 그래도 그사이에 어느 정도 원기를 회복해서 이렇게 물었다.

"그러나 당신 역시 이렇게 되리라곤 생각지 못하셨겠죠, 손이 그렇게 떨리는 걸 보니! 헤, 헤, 헤!"

"하지만 당신도 떨고 있군요, 포르피리 페트로비치."

"나도 떨고 있습니다. 너무나 뜻밖의 일이라서……."

두 사람은 이미 문가에 서 있었다. 포르피리는 라스콜니코프가 나가기를 초조하게 기다렸다.

"그런데 뜻밖의 선물이라는 건 결국 보여주지 않는 겁니까?" 갑자기 라스콜니코프는 이렇게 말했다.

"말은 그렇게 하시지만 아직도 떨리는지 입안에선 이를 부딪치고 계시는군요, 헤, 헤! 당신도 참 익살이 심하십니다! 자, 그럼 다시 뵐 때까지."

"나는 이걸로 영원한 작별인 줄 아는데요?"

"모든 것은 하느님의 뜻입니다, 하느님의 뜻에 달렸어요!" 야릇하게 일그러진 미소를 지으며 포르피리는 중얼거렸다.

사무실을 통과할 때 라스콜니코프는 많은 사람들의 시선이 자기에게 쏠리는 것을 느꼈다. 그는 현관 대기실의 군중 가운데 그때 밤중에 경찰에 가라고 말한 **그 집** 문지기 두 사람을 재빨리 알아보았다. 그들은 거기서 무언가를 기다리고 있었다. 그러나 그가 층계에 발을 내딛자마자 갑자기 등 뒤에서 포르피리의 목소리가 들려왔다. 돌아다보니 포르피리가 헐레벌떡 쫓아오고 있었다.

"한마디만, 로지온 로마느이치. 그 모든 건 하느님의 뜻에 달렸겠지만, 그래도 역시 정식으로 무언가 좀 물어봐야 할 것 같습니다. 그러니까 또다시 만나게 될 테죠, 안 그렇습니까?" 이렇게 말하고 포르피리는 웃는 얼굴로 그의 앞에 멈춰 섰다.

"안 그렇습니까?" 하고 그는 다시 한 번 되풀이했다.

그는 무언가 더 하고 싶은 말이 있으면서도 차마 입 밖에 내지 못하는 것 같은 표정이었다.

"그보다도 포르피리 페트로비치, 아까 일은 용서하시기 바랍니다… 좀 흥분했었기 때문에……." 약간 허세를 부려보고 싶은 욕망을 억누를 수 없을 정도로 완전히 원기를 회복한 라스콜니코프는 이런 식으로 입을 열었다.

"괜찮습니다, 괜찮아요……." 포르피리는 기쁜 듯이 말을 받았다. "나도 마찬가집니다. 나는 원래 비꼬기를 좋아하는 성미라서… 늘 후회하죠, 후회해요! 그럼 다시 뵙겠습니다. 하느님의 은총이시라면 우리 한번 멋지게 만나보도록 하죠…….”

“그래서 철저히 서로 이해해보잔 말이군요?” 하고 라스콜니코프는 말을 받았다.

“그렇죠, 철저히 서로 이해해보십시다” 하고 포르피리는 맞장구를 쳤다. 그러고는 눈을 가늘게 뜨고 진지한 표정으로 그를 바라보았다. “이제 영명축일 잔치에 가십니까?”

“장례식에 갑니다.”

“아 참, 장례식이었군요. 부디 몸조심하십시오, 자기 몸을…….”

“그럼 나로선 뭐라고 인사를 드려야 좋을지 모르겠군요!” 이미 층계를 내려가기 시작한 라스콜니코프는 이렇게 말을 받고는 갑자기 포르피리 쪽으로 몸을 돌렸다. “앞으로 더 큰 성공이 있기를 빈다고나 할까요. 그러나 당신의 직무는 굉장히 희극적인 데가 있군요.”

“왜 희극적이라는 거죠?” 역시 그 자리를 떠나려던 포르피리는 귀가 솔깃했는지 이렇게 물었다.

“그렇잖아요, 그 가엾은 미콜카(니콜라이)만 해도 그가 자백하지 않았다면 당신은 자기 특유의 그 심리적인 방법으로 틀림없이 골탕을 먹이고 괴롭혔을 겁니다. 밤낮없이 ‘너는 살인자다, 너는 살인자다…’ 하며 꼬리를 잡으려고 애썼을 거예요. 그런데 이제 그가 자백하고 나니까 이번엔 또 반대로 ‘거짓말 마, 너는 살인자가 아니다! 너는 그런 짓을 할 수 없어! 제멋대로 꾸며대고 있어!’ 하고 온몸의 뼈가 으스러지도록 그를 괴롭히려 합니다. 자, 이래도 희극적인 직무가 아니란 말입니까?”

“헤, 헤, 헤! 방금 내가 니콜라이한테 ‘제멋대로 꾸며대고 있다’고 한 걸 알아채셨군요!”

"알아채지 않을 수 있겠어요?"

"헤, 헤! 예민하시군요, 정말 예민하십니다! 무슨 일이든 다 눈치를 채시니 말이오! 그야말로 자유분방한 기지로군요! 가장 희극적인 점을 용서 없이 찌르시니… 헤, 헤! 작가 중에서도 그런 천분을 최고도로 지녔던 사람은 고골이 아닐까요?"

"그렇습니다, 고골이죠."

"예, 고골이었어요… 자, 그럼 다시 뵐 때까지."

"그럼 다시 만날 때까지……."

라스콜니코프는 곧장 집으로 돌아왔다. 그는 너무나도 머릿속이 혼란스러워 갈피를 잡을 수가 없었으므로, 집에 돌아오자마자 소파에 몸을 던지고 잠시 쉬면서 조금이라도 생각을 바로잡아보려고 애쓰며 15분쯤 꼼짝 않고 있었다. 니콜라이에 대해서는 생각해보려고도 하지 않았다. 그는 심한 충격을 받기는 했지만, 니콜라이의 자백에는 이해하거나 설명할 수 없는 놀라운 뭔가가 담겨 있음을 느꼈다. 그러나 니콜라이의 자백은 어디까지나 엄연한 사실이었다. 이 사실의 결과가 어떠하리라는 것도 그에겐 명백했다. 허위는 반드시 폭로되게 마련이다. 그때는 다시 자기에게 화살이 돌려질 것이다. 그러나 적어도 그때까지는 자유의 몸일 수 있다. 그러니까 그사이에 자기 자신을 수호하기 위해 무슨 조처를 강구해두어야만 한다. 어차피 위험은 피할 수 없을 테니까.

그렇지만 그 위험은 어느 정도일까? 사태는 차츰 명백해져가고 있다. 조금 전 포르피리와의 장면을 **대충** 돌이켜 생각만 해도 그는 다시금 공포에 떨지 않을 수 없었다. 물론 그는 아직도 포르피리의 목적을 죄다 알 수 없었고, 아까만 해도 상대방의 술책을 속속들이 다 알아낼 수는 없었다. 그러나 그 술책의 일부는 폭로되었다. 그리고 포르피리의 작전상 그 '한수'가 그에게 얼마나 무서운 것이었는가는 물론 그 자신이 다른 누구보다 더 잘 알았다. 하마터면 그는 사실상 완전히 자기 정체를 드러내고 말았을지도 모르는 일이었다. 그의 병적인 성격을 알고 그의 사람됨을 대번에 간파하고 파악한 포르피리는 지나칠 정도로 대담하게 나오기는 했으나, 그래도 그 행동은 거의 정확했다. 이번에도 라스콜니코프가 지나칠 정도로 자기 몸을 위태롭게 했다는 점은 의심할 여지가 없었으나, 그래도 아직 사실을 폭로하는 데까지는 이르지 않았다. 이런 모든 것은 아직도 상대적인 것에 지나지 않았다. 그러나 과연 그럴까? 과연 모든 것이 다 지금 그가 이해하고 있는 그대로일까? 잘못 생각하고 있는 것은 아닐까? 그런데 오늘 포르피리는 어떤 결과로 이끌어가려 했던 것일까? 정말로 포르피리는 오늘 무언가 준비해두었던 것이 있었을까? 그렇다면 대체 무엇이었을까? 정말로 그는 무언가를 기다리고 있었던 것일까? 만약 니콜라이의 출현에 따른 그 뜻하지 않은 파국이 오지 않았더라면, 두 사람은 오늘 어떻게 헤어졌을까?

포르피리는 자기의 술책을 거의 다 보여주었다. 물론 모험이었겠지만, 하여튼 보여주었다. 만약에 정말로 포르피리에게 그 이상의 계획이 있었다면 그 역시 보여주었을 것이다(라스콜니코프에게는 어쩐지 그렇게 느껴졌다). 그런데 그 '뜻밖의 선물'이란 대체 무엇이었을까? 다만 조롱에 지나지 않았을까? 아니면 무슨 의미라도 있었을까? 그 말 뒤에는 무언가 사실에 가까운, 확실히 그를 고발할 수 있는 사실 같은 것이 숨어 있는 것일까? 어제의 그 사나이일까? 그 사나이는 도대체 어디로 꺼졌을까? 그 사나이는 오늘 어디에 있었을까? 만일 포르피리가 무슨 확실한 것을 쥐고 있다면, 그것은 물론 어제의 그 사나이와 관련된 것이 틀림없다……

그는 머리를 푹 수그리고, 무릎 위에 팔꿈치를 괴고 두 손으로 얼굴을 감싼 채 소파에 앉아 있었다. 아직도 온몸이 신경질적인 전율에 떨고 있었다. 마침내 그는 자리에서 일어나 모자를 들고 잠시 생각한 뒤 문 쪽으로 걸음을 옮겼다.

어쩐지 그는 적어도 오늘 하루만은 거의 절대적으로 안전하리라는 예감이 들었다. 갑자기 그는 마음속에서 거의 기쁨에 가까운 감정을 느꼈다. 그는 한시바삐 카체리나 이바노브나한테 가고 싶었다. 장례식에는 물론 늦었으나, 추도식에는 맞춰 갈 수 있을 것이다. 그러면 거기서 곧 소냐를 만날 수 있으리라.

그는 걸음을 멈추고 잠시 생각했다. 그러자 병적인 웃음이 그 입술에 떠올랐다.

"오늘이다! 오늘이다!" 그는 혼잣말로 되풀이했다. "그렇다, 오늘이야말로! 무슨 일이 있어도……."

그가 방문을 열려고 하는 순간, 별안간 그 문이 저절로 열리기 시작했다. 그는 흠칫 놀라며 뒤로 물러섰다. 문이 천천히, 조용히 열리더니 느닷없이 사람이 나타났다. **땅에서 솟아오른 것 같은** 어제의 그 사나이였다.

사나이는 문턱에 서서 말없이 라스콜니코프를 흘긋 보고는 방 안으로 한 걸음 들어섰다. 그는 어제와 똑같은 모습과 복장이었으나, 얼굴과 눈초리에는 많은 변화가 있었다. 지금 그는 어쩐지 풀이 죽은 꼴을 하고 잠시 그 자리에 서 있다가 이윽고 깊은 한숨을 내쉬었다. 여기에다 다시 손바닥을 한쪽 볼에 갖다 대고 고개를 한쪽으로 기울이기만 하면 영락없이 아낙네의 모습이었다.

"무슨 일이오?" 하고 라스콜니코프는 죽은 사람처럼 파랗게 질린 채 물었다.

사나이는 잠시 말이 없다가, 별안간 허리를 굽히더니 마루에 닿도록 그에게 절을 했다. 적어도 오른쪽 손끝은 마루에 닿았다.

"왜 그러시오?" 하고 라스콜니코프는 외쳤다.

"제가 잘못했습니다" 하고 사나이는 조용히 말했다.

"뭐가요?"

"제가 나쁜 생각을 품었었습니다." 두 사람은 서로 상대방의 얼굴을 바라보고 있었다.

"전 화가 났었습니다. 그때 당신이 거기 오셔서, 물론 취하기도 하셨겠지만, 문지기더러 경찰에 가자고 하시는가 하면 피에 대해서 물으시기도 하는데, 그걸 단순히 주정뱅이 짓이라고만 생각하고 그냥 내버려두는 것이 저로서는 화가 났던 겁니다. 어찌나 분하던지 밤에 잠도 제대로 못 잘 정도였습니다. 마침 당신의 주소를 따로 외고 있어서 어제 여기 와서 여러 가지 물어봤습죠……."

"누가 왔었단 말이오?" 라스콜니코프는 순간적으로 기억을 되살리며 말을 막았다.

"접니다. 당신한테는 정말 미안한 짓을 했습니다."

"그럼 당신은 그 집에 사시오?"

"예, 거기 삽니다. 그때도 여러 사람들과 함께 문 옆에 서 있었습니다만, 벌써 잊으셨습니까? 우린 그전부터 그 집에 일터를 갖고 있습죠. 우리는 모피 가공을 하는 직공인데, 주문을 받아서 일을 하고 있습니다만… 그런데 제가 무엇보다 화가 났던 것은……."

그러자 문득 라스콜니코프는 그저께 그 집 대문 옆에서 일어났던 일들이 똑똑히 기억에 되살아났다. 거기에는 문지기 말고도 몇몇 남자들이 서 있었고, 여자들도 몇 명 끼어 있었다고 생각되었다. 그리고 당장 경찰에 끌고 가라고 말하던 어떤 사내의 목소리를 그는 상기했다. 그는 그렇게 말한 사내의 얼굴이 어땠는지 생각나지도 않고 또 지금 만난다 해도 알아볼 수 없겠지만, 그때 자기가 그 사나이한테 뭐라고 대답했던 것만은 기억에 남아 있었다.

그러니까 이것으로 어제의 공포는 완전히 결말이 난 셈이다. 지금 돌이켜 생각할 때 무엇보다 소름이 끼치는 것은 이런 하잘것없는 일 때문에 하마터면 파멸해버릴 뻔했다는 사실, 하마터면 스스로 파멸을 자초할 뻔했다는 사실이었다. '그러고 보니 방을 빌린다는 말과 피에 대한 이야기 말고 이 사나이가 할 수 있는 말이라곤 아무것도 없었을 것이다. 따라서 포르피리 역시 그때 **열에 떠서** 한 짓 이외에는 아무것도 파악하지 못하고 있을 것이다. **양쪽에 꼬리가 있다는** 심리적 추측 이외에는 아무런 증거도 없을뿐더러 확실한 정보라고는 하나도 없는 것이다. 그러니까 이 이상 아무런 사실도 나타나지 않는다면… 그런 것이 더 나타날 리가 없다. 절대로, 절대로 나타날 리가 없다! 그렇게 되면… 그렇게 되면 그들인들 나를 어떻게 할 수 있단 말인가? 설사 나를 체포한다 하더라도 무슨 이유로 나의 유죄를 단정할 수 있겠는가? 그러고 보면 포르피리는 조금 전에야 비로소 내가 셋방을 구하러 갔다는 얘기를 들었을 뿐 그 전에는 아무것도 모르고 있었던 것이다.'

"오늘 포르피리한테 그런 얘길 한 건 당신이었군요… 내가 거기 갔었다는 얘기를 한 건?" 그는 뜻밖의 상념에 놀라면서 이렇게 물었다.

"포르피리라뇨?"

"예심판사 말이오."

"예, 제가 얘기했습니다. 그때 문지기가 가지 않았기 때문에 제가 갔었죠."

"오늘 갔었소?"

"당신이 오시기 조금 전이었습니다. 그래서 그분이 당신을 괴롭히는 것도 죄다 들었습죠."

"어디서? 무엇을? 언제?"

"바로 거기, 칸막이 벽 뒤에서요. 저는 죽 거기 있었으니까요."

"뭐요? 그럼 뜻밖의 선물이라는 건 바로 당신이었군요? 그런데 어떻게 그런 짓을 할 수 있었을까! 정말 영문을 모르겠군!"

"실은 이렇게 된 겁니다!" 하고 직공은 얘기를 하기 시작했다. "문지기들은 내가 아무리 말해도 가려고 하지 않았어요. 이미 늦었다느니, 뭣 땜에 이렇게 늦게 왔느냐고 야단을 맞는다느니 하면서요. 나는 화가 나서 밤잠도 제대로 자지 못했습니다. 그래서 여러 가지로 알아보기 시작하다가 어제야 모든 걸 다 알아보았기에 오늘 갔던 겁니다. 처음 갔을 때는 그분이 없었습니다. 한 시간 후에 또 가니까 이번엔 만나주지를 않았습니다. 세 번째 가니까 겨우 들여보내주더군요. 그래서 저는 모든 걸 사실대로 말했습니다. 그랬더니 그분은 방 안을 왔다 갔다 하고 주먹으로 자기 가슴을 치면서 '아니, 넌 무슨 말을 하는 거야, 이 날강도 같은 놈아! 진작 그런 줄 알았다면 당장 수감해버렸을 텐데!' 하고 말하더군요. 그러고는 달려가서 누군지 불러다가 그 사람과 구석에서 뭐라고 수군거리더니, 저한테 와서 여러 가지 물어보기도 하고 호통을 치기도 했습니다. 이렇게 많은 꾸지람을 들었는데도 저는 모든 것을 곧이곧대로 말하고, 어제 당신이 제 말에 아무 대꾸도 못하더라는 얘기며 제가 누군지도 못 알아보더라는 얘기를 했습니다. 그러자 그분은 또다시 방 안을 왔다 갔다 하며 자기 가슴을 치기도 하고 화를 내기도 했습니다만, 당신이 왔다는 말을 듣자 '자, 저 칸막이 뒤로 들어가서 얼마 동안 무슨 소리를 듣더라도 꼼짝 말고 가만 앉아 있어' 하고 명령하고는, 손수 내게 의자까지 날라다 주더니 문을 잠가버리더군요. 어쩌면 내게도 신문하게 될지 모른다는 겁니다. 그런데 니콜라이가 끌려오고, 그다음 당신이 돌아가시자 저를 놓아주었습니다. 앞으로 다시 불러서 신문하게 될 거라면서요……."

"그래, 당신이 있는 데서 니콜라이를 신문하던가요?"

"당신을 돌려보내고는 저도 이내 내보내고, 그다음에 니콜라이를 신문하기 시작했습니다……."

직공은 말을 끊더니, 별안간 또다시 손끝이 마루에 닿도록 고개를 숙였다.

"제가 나쁜 마음을 먹고 당신을 중상한 걸 용서해주십시오."

"하느님께서 용서해주실 거요" 하고 라스콜니코프는 대답했다. 그가 그렇게 말하자 직공은 또 한 번 절을 했으나, 이번에는 마루에 닿을 정도는 아니고 허리춤 정도까지 숙였다. 그러고는 천천히 몸을 돌리고 방에서 나가버렸다. "자, 이젠 모든 것이 애매해졌군, 모든 것이 애매해졌어!" 라스콜니코프는 이렇게 되풀이하고는 전에 없이 힘찬 표정으로 자기 방을 나왔다.

"자, 이제부터 다시 싸워야지." 그는 층계를 내려가면서 증오에 찬 웃음을 지으며 이렇게 중얼거렸다. 이 증오는 자기 자신에 돌려진 것이었다. 그는 자기 자신의 '소심함'을 상기하고 경멸과 수치를 느꼈다.

5부

1

두네치카와 풀헤리야 알렉산드로브나를 상대로 운명적인 결판을 하고 난 다음 날 아침, 표트르 페트로비치 루쥔의 마음은 술 깬 뒤처럼 개운치가 않았다. 그가 참을 수 없이 불쾌하게 느낀 것은 어제만 해도 한낱 환상에 지나지 않는 것으로 여기고, 이미 저질러버린 일이기는 하지만 그래도 아직은 그럴 수 없는 일처럼 생각되던 그 사건을, 이제 와서는 도저히 돌이킬 수 없는 기정사실로서 점점 자인하지 않을 수 없게 되었다는 것이다. 상처 입은 자존심의 검은 뱀은 밤새도록 그의 심장의 피를 빨았다. 잠자리에서 일어나자 루쥔은 곧 거울을 들여다보았다. 밤사이 담즙이 온몸에 배지나 않았는지 염려되었던 것이다. 그러나 그 점은 아직 무사했다. 최근에 좀 살이 오른 의젓하고 허여멀쑥한 자기 얼굴을 바라본 그는 어쩌면 좀 더 훌륭한 신붓감을 딴 데서 찾아낼 수 있으리라 확신하고 잠시 자기 자신을 위안하기까지 했다. 그러나 곧 제정신으로 돌아오자 옆에다 퉤하고 침을 뱉었다. 이 행동을 본 그의 동거인인 젊은 친구 안드레이 세묘느이치 레베쟈트니코프는 입가에 조소하는 듯한 무언의 미소를 띠었다. 이 미소를 눈치챈 그는 곧 마음속으로 이것을 이 젊은 친구와의 대차(貸借) 계산에 포함시켰다. 최근 이 친구에 대한 그의 계산서 액수는 꽤 많이 늘어나 있었다. 특히 어제의 면담 결과를 이 사나이에게 말한 것은 잘못이었다는 생각이 들자, 그의 증오심은 한층 더 배가되었다. 그가 흥분한 나머지 말이 많아짐에 따라 그만 홧김에 지껄여버렸는데, 어제로선 두 번째 실책이었던 셈이다. 그뿐만 아니라 이날 아침엔 마치 일부러 그러기라도 하는 듯이 불쾌한 사건만 잇달아 일어났다. 대법원에서까지 여태껏 온 힘을 기울여온 재판 사건의 실패가 그를 기다리고 있었다. 무엇보다도 그를 화나게 한 것은 눈앞에 다가온 결혼을 생각해서 그가 세를 얻은 다음 자기 돈으로 수리까지 한 집의 주인이었다. 이 집주인은 벼락부자가 된 독일인 직공이었는데, 바로 얼마 전에 체결한 임대차계약을 좀처럼 해지해주지 않고, 표트르 페트로비치가 거의 새 집같이 수리한 집을 그냥 돌려주겠다는데도 계약서에 적힌 위약금을 전액 지불하라고 요구했다. 그리고 가구점 주인 역시 예약만 하고 아직 가져오지 않은 가구의 선금을 1루블도 반환하려 하지 않았다. '가구 때문에 억지로 결혼할 순 없잖나 말이다!' 표트르 페트로비치는 혼자서 이를 갈았다. 그러나 그와 동시에 그의 머릿속엔 다시 한 번 최후의 희망이 번득였다. '정말 이 모든 것은 돌이킬 수 없이 영영 끝나버린 것일까? 또 한 번 어떻게 해볼 수는 없는 일일까?' 두네치카를 생각하면 그의 마음은 다시금 유혹을 받아 쑤시는 듯이 아파왔다. 그는 괴로운 심정으로 이 순간을 꾹 참았다. 만약에 지금 당장 마음속으로 바라는 것만으로 라스콜니코프를 없애버릴 수가 있다면, 표트르 페트로비치는 서슴지 않고 실행했을 것이다.

'실책은 그것만이 아니다. 그 모녀에게 돈을 한 푼도 주지 않은 것도 잘못이다.' 그는 침울한 기분으로 레베쟈트니코프의 방으로 돌아가면서 이렇게 생각했다. '에잇, 빌어먹을, 나는 왜 이토록 인색한 짓을 했을까? 전혀 앞을 내다보지 못했던 것 아니냐! 나는 그들에게 좀 더 가난을 맛보게 한 뒤에 나를 구세주같이 섬기게 하려고 생각했다. 그런데 그들은… 쳇! … 만약 내가 그사이에, 예를 들어 결혼 비용이라든가, 여러 가지 함이라든가, 화장 세트라든가, 보석이라든가, 옷감이라든가 하는 시시한 물품을 크노프 상점이나 영국 상사에서 1천500루블어치만 사 보냈더라도 이 번 일은 아주 깨끗하게… 확정적으로 결말이 났을 것이다! 이제 와서 그 렇게 간단히 거절할 수는 없었을 게 아닌가! 그런 족속들은 파혼할 경우 엔 선물도 돈도 반드시 돌려보내야 한다고 생각하니까. 하지만 일단 받은 것을 반환하기란 쉬운 일이 아니고 아깝기도 한 법이거든! 그리고 양심상 으로도 꺼림칙할 테니까. 지금까지 그렇게 돈을 아끼지 않고 친절히 대해 주던 사람을 갑자기 뿌리칠 수는 없는 일이지… 흠! 이만저만 실수가 아 니군!' 표트르 페트로비치는 또다시 이를 갈면서 자기 자신을 바보라고 욕했다. 물론 마음속으로.

이런 결론에 도달하자, 그는 집을 나갈 때보다 곱절이나 독이 오른 초 조한 마음으로 집에 돌아왔다. 카체리나 이바노브나의 방에서 진행되고 있는 추도식 준비는 어느 정도 그의 흥미를 끌었다. 그는 어제 이미 이 추 도식에 대한 소문을 들었고 자기도 초정을 받은 기억이 있는 것 같았다. 그러나 자기 일에 정신이 팔려서 다른 이야기는 일절 귀담아듣지를 않았 다. 카체리나 이바노브나가 없는 사이에(그녀는 묘지에 가 있었다) 식사 준 비가 된 탁자 주변을 바쁘게 돌아가고 있는 리페베흐젤 부인한테 급히 찾 아간 그는, 추도식이 성대히 거행될 예정이어서 같은 건물에 사는 사람들 이 거의 모두 초대되었다는 것을 알았다. 그중에는 고인과 전혀 안면이 없 던 사람까지 끼어 있었고, 심지어 카체리나 이바노브나와 싸움을 한 사이 인 안드레이 세묘느이치 레베쟈트니코프까지 초대되었다. 그리고 끝으로 표트르 페트로비치 자신도 그저 보통으로 초대된 정도가 아니라, 이 집에 사는 사람들 가운데서도 가장 중요한 손님으로 그의 참석이 매우 고대되 고 있다고 했다. 또 그렇게 말하는 리페베흐젤 부인 자신도 지금까지 여 러 가지 불쾌한 일이 많았음에도 정중히 초대를 받았던 것이다. 그래서 그 녀는 지금 흐뭇한 만족감에서 주인 대신 부지런히 일을 돌보는 중이었다.

뿐만 아니라 상복이긴 했지만 아래위 새 비단옷에다 굉장히 치장을 하고서 의기양양해 있었다. 이러한 여러 가지 사실과 정보는 표트르 페트로비치에게 그 어떤 생각을 품게 했다. 그래서 그는 다소 생각에 잠긴 표정으로 자기 방, 즉 안드레이 세묘느이치 레베쟈트니코프의 방으로 돌아왔다. 다름 아니라 초대된 사람들 가운데 라스콜리코프도 끼어 있다는 것을 알았기 때문이다.

안드레이 세묘느이치는 무슨 까닭인지 이날 아침 줄곧 집에 틀어박혀 있었다. 이 사나이와 표트르 페트로비치 사이엔 일종의 기묘한, 그러나 어떤 점에서 보면 자연스러운 관계가 이루어져 있었다. 표트르 페트로비치는 이 집에서 살게 된 첫날부터 그를 매우 경멸하고 증오했지만, 동시에 그를 약간 두려워하는 것 같기도 했다. 그가 페테르부르크에 도착하자마자 이 사나이 집에 숙소를 정한 것은 단지 인색한 경제관념 때문만이 아니었다. 물론 그것이 중요한 원인이기도 했지만 또 다른 이유가 있었다. 그는 이미 시골에 있을 때부터, 전에 자기 제자였던 안드레이 세묘느이치가 가장 전위적인 젊은 진보주의자의 한 사람으로 어떤 흥미 있는 전설적 단체의 중요한 역할까지 맡고 있다는 소문을 듣고 있었다. 이 소문은 표트르 페트로비치에게 커다란 충격을 주었다. 이러한 위력 있는, 모든 것을 알고 모든 인간을 경멸하며 또 만인을 폭로하는 단체는 이미 오래전부터 표트르 페트로비치를 위협하고 있었다. 그것은 무언가 특수한, 그러면서도 매우 막연한 공포였다. 물론 그 자신은 아직 시골에 있었을 때의 일이라 **그런 종류**의 일에 대해선 개략적인 정도나마 정확한 관념을 가질 수가 없었다. 그러나 그도 많은 사람들과 마찬가지로 도회지, 특히 페테르부르크에는 무슨 진보주의자라든가, 허무주의자라든가, 폭로주의자라든가, 기타 무슨 주의나 무슨 파(派)라는 것이 있다는 말을 들어서 알고 있었다. 그리고 그 역시 많은 사람들과 마찬가지로 이러한 명칭의 뜻이며 내용을 터무니없이 과장하고 곡해해서 생각하고 있었다. 지난 몇 해 동안 그가 무엇보다 두려워한 것은 이 **폭로**로서, 이것이야말로 끊임없는 불안의 가장 큰 원인이었다. 더구나 그 불안은 때마침 그가 자기 사업을 페테르부르크에 옮기려고 공상하던 때라 더욱 과장되어 있었다. 이 점에서 그는 마치 어린애가 겁을 집어먹듯이 완전히 겁에 질려 있었다. 몇 년 전에 그가 아직 시골에서 이제 겨우 출세의 길로 들어서기 시작했을 무렵, 그때까지 그가 기를 쓰고 매달렸던 현(縣)의 유력자이며 그의 보호자이기도 했던 인물이 무참하게 폭로주의에 희생된 경우를 두 번이나 보았다. 하나는 추문을 퍼뜨린 정도로 결말이 났으나, 또 하나는 하마터면 큰 파탄을 일으키게 될 뻔했다. 그래서 표트르 페트로비치는 페테르부르크에 도착하자마자 재빨리 그 방면의 진상을 조사하고, 필요에 따라서는 만일의 경우를 위해 선수를 쳐서 '우리의 젊은 세대'에 아부하기로 결심했다. 이 만일의 경우를 위해 그는 안드레이 세묘느이치에게 기대를 걸고 있었다. 그래서 예를 들어 라스콜니코프를 방문했을 때도 그는 이미 들은 풍월로 판에 박은 유행어를 그럭저럭 막히지 않고 늘어놓을 수 있었던 것이다.

물론 그는 안드레이 세묘느이치가 아주 단순한 속인(俗人)이라는 것을 재빨리 간파해버렸다. 그러나 이것은 표트르 페트로비치의 신념을 조금도 변화시키지 않았고, 또 원기를 북돋아주지도 못했다. 설사 다른 진보주의자들도 모두 그와 같은 바보들이라고 확신했다 해도 그의 불안은 해소되지 않았을 것이다. 실제적으로 이 모든 교의라든가, 사상이라든가, 시스템이라든가 하는 것은 (이런 것을 무기로 안드레이 세묘느이치가 그에게 대들긴 했지만) 그에게 아무 소용도 없었다. 그에게는 자기 나름대로의 독특한 목적이 있었다. 그는 한시바삐 다음과 같은 사실들을 알아낼 필요가 있었다. **거기서**는 무엇이 어떻게 행해지고 있는가? 과연 **그 사람들**에겐 실력이 있는가, 없는가? 과연 그 자신이 두려움을 느껴야 할 그 무엇이 있는가, 없는가? 만일 자기가 무슨 일이라도 꾸민다면, 과연 그들은 그것을 폭로할 것인가, 폭로하지 않을 것인가? 폭로한다면 대체 어떤 점을 노릴 것인가, 그리고 최근에는 주로 어떤 점에서 폭로를 자행하고 있는가? 그뿐만 아니라 만일 그들이 실제로 어떤 힘을 갖고 있다면, 어떻게든지 그들에게 속임수를 써서 잽싸게 그들을 농락할 수는 없는가? 그것은 과연 필요한 일인가, 아닌가? 이를테면 그들의 힘을 역이용함으로써 자기의 출세에 도움이 되게 할 수는 없는가? … 한마디로 말해서 그의 앞에는 몇백 가지 의문이 산적되어 있었다.

안드레이 세묘느이치는 어느 관청에 근무하고 있는 청년인데, 선병질(腺病質)인 작달막한 몸집에 머리털은 이상할 정도로 노란 데다, 커틀릿 같은 구레나룻을 기르고 그것을 자랑 삼고 있었다. 게다가 그는 거의 언제나 눈을 앓고 있었다. 마음씨는 꽤 부드러운 편이었으나 말은 매우 자신만만해서 때로는 굉장히 거만하게 들리기도 했다. 그리고 그것이 그의 초라한 풍채하고는 너무나 어울리지 않아서 거의 언제나 우스꽝스런 느낌을 주었다. 그래도 리페베흐젤의 하숙인 중에는 꽤 신용이 있는 편이었다. 즉 술주정도 하지 않거니와 방세도 꼬박꼬박 지불했기 때문이다. 그는 이런 여러 가지 장점이 있는데도 실제론 어딘지 좀 바보 같은 데가 있었다. 그가 진보주의자와 '우리 젊은 세대'에 합류한 것은 오로지 그 정열 때문이었다. 이 사나이는 경솔하게 최신 유행 사상에 부화뇌동해서 곧 그것을 속화(俗化)해버리고, 때로는 성실하게 봉사하고 있는 모든 것을 대번에 희화화하기도 하는 그런 종류의 수많은 속물과, 나약한 팔삭둥이와 무엇 하나 제대로 배우지 못한 무식쟁이 등의 잡다한 무리 가운데 한 사람이었다.

하지만 레베쟈트니코프는 무척 호인이면서도 동거인이며 옛 후견인이기도 한 표트르 페트로비치에게 어느 정도 싫증을 느끼기 시작하고 있었다. 그것은 쌍방에서 서로 갑자기 일어난 일이었다. 레베쟈트니코프는 비록 단순하기 짝이 없는 인간이기는 해도 표트르 페트로비치가 자기를 속이면서 속으로 은근히 경멸하고 있다는 것, 그리고 '결코 단순한 인간이 아니라'는 것도 조금씩 알아차리게 되었다. 그는 표트르 페트로비치에게 푸리에〔프랑스의 사회주의자, 1772~1827〕의 체계와 다윈의 학설 등을 설명해 주려고 시도했으나, 상대방은 특히 최근에 와서 어쩐지 냉소적인 태도로 얘기를 들었을 뿐만 아니라 아주 최근에는 험담까지 하게 되었다. 그것은 다름이 아니라 표트르 페트로비치 쪽에서 본능적으로 상대방의 정체를 간파하기 시작했기 때문이다. 즉 레베쟈트니코프는 평범한 얼간이일뿐더러 어쩌면 허풍선이인지도 모르며, 자기네 서클에서조차 중요한 일에는 아무런 관계도 없고 그저 들은풍월로 조금 알고 있는 데 지나지 않는다는 것을. 뿐만 아니라 말에 조리가 없는 점으로 보아 자기의 **선전** 사업조차 제대로 알지 못하는 듯하니 폭로는 어림도 없는 일이었다! 말이 나왔기에 겸해서 덧붙여두지만, 표트르 페트로비치는 지난 한 주일 반 동안 (특히 처음에는) 레베쟈트니코프에게서 아주 기묘한 찬사를 기꺼이 받아들였다. 그는 별로 항의하지 않고 잠자코 듣고만 있었다. 찬사라고 해봐야 예를 들면 머지않아 어느 메시찬스카야 거리에 새로운 '코뮌(공산 자치단체)'이 창설되면 당신은 기꺼이 그 건설에 진력하리라든가, 또는 결혼한 그달부터 두네치카가 따로 애인을 만들 생각을 일으켰다 하더라도 당신은 그것을 방해하지 않으리라든가, 또 앞으로 태어날 아이에게도 세례를 받게 하지 않으리라는 등 대개가 이따위 수작이었다. 표트르 페트로비치는 언제나의 버릇대로 자기 성질에 대해서 무슨 말을 하든 항변하려 들지 않았고, 또 어떤 식으로 칭찬을 하든 묵묵히 허용하고 있었다. 그만큼 그는 모든 종류의 찬사를 좋아했다.

　무슨 생각에서인지는 모르지만, 이날 아침 5푼 이자가 붙은 증권을 몇 장 바꿔온 표트르 페트로비치는 탁자 앞에 앉아서 지폐와 채권 다발을 계산하고 있었다. 여태까지 거의 돈이란 걸 만져본 일이 없는 레베쟈트니코프는 방 안을 오락가락하면서 그 돈뭉치에 무관심하다기보다는 오히려 경멸하는 눈으로 보는 듯한 표정을 짓고 있었다. 그러나 표트르 페트로비치는 레베쟈트니코프가 이런 큰돈을 보고도 실제로 태연할 수 있으리라고는 꿈에도 생각지 않았다. 그러나 상대방은 또 상대방대로 서글픈 마음으로 이렇게 생각했다. 어쩌면 표트르 페트로비치는 자기를 정말 그런 식으로 생각할지도 모를뿐더러, 자신의 무력함과 두 사람 사이에 큰 거리가 있다는 점을 보여주기 위해 돈뭉치를 풀어헤치며 자기 마음을 간질이고 조소할 기회가 온 것을 기뻐하고 있는지도 모른다고.

레베쟈트니코프는 표트르 페트로비치 앞에서 새롭고 특수한 '코뮌' 건설이라는 자기가 좋아하는 테마를 늘어놓기 시작했으나, 오늘따라 상대방이 전에 없이 짜증을 내면서 귓등으로도 들으려 하지 않는다는 것을 눈치챘다. 주판알을 튀기는 사이사이에 표트르 페트로비치의 입에서 새어나오는 짤막한 항의와 비평에는 너무도 뻔한 의식적인 모욕과 조소가 넘쳤다. 그러나 '인도주의적'인 레베쟈트니코프는 표트르 페트로비치의 정신 상태를 어제 두네치카와 파혼한 일 때문이라 생각하고, 한시바삐 화제를 그리로 가져가려고 서둘렀다. 그는 이 문제에 관해서 자기 선배의 실망을 위로해줄 수 있을뿐더러 장래의 정신적 발전에 '반드시' 도움이 될 만한 진보주의적이며 선전 가치가 있는 의견을 가지고 있었던 것이다.

"대체 거기선 어떤 추도식을 한다는 걸까? 그… 과부 집에서?" 가장 흥미 있는 대목에서 끊어버리며 표트르 페트로비치는 갑자기 이렇게 물었다.

"전혀 모르시는 것 같은 말투군요. 바로 어제 나는 그 문제에 대해 이야기하고, 그런 모든 종교적 의식에 관한 내 생각을 전개시키지 않았느냐 말이에요… 그리고 그 여자는 당신도 초대했을 텐데요, 나도 들었어요. 더구나 당신은 어제 그 여자와 직접 이야기를 하셨잖아요…….”

“나는 설마 그 바보 같은 가난뱅이 여자가 또 다른 바보 놈팡이한테서 받은 돈을 추도식에다 몽땅 써버리리라고는 꿈에도 생각지 못했거든. 지금도 그 옆을 지나가다가 깜짝 놀랐을 정도니까. 술이다 뭐다 해서 굉장히 차리고 있더군… 손님도 많이 초대한 모양인데, 도무지 영문을 알 수 없어!” 하고 표트르 페트로비치는 말을 이었다. 그는 무슨 목적이라도 있는 듯 꼬치꼬치 캐물으면서 화제를 자꾸 그쪽으로 유도해갔다. “뭐? 나도 초대되었다고?” 얼굴을 쳐들며 갑자기 그는 이렇게 덧붙였다. “그건 언제 이야긴가? 나는 생각이 안 나는데. 어쨌든 나는 안 갈 테니까. 그런 데 가서 뭘 하느냐 말이야? 나는 다만 어제 지나는 길에 그 여자와 잠깐 이야기했을 뿐인데… 가난한 관리의 과부로서 일시 보조라는 형식으로 1년분 봉급을 받을지도 모른다고 이야기했을 뿐이야. 아마 그래서 그 여자가 나를 초대한 게로군? 헤, 헤!”

“나도 역시 안 갈 생각입니다” 하고 레베쟈트니코프는 말했다.

“말할 것도 없겠지! 제 손으로 때렸으니까 꺼리는 것도 당연하지. 헤, 헤, 헤!”

“누가 때렸습니까? 누구를?” 레베쟈트니코프는 찔끔해서 얼굴까지 붉혔다.

“자네지 누구야, 카체리나 이바노브나를 한 달 전에 때린 건 자네지 누구냐 말이야! 어제 그 여자한테서 들었지… 그것이 곧 자네들의 신념이라는 거로군! … 그렇다면 그 여성 문제 논의도 의심스러운걸, 헤, 헤, 헤!”

그렇게 말하자 마음이 후련해진 듯 표트르 페트로비치는 다시 주판알을 튀기기 시작했다.

“그런 건 다 터무니없는 중상입니다!” 이 문제를 항상 겁내고 있던 레베쟈트니코프는 불끈 성을 내며 덤볐다. “그건 전혀 사실과 달라요! 그건 이야기가 달라요… 당신이 잘못 들은 겁니다. 정말 엉터리없는 소문입니다! 그때 나는 다만 자기방어를 했을 뿐이에요. 그 여자가 먼저 나한테 덤벼들어 마구 할퀴려고 했으니까요… 그 여자는 내 구레나룻 한쪽을 몽땅 뽑아버렸거든요. 어떤 인간이라도 자기 몸을 지키는 것쯤은 허용되어야 한다고 나는 생각합니다. 더구나 나는 상대가 누구든 간에 폭력을 행사하는 건 용서하지 못합니다. 이게 내 주의죠. 그쯤 되면 전제주의와 다를 게 뭡니까. 그런 경우 나는 어쩌면 좋았단 말입니까? 멍청히 그 여자 옆에 서 있어야 하나요? 나는 그저 그 여자를 떼밀었을 뿐이에요."

"헤, 헤, 헤!" 루쥔은 능글맞은 웃음을 이어갔다.

"당신은 자기 일로 화나고 짜증이 나니까 이렇게 덤비는 거겠죠. 그건 대수롭지 않은 일이며, 여성 문제와는 아무런 관계도 없는 일입니다. 당신은 오해하고 있어요. 만약 여성이 모든 점에서 체력까지도 남자와 동등하다고 하면—이것은 이미 확인된 사실입니다—그 경우에도 평등해야 한다고 나는 생각했습니다. 하긴 그 뒤로 잘 생각해본 결과 그런 문제는 본질적으로 존재할 수 없다고 결론을 내렸습니다만. 왜냐하면 싸움이란 것은 있어서는 안 되며, 게다가 미래 사회에서는 그런 걸 생각조차 할 수 없기 때문입니다… 그러니까 물론 싸움하는 데서 평등을 찾는다는 것은 우스운 일입니다. 나도 그렇게 바보는 아니거든요. 그러나 아직도 싸움이라는 건 존재합니다. 장차는 없어지겠지만 아직은 엄연히 존재합니다. 쳇! 내가 무슨 말을 하지! 당신하고 얘기를 하자면 자꾸 이야기가 탈선해버린단 말이에요! 내가 추도식에 참석하지 않는 것은 그런 불쾌한 사건이 있어서가 아닙니다. 단지 내 주의 때문에 가지 않는 겁니다. 추도식이니 뭐니 하는 추악한 편견에 끼어들기가 싫기 때문이죠. 그래요! 그야 가도 상관은 없겠지요. 비웃어주기 위해서 말입니다. 한 가지 유감스러운 것은 사제들이 오지 않는다더군요. 그렇잖다면 나도 꼭 가겠는데."

"그럼 남의 집에 초대받고 가서 먹으라고 내놓은 음식상에다가, 그리고 자기를 초대해준 사람들에게까지 그 자리에서 침을 뱉겠다는 거로군? 안 그런가?"

　"절대로 침을 뱉지는 않습니다. 다만 항의하는 것뿐이죠. 나는 보람 있는 목적을 가지고 가는 겁니다. 계몽과 선전을 간접적으로 도울 수 있으니까요. 인간은 누구든지 계몽하고 선전할 의무가 있습니다. 그리고 그것이 심하면 심할수록 좋을지 모릅니다. 나는 사상을, 사상의 씨를 뿌릴 수 있습니다… 그 씨에서 사실이 생겨나는 거죠. 내가 왜 그들을 모욕하겠습니까? 하기야 처음엔 화를 낼지도 모르지만, 결국은 내가 유익한 일을 했다고 자기들도 깨닫게 되겠죠. 우리 동지인 체레비요바는, 지금 코뮌에 가입하고 있는 부인입니다만, 가정을 뛰쳐나와서… 어떤 남자에게 몸을 맡겼을 때, 자기 양친에게 편견에 갇혀 살기는 싫으니까 자유결혼을 하겠다는 편지를 보냈어요. 그러나 그건 너무 난폭하다, 자기 부모에겐 좀 더 너그러운 태도로 대해야 하며 편지도 좀 부드럽게 써야 한다고 비난하는 사람이 있었습니다. 하지만 내가 보기에 그런 건 다 어리석은 생각이며, 부드럽게 쓸 필요는 조금도 없습니다. 오히려 그런 때일수록 강경히 항의할 필요가 있는 겁니다. 저 바렌츠 같은 여자는 7년이나 남편과 같이 살았지만, 마침내는 두 아이를 버리고 편지로 남편에게 이렇게 선고했습니다. '나는 당신하고는 도저히 행복해질 수 없다는 걸 자각했습니다. 당신은 코뮌이라는 방법에 의한 전혀 별개의 사회조직이 있다는 것을 나에게 알리지 않고 속여왔습니다. 그것은 도저히 용서할 수 없는 일입니다. 나는 최근에 그것을 어떤 훌륭한 사람한테서 들었으므로 그분에게 몸을 맡기고 함께 코뮌을 조직하기로 했습니다. 당신을 기만하는 것은 분명 예스러운 일이라고 생각하기 때문에 솔직히 알려드립니다. 당신 문제는 당신 마음대로 하세요. 그러나 나를 다시 데려갈 생각은 하지 말아주십시오. 때는 이미 늦었으니까요. 당신의 행복을 빕니다.' 이런 종류의 편지는 이런 식으로 써야 하는 겁니다!"

"그 체레비요바라는 여자는 자네가 세 번째 자유결혼을 했다고 말하던 바로 그 여자 아닌가?"

"아니, 엄밀하게 말한다면 이제 겨우 두 번째지요! 그러나 설사 네 번째든 열다섯 번째든 그런 건 잠꼬대 같은 소립니다! 내가 만일 양친이 죽고 없다는 걸 유감으로 생각한 적이 있다면, 그건 바로 지금입니다. 만일 양친이 아직도 살아 있다면 그야말로 강경한 반항을 시도하여 두 사람을 골탕 먹였을 텐데, 하고 몇 번이나 공상했는지 모릅니다! 아마 일부러라도 그렇게 했을 겁니다. 그러나 이제 와선 '떨어져나간 빵 조각' 격으로 헛된 꿈에 지나지 않습니다. 다 틀렸어요! 단단히 본때를 보여주어 두 사람을 깜짝 놀라게 했을 텐데! 정말이지 아무도 없는 게 유감천만이에요!"

"깜짝 놀라게 하고 싶다고? 헤, 헤, 헤! 아무튼 그건 자네 마음대로겠지만" 하고 표트르 페트로비치는 말을 막았다. "그보다 하나 묻고 싶은 게 있는데, 자네는 그 죽은 관리의 딸을 알고 있겠지? 그 초라하고 허약한 여자 말이야! 그 여자에 대해서 사람들이 하는 말은 모두 사실인가?"

"그게 도대체 어쨌단 말입니까? 내가 보기엔, 즉 나 개인의 신념으로는 그 여자야말로 여자로서 가장 정상적인 상태입니다. 어째서 그 여자가 나쁘단 말입니까? 그게 바로 distinguons('차별'이라는 뜻)를 말하는 겁니다. 현재 사회에서는 물론 완전히 정상적이라고 할 수 없겠죠, 강제성을 띠고 있으니까요. 그러나 미래 사회에서는 완전히 정상적인 것이 됩니다. 왜냐하면 그것은 자유의지에 의한 것이니까요. 하지만 현재도 그 여자는 그런 권리를 갖고 있습니다. 그 여자는 고통을 겪었지만, 그것은 그 여자의 자금, 이를테면 자본으로서 그것을 마음대로 행사할 권리가 있는 겁니다. 물론 미래 사회에선 그런 자본도 불필요하겠지만, 그 여자의 역할은 별개의 의

144

미를 지니게 되어 정연한 합리적 조건을 얻게 될 겁니다. 그런데 소피야 세묘노브나 한 개인에 대해서 말한다면, 현재 나로서는 그 여자의 행위를 사회제도에 대한 인간적인 반항으로 보고 있어요. 그 때문에 나는 그 여자를 깊이 존경하고 있습니다. 그 여자를 보기만 해도 절로 기쁨이 느껴질 지경입니다!"

"하지만 이 집에서 그 여자가 뛰쳐나간 건 바로 자네 때문이라고 들었는데."

레베쟈트니코프는 맹렬한 분노에 사로잡혔다.

"그것도 중상입니다!" 하고 그는 외쳐댔다. "진상은 전혀, 전혀 달라요! 절대 그런 게 아닙니다! 그건 모두 카체리나 이바노브나가 그때 아무것도 모르고 떠들어댄 소리예요! 그리고 나는 결코 소피야 세묘노브나를 노린 적이 없어요. 그런 야심은 털끝만큼도 없이, 오직 그 여자에게 반항 의식을 환기시키려 노력하고 그 여자의 정신적 발달을 바랐을 뿐입니다… 내게 필요한 것은 오직 반항심뿐이었습니다. 게다가 소피야 세묘노브나 자신이 이 집엔 더 있을 수 없게 된 거죠!"

"코뮌에라도 들어가라고 권고했던가 보군?"

"당신은 시종 빈정거리기만 하는데, 그건 매우 졸렬한 생각입니다. 실례지만 주의해드립니다. 당신은 아무것도 몰라요! 코뮌에 그런 역할은 없어요. 코뮌이란 그런 역할을 없애기 위해 설립된 겁니다. 코뮌이 되면, 이 역할은 현재의 본질을 완전히 변질시켜버립니다. 그래서 여기선 우열했던 것도 저기선 현명한 것이 되고, 여기 현재 상태에선 부자연스러운 것도 거기선 지극히 자연스러운 것으로 변해버립니다. 세상만사는 인간이 어떤 상태, 어떤 환경에 있는가에 따라 좌우되는 겁니다. 모든 것은 환경 여하에 달려 있으므로 인간 그 자체는 문제가 되지 않습니다. 소피야 세묘노브나하곤 지금도 원만한 교제를 계속하고 있는데, 이것만으로도 그 여자가 아직 한 번도 나를 자신의 적이라든가 모욕한 자라고는 생각지 않았다는 증명이 됩니다. 그렇고말고요! 나는 그 여자에게 코뮌 가입을 권고하고 있지만, 그것은 전혀 다른 이유에 입각하는 겁니다! 당신은 뭐가 우습습니까? 현재 우리는 종전보다 훨씬 광범한 기초 위에서 우리 자신의 특수한 코뮌을 조직하려 하고 있습니다. 우리는 신념에서 한 걸음 더 앞선 셈이죠. 우리는 더욱 많은 것을 부정합니다! 만약에 도브롤류보프〔러시아의 유명한 사회·문예 비평가, 1836~1861〕가 관 속에서 소생해 나온다면 나는 그와 한바탕 논쟁을 벌이겠습니다! 벨린스키〔러시아의 1급 문예 비평가, 1811~1848〕까지도 납작하게 만들어버릴 자신이 있어요! 그러나 지금은 소피야 세묘노브나를 계속 계발(啓發)하겠습니다. 그 여자는 실로 아름다운 성질의 소유자예요!"

"흥, 결국 그 아름다운 성질을 이용하자는 거로군. 그렇잖나? 헤, 헤, 헤!"

"아닙니다, 아녜요! 절대 그렇지 않습니다! 오히려 정반대입니다!"

"흥, 정반대라고! 헤, 헤! 말만은 그럴듯하구먼!"

"정말이라니까요? 아니, 내가 무엇 때문에 당신에게 감추겠습니까, 안 그래요? 정반대예요. 이상하게 생각될 정도죠, 내 앞에 나오면 그 여자는 어쩐지 굳어져서 공포에 가까울 정도로 순결하게 수줍어하거든요!"

"그래서 자네가 열심히 계발해주고 있단 말이군… 헤, 헤! 그러니까 그런 수치심 같은 건 아무 소용도 없다는 것을 입증시키고 있단 말이지."

"전혀 그렇지 않습니다! 전혀 그렇지 않아요! 당신은 정신적 계발이라는 말을 왜 그토록 저속하게 생각하십니까! 아주 어리석기 짝이 없군요… 아, 이거 실례했습니다. 아무튼 당신은 아무것도 모르십니다. 아아, 정말 당신은 아직도 전혀 밑바탕이 되어 있지 않군요! 우리는 여성의 자유라는 걸 요구하고 있는데, 당신 머릿속에 있는 건 오직… 나는 여성의 순결이니 수치심이니 하는 문제는 그 자체부터가 무익한 편견이라 생각하기 때문에 아예 문제 삼지도 않기로 하고 있지만, 그 여자가 나에 대해서 순결한 태도를 지니고 있다는 건 충분히 인정해줍니다. 왜냐하면 거기에 그 여자의 의지와 권리의 전부가 있으니까요. 그야 물론 그 여자가 자진해서 '나는 당신을 갖고 싶다'고 말해준다면, 나는 내 스스로를 무척 행운아라고 생각하겠죠. 그 처녀는 아주 내 마음에 드는 여자니까요. 그러나 지금은, 적어도 지금 현재로선 나보다 더 예의 바르고 친절하게 그 여자를 대하고 그 여자의 가치에 존경을 표시한 사람은 아직 하나도 없을 겁니다. 그래서 나는 희망을 갖고 기다리고 있는 겁니다. 그저 그뿐입니다!"

"그러기보다는 그 여자에게 무슨 선물이라도 보내는 게 좋을 것 같은데. 자네는 아직 그런 건 염두에도 두지 않았을 테지만."

"지금도 말했지만 당신은 아무것도 모르십니다! 물론 그 여자의 처지가 그렇습니다만, 그러나 그건 별문젭니다! 전혀 별문제예요! 당신은 전적으로 그 여자를 모욕하고 있습니다. 당신은 자신의 오해로 경멸할 만하다고 생각하는 사실만을 보고, 그 인간의 본질에 대해서까지 인도적인 관찰을 거부하고 있습니다. 당신은 그녀가 어떤 여자인지 아직도 잘 모르십니다. 다만 한 가지 매우 유감스러운 일은, 그 여자가 최근에 웬일인지 독서를 아주 중지해버리고 나한테도 책을 빌리러 오지 않는다는 사실입니다. 그전엔 자주 빌려 갔거든요. 그리고 또 하나 유감스러운 것은 반항에 대한 의욕과 결심은 충분하면서도—그 여자는 전에 한 번 그걸 실지로 증명해 보인 적도 있습니다만—아직 독립심이, 즉 남의 것에 의지하지 않겠다는 자립심과 반항 정신이 부족해서 어떤 종류의 편견이나… 가소로운 습관 등과 깨끗이 절연하지 못하고 있다는 점입니다. 하지만 그런데도 그 여자는 어떤 종류의 문제에 대해선 매우 훌륭한 이해력을 가지고 있습니다. 예를 들어 그 여자는 손에 키스하는 문제를 훌륭히 이해해주었습니다다. 즉 남자가 여자 손에 키스하는 것은 불평등의 관념으로서 여자를 모욕하는 것이라고 말입니다. 이 문제는 우리 동지들 사이에서도 논의된 적이 있어서 나는 곧 그 여자에게 알려주었습니다. 프랑스 노동조합 문제도 그 여자는 열심히 들었습니다. 지금은 그 여자에게 미래 사회에서는 타인의 방에 자유롭게 출입할 수 있다는 문제를 설명해주고 있습니다."

"그건 또 무슨 소린가?"

"최근 우리는 이런 문제에 대해서 토론했습니다. 즉 '코뮌'의 단원은 다른 단원의 방에, 그것이 남자의 방이든 여자의 방이든 어느 때를 막론하고 무상출입할 수 있는 권리가 있느냐 없느냐 하는 문제인데… 결국엔 그런 권리가 있다는 결론이 나왔습니다."

"만약에 그때 그 방 안의 남자나 여자가 불가피한 생리적 욕구를 수행 중에 있다면 어떻게 하지? 헤, 헤!"

레베쟈트니코프는 화를 벌컥 냈다.

"당신은 언제나 그런 추악한 '생리적 욕구' 같은 말만 하시는군요." 그는 증오에 찬 어조로 외쳤다. "쳇, 당신에게 사상 체계를 설명할 때, 그만 경솔하게 그런 추악한 '생리적 욕구'라는 말을 입 밖에 내버린 것이 나로서도 화가 나고 배알이 뒤틀려 죽겠습니다! 제기랄! 그건 당신 같은 사람들에겐 발끝에 돌부리예요. 무엇보다 나쁜 점은 미처 제대로 이해하기도 전에 남의 이야기를 일소에 부쳐버리는 버릇입니다. 마치 그게 당연하다는 듯이 으스대기까지 하니 말입니다! 쯧! 그래서 나는 몇 번이나 되풀이해서 말하는 겁니다, 이런 문제를 초보자에게 설명하는 데는 그 상대가 충분히 발달해서 방향이 옳게 결정된 후가 아니면 안 된다고요. 어디 한번 말씀해보세요. 시궁창이라고 해서 수치스럽고 경멸할 만한 것이 있다고 보십니까? 나는 누구보다 먼저 아무리 더러운 시궁창이라도 깨끗이 치워 보일 용의가 있습니다! 그건 자기희생도 아무것도 아니에요. 거기엔 단지 노동이 있을 뿐입니다. 사회를 위한 유익하고 고상한 활동이 있을 뿐입니다. 그건 다른 어떤 활동 못지않은, 예를 들어 라파엘이나 푸시킨 등의 활동보다 훨씬 고상한 것입니다. 왜냐하면 그것이 더 유익하니까요."

"그래, 더 고상하겠지, 고상하고말고, 헤, 헤, 헤!"

"더 고상하다는 건 도대체 뭡니까? 인간의 활동을 정의하는 그런 표현은 나로서 알 수 없습니다. '더 고상한'이라든가, '더 관대한'이라든가 하는 건 모두 무의미합니다. 어리석어요. 편견에 젖은 낡은 말들입니다. 나는 그런 걸 부정합니다! 인류를 위해서 **유익한** 건 무엇이나 다 고상해요! 내가 이해할 수 있는 건 단 하나 **유익**이라는 말뿐입니다. 어서 마음대로 키득거리세요. 그러나 역시 사실에는 틀림이 없으니까요!"

표트르 페트로비치는 큰 소리로 웃어댔다. 그는 이미 계산을 끝내고 돈을 간수하고 있었다. 그러나 그중 얼마의 돈을 무슨 까닭인지 그냥 탁자 위에 남겨두었다. 이 '시궁창 문제'는 그 자체가 저속한 성질의 문제였는데도 이미 여러 차례 표트르 페트로비치와 그 젊은 친구 사이에서 불화와 논쟁의 원인이 되고 있었다. 그리고 무엇보다도 우스운 것은 레베쟈트니코프가 진심으로 화를 냈다는 점이다. 한편 루쥔 쪽은 언제나 장난삼아 했는데, 오늘은 유달리 레베쟈트니코프를 약 올리고 싶어 했다.

"당신은 어제의 실패 때문에 그렇게 화가 나서 공연히 나한테까지 화풀이를 하는 거예요." 레베쟈트니코프는 끝내 이렇게 말해버렸다. 그러나 그는 자기 자신의 그 '독립성'과 반항 정신에도 불구하고 웬일인지 표트르 페트로비치에 대해서는 정면으로 반대할 용기가 없었다. 대체로 그는 아직도 상대방에 대해서 오랫동안 습관화된 일종의 존경심을 여전히 간직하고 있었다.

"그보다 한 가지 듣고 싶은 말이 있는데" 하고 표트르 페트로비치는 거만하고도 무뚝뚝한 어조로 상대방의 말을 가로챘다. "자네가 할 수 있을지… 아니, 그보다 이렇게 말하는 게 좋겠군. 자넨 지금 말한 젊은 여자와 정말 그렇게 친밀한 사이인가? 그렇다면 지금 잠깐 이 방으로 불러줄 수 없겠나? 다들 묘지에서 돌아온 모양인데… 저렇게 소란스럽게 발소리가 들리는 걸 보니… 잠깐 만날 일이 있어서 그래, 그 처녀하고.”

“대체 무슨 일로요?” 레베쟈트니코프는 놀란 표정으로 물었다.

“뭐 좀 볼일이 있어서. 나는 곧 여기를 떠날 생각이라 그 여자에게 좀 알려두고 싶은 일이 있어서 그러는 거야… 물론 자네가 그동안 여기 같이 있어도 상관없겠지. 아니, 차라리 같이 있어주는 편이 좋겠군. 그렇지 않으면 자네가 무슨 오해를 할지 모르니까.”

“나는 아무렇게도 생각지 않습니다… 그냥 물어봤을 뿐이죠. 만일 용건이 있다면 그 여자를 부르는 것쯤 문제가 아닙니다. 곧 갔다 오죠. 제발 안심하세요, 방해는 하지 않을 테니까요.”

과연 5분쯤 지나자 레베쟈트니코프는 소네치카를 데리고 들어왔다. 그녀는 매우 놀란 얼굴을 하고 언제나처럼 겁에 질린 표정으로 들어왔다. 그녀는 이럴 때면 언제나 겁에 질리곤 했고, 새로운 얼굴이나 새롭게 사귀는 것을 몹시 두려워했다. 사람을 두려워하는 버릇은 그전부터, 어린 소녀 시절부터 그랬지만 요새는 그런 경향이 더 심해졌던 것이다. 표트르 페트로비치는 ‘정답고 상냥하게’ 소냐를 맞았으나, 거기엔 어색한 친근감 같은 것이 엿보였다. 하긴 그러한 태도는 표트르 페트로비치로 본다면 자기처럼 명예도 있고 의젓한 사나이가 소냐같이 나이 젊은, 어떤 의미에선 **흥미 있는** 여자를 대할 때 지켜야 할 예의범절이기도 했다. 그는 급히 그녀에게 ‘원기를 돋워주려고’ 애쓰면서 탁자를 사이에 두고 자기 맞은편에 앉게 했다. 소냐는 의자에 앉자 주위를 둘러보았다. 처음엔 레베쟈트니코프와 탁자 위에 놓여 있는 돈을 보고, 다음엔 또다시 표트르 페트로비치에게 갑자기 시선을 옮기고는 마치 못 박힌 듯이 그에게서 눈을 떼려고 하지 않

150

왔다. 레베쟈트니코프는 문 쪽으로 나가려 했다. 표트르 페트로비치는 일어나서, 소냐에게는 그냥 앉아 있으라고 손짓을 한 다음 문가에서 레베쟈트니코프를 멈춰 세웠다.

"라스콜니코프는 거기 있던가? 와 있어?" 하고 그는 속삭이듯 물었다.

"라스콜니코프요? 네, 거기 있더군요… 왜 그러시죠? 거기 있었어요… 방금 들어왔어요. 내 눈으로 봤습니다. 왜 그러세요?"

"그러니까 나는 더욱 자네가 여기 우리와 함께 남아주기를 바라는 거야. 내가 저… 처녀와 단둘이 있지 않도록 말일세. 별다른 일은 아니지만, 그래도 또 무슨 소문이 퍼질지도 모르니까. 나는 라스콜니코프가 **저기서** 이상한 소릴 할까 봐 그러는 거야… 내가 무슨 말을 하는지 알겠나?"

"아, 알겠습니다, 알겠어요!" 레베쟈트니코프는 이내 알아챘다. "그래요, 당신에겐 그럴 권리가 있어요… 나 개인의 신념에 의하면 당신의 걱정은 좀 지나친 것 같습니다만, 그러나… 아무튼 당신에겐 그럴 권리가 있어요, 좋습니다. 그럼 여기 남기로 하죠. 나는 이 창 옆에 서 있을 테니까 당신들에게 방해는 되지 않을 겁니다. 나는 확실히 당신에게 그럴 권리가 있다고 생각합니다."

표트르 페트로비치는 소파로 돌아가서 소냐와 마주 앉았다. 그는 뚫어질 듯이 그녀를 바라보다가 갑자기 엄숙한, 약간 엄격하기까지 한 표정을 지었다. 그것은 마치 '이봐, 너도 쓸데없는 생각은 말도록 해, 아가씨' 하고 말하는 듯한 표정이었다. 소냐는 완전히 당황하고 말았다.

"소피야 세묘노브나, 우선 당신 어머니한테 사과 말씀을 전해주십시오… 확실히 그렇죠? 카체리나 이바노브나는 당신에게 어머니가 되는 분이죠?" 표트르 페트로비치는 자못 엄숙하면서도 꽤 친절한 어조로 입을 열었다. 그가 매우 우호적인 의도를 품고 있다는 것은 어느 모로 보나 명백한 것 같았다.

"네, 그렇습니다. 틀림없습니다. 제 어머니 되는 분이에요." 소냐는 겁먹은 표정으로 재빨리 대답했다.

"그런데 실은 부득이한 사정으로 참석하지 못하게 되었으므로 그 점을 어머니에게 잘 말씀드려주십시오. 모처럼 친절하게 초대해주셨는데, 나는 댁의 다과회에… 아니, 추도식에 참석하지 못한다고요."

"네… 그렇게 전하겠습니다… 지금 곧." 소네치카는 황급히 의자에서 일어났다.

"아니, 아직 할 말이 남아 있습니다" 표트르 페트로비치는 그녀가 너무 단순하고 예의에 익숙지 못한 것을 보고 빙그레 웃으면서 그녀를 만류했다. "당신은 나를 잘 모르는군요, 소피야 세묘노브나. 내가 이런 대수롭잖은 나 개인의 일로 당신 같은 분을 일부러 불러서 수고를 끼친다고 생각하시면 곤란합니다. 내 목적은 딴 데 있어요."

소냐는 급히 의자에 앉았다. 탁자 위에 놓여 있는 잿빛(25루블짜리)과 무지갯빛(100루블짜리) 지폐가 또다시 눈에 어른거렸으나, 그녀는 얼른 거기서 눈을 들어 표트르 페트로비치의 얼굴을 보았다. 남의 돈에 눈을 준다는 것이 특히 그녀 같은 입장에선 무례한 행위로 생각되었기 때문이다. 그녀는 표트르 페트로비치가 왼손에 쥐고 있는 금테 안경과, 같은 손 가운뎃손가락에 끼고 있는 크고 묵직해 보이는 무척 아름다운 황색 보석 반지에 시선을 멈추려 했다. 그러나 거기서도 급히 눈을 돌려버렸으므로 하는 수 없이 또다시 표트르 페트로비치의 눈을 정면으로 바라보았다. 전보다 더 엄숙한 표정으로 잠시 입을 다물고 있던 그는 다시 말을 이었다.

"실은 어제 지나던 길에 우연히 카체리나 이바노브나를 만나서 한두 마디 얘기를 주고받았습니다만, 그 한두 마디로 그분이… 부자연한 상태에 계시다는 걸 충분히 알 수 있었습니다. 이런 표현이 적절할지 모르겠습니다만……."

"그렇습니다… 부자연한 상태에 있어요" 하고 소냐는 황급히 말을 받았다.

"또는 더 간단히, 더 알기 쉽게 말하자면… 병적 상태죠."

"네, 더 간단히, 알기 쉽게… 말씀대롭니다. 병적 상태에 있어요."

"그렇더군요. 그래서 나는 그분의 어쩔 수 없는 불행한 운명을 예견하고 인도적 감정과, 그리고 말하자면 그녀에 대한 동정심에서 무슨 도움이라도 되어드렸으면 하고 생각하고 있습니다. 보아하니 그 가엾은 가족들은 지금 오직 당신 한 사람에게만 매달려 있는 것 같더군요."

"실례지만" 하고 소냐는 갑자기 일어났다. "당신은 어제 어머니에게 연금을 받게 될지 모른다는 이야기를 하셨다면서요? 어머니는 어제부터 나한테, 당신이 연금이 나오도록 힘써주신다는 말을 하고 계세요. 그게 정말인가요?"

"아니, 결코 그런 건 아닙니다. 어떤 의미에선 그걸 기대한다는 것조차 어리석은 일이지요. 나는 다만 복무 중에 사망한 관리의 미망인에게 지급되는 일시적 연금을 말씀드렸을 뿐입니다. 그것도 적당한 연줄이 있을 때에나 가능한 일이죠. 그런데 돌아가신 부친께선 연한을 다 채우시지 못했을 뿐만 아니라 최근엔 전혀 출근도 안 하신 모양이더군요. 그러니까 설사 희망이 있다손 치더라도 거의 꿈같은 이야깁니다. 왜냐하면 실제 이 경우에는 보조금을 받을 아무런 권리도 없을뿐더러 오히려 그 반대거든요. 그런데 그분은 벌써 연금 같은 걸 생각하신다니… 헤, 헤, 헤! 참 빈틈없는 부인이시군요!"

"그래요, 연금 같은 걸 어떻게… 그건 그분이 호인이라서 남의 말을 잘 믿기 때문입니다. 사람이 좋아서 무엇이든지 다 믿고 말아요. 그리고… 또… 머리가 좀 이상해져서… 그래요… 그럼 이만 실례하겠습니다." 소냐는 이렇게 말하고 다시 일어나서 나가려고 했다.

"실례지만, 아직 내 말은 다 끝나지 않았습니다."

"아, 그랬던가요…"하고 소냐는 중얼거렸다.

"그러니까, 자, 앉으세요."

소냐는 몹시 당황한 표정으로 다시 자리에 앉았다. 이번이 세 번째였다.

"그 미망인이 불쌍한 어린애를 데리고 저렇게 지내는 걸 보니, 나는 아까도 말했듯이 무엇이든 힘자라는 데까지 도와드리고 싶어졌습니다. 내 능력에 알맞은 정도로 도와드리려는 것이지 그 이상은 아니지만요. 예를 들면 그분을 위해서 의연금을 모은다든가, 아니면 자선 제비뽑기를 주최한다든가… 이런 종류의 일이라면 못할 것도 없지요. 흔히 이런 경우에 친한 사람이든 제3자든 간에 불행한 사람을 도우려는 사람들이 기획하는 일이죠. 실은 당신에게 이 말을 하고 싶었던 겁니다. 그 정도의 일이라면 못할 것도 없으니까요."

"네, 좋으신 말씀입니다… 당신의 후의에 대해서는……." 뚫어질 듯이 상대방을 주시하면서 소냐는 분명치 않은 어조로 말했다.

"할 수 있어요. 그러나… 그 얘긴 나중에 다시… 아니 오늘이라도 당장 시작할 수 있는 일이지요. 저녁에 다시 만나서 여러 가지로 상의한 다음 이른바 기초 작업을 시작합시다. 어떨까요, 7시경에 다시 이리 와주십시오. 안드레이 세묘느이치도 우리 계획에 동참해주리라 믿습니다만. 그러나 미리 꼭 한 가지 말씀을 드려둘 일이 있습니다. 소피야 세묘노브나, 실은 그 때문에 일부러 당신을 오시라고 했습니다. 다름 아니라, 내 의견은 이렇습니다. 즉 돈은 일절 카체리나 이바노브나에게 맡겨선 안 됩니다. 우선 위험하니까요. 그 증거로… 오늘의 추도식을 보십시오. 당장 내일을 위한 빵 한 조각도 없고 신발이나 그 밖의 모든 것이 궁색한 형편이면서도 오늘은 자메이카 럼주니, 마데이라 포도주니, 커피니 하고 마구 사들이고 있으니 말이오. 나는 지나는 길에 보았습니다. 당장 내일이면 마지막 빵

한 조각까지 모조리 당신에게 의지해야 할 형편이면서 말입니다. 그건 너무나도 어리석은 짓입니다. 그러니까 그 의연금 모금에 대해서도, 나 개인의 생각으로는 저 불행한 미망인에겐 돈 문제를 알리지 말고 오직 당신만 알고 있어야 할 것 같습니다. 내 말이 틀렸습니까?"

"전 잘 모르겠어요. 하지만 어머니가 그러는 건 오늘뿐일 거예요… 일생에 한 번 있는 일이니까요… 어머니는 그저 공양을 올리고 싶고, 훌륭한 추도식을 하고 싶다는 일념밖에 없어요. 그러나 어머니는 퍽 현명한 분이세요. 물론 그 일은 어떻게든 좋으실 대로 하세요. 저는 그저 마음속으로부터… 가족들도 모두 당신께… 하느님께서도 당신을… 그리고 아버지를 잃은 아이들도…….."

소냐는 말끝을 맺지 못하고 울음을 터뜨리고 말았다.

"그럼 그렇게 하기로 하고 고려해주시기 바랍니다. 그리고 우선 당신의 어머니를 위해서 나 개인의 분수에 알맞은 금액을 내놓을 테니 받아주십시오. 거듭 부탁합니다만, 절대 내 이름은 아무에게도 알리지 말아주십시오. 자, 그럼 이걸… 나 자신도 여러 가지 사정이 있어서 이것밖엔 못합니다만…….."

이렇게 말하며 표트르 페트로비치는 10루블 지폐를 반듯하게 펴서 소냐에게 내밀었다. 소냐는 그것을 받아 들자 확 얼굴을 붉히며 벌떡 자리에서 일어섰다. 그리고 무어라고 입속으로 중얼거리면서 갑자기 작별 인사를 시작했다. 표트르 페트로비치는 득의만면한 표정으로 소냐를 문까지 전송했다. 흥분과 피로에 지친 그녀는 가까스로 방에서 나와 몹시 당황한 빛으로 카체리나 이바노브나한테로 돌아갔다.

레베쟈트니코프는 이 일막극이 연출되는 동안 두 사람에게 방해가 되지 않으려고 창 옆에 서 있거나 방 안을 거닐거나 하고 있었다. 그러나 소냐가 방에서 나가자 그는 급히 표트르 페트로비치한테 다가가서 정중한 태도로 손을 내밀었다.

"나는 모든 것을 이 귀로 듣고 모든 것을 이 눈으로 **보았습니다.**" 특히 마지막 말에 힘을 주면서 그는 이렇게 말했다. "지금 하신 일은 고결합니다. 아니, 그게 아니라, 인도적이었다고 말하고 싶었습니다. 당신은 감사를 피하려고 하셨어요. 나는 봤습니다! 사실대로 말하면, 내 주의(主義)로는 개인적인 자선에 동감할 수 없습니다. 왜냐하면 자선은 악을 근절할 수 없을뿐더러 도리어 그것을 배양하기 때문입니다. 그러나 지금 나는 당신의 태도를 보고 만족을 느꼈다고 자백하지 않을 수 없습니다. 그렇습니다, 그렇고말고요. 정말 내 마음에 드는 행위였습니다."

"뭘, 변변치도 못한 일인데!" 표트르 페트로비치는 약간 상기된 얼굴로 레베쟈트니코프의 눈치를 살피며 중얼거렸다.

"아니, 그렇지 않습니다! 당신처럼 어제 일로 모욕을 당하고 분개하고 있으면서도 동시에 불행한 사람을 동정할 수 있는 사람, 그런 사람은… 비록 자기 행동으로 사회적인 과오를 범하고 있기는 하지만, 그래도… 존경은 받을 만합니다! 나는 말이죠, 표트르 페트로비치, 당신이 이런 일을 할 수 있으리라곤 꿈에도 생각지 못했습니다. 더구나 지금까지 당신의 사회관으로 미루어 볼 때… 아아! 당신의 사회관이 얼마나 당신을 방해하고 있는지 모릅니다! 예를 들어 어제의 실패가 얼마나 당신을 흥분시켰느냐 말입니다." 사람 좋은 레베쟈트니코프는 또다시 표트르 페트로비치에게 호감이 커지는 것을 느끼면서 탄성을 올렸다. "무엇 때문에, 도대체 무슨 이유로 당신은 그 결혼이 꼭 필요합니까, 그 **합법적** 결혼이? 표트르 페트로비치, 무엇 때문에 당신은 결혼의 **합법성**이 필요하죠? 내가 이런 말을 해서 화가 나면 나를 때려도 좋습니다, 나는 그 결혼이 파기되어 당신이 자유의 몸이 된 것을 기뻐합니다. 당신이 인류를 위해서 아직 완전히 멸망하지 않은 것을 기뻐한단 말입니다. 암, 기뻐하고말고요! … 자, 이게 나의 사심 없는 실토입니다!"

"그건 다름 아니라 자네들이 말하는 이른바 자유결혼으로 뿔(아내의 부정을 뜻함)을 나게 하거나 딴 사내의 자식을 기르는 그따위 짓을 하기 싫기 때문이야. 내가 합법적 결혼을 필요로 하는 이유도 바로 그거란 말일세." 무슨 대답이든 해야겠기에 루쥔은 이렇게 대꾸했다. 그는 무언가 몹시 마음에 걸리는 일이라도 있는지 생각에 잠겨 있었다.

"자식이라고요? 당신은 자식 문제에 대해서 언급하셨지요." 레베쟈트니코프는 마치 진군나팔 소리를 들은 군마(軍馬)처럼 몸을 부르르 떨었다. "아니, 이건 하나의 사회문젭니다. 가장 중요한 문젭니다. 그건 나도 동감이에요. 그러나 아이에 관한 문제는 다른 해결 방식이 있는 겁니다. 어떤 사람들은 가정을 암시한다고 해서 전적으로 아이를 부정하고 있을 정도니까요. 그러나 아이 문제는 뒤로 미루기로 하고, 우선 뿔에 대해서 논해 봅시다! 솔직히 말씀드려, 이건 내가 좋아하는 테마는 아닙니다. 저 추악한 경기병식의 푸시킨적 표현은 미래의 사전에선 도저히 상상도 할 수 없을 겁니다. 도대체 뿔이라는 건 뭡니까? 오오, 이게 무슨 착각입니까! 도대체 무슨 뿔입니까? 이런 맹랑한 소리가 어디 있습니까! 그 반대로, 자유결혼에는 그따위가 존재하지 않습니다! 뿔이라는 건 오직 합법적인 결혼의 자연적 산물에 지나지 않습니다. 말하자면 합법적 결혼에 대한 수정이요, 반항입니다. 따라서 그런 의미에서 보자면 조금도 비루한 것이 아닙니다. 만일 내가 언젠가—그런 우연한 행위를 할 것이라 가정하고—합법적 결혼을 한다면, 그때 나는 오히려 당신이 저주하는 아내의 뿔을 환영할 겁니다. 그때 나는 아내에게 이렇게 말하겠습니다. '나는 지금까지 당신을 사랑하는 데 그쳤지만 이제부터는 당신을 존경하겠소. 왜냐하면 당신은 훌륭하게 반항을 할 수 있었기 때문이오.' 당신은 웃으시는군요? 그건 아직도 편견을 버릴 힘이 없다는 증겁니다! 하긴 나도 합법적 결혼을 한 아내

157

에게 배신을 당한다는 것이 얼마나 불쾌한 일인지 잘 알고 있어요. 그러나 그것은 다만 쌍방이 서로 천시하는 더러운 결과에 지나지 않습니다. 그러나 자유결혼에서처럼 그 뿔이 공공연한 것이 되어버리면 이미 뿔 따위는 존재하지 않게 되고 상상조차 할 수 없게 되는 동시에 뿔이라는 명칭 자체까지 없어져버립니다. 뿐만 아니라 당신의 부인은 그 행위로써 당신을 존경하고 있음을 증명하게 됩니다. 왜냐하면 부인은 당신이라는 사람을 아내의 행복을 저해하지 않는 사람, 새로운 정부가 생겼다고 해서 아내에게 복수 따위 하지 않는 정신적 발달을 완성한 사람으로 인정한 셈이니까요. 아아, 나는 이따금 공상합니다… 만약 내가 시집을 간다면, 쳇, 내가 무슨 소릴 하지! 만약에 내가 결혼을 한다면―자유결혼이든 합법적 결혼이든 마찬가지지만―그리고 아내가 언제까지나 정부를 만들지 못한다면 나는 아마 자진해서 아내에게 정부를 끌어다 붙여줄 겁니다. 그리고 아내에게 이렇게 말해줄 테죠. '여보, 나는 당신을 사랑하고 있소, 하지만 그보다 더 내가 바라는 것은 당신이 나를 존경하는 것이오… 알겠소?' 어떻습니까, 내 말이 틀립니까?"

표트르 페트로비치는 그 말을 들으면서 키득키득 웃었다. 그러나 별로 흥미를 느끼는 것 같지는 않았다. 그는 듣는 둥 마는 둥 하면서 사실은 뭔가 다른 생각을 하고 있었다. 마침내 레베쟈트니코프도 그것을 눈치챘다. 표트르 페트로비치는 흥분한 표정으로 손을 비비면서 생각에 잠겨 있었다. 레베쟈트니코프는 나중에 이 모든 것을 상기하고, 뭔가 마음에 짚이는 점이 있었다.

2

　도대체 어떤 이유로 카체리나 이바노브나의 혼란된 머리에 이런 터무니없는 추도식 생각이 떠올랐는지, 그것을 정확히 설명하기는 어렵다. 사실 그 때문에 마르멜라도프의 장례 비용으로 라스콜니코프한테서 받은 20여 루블이나 되는 돈에서 거의 10루블 가까운 돈을 써버렸다. 아마 카체리나 이바노브나는 이 집에 세 들어 사는 모든 사람에게, 특히 아말리야 이바노브나에게 고인이 '그들에 비해 조금도 뒤떨어지지 않았을뿐더러 경우에 따라선 훨씬 훌륭했는지도 모른다'는 것, 따라서 그들 중 누구도 고인을 '얕잡아볼 권리를 갖고 있지 못하다'는 것을 알려주기 위해서 '격식대로' 고인을 추도하는 것이 자기의 의무라고 생각했는지도 모른다. 또 어쩌면 가난한 사람 특유의 자존심이 무엇보다 크게 작용을 했을지도 모른다. 또한 그 때문에 많은 사람들은 다만 남에게 '뒤지지 않기' 위해서, 남에게 '손가락질을 받지 않기' 위해서 최후의 힘을 짜내어 오늘날의 생활 습관상 누구에게나 필요 불가결한 것으로 되어 있는 사회적 의식 등에 귀중한 저금을 죄다 털어버리곤 한다. 그리고 또 카체리나 이바노브나는 세상의 모든 것으로부터 버림받은 듯한 느낌이 드는 지금, 그것을 기회로 해서 '비천하고 추악한 셋방살이들'에게 자기는 '의젓한 생활 방식과 접대법'을 알고 있다는 것뿐만 아니라, 지금 이러한 신세가 되려고 양육되지는 않았으며 '훌륭한 귀족이라 할 수 있는 대령의 가정'에서 태어나 손수 집

안 청소를 하거나 밤중에 아이들 누더기 옷을 세탁하도록 양육되지는 않았다는 것을 여봐란듯이 자랑하고 싶었다는 것도 충분히 있을 수 있는 일이었다. 이러한 자존심과 허영심의 발작적 충동은 이따금 매우 가난한 생활에 짓눌린 사람에게도 찾아들어, 때때로 도저히 참기 힘든 조급한 요구로 변하게 마련이다. 더구나 카체리나 이바노브나는 결코 환경에 짓눌린 그런 사람이 아니었다. 그녀가 비록 환경에 시달려서 죽을지는 몰라도 정신적으로 압도되는 일, 즉 위협에 굴복하는 일은 있을 수 없었다. 뿐만 아니라 소네치카가 그녀의 머리가 좀 이상하다고 말한 것은 충분히 근거 있었다. 물론 결정적으로 그렇다고는 아직 단언할 수 없었지만, 그러나 실제 최근 1년 동안 그녀의 가련한 머리는 너무도 시달림을 받아왔으므로 얼마쯤 변질되지 않을 수 없었다. 의사의 말에 따르면 폐병의 격심한 진전도 역시 지적 능력의 혼란에 영향을 준다는 것이다.

　주류라고 해도 갖가지 술이 고루 있었던 것은 아니다. **마데이라주도** 마찬가지였다. 그것은 과장에 지나지 않았지만 보드카, 럼주, 리스본 포도주 등은 품질이 최하이긴 해도 양만은 모두 충분히 준비되어 있었다. 음식은 꿀밥 이외에 두세 가지 요리가 있었으나(그중엔 블린도 있었다) 전부 다 아말리야 이바노브나의 부엌에서 운반되어 왔다. 그 밖에 식후의 차와 폰스를 위해서 사모바르가 두 개나 준비되어 있었다. 장보기는 카체리나 이바노브나 자신이, 무엇 때문에 리페베흐젤네 집에서 사는지 아무도 모르는, 이 건물에서 셋방살이하는 초라한 폴란드인의 도움을 받아 처리했다. 이 사나이는 곧 카체리나 이바노브나의 심부름을 도맡아 처리하면서 어제 하루 종일과 오늘 아침나절을 꼬박 뛰어다녔다. 그리고 아주 사소한 일까지 연방 카체리나 이바노브나에게 달려와서 상의하고, 심지어 공설 시장까지 그녀를 찾으러 뛰어와서는 간단없이 그녀에게 파니 호룬지나〔'소위 부인'이라는 뜻〕라고 부르는 바람에, 처음에는 이 '부지런하고 친절한'

사람이 없었더라면 엄두도 못 냈을 거라고 칭찬하던 그녀도 나중에는 싫증을 느껴 머리를 내젓고 말았다. 원래 카체리나 이바노브나는 처음 보는 사람은 누구나 더없이 아름답고 훌륭한 빛깔로 장식해서 사람에 따라선 민망스러울 만큼 성급히 칭찬하는 버릇이 있었다. 그리고 상대방을 칭찬하려는 나머지 전혀 있지도 않은 일까지 꾸며내고는 자신도 진심으로 그것을 믿어버리지만, 얼마 후엔 환멸을 느끼고 불과 몇 시간 전까지만 해도 문자 그대로 숭배했던 사람에게 심한 욕설을 퍼붓고 침을 뱉으면서 사정없이 밀어내는 성격의 여자였다. 그녀는 원래 웃기 잘하는 쾌활하고 온순한 성품이었으나, 끊임없는 불행과 실패를 겪은 결과 모든 사람이 함께 어울려 평화와 기쁨 가운데서만 살기를 **지나치게** 원할 뿐 아니라 그것을 요구하기까지 했으므로, 생활상의 대수롭지 않은 부조화나 사소한 실패까지도 그녀를 거의 광분 상태로 몰아넣곤 했다. 조금 전까지 가장 빛나는 희망과 공상을 품고 있었는가 하면, 다음 순간에는 별안간 운명을 저주하면서 손에 닿는 대로 찢고 던지고 벽에 머리를 부딪기 시작하는 것이었다. 아말리야 이바노브나도 어떻게 된 영문인지 갑자기 카체리나 이바노브나의 두터운 신뢰와 존경을 얻게 되었는데, 그것은 오로지 이 추도식이 계획되었을 때 아말리야 이바노브나가 충심으로 모든 일을 돌봐주겠다고 나섰기 때문인 것 같았다. 그녀는 식탁 준비에서부터 식탁보와 식기, 그 밖의 것들을 마련하고 자기 집 부엌에서 요리를 만드는 일까지 도왔다. 카체리나 이바노브나는 모든 권한을 그녀에게 일임하고 빈집을 부탁한 뒤에 묘지로 갔던 것이다. 사실 만반의 준비가 훌륭하게 갖춰져 있었다. 탁자에는 제법 깨끗한 식탁보가 깔리고 식기, 포크, 나이프, 술잔, 컵, 찻잔 등은 모두 물론 여러 집에서 빌려 온 것이므로 모양도 크기도 가지각색이었지만 하여튼 예정 시간에는 각각 제자리에 놓였다. 그래서 아말리야 이바노브나는 훌륭히 자기 책임을 다했다고 느끼면서 검정 옷에 새 상장(喪

章)을 단 실내 모자를 쓰고 완전히 새 옷으로 갈아입은 다음, 다소 우쭐해하는 빛까지 보이면서 묘지에서 돌아온 사람들을 맞아들였다. 그녀의 의기양양한 기분은 당연한 것이었지만, 왜 그런지 카체리나 이바노브나의 마음에는 들지 않았다. '마치 아말리야 이바노브나가 없었다면 식탁 준비도 못했을 거라는 태도로군, 정말이지 참!' 그리고 또 새 리본을 단 실내모도 마음에 들지 않았다. '혹시 저 못난 독일 여자는 자기가 여주인이랍시고 자비심으로 불행한 셋방살이 식구를 도와준다고 으스대고 있는 거 아닐까? 자비심이라니! 농담은 그만해두시지! 이 카체리나 이바노브나의 아버지는 대령이며 거의 지사에 비길 만한 신분이어서 때로는 40인분의 식탁을 마련하기도 했답니다! 그러니까 신분도 알 수 없는 천한 아말리야 이바노브나 따위—아냐, 류드비고브나라고 부르는 게 적당하지—그런 여자는 아마 부엌에도 들여보내지 않았을 거다.' 그리고 카체리나 이바노브나는 마음속으로 오늘은 꼭 아말리야 이바노브나를 골탕 먹여서 자기 분수를 알게 해주자, 그렇지 않으면 어디까지 기어오를지 모를 테니까, 하고 결심했지만 지금은 그저 담담히 대해주고 기회가 올 때까지 그런 감정을 드러내지 않으리라 마음먹고 있었다.

그리고 또 하나 불쾌한 사실도 카체리나 이바노브나의 기분을 잡치게 하는 부분적 원인이 되고 있었다. 다름 아니라 장례식에는 묘지까지 따라온 폴란드인 말고는 초청된 셋방살이 동료들이 한 명도 얼굴을 보이지 않더니 그 후의 추도식, 즉 음식을 차린 추도식이 되자 그중에서도 가장 초라한, 인간이라기보다는 오히려 누더기라고 할 수 있는 가난뱅이들만 꾸역꾸역 모여들었던 것이다. 더구나 그들 가운데서도 좀 나이도 지긋하고 지위도 있어 보이는 패는 약속이라도 한 듯이 모두 쏙 빠졌다. 예를 들면 세 든 사람들 가운데 지위가 제일 높아 보이는 표트르 페트로비치 루쥔 같은 사람의 얼굴은 보이지도 않았다. 더구나 카체리나 이바노브나는 엇

저녁에 이미 온 세상 사람에게, 즉 아말리야 이바노브나며, 폴레치카며, 소냐며, 폴란드인에 이르기까지 그 고귀하고 관대하기 이를 데 없는 신사는 자기 선친의 친구로서 친정에 출입한 일도 있으며 각 방면에 교제가 넓은 분이어서 자기에게 상당한 연금이 나오도록 모든 수단을 강구해주겠노라 약속했다고 신이 나서 풍을 떨었던 것이다. 여기서 지적해두거니와, 카체리나 이바노브나는 설사 타인과의 관계와 상태를 자랑하는 일이 있다 해도 이해 관념이나 이기적 타산 같은 건 전혀 포함되어 있지 않았다. 말하자면 감정이 넘쳐흐르는 대로 그저 남을 칭찬하고 그 사람에게 좀 더 가치를 높여주는 기쁨을 누리고 싶어서 그러는 것이었다. 루쥔이 나타나지 않으니까, 그의 흉내를 냈는지 '그 더럽고 비열한 레베쟈트니코프'도 참석하지 않았다. '그자는 도대체 자기를 어떻게 생각하는 걸까? 이 사나이야말로 순전히 자비심에서 초청했으며, 그것도 표트르 페트로비치와 한방에 살고 또 그의 친지라는 점에서 초대했던 것이 아닌가.' 그리고 '과년한 딸'을 데리고 사는 오만한 여자도 역시 오지 않았다. 그 모녀는 아말리야 이바노브나의 집에 세 든 지 아직 두 주일밖에 되지 않았는데도 마르멜라도프네 방에서, 특히 고인이 술에 취해 돌아왔을 때 일어나는 소동과 아우성에 대해서 몇 번인가 불평한 일이 있었다. 이 이야기는 아말리야 이바노브나를 통해서 카체리나 이바노브나도 알고 있었다. 그것은 아말리야 이바노브나가 카체리나 이바노브나와 싸우고 가족들을 죄다 이 집에서 쫓아내겠다고 위협한 끝에, '너희들 일가는 발꿈치에도 미치지 못하는 훌륭한 동거인들'에게 폐를 끼치고 있기 때문이라고 고래고래 악을 쓴 적이 있었기 때문이다. 그래서 카체리나 이바노브나는 이번에 일부러 '발꿈치에도 미치지 못하는' 그 부인과 딸을 초대하기로 마음먹었던 것이다. 특히 지금까지 우연히 마주칠 때마다 그 부인이 거만스레 외면을 하곤 했으므로 더욱 못마땅했는데, 이렇게 카체리나는 그 부인에게 '우리는 생각도 감정도

163

당신들보다는 고상하기 때문에 원한을 잊고 초대한다'는 것을 알려주고, 또 자기가 본래부터 이런 생활에 익숙한 사람은 아니라는 걸 보여주고 싶었던 것이다. 이 점에 관해서는 식사하는 동안 자기 친정아버지가 지사와 거의 동등한 인물이었다는 것 등을 그들에게 설명해주고, 그와 동시에 오다가다 만났을 때 인사도 않고 외면해버리는 것은 어리석은 짓이라는 것도 넌지시 귀뜸해줄 작정이었다. 그 밖에도 뚱뚱한 육군 중령(실은 퇴역한 2등 대위)도 오지 않았다. 그러나 그만은 어제 아침부터 '술에 취해 녹초가 돼 있다'는 것을 알았다. 요컨대 참석한 사람은 폴란드인과, 땟국이 흐르는 연미복을 입고 악취를 풍기며 여드름투성이 얼굴에 말이 없는 가난한 월급쟁이와, 옛날엔 어느 우체국에 근무한 일이 있으나 언제부터인가 누군가의 동정으로 아말리야의 셋방에 신세 지고 있는 귀먹고 눈도 잘 못 보는 다 늙어빠진 노인 정도가 고작이었다. 또 한 사람, 주정뱅이 퇴역 중위가 와 있었는데 실은 식량국 관리로서 함부로 방약무인하게 커다란 소리로 웃어대곤 하는 사나이였다. 더구나 조끼도 입지 않고 있었으니 가히 그의 사람됨을 상상하고도 남음이 있었다! 그리고 또 누군지 정체도 모를 사나이 하나는 카체리나 이바노브나에게 인사도 하지 않고 대뜸 식탁 앞에 앉아버렸다. 그다음 끝으로 어떤 사람 하나가 옷이 없어서 잠옷 바람으로 들어오려고 했으나, 그것은 너무 무례하기 때문에 아말리야 이바노브나와 폴란드인이 간신히 밖으로 끌어냈다. 그러나 폴란드인 자신은 아말리야 이바노브나의 셋집에는 한 번도 산 적이 없고 이곳에선 아무도 모르는 폴란드인 친구를 두 명이나 데리고 왔다. 이 모든 일이 카체리나 이바노브나의 마음을 말할 수 없이 불쾌하게 만들고 역정까지 나게 했다. '이러고 보니 도대체 누구를 위해서 이 모든 준비를 했는지 모르겠군!' 조금이라도 장소를 아끼려고 아이들은 방 안을 가득히 차지한 식탁에는 동석시키지 않고, 뒤쪽 구석의 상자 위에다 식탁을 만든 다음 두 어린아이를

벤치에 앉혔다. 그래서 폴레치카는 누이 구실을 하느라고 아이들을 돌보며 음식을 먹여주기도 하고 '어엿한 집안의 아이들처럼' 동생들의 코를 씻어주거나 해야 했다. 한마디로 말해서 카체리나 이바노브나는 저도 모르게 여느 때보다 거드름을 피우며 오히려 거만한 태도로 손님들을 영접할 수밖에 없었다. 그중에서도 두세 명에 대해선 우선 엄숙한 시선으로 아래위를 훑어보고 나서 거만하게 자리를 권했다. 카체리나 이바노브나는 어째선지 모든 불참자에 대한 책임이 전적으로 집주인인 아말리야 이바노브나에게 있다고 생각하고, 갑자기 그녀에게 몹시 불손한 태도를 취하기 시작했다. 그러자 상대방도 곧 눈치를 채고 감정이 크게 상하고 말았다. 이윽고 일동은 모두 자리에 앉았다.

　라스콜니코프는 모두가 묘지에서 돌아온 것과 거의 동시에 들어왔다. 카체리나 이바노브나는 그가 온 것을 무척 기뻐했다. 그것은 첫째로 그는 모든 손님 가운데 유일하게 '교양 있는 손님'인 데다 또 '모두가 알다시피 2년 후엔 이곳 대학에서 교수 자리를 맡을 예정'이었기 때문이고, 둘째는 그가 곧 정중한 말로 장례식에 꼭 참석하려 했으나 부득이 그러지 못했노라고 사과 인사를 했기 때문이다. 그녀는 그를 잡아끌다시피 해서 자기 왼쪽 옆에 앉혔다(오른편엔 아말리야 이바노브나가 앉았다). 그러고는 요리가 순서대로 잘 나와 고루 분배되도록 끊임없이 마음을 쓰며 조마조마해했다. 지난 이삼일 동안 병세가 악화된 듯 끈덕진 기침이 자꾸만 말을 중단시키고 목을 아프게 했음에도 끊이지 않고 라스콜니코프에게 말을 건네고, 거의 속삭이는 듯한 음성으로 가슴에 쌓이고 쌓인 울적한 감정과 이 추도식에 대한 불만을 성급히 털어놓으려고 애썼다. 그러나 그 불만은 별안간 이 자리에 모인 모든 손님, 특히 집주인에 대한 신랄하기 짝이 없는 조소로 대체되곤 했다.

　"모든 게 이 뻐꾸기 탓이지요. 내가 누구를 가리켜 하는 말인지 아시겠

165

어요? 저 여자 말이에요, 저 여자……" 카체리나 이바노브나는 집주인 여자 쪽을 턱으로 가리켰다. "글쎄 저걸 좀 보라니까요. 저렇게 눈을 부릅뜨는 걸 보니 우리가 제 흉을 보고 있는 걸 눈치챘는가 보죠? 하지만 무슨 얘긴지 몰라서 눈알만 데굴데굴 굴리고 있군요. 아, 마치 올빼미 눈 같네요! 호호호… 콜록, 콜록, 콜록! 저 여잔 모자를 뽐내고 싶은 거예요! 콜록, 콜록, 콜록! 눈치채셨나요? 저 여잔 말이죠, 자기가 항상 나를 보호해주고 있기 때문에 이 자리에 나와준 건 나에게 영광을 베풀어주는 거라고 모두가 생각해주길 바라고 있어요. 그래도 난 저 여자가 똑똑한 사람인 줄 알고 되도록 훌륭한 분들을. 그러니까 고인의 친지만 초대해달라고 부탁했어요. 그런데 보세요, 저 사람이 끌고 온 사람들을… 하나같이 광대 같은 사람들뿐이군요! 저 불결한 꼴들이란! 저기 저 더러운 얼굴을 한 사나이를 좀 보세요, 꼭 두 발 달린 허수아비 같군요! 그리고 저 폴란드 사람들… 호호호! 콜록, 콜록, 콜록! 아무도, 아무도 저자들을 본 사람은 없어요. 나도 오늘 처음 보는걸요. 저런 자들이 뭣 하러 왔을까요? 정말 왜 왔느냐고 묻고 싶을 지경이에요. 어쩌면 저렇게도 태연히 들러붙어 있을까요? 저, 여보세요!" 그녀는 갑자기 그중 한 사람에게 말을 건넸다. "여보세요, 블린을 드셨나요, 더 드세요! 맥주도 드세요, 맥주! 보드카는 어떠세요? … 아아, 저걸 보세요, 벌떡 일어나서 머리를 굽실거리는군요. 저것 봐요, 저것 봐… 무척 배가 고픈가 보죠. 가엾게! 상관없으니 실컷 먹게 내버려둡시다. 설마 난폭한 짓은 하지 않을 테죠. 다만… 다만 집주인 여자의 은수저가 걱정이군요! … 아말리야 이바노브나!" 그녀는 갑자기 집주인을 돌아다보며 좌중이 다 들을 수 있을 만큼 큰 소리로 말했다. "혹시 댁의 은수저가 없어져도 난 책임지지 않겠어요. 미리 말해두지만요! 호, 호, 호!" 그녀는 다시 라스콜니코프 쪽으로 얼굴을 돌리고, 집주인 쪽을 턱으로 가리키고는 자기의 기발한 착상을 기뻐하며 큰 소리로 웃어댔다. "그래

166

도 몰라요, 아직 모르고 있어요! 입을 떡 벌리고 앉아 있군요, 저 꼴 좀 보세요, 올빼미예요, 새 리본을 단 영락없는 저 암올빼미를, 호, 호, 호!"

이때 그녀의 웃음은 다시금 5분 동안이나 계속된 참을 수 없는 기침 때문에 끊어지고 말았다. 손수건에는 약간의 피가 묻고, 이마에는 땀방울이 맺혔다. 그녀는 잠자코 라스콜니코프에게 핏자국을 보였다. 그리고 겨우 숨을 몰아쉬게 되자, 다시 원기를 회복하고 양쪽 볼에 홍조를 띠면서 소곤소곤 그에게 속삭이기 시작했다.

"아시겠어요, 실은 저 여자에게 그 부인과 따님을 초대해달라고 했어요. 누군지 아시겠죠? 말하자면 극히 미묘한 부탁을 했지요. 그런 경우엔 그야말로 가장 미묘한 태도로 아주 능숙하게 말을 해야 하는데, 저 여자의 초대 방법이 서툴러서 그 떠돌이 바보 여자가, 그 거만한 빌어먹을 년이, 그 돼먹지 못한 시골뜨기가 초청을 받고도 오지 않게 만들어버렸단 말이에요. 그 소령의 미망인인가 뭔가 하는 여자는 연금을 타내러 올라왔다는데, 옷자락이 해지도록 관청에 들락거리며, 더욱이 쉰다섯이나 된 나이에 눈썹을 그리고 분을 바르고 루주를 칠하고 있답니다. 누구나 다 아는 사실이죠. 그런데 그 썩어빠진 짐승 같은 여자는 초대를 받았으면 참석하는 게 당연한데도 그렇게 생각하지 않을뿐더러, 이런 경우의 보통 예절인 한마디 사과조차 없어요! 그리고 표트르 페트로비치는 또 왜 안 오는지 까닭을 알 수 없군요. 그건 그렇고, 소냐는 어디 갔을까? 아아, 소냐가 마침 들어오는군요. 소냐, 웬일이냐? 어디 갔었니? 아버지의 장례 날인데 그렇게 쏘다니면 되겠니? 로지온 로마느이치, 제발 이 애를 당신 옆에 앉혀주세요. 자, 여기 앉아라, 소네치카… 뭐든지 먹고 싶은 걸 먹어라. 우선 젤리라도 들려무나, 그게 좋으니. 이제 블린도 나올 게다. 그런데 애들에게도 주었니? 폴레치카, 너희들한테도 다 있니? 콜록, 콜록, 콜록! 오냐, 그럼 좋다, 얌전히들 먹어야 한다. 레냐, 그리고 콜랴, 함부로 발을 한들거리면

167

안 돼. 도련님답게 점잖게 앉아 있어야지. 아니, 뭐라고, 소네치카?"

소냐는 곧 모두가 들을 수 있게 큰 소리를 내려고 애쓰면서 표트르 페트로비치의 말에다가 일부러 수식까지 더한 최상급의 정중한 말씨로 그의 사과 인사를 카체리나 이바노브나에게 전했다. 그리고 표트르 페트로비치가 여러 가지 **용건**에 관해 할 이야기도 있고 이후 취할 방법에 대해 상의도 하고 싶으므로 틈나는 대로 방문하겠다는 말을 했다고 덧붙였다.

소냐는 이 보고가 카체리나 이바노브나의 마음을 위로하고 진정시켜 줄 뿐 아니라, 그녀를 기쁘게 하고 무엇보다 그녀의 자존심을 만족시키리라는 것을 잘 알고 있었다. 소냐는 라스콜니코프의 옆자리에 앉자 황급히 인사를 하고 흘긋 호기심의 시선을 던졌다. 그러나 그 후로는 죽 그를 보거나 그와 말하기를 되도록 피하려는 것 같았다. 그녀는 카체리나 이바노브나를 기쁘게 하려고 그 얼굴만을 보고 있었으나 어쩐지 망연한 방심 상태에 있는 듯싶었다. 그녀도 카체리나 이바노브나도 상복을 입고 있지 않았다. 상복이 없었던 것이다. 소냐는 짙은 갈색 옷을 입고, 카체리나 이바노브나는 단벌의 충충한 서양목 옷을 입고 있었다. 표트르 페트로비치에 관한 보고는 무사히 거침없이 통과되었다. 카체리나는 근엄한 얼굴로 소냐의 말을 다 듣고 나서 역시 근엄한 어조로 표트르 페트로비치의 안부를 물었다. 그리고 모두 들으라는 듯이 표트르 페트로비치가 자기 집안에 대해서 아무리 깊은 성의를 갖고 있더라도, 또 자기 친정 부친과 옛날에 아무리 절친한 사이였다 하더라도 그처럼 존경할 만한 훌륭한 신사가 이런 '터무니없는 모임'에 참석한다는 게 오히려 괴이하기 짝이 없는 일일지 모른다고 라스콜니코프에게 속삭였다.

"그러니까 로지온 로마느이치, 나는 당신이 이렇게 누추한 자리에 참석하여 이런 변변치 못한 대접을 쾌히 받아주신 데 대해 특별히 감사를 드립니다." 그녀는 다시 큰 소리로 덧붙였다. "물론 불쌍하게 죽어간 우리

주인과 그토록 친하게 지내셨으니까 약속을 지켜주신 줄로 압니다만."

그러고 나서 그녀는 다시 한 번 오만하고 품위 있는 태도로 손님들을 둘러보고는, 갑자기 친절한 태도로 식탁 맞은편의 귀머거리 노인을 바라보며, "구운 고기를 더 드시고 싶지 않으세요, 리스본 포도주는 드셨나요?" 하고 큰 소리로 물었다. 노인은 대답이 없었다. 옆자리 사람들이 재미있다는 듯이 옆구리를 쿡쿡 찔렀지만, 무슨 말인지 오랫동안 알아듣지 못했다. 노인은 입을 떡 벌린 채 주위를 둘러보기만 했다. 그것이 자리의 흥을 더욱 북돋워주었다.

"저런 바보가 어디 있담! 보세요, 저걸 보세요! 무엇 하러 저런 사람을 끌어왔을까요? 그런데 표트르 페트로비치로 말하면, 나는 항상 그분을 굳게 믿고 있었어요." 카체리나 이바노브나는 라스콜니코프를 보고 말했다. "물론 그분하곤 비교도 안 되지만…" 하고 큰 소리로 내뱉듯이 말하더니, 그녀는 갑자기 무섭고 엄숙한 표정을 지으면서 아말리야 이바노브나 쪽으로 얼굴을 홱 돌렸으므로 상대방은 그 기세에 찔끔 놀랄 정도였다. "그 현란한 옷을 질질 끌고 다니는 그런 족속들과는 도저히 비교도 안 되죠. 그따위 무례한 모녀는, 우리 아버지 같으면 부엌데기로도 쓰지 않았을 거예요. 죽은 우리 주인 같으면야 성인 같은 호인이니까 혹시 써주는 영광을 베풀었을지도 모르지만."

"그렇고말고요, 한잔하기를 좋아하셨죠. 술을 좋아하고 잘 드시는 편이기도 했죠!" 보드카를 열두 잔째 비우면서 식량국 관리가 느닷없이 고함을 쳤다.

"죽은 주인에게 그런 결점이 있었던 건 사실이에요. 그건 세상이 다 아는 일이죠." 카체리나 이바노브나는 갑자기 그 사나이한테 대들기 시작했다. "그러나 우리 주인은 사람이 좋고 결백한 성질이어서, 자기 가족을 무척 사랑했고 또 존경했답니다. 단 한 가지 나빴던 것이라면 사람이 너무 좋았기 때문에 어떤 건달이라도 모두 신용했고, 어떤 사람하고도, 자기 구두 바닥만도 못한 사람하고도 같이 술을 마시곤 한 점이죠! 하지만 로지온 로마느이치, 그이 호주머니엔 닭 모양 당밀 과자가 들어 있었답니다. 죽은 사람처럼 정신없이 취해서 비틀거리면서도 애들은 잊지 않았던 거예요."

"닭이라고요? 다아닭이라고 하셨나요?" 하고 식량국 관리가 외쳤다.

카체리나 이바노브나는 그 말에 대답도 하지 않았다. 그녀는 무엇인지 생각에 잠겨 푹 한숨을 몰아쉬었다.

"당신도 역시 다른 사람들처럼 내가 주인한테 너무 심하게 굴었다고 생각하시겠죠." 그녀는 라스콜니코프를 향해서 말을 계속했다. "하지만 그건 오해예요! 주인은 나를 존경해주었어요! 정말 상냥한 분이었거든요! 그래서 이따금 그이가 가엾게 여겨질 때도 있었어요! 묵묵히 구석진 자리에 앉아서 내 얼굴만 쳐다보곤 했는데, 그런 때는 여간 불쌍하지 않아서 친절히 대해주려고 하다가도 곧 마음속으로 '아냐, 친절히 대해주면 기분이 좋아서 또 모주망태가 될 거야' 하고 생각을 고쳐먹곤 했지요. 조금이라도 그분을 붙잡으려면 엄하게 구는 수밖에 없었으니까요."

"그랬어요, 가끔 구레나룻을 뽑히곤 했죠. 한두 번이 아니었어요." 식량국 관리는 다시 이렇게 외치고는 보드카를 또 한 잔 들이켰다.

"구레나룻을 뽑히는 것쯤은 약과예요. 세상에는 빗자루로 쓸어내야 효과를 볼 만한 바보들도 수두룩하니까요. 하지만 이건 우리 주인을 두고 하는 말이 아녜요!" 카체리나 이바노브나는 식량국 관리에게 쏘아붙였다.

그녀는 볼의 붉은 반점이 점점 짙어지고 가슴은 크게 물결쳤다. 1분만 더 이대로 가면 무슨 일이 일어날 것만 같았다. 많은 사람들이 키득거렸다. 그들에게는 그것이 재미있어 보이는 듯했다. 모두 식량국 관리를 쿡쿡 찌르며 무언가 속삭이기 시작했다. 두 사람 사이에 싸움을 붙여보려는 것이 분명했다.

"저, 실례지만 당신은 대체 누구 말을 하시는 거요?" 하고 관리가 입을 열었다. "누구에 대해서, 대체 그건 누구를 빈정대는 말이오! … 당신은 지금… 그만둡시다! 어리석은 일이지! 과부라! 과부를 상대할 순 없거든! 용서해주지… 좋아요!" 이렇게 말하고 그는 또 보드카를 꿀꺽 마셨다.

라스콜니코프는 잠자코 앉은 채 혐오감을 느끼면서 그들의 언쟁을 들었다. 그는 다만 예절에 못 이겨 카체리나 이바노브나가 연방 접시에 옮겨주는 요리에 손을 대고 있었으나, 어디까지나 그녀의 기분을 상하게 하지 않으려는 것뿐이었다. 그는 물끄러미 소냐의 얼굴만 바라보았다. 소냐는 시간이 갈수록 점점 불안감에 휩싸여 몹시 걱정스러운 눈치였다. 그녀 역시 이 추도식이 조용히 끝나지는 못하리라 예측하고, 공포심을 품으면서 차츰 격화돼가는 카체리나 이바노브나의 흥분을 주시하고 있었다. 그녀는 시골에서 올라온 그 부인과 딸이 무엇 때문에 카체리나 이바노브나의 초대를 그렇게까지 무례하게 묵살해버렸는지, 그 중요한 원인을 알고 있었다. 그것은 다름 아닌 바로 소냐 자신 때문이었다. 그녀는 아말리야 이바노브나를 통해서 그 부인이 도리어 이 초대에 화를 내면서, "어떻게 내가 그런 **여자**와 내 딸을 한자리에 앉힐 수 있겠어요?" 하고 반문하더라는 말을 들었다. 소냐는 카체리나 이바노브나의 귀에도 이 이야기가 들어갔을 것이라고 느꼈다. 그런데 그녀, 즉 소냐에 대한 모욕은 카체리나 이바노브나에게 자기 자신과 아이들, 아니 아버지에 대한 모욕보다 더 중대한 의미를 지녔다. 한마디로 말해서 지금 카체리나 이바노브나는 '그 현란한 옷차림의 모녀에게 자기네가 어떤 신분인지 알려주기 전엔' 결코 진정하지 않으리라는 것을 소냐는 잘 알고 있었다. 그런데 바로 이때, 일부러 꾸미기라도 한 듯이 식탁 한쪽 끝에서 누군지 소냐 쪽으로 화살이 꽂힌 심장 두 개를 검정 빵으로 만들어서 접시에 얹어 보냈다. 그것을 본 카체리나 이바노브나는 불덩이같이 격분해서 곧 탁자 저쪽에 대고, 그런 무례한 장난을 한 자는 물론 '술 취한 바보 자식'임이 분명하다고 소리쳤다. 역시 무엇인지 불길한 예감이 드는 동시에 카체리나 이바노브나의 거만한 태도에 기분이 상한 아말리야 이바노브나는 한편으로는 좌중의 불쾌감을 털어버리고, 또 이 기회를 이용해서 자기의 존재를 나타내려고 밑도 끝도 없이 별안간 딴 이야기를 꺼냈다. 자기가 아는 '약제사 카를'이라는 사내가 밤에 마차를 타고 갔는데, '도중에 마부가 카를을 죽이려고 덤볐습니다. 카를은 마부에게 제발 살려달라고 매우매우 부탁했습니다. 울었습니다. 두 손을 모아 빌었습니다. 그는 너무 놀라서 심장을 찔린 듯했습니다'라고 엉뚱한 이야기를 시작했다. 카체리나 이바노브나도 처음엔 싱긋 웃었지만, 곧이어 아말리야 이바노브나 같은 사람은 러시아 말로 재담을 할 자격이 없다고 했다. 그러자 상대방은 더욱 화를 냈다. "우리 아버지는 베를린에서도 매우매우 훌륭한 명사로서 언제나 손을 호주머니에 집어넣고 돌아다녔습니다"라고 대꾸했다. 웃기 잘하는 카체리나 이바노브나는 더 참질 못하고 배를 안고 깔깔 웃어댔다. 그래서 아말리야 이바노브나도 마침내 참다못해 분통을 터뜨릴 뻔했으나, 간신히 참았다.

　"글쎄, 저것 봐요, 꼭 올빼미죠!" 카체리나 이바노브나는 적이 유쾌한 듯이 곧 라스콜리코프에게 속삭이기 시작했다. "저 여자는 손을 자기 호주머니에 찌르고 거닐었다고 말하고 싶었는데 손을 남의 호주머니 속에 쑤셔 넣고 돌아다녔다는 의미가 돼버렸어요. 콜록, 콜록! 로지온 로마느이치, 당신도 그렇게 느끼지 않으세요? 이 페테르부르크에 있는 외국인, 주로 어디서 몰려오는지 알 수 없는 정체불명의 독일인들이지만, 어째서 모두 하나같이 우리보다 바보들일까요! 지금도 그렇지, 어떻게 그런 말을 할 수 있겠어요. '약제사 카를이 놀라서 심장을 찔린 듯했다'느니, 그 사나이가 마부를 잡아 묶을 생각은 하지 못하고 '두 손을 모았습니다, 울었습니다, 매우매우 부탁했습니다'라고 했다니 정말 저런 바보 여자가 어디 있겠어요! 그런데도 자신은 퍽 재미있는 이야기라고 생각하고 자기가 얼마나 바보인지는 꿈에도 모르거든요! 내가 보기엔 저 주정뱅이 식량국 관리가 훨씬 영리한 편이에요. 적어도 마지막 지혜까지 죄다 마셔버린 술망나니에는 틀림없으니까요. 그런데 저 진지한 표정으로 얌전히 앉아 있는 저들을 보세요… 어머나, 눈을 크게 부릅뜨고 앉아 있는 저 꼴이란, 노하신 모양이야! 단단히 노하셨어! 호, 호, 호! 콜록, 콜록, 콜록!"

기분이 더없이 유쾌해진 카체리나 이바노브나는 곧 여러 가지 신세타령을 늘어놓기 시작했으나, 이야기를 하다가 갑자기 지금 진행 중인 연금이 들어오면 그것을 자본으로 해서 반드시 고향 도시에서 양가의 여학생을 수용하는 기숙학교를 세울 계획이라고 말했다. 이 이야기는 아직 그녀 자신의 입으로는 라스콜니코프에게 말하지 않았으므로, 그녀는 매력 넘치는 여러 가지 계획을 털어놓기에 열중해버렸다. 어느 사이에 어떻게 나났는지는 모르지만 예의 '상장'이 카체리나 이바노브나의 손에 들려 있었다. 그것은 죽은 남편 마르멜라도프가 언젠가 술집에서 라스콜니코프에게, 자기 아내가 학교를 졸업할 때 '지사를 비롯한 여러 귀빈 앞에서' 숄을 들고 춤을 추었다고 이야기하며 자랑하던 바로 그 상장이었다. 이 상장은 말할 것도 없이 이번에 기숙학교를 설립하는 데 카체리나 이바노브나의 자격을 증명하기 위해 필요했지만, 그보다도 실은 그 화려한 옷자락을 질질 끄는 거만한 모녀가 추도식에 참석할 경우 그들의 기를 완전히 꺾어버리고 카체리나 이바노브나 자신은 가문이 썩 좋은 '귀족이라 할 수 있는 대령 집안에 태어난 딸로서, 요즘 부쩍 늘어난 여자 사기꾼들에 비하면 훨씬 훌륭하다'는 점을 명백히 증명하려는 목적에서 준비했던 것이다. 상장은 곧 술 취한 손님들의 손에서 손으로 돌기 시작했다. 카체리나 이바노브나는 별로 그것을 막으려고 하지 않았다. 더구나 그 상장에는 실제로 그녀가 7등관이자 훈장을 받은 사람의 딸이라는 것이 en toutes lettres('틀

173

림없이 상세히'라는 뜻) 적혀 있었으므로, 사실 대령의 딸이라고 해도(대령은 5등관에 해당하는 관등) 과히 거리가 먼 것은 아니었다. 의기양양해진 카체리나 이바노브나는 미래 T시에서의 아름답고 평온한 생활을 곧 상세히 설명하기 시작했다. 기숙학교 선생으로 초빙하는 중학 교사들의 이야기며, 카체리나 이바노브나 자신이 학창 시절에 프랑스어를 배운 망고라는 존경할 프랑스 노인 이야기며, 그 노인은 지금도 T시에서 조용히 여생을 보내고 있으므로 보수를 적당히만 드리면 꼭 도와줄 것이라는 이야기를 했다. 마침내 이야기는 소냐에까지 미쳐서 "이 애는 나하고 함께 T시로 가서, 거기서 내 일을 돕게 될 거예요"라고 말했다. 그러나 이때 식탁 끝에서 누군가 픽 웃었다. 카체리나 이바노브나는 곧 멸시해버리듯이 식탁 끝에서 일어난 웃음소리는 아예 듣지도 못한 체하려고 애썼으나, 이내 음성을 높여서 소피야 세묘노브나가 자기의 조수로서 의심할 여지가 없이 충분한 재능을 지니고 있으며 '그녀가 온순하고 인내력이 강하며, 자기 헌신적이고 결백하며 교육을 받았다'는 것을 열심히 설명하기 시작했다. 그러고는 소냐의 볼을 살짝 두들기고는 몸을 좀 일으켜서 두 번이나 뜨거운 키스를 해주었다. 소냐는 얼굴을 확 붉혔으나 카체리나 이바노브나는 갑자기 울음을 터뜨렸다. 그녀는 울면서도 마음속으로 '나는 왜 이렇게 약해졌을까, 바보처럼. 도가 지나친 모양이군. 이젠 끝낼 때가 됐어, 마침 음식도 다 끝난 것 같으니 곧 차를 내오는 게 좋겠군' 하고 생각했다.

바로 이때 한 번도 이야기에 끼어들지 못한 데다가 아무도 자기 이야기를 들어주지 않은 데 몹시 분개한 아말리야 이바노브나가 갑자기 마지막으로 한 가지 모험을 시도했다. 은근히 혼자서 애태우고 있던 그녀는 용기를 내서 카체리나 이바노브나에게, 이번에 생기는 기숙학교에선 여학생들의 속옷이 깨끗하도록 각별히 주의해야 하고 '반드시 속옷을 잘 감독할 수 있는 훌륭한 부인을 두어야 하며,' 둘째로는 '모든 젊은 여학생이 밤중에 몰래 숨어서 소설 같은 걸 일절 못 읽게' 해야 한다고 어디까지나 지당한 말을 의미심장한 말투로 강조했다. 정말 몸이 불편해져서 손님 접대하기에도 싫증이 난 카체리나 이바노브나는 즉시 '바보 같은 소리만 하고 있는' 당신 따위는 아무것도 모른다, 여학생의 속옷 걱정은 담당 교사가할 일이지 양갓집 학생을 맡은 기숙학교 교장의 할 일이 아니다, 또 소설을 숨어서 읽는다느니 하는 것은 무례하고 상스러운 말이니 제발 입을 다물고 있으라고 '딱 잘라' 쏘아붙였다. 아말리야 이바노브나는 빨갛게 상기된 얼굴로 버럭 화를 내면서, 자기는 다만 '당신을 위해서 한 말이다', 더욱이 '당신은 오래전부터 집세도 안 내지 않았느냐'고 응수했다. 카체리나 이바노브나는 이에 대해서 곧 '나를 위해서'라는 건 새빨간 거짓말이다, 그 증거로는 바로 어제만 하더라도 고인의 유해가 탁자 위에 안치되어 있는데 집세 재촉을 하지 않았느냐고 반박했다. 이 말을 듣자 아말리야 이바노브나는 매우 조리 있는 논법으로, 자기는 '그 부인네 모녀를 초대했지만 그들은 오지 않았다. 그 모녀는 지체 높은 집안 사람들이라 신분이 천한 여자 집엔 올 수 없었다'라고 말해버렸다. 카체리나 이바노브나는 얼른 말을 받아 '너 같은 건 무식한 여자라 어떤 게 진짜 훌륭한 가문인지 판단 못한다'고 공격했다. 아말리야 이바노브나는 참을 수 없었던지 곧 '우리 파터(아버지)는 베를린에서도 매우매우 훌륭한 인물이라 두 손을 호주머니에 집어넣고 돌아다녔다. 언제나 이렇게 푸흐! 푸흐! 하면서'라고 뽐냈다. 그리고 자기 파터의 위풍을 좀 더 완연히 표현해 보이려고 의자에서 벌떡 일어나 두 손을 호주머니에 꽂고 볼을 불룩거리면서 푸흐! 푸흐! 이상야릇한 소리를 내기 시작했다. 그러자 좌중은 일시에 와락 웃음을 터뜨리고, 두 여자 사이에 할퀴고 뜯는 싸움이 벌어질 것을 기대하며 아말리야 이바노브나를 부추겼다. 카체리나 이바노브나도 이것만은 참을 수가 없어서 갑자기 좌중에 다 들리도록, 아말리야에게 일정한 파터는 없다, 아말

175

리야는 페테르부르크 시내를 싸다니던 주정뱅이 핀란드 여자이며 전엔 필시 어디서 식모살이를 했거나 더 추악한 직업에 종사했을 것이라고 '딱 잘라' 말했다. 아말리야 이바노브나는 새우처럼 빨개져서, 어쩌면 아마 카체리나 이바노브나야말로 '아비가 없을지도 모른다. 우리 파터는 베를린에서 이렇게 기다란 프록코트를 입고 늘 푸흐, 푸흐, 푸흐! 하고 계셨다'라고 찢는 듯한 날카로운 소리를 질렀다. 카체리나 이바노브나는 경멸하는 듯이, 자기의 신분은 누구나가 다 아는 바고 자기 부친이 대령이었다는 사실은 이 상장에도 분명히 인쇄되어 있다. 그러나 아말리야 이바노브나의 아비는(만일 아버지란 게 있다면) 우유 행상이나 하던 페테르부르크의 핀란드인이었을 것이다. 그러나 가장 확실한 것은 아버지라는 게 전혀 없었다는 사실이다. 오늘까지 아말리야 이바노브나의 부칭(父稱)이 이바노브나인지 류드비고브나인지조차 분명치 않은 게 무엇보다 훌륭한 증거가 아니냐고 말했다. 그러자 아말리야 이바노브나는 극도로 분개해서 주먹으로 탁자를 치면서, 자기는 아말리야 이바노브나지 류드비고브나가 아니다, 우리 파터는 요한이라는 이름이며 시장까지 지내셨다, 그러나 카체리나 이바노브나의 아버지는 한 번도 시장 같은 벼슬은 못했다고 사나운 소리로 악을 썼다. 카체리나 이바노브나는 의자에서 벌떡 일어나 사나운 표정으로, 그 목소리만은 침착하게(비록 얼굴은 파랗게 질리고 가슴은 몹시 물결치고 있었지만) 아말리야 이바노브나를 향해 '네가 한 번만 더 그 더러운 파터를 우리 아버지와 동등하게 놓고 비교한다면 그때야말로 나는, 이 카체리나 이바노브나는 네 모자를 빼앗아 짓밟아버릴 테니 그리 알라'고 말했다. 이 말을 듣자 아말리야 이바노브나는 방 안을 이리저리 뛰어다니면서, 자기는 이 집 주인이다, '당장 이 집에서 나가달라'고 카체리나 이바노브나에게 목이 터져라 악을 썼다. 그리고 무슨 영문인지 별안간 식탁 위의 은수저를 긁어 모으기 시작했다. 소란스러운 욕지거리와 아우성이 일어났다. 아이들은 놀라서 울어댔다. 소냐는 카체리나 이바노브나를 진정시키려고 그 옆으로 달려갔다. 그런데 이때 갑자기 아말리야 이바노브나가 노란 감찰에 대해서 외쳐댔으므로, 카체리나 이바노브나는 소냐를 떼밀고 모자 운운하던 조금 전의 위협을 당장 실행하려고 아말리야 이바노브나에게 달려들었다. 그러나 바로 이 순간 방문이 열리면서 문턱에 뜻밖에도 표트르 페트로비치 루쥔의 모습이 나타났다. 그는 그 자리에 멈춰 선 채 날카롭고도 조심스러운 눈으로 방 안을 둘러보았다. 카체리나 이바노브나는 그에게로 달려갔다.

3

"표트르 페트로비치"하고 그녀는 외쳤다. "아아, 당신만이라도 내 편을 들어주세요! 저 짐승 같은 년에게 일러주세요. 불행을 당한 고결한 부인에게 이럴 수는 없다, 이런 무례한 짓을 하면 재판소에서 벌을 받는다고요… 나는 총독님께 직접 말씀드리겠어요… 저런 년은 경을 쳐야 해요… 제발 우리 아버지를 생각해서라도 저 고아들을 보호해주세요."

"실례지만 부인… 실례지만 저 잠깐……."표트르 페트로비치는 손을 내저었다. "부친과는 당신도 아시다시피 한 번도 만나뵐 영광을 갖지 못했습니다… 이것 보세요, 부인! (누군지 큰 소리로 웃었다.) 그리고 나는 당신과 아말리야 이바노브나의 끊임없는 싸움에 끼어들 생각이 없습니다… 나는 내 용무 때문에 왔으니까요. 나는 지금 당신의 의붓딸 소피야… 이바노브나에게… 급히 좀 할 얘기가 있습니다… 확실히 이름은 그렇죠? 자, 비켜주십시오."

이렇게 말하며 표트르 페트로비치는 카체리나 이바노브나 옆을 지나 소냐가 있는 반대편 구석 쪽으로 걸어갔다.

카체리나 이바노브나는 벼락이라도 맞은 듯이 그곳에 멍청히 서 있었다. 그녀는 표트르 페트로비치가 어째서 자기 아버지와의 교분을 부정했는지 도무지 영문을 알 수 없었다. 일단 이 교분을 생각해낸 후부터 그녀는 그 공상을 신성불가침한 것으로 믿어 의심치 않았다. 그리고 표트르

178

페트로비치의 사무적이며 매정한, 모욕적 위협에 가득 찬 태도는 그녀를 몹시 놀라게 했다. 그리고 좌중의 사람들도 그가 나타나자 왜 그런지 차츰 조용해졌다. 더구나 이 '사무적인 딱딱한' 사나이는 그 자리의 분위기와는 너무도 어울리지 않는 느낌을 주었다. 뿐만 아니라 그는 무슨 중대한 용건이 있어서 온 것 같았다. 그로 하여금 이런 자리에 나타나게 한 걸 보면 보통 일이 아닌 듯싶었다. 그렇다면 이제 곧 무슨 일이 일어나리라는 것만은 능히 추측할 수 있었다. 소냐 옆에 서 있던 라스콜니코프는 그를 지나 보내기 위해 조금 옆으로 물러섰다. 표트르 페트로비치는 그를 전혀 알아차리지 못한 듯했다. 잠시 후 레베쟈트니코프의 모습도 문지방에 나타났다. 방 안으로는 들어서지 않았으나 역시 특별한, 놀라움에 가까운 호기심을 띤 채 그 자리에 서서 귀 기울이고 있었다. 그러나 그는 뭐가 뭔지 오랫동안 납득이 가지 않는 모양이었다.

　"어쩌면 여러분에게 방해가 될지 모르겠습니다만, 그 점은 용서해주시기 바랍니다. 그러나 사건이 제법 중대하므로……." 표트르 페트로비치는 특히 누구에게 말한다기보다는 그저 막연한 태도로 입을 열었다. "나는 오히려 여러분이 모여 계시는 이 자리가 더 좋다고 생각합니다. 아말리야 이바노브나, 당신은 이 집 주인의 입장에서 지금부터 시작하는 나와 소피야 이바노브나의 대화를 특히 주의해서 들어주시길 바랍니다." 그는 놀라서 어쩔 줄 모르고 있는 소냐를 향해서 말을 계속했다. "실은 나의 친구 안드레이 세묘느이치 레베쟈트니코프의 방에서, 아까 당신이 다녀간 직후에 내 소유인 100루블 지폐 한 장이 탁자에서 없어졌습니다. 그래서 그 이유는 어떻든 간에 당신이 만일 그 돈이 지금 어디 있는지 알고 계셔서 가르쳐주시기만 한다면, 나는 명예를 걸고, 또 여기 계신 여러분을 증인으로 삼고 맹세하겠습니다만, 이 사건을 불문에 부치고 말겠습니다. 하지만 그렇지 않을 경우 나는 부득이 비상수단에 호소하지 않을 수 없습니다. 그렇게 되면… 당신은 자신을 원망할 수밖에 없을 것입니다."

방 안은 물을 끼얹은 듯이 조용해졌다. 울고 있던 아이들까지 잠잠해
졌다. 소냐는 죽은 사람처럼 창백한 얼굴로 선 채 루쥔의 얼굴을 바라볼
뿐 한마디도 대답할 수 없었다. 그녀는 아직도 그의 말을 이해하지 못한
듯했다. 몇 초가 지났다.

"대체 어찌 된 것입니까?" 뚫어지게 소냐를 바라보며 루쥔이 물었다.

"나는 몰라요… 아무것도 몰라요." 소냐는 가냘픈 음성으로 간신히 이
렇게 말했다.

"모른다고? 모르신다고요?" 루쥔은 되묻고 나서 다시 몇 초 동안 입을
다물었다. "잘 생각해보시오, 마드무아젤." 엄격하기는 하지만 그래도 타
이르는 말투로 그는 말하기 시작했다. "잘 생각해봐요, 당신에게 좀 더 생
각할 시간의 여유를 드려도 좋습니다. 자, 생각해보세요. 만일 확신이 없
다면, 나만큼 세상 물정을 아는 사람이 무턱대고 당신에게 죄를 뒤집어씌
우려는 모험을 할 리는 없을 겁니다. 왜냐하면 이렇게 정면에서 공공연히
근거 없는 죄를 씌운다면 설사 오해에서 비롯된 일이었다 하더라도 나는
어떤 의미에서 스스로 책임을 지지 않을 수 없게 될 테니까요. 그만한 일
은 나도 잘 알고 있습니다. 실은 오늘 아침 나는 쓸 데가 있어서 액면 총
액 3천 루블의 5푼 이자가 붙은 채권을 현금으로 바꿔 왔습니다. 그 계산
은 지갑 속에 기록돼 있습니다. 집에 돌아와서 나는―안드레이 세묘느이
치가 그 증인이지만―그 돈을 세기 시작해 2천300루블까지 세어서 지갑
에 넣고 그 지갑을 프록코트 옆 주머니에 넣었습니다. 탁자 위에는 지폐로
500루블쯤 그대로 남아 있었지요. 그 가운데 석 장은 100루블 지폐였습니
다. 당신이 들어오신 것은 바로 그때였습니다, 내 부름을 받고 말이오. 그
리고 거기 있는 동안 당신은 무척 당황하는 태도였습니다. 이야기 도중에
세 번이나 자리에서 일어나 아직 이야기가 끝나지도 않았는데 웬일인지

황급히 나가려고 서둘렀습니다. 이것도 전부 안드레이 세묘느이치가 증명해주실 겁니다, 마드무아젤. 당신은 아마 이 사실만은 부정하지 못하고 내말을 그대로 인정해주시리라 믿습니다만. 내가 안드레이 세묘느이치를 통해서 당신을 부른 것은, 다만 당신의 계모이신 카체리나 이바노브나의—나는 추도식장에는 갈 수 없었습니다만—사고무친이 되신 딱한 형편에 대해서 이야기하고, 또 이분을 위해서 무슨 의연금 모금이나 자선 제비뽑기라도 계획하면 얼마나 뜻있는 일일까 생각해 그것을 상의할 목적에서였습니다. 당신은 나의 그런 의견에 고마워하고 눈물까지 흘렸습니다… 나는 모든 것을 사실대로 이야기하고 있는데, 첫째로 당신의 기억을 되살리기 위해서요, 둘째로는 아무리 사소한 일도 내 기억에서 사라지지 않는다는 걸 당신에게 분명히 알리기 위해서입니다. 그리고 나는 탁자 위에서 10루블 지폐를 집어서 당신 계모를 위한 생활비 부조라는 명목으로 당신에게 드렸습니다. 이것은 모두 안드레이 세묘느이치의 눈앞에서 행해진 사실입니다. 그 뒤에 나는 당신을 문 앞까지 배웅했습니다. 그때도 역시 무척 당황하는 눈치였지요. 그 후에 나는 안드레이 세묘느이치와 단둘이 한 10분쯤 이야기했습니다. 이윽고 안드레이 세묘느이치도 나갔으므로, 나는 지폐의 셈을 마치고 전부터 생각한 대로 그것을 따로 간수해두려고 돈이 놓여 있는 탁자로 다시 돌아갔습니다. 그런데 놀랍게도 그 돈에서 100루블짜리 한 장이 보이지 않는단 말입니다. 자, 여기서 한번 잘 생각해보십시오. 그렇다고 안드레이 세묘느이치를 의심한다는 건… 나로선 도저히 할 수 없는 일입니다. 그런 일은 상상하는 것조차 부끄러울 지경입니다. 그러나 내가 계산을 잘못했다는 것도 있을 수 없습니다. 왜냐하면 당신이 오기 1분 전에 한 번 죄다 세어본 결과 총액이 틀림없음을 확인했으니까요. 당신 자신도 아시겠지만, 당신이 조마조마해하던 모습이며 이야기가 끝나기도 전에 조급히 돌아가려던 일, 그리고 당신이 한동안 탁자 위에 손을 얹고 있었다는 점을 상기해본 결과, 더구나 현재 당신의 사회적 환경과 거기 관련된 습성을 고려한 결과, 무서운 일이기는 하지만, 또 나 자신의 의지에 어긋나기는 하지만 한 가지 의심을, 물론 잔혹합니다만, 당연한 혐의를 품지 않을 수 없단 말입니다! 덧붙여 말합니다만, 나에겐 충분하고도 **명확한** 확신이 있음에도 이런 고발이 나로선 역시 일종의 모험이라는 것도 잘 알고 있습니다. 그러나 보시는 바와 같이 나는 그냥 우물쭈물 덮어둘 수가 없어서 분연히 일어섰습니다. 그것은 오로지 가증스러운 배은망덕 때문입니다! 안 그렇습니까? 나는 당신의 가난한 계모를 동정한 나머지 일부러 당신을 불러서, 나로서 할 수 있는 한도, 즉 10루블이라는 돈을 당신에게 희사했습니다. 그런데도 당신은 당장 그 자리에서 이런 식으로 보답하다니, 될 말입니까! 아니, 이건 정말 좋지 못한 일입니다! 당신에겐 교훈이 필요합니다. 잘 생각해보십시오. 뿐만 아니라 나는 당신의 진실한 친구로서 당신에게 부탁합니다, 나 이상의 친구는 이 순간 당신에게 있을 수 없으니까요. 제발 정신을 차려주십시오! 그렇지 않으면 나는 도저히 용서할 수 없습니다! 자, 어떻습니까?"

"나는 당신한테서 아무것도 훔치지 않았습니다" 하고 소냐는 공포에 질린 목소리로 속삭였다. "당신은 나한테 10루블을 주셨어요. 자, 도로 받아주세요." 소냐는 호주머니에서 손수건을 꺼내 매듭을 찾아 풀고 10루블짜리 지폐를 빼서 루쥔에게 내밀었다.

"그럼 나머지 100루블짜리 지폐에 대해서는 모르신다는 겁니까?" 그는 돈을 받으려고도 하지 않고 어디까지나 책망하는 어조로 다그쳐 물었다.

소냐는 주위를 둘러보았다. 모두 무서운, 엄격한, 조소하는 듯한, 증오에 찬 얼굴로 그녀를 주시하고 있었다. 그녀는 흘긋 라스콜니코프를 바라보았다. 그는 가슴에 팔짱을 낀 채 벽 옆에 서서 불타는 듯한 눈으로 그녀를 응시하고 있었다.

"아아, 하느님!" 하는 외침이 소냐의 입에서 흘러 나왔다.

"아말리야 이바노브나, 경찰에 알려야겠으니 수고스럽지만 우선 이 집 문지기를 불러주십시오." 조용하고 상냥한 어조로 루쥔은 말했다.

"Gott der Barmherzige!('정말이지 기가 차는 일이군요'라는 뜻) 나도 저 애가 훔친 것을 알고 있었어요!" 하고 아말리야 이바노브나는 손뼉을 쳤다.

"당신도 알고 있었다고요?" 루쥔은 얼른 말끝을 잡았다. "그렇다면 전부터 그렇게 추측할 만한 근거가 다소라도 있었군요. 그럼 아말리야 이바노브나, 방금 하신 말씀을 제발 잊지 말아주십시오. 물론 증인도 많이 있지만요."

갑자기 사방에서 왁자지껄하는 소리가 일어났다. 방 안은 소란해졌다.

"뭐! 뭐라고요!" 카체리나 이바노브나는 퍼뜩 정신을 차리고 갑자기 소리쳤다. 그리고 마치 묶였던 쇠사슬이 끊기기라도 한 듯이 루쥔에게 덤벼들었다. "뭐라고? 당신은 이 애를 도둑년으로 모는 건가요? 이 소냐를? 아아, 정말 비열한 사람들이군요!" 이렇게 말하자 그녀는 소냐 옆으로 달려가서 그 깡마른 손으로 으스러질 정도로 꼭 껴안았다.

"소냐! 너는 왜 저따위 사람한테서 10루블을 받아왔니? 바보 같으니! 그 돈 이리 내라! 어서 그 10루블을 이리 줘, 어서!"

카체리나 이바노브나는 소냐의 손에서 돈을 빼앗아 손아귀에 꾸겨 쥐더니 손을 세차게 흔들어 루쥔의 얼굴에다 홱 던져버렸다. 구겨진 종이 뭉치는 루쥔의 눈에 맞고 땅바닥에 떨어졌다. 아말리야 이바노브나가 달려가서 그 돈을 집었다. 루쥔은 벌컥 화를 냈다.

"이 미친년을 잡아 묶어라!" 하고 그는 고함을 쳤다.

이때 문가엔 레베쟈트니코프와 나란히 몇몇 얼굴이 더 나타났는데, 그 가운데는 시골서 올라온 모녀도 끼어 있었다.

"뭐라고! 미친년? 내가 미친년이라고? 이 얼간이 같은 놈아!" 카체리나 이바노브나는 앙칼진 목소리로 외쳐댔다. "이 바보, 악덕 변호사. 짐승 같은 놈아! 소냐가, 우리 소냐가 네놈의 돈을 훔쳤다고? 소냐가 도둑이라고! 소냐는 도리어 네게 돈을 줄 애야, 이 날강도 같은 놈아!" 이렇게 말하더니 그녀는 갑자기 히스테리라도 일으킨 듯이 깔깔 웃어댔다. "여러분, 이런 바보를 봤습니까?" 그녀는 모두에게 루쥔을 손가락질해 보이며, 이리 뛰고 저리 뛰면서 외쳤다. "아아! 네년도 마찬가지야!" 하며 그녀는 갑자기 집주인 여자에게 대들었다. "이 소시지 같은 년아, 너도 지금 덩달아서 소냐가 훔쳤다고 맞장구를 쳤지, 치마를 걸친 더러운 프로이센의 닭다리 같은 년아! 하나같이 모두, 모두 똑같은 놈들이야! 우리 소냐는 거기서 돌아오자마자 한 번도 밖에 나가지 않았어, 이 바보 새끼야! 여기 로지온 로마느이치와 나란히 앉아 있었단 말이야! ⋯ 그러니 그 애를 조사해봐라! 아무 데도 나간 일이 없으니까 만일 훔쳤다면 그 애 몸에 그 돈이 있을 게 아냐! 어서 조사해봐! 그렇지만 만약 돈이 나오지 않으면 그땐 널 그냥 놔두지 않겠다! 나는 황제 폐하께, 인자하신 폐하께 뛰어가서 용상 발밑에 엎드려 탄원할 테다. 지금 곧, 오늘 당장에라도! 나는 의지할 곳 없는 과부야! 내가 가면 들여보내줄 거다! 넌 내가 들어가지 못할 거라고 생각하겠지? 잠꼬대 같은 소린 마, 갈 수 있어, 갈 수 있고말고! 너는 우리 소냐가 온순하니까 그걸 약점 삼아 그따위 흉계를 꾸몄지? 너는 그걸 목표로 했지? 그러나 이봐, 난 그렇게 호락호락 넘어가지 않는단 말이야! 이제 그 본성이 드러날 거다! 자, 조사해봐, 조사해봐⋯⋯."

카체리나 이바노브나는 정신없이 루쥔의 손을 잡고 소냐 쪽으로 잡아끌었다.

"나는 각오하고 있습니다. 책임을 지겠어요. 그러나 좀 진정하십시오, 부인, 진정하세요! 당신이 이렇게 대단한 성질이란 건 나도 잘 알고 있습니다! ⋯ 그런데 이건⋯ 자, 이건, 어쩌면 좋지?" 루쥔은 중얼거렸다. "이건 경찰 입회하에 하는 건데… 하긴 지금 여기 증인은 지나칠 정도로 많으니까… 내가 해도 좋긴 합니다만… 그러나 역시 남자로선 좀 거북합니다… 뭣보다 상대방이 여성이니까… 만일 아말리야 이바노브나가 손을 빌려주신다면… 하지만 그럴 수도 없고… 대체 어떤 방법으로 조사해야 좋을지?"

"누구든지 좋아요! 누구든지 하고 싶은 사람에게 조사를 시켜봐요!" 하고 카체리나 이바노브나는 외쳤다.

"소냐, 저 사람들에게 호주머니를 뒤집어 보여라! 자, 자! 쓰레기 같은 놈아, 자세히 봐라, 자, 호주머닌 비어 있다! 손수건 말고는 텅 비어 있어! 알았느냐! 이번엔 딴 호주머니, 자! 자, 보이느냐! 보여!"

카체리나 이바노브나는 소냐의 호주머니를 거꾸로 털어 보이는 정도가 아니라 양쪽 주머니 속까지 까서 뒤집어 보였다. 그런데 두 번째 오른쪽 호주머니에서 별안간 종이쪽지 하나가 튀어나와 공중에 포물선을 그리며 루쥔의 발밑에 떨어졌다. 모든 사람이 그걸 보고 있었다. 모두 앗 하고 외마디소리를 질렀다. 루쥔은 몸을 굽히고 두 손가락으로 종이쪽을 집어 올리더니, 모두가 볼 수 있게 펼쳐 보였다. 그것은 여덟 겹으로 접은 100루블짜리 지폐였다. 루쥔은 손을 휘휘 내두르면서 모두에게 그 지폐를 보였다.

"이 도둑년! 당장 이 집에서 나가! 순경! 순경!" 하고 아말리야 이바노브나는 소리치기 시작했다. "저것들은 모두 시베리아로 추방해야 돼! 어서 이 집에서 나가!"

사방에서 외침 소리가 일기 시작했다. 라스콜니코프는 소냐에게서 눈을 떼지 않았으나 이따금 루쥔 쪽으로 흘긋 시선을 옮기곤 하면서 굳게 침묵을 지키고 있었다. 소냐는 넋을 잃은 사람처럼 그 자리에 멍청히 서 있었다. 이미 놀라는 기색도 보이지 않았다. 그러나 별안간 붉은빛이 얼굴에

확 퍼져 올랐다. 그녀는 외마디소리를 지르며 두 손으로 얼굴을 감쌌다.

"아녜요, 내가 한 짓이 아녜요! 나는 가진 기억이 없어요! 나는 모르는 일이에요!" 그녀는 창자가 끊어지는 듯한 울부짖음과 함께 카체리나 이바노브나에게 몸을 던졌다. 카체리나 이바노브나는 그녀의 몸을 얼싸안고, 마치 가슴으로 그녀를 지키기라도 하려는 듯이 꼭 껴안았다.

"소냐! 소냐! 나는 믿지 않는다! 알겠니, 난 믿지 않아!" 카체리나 이바노브나는 (이미 사실이 명확하게 드러났는데도) 이렇게 외치고는, 소냐를 두 손으로 아기처럼 흔들며 수없이 키스를 한 다음 손을 잡고 빨아대면서 손에도 키스를 퍼부었다. "네가 남의 돈을 훔치다니! 어쩌면 사람들이 이렇게 모두 바볼까! 아아, 당신들은 바봅니다. 바보예요!" 그녀는 좌중을 둘러보며 외쳤다. "그래요, 당신들은 아직 몰라요, 몰라… 이 애가 어떤지, 이 애가 어떤 애인지 모른단 말이에요! 이 애가 훔쳤다고요, 이 애가? 알겠어요, 이 애는, 만일 당신네들이 필요하다면 입고 있는 단벌옷이라도 팔아서 자기는 헐벗고 다닐망정 죄다 줘버릴 애예요. 이 애는 노란 감찰까지 받았습니다. 그러나 그것도 내 아이들이 굶어 죽게 됐으니까 우리 식구들을 위해 제 몸을 희생한 것뿐이에요! 아아, 돌아가신 우리 주인, 여보! 세묜! 세묜! 이걸 보시나요? 보고 계세요? 이게 당신의 추도식이군요! 아아! 하느님! 이 애를 보호해주세요… 아니, 당신네들은 왜 거기 멍하니 서 있죠! 로지온 로마느이치! 당신까지도 그렇게 믿고 계시나요? 당신들은 모두, 모두, 모두 이 애의 새끼손가락만도 못해요, 못해! 아아, 하느님! 제발 이 애를 보호해주옵소서!"

사고무친의 애처로운 폐병 환자인 카체리나 이바노브나의 눈물은 모두에게 깊은 감명을 준 모양이었다. 고통에 일그러진, 뼈와 가죽만 남은 병든 얼굴, 피가 말라붙은 메마른 입술! 정신없이 외쳐대는 목쉰 음성, 어린애의 울음과도 같은 애절한 흐느낌, 믿음에 가득 찬 어린애처럼 순진하게, 그러면서도 절망적으로 보호를 구하는 애원, 이것은 누구나 이 불행한 여자를 측은하게 여기지 않을 수 없을 만큼 가련하고 안타까운 정경이었다. 적어도 소냐의 죄를 고발한 루쥔은 곧 동정의 빛을 나타냈다.

"부인! 부인!" 그는 달래는 듯한 어조로 외쳤다. "이건 당신과 조금도 관계없는 일입니다! 어느 누구도 당신이 나쁘다거나 공모했다고 감히 생각하지 않습니다. 더구나 당신 손으로 호주머니를 뒤집어서 범행을 폭로했으니까요. 그러니까 당신은 아무것도 몰랐던 것이 명백합니다. 만약에 가난이 소피야 세묘노브나로 하여금 그런 짓을 하게 했다면 나는 동정하는 데 결코 인색하지 않습니다. 그러나 마드무아젤, 왜 당신은 자백하려고 하지 않았죠? 치욕이 무서웠던가요? 처음 저지른 일이기 때문인가요? 혹은 제정신이 아니었는지도 모르겠군요? 그럴 수도 있는 일입니다… 하지만 무엇 때문에 이런 짓까지 할 생각이 났을까요? 여러분!" 그는 모두를 향해서 말했다. "여러분! 나는 말입니다, 지금 개인적인 모욕까지 받기는 했습니다만, 동정하는 뜻에서 기꺼이 용서해줄 용의가 있습니다… 하지만 마드무아젤, 오늘의 치욕은 좋은 교훈이 될 겁니다." 그는 소냐에게서 몸을 돌렸다. "나도 더는 추궁하지 않기로 하고 이걸로 끝맺겠습니다. 자, 그만둡시다!"

루쥔은 곁눈으로 라스콜니코프를 흘긋 보았다. 두 사람의 시선이 탁마주쳤다. 라스콜니코프의 불타는 듯한 눈초리는 그를 곧 태워버릴 것만 같았다. 그러나 카체리나 이바노브나는 이미 아무런 말도 귀에 들리지 않는 듯싶었다. 그녀는 미친 듯이 소냐를 껴안고 키스만 퍼붓고 있었다. 아이들도 조그만 손으로 사방에서 소냐에게 매달렸다. 폴레치카는 아직 무슨 영문인지 잘 모르면서도 눈물로 부어오른 귀여운 얼굴을 소냐의 어깨에 파묻고 흑흑 느끼고 있었다.

"도대체 무슨 비열한 짓이야!" 이때 갑자기 문 쪽에서 큰 소리가 들려왔다.

루쥔은 재빨리 뒤돌아보았다.

"이게 무슨 비열한 짓이야!" 레베쟈트니코프가 그를 노려보면서 되풀이했다.

루쥔은 찔끔해서 몸을 떨기까지 한 듯싶었다. 모두 그걸 알아차렸다(훗날 사람들은 이때 일을 상기했던 것이다). 레베쟈트니코프는 한 걸음 방 안으로 들어섰다.

"당신은 뻔뻔스럽게도 나를 증인으로 세우겠다고 말했지요!" 그는 루쥔 앞으로 다가서면서 이렇게 말했다.

"아니, 그게 대체 무슨 뜻인가, 안드레이 세묘느이치? 자넨 무슨 말을 하고 있는 건가?" 루쥔은 중얼거리듯 말했다.

"당신이 중상가란 말입니다. 이게 내 말의 뜻이죠!" 레베쟈트니코프는 시력이 약한 조그만 눈으로 상대방을 날카롭게 노려보면서 열띤 어조로 말했다. 그는 몹시 격분한 표정이었다. 라스콜니코프는 그의 말을 한 마디 한 마디 받아서 저울에라도 달아보듯이 뚫어지게 그의 얼굴을 바라보고 있었다. 또다시 새로운 침묵이 방 안에 군림했다. 루쥔은 특히 처음 한순간 몹시 당황해서 어쩔 줄 모르는 것 같았다.

"아니, 내게 무슨 말이……." 그는 더듬더듬 입을 열었다. "대체 어떻게 됐다는 거야? 자넨 제정신이 아닌 것 같군?"

"나는 멀쩡한 정신이지만 당신이야말로… 진짜 사기꾼입니다! 어쩌면 그토록 비열할 수가 있습니까! 나는 처음부터 끝까지 듣고 있었소. 나는 모든 걸 정확히 이해하려고 여태까지 기다렸던 거요. 솔직히 말해서 아직도 뭔지 이해하기 힘들 정돕니다. 대체 당신은 무슨 속셈으로 이런 짓을 했는지… 나로선 영문을 모르겠군요."

"내가 뭘 어쨌단 말이야! 그따위 어리석은 수수께끼 같은 말은 집어치워! 혹시 자네 술에 취하기라도 한 건가?"

"그야 당신같이 비열한 속물이라면 술에 취하기도 하겠지만, 나는 그렇지 않소! 나는 보드카 따위는 아직 입에 대본 일도 없소. 그건 내 신념에 어긋나기 때문이오! 그런데 어떻게 된 건지 아십니까, 여러분! 이 사람은 자기 손으로 저 100루블 지폐를 소피야 세묘노브나에게 주었습니다. 내가 이 눈으로 봤어요. 내가 증인입니다. 나는 맹세할 수 있습니다! 바로 이 사람이 그랬습니다, 이 사람이!" 레베쟈트니코프는 한 사람 한 사람에게 이렇게 되풀이했다.

"정말로 미친 모양이군. 애송이 같은 놈!" 루쥔은 기를 쓰며 외쳐댔다. "지금도 그 장본인이 여기 자네 앞에 있어. 저 여자가 방금 여기서, 여러 사람 앞에서 자백하지 않았느냐 말이야, 10루블 외엔 나한테 받지 않았노라고. 그렇다면 받지도 않은 돈을 내가 어떻게 주었다는 거야?"

"나는 봤소, 봤단 말이오!" 레베쟈트니코프는 되풀이해서 외쳤다. "이런 일은 본시 나의 신념에 어긋나는 것이지만, 나는 당장에라도 재판소에 나가서 어떤 선서든 다 하겠소. 당신이 저 아가씨 호주머니에 슬쩍 돈을 찔러 넣는 걸 나는 똑똑히 보았단 말이오! 그때만 해도 나는 바보라 당신이 자선을 베푸는 줄로만 알았소! 문 앞에서 저 아가씨와 작별할 때, 아가씨가 되돌아서고 당신이 한 손으로 그녀의 손을 잡았을 때 당신은 다른 손, 즉 왼쪽 손으로 아가씨 호주머니에 살짝 돈을 찔러 넣었어요. 나는 그걸 보았소! 똑똑히 보았단 말이오!"

루쥔의 얼굴은 갑자기 창백해졌다.

"무슨 헛소릴 하는 거야!" 그는 맹렬히 외쳐댔다. "자넨… 창 옆에 서 있었는데 어떻게 돈을 알아보았다는 건가? 자넨 착각을 일으키고 있어. 어떻게 그런 근시안으로, 자넨 지금 잠꼬대를 하고 있어!"

"천만에, 착각이 아닙니다! 나는 좀 떨어진 곳에 있었지만 모든 걸, 모든 걸 똑똑히 보았소. 물론 그 창가에서 그게 돈이라는 걸 분명히 알아보기는 어려웠소. 그건 당신 말대로요. 그러나 나는 다른 특별한 이유로 그것이 100루블 지폐임에 틀림없다는 걸 확실히 알고 있었습니다. 왜냐하면 당신이 소피야 세묘노브나에게 10루블 지폐를 줄 때, 나는 잘 보고 있었소만, 그때 당신이 탁자 위에서 100루블 지폐도 집었기 때문이오. 그땐 내가 옆에 서 있었기 때문에 똑똑히 보았소. 그때 내 머릿속에는 어떤 생각이 퍼뜩 떠올랐으므로, 당신 손에 지폐가 쥐어져 있는 것을 잊지 않고 있었던 겁니다. 당신은 그 100루블 지폐를 접어서 손에 쥔 채 죽 갖고 있었습니다. 그다음 나는 그 일을 거의 잊다시피 했는데, 당신이 자리에서 일어날 때 그걸 오른손에서 왼손으로 옮겨 쥐면서 하마터면 떨어뜨릴 뻔한 것을 보고 다시 생각이 났습니다. 왜냐하면 내 머릿속에 또 아까와 같은 생각, 즉 당신은 아무도 모르게 슬며시 저 아가씨에게 자선을 베풀려는구나 하는 생각이 떠올랐기 때문이죠. 어때요, 내가 그걸 주시하고 있었으리라는 건 상상하실 수 있을 테죠. 그래서 나는 당신이 아가씨의 호주머니에 슬며시 돈을 찔러 넣어주는 걸 보게 된 겁니다. 나는 봤어요, 똑똑히 보았단 말이오. 나는 맹세해도 좋습니다!"

레베쟈트니코프는 거의 숨이 막힐 지경이었다. 사방에서 여러 가지 외침 소리가, 무엇보다도 놀라움을 나타내는 외침 소리가 일어났다. 그러나 위협적인 어조를 띤 외침도 섞여 있었다. 모두 루쥔한테로 몰려들었다. 카체리나 이바노브나는 레베쟈트니코프한테로 달려갔다.

"안드레이 세묘느이치! 나는 당신을 오해하고 있었습니다! 제발 저 애를 보호해주세요! 저 애의 편은 당신뿐입니다! 저 애는 불쌍한 고아예요! 하느님께서 당신을 보내주셨습니다! 안드레이 세묘느이치, 정말 고맙습니다, 정말……."

이렇게 말하자 카체리나 이바노브나는 거의 무의식적으로 그의 앞에 무릎을 꿇었다.

"허튼소리 작작 해라!" 미칠 듯이 격분한 루쥔은 정신없이 소리쳤다. "자넨 언제나 헛소리만 하고 있어. '잊었다, 생각났다, 잊었다'가 뭐냐 말이야! 그러니까 내가 지폐를 넣었다는 건가? 무엇 때문에? 무슨 목적으로? 도대체 나하고 이 여자가 무슨 상관이 있다는 거야?"

"무슨 목적으로? 그렇습니다. 내가 모르겠다는 건 바로 그 점이에요. 그러나 내 말이 틀림없는 사실이라는 건 확실합니다! 내가 잘못 볼 리 없습니다. 당신은 정말 더러운 범죄자군요. 더구나 그때 내 머리에 다음과 같은 의문이 떠올랐던 걸 지금도 분명히 기억할 정도니까요. 당신에게 감사를 하고 당신의 손을 잡았던 바로 그때 말입니다. 도대체 무슨 목적으로 이 사람은 아가씨 호주머니에 몰래 돈을 집어넣었을까? 다른 것은 고사하고, 몰래 집어넣은 이유는 대체 무엇일까? 내가 반대의 신념을 가지고 있고, 근본적으로 아무 도움도 줄 수 없는 개인적인 자선을 내가 부정한다는 것을 알고 있어서 그저 내게 그 사실을 숨기고 싶었던 것뿐일까? 그래서 결국 내가 보는 앞에서 그런 큰돈을 희사하기가 거북했기 때문일 거라고, 나는 결론을 내렸습니다. 또 그 밖에도 어쩌면 이 사람은 그녀에게 뜻밖의 선물을 주고 싶었는지도 모른다. 집에 돌아가서 자기 호주머니에 100루블이라는 큰돈이 들어 있는 걸 발견케 해서 그녀를 깜짝 놀라게 하고 싶었는지도 모른다는 생각도 해보았죠. 왜냐하면 어떤 자선가들은 자기의 선행을 그런 식으로 희롱하길 퍽 좋아하니까요. 나도 알고 있어요. 그리고 나는 이렇게도 생각해보았습니다. 이 사람은 아가씨의 마음을 시험해보려는 것이다. 돈을 발견하고 고맙다는 인사를 하러 오는가 안 오는가를! 그리고 또 이른바 '자기 오른손에도 알리지 마라'는 식으로 이 사람은 감사를 피하려고 그랬는지도 모르겠다고도 생각해봤죠. 아무튼 한마디로 말해서… 그때 내 머릿속에는 여러 가지 생각이 떠올랐으므로 나는 모든 것을 나중에 다시 잘 생각해보기로 했던 겁니다. 그러나 내가 당신의 이러한 비밀을 알고 있음을 당신 앞에 드러낸다는 것은 무례한 짓이라고 생각했습니다. 그러자 또 하나의 다른 생각이 머릿속에 떠올랐습니다. 즉 소피야 세묘노브나가 그걸 미처 알아차리기도 전에 혹시 그 돈을 떨어뜨리기라도 하면 어떡하나 하고 말입니다. 실은 내가 여기 오기로 결심한 것도, 그녀를 불러내어 호주머니에 100루블이 있다고 알려주기 위해서였습니다. 나는 이리 오는 도중에 우선 《실증적 방법의 일반적 추론》이란 책 한 권을 전하고 특히 피데리트의 논문을, 바그너 것도 함께 소개하기 위해 잠시 코브일랴트니코바 부인 방에 들렀었습니다. 그 후 여기 와보니 벌써 이런 소동이 일어나지 않았겠어요! 자, 어때요? 만약에 내가 저 아가씨 호주머니에 100루블 지폐를 넣는 걸 보지 않았다면 어떻게 이런 상상이나 판단을 내릴 수 있겠소!"

레베쟈트니코프는 이러한 논리적 해석을 결론으로 한 기나긴 고찰을 마치자 심한 피로를 느꼈고, 얼굴에는 구슬 같은 땀방울이 흘러내렸다. 아아, 그는 러시아 말로도 자기 생각을 조리 있게 표현할 만한 능력이 없었던 것이다(하기는 다른 나라 말 역시 하나도 몰랐지만)! 그는 이 변호하는 대업을 성취하고 나자 단번에 기력이 쇠진하여 피골이 상접할 만큼 수척해진 것 같았다. 그래도 그의 연설은 놀랄 만한 효과를 가져왔다. 그는 비상한 열의와 확고한 신념을 가지고 말했으므로 모두가 그의 말을 믿는 것 같았다. 루쥔은 형세가 불리하다는 것을 직감했다.

"자네 머리에 무슨 바보 같은 의문이 떠올랐든, 그게 나와 무슨 관계가 있다는 건가!" 그는 외쳤다. "그런 건 증거가 될 수 없어! 그건 모두 꿈속에서나 봤겠지! 꿈 이야기에 지나지 않는단 말이야! 단언하건대 자넨 거짓말을 하고 있어! 자넨 나한테 어떤 악의를 품고 거짓말로 나를 중상하고 있는 거야. 내가 자네의 자유사상적인, 무신론적인 사회사상에 공명하지 않는다 해서 원한을 품고 그 앙갚음을 하려는 거라고. 틀림없어!"

그러나 이런 변명은 루쥔에게 아무런 도움도 주지 못했다. 오히려 사방에서는 불만의 소리가 일어났다.

"아니, 이야길 어디로 끌고 가는 거야!" 레베쟈트니코프는 외쳤다. "제멋대로 지껄이고 있군! 순경을 불러라, 나는 증인 선서라도 하라면 할 테니까! 다만 한 가지 납득이 안 가는 것은 이 작자가 무슨 목적으로 이런 비열한 짓을 했는가 하는 점이야! 정말이지 가련할 만큼 비열한 인간이군!"

"무슨 목적으로 저 사람이 그런 대단한 짓을 했는지는 내가 설명하죠. 만일 필요하다면 나도 맹세하겠습니다!" 마침내 라스콜니코프가 단호한 어조로 입을 열고 한 걸음 앞으로 나섰다.

그는 침착하고 단호해 보였다. 그의 표정은 언뜻 보기만 해도 좌중에게는 어쩐지 그가 실제로 사건의 진상을 파악하고 있는 것처럼 느껴져서, 마침내 이 사건도 결말에 다다른 듯한 느낌을 주었다.

"이제야 나는 모든 것을 분명히 판단할 수 있게 되었습니다." 갑자기 그는 레베쟈트니코프를 바라보면서 말을 이었다. "실은 이 사건이 시작될 때부터 여기엔 무슨 비열한 간계가 숨어 있지 않을까 하는 의문을 품은 것은 나만이 알고 있는 어떤 특별한 사정 때문인데, 그것을 지금부터 얘기하겠습니다. 모든 비밀은 거기에 들어 있으니까요! 안드레이 세묘느이치, 방금 당신이 말씀하신 귀중한 증언으로 모든 게 근본적으로 명확해졌습니다. 여러분은 잘 들어주십시오. 저 양반은(그는 루쥔을 가리켰다) 최근에 어느 처녀에게, 정확하게 말하면 내 누이동생 아브도치야 로마노브나 라스콜니코바에게 청혼을 했었습니다. 그러나 페테르부르크에 온 후에, 그저께 나와 처음 만난 자리에서 우리 두 사람은 싸움을 했고 나는 저 사람을 방에서 쫓아냈습니다. 여기엔 증인 두 사람이 있습니다. 저 사람은 뱃

193

속이 시커멓기로 유명한 인간입니다. 물론 그저께만 해도 나는 저 사람이 이 집 셋방에서 안드레이 세묘느이치와 함께 묵고 있다는 건 전혀 몰랐습니다. 따라서 싸움을 한 바로 그날, 즉 그저께 내가 돌아가신 마르멜라도 프 씨의 친구 자격으로 그 미망인인 카체리나 이바노브나에게 장례식 비용에 보태 써달라고 부의금 얼마를 드린 것을 저 사람이 다 알고 있으리라고는 꿈에도 생각하지 못했습니다. 그런데 저 사람은 그 사실을 곧 우리 어머님한테 편지로 고해바치기를, 내가 갖고 있는 돈을 몽땅 털어서 카체리나 이바노브나가 아니라 소피야 세묘노브나에게 주었다고 했습니다. 그뿐 아니라 소피야 세묘노브나의… 그 성질에 대해서 지극히 비열한 말을 써 보냈습니다. 즉 나와 소피야 세묘노브나 사이에 무슨 특별한 관계라도 있는 듯이 암시한 겁니다. 이것은 누구나 추측할 수 있겠지만 내가 육친이 마련해준 귀중한 돈을 좋지 못한 목적에 낭비해버렸다고 중상함으로써 나를 어머니와 누이동생한테서 이간시키려는 속셈이었습니다. 그래서 어젯밤 나는 저 사람 앞에서 어머니와 누이동생에게, 돈은 카체리나 이바노브나에게 장례식 비용으로 주었지 소피야 세묘노브나에게 준 것이 아니며, 소피야 세묘노브나와는 그저께만 해도 알지 못하는 사이였고 얼굴조차 본 적이 없다는 걸 증명해서 그 일의 진상을 명백히 했습니다. 그때 나는 거기에 덧붙여서, 이 표트르 페트로비치 루쥔에게 너 따위는 모든 장점을 다 긁어모아도 네가 입에 담을 수 없는 욕설을 하는 소피야 세묘노브나의 새끼손가락만 한 가치도 없다고 말해주었습니다. 그러자 이 사내는, 그럼 너는 네 누이동생을 소피야 세묘노브나와 한자리에 앉힐 용기가 있느냐고 묻기에, 나는 그날 이미 그렇게 했다고 대답했습니다. 아무리 중상을 해도 어머니와 누이동생이 나하고 사이가 나빠지지 않는 것을 보고 화가 난 저 사람은, 우리 어머니와 누이동생에 대해서 용서할 수 없는 무례한 언사를 함부로 뇌까려서 마침내 회복할 수 없는 결렬이 일어났고,

저 사람은 집 밖으로 쫓겨나고 말았습니다. 이것은 모두 어제 저녁에 일어났던 일입니다. 여기서 특히 여러분의 주의를 환기하고 싶은 것은, 만약에 지금 소피야 세묘노브나가 도둑이라는 것이 증명되었다고 한다면, 저 사람은 우선 우리 어머니와 누이동생에게 자신의 의심이 정당했음을 입증하는 셈입니다. 즉 내가 소피야 세묘노브나와 누이동생을 동등하게 취급한 데 대해서 저 사람이 분개한 것은 지극히 당연한 일이며, 나를 공격한 것은 내 누이동생, 즉 자기 약혼녀의 명예를 보호하기 위해서였다는 말이됩니다. 요컨대 이 사건을 통해서 저 사람은 다시 한 번 나를 가족과 이간시킴으로써 우리 어머니와 누이동생의 환심을 사려고 기대했던 것입니다. 저 사람이 나한테 개인적인 복수를 기대했다는 건 새삼스레 말할 필요도 없겠지요. 왜냐하면 소피야 세묘노브나의 명예와 행복이 나에겐 지극히 귀중하다고 생각하는 근거를 저 사람은 갖고 있으니까요. 이것이 저 사람이 노린 목적의 전부입니다. 나는 이 사건을 이렇게 해석합니다! 이것이 원인의 전부이며, 이외에 다른 원인은 있을 수 없습니다!"

라스콜니코프는 대충 이렇게 자기의 설명을 마쳤다. 물론 그의 말은 열심히 듣고 있는 사람들의 외침으로 여러 번 중단되긴 했으나, 그런 방해가 있었음에도 그는 끝까지 침착한 태도로 정확하고 분명하게, 그리고 날카로운 어조로 말을 끝맺었다. 그의 날카로운 음성과 신념에 가득 찬 어조와 준엄한 표정은 모든 사람에게 색다른 감명을 주었다.

"맞습니다, 맞아요!" 레베쟈트니코프는 신 나게 맞장구를 쳤다. "틀림없이 그럴 겁니다. 왜냐하면 저 사람은 소피야 세묘노브나가 우리 방에 들어오자마자 나에게, 당신이 여기에 와 있는지, 카체리나 이바노브나의 손님 가운데 당신이 보이는지 물었거든요. 저 사람은 일부러 나를 창가로 불러서 슬그머니 그걸 물어보았습니다. 그러고 보면 저 사람은 당신이 이 자리에 꼭 있어주어야만 했던 겁니다! 틀림없습니다, 틀림없어요!"

루쥔은 말없이 경멸의 미소를 띠었으나 그 얼굴은 새파랗게 질려 있었다. 그는 이 자리를 어떻게 빠져나갈까 그 기회만을 노리는 눈치였다. 될 수만 있다면 모든 것을 포기하고 한시바삐 이 자리에서 도망쳐버리고 싶었는지도 모른다. 그러나 지금으로서는 그것도 거의 불가능한 형편이었다. 그렇게 했다가는 자기에게 가해진 비난이 모두 사실이며, 정말로 자기는 소피야 세묘노브나를 중상했다는 것을 자인하는 결과가 되기 때문이다. 게다가 술까지 마신 사내들은 대단히 흥분한 상태였다. 그중에서도 식량국 관리는 취중에 내용을 잘 모르면서도 누구보다 떠들어대면서 루쥔으로서는 매우 불쾌한 몇 가지 처치 방법을 제안했다. 그러나 그중에는 술을 마시지 않은 사람들도 있었다. 방이란 방에서 구경꾼들이 모여든 것이다. 폴란드인은 셋 다 몹시 분개해서 끊임없이 그에게 '저 악당!'이라는 욕설을 퍼붓고 있었으며, 그때마다 뭔가 위협적인 말을 폴란드어로 중얼거렸다. 소냐는 긴장된 표정으로 귀를 기울이고 있었으나, 마치 졸도했다 깨어난 사람처럼 아직도 사정을 이해하지 못하는 것 같았다. 그녀는 라스콜니코프에게서 한시도 눈을 떼지 않았다. 이 사람이야말로 자기의 구세주라고 느꼈기 때문이다. 카체리나 이바노브나는 괴로운 듯이 씨근거리며 숨을 몰아쉬고 있었는데, 이제는 완전히 지쳐버린 모양이었다. 아말리야 이바노브나는 누구보다도 얼빠진 얼굴로 입을 떡 벌린 채 영문을 모르고서 있었다. 그녀는 다만 표트르 페트로비치가 어째선지 몹시 곤경에 빠져 있다는 것만을 보고 알았을 뿐이다. 라스콜니코프는 다시 무슨 말인가를 하려고 했으나 더는 말할 수가 없었다. 모두 욕설을 퍼붓고 위협하면서 루쥔의 주위에 밀려들었기 때문이다. 그러나 루쥔은 겁내는 기색도 없었다. 소냐를 더 죄인으로 만들려던 계획이 완전히 실패로 돌아갔음을 깨닫자, 그는 느닷없이 뻔뻔스러운 태도로 나왔다.

"잠깐만, 여러분, 잠깐만. 이렇게 밀지 말고 길을 좀 내주시오!" 그는 군중을 헤치면서 말했다. "그리고 제발 그런 위협은 하지 마시오. 아시겠어요. 그래 봐야 아무 소용도 없어요. 또 어떻게 되는 것도 아니고요. 그런 위협에 넘어갈 사람도 아니니까요. 당신들은 오히려 폭력으로 형사사건을 은폐한 죄로 법 앞에 책임을 져야 할 거요. 여자 도둑의 범행은 완전히 폭로되었으니까 나는 끝까지 추궁하겠소. 재판관은 그렇게 장님도 아니며… 주정뱅이도 아니니까, 이 두 친구들, 악명 높은 무신론자, 선동자, 자유사상가인 이 친구들의 말 따위엔 귀 기울이지도 않을 거요. 이자들은 사사로운 감정으로 내게 복수하려 하고 있소. 이자들은 바보이기 때문에 그걸 자인하고 있어요… 자, 좀 비켜주시오!"

"다시는 내 방에서 냄새도 나지 않게 지금 당장 나가주시오. 이것으로 우리의 관계도 끝난 겁니다! 아아, 생각만 해도 더럽군, 나는 그래도 온갖 힘을 다해서 열심히 설명해주었건만… 꼬박 두 주일 동안이나……"

"이봐, 안드레이 세묘느이치, 아까 자네가 한사코 만류했을 때도 나는 딴 데로 이사하겠다고 분명히 말해두지 않았느냐 말이야. 이젠 다만 자네가 바보라는 것만 덧붙여둘 뿐이야. 마지막으로 나는 자네의 그 대갈통과 보이지 않는 눈깔을 잘 치료하길 바라겠네. 자, 그럼 이만 실례하겠소, 여러분!"

그는 사람들을 밀치며 앞으로 걸어 나갔다. 그러나 식량국 관리는 단순한 욕설만으로 그를 놔주고 싶지 않았다. 그는 탁자 위의 컵을 집자마자 루쥔을 향해 던졌다. 그러나 빗나간 컵은 보기 좋게 여주인에게 명중했다. 그녀는 앗 하고 비명을 질렀다. 한편 식량국 관리는 팔을 휘두르는 바람에 몸의 중심을 잃고 탁자 밑에 쿵 쓰러지고 말았다. 그 틈을 타서 루쥔은 자기 방으로 도망쳐버렸다. 그리고 30분 후에 이미 그의 모습은 이 집에서 찾아볼 수 없었다. 원래부터 겁이 많은 소냐는 자기가 누구보다 가장 희생되기 쉬운 존재라는 것, 그리고 누구든지 거의 아무런 벌도 받지 않고 자기를 모욕할 수 있으리라는 것을 전부터 알고 있었다. 그러나 그렇다 해도 바로 이 순간까지 그녀는 모든 사람에 대한 경계심과 착한 마음씨와 순종하는 태도로 그럭저럭 불행을 모면할 수 있으리라고 생각해 왔다. 따라서 이번의 환멸은 그녀에게 너무나도 괴로웠다. 물론 소냐는 무슨 일이든, 심지어 이러한 재난까지도 거의 아무 불평 없이 꿋꿋이 참아낼 수 있었다. 그러나 처음 순간은 너무나 야속했다. 그래서 지금 자기의 결백함이 증명되어 승리를 얻었음에도, 최초의 경악과 실신 상태가 가신 후 모든 것을 똑똑히 이해하고 깨닫게 되자 자기의 의지할 곳 없는 무기력함과 모욕의 쓰라림이 참을 수 없게 가슴을 억눌렀다.

마침내 그녀는 더 참을 수가 없어서 그 자리에서 뛰쳐나가 자기 거처로 달려갔다. 그것은 루쥔이 나간 바로 직후였다. 아말리야 이바노브나는 컵에 얻어맞고 여러 사람의 웃음거리가 되자 이제는 떠들썩한 술자리에서 배겨낼 수가 없었다. 그녀는 모든 책임이 카체리나 이바노브나에게 있다고 생각하고 미친 듯이 악을 쓰면서 덤벼들었다.

"집을 내놔! 지금 당장! 어서 나가!" 이렇게 호통을 치면서 그녀는 카체리나 이바노브나의 물건을 닥치는 대로 집어서 마룻바닥에 내던지기 시작했다. 그렇지 않아도 지칠 대로 지쳐서 금방 졸도할 듯이 창백한 얼굴로 숨을 헐떡이던 가련한 카체리나 이바노브나는 침대에서 벌떡 일어나 (그녀는 녹초가 되어 침대 위에 쓰러져 있었다), 아말리야 이바노브나를 향해 달려들었다. 그러나 그 싸움에서 쌍방의 힘에는 너무나 큰 차이가 있었다. 아말리야 이바노브나는 마치 새털이라도 불어버리듯이 카체리나를 떼밀어버렸다.

"뭐라고! 억울한 누명을 씌운 것으로도 부족해서, 이 망할 년이 나한테까지! 이런 법이 어디 있어! 남편 장례식 날에, 배가 터지도록 얻어 처먹고선 애들과 함께 거리로 내쫓다니! 나보고 어디로 가란 말이야!" 가련한 여자는 울부짖고 숨을 헐떡이면서 소리소리 질렀다. "오오, 하느님!" 갑자기 그녀는 눈을 빛내면서 외쳤다. "이 세상에 정의란 없는 것입니까! 우리 같은 불쌍한 고아를 보호해주시지 않고 누구를 보호하시렵니까? 그러나 두고 봐라! 이 세상에는 반드시 심판도 있고 진리도 있을 게다, 있고말고, 나는 그걸 찾아내겠다! 천벌을 받을 더러운 년아, 어디 두고 보잔 말이다! 폴레치카, 동생을 데리고 여기 있어라, 나 좀 나갔다 올 테니. 내가 올 때까지 기다려야 한다, 밖에서라도 좋으니! 난 나가서 찾아봐야겠다, 이 세상에 진실이 있는지 없는지를!"

이렇게 말하자 카체리나 이바노브나는 마르멜라도프가 언젠가 이야기 끝에 말하던 그 녹색 모직물 숄을 머리에 쓰고, 아직도 방 안에서 주책없이 서성거리는 셋방살이 주정뱅이들을 헤치면서 눈물을 흘리고 울부짖으며 거리로 뛰쳐나갔다. 지금 당장 어떻게 해서든지 정의를 발견하려는 막연한 목적을 품고서. 공포에 질린 폴레치카는 아이들과 함께 방구석 궤짝 위에 웅크리고 앉아 두 동생을 껴안고 오들오들 떨면서 어머니가 돌아오길 기다렸다. 아말리야 이바노브나는 방 안을 뛰어다니면서 울머불며 닥치는 대로 마구 물건을 집어던지는 등 광태를 부렸다. 셋방 든 사람들은 제각기 멋대로 떠들어대며, 지금 일어난 사건에 대해 저마다 나름대로 결론을 내렸다. 그런가 하면 저희들끼리 욕설을 주고받으며 싸움을 하는 자도 있고, 그중에는 노래까지 부르는 자도 있었다.

'나도 이젠 가봐야지!' 하고 라스콜니코프는 생각했다. '자, 소피야 세묘노브나, 어디 들어보자, 이번엔 당신이 무슨 말을 하는지!'

그는 소녀의 집으로 걸음을 옮겼다.

4

라스콜니코프는 자기 가슴속에 그토록 큰 공포와 고통을 안고 있었으면서도 루쥔에 대해서는 용감하도록 적극적인 소냐의 변호사였다. 그러나 이미 아침나절에 그토록 심한 고통을 겪은 그로서는 도저히 참을 수 없을 만큼 쌓여버린 자기의 기분을 전환시키는 뜻에서도 그런 기회가 주어진 것을 오히려 기뻐했을 정도였다. 그러나 소냐를 변호하고 싶은 그의 노력에는 다분히 개인적인 감정이 작용했던 것도 숨길 수 없는 사실이었다. 뿐만 아니라 당면 문제로서 그의 머리에서 한시도 떠나지 않고 무서울 만큼 그의 가슴을 설레게 하는 것은 눈앞에 다다른 소냐와의 만남이었다. 그는 누가 리자베타를 살해했는가를 **설명하지 않으면 안 되었다**. 그는 무서운 고통을 예감하고, 그것을 털어버리려는 듯 두 손을 내저었다.

그가 카체리나 이바노브나의 집을 나서면서 '자, 이번엔 무슨 말을 하지, 소피야 세묘노브나?'라고 외쳤을 때는, 아직도 루쥔에 대한 승리감이 가시지 않은 채 그 어떤 용감하고 도전적인 흥분 상태에 휩싸여 있었음에 틀림없다. 그런데 이상한 일이 일어났다. 카페르나우모프의 집에까지 이르자 그는 갑자기 힘이 빠지고 마음속에 공포를 느꼈다. 그는 '누가 리자베타를 살해했는지 꼭 말해야 할까?' 하는 괴이한 의문을 품으면서, 망설이듯 문 앞에 걸음을 멈추었다. 이 의문은 실로 기괴한 것이었다. 왜냐하면 그와 동시에 그는 그것을 말하지 않을 수 없을뿐더러 비록 일시적이나

마 이 순간을 연장하는 일조차 불가능하다는 것을 느끼고 있었기 때문이다. 그러나 그것이 왜 불가능한지는 그도 알 수 없었다. 다만 그렇게 **느꼈을** 뿐이다. 그리고 이 필연성에 대해서 자기가 무력하다는 괴로운 의식에 그는 거의 압도될 지경이었다. 그는 더 생각하거나 고민하고 싶지 않았으므로 급히 문을 열었다. 그리고 문지방에서 소냐를 보았다. 그녀는 탁자에 팔꿈치를 괴고서 두 손으로 얼굴을 감싸고 앉아 있다가, 라스콜니코프를 보자 후닥닥 뛰어 일어나서 고대하고 있었다는 듯이 그를 맞으려고 걸어나왔다.

"당신이 와 계시지 않았더라면 정말 난 어떻게 됐을까요!" 방 한가운데서 두 사람이 마주 서자 그녀는 재빨리 이렇게 말했다. 그녀는 분명히 이 말만은 한시바삐 하고 싶었던 모양이다. 그리고 그를 기다린 것도 실은 그 때문이었다.

라스콜니코프는 탁자 옆으로 와서 방금 소냐가 일어선 그 의자에 앉았다. 그녀는 어제와 똑같이 그에게서 두 걸음쯤 앞에 와서 섰다.

"어떻소, 소냐?" 그는 말했으나, 문득 자기 음성이 떨리는 것을 느꼈다. "모든 건 '사회적 환경과 거기 관련된 습관'에 뿌리박고 있는 거요. 당신은 아까 그걸 깨달았소?"

고뇌의 빛이 소냐의 얼굴에 나타났다. "제발 어제 같은 말은 말아주세요. 그렇잖아도 괴로워 죽을 지경이니까요……."

그녀는 이처럼 비난 비슷한 말을 하고, 혹시 그의 기분을 상하게 하지나 않았나 해서 급히 웃어 보였다.

"나는 바보라 거기서 그냥 뛰쳐나왔어요. 지금쯤 어떻게 됐을까요? 나는 당장이라도 다시 가보고 싶었지만… 어쩐지 곧… 당신이 오실 것만 같아서."

그는 아말리야 이바노브나가 그들에게 집에서 나가달라고 해서 카체리나 이바노브나가 '진실을 찾으려고' 어디론지 뛰어나갔다는 이야기를 그녀에게 해주었다.

"어머나, 이를 어쩌면 좋아!" 소냐는 외쳤다. "그럼 빨리 가봐야죠."

이렇게 말하자 그녀는 망토를 집어 들었다.

"언제나 똑같은 말만 하는군요!" 하고 라스콜니코프는 초조하게 말했다. "당신 머릿속엔 그 사람들 생각밖에 없으니 말이오! 나하고도 좀 같이 있어줘요."

"하지만… 카체리나 이바노브나가?"

"카체리나 이바노브나는 그런 식으로 집을 뛰쳐나간 이상 반드시 당신 생각을 할 거요. 이제 당신한테 들를 테니 보시오. 그때 당신이 여기 없으면 도리어 나쁘지 않겠어요……."

소냐는 어쩌해야 좋을지 몰라서 안타까운 표정으로 의자에 앉았다. 라스콜니코프는 말없이 마룻바닥만 내려다보며 무엇인가 골똘히 생각했다.

"사실 이번에는 루쥔이 그런 생각을 일으키지 않았기에 망정이지" 하고 그는 소냐 쪽은 보지도 않고 입을 열었다. "만일 그자가 그런 생각을 가지고 있었다면, 그리고 그런 타산으로 당신을 친 것이라면 당신은 감옥에 갔을지도 모르는 일이죠. 나하고 레베쟈트니코프가 그 자리에 없었더라면 말이오! 그렇잖소?"

"그래요." 그녀는 가냘픈 목소리로 말했다. "그래요!" 그녀는 불안한 듯이 방심한 어조로 이렇게 되풀이했다.

"사실 말이지 나는 거기 없을 수도 있었으니 말이오! 더욱이 레베쟈트니코프가 거기 나타난 건 정말 우연이었으니까."

소냐는 잠자코 있었다.

"만일 감옥에라도 들어갔다면 어떻게 됐다고 생각하시오. 어제 내가 한 말을 기억하고 있소?"

그녀는 여전히 대답이 없었다. 라스콜니코프는 잠시 기다렸다.

"나는 당신이 또 '아아, 말하지 말아주세요, 그만두세요!'라고 외칠 줄 알았는데" 하고 라스콜니코프는 웃기 시작했으나, 어딘지 어색하게 보였다. "왜 또 말이 없습니까?" 잠시 후 그는 또 물었다. "무슨 이야기든 해야 할 게 아니오? 나는 레베쟈트니코프가 말하는 하나의 '문제'를 당신이 어떻게 해결할지, 그걸 무척 알고 싶은 거요(그는 머리가 혼란해지는 모양이었다). 보시오, 당신이 루쥔의 계획을 미리 다 알고 있었다고 한다면, 그 때문에 카체리나 이바노브나도, 아이들도, 그리고 **덤으로** 당신까지도 함께―당신은 자기 자신을 아무렇지도 않게 생각하고 있으니까 덤이라는 거요―파멸하게 된다는 걸 알고 있었다면, 즉 그런 흉계를 정확히 알고 있었다면 어떻게 되겠소. 폴렌카도 마찬가지죠… 그 애도 역시 같은 길을 밟게 될 테니까. 자, 여기서 말이오, 만일 이때 모든 것이 당신 결심 하나에 달려 있다면, 즉 이 세상에서 루쥔과 그 아이들 중 어느 쪽이 살아야 하느냐? 루쥔이 살아서 추잡한 일을 할 것이냐? 또는 카체리나 이바노브나가 죽어야 하느냐? 이렇게 된다면 당신은 어떻게 해결하겠소? 둘 중 어느 쪽이 죽어야 한다고 생각합니까? 나는 그걸 묻고 싶은 거요."

소냐는 불안스러운 눈으로 그를 바라보았다. 이 간접적인, 멀리서 슬며시 접근해 들어오는 듯한 말 가운데 무언가 특수한 것이 숨어 있음을 느꼈던 것이다.

"나는 전부터 당신이 그런 질문을 하시리라는 예감이 들었어요" 하고 그녀는 호기심 어린 눈으로 라스콜니코프를 바라보며 말했다.

"그렇다면 더욱 좋군요. 하여튼 그렇다 치고, 당신은 어떻게 해결하겠소?"

"왜 그런 있을 수도 없는 일에 대해 물으시는 거죠?" 혐오의 빛을 띠면서 소냐는 물었다.

"그럼 루쥔이 살아서 추잡한 짓을 계속하는 게 좋다는 말이군요! 당신은 그것조차 해결할 용기가 없소?"

"하지만 하느님의 뜻은 알 수 없는 거예요. 그런데 당신은 왜 물어선 안 될 말을 물으시죠? 그런 쓸데없는 질문을 왜 하세요? 그런 일이 내 결단에 달려 있다는 건 말도 되지 않는 소리예요. 누구는 살아야 하고 누구는 살아선 안 된다는 그런 심판의 권리를 대체 누가 나한테 주었어요!"

"하느님 뜻을 거기 개입시킨다면 말하나 마나겠지." 라스콜니코프는 침울하게 말했다.

"그보다도 솔직히 말씀해주세요. 당신에게 무엇이 필요한지!" 하고 소냐는 괴로운 표정으로 외쳤다. "당신은 또 엉뚱한 데로 이야기를 끌어가려 하는군요. 당신은 다만 나를 괴롭히기 위해 여기 오셨나요!"

그녀는 더 참지를 못하고 갑자기 세차게 흐느끼기 시작했다. 그는 우울한 우수에 잠긴 채 그녀를 지켜보았다. 5분쯤 지났다.

"하긴 당신 말이 옳을지도 몰라, 소냐." 이윽고 그는 조용한 음성으로 말했다. 별안간 딴사람이 된 것 같았다. 고의적인 뻔뻔스러움도, 허세로밖엔 보이지 않는 도전적인 태도도 사라져버렸다. 음성까지 갑자기 약해졌다. "어제 나는 오늘 용서를 빌러 오진 않겠다고 말했지. 그러나 지금은 거의 용서를 비는 듯한 말로 얘기를 시작했어… 내가 루쥔과 하느님의 뜻에 대해 말한 것은 모두 나 자신을 위해서였어… 나는 용서를 빈 거야, 소냐."

그는 빙긋이 웃으려고 했지만, 그 창백한 미소에는 무언가 끝을 맺지 못한 맥없음이 서려 있었다. 그는 고개를 숙이고 두 손으로 얼굴을 감쌌다.

그러자 갑자기 생각지도 않은 이상한 감정이, 소냐에 대한 그 어떤 날카로운 증오감이 그의 마음을 스쳐 갔다. 그는 스스로 자기 감정에 놀라며 머리를 번쩍 쳐들고 뚫어질 듯이 그녀의 얼굴을 바라보았다. 그러나 그는 자기를 유심히 보고 있는, 불안에 찬 괴로울 만큼 애처로운 그녀의 눈길과 마주쳤다. 거기엔 사랑이 어려 있었다. 그의 증오감은 환영처럼 순식간에 사라져버렸다. 그러나 그것은 착각이 아니었다. 그는 한 감정을 다른 감정으로 잘못 받아들였던 것이다. 그것은 다만 **그 순간**이 왔음을 뜻했다.

그는 다시금 두 손으로 얼굴을 가리고 고개를 숙였다. 그러나 별안간 파랗게 질린 얼굴로 벌떡 자리에서 일어나더니, 소냐를 흘긋 바라보고는 아무 말도 없이 기계적으로 그녀의 침대로 옮겨 앉았다.

이 순간은 라스콜니코프의 감각 속에서, 그때 그가 노파 뒤에 서서 도끼를 고리 끈에서 빼 들고 이젠 '한순간도 주저할 수 없다'고 느끼던 순간과 무섭게도 흡사했다.

"왜 그러세요?" 소냐는 소스라치게 놀라며 물었다.

그는 입을 열 수가 없었다. 그는 이런 식으로 말을 **하게 되리라고는** 전혀 예상하지 못했으므로 도대체 지금 자기가 어떻게 되어 있는지 그 자신도 판단이 서지 않았다. 그녀는 조용히 그에게 다가가 침대 위에 나란히 걸터앉고는 그의 얼굴에서 눈을 떼지 않고 기다렸다. 그녀는 심장이 심하게 고동쳐서 금방 마비될 것만 같았다. 그는 더 참을 수가 없었다. 그는 죽은 사람처럼 창백해진 얼굴을 여자에게로 돌렸다. 그 입술은 무슨 말을 하려고 애쓰면서 힘없이 일그러졌다. 공포감이 그녀의 가슴을 섬뜩하게 했다.

"아니, 왜 그러세요?" 그녀는 흠칫 몸을 도사리면서 이렇게 되풀이했다.

"소냐, 아무것도 아니야. 놀랄 건 없어, 아무것도 아니야. 잘 생각해보면 정말 아무것도 아니야." 그는 의식을 잃은 열병 환자처럼 이렇게 중얼댔다. "왜 나는 여기 와서 당신만을 괴롭히는 걸까?" 그녀의 얼굴을 바라보면서 그는 불쑥 덧붙였다. "대체 왜 그럴까? 나는 아까부터 이 질문을 나 자신에게 하고 있어, 소냐……"

그는 사실 15분 전엔 이 질문을 자신에게 했었는지도 모르지만, 지금은 온몸에 계속적인 전율을 느끼면서 완전한 허탈 상태에 빠진 채 거의 정신을 잃고 이 말을 하고 있었다.

"아아, 당신은 무척 고민하고 계시는군요!" 그의 얼굴을 빤히 들여다보면서 괴로운 듯이 그녀는 말했다.

"모든 게 다 바보 같은 짓이야! … 그런데 소냐(그는 갑자기 이상할 정도로 파리하고 힘없는 표정으로 한 2초 동안 비시시 웃어 보였다)… 어제 내가 당신한테 무슨 말을 하겠다고 했는지 기억하나?"

소냐는 불안한 얼굴로 기다렸다.

"나는 어제 돌아갈 때 어쩌면 이것이 영원한 이별이 될지 모른다, 그러나 만약 내일 또 오게 되면 당신한테… 누가 리자베타를 죽였는지 알려주겠다고 했어."

그녀는 갑자기 온몸을 후들후들 떨기 시작했다.

"그래서 난 그걸 말해주려고 온 거야."

"그럼 당신은 어제 정말…….." 소냐는 간신히 소곤거리듯 말했다. "하지만 당신은 그걸 어떻게 아시죠?" 퍼뜩 정신이 드는 듯 그녀는 빠른 어조로 물었다.

소냐는 괴롭게 숨을 몰아쉬기 시작했다. 얼굴은 점점 더 창백해졌다.

"알고 있어."

그녀는 잠시 말이 없었다.

"찾아내셨나요, 그 **사나이**를?" 그녀는 겁에 질린 표정으로 이렇게 물었다.

"아니, 찾아낸 건 아냐."

"그럼 어떻게 **그걸** 아세요?" 다시 1분쯤 잠자코 있다가 이번엔 들릴 듯 말 듯 가느다란 음성으로 물었다.

그는 여자 쪽으로 몸을 돌려 뚫어지게 그 얼굴을 바라보았다.

"어디 맞혀봐." 조금 전처럼 맥없이 일그러진 미소를 띠며 그는 이렇게 말했다.

소냐는 온몸에 경련이 스치는 것을 느꼈다.

"아아, 당신은… 나를… 왜 당신은 나를 그렇게… 놀라게 하세요?" 어린애처럼 애처롭게 웃어 보이며 그녀는 중얼거렸다.

"말하자면 나는 **그 사나이**와 막역한 친구 사이라고 할 수 있겠지… 내가 그를 알고 있는 이상." 라스콜니코프가 이제는 눈을 뗄 수 없다는 듯이 그녀를 응시하면서 말을 계속했다. "그 사나이는 리자베타를… 죽이려 했던 건 아냐… 그는 그 여자를… 우연히 죽이게 되었을 뿐이야. 그는 노파만을 죽이려 했어… 노파가 혼자 있을 때… 그런 생각으로 갔던 거야… 그런데 거기 리자베타가 들어왔어… 그래서 그만 그 여자까지 죽여버리고 말았지……."

다시 무서운 1분이 흘러갔다. 두 사람은 언제까지나 서로 얼굴을 마주 보고 있었다.

"이래도 알아맞히지 못하겠나?" 높다란 종루에서 껑충 뛰어내리기라도 하는 듯한 기분으로 그는 불쑥 이렇게 물었다.

"모르겠어요." 소냐는 거의 들릴까 말까 한 목소리로 속삭였다.

"잘 생각해봐."

이렇게 말하자 예전에 경험했던 그 낯익은 감각이 또다시 갑자기 마음을 얼어붙게 했다. 그는 소냐를 바라보는 순간 그 얼굴에서 리자베타의 얼굴을 본 듯한 느낌이 들었던 것이다. 도끼를 들고 다가갔을 때 리자베타의 얼굴에 떠올랐던 표정을 그는 선명히 상기했다. 그녀는 얼굴에 어린애 같은 경악의 빛을 띠고 한 손을 앞에 내밀고는, 그가 다가감에 따라 벽쪽으로 뒷걸음질을 쳤다. 그것은 갑자기 무엇에 놀란 어린애가 자기를 놀라게 한 상대방을 불안스레 바라보면서 당장 울음이라도 터뜨릴 듯한 얼굴로 조그만 손을 앞으로 내밀고 비슬비슬 뒷걸음질을 치는 것과 똑같았다. 지금 소냐에게도 거의 똑같은 현상이 일어나고 있었다. 그와 똑같은 허탈한 표정으로 똑같은 경악의 빛을 띠면서, 그녀는 한동안 그를 바라보다가 갑자기 왼손을 앞으로 내밀어 손끝으로 가볍게 그의 가슴을 떼밀고는 조금씩 몸을 뒤로 빼면서 천천히 침대에서 일어섰다. 그녀의 몸은 그에게서 점점 멀어져갔으나, 그 얼굴로 쏠린 그녀의 시선은 점점 더 굳어져갈 뿐이었다. 그러자 그녀의 공포는 갑자기 그에게로 옮겨졌다. 똑같은 모양으로 그도 여자의 얼굴을 들여다보았다. 그리고 거의 똑같은 **어린애 같은** 미소가 그의 얼굴에도 떠올랐다.

"이젠 알았겠지?" 마침내 그는 이렇게 속삭였다.

"아아!" 그녀의 가슴에서 무서운 비명이 터져 나왔다. 그녀는 맥없이 침대에 쓰러지며 얼굴을 베개에 파묻었다. 그러나 이내 곧 몸을 일으키더니 재빨리 그의 곁으로 다가가서 두 손을 잡고는, 그 가느다란 손가락으로 으스러지게 꼭 그러쥐면서 또다시 못 박힌 듯 꼼짝도 않고 그의 얼굴을 응시하기 시작했다. 이 최후의 절망적인 눈초리로 그녀는 무언가 한 가닥 희망이나마 발견하여 잡아보려 했던 것이다. 그러나 희망은 없었다. 이제는 의심할 여지도 없었다. 모든 것은 **그대로**였다! 한참 뒤에 이때 일을 회상했을 때도 그녀는 언제나 이상하고 신기한 느낌이 들었는데, 도대체 그녀는 무슨 근거에서 이미 추호도 의심할 여지가 없다고 **대뜸** 단정해버렸을까? 예를 들어 그녀가 그런 종류의 것을 예감했다고는 차마 그녀로서도 도저히 말할 수 없는 성질의 것이 아닌가? 그런데 지금 그가 그 정도의 말을 하자마자 그녀는 갑자기 자기가 다름 아닌 바로 **그것을** 확실히 전부터 예감한 듯한 느낌이 들었던 것이다.

"그만둬, 소냐! 제발 나를 괴롭히지 말아줘!" 그는 괴로운 듯이 애원했다.

그는 이런 식으로 그녀에게 고백하리라고는 꿈에도 생각지 못했다. 그러나 결과는 **이렇게** 되고 말았다.

그녀는 정신없이 벌떡 일어나더니 두 손을 맞비비면서 방 한가운데까지 걸어갔으나, 몸을 돌려 다시 그의 곁으로 돌아와 거의 어깨가 맞닿을 정도로 붙어 앉았다. 그러고는 갑자기 무엇에 찔린 듯이 몸을 부르르 떨고 외마디소리를 지르더니, 저도 모르게 그의 앞에 몸을 던져 무릎을 꿇었다.

"아, 어쩌자고, 어쩌자고 당신은 그런 짓을 하셨어요!" 하고 그녀는 절망적으로 외쳤다. 그러고는 벌떡 자리에서 일어나더니, 그에게 몸을 던지며 힘껏 그를 끌어안았다.

라스콜니코프는 흠칫 몸을 비키고는 서글프게 웃으며 그녀를 바라보았다.

"당신은 정말 이상한 여자야, 소냐. 내가 **그런 말**을 했는데도 그런 나를 끌어안고 키스를 하다니. 당신은 아마 제정신이 아닌가 보군."

"아녜요, 아녜요, 이 넓은 세상에서 지금 당신보다 더 불행한 사람은 없어요!" 그녀는 그의 말에는 귀도 기울이지 않고 정신없이 이렇게 외쳤다. 그리고 갑자기 히스테리라도 일으킨 듯이 엉엉 목 놓아 울기 시작했다.

이미 오랫동안 맛보지 못한 감정이 그의 가슴에 파도처럼 밀려들어 대번에 그의 마음을 누그러뜨렸다. 그도 그 감정에는 반항하려 하지 않았다. 눈물 두 방울이 눈에서 흘러나와 속눈썹에 맺혔다.

"그럼 당신은 나를 버리지 않는 거지, 소냐?" 한 가닥 희망 비슷한 것을 느끼면서, 그는 여자의 얼굴을 들여다보며 물었다.

"네, 네, 언제까지나, 어디까지나! 어디든 따라가겠어요! 아아, 하느님! … 나는 얼마나 불행한 여잘까요! 왜, 왜 좀 더 빨리 당신을 알지 못했을까요! 왜 당신은 좀 더 빨리 나한테 와주지 않으셨어요! 아아!"

"그래서 이렇게 오지 않았느냐 말이야."

"지금 오시다니! 지금 와서 무얼 해요! … 함께… 우리 함께!" 그녀는 제정신이 아닌 듯이 다시 그를 끌어안으면서 되풀이했다. "당신과 함께라면 징역이라도 가겠어요!"

그는 갑자기 경련을 일으킨 듯 온몸을 부르르 떨었다. 그의 입술에는 아까처럼 증오에 찬, 거의 오만스럽기까지 한 미소가 또다시 퍼졌다.

"난 말이야, 소냐, 아직 징역 갈 생각은 없는지도 몰라" 하고 그는 말했다.

소냐는 얼른 그를 쳐다보았다.

불행한 사나이에 대한 최초의 감성적인 괴로운 동정이 가라앉자, 다시금 살인자라는 끔찍스런 관념이 그녀의 가슴을 때렸다. 돌변한 그의 어조에서 그녀는 문득 살인자의 음성을 들었다. 그녀는 움찔하며 그를 다시 바라보았다. 무엇 때문에, 어찌하여, 무엇을 위해서 이런 사건이 저질러졌는지 그녀는 아직 아무것도 모르고 있었다. 이러한 의문들이 일시에 그녀의 의식 속에 일어났다. 그러자 그녀는 또다시 정말이라고는 믿기지가 않았다. '이 사람이, 이 사람이 살인자라니! 그럴 수가 있을까?'

"대체 어떻게 된 걸까! 나는 지금 어디 서 있는 걸까!" 그녀는 아직도 제정신이 아닌 듯 깊은 의혹에 사로잡혀서 이렇게 말했다. "어쩌자고 당신은, 어쩌자고 당신은 **그런**… 결심을 하게 된 건가요? 정말로 그럴 수가 있을까요!"

"그저 돈을 빼앗기 위해서였지! 하지만 이젠 그만둬줘, 소냐!" 그는 피곤한 듯이 짜증 섞인 어조로 대꾸했다.

소냐는 넋 빠진 사람처럼 멍청히 서 있다가 갑자기 큰 소리로 외쳤다.

"당신은 먹을 것이 없었군요! 당신은… 어머니를 돕기 위해서? 그렇죠?"

"아냐, 소냐, 그게 아냐." 그는 외면을 하고 고개를 숙인 채 중얼거렸다. "난 그렇게까지 굶주리지 않았어… 물론 어머니를 돕고 싶었지. 하지만… 그것도 완전한 이유는 못 돼… 나를 더 괴롭히지 말아줘, 소냐!"

소냐는 손뼉을 탁 쳤다.

"그럼 모든 게 사실이란 말인가요! 아아, 그게 어떻게 사실일 수 있어요! … 누가 그런 걸 사실로 믿겠어요? 자기 돈을 털어서 남을 도와주는 사람이 돈을 빼앗으려고 살인을 하다니, 어떻게 그럴 수 있겠어요! 아아!" 그녀는 갑자기 이렇게 외쳤다. "그럼 카체리나 이바노브나에게 주신 돈도… 그 돈도… 아아, 그 돈도 역시……."

"그건 아니야, 소냐." 그는 급히 말을 막았다. "그 돈은 그렇지 않아, 안심해! 그건 어머니가 어느 상인을 통해서 나한테 보내준 돈이야. 나는 병으로 앓아누웠을 때 그 돈을 받았지만, 그날로 카체리나 이바노브나한테 준 거야, 라주미힌이 봐서 알고 있어… 그 사내가 나 대신에 받았으니까… 그건 내 돈이야, 틀림없는 내 돈이야."

소냐는 의아스러운 듯이 그의 말을 들으면서 열심히 무엇인가를 생각했다.

"그리고 **그 돈** 말인데… 나는 거기 돈이 있었는지 그것조차 몰라." 그는 생각에 잠기는 듯 나직한 음성으로 말했다. "나는 그때 노파가 목에 걸고 있던 지갑을 빼앗았어. 속이 가득 찬 양가죽 지갑이었지… 그러나 나는 지갑 속을 보지도 않았어. 아마 지갑을 열어볼 겨를이 없었기 때문이겠지… 그리고 물건은 주로 커프스단추나 장식줄 따위뿐이었는데 나는 이튿날 아침에 그런 걸 모두 지갑과 함께 거리의 어느 빈터 돌 밑에다 감춰버렸어… 지금도 그대로 거기 파묻혀 있을 거야……."

소냐는 열심히 귀 기울이고 있었다.

"그럼 왜… 돈을 빼앗기 위해서라고 말씀하셨어요, 자기는 하나도 갖지 않았으면서?" 지푸라기 하나라도 잡으려는 심정으로 그녀는 성급히 물었다.

"모르겠어… 나는 아직 결심이 서 있지 않았던 거야, 그 돈을 갖느냐, 안 갖느냐." 그는 또다시 생각에 잠기는 듯한 어조로 이렇게 말했으나, 문득 제정신으로 돌아오자 싱긋 맥없이 웃어 보였다. "아니, 지금 내가 무슨 돼먹지 않은 소릴 하고 있지, 안 그래?"

소냐의 머리에는 순간적으로 '정신이상이 된 게 아닐까?' 하는 생각이 떠올랐다. 그러나 이내 그것을 부정하고… 아니, 무슨 다른 곡절이 있을 거라고 생각했다. 그러나 그녀는 결국 아무것도 알 수가 없었다.

"이것 봐, 소냐." 그는 갑자기 어떤 영감에 사로잡힌 듯 이렇게 말했다. "내 말을 좀 들어줘. 만약에 내가 굶주림 때문에 사람을 죽였다면" 하고 그는 한 마디 한 마디 힘을 주면서 수수께끼라도 내듯이, 그러나 진지한 눈으로 여자를 바라보며 말을 이었다. "만약에 그랬다면 나도… 지금 **행복** 했을 거야! 제발 그것을 알아줘!"

"그러나 그게 당신과 무슨 상관이 있어, 무슨 상관이 있느냐 말이야!" 잠시 후 그는 계속해서 이렇게 외쳤으나 그 목소리에는 무언가 절망적인 느낌마저 엿보였다. "지금 내가 나쁜 짓을 했다고 참회한댔자 그게 당신 에게 무슨 소용이 있느냐 말이야! 아아, 소냐, 난 그런 것 때문에 여기 온 게 아냐!"

소냐는 다시 무슨 말을 하려다가 그냥 침묵을 지켰다.

"어제 내가 당신더러 함께 가달라고 청한 건, 내게 남은 거라곤 당신뿐 이기 때문이야."

"어디로 가는데요?" 하고 소냐는 겁먹은 표정으로 물었다.

"도둑질하러 가는 것도 아니고 사람을 죽이러 가는 것도 아니니 걱정 하지 말아줘." 그는 빈정거리듯이 히죽 웃었다. "우린 서로 다른 세계의 인 간이니까… 그런데 소냐, 나는 지금 이 순간에야 비로소 어제 당신을 **어디 로** 데려가려고 했는지를 분명히 알겠어! 어제 그런 말을 할 때는 나 자신 도 어딘지 몰랐던 거야. 내가 함께 가달라고 청한 것도, 오늘 여기 온 것도 목적은 단 하나야. 소냐, 날 버리지 말아줘. 버리지 않겠지, 소냐?"

그녀는 그의 손을 꼭 쥐었다.

"하지만 난 무엇 때문에 이런 말을 했을까, 무엇 때문에 죄다 고백했느냐 말이야!" 잠시 후 그는 한없는 고뇌에 찬 눈으로 그녀를 바라보면서 절망적으로 외쳤다. "지금 당신은 내 설명을 기다리고 있어, 소냐. 당신은 얌전히 앉아서 기다리고 있는 거야, 나도 그걸 알아. 하지만 난 당신에게 뭐라고 말하면 좋을까? 어차피 당신은 내 말을 이해하지 못할 테고, 그저 그 때문에 더 고민하게 될 테니 말이야… 바로 나 때문에! 저런, 당신은 울면서 또 나를 포옹하는군. 대체 무엇 때문에 나를 이렇게 포옹하는 거야? 내가 혼자 견딜 수가 없어서 '너도 함께 괴로워해라, 그럼 나도 좀 편해질 테니까!' 하고 자기 고통을 남한테 떠넘기려고 찾아왔기 때문인가? 아니, 이런 비열한 사내라도 당신은 사랑할 수가 있단 말인가?"

"하지만 당신 역시 고민하고 계시잖아요?" 하고 소냐는 외쳤다.

또다시 그의 가슴엔 아까와 같은 감정이 파도처럼 밀려와서 한순간 그의 마음을 부드럽게 해주었다.

"소냐, 내 마음은 악독해. 그건 알아야 해. 모든 건 그것으로 설명이 되니까. 나는 악독한 인간이기 때문에 여기 온 거야. 개중에는 오지 않는 자도 있지. 그러나 나는 겁쟁이야… 비열한이야! 하지만… 그런 건 아무래도 좋아! 내가 말하려는 건 그게 아니야… 지금 그걸 말해야겠는데, 어떻게 시작해야 할지 엄두가 안 나는군……."

그는 말을 멈추고 생각에 잠겼다.

"그래, 우린 서로 인간이 달라!" 그는 다시 외쳤다. "아무래도 합쳐질 순 없어! 그런데 나는 무엇 때문에, 무엇 때문에 여길 왔을까? 이건 결코 용서할 수 없는 일이야!"

"아녜요, 아녜요, 오시길 잘했어요!" 하고 소냐는 외쳤다. "내가 알게 된 것이 얼마나 다행인지 몰라요! 정말 다행이에요!"

그는 고통스러운 표정으로 그녀를 바라보았다.

"그런데 사실은 말이야!" 마음을 결정한 듯이 그는 말했다. "그건 이렇게 된 거야. 나는 나폴레옹이 되고 싶었어. 그래서 사람을 죽인 거야… 자, 이젠 알겠지?"

"아, 아니요." 소냐는 순진하게도 겁에 질린 얼굴로 속삭이듯 말했다. "그렇지만… 제발 말씀해주세요! 난 알 수 있을 거예요, **마음속으로** 모든 걸 다 알 수 있을 거예요!"

"알 수 있을 거라고? 좋아, 그럼 말해보지!"

그는 입을 다물고 한참 동안 생각을 가다듬었다.

"실은 이런 거야. 언젠가 나는 이런 문제를 내 자신에게 제기해본 적이 있었지. 예를 들어 나폴레옹이 내 위치에 놓였다고 한다면, 그리고 그의 진로를 개척하는 마당에 툴롱도, 이집트도, 몽블랑 정복도 없고, 그런 아름답고 위대한 것 대신에 오직 괴상망측한 14등관 과부 할멈뿐이고, 더구나 그 노파의 트렁크에서 돈을 꺼내기 위해서는—출세의 길을 열기 위해서야, 알겠지?—노파를 죽이지 않을 수 없었다면, 그것밖엔 달리 방도가 없었다면 그는 어떤 태도로 나왔을까? 그것이 너무나 속악한 짓이고 또 너무나… 죄스러운 일이라고 해서 주저했을까? 자, 그래서 말이야, 난 이 '문제'로 무척 오랫동안 고민했어. 그러다가 겨우 어쩌다 문득 나폴레옹 같으면 그런 걸 주저하기는커녕 그것이 속악한 짓이라고는 꿈에도 생각지 않았을 테고… 오히려 그런 걸 주저해야 할 이유도 몰랐을 것이다… 여기에 생각이 미치자 나는 한없이 부끄러운 생각이 들 정도였어. 만약에 다른 방도가 없었다면, 나폴레옹은 물론 우물쭈물 생각에 잠길 것도 없이 단숨에 목을 졸라 죽였을 것이다! 그래서 나도… 생각하는 것을 집어치우고… 단숨에 해치운 거야. 위인의 예에 따라서 말이야. 바로 이렇게 해서 일어났던 거야! 소냐, 당신한테는 우습게 보일 테지? 그러나 소냐, 여기서

214

무엇보다 무서운 것은, 이 사건이 이렇게 해서 일어났다는 바로 그 점일지도 모르지……."

소냐는 조금도 우습지가 않았다.

"좀 더 솔직히 말씀해주세요… 그렇게 비유만 하지 말고." 그녀는 더욱 겁에 질린 표정으로 겨우 들릴 만한 목소리로 애원했다.

그는 소냐 쪽으로 몸을 돌려 처량한 얼굴로 그녀를 바라보며 그녀의 두 손을 잡았다.

"그래, 이번에도 당신 말이 옳아, 소냐. 이건 모두 쓸데없는 이야기야. 무의미한 군소리에 지나지 않아! 실은 우리 어머니가 거의 무일푼의 가난한 노파라는 건 당신도 알고 있겠지. 누이동생은 어쩌다 우연히 교육을 받았기 때문에 남의 집 가정교사 노릇이나 하며 돌아다녀야 할 신세지. 그러니까 두 사람의 희망은 오직 나 하나에 달려 있었던 거야. 나는 공부를 하고 있었지만, 대학을 계속 다닐 수가 없어서 학업을 잠시 중단해야 했어. 설사 그대로 공부를 계속했다 하더라도 10년이나 12년 후에, 그것도 여러 가지 조건이 좋아야만 기껏 어디 교사나 관리가 되어 1년에 천 루블 정도의 봉급을 받는 게 고작이었겠지… (그는 암송이라도 하는 것 같은 어조로 말했다.) 그러나 그때까지 어머니는 고생과 슬픔 때문에 말라버리실 거야. 그러니 나는 어차피 어머니를 안심시켜드릴 수 없었던 거지. 그리고 누이동생… 누이동생에겐 더 나쁜 일이 일어날지도 몰라! … 아니, 도대체 뭐가 좋아서 한평생 모든 걸 방관만 하고, 모든 것에서 외면하고, 어머니를 잊고, 예를 들어 누이동생의 치욕을 얌전히 참아야 하느냐 말이야? 도대체 무엇 때문에? 그들을 매장하고 그 대신 새로운 것, 아내와 자식을 얻은 다음 그들 역시 돈 한 푼 없고 빵 한 조각 없는 처지로 남겨두기 위해선가? 그래서… 그래서 나는 결심한 거야. 노파의 돈을 손에 넣으면 처음 몇 해 동안의 비용을 충당하고, 어머니의 고생도 덜어드리고, 마음 놓고 대학에서 공부도 하고, 대학을 나온 이후 사회생활의 첫걸음에서 밑천으로 삼자… 그리고 모든 걸 크게 철저히 해치워서, 완전히 새로운 출세의 길을 열고 새로운 독립된 길에 들어서자! … 그래서… 아니, 이게 다야. 그야 물론 노파를 죽인 건, 내가 나빴겠지… 자, 이젠 그만해둬!"

힘없는 어조로 간신히 여기까지 말을 마치고 그는 고개를 푹 수그리고 말았다.

"아아, 그건 아녜요, 그렇지 않아요!" 소냐는 처절한 음성으로 외쳤다. "어떻게 그럴 수가 있어요… 아녜요, 그렇지 않아요, 그렇지 않아요!"

"당신은 그렇지 않다고 하지만… 나는 진지하게 말하고 있는 거야, 진실을!"

"그게 무슨 진실이에요! 오오, 하느님!"

"나는 다만 **이** 한 마리를 죽였을 뿐이야, 소냐, 백해무익한 더러운 이를."

"어머나, 사람을 이라고요!"

"그야 나도 이가 아니라는 것쯤은 알고 있어." 이상한 눈으로 그녀를 바라보며 그는 대답했다. "하긴 나는 지금 거짓말을 늘어놓는 거야, 소냐" 하고 그는 덧붙였다. "아까부터 거짓말만 하고 있었어… 여태까지 말한 건 죄다 엉터리야. 사실은 당신 말이 옳아. 여기엔 전혀, 전혀 별개의 원인이 있어! … 나는 벌써 오랫동안 아무하고도 이야기를 하지 않았거든. 소냐… 아아, 나는 지금 머리가 빠개질 것만 같아."

그의 눈은 열병 환자처럼 불타올랐다. 그는 거의 헛소리나 다름없는 말을 지껄이고 있었다. 그의 입술 언저리에는 불안스런 미소가 감돌고, 흥분한 마음의 그늘에서는 지칠 대로 지친 무기력이 얼굴을 내밀고 있었다. 그가 얼마나 고민하는지 소냐는 잘 알고 있었다. 그녀도 역시 현기증을 느끼기 시작했다. 그리고 그의 말투도 어쩐지 이상했다. 무언가 알 수 있을 것 같기도 하지만, 그러나… '그러나 어떻게 그럴 수가! 그럴 수가! 아아, 하느님!' 그녀는 절망 속에서 두 손을 쥐어짰다.

"아니야, 소냐, 그건 그렇지 않아!" 갑자기 새로운 상념에 충격을 받고 흥분을 느낀 듯이 그는 번쩍 고개를 쳐들고 또 말하기 시작했다. "그건 그렇지 않았어! 차라리… 이렇게 생각해줘. (그래, 확실히 그 편이 낫겠다!) 이렇게 생각해보라고, 내가 자존심이 강하고 시기심이 많은 간악하고 비열하고 복수심이 강한 놈이라고… 게다가 발광하기 쉬운 경향까지 있는 인간이라고 말이야. (이렇게 된 이상 죄다 실토해버리마! 발광 증세는 전부터도 말하는 사람이 있었으니까. 나도 알고 있었어!) 아까 나는 당신한테 대학을 계속 다닐 수 없었다고 말했지만, 어쩌면 그냥 계속 다닐 수 있었는지도 몰라. 등록금 정도는 어머니가 송금해줄 것이고, 신발이나 옷이나 빵을 살 돈은 내 힘으로 벌 수 있었을 테니까, 틀림없어! 가정교사질만 해도 한 번에 50코페이카는 받았으니 말이야. 라주미힌도 그렇게 일하고 있거든! 그러나 나는 배알이 꼴려서 일하려 하지 않았던 거야. 맞았어, **배알이 꼴렸던** 거야. (이건 정말 근사한 말이군!) 그래서 나는 거미처럼 제 집 한구석에 틀어박혀버렸어. 당신은 게딱지 같은 내 방에 왔었으니까 알겠지만… 소냐, 알겠지, 낮은 천장과 비좁은 방은 인간의 마음이며 머리까지 짓눌러버리게 마련이야! 아아, 나는 얼마나 그 게딱지 같은 골방을 저주했던 것일까! 그래도 어쨌든 나는 그 방에서 나오려고 하지 않았어! 일부러 나오려고 하지 않았던 거야. 며칠이고 밖에 나가지도 않았고 일하려고도 하지 않았어. 먹으려고도 않고 줄곧 누워만 있었지. 나스타시야가 가져다주면 먹고, 가져다주지 않으면 그대로 하루가 지나가버리는 거야. 일부러 고집을 부려 갖다 달란 말도 하지 않았어! 밤엔 불도 없는 캄캄한 방에서 뒹굴었지만 촛불 값도 벌려고 하지 않았지! 공부는 해야 했는데도 책은 다 팔아버리고, 탁자 위 노트와 수첩 따위엔 손가락만큼 두툼하게 먼지가 쌓였을 정도야.

나는 무엇보다도 그냥 누워서 생각하기를 좋아했지. 그래서 밤낮 생각만
했어… 그리고 줄곧 꿈만 꾸고 있었던 거야. 그것도 말할 수 없이 기괴한
오만 가지 꿈을 말이야! 그러나 그 무렵부터 점점 머리에 떠오르기 시작
했어, 즉… 아니, 그것이 아냐! 또 쓸데없는 소릴 하려 했군! 그때 나는 언
제나 이렇게 자문하곤 했지. 나는 왜 이렇게 바보일까? 만일 남들이 모두
바보이고 그것을 내가 확실히 알고 있다면, 왜 나는 좀 더 현명해지려 하
지 않는가? 그런데 그 후에 나는 깨달았어, 소냐. 모든 사람이 다 현명해
지기를 기다리려면 그야말로 너무 기나긴 세월이 걸릴 것이라고… 그리
고 또 나는 깨달았지. 그런 시기는 절대로 오지 않고, 인간이라는 건 영원
히 변하지 않으며, 또 누구도 인간을 개조할 수는 없다고. 그런 데다가 공
연히 노력을 허비할 필요는 없다! 이것이 인간의 법칙이다… 법칙이야, 소
냐! 정말로 그래! … 그리고 나는 이제야 두뇌와 정신이 확고하고 강한 인
간이 그들 위에 설 수 있는 지배자라는 걸 안 거야! 많은 일을 용감히 해
치우는 자가 올바른 인간이 되는 거지! 보다 많은 것에 침을 내뱉을 수 있
는 자가 인간의 입법자가 되고, 누구보다도 대담하게 행동할 수 있는 자
가 누구보다도 올바른 인간이 되는 거야! 지금까지도 그랬고, 앞으로도
영원히 그럴 거야! 오직 맹인만이 그것을 분별하지 못할 뿐이야!"

라스콜니코프는 이렇게 말하면서 줄곧 소냐의 얼굴을 보았으나, 그녀
가 과연 알아듣는지 어떤지는 이미 마음을 쓰지 않고 있었다. 강렬한 열
정이 완전히 그를 사로잡아버린 것이다. 그는 일종의 어두운 환희에 싸여
있었다. (사실 그는 너무나 오랫동안 아무와도 얘기하지 않았던 것이다!) 소냐는
그의 음산한 신조가 그의 신앙이 되고 법칙이 되어 있음을 깨달았다.

"나는 그때 깨달았어, 소냐." 그는 환희에 찬 어조로 말을 이었다. "권
력이란 다만 그것을 잡기 위해서 용감히 몸을 굽힐 수 있는 사람에게만
주어지는 것이라고. 단 한 가지, 그저 대담하게 해치우기만 하면 되는 거

야! 그때 내 머리엔 난생처음으로 한 가지 생각이 떠올랐어. 그건 나 이전에는 누구 한 사람, 단 한 번도 생각한 적이 없는 거야! 어느 누구도! 그러자 갑자기 모든 게 태양처럼 명백해졌어. 이러한 불합리 옆을 지나면서 지금까지 어느 누구도 그 꼬리를 잡고 흔들어대는 정도의 아주 간단한 일조차 해치운 자가 없었고, 또 앞으로도 없으리라는 것을 나는 알게 된 거야. 그래서 나는… 나는… 그것을 **해치우고** 싶었어. 그래서 죽인 거야… 나는 다만 해치우고 싶었을 뿐이야. 소냐, 이것이 노파를 죽인 원인의 전부야!"

"아아! 그만두세요, 아무 말도 말아주세요!" 소냐는 손뼉을 탁 치면서 외쳤다. "당신은 하느님을 버리신 거예요. 그래서 하느님께서 당신에게 벌을 내려 악마한테 넘기신 거예요!"

"참, 그 말이 나왔기에 말이지, 소냐, 난 어둠 속에 뒹굴고 있을 때, 이건 악마에게 홀린 것이 아닐까 하는 생각이 언제나 머리에 떠오르곤 했어, 어때?"

"잠자코 계세요! 농담 같은 건 그만두세요. 당신은 신을 모독했어요. 당신은 아무것도, 아무것도 몰라요! 아아, 하느님! 이 사람은 아무것도 모르고 있어요!"

"가만있어, 소냐! 나는 절대 농지거리를 하고 있는 게 아냐. 나 자신이 잘 알고 있어, 나는 악마에 홀린 거야. 그러니 소냐, 아무 말도 말아줘!" 그는 음울한 어조로 집요하게 되풀이했다. "나는 다 알고 있어. 그런 건 이미 그때, 어둠 속에 누워 있을 때 곰곰이 생각한 끝에 몇 번이나 나 자신에게 속삭였던 일이야… 그런 건 모두 이미 세밀한 점에 이르기까지 검토를 거듭한 문제라서 나는 죄다 알고 있어, 죄다! 그때부터 나는 그런 넋두리엔 진저리가 날 만큼 싫증이 났던 거야! 나는 모든 걸 잊어버리고 새로 시작하고 싶었어, 소냐. 그런 넋두리 같은 자문자답은 집어치우고 싶었어! 당신은 내가 무턱대고 바보 같은 짓을 했다고 생각하나? 나는 지자(知者)

로서 행동했던 거야. 그러나 결국은 그것이 나를 파멸시켰어! 당신은 정말 내가 그런 걸 몰랐다고 생각하나? 내게는 권력을 가질 권리가 있느냐 없느냐 하고 수없이 자문하면서 거듭 생각한 걸 보면, 그것은 곧 권력을 가질 권리가 없었다는 증거였어. 그리고 인간은 이냐 아니냐 하고 내가 자문한다면 인간은 **나에 있어서는 이**가 아니고, 다만 이런 생각은 털끝만큼도 안 한 사람에게만, 아무런 의문도 없이 전진할 수 있는 사람에게만 비로소 인간이 이 같은 존재라는 걸 내가 몰랐다고 당신은 생각하나? … 아아, 나폴레옹 같으면 그런 짓을 했을까 안 했을까 하는 문제로 내가 그토록 오랫동안 고민한 걸 보면, 스스로 나폴레옹이 아니란 걸 나는 명확히 느꼈던 거야. 나는 그런 부질없는 넋두리의 온갖 괴로움을 견뎌냈어. 그러고 나서 그런 고민을 내 어깨에서 떨어버리고 싶었어. 나는 말이야, 소냐, 그저 무작정 죽이고 싶었던 거야. 나 자신을 위해서 죽이고 싶었던 거야! 이 점에 대해선 나 자신에게까지 거짓말을 하고 싶지 않았어! 나는 어머니를 돕기 위해서 죽인 게 아니야. 천만에! 또 돈과 권력을 손에 넣어서 인류의 은인이 되려고 죽인 것도 아니야. 당치도 않은 소리지! 나는 그저 죽였을 뿐이야. 나를 위해서 죽인 거야. 나 한 사람을 위해서 죽인 거야. 그러니까 내가 누군가의 은인이 되든, 일평생 거미처럼 모든 인간을 거미줄에 얽어서 생피를 빨게 되든, 그 순간의 나에겐 어차피 마찬가지였어! … 그리고 중요한 건, 내가 살인을 저질렀을 때 필요했던 건 돈이 아니라는 점이야. 나는 그 모든 걸 알 수 있었어. 제발 내가 말하는 걸 이해해 줘. 나는 설사 같은 길을 걸어가게 된다 하더라도, 앞으로 살인 같은 짓은 절대 되풀이하지 않을 거야. 나는 다른 걸 알고 싶었어. 그것이 내 등을 떼밀었던 거야. 나는 그때 한시바삐 알고 싶었어. 나도 남들과 같은 **이**냐, 아니면 인간이냐. 그걸 알아야 했던 거야. 나는 밟고 넘어설 수 있느냐, 없느냐? 몸을 굽혀서 감히 잡을 수 있느냐, 없느냐? 나는 전전긍긍하는 벌레 같은 존재냐, 아니면 권리를 가진 인간이냐……."

"사람을 죽일? 사람을 죽일 권리를 가졌다는 건가요?" 소냐는 기가 차다는 듯이 손뼉을 탁 쳤다.

"이것 봐, 소냐!" 그는 화를 내며 외치고는, 무어라고 반박하려다가 갑자기 경멸하는 표정으로 입을 다물었다. "남의 말을 꺾지 말아요, 소냐! 나는 당신에게 한 가지만 말해두고 싶은 게 있어. 다름 아니라 그때는 악마 녀석이 나를 유혹해놓고 나중에 가서 '네게는 그런 짓을 할 권리가 없었다, 왜냐하면 너도 다른 모든 사람과 똑같은 **이**에 지나지 않으니까'라고 나한테 설명하더란 말이야! 악마란 놈이 나를 우롱했던 거야. 그래서 난 지금 이렇게 당신을 찾아온 거야! 자, 어서 손님 대접을 해야지! 만약 내가 **이**가 아니라면 뭣 하러 당신한테 찾아왔겠어! 실은 그때 내가 노파한테 간 건 그저 **시험 삼아** 가봤던 거야… 그 점을 알아줘!"

"그리고 죽였군요! 죽였군요!"

"그런데 어떻게 죽였다고 생각해? 살인이란 그렇게 하는 걸까? 내가 그때 간 것처럼 그렇게 사람을 죽이러 가는 걸까? 내가 어떤 모양으로 갔었는지 그건 언젠가 다음에 이야기하지. 정말 나는 그 노파를 죽인 걸까? 아냐, 나는 나 자신을 죽였지 그 노파를 죽인 게 아니야! 나는 거기서 단숨에 나 자신을 죽여버린 거야, 영원히! … 그 노파를 죽인 건 악마의 짓이지 내가 아니란 말이야… 자, 됐어, 됐어, 소냐, 이젠 그만 날 내버려둬." 갑자기 경련적인 고민에 몸부림치면서 그는 외쳤다. "제발 날 내버려둬!"

그는 무릎 위에 팔꿈치를 괴고서 집게로 죄듯이 두 손으로 머리를 감싸 안았다.

"아아, 이런 고통이 또 어디 있을까!" 괴로운 비명이 소냐의 가슴에서 터져 나왔다.

"자, 이젠 어떡하면 좋지, 말해줘!" 그는 번쩍 고개를 쳐들고, 절망한

221

나머지 흉하게 일그러진 얼굴로 그녀를 바라보면서 물었다.

"어떡하면 좋으냐고요!" 자리에서 벌떡 일어나며 그녀는 외쳤다. 그러자 지금까지 눈물이 글썽거리던 그녀의 눈이 갑자기 빛나기 시작했다. "일어나세요! (그녀는 그의 어깨를 잡았다. 그는 깜짝 놀란 눈으로 그녀를 보면서 몸을 일으켰다.) 지금 곧 여기서 나가 네거리에 서세요. 그리고 거기 엎드려서 우선 당신이 더럽힌 대지에 입을 맞추세요. 그다음에 사방으로 돌며 온 세계를 향해서 절을 하고, 똑똑히 들리게 큰 소리로 '나는 사람을 죽였습니다!'라고 말하세요! 그렇게 하면 하느님께서 당신에게 다시 생명을 내려주실 거예요. 가시겠죠? 가시겠죠?" 그녀는 발작이라도 일으킨 듯이 온몸을 후들후들 떨면서, 그의 두 손을 움켜쥐고 이글거리는 눈으로 그를 응시하며 이렇게 물었다.

그는 놀랐다기보다, 오히려 그녀의 이 뜻밖의 감격에 어떤 충격을 느낄 정도였다.

"당신은 징역 이야길 하고 있는가 보군, 소냐? 자수라도 하라는 건가?" 그는 침울한 어조로 물었다.

"고통을 받고 그것으로 속죄하는 거예요, 그렇게 해야 해요."

"아냐! 나는 그런 자들한텐 가지 않겠어, 소냐."

"그럼 어떻게, 대체 어떻게 살아갈 작정이세요? 무엇을 의지하고 살아갈 작정이세요?" 하고 소냐는 부르짖었다. "지금 그럴 수 있다고 생각하시나요? 우선 어머님께선 뭐라고 하시겠어요? 아아, 그분들은 앞으로 어떻게 될까요! 아니, 내가 무슨 소릴 하고 있을까! 당신은 이미 어머님도 누이동생도 다 버리셨어요. 아주 버리셨어요. 버리셨어요! 아아, 이 일을 어쩌나!" 하고 그녀는 외쳤다. "당신 자신도 잘 아시잖느냐 말이에요! 도대체 어떻게 사람을 떠나서 살아갈 수 있어요! 앞으로 당신은 어떻게 될까요!"

"어린애 같은 소린 그만둬, 소냐." 그는 나직한 음성으로 말했다. "도대체 내가 그들에게 무슨 죄가 있다는 거야? 무엇 때문에 가라는 거지? 그들에게 무슨 말을 하라는 거야? 그런 건 단순한 환상에 지나지 않아… 그들은 자기 손으로 몇백만의 인간을 살육하면서도 자기대로는 선행을 베푼다고 생각하고 있으니 말이야. 그들은 모두 사기꾼이고 비열한이야, 소냐! 나는 가지 않겠어. 게다가 무슨 말을 하라는 거야? 사람은 죽였지만 돈을 훔칠 용기가 없어서 돌 밑에 감추었습니다, 라는 말이라도 하라는 건가?" 그는 빈정거리듯 웃으면서 덧붙였다. "그렇게 말하면 놈들은 오히려 나를 비웃으며 이렇게 말할 테지. 이 바보야, 왜 그 돈을 갖지 않았어, 겁쟁이 바보 같으니라고! 놈들은 아무것도, 아무것도 몰라, 소냐. 모르는 게 당연하지. 그런데 내가 무엇 때문에 가야 하지? 난 안 가겠어. 어린애 같은 소리 그만둬, 소냐……."

"당신은 반드시 고민할 거예요, 고민할 거예요." 처절한 애원의 빛을 띠고 두 손을 내밀며 그녀는 되풀이했다.

"어쩌면 나 자신을 너무 학대했는지도 몰라." 생각에 잠기는 듯한 음울한 어조로 그는 말했다. "어쩌면 나는 **아직** 인간이지, **이**가 아닌지도 몰라. 너무 조급히 자신을 책망했는지도 몰라… 나는 **좀 더** 싸워보겠어."

오만한 웃음이 그의 입술 언저리에 떠올랐다.

"그토록 무서운 고민을 안은 채! 어떻게 한평생을, 한평생을!"

"그러는 동안 익숙해지겠지……." 그는 생각에 잠긴 표정으로 침울하게 말했다. "그런데 말이야." 1분쯤 지나서 그는 다시 입을 열었다. "자, 그만 울어줘, 이제부터 용건을 말해야 하니까. 내가 오늘 여기 온 이유는 놈들이 내 뒤를 쫓으며 체포하려 하고 있다는 걸 당신한테 알리기 위해서야……."

"아아!" 소냐는 소스라치게 놀라며 외쳤다.

"아니, 왜 그런 소리를 지르지? 아까는 나더러 징역을 가라고 해놓고 이번엔 또 그렇게 놀라다니! 하지만 걱정할 건 없어. 그런 놈들에겐 절대로 굴복하지 않을 테니까. 확실한 증거라곤 없거든. 어제만 해도 나는 아주 위험한 지경에 빠져서, 이젠 틀렸구나 생각했었지. 오늘은 사정이 달라졌어. 놈들이 가지고 있는 증거는 모두 양쪽에 꼬리가 있어서, 그러니까 놈들의 기소 자료를 나는 내게 유리하게 역용할 수 있단 말이야, 알겠어? 정말로 역용해 보일 테야. 이젠 요령을 알았거든. 그러나 일단 구속은 당할 거야. 만약에 어떤 사건만 일어나지 않았더라면 아마 오늘쯤은 감옥에 들어가 있었을지도 몰라. 하긴 이제부터라도, 오늘 중으로 감금될지도 모르지… 하지만 그런 건 아무것도 아냐, 소냐. 얼마 후엔 다시 석방되게 마련이니까… 왜냐하면 놈들은 정확한 증거라곤 하나도 갖고 있지 않고, 앞으로도 그런 증거가 나타날 리는 만무하거든. 장담할 수 있어. 하여튼 지금 놈들이 갖고 있는 증거로 사람 하나를 망쳐버릴 순 없단 말이야. 자, 이젠 됐어… 난 그저 당신에게 알리기만 하면 되니까… 누이동생이나 어머니한텐 어떻게 해서든지 잘 납득시켜서 놀라지 않도록 할 생각이야. 하긴 이번에 누이동생의 신상 문제는 보증된 셈이니까… 따라서 어머니도… 자, 내 말은 이게 다야. 그러나 당신도 조심해줘, 만일 내가 감금되면 면회 와주겠어?"

"네, 가고말고요! 가고말고요!"

그들은 마치 폭풍 뒤에 단둘이 황량한 바닷가에 밀어 올려진 사람들처럼 풀이 죽은 처량한 모습들을 하고 나란히 앉아 있었다. 그는 소냐의 얼굴을 물끄러미 바라보며, 그녀의 사랑이 얼마나 푸근하게 자기를 감싸주고 있는가를 느꼈다. 그러나 이상하게도 그는 그렇게까지 사랑을 받고 있다는 것이 괴롭고도 가슴 아프게 느껴졌다. 그렇다, 그것은 참으로 이상하고 무서운 느낌이었다! 아까 소냐한테 오는 도중만 해도 그는 자기의 모든 희망과 모든 활로가 전적으로 그녀에게 달려 있다고 느꼈었다. 그는 자기의 고민을 얼마만큼이라도 덜어주기를 바랐지만. 지금 그녀의 마음이 온통 자기에게 쏠려 있음을 알자 갑자기 전보다도 훨씬 더 불행해진 것을 느꼈고 의식했다.

"소냐" 하고 그는 말했다. "내가 형무소로 가더라도 역시 면회는 오지 않는 게 좋겠어."

소냐는 대답하지 않았다. 그녀는 울고 있었다. 몇 분이 흘렀다.

"당신 십자가를 갖고 계세요?" 하고 문득 생각난 듯이 소냐는 갑자기 물었다.

처음에 그는 질문의 뜻을 몰랐다.

"없죠? 없으시죠? … 자, 그럼 이걸 가지세요. 노송나무로 만든 거예요. 나한텐 리자베타가 준 구리 십자가가 또 하나 있어요. 리자베타하고 서로 십자가를 교환했었죠. 그녀는 나한테 십자가를 주고, 나는 그녀한테 조그만 성상을 주었어요. 난 앞으로 리자베타가 준 십자가를 걸기로 하고, 이건 당신한테 드리겠어요. 자, 받아주세요… 이건 내 것이에요! 내 것이라니까요!" 그녀는 애원하듯 말했다. "이제부터 우린 함께 고통을 받는 거예요, 함께 십자가를 지는 거예요!"

"받아두지!" 하고 라스콜니코프는 말했다. 그녀를 실망시키고 싶지 않았던 것이다. 그러나 그는 십자가를 받으려고 내밀었던 손을 이내 움츠리고 말았다.

"지금은 안 되겠어, 소냐. 나중에 받을게." 그녀를 안심시키려고 그는 이렇게 덧붙였다.

"네, 알겠어요. 그게 낫겠군요, 그게 낫겠어요." 그녀는 흥분한 어조로 말을 받았다. "고통을 받으러 갈 때 이걸 걸고 가세요. 저한테 들르시면 제가 걸어드리겠어요. 그리고 같이 기도를 올리고 함께 떠나도록 해요."

225

바로 그 순간, 누군가가 방문을 세 번 노크했다.

"소피야 세묘노브나, 들어가도 좋습니까?" 누군지 무척 귀에 익은 공손한 음성이 들려왔다.

소냐는 깜짝 놀라며 문께로 달려갔다. 레베쟈트니코프의 금발 머리가 불쑥 방 안을 들여다보았다.

5

레베쟈트니코프는 걱정스러운 얼굴을 하고 있었다.

"당신에게 볼일이 있어서 왔습니다… 나는 반드시 당신이 여기 계실 줄 알았어요" 하고 그는 갑자기 라스콜니코프에게 말을 건넸다. "아니, 무슨 다른 생각에서가 아니라… 그저 그렇게… 하여튼 그런 생각이 들었어요. 실은 댁에서 카체리나 이바노브나가 광증을 일으켰습니다." 그는 라스콜니코프를 젖혀놓고 갑자기 소냐에게 이렇게 말했다.

소냐는 앗 하고 비명을 올렸다.

"적이도 그런 것같이 보였습니다. 하지만… 우리로선 어떻게 해야 좋을지 갈피를 잡을 수가 있어야죠! 아까 그분이 돌아왔는데, 돌아왔다기보다는 어디서 쫓겨 온 듯했어요. 더구나 매까지 좀 맞은 모양이더군요… 적어도 그렇게 보였습니다. 그분은 자하르이치의 상관한테 달려갔었는데 주인은 집에 없더랍니다. 상관은 어느 다른 장군 댁에서 식사 중이었었나 봐요… 그런데 아시겠어요, 그분은 그 식사하고 있는 곳으로 뛰어갔다는 거예요… 그러니까 그 장군 댁으로 말입니다. 그러고는 떼를 쓰다시피 해서 상관을 불러냈답니다. 아직 식사 중인 사람을 말이에요. 그다음 어떻게 되었는가는 쉽사리 짐작이 갈 겁니다. 물론 그분은 쫓겨 나왔죠. 본인 말로는 그 상관에게 마구 욕설을 퍼붓고 무엇을 던지기까지 했다는군요. 글쎄, 그런 일은 있을 수도 있는 일이겠지만… 어떻게 돼서 그분이 붙잡히지 않았는지는 이상할 지경입니다! 지금 그분은 모든 사람한테, 아말리야 이바노브나한테까지도 그 이야기를 하고 있습니다만, 무슨 말인지 이해하기가 곤란하더군요. 고함을 지르고 몸부림을 치고 해서, 아 참, 그분은 이런 소리를 하며 외치고 있었습니다. 이젠 모든 사람에게 버림받았으니까 아이들을 데리고 손풍금을 들고 거리로 나가서, 아이들에게 노래를 부르게 하고 춤도 추게 하고 나도 함께 노래하고 춤을 추면서 돈을 벌어야겠다, 그리고 날마다 그 장군 댁 창 밑에 가겠다… 그리고 '관리 아버지를 둔 양갓집 아이들이 거지들처럼 거리를 방황하는 꼴을 그자에게 보여줄 테다!'라고 말하면서 아이들을 마구 때리는 바람에 아이들은 울고불고 야단입니다. 레냐에겐 '고향 마을' 노래를 가르치고, 사내아이에겐 춤을 가르치고, 폴레치카에게도 역시 마찬가집니다. 그리고 옷이란 옷은 닥치는 대로 갈기갈기 찢어서 그걸로 아이들에게 씌울 광대 모자를 만드는가 하면, 자기는 악기 대신 두드린다면서 대야를 들고 나오기도 하고… 남의 말은 아예 들은 체도 하지 않는군요. 정말 어떻게 된 걸까요? 아무래도 제정신 같지가 않아요."

레베쟈트니코프는 말을 더 계속하고 싶은 눈치였으나, 그때까지 가까스로 숨을 몰아쉬며 그의 이야기를 듣고 있던 소냐는 갑자기 망토와 모자를 집어 분주히 몸에 걸치면서 방에서 뛰쳐나갔다. 레베쟈트니코프도 뒤따랐다.

"미쳐버린 게 분명해요!" 그는 함께 한길로 나가면서 라스콜니코프에게 말했다. "나는 소피야 세묘노브나를 놀라게 하고 싶지 않아서 '그런 것 같다'고 말했지만, 이젠 의심할 여지가 없습니다. 폐병 환자는 그런 증상이 뇌에 나타나는 수가 있다더군요. 유감스럽게도 나는 의학엔 전혀 문외한입니다만. 하긴 그분을 좀 달래보려고도 했지만, 도무지 남의 말을 들으려 하질 않아요."

"당신은 결핵이라는 걸 그분에게 말했습니까?"

"아니, 분명하게 말하진 않았습니다. 게다가 그런 건 본인이 알아듣지도 못할 테니까요! 그러나 내가 하고 싶은 말은 이겁니다. 인간이란 본질적으로 울어야 할 까닭이 없다고 논리적으로 설득하면 우는 걸 그치는 법입니다. 이건 확실합니다. 당신 의견은 어떻습니까. 그치지 않을 거라고 생각하십니까?"

"그렇다면 사람 살기가 너무 편하지 않을까요" 하고 라스콜니코프는 대꾸했다.

"죄송합니다만, 잠깐만. 물론 카체리나 이바노브나에겐 이해하기 꽤 어렵겠지요. 하지만 당신은 모르십니까, 파리에선 이미 논리적인 설득만으로 정신병을 치료할 수 있다는 가능성에 관해서 진지한 실험이 행해지고 있다는 걸? 최근 사망한 유명한 학자인 모 교수가 그러한 치료 방법을 생각해냈답니다. 그 사람의 근본적인 생각은, 광인에겐 신체 기관의 특별한 장해가 있는 게 아니다. 정신착란은, 이를테면 논리적 오류, 판단상의 착오, 사물에 대한 부정확한 견해에 불과하다는 것입니다. 그 교수는 병자를 서서히 논리적으로 논박해서 마침내 좋은 결과를 얻었다더군요! 그러나 그때 그 교수는 샤워에 의한 냉수욕도 병행했으므로, 그 치료 결과에는 물론 아직도 의문의 여지가 있습니다… 적어도 그렇게 생각됩니다……."

라스콜니코프는 이미 그의 말을 듣고 있지 않았다. 자기 집 앞까지 오자. 그는 레베쟈트니코프에게 머리를 끄떡해 보이고 문 안으로 들어가버렸다. 레베쟈트니코프는 제정신으로 돌아와서 주위를 한 번 둘러보고는 앞으로 달려갔다.

라스콜니코프는 자기 골방에 들어가서 한가운데 멈춰 섰다. '뭣 하러 나는 여기 돌아왔을까?' 그는 누렇게 바래서 너덜거리는 벽지며, 먼지며, 소파 따위를 보았다. 안뜰 쪽에서는 무언가 날카로운 음향이 계속해서 들려오고 있었다. 어디선지 못질이라도 하고 있는 것 같았다. 그는 창가로 가서 발돋움을 하고 몹시 긴장된 표정으로 뜰 안을 살펴보았다. 그러나 안뜰은 텅 비어 있고 못을 치는 사람의 모습은 보이지 않았다. 왼편의 딴 채 집엔 여기저기 열린 창문이 보이고, 창틀 위에는 초라한 제라늄 화분이 놓여 있었다. 창밖엔 빨래가 널려 있었다. 하나같이 보지 않아도 다 알 수 있는 것들뿐이었다. 그는 빙그르르 몸을 돌려서 소파에 앉았다.

그는 지금껏 이런 무서운 고독을 느껴본 적이 없었다.

그렇다, 소냐를 전보다 더욱 불행하게 만든 지금, 어쩌면 정말로 그녀를 증오하게 될지도 모른다. 그는 다시 한 번 이런 느낌이 들었다. '나는 무엇 때문에 그 여자의 눈물을 구걸하러 갔을까! 무엇 때문에 나는 그 여자의 생활을 방해할 필요가 있었던가? 아아, 이 얼마나 비열한 짓이냐!'

"난 혼자 남는 거다!" 그는 갑자기 단호하게 외쳤다. "소냐도 감방에 면회하러 오진 않을 거야!"

5분쯤 지나자, 그는 고개를 쳐들고 이상하게 빙긋 웃었다. 그것은 괴상한 상념이었다. '어쩌면 형무소 쪽이 더 편할지도 모른다'는 생각이 떠올랐던 것이다.

그는 머릿속에 떠오르는 막연한 상념들을 상대로 얼마 동안이나 자기 방에 그대로 앉아 있었는지 기억에 없었다. 갑자기 방문이 열리고 두냐가 들어왔다. 처음에 그녀는 발길을 멈추고, 아까 그가 소냐를 바라볼 때처럼 문턱에서 그를 바라보았다. 이윽고 방 안으로 들어와서 어제 자기가 앉았던 의자에 그와 마주하고 앉았다. 그는 말없이 아무런 생각도 없는 듯이 멍청히 그녀를 바라보았다.

"오빠, 화내지 말아요, 그저 잠깐 들렀을 뿐이니까" 하고 두냐는 말했다. 그녀는 생각에 잠긴 듯한 표정이었으나 심각해 보이지는 않았다. 그 눈길은 맑고 차분했다. 그는 누이동생 역시 애정을 가지고 자기를 찾아와

주었다고 생각했다.

"오빠, 난 이제 무엇이나 다 알고 있어요. 드미트리 프로코피치가 죄다 설명하고 이야기해주었어요. 오빠는 어처구니없는 더러운 혐의 때문에 추적당해 고민하고 있다더군요… 그러나 드미트리 프로코피치의 말로는, 걱정할 게 아무것도 없는데 오빠가 공연히 공포 관념에 사로잡혀 있다는 거예요. 하지만 난 그렇게 생각지 않아요. 오빠가 얼마나 분개하고 있으며, 또 그 원한이 영원토록 상처를 남길 수도 있다는 걸 나는 **잘 알고 있어요**. 그리고 난 그게 두려워요. 오빠가 우릴 버리신 데 대해서도 난 조금도 원망하지 않아요. 어떻게 감히 오빠를 원망할 수 있겠어요. 전번에 오빠를 책망한 걸 제발 용서해주세요. 만일 나한테 그런 큰 슬픔이 있었다면, 나역시 모든 사람에게서 몸을 피했을 거라고 생각해요. 어머니한테 **이 일**은 한마디도 말하지 않았어요. 그러나 오빠 이야기는 자주 하겠어요. 오빠의 전갈이라는 형식으로, 곧 찾아올 거라고 말해두겠어요. 그러니까 어머니 걱정은 말아주세요. **내가** 잘 안심시켜드릴 테니까요. 하지만 오빠도 어머닐 너무 괴롭히진 마세요. 한 번만이라도 좋으니 와주세요. 그분이 오빠의 어머니란 걸 잊지 말아주세요! 그리고 오늘 내가 여기 온 것은 (두냐는 자리에서 일어나기 시작했다.) 다만 이 말을 하고 싶었기 때문이에요. 혹시 무슨 일이든 내가 도움이 될 만한 일이 있거든, 아니… 내 목숨이라도 좋으니 뭣이든 필요한 일이 있으면… 그땐 곧 날 불러줘요. 언제든지 달려올 테니까요. 그럼 안녕!"

그녀는 홱 몸을 돌리고 문 쪽으로 걸어갔다.

"두냐!" 하고 라스콜니코프는 누이동생을 불러 세우고, 자리에서 일어나 그녀 옆으로 다가갔다. "그 라주미힌, 드미트리 프로코피치, 참 좋은 사람이란다."

두냐는 살며시 얼굴을 붉혔다.

"그래서요?" 조금 기다린 뒤에 그녀는 물었다.

"그 친구는 민첩하고 근면하고 정직할뿐더러 열렬히 사랑할 수 있는 사나이야… 그럼 잘 가거라, 두냐."

두냐는 낯을 확 붉혔으나 곧 다시 불안스런 표정으로 변했다.

"오빠, 그게 무슨 말이에요? 우린 정말 영원한 이별이라도 하는 것 같군요… 그런 유언 같은 소릴 다 하면서?"

"어차피 마찬가지야… 잘 가거라……."

그는 얼굴을 돌리고 그녀의 곁을 떠나 창가로 갔다. 그녀는 잠시 그 자리에 서서 걱정스러운 듯이 오빠의 모습을 바라보았으나, 이윽고 불안한 가슴을 안은 채 방을 나갔다.

아니, 그는 결코 누이동생에게 냉담했던 것이 아니다. 한순간(마지막 헤어지는 순간) 누이동생을 와락 끌어안고 이별을 고한 다음 모든 걸 **말해버릴까** 하는 생각까지 났으나, 그는 누이동생에게 손을 내주는 것조차 망설였다.

'지금 그 애를 안아준다면, 나중에라도 그걸 상기하고 오싹 소름이 끼치리라. 그리고 내가 자기의 키스를 훔쳤다고 생각할 테지!'

'그런데 **그 여자**는 참아낼 수 있을까, 어떨까?' 몇 분 후에 그는 이렇게 마음속으로 덧붙였다. '아냐, 참아내지 못해, 그런 **족속들**은 참아내지 못할 거야! 그런 여잔 결코 참아내지 못하는 법이야……'

그는 소냐를 생각했던 것이다.

창에서는 상쾌한 바람이 흘러들었다. 밖은 이미 아까처럼 햇볕이 내리쬐고 있지는 않았다. 그는 급히 모자를 집어 들고 밖으로 나섰다.

그는 물론 자기의 병적인 상태에 대해서는 마음을 쓸 수 없었고, 또 쓰려고도 하지 않았다. 그러나 그 끊임없는 불안과 정신적인 공포는 아무 흔적도 없이 그대로 지나가버릴 리 없었다. 아직도 그가 진짜 열병에 걸려서 병상에 쓰러져버리지 않은 것은, 어쩌면 그 내면의 끊임없는 불안이 그의 다리를 지탱하고 의식을 보존하고 있었기 때문인지도 모른다. 그러나 그것은 어디까지나 인위적이고 일시적인 것에 지나지 않았다.

그는 정처 없이 방황했다. 해는 저물어가고 있었다. 최근에 이르러 그는 어떤 특수한 우수를 느끼기 시작했다. 그 속에 각별히 자극적인 것이나 가슴을 애태울 만한 것은 없었다. 그러나 거기서는 무언가 끊임없는 영원한 느낌이 풍겨 나와서 그 싸늘한 죽음과 같은 우수의 기나긴 세월이 예감되고, '1아르신 공간'에서의 무서운 영원성이 예감되었다. 대체로 해질 무렵이면 이 감촉은 더욱 심하게 그를 괴롭히기 시작했다.

"도대체 일몰 따위에 좌우될 정도로 어리석기 짝이 없는 순 육체적인 쇠약에 빠져 있으니, 단단히 정신을 차리지 않았다가는 무슨 바보짓을 할지 모르겠다. 소냐한테 간다는 것이 엉뚱하게 두냐를 찾아갈지도 모르니 말이야."

이때 그를 부르는 사람이 있었다. 돌아다보니 레베쟈트니코프가 달려오고 있었다.

"실은 댁에 갔었습니다. 당신을 찾으려고. 글쎄, 그 미망인은 자기 계획을 실행에 옮겨서 아이들을 데리고 밖으로 나가버렸답니다. 나는 소피야 세묘노브나와 함께 간신히 그들을 찾아냈습니다. 그 여자 자신은 프라이팬을 두드리고 아이들에겐 춤을 추게 하고 있잖겠어요. 아이들은 훌쩍훌쩍 울고요. 네거리나 가게 앞에서 그 짓을 하고 있는데, 구경꾼들이 그 뒤를 쫓아다니고 있습니다. 자, 어서 가봅시다."

"그럼 소냐는?" 레베쟈트니코프의 뒤를 급히 따라가면서 라스콜니코프는 근심스러운 듯이 물었다.

"그야말로 제정신이 아닙니다. 아니, 소피야 세묘노브나가 아니라 카체리나 이바노브나 말입니다. 하긴 소피야 세묘노브나도 정신이 없습니다.

233

아무튼 카체리나 이바노브나는 정말로 제정신이 아니에요. 완전히 미쳐버렸어요. 저러다간 모두 경찰에 끌려가고 말 텐데, 그러면 어떻게 될지 당신도 상상하실 수 있을 겁니다… 그들은 지금 소피야 세묘노브나의 거처에서 아주 가까운 다리 옆 운하가에 있습니다. 이제 다 왔어요."

다리에서 그리 멀지 않은, 소냐가 살고 있는 집에서 두 집밖에 떨어지지 않은 운하가에 사람들이 떼 지어 모여 있었다. 특히 사내아이와 계집아이들이 많이 몰려와 있었다. 카체리나 이바노브나의 쥐어짜는 듯한 목쉰소리가 다리 쪽에서 들려왔다. 그것은 정말 구경거리임에 틀림없었다. 평상시의 낡은 옷을 입고 드라데담직 숄을 걸치고, 보기 흉하게 한쪽으로 일그러진, 너슬너슬한 밀짚모자를 쓴 카체리나 이바노브나는 그야말로 진짜 광란 상태에 빠져 있었다. 그녀는 피로에 지쳐 숨을 헐떡이고 있었다. 지칠 대로 지친 폐병 환자다운 그 얼굴은 어느 때보다 더욱 괴로워 보였다(게다가 폐병 환자는 집 안에 있을 때보다 바깥 햇빛 속에서 더욱 병자 티가 나고 추하게 보이는 법이다). 그러나 흥분 상태는 좀체 가라앉지 않았고, 시시각각으로 더욱더 격화되어갈 뿐이었다. 그녀는 아이들에게 달려들어 꾸짖기도 하고 달래기도 하고, 군중 앞에서 노래와 춤을 가르치는가 하면 무엇 때문에 이런 짓을 해야 하는가를 애들에게 설명하기도 했다. 그러고는 아이들이 잘 알아듣지 못한다고 버럭 화를 내며 그들을 때려주기도 했다. 그러다가 자기 말을 채 맺기도 전에 군중한테로 달려가서, 조금이라도 깨끗한 옷차림을 한 사람이 눈에 띄면 곧 그 사람을 붙잡고 '지체 있는 귀족이라고 할 만한 양갓집' 아이들이 이런 기막힌 꼴이 되었다고 넋두리를 늘어놓기 시작했다. 간혹 군중 속에서 웃음소리나 놀리는 소리가 들려오면 당장에 그 무례한 자에게 덤벼들어 욕을 퍼붓곤 했다. 어떤 사람은 실제로 웃고 있었고, 어떤 사람은 고개를 설레설레 젓고 있었다. 하여튼 겁에 질려 어쩔 줄 모르는 아이들을 이끌고 거리에 나온 미친 여자를 구경한다는 것은 누구에게나 흥미 있는 일임에 틀림없었다. 레베쟈트니코프가 말한 프라이팬은 없었다. 적어도 라스콜니코프는 보지 못했다. 그러나 카체리나 이바노브나는 폴레치카에게 노래를 시키고 레냐와 콜랴에게 춤을 추게 할 때는 프라이팬 대신에 그 까칠하게 마른 손바닥을 치면서 박자를 맞춰주고 있었다. 그러면서 자기도 함께 노래를 부르기 시작하지만, 그때마다 괴로운 기침 때문에 둘째 구절에서 끊어지곤 했다. 그 때문에 또 짜증을 일으켜서 기침을 원망하며 울기까지 했다. 무엇보다 그녀의 화를 돋운 것은 콜랴와 레냐의 울음소리와 겁에 질린 모습이었다. 사실 아이들의 옷차림에는 그들을 거리의 광대처럼 분장시키려는 충분한 의도가 엿보였다. 사내아이는 터키인처럼 꾸미려고 흰 바탕에 빨간빛이 섞인 두건을 머리에 감고 있었으나, 레냐에겐 적당한 의상이 없었으므로 머리에 죽은 남편의 붉은 털실 모자(모자라기보다 나이트캡이라는 편이 나을지도 모르는)를 씌웠는데, 거기에는 카체리나의 할머니의 유물로서 여태까지 가보처럼 상자에 간직해두었던 흰 타조 깃이 꽂혀 있었다. 폴레치카는 평상시의 옷을 그대로 입고 있었다. 그녀는 어찌할 바를 모르고 겁먹은 눈으로 어머니를 지켜보면서 그 옆을 떠나지 않았다. 그녀는 억지로 눈물을 감추고 있었으나, 어머니의 발광을 눈치채고 불안스럽게 주위를 둘러보고 있었다. 거리의 군중 때문에 완전히 겁을 집어먹고 만 것이다. 소냐는 카체리나 이바노브나의 곁을 한시도 떠나지 않고 따라다니면서 어서 집으로 돌아가자고 쉴 새 없이 눈물로 애원하고 있었다. 그러나 카체리나 이바노브나는 들은 체도 하지 않았다.

"그만둬라, 소냐, 그만둬!" 카체리나 이바노브나는 가쁘게 숨을 몰아쉬고 콜록거리면서 빠른 소리로 외쳤다. "너는 지금 네 자신이 뭘 부탁하는지도 모르는구나, 꼭 어린애처럼! 나는 아까도 너한테 말하지 않았니… 그 주정뱅이 독일 년 집에는 두 번 다시 돌아가지 않겠다고. 나는 온 세상 사람에게, 온 페테르부르크 사람에게 보여주련다. 평생을 충실하고 정직하게 근무했고, 근무 중에 순직했다고 해도 좋을 부친을 둔 지체 있는 집안의 아이들이 이렇게 구걸하고 다니는 꼴을 보여주겠다(카체리나 이바노브나는 어느새 이런 환상을 만들어내서는 무조건 믿고 있었다). 그 돼먹지 못한 장군 녀석한테 보여주겠다. 암, 보여주고말고. 그런데 너도 참 바보구나, 소냐. 도대체 앞으로 뭘로 먹고살겠다는 거냐. 지금까지 신물이 나도록 너를 고생시켜왔으니 더는 네게 폐를 끼치고 싶지 않다. 아아, 로지온 로마느이치, 당신이었군요!" 그녀는 라스콜니코프를 발견하고 그쪽으로 달려가면서 외쳤다. "제발 이 바보 아이한테 잘 일러주세요, 이보다 더 현명한 방법은 없다는 걸! 거리의 손풍금수도 제법 벌이가 되거든요. 사람들은 우릴 곧 알아줄 거예요. 지금은 거지꼴이 됐을망정 근본은 좋은 가문의 불쌍한 가족이라는 걸 알아줄 거예요. 그 장군 놈은 머지않아 면직되고 말 테니 두고 보세요! 우린 날마다 그놈의 집 창 밑에 갈 거예요. 그리고 황제께서 거동하시면, 나는 그 앞에 무릎을 꿇고 이 애들을 모두 앞에 내세워 보여드리면서 '아버지시여, 우리를 보호해주십시오' 하고 말하겠어요. 황제는 고아의 아버지시고 자비로운 분이니까 반드시 보호해주십니다. 두고 보세요. 그놈의 장군 따위는… 레냐! Tenez-vous droite!('몸을 바로 세워라'라는 뜻) 콜랴, 너는 어서 또 한 번 춤을 춰라. 뭣 때문에 훌쩍이니? 또 울기 시작하는구나! 아니, 도대체 뭐가 그렇게 무서우냐. 바보 같으니, 아아, 정말 이 애들을 어떡하면 좋을까요, 로지온 로마느이치! 이 애들이 얼마나 내 속을 태우는지, 당신이 아신다면! 아아, 이것들을 어쩌면 좋을까!"

그녀 자신도 거의 울다시피 하면서(그렇다고 연방 빠른 소리로 지껄여대는 말에 지장을 주지는 않았다) 훌쩍거리고 있는 아이들을 가리켜 보였다. 라스콜니코프는 집에 돌아가도록 그녀를 설득하기 위해 그녀의 자존심에 호소해보리라 생각하고, 손풍금수처럼 거리를 쏘다니는 것은 그녀의 체통에 맞지 않는 일이다. 왜냐하면 그녀는 양갓집 자녀를 위한 기숙학교장이 되려는 사람이기 때문이라고까지 말해보았다.

"기숙학교라고요, 하! 하! 하! 꿈만은 아름답죠!" 하고 카체리나 이바노브나는 외치며 웃었으나, 이내 심한 기침 발작을 일으키고 말았다. "아녜요, 로지온 로마느이치, 꿈은 이미 사라져버렸어요! 우린 모든 사람에게 버림받았습니다. 더구나 그놈의 장군은… 아시겠어요, 로지온 로마느이치, 나는 그놈에게 잉크병을 던졌답니다. 마침 사환 방 탁자 위에 잉크병이 있었거든요. 방문객이 서명하고 가는 서류, 나도 거기 서명했지만, 그 서류 옆에 있기에 그것을 장군 놈에게 내던지고 도망쳐 왔지요. 아아, 그렇게 치사스런 놈이 어디 있겠어요, 정말 치사스런 놈이에요. 그렇지만 상관없어요, 이제부터 나는 내 손으로 벌어 저것들을 먹일 테니까, 아무한테도 머리를 숙이지 않겠어요! 그리고 저 애한테도 신물이 나도록 고생을 시켰으니까요(하고 그녀는 소녀를 가리켜 보였다)! 폴레치카, 얼마나 모였는지 좀 보자! 아니, 겨우 2코페이카야? 정말 치사하구나! 혀만 내밀고 남의 뒤를 따라다닐 뿐 돈 내는 놈은 하나도 없구나! 저기 저 등신 같은 놈은 뭘 웃는 거야? (그녀는 군중 속의 한 사람을 가리켰다.) 이렇게 된 건 모두 이 콜랴가 못나게 굴기 때문이에요. 저렇게 속상하게만 구니! 넌 어떻게 된 거냐, 폴레치카? 자, 나한테 프랑스어로 말해봐라. Parlez moi français.('내게 프랑스어로 말해봐'라는 뜻) 내가 가르쳐주었으니 몇 마디쯤은 알고 있을 게 아니냐 말이야! 그렇지 않으면 너희들이 의젓한 집안에서 교육을 받은 아이들이고, 너절한 거리의 손풍금수와는 다르다는 걸 사람들이 어떻게 알겠니. 우린 거리에서 '페트루쉬카'(인형극)를 해 보이는 게 아니고 품위 있는 로맨스를 부르는 거다… 암, 그렇고말고! 하지만 무슨 노래를 부르면 좋을까? 너희들이 방해만 하기 때문에 우린… 실은 로지온 로마느이치, 우리가 여기 잠깐 멈춰 선 건 좋은 노래를 고르기 위해서였어요, 콜랴도 맞춰서 춤을 출 수 있는 노래를… 아시다시피 우린 아무 준비도 없으니까요. 그래서 잘 상의해서 완전히 연습을 한 뒤에 네프스키 거리로 나갈 작정이에요. 거기 가면 상류사회 인사들도 훨씬 많으니까 우리를 곧 이해해줄 겁니다. 레냐는 '고향 마을'을 알고 있어요… 하지만 요즘은 어딜 가나 '고향 마을'이 유행이어서 어중이떠중이 다 그 노래를 부르고 있거든요. 우린 그런 것보다 고상한 걸 불러야 해요… 자, 넌 무슨 노랠 생각해냈니, 폴랴? 너만이라도 이 어미를 도와주려무나! 난 이제 완전히 기억력이 없어져버렸다. 그렇지 않다면 내가 생각해내는 건데! 그렇다고 '경기병이 장검에 기대고'를 부를 수도 없는 노릇이고. 아아, 그렇지, 프랑스어로 'Cinq sous'('5수'라는 뜻)를 부르자! 내가 너희들한테도 가르쳐주었지, 가르쳐주었잖아. 무엇보다도 이 노래는 프랑스어니까 너희들이 상류 가정의 자녀라는 걸 이내 알 수 있을 거고, 또 딴 노래보다 훨씬 감동을 줄 거다. 그리고 'Malborugh s'én va-t-en guerre!'('말브뤼는 전쟁터로!'라는 뜻)도 좋겠구나! 이건 진짜 애들 노래라서 상류 가정에선 어디서나 아기를 재울 때 부르는 거니까."

Malborugh s'én va-t-en guerre(말브뤼는 전쟁터로),
Ne sait quand reviendra(돌아올 기약도 없이)…

하고 그녀는 부르기 시작하다가…….
"아니다, 이것보다는 역시 'Cinq sous'가 좋겠다! 콜랴! 두 손을 허리에 얹고, 어서, 레냐, 너도 저쪽으로 돌아라. 나하고 폴레치카가 노래를 부르며 박자를 쳐줄 테니!

Cinq sous, cinq sous(단돈 5수, 단돈 5수)
Pour monter notre ménage(이걸로 살림을 꾸려가자니)

콜록, 콜록, 콜록! (그녀는 몸부림치면서 기침을 했다.) 옷을 고쳐라, 폴레치카, 어깨가 처졌구나." 그녀는 숨을 헐떡이고 기침을 하며 주의를 주었다. "이제부터 너희들은 더욱 몸가짐을 주의해서 점잖게 굴어야 한다. 보는 사람들이 모두, 양갓집 자녀로구나, 하고 알 수 있도록 말이다. 나는 그때 허리를 좀 더 길게 해서 두 폭으로 재단해야 한다고 말했잖니. 그런걸, 소냐 네가 그때 옆에서 자꾸 '좀 더 짧게, 좀 더 짧게' 하는 바람에 저애 꼴이 저 모양이 돼버렸어… 아니, 너희들은 왜 또 그렇게 우는 거냐! 울긴 왜 울어, 이 바보들 같으니! 자, 콜랴, 빨리 시작해라, 자, 빨리, 빨리 하라니까… 아, 정말 왜 이렇게 속을 썩일까! …

Cinq sous, cinq sous.

또 순경이 왔구나! 대체 당신은 무슨 일로 왔소?"

실제로 순경 한 사람이 군중을 헤치며 나섰다. 그러나 그와 동시에 문관 제복에 외투를 걸치고 목에 훈장을 건(이것은 카체리나 이바노브나를 몹시 기쁘게 했으며 순경에게도 어느 정도 영향을 주었다) 쉰 살 전후의 의젓한 신사가 다가와서 말없이 카체리나 이바노브나에게 3루블짜리 초록빛 지폐 한 장을 쥐여주었다. 그의 얼굴에는 진지한 동정의 빛이 어려 있었다. 카체리나 이바노브나는 돈을 받아 들자 공손하기보다는 정중히 예절 바른 인사를 했다.

"감사합니다, 나리." 그녀는 갑자기 점잔을 빼며 말하기 시작했다. "우리가 거리를 쏘다니게 된 건… 돈을 잘 간수해라, 폴레치카. 자, 봐라, 이처럼 불행에 빠진 가련한 귀부인을 이내 도와주시는 고결하고 관대하신 어른도 계시단다. 나리, 이 애들이 어엿한 귀족들과 관련이 있다고도 할 수 있는 훌륭한 집안의 고아들이라는 건 곧 알아보시겠죠? 그런데 그 장군 놈은 태연히 버티고 앉아 멧닭 요리를 먹으면서… 내가 찾아와 귀찮게 군다고 발을 구르면서 야단치지 않겠어요. 나는 이렇게 말했습니다. '각하, 죽은 세묜 자하르이치를 잘 아실 테니 제발 그가 남기고 간 고아들을 보호해주십시오. 돌아가신 주인의 친딸이 쓰레기만도 못한 비열한에게 터무니없는 중상을 받았습니다… 더구나 주인이 돌아가신 그날에…….' 아아, 또 저 순경이! 제발 도와주세요!" 하고 그녀는 관리를 향해 외쳤다. "왜 저 순경은 우릴 못살게 굴까요? 메시찬스카야 거리에서도 못살게 굴어서 이리로 쫓겨 왔는데… 아니, 도대체 무슨 볼일이 있다는 거야, 바보 같으니!"

"거리에서 이런 짓은 금지되어 있소. 이런 점잖지 못한 행동은 안 됩니다!"

"너야말로 점잖지 못하구나! 나는 보통 손풍금수와 다를 게 없으니, 네 놈이 참견할 일은 못 돼."

"손풍금수라면 허가가 있어야 해요. 그런데 당신은 허가 없이 제멋대로 사람들을 모아놓고 이런 짓을 하고 있으니, 댁은 어디십니까?"

"뭐, 허가라고?" 카체리나 이바노브나는 버럭 고함을 질렀다. "나는 오늘 남편 장례식을 치렀을 뿐인데, 허가라는 게 다 뭐야!"

"부인, 부인, 진정하시오" 하고 관리가 참견했다. "자, 가십시다. 내가 모셔다 드릴 테니… 이렇게 사람이 모인 데선 보기도 안됐고… 게다가 부인은 몸도 편치 않은 것 같으니…….."

"아니에요, 나리, 당신은 아무것도 모릅니다!" 하고 카체리나 이바노브나는 외쳤다. "우린 이제부터 네프스키 거리로 가는 길이에요… 소냐, 소냐, 아니, 이 앤 어딜 갔을까! 역시 울고 있구나. 너희들은 왜 모두 이 모양이냐! … 콜랴, 레냐, 너희들은 어딜 가는 거냐?" 그녀는 갑자기 놀란 얼굴로 이렇게 외쳤다. "아, 바보 자식들 같으니! 콜랴, 레냐, 너희들은 도대체 어딜 가는 거야!"

거리에 모여든 군중과 미친 어머니의 괴상한 행동에 겁을 집어먹은 콜
랴와 레냐는 순경이 자기들을 잡아서 어디로 끌고 가려는 것을 보자, 갑
자기 약속이라도 한 듯이 손을 맞잡고 도망치기 시작했던 것이다. 가엾은
카체리나 이바노브나는 통곡을 하고 울부짖으며 아이들의 뒤를 쫓아갔
다. 숨을 헐떡거리고 울며불며 달려가는 카체리나 이바노브나의 모습은
처참하기도 하고 애처롭기도 했다. 소냐와 폴레치카도 그 뒤를 따라 뛰어
갔다.

"데려와라, 저 애들을 데려와, 소냐! 아아, 어미의 마음도 모르는 저 바보
자식들 같으니! 폴랴! 어서 두 놈을 붙잡아라… 난 너희들을 위해서……."
그녀는 정신없이 달리다가 발이 걸려 길바닥에 푹 쓰러지고 말았다.

"어머나, 몸을 다쳐서 저렇게 피가! … 아아, 이를 어쩌나!" 소냐는 비
명을 올리며 그녀 위로 몸을 굽혔다.

군중이 와 몰려들어 주위를 둘러쌌다. 라스콜니코프와 레베쟈트니코
프는 맨 먼저 달려들었다. 동정하던 관리도 급히 달려왔다. 순경도 뒤따라
왔으나 귀찮아질 것을 예견하고 손을 내저으면서 "이런 제기랄!" 하고 중
얼거렸다.

"비켜요, 비켜!" 그는 사방에서 밀려드는 군중을 쫓아냈다.

"다 죽게 됐군!" 누군가가 외쳤다.

"미친 여자야!" 하고 다른 사람이 말했다.

"아아, 하느님 맙소사!" 한 여인이 성호를 그으면서 말했다. "그 계집애
와 사내는 붙잡았나? 아아, 저기 끌려오는군. 누이가 잡았구면… 정말 말
썽꾸러기들이야!"

그러나 카체리나 이바노브나의 몸을 잘 살펴보니 그녀는 소냐가 생각
한 것처럼 돌부리에 채어 다친 것이 아니었다. 길바닥을 빨갛게 물들인 선
혈은 그녀의 가슴에서 토해진 각혈이었다.

"이건 나도 압니다. 본 일이 있어요" 하고 관리가 라스콜니코프와 레베 쟈트니코프에게 중얼거리듯 말했다.

"폐병입니다. 이렇게 왈칵 피를 토하고 목이 콱 막혀버리는 건. 우리 친 척 여자 하나가 최근에 이렇게 각혈하는 걸 보았어요. 컵으로 하나 반 쯤… 그것도 별안간에… 하지만 어쩌면 좋을까, 이러다간 곧 죽어버릴 텐 데."

"저리 가요, 저리, 내 집으로!" 하고 소냐는 애원하듯이 말했다. "나는 바로 저기 살고 있어요! … 바로 저 두 번째 집이에요… 빨리 내 집으로 모셔주세요. 빨리!" 그녀는 사람들에게 달려들어 애걸했다. "의사를 불러 주세요… 아아, 이를 어쩌나!"

관리의 노력으로 일은 잘 진행되었다. 순경까지 카체리나 이바노브나 를 옮기는 일을 거들었다. 그녀는 거의 죽은 상태로 소냐의 방으로 운반 되어 침대에 눕혀졌다. 각혈은 아직도 계속되고 있었으나 그녀는 차츰 정 신을 차리는 것 같았다. 소냐 말고도 라스콜니코프와 레베쟈트니코프, 그 리고 관리와 군중을 쫓는 순경이 일시에 방 안으로 밀려들었다. 구경꾼 가운데 몇 사람은 문 앞까지 따라왔다. 폴레치카는 벌벌 떨면서 울고 있 는 콜랴와 레냐의 손을 끌고 왔다. 카페르나우모프네 집 사람들도 모여들 었다. 집주인은 절름발이에다 애꾸눈이였는데 억센 머리칼과 구레나룻이 솔처럼 뻣뻣하게 일어선 괴상한 사나이였다. 어쩐지 노상 겁에 질린 표 정을 하고 있는 그의 아내와, 끊임없는 놀라움에 그대로 굳어버린 듯한 주 인집 아이들 네댓이 입을 쩍 벌리고 서 있었다. 이런 혼잡한 군중 속에 갑 자기 스비드리가일로프가 모습을 나타냈다. 라스콜니코프는 군중 속에선 그를 거의 본 기억이 없었기에 어디서 왔는지 짐작이 가지 않아서 놀란 눈으로 그를 보았다.

의사와 신부를 불러야겠다는 말이 나왔다. 관리는 라스콜니코프에게 의사는 이미 소용없게 되었다고 속삭이면서도 의사를 불러오도록 조처했다. 카페르나우모프 자신이 의사를 부르러 뛰어갔다.

그러는 사이에 카체리나 이바노브나는 숨을 좀 돌리고 각혈도 잠시 멈췄다. 그녀는 병적이면서도 마음속까지 꿰뚫는 듯한 날카로운 눈으로 가련한 소냐의 얼굴을 응시했다. 소냐는 계모의 이마에 맺힌 땀방울을 손수건으로 닦아주면서 오들오들 떨고 있었다. 이윽고 카체리나 이바노브나는 몸을 일으켜달라고 부탁했다. 사람들은 양쪽에서 그녀를 부축해 일으켜 침대 위에 앉혔다.

"애들은 어디 있니?" 하고 그녀는 가냘픈 음성으로 물었다. "네가 그 애들을 데려왔니, 폴랴? 바보 자식들 같으니라고! … 글쎄, 왜 도망을 치는 거야… 아아!"

그녀의 마른 입술에는 아직도 온통 피가 묻어 있었다. 그녀는 사방을 살펴보듯이 주위를 두리번거렸다. "아, 여기가 바로 네가 사는 곳이구나, 소냐! 난 한 번도 와보지 못했는데… 결국 이렇게 오게 되다니……."

그녀는 괴로운 표정으로 소냐를 바라보았다.

"우린 너를 너무 괴롭혔어, 소냐… 폴랴, 레냐, 콜랴, 이리 오너라… 자, 다 모였구나. 소냐, 제발 이 애들을 맡아다오… 내 손에서 네 손으로 넘겨준다. 나는 다됐어… 이걸로 끝장이야! 나를 놓아다오, 제발 죽을 때만이라도 좀 조용히 죽게……."

사람들은 그녀를 눕혔다.

"뭐, 신부님? … 필요 없다… 우리에게 어디 그럴 돈이 있겠니? … 나한테 죄라곤 없어… 그런 것 없이도 하느님은 용서해주실 거다… 내가 얼마나 고생했는지를 잘 알고 계실 테니까… 그러나 용서하지 않으신다 해도 할 수 없는 일이지!"

불안한 실신 상태가 점점 강하게 그녀를 사로잡았다. 이따금 그녀는 몸을 떨며 주위를 둘러보고 한순간 사람들의 얼굴을 알아보기도 했으나, 곧 다시 헛소리를 하기 시작했다. 그녀는 목쉰 소리를 내며 괴롭게 숨을 헐떡였다. 뭔가가 목에 걸려 꾸르륵거리는 것 같았다.

"나는 그분한테 말했어… 각하!" 한 마디 한 마디 숨을 몰아쉬며 그녀는 외쳤다. "아말리야 류드비고브나 그년이… 아아! 레냐, 콜랴, 손을 허리에 얹고, 빨리, 빨리, 글리세, 글리세, 파 ─ 드 ─ 바스크!('매끄럽게 매끄럽게 바스크 스텝으로'라는 뜻) 발로 장단을 맞추면서… 점잖고 훌륭한 애가 돼야 한다.

Du hast Diamanten und Perlen(다이아몬드와 진주는 그대의 것)…

그다음은 뭐더라? 옳지, 이렇게 불렀지…

Du hast die Schönsten Augen(더없이 아름다운 눈을 갖고서),
Mädchen, was willst du mehr(아가씨야, 그 밖에 무엇을 더 바라느냐)?

그래, 이게 틀림없어! was willst du mehr라니… 정말이지 무슨 바보 같은 소릴까! 아 참, 이런 것도 있었지…

한낮의 더위에, 다게스탄의 골짜기에서…

아아, 나는 이 노래를 얼마나 좋아했을까… 나는 이 노래가 미칠 듯이 좋았단다. 폴레치카… 이건 네 아버지가… 약혼 시절에 곧잘 부르시던 노래야… 아아, 그 시절이 그립구나! 그래, 이게 좋다, 이 노래를 부르자! 그런데 어떻게 부르더라? … 아아, 생각이 나지 않는구나! 한번 생각해봐, 어떻게 부르는지!" 그녀는 몹시 흥분하여 일어나려고 몸부림을 쳤다. 마침내 한 마디 한 마디 외치는 것처럼 숨을 헐떡이면서 시시각각으로 더해가는 경악의 표정을 띠고 찢는 듯한 무서운 목쉰 소리로 노래 부르기 시작했다.

한낮의 더위에! … 다게스탄의!
골짜기에서! … 가슴에 총알을 품고! …

"각하!" 갑자기 그녀는 눈물을 쏟으면서 비통한 목소리로 이렇게 외쳤다. "이 고아들을 돌봐주십시오! 죽은 세묜 자하르이치의 충성심을 생각하셔서! 귀족이라고도 할 수 있는! … 아아!" 그녀는 문득 제정신으로 돌아와 깜짝 놀란 듯이 주위를 둘러보고 몸을 부르르 떨더니 곧 소냐를 알아보았다. "소냐! 소냐!" 소냐가 앞에 있는 것이 이상하다는 듯이 그녀는 정답고 상냥한 목소리로 말했다. "소냐, 귀여운 소냐! 너도 여기 있었니?" 사람들은 또 한 번 그녀를 일으켜 앉혔다.

"이젠 그만이야! 가야 할 때가 왔어! … 잘 있어라, 소냐, 불행한 자식 같으니, 여윈 말을 죽도록 부려먹은 거야. 아아, 이젠 나도 기운이 어… 없구나!" 그녀는 증오에 넘친 절망적인 어조로 이렇게 외치고 털썩 베개 위에 머리를 떨어뜨렸다.

그녀는 다시금 의식을 잃었다. 그러나 이 최후의 혼수상태는 그리 오래가지 못했다. 그 수척하고 싯누런 얼굴은 뒤로 축 늘어지고, 입은 떡 벌어지고, 다리는 경련을 일으키면서 쭉 뻗었다. 그녀는 깊이깊이 숨을 몰아쉬더니 그대로 숨을 거두고 말았다.

소냐는 시체 위로 몸을 던져 두 손으로 껴안더니 바싹 여윈 가슴패기에 얼굴을 묻은 채 정신을 잃고 말았다. 폴레치카는 죽은 어머니 발밑에 몸을 던지고 흐느껴 울면서 그 발에 키스를 했다. 콜랴와 레냐는 아직도

245

무슨 영문인지 몰랐으나 무언가 굉장히 무서운 것을 예감하고 두 손으로 어깨를 맞잡고 서로 얼굴을 마주 보다가 한꺼번에 입을 벌리고 울음을 터뜨렸다. 두 아이는 아직도 광대 의상을 걸치고 있어서 하나는 머리에 두건을 두르고 하나는 타조의 깃으로 장식한 둥근 모자를 쓰고 있었다.

어디서 어떻게 나왔는지, 그 '상장'이 침대 위 카체리나 이바노브나의 시체 곁에 놓여 있었다. 바로 머리맡이었다. 라스콜니코프는 그것을 알아보았다.

그는 창가로 물러갔다. 레베쟈트니코프가 그 옆으로 달려왔다.

"죽고 말았군요!" 레베쟈트니코프는 말했다.

"로지온 로마느이치, 당신에게 한두 마디 드릴 말씀이 있습니다만" 하고 스비드리가일로프가 다가왔다. 레베쟈트니코프는 눈치 빠르게 얼른 자리를 피해주었다. 스비드리가일로프는 어리둥절해하는 라스콜니코프를 더 구석진 곳으로 끌고 갔다.

"이번의 모든 뒤처리는, 곧 장례식이라든가 그 밖의 모든 일은 내가 도맡겠습니다. 돈만 있으면 되는 일이고, 전번에도 말씀드린 바와 같이 나한텐 지금 여분의 돈이 있으니까요. 나는 이 꼬마 둘과 폴레치카를 되도록 시설이 좋은 고아원에다 넣어주겠습니다. 소피야 세묘노브나가 조금도 마음을 쓰지 않게끔 세 남매가 성인이 될 때까지 한 아이 앞에 1천500루블씩 맡겨놓겠어요. 그리고 소피야 세묘노브나도 구렁텅이에서 구해주겠습니다. 참으로 착한 아가씨니까요, 그렇잖습니까? 그러니까 당신은 아브도치야 로마노브나에게, 그 사람의 1만 루블은 이런 식으로 사용했다고 전해주십시오."

"도대체 당신은 무슨 목적으로 그런 큰 자선을 베푸시려는 겁니까?" 하고 라스콜니코프는 물었다.

"허, 참! 의심도 많으시군!" 스비드리가일로프는 웃었다. "내가 말했잖아요. 그 돈은 내게 필요 없는 돈이라고. 그래, 당신은 단지 인도적인 견지에서 이런 일을 하는 것조차 허용하지 않겠다는 겁니까, 네? 저 여자는 (하고 시체가 놓여 있는 구석 쪽을 손가락으로 가리켰다) 돈놀이하는 어느 노파처럼 '이'는 아니었거든요. 자, 어때요. '루쥔이 살아서 비열한 짓을 해야 하느냐, 아니면 저 여자가 죽어야 하느냐?' 그러니 만일 내가 돕지 않으면 '폴레치카 역시 같은 길을 밟게 될' 게 아니냐 말이에요……."

그는 눈을 끔벅이며 눈짓이라도 하는 듯이 명랑한 장난꾸러기 같은 얼굴로 라스콜니코프를 찬찬히 바라보면서 이렇게 말했다. 라스콜니코프는 자기가 소냐에게 한 말을 그가 되뇌는 것을 듣고 얼굴이 새파랗게 질려서 온몸에 소름이 끼치는 듯한 느낌이 들었다. 그는 한 걸음 뒤로 물러서서 뚫어질 듯이 스비드리가일로프를 응시했다.

"아니, 어떻게… 당신은 그걸 알고 있죠?" 그는 가까스로 숨을 몰아쉬면서 속삭이듯 말했다.

"나는 여기, 이 방과 벽 하나를 사이에 둔 레슬리흐 부인 댁에 머물고 있거든요. 이쪽은 카페르나우모프, 저쪽은 레슬리흐 부인. 예부터 가까운 친구 사이죠. 그러니까 바로 이웃인 셈이죠."

"당신이?"

"그래요" 하고 스비드리가일로프는 배를 끌어안고 웃으면서 말을 이었다. "저, 친애하는 로지온 로마느이치, 나는 당신에게 놀랄 만큼 흥미를 느꼈다고 단언할 수 있다는 걸 영광스럽게 생각합니다. 내가 그렇게 말했잖아요, 우린 반드시 잘 어울릴 수 있을 거라고 분명히 예언했었습니다. 그런데 과연 이렇게 잘 어울리게 됐군요. 내가 얼마나 사람이 좋은지는 곧 알게 될 겁니다. 나하고라면 역시 함께 살아갈 수 있다는 걸 아시게 될 거예요……."

6부

1

라스콜니코프에게 기묘한 한 시기가 닥쳐왔다. 마치 갑자기 안개가 눈앞에 끼고 출구 없는, 숨 막힐 듯한 고독 속에 갇힌 것 같은 느낌이었다. 훨씬 뒷날에 이때의 일을 상기해보니, 그 당시는 그의 의식이 거의 몽롱했으며 어쩌다 간혹 틈바귀가 있기는 했으나 하여튼 그런 상태가 최후의 파국까지 계속되었음을 라스콜니코프 자신도 깨달을 수 있었다. 그 무렵 그는 여러 가지 일을, 예를 들면 어느 사건의 시간이나 날짜 같은 것을 마구 혼동하고 있었음이 분명했다. 적어도 그 후 무슨 일을 돌이켜 생각하고 그 기억을 스스로 확인하려고 노력했을 때, 그는 자기 자신에 대해서 제삼자들에게 받은 정보를 통해 알게 된 일도 많았던 것이다. 그는 한 사건을 다른 사건과 혼동하기도 하고, 어느 사건을 자기의 상상 속에서만 존재하는 사건의 결과같이 생각하기도 했다. 때로는 가공할 만한 공포로 변한 병적이고 괴로운 불안이 그를 지배하기도 했다. 그런가 하면 여태까지의 공포와는 판이한, 완전히 무감각 상태에 지배되는 몇 분, 몇 시간, 아니 며칠을 그는 기억하고 있다. 그것은 빈사의 병자에게서 볼 수 있는 병적인 무관심 상태와 흡사한 무감각이었다. 대체로 요 며칠 동안 그는 현재의 자기 상태를 분명하고 완전하게 이해하기를 꺼리는 눈치였다. 그러나 일각의 여유도 없이 해명을 요구하는 몇 가지 긴급한 사실이 특히 그의 마음을 괴롭혔다. 그런 근심에서 해방되어 도피할 수만 있다면 그는 얼마나

251

기뻤을까. 그러나 그것을 잊는다는 것은 그의 입장으로서는 완전한 파멸을 뜻했다.

무엇보다도 그의 마음은 스비드리가일로프 위에 못 박혀 있다고 해도 과언이 아니었다. 카체리나 이바노브나의 임종 때 소냐의 방에서 스비드리가일로프가 한 말, 그에게는 너무나도 무서운, 너무나도 명백한 말을 듣고 난 이후 그의 사상의 흐름은 완전히 뒤흔들린 것 같았다. 그러나 이 새로운 사실이 그에게 극심한 충격을 주었음에도 그는 왜 그런지 사태를 해명하려고 서둘지는 않았다. 이따금 그는 멀리 떨어진 한적한 변두리 초라한 싸구려 음식점 탁자에 앉아 홀로 명상에 잠겨 있는 자기 자신을 발견하고는, 어떻게 이런 곳까지 왔는지 의아스럽게 생각했다. 그럴 때면 문득 스비드리가일로프의 일이 생각나곤 했다. 그러면 갑자기 그자와 한시바삐 담판을 해서 가능한 한 명백히 결말을 지어버리지 않으면 안 되겠다는 불안한 의식이 아주 뚜렷이 그의 마음속에 되살아났다. 한번은 어느 성문 밖에 다다랐을 때, 자기는 지금 여기서 스비드리가일로프를 기다리고 있으며 두 사람은 여기서 만날 약속이었다는 등 터무니없는 망상을 일으키기도 했다. 그런가 하면 또 한 번은 이른 새벽녘에 어느 숲 속 땅바닥에서 눈을 뜨고 어떻게 해서 이런 곳에까지 기어들었는지 도무지 알 수 없었던 적도 있었다. 하기는 카체리나 이바노브나가 죽고 나서 이삼일 동안 그는 소냐의 집에서 이미 두 번이나 스비드리가일로프를 만났다. 그들은 두 번 다 간신히 한두 마디 주고받았을 뿐 중요한 점은 한 번도 언급하지 않았다. 마치 그것에 관해서는 어느 시기까지 기다린다는 묵계가 두 사람 사이에 자연히 이루어져 있는 것 같았다. 카체리나 이바노브나의 시체는 아직 관에 그대로 있었다. 스비드리가일로프는 장례 일로 분주히 뛰어다녔다. 소냐도 역시 바빴다. 바로 전번에 만났을 때 스비드리가일로프는 라스콜니코프에게 카체리나 이바노브나의 아이들은 자기가 그럭저럭 잘 처리

했다. 좋은 연줄이 있어서 적당한 인물을 만날 수 있었고 또 그들의 힘을
빌려 세 고아를 시설이 훌륭한 고아원에 곧 넣을 수가 있었다. 아무튼 제
앞으로 재산을 가진 고아는 알몸의 고아보다 훨씬 처리하기가 용이하므
로 자기가 제공한 돈이 여러 가지로 도움이 된 것 같다고 보고했다. 그는
소녀의 문제에 대해서도 몇 마디 말한 다음 이삼일 안에 라스콜니코프를
방문하겠노라고 약속했다. 그리고 '꼭 말씀드리고 상의해야 할 일이 있습
니다. 중대한 용건이 있어요' 하고 말했다. 이 대화는 계단 옆 복도에서 주
고받았다. 스비드리가일로프는 라스콜니코프의 눈을 응시하면서 말을 끊
었다가, 갑자기 음성을 낮추어 이렇게 물었다.

"대체 당신은 어떻게 된 겁니까, 로지온 로마느이치? 제정신이 아닌 것
같군요. 정말이에요! 듣기도 하고 보기도 하면서 실은 아무것도 알아보지
못하는 것 같군요. 좀 더 용기를 내십시오. 우리 잘 얘기해봅시다. 한데 유
감스럽게도 볼일이 하도 많아서… 나 자신의 일이며… 남의 일이며… 로
지온 로마느이치" 하고 그는 불쑥 덧붙였다. "인간에게는 누구나 공기가
필요해요, 공기가, 공기가… 그게 제일 필요하죠!"

때마침 층계를 올라온 신부와 부제를 지나 보내기 위해 그는 얼른 옆으
로 몸을 피했다. 그들은 위령미사를 드리러 온 것이다. 스비드리가일로프
의 지시에 따라 고인을 위한 위령미사는 하루 두 번씩 어김없이 거행되었
다. 스비드리가일로프는 자기 일로 나가버렸다. 라스콜니코프는 얼마 동안
거기 서서 무언가 생각하다가, 신부 뒤를 따라 소냐 방으로 들어갔다.

그는 문가에서 멈춰 섰다. 기도식은 엄숙하고 조용히 구슬프게 시작되
었다. 그는 어렸을 적부터 죽음을 의식하고 죽음의 존재를 의식할 때마다
어쩐지 무겁고 신비스러운 공포의 느낌이 들곤 했었다. 게다가 그는 이미
오랫동안 이러한 기도식에 나가지 않았다. 거기에는 또 무언가 대단히 무
서운 불안이 뒤따르곤 했기 때문이다. 그는 아이들을 바라보았다. 아이들

은 모두 관 옆에 무릎을 꿇고 있었다. 폴레치카는 울고 있었다. 그 뒤에서 소녀가 조심스럽게 소리를 죽여가며 울면서 기도를 올리고 있었다. '그러고 보니 그녀는 요 며칠 동안 나를 보지도 않거니와 내게 말도 걸어오지 않는군.' 라스콜니코프는 문득 이런 생각을 했다. 해는 밝게 방 안을 비추고, 향로에서는 모락모락 연기가 피어오르고 있었다. 신부는 '주여, 평안함을 주시옵소서'를 외었다. 라스콜니코프는 기도식이 계속되는 동안 줄곧 서 있었다. 유가족에게 축복을 주고 작별 인사를 하면서 신부는 이상한 눈초리로 주위를 둘러보았다. 기도식이 끝난 후 라스콜니코프는 소냐의 곁으로 다가갔다. 그녀는 덥석 그의 두 손을 잡더니 그의 어깨에 머리를 얹었다. 이 대수롭지 않은 친밀한 동작은 오히려 라스콜니코프를 놀라게 했다. 그는 도무지 이해할 수가 없었다. 어찌 된 일일까? 자기에 대한 아무런 증오도, 아무런 혐오도 엿보이지 않을뿐더러 그녀의 손에서는 가느다란 떨림조차 느껴지지 않는다! 이것은 일종의 무한한 자기 비하였다. 적어도 그는 소냐를 이렇게 해석했다. 소냐는 아무 말도 하지 않았다. 라스콜니코프는 그녀의 손을 꼭 쥐어주고는 밖으로 나와버렸다. 그는 참을 수 없이 괴로웠다. 만약 이 순간 어디로든지 멀리 떠나가서 완전히 혼자가 될 수만 있다면, 설사 그것이 일생 동안 계속되더라도 그는 자신을 행복하다고 생각했을 것이다. 그러나 문제는, 요즈음 거의 언제나 혼자 있으면서도 그에게는 혼자 있다는 느낌이 전혀 들지 않는다는 것이었다. 그는 자주 교외로 나가거나 대로변으로 나가기도 하고, 한번은 어느 숲 속을 헤매기까지 했으나, 장소가 한적하면 한적할수록 무언가가 가까이에 있는 것 같은 불안에 휩싸이곤 했다. 그것은 무서울 정도는 아니라 하더라도 극도의 혐오감을 불러일으키곤 했기 때문에, 그는 언제나 황급히 시내로 되돌아와서 군중 속에 섞이거나, 싸구려 음식점이나 선술집에 가거나, 고물 시장이나 센나야로 발길을 돌리곤 했다. 이런 곳에 있는 편이 어쩐지 마음 편해지고, 오히려 고독한 느낌마저 들었다. 해 질 무렵이었는데, 어느 선술집에서 노래를 부르고 있었다. 그는 노래를 들으면서 거의 한 시간 동안이나 앉아 있었으나, 그것이 무척 유쾌하게 느껴졌던 것을 기억하고 있다. 그러나 노래가 끝날 무렵 그는 다시금 갑자기 불안해졌다, 마치 양심의 가책이 별안간 그를 괴롭히기라도 한 듯이. '나는 지금 이렇게 앉아서 노래를 듣고 있지만, 내가 해야 할 일은 과연 이런 일일까!' 그는 이런 생각을 한 것 같았다. 그러나 마음을 불안하게 하는 것은 이것만이 아님을 그는 곧 깨달았다. 거기에는 한시바삐 해결을 요구하는 무엇인가가 있었으나, 그것은 생각으로도 말로도 전할 수는 없는 것이었다. 모든 것이 실몽당이처럼 하나로 뒤엉켜버렸다. '아니, 이럴 바에야 차라리 싸우는 편이 낫겠다! 포르피리도 좋고… 스비드리가일로프도 좋다… 누구든지 빨리 도전해 오고 공격해 오면 좋겠다… 그렇다! 그렇다!' 하고 그는 생각했다. 그는 선술집을 나서자 거의 달리다시피 하여 걸었다. 두냐와 어머니를 생각하는 마음이 어쩐지 참을 수 없는 공포를 불러일으켰다. 바로 이날 밤 새벽녘에 그는 열병 환자처럼 온몸을 떨면서 크레스토프스키 섬 수풀 속에서 눈을 떴다. 그리고 집을 향해 걷기 시작하여 이른 아침에 도착했다. 몇 시간 자고 나니 열은 좀 내렸으나 훨씬 늦게야 자리에서 일어났다. 오후 2시였다.

그는 카체리나 이바노브나의 장례식이 오늘임을 상기하고 식에 참석하지 않은 것을 다행으로 생각했다. 나스타시야가 식사를 날라 왔다. 그는 게걸든 사람처럼 왕성한 식욕으로 먹고 마셨다. 머리는 한결 상쾌했고, 그 자신도 지난 사흘 전보다는 훨씬 안정되어 있었다. 그래서 며칠 전의 그 무서운 공포감이 자기 자신도 이상하게 여겨질 정도였다. 이때 문이 열리고 라주미힌이 들어왔다.

"아! 먹고 있는 걸 보니 병은 아닌가 보군!" 라주미힌은 이렇게 말하고,

의자를 끌어다가 탁자를 사이에 두고 라스콜니코프와 마주 앉았다. 그는 무엇 때문인지 흥분해 있었으며 감추려고도 하지 않았다. 그리고 분명히 원망스런 어조로 말을 했으나, 그렇다고 급히 서두르지도 않고 언성을 높이지도 않았다. 그의 마음속에는 무언가 특별한, 심상치 않은 속셈이 있는 듯싶었다. "이거 봐." 그는 단호한 어조로 입을 열었다. "난 이제 자네들 일이 어떻게 되든 일절 간섭 않겠네. 나로서는 뭐가 뭔지 도저히 알 수 없다는 걸 비로소 똑똑히 깨달았기 때문이야. 그러나 제발 내가 자네를 신문하러 왔다고는 생각지 말아주게. 제기랄! 그런 건 나 자신이 원치도 않아! 설사 자네가 지금 자신의 비밀을 죄다 털어놓는다 해도, 나는 듣지도 않고 침을 탁 뱉고 나가버릴 테니 말이야. 나는 첫째, 자네가 미쳤다는 게 사실인지 아닌지, 그걸 직접 확인해보려고 온 걸세. 다름 아니라 자네가 미치광이든가, 아니면 다분히 그런 경향을 지닌 사나이라고 확신하는 사람들이 있으니 말이야. 뭐, 누구라고 지적할 순 없지만 하여튼 그런 말이 돌고 있어. 솔직히 말해서 나 자신도 그런 의견을 지지하는 쪽으로 상당히 기울어지고 있으니까. 그것은 첫째로 자네의 그 어리석은, 어떤 면에서는 추악하기까지 한—뭐라고 설명할 수조차 없는—행동으로, 또 둘째로는 어머님과 누이동생에 대한 최근 자네의 태도로 판단한 거야. 자네가 그들에게 취한 태도는 미치광이가 아니고서는, 악당이나 비열한이 아니고서는 도저히 불가능한 일이니 말이야. 그리고 보면 자넨 미치광이가 될 수밖에……"

"두 사람을 만난 지는 오래됐나?"

"방금 만나고 오는 길이야. 자넨 그때 이후 만나지 않았지? 대체 어딜 싸다녔나, 제발 좀 말해줘. 난 벌써 세 번이나 자네한테 들렀었네. 어머님이 어제부터 몹시 앓고 계셔. 어머니는 자네한테 오려고 했던 거야. 아브도치야 로마노브나가 아무리 말려도 들으려고도 하지 않으셔. '정말 그 애

256

가 병이라면, 정말 그 애가 미쳤다면 어미 말고 누가 그 애를 간호해주겠느냐?'는 거야. 그래서 우린 그분을 혼자 내보낼 수 없으니까 셋이 함께 여기까지 왔다네. 저 문밖에 올 때까지 우린 열심히 어머님을 위로해드렸지. 방에 들어와 보니 자네가 없잖겠나. 어머님은 여기 이 자리에 앉아 계셨어. 10분쯤 앉아 계셨지. 우린 말없이 옆에 서 있었네. 이윽고 어머님은 일어나셔서 '그 애가 외출을 할 수 있다면 건강한 게 틀림없다. 어머니를 잊어버린 거야. 그렇다면 문지방에 서서 무슨 동냥이나 하듯이 애정이나 구걸하는 건 어미의 도리로서도 어긋나는 일이고 부끄러운 짓이다' 하시고, 집으로 돌아가 자리에 누우셨는데, 지금도 열이 대단해. 그러고는 '보아하니 **자기 여자**를 위해선 시간이 있는 모양이더라' 하시는 거야. **자기 여자**란 소피야 세묘노브나를 두고 하신 말씀이겠지. 자네 약혼녀인지 애인인지는 나도 모르지만 말이야. 그래서 나는 곧 소피야 세묘노브나한테 가봤네. 모든 걸 확실히 알고 싶었기 때문이지. 그래 가보니까⋯ 관이 놓여 있고 아이들은 울고 있고, 소피야 세묘노브나는 아이들의 상복 치수를 재고 있잖겠나. 자네 모습은 보이지 않더군. 나는 그 광경을 보고는 실례를 빌고 돌아왔네. 그리고 아브도치야 로마노브나에게 사실대로 보고했지. 그러고 보니 모두가 부질없는 소문일 뿐 **자기 여자**라는 건 있지도 않아. 결국 미쳤다는 게 가장 확실한 결론일 수밖에. 그런데 자넨 이렇게 앉아서 사흘쯤 굶주린 듯이 구운 고기를 먹어대고 있잖나 말이야. 그야 미치광이도 먹기는 먹겠지. 그러나 자넨 나한테 한마디도 않지만, 어쨌든 자넨 미치광이는 아니야! 맹세해도 좋아, 누가 뭐래도 미치광이는 아니야. 그러니까 난 뭐가 뭔지 도무지 알 수 없다는 걸세. 하지만 여기엔 반드시 무슨 비밀이 있어. 무슨 비밀이 숨어 있는 거야. 그렇다고 난 자네 비밀에 머리를 괴롭히고 싶진 않네. 다만 자네한테 욕이나 퍼붓고 마음을 풀기 위해서 들렀을 뿐이야." 그는 일어나면서 이렇게 말을 맺었다. "이제부터 무엇을 해야 좋은가쯤은 나도 잘 알고 있으니까!"

"그래, 자넨 지금부터 무엇을 할 생각인가?"

"내가 뭣을 하든 자네가 무슨 상관인가?"

"조심하게, 자넨 또 퍼마시려나 보군!"

"어떻게… 어떻게 자넨 그걸 알지?"

"왜 내가 모르겠나!"

라주미힌은 잠시 입을 다물었다.

"자넨 언제나 생각이 깊은 사내여서 지금까지 한 번도 미친 때라곤 없었어." 그는 별안간 열띤 어조로 말했다. "바로 자네 말대로 난 술을 마셔야겠어! 그럼 잘 있게!" 하고 그는 나가려고 했다.

"아 참, 라주미힌, 그저께였을 거야, 난 누이동생에게 자네 얘길 했지."

"내 얘길? 아니… 그저께 어디서 누이동생을 만났다는 건가?" 라주미힌은 갑자기 걸음을 멈추더니 얼굴빛까지 다소 창백해졌다. 그 한 가지만 보아도 그의 심장이 가슴속에서 서서히 긴장되어 고동치기 시작했다는 것을 추측하고도 남음이 있었다.

"그 애가 여기 왔더군, 혼자서. 여기 앉아서 나하고 이야기했지."

"누이동생이?"

"응, 그 애가!"

"그래, 자넨 뭐라고 했나… 나에 대해서 말이야?"

"자네가 아주 훌륭하고 정직하고 근면한 친구라고 그 애한테 말했네. 그러나 자네가 그 애를 사랑하고 있다는 얘긴 하지 않았어. 그건 그 애 자신도 알고 있으니까."

"자신도 알고 있다고?"

"물론이지! 내가 어딜 가든, 내게 무슨 일이 일어나든 자넨 언제까지나 그 두 사람의 보호자로 남아주겠지. 이를테면 난 자네한테 두 사람을 넘겨주는 걸세, 라주미힌. 내가 이런 말을 하는 건, 자네가 그 애를 얼마나 사랑하고 있는지 잘 알뿐더러 자네 마음이 순결함을 믿기 때문이야. 그리고 그 애도 자넬 사랑하게 되겠지. 아니, 어쩌면 이미 사랑하고 있는지도 모르지. 난 다 알고 있어. 그러니 어서 맘대로 정하게나, 술을 마실 필요가 있는지 없는지를."

"로지카… 그건… 저… 제기랄! 그건 그렇고, 자넨 어딜 가려나? 뭐, 그게 비밀이라면 말하지 않아도 좋아! 그러나 난… 난 비밀을 알아내고야 말겠네… 그것은 반드시 부질없는 시시한 일임에 틀림없어. 자넨 혼자서 노상 무슨 일을 궁리하고 있으니까. 하지만 자넨 훌륭한 사내야! 정말 훌륭한 사내야!"

"몇 마디 더 하려다가 자네가 방해하는 바람에 못했는데, 자네가 아까 비밀이니 뭐니 그런 건 알고 싶지도 않다고 한 건 참 좋은 생각이야. 때가 올 때까지 모른 체하고 있게나. 너무 염려할 건 없어. 이젠 모든 걸 다 알게 될 걸세, 적당한 시기가 오면 말이야. 어제 어떤 사나이가 나한테, 인간에겐 공기가 필요하다, 공기가, 라고 말했는데 난 이제부터 그에게 가서 그게 무슨 뜻인지 알아보고 오려네."

라주미힌은 생각에 잠기는 듯 흥분한 표정으로 그 자리에 선 채 무언가 이리저리 궁리했다.

'필시 정치적 음모를 꾸미고 있는 게 틀림없다! 이 친구는 무슨 대담한 일을 단행하려 하고 있다… 틀림없다! 그 밖에는 달리 생각할 수 없어. 그리고… 두냐도 이걸 알고 있을 거다……' 그는 문득 이런 생각이 머리에 떠올랐다.

"그럼 아브도치야 로마노브나는 자네한테 들르곤 하는가 보군." 한 마디 한 마디에 힘을 주면서 그는 말했다. "그런데 자네 자신은 공기가 필요하다, 공기가, 라고 말한 그 사나이를 만나러 간단 말이지? 그리고… 그러고 보면 그 편지도… 그것도 역시 같은 곳에서 나왔나 보군" 하고 그는 혼잣말처럼 말을 맺었다.

"편지라니?"

"자네 누이동생이 편지 한 통을 받았어, 오늘. 그런데 뭔가 몹시 걱정되는 것 같은 표정이야. 그것도 보통 정도가 아니란 말이야. 내가 자네 이야길 꺼내니까… 제발 말하지 말아달라고 하더군. 그리고… 그리고 어쩌면 우린 곧 헤어지게 될지 모르겠다고 말하는 거야. 그리고 또 나한테 열심히 고맙다는 인사를 하더니, 자기 방으로 들어가서는 문을 잠가버리더군."

"그 애가 편질 받았다고?" 생각에 잠기는 어조로 라스콜니코프는 되물었다.

"응, 편지를. 그럼 자넨 몰랐었나? 흠."

두 사람은 잠시 말이 없었다.

"그럼 난 가겠네. 로지온, 실은 말이야, 나도… 한땐… 아니, 잘 있게. 술은 안 하겠네. 이젠 그럴 필요가 없으니까… 제기랄……."

그는 서둘렀다. 그러나 일단 밖으로 나가서 문을 닫았다가 이내 다시 열더니, 어딘가 딴 쪽을 보며 말했다. "겸해서 한마디 말해두겠네! 그 살인사건을 기억하겠지? 포르피리가 취급하는 노파 사건 말이야! 그 범인이 판명됐어. 범인 자신이 자백하고 증거를 죄다 제시했다는 거야. 바로 그 칠장이 가운데 한 사람이라네. 내가 그때 그렇게 변호해준… 기억하고 있지? 자넨 곧이듣지 않을지 모르지만, 문지기와 두 증인이 올라갔을 때 층계에서 동료하고 싸우며 웃어댄 건 범행을 은폐하려고 일부러 꾸민 연극이었다는 거야. 그런 풋내기가 어쩌면 그렇게 교활하고 대담할 수 있었을까! 도저히 믿을 수가 없을 지경이야. 하지만 제 입으로 다 불고 모든 걸 자인했으니 말이야! 그러니 나도 보기 좋게 한 대 얻어맞은 셈이지! 그러나 내 생각에 그는 단지 허위와 기지의 천재, 법률적 속임수의 천재에 지나지 않아. 그러니까 뭐 새삼스레 놀랄 것까진 없지! 그런 일은 얼마든지 있을 수 있으니까! 그러나 그자가 끝내 견디어내지 못하고 자백했다는 점에서 나는 더욱 그자를 믿는 거야. 그쪽이 더 진실에 가깝거든… 하여튼 그때는 나도 보기 좋게 속아 넘어간 거야! 그자들을 위해서 기를 쓰고 떠들어댔으니 말이야!"

"그런데 자넨 대체 어디서 그런 얘길 들었나? 궁금하군그래! 그리고 왜 자네는 그런 일에 그토록 흥미를 갖고 있지?" 분명히 흥분한 얼굴로 라스콜니코프는 물었다.

"아니, 무슨 말을 하는 거야! 왜 내가 흥미를 갖느냐고? 잘도 물었군! 포르피리한테서 들었네. 다른 사람한테서도 들었지만, 주로 포르피리한테서 모든 걸 들었지."

"포르피리한테서?"

"포르피리한테서."

"뭐라고… 뭐라고 말하던가, 그자가?" 라스콜니코프는 놀란 듯이 되물었다.

"정말 그럴듯하게 설명을 해주더군. 그의 독특한 심리적 해설 방법으로."

"그자가 설명해주었다고? 그가 직접 자네한테 설명해주던가?"

"응, 직접 설명해주더라니까! 잘 있게! 나중에 또 만나 다시 이야기하지. 지금은 좀 볼일이 있어서. 그럼 다시… 나도 실은 한때 그렇게 생각한 적이 있었어… 그러나 뭐 좋아, 나중에, 나중에 이야기하지! … 나도 이젠 마실 필요가 없게 됐어. 자넨 술 없이도 나를 취하게 해주었으니까. 나는 취했네, 로지카! 오늘은 술도 먹지 않고 취했어. 자, 그럼 잘 있게. 곧 들르겠네."

그는 나갔다.

'저 친구는 정치적 음모를 꾸미고 있어. 확실히 그래. 틀림없다!' 라주미힌은 천천히 층계를 내려가면서 마음속으로 이렇게 결론을 지었다. '그리고 누이동생까지 끌어들인 모양이야. 아브도치야 로마노브나의 성질로 얼마든지 있을 법한 일이지. 그들 남매는 몰래 만나고 있는 게 틀림없어… 그러고 보니 그녀도 그런 걸 내게 암시한 적이 있었지. 그녀의 말투… 사소한 말끝마다 뭔가 암시하는 듯한 말투를 보아도 그런 결론이 나온다! 그 이외에는 이 수수께끼를 풀 길이 없지 않느냐 말이야? 흠! 그건 그렇고 나는 무슨 생각을 하려고 했었지… 아아, 내가 어떻게 그런 생각을 할 수 있었을까! 그렇다, 그건 일시적인 오해였어. 그 친구에게 죄를 지은 거야! 그건 그때 그 친구가 복도에서, 램프 옆에서 내 마음을 흐리게 했기 때문이야. 쳇! 나로서는 그야말로 더럽고 난폭하고 비열한 생각이었어! 미콜카가 자백했다니 천만다행이야… 이것으로 전의 일도 다 해명된 셈이다! 그때의 그 병도, 그 괴상한 행동도… 하긴 전에 대학에 다닐 때도 언제나 그렇게 침울하고 까다로운 친구였으니까… 그런데 그 편지는 대체 무엇일까? 거기엔 반드시 무슨 사연이 적혀 있을 게다. 대체 누구한테서 온 편질까? 아무래도 수상한데… 흠! 나는 기어이 모든 걸 밝혀내고 말 테다.'

그는 두냐의 일을 상기하고 이것저것 생각해보았다. 그러자 갑자기 심장이 마비되는 듯했다. 그는 제자리에서 한 발 내딛는가 싶더니 그대로 쏜살같이 내달리기 시작했다.

라스콜니코프는 라주미힌이 나가자마자 자리에서 일어나 창문 쪽으로 홱 몸을 돌리더니, 마치 자기 방이 좁다는 것을 잊은 듯이 이 구석에서 저 구석으로 거닐기 시작했으나… 이윽고 다시 소파에 가서 앉았다. 그는 어쩐지 몸도 마음도 되살아난 듯한 느낌이었다. 다시 싸우는 것이다. 이것은 다시 출구가 발견되었음을 뜻한다!

'그렇다, 이것으로 출구가 발견된 셈이다. 지금까지는 마개가 꽉 막히듯이 모든 게 다 폐쇄되어 있어서 괴로운 압박감 때문에 숨도 잘 쉴 수 없고 현기증이 날 정도였다. 포르피리의 사무실에서 미콜카의 일막극이 있은 뒤로 나는 출구도 없는 답답한 곳에서 숨 막히는 생활을 해왔다. 미콜카의 사건이 있던 바로 그날에 소냐네 집에서도 일막극이 있었다. 나는 그 일막극을 예기하던 것과는 전혀 다른 결말로 이끌어가고 말았다… 결국 순간적으로 갑자기 마음이 약해졌던 거다! 순식간에! 그래서 그때 나는 소냐에게 동의하고 만 것이 아닌가. 스스로 동의한 것이다. 진심으로 동의한 것이다. 이런 사실을 가슴에 품고서는 도저히 혼자 살아갈 수 없다는 데 동의했다! 그럼 스비드리가일로프는? 스비드리가일로프는 수수께끼다… 스비드리가일로프는 아무래도 마음에 걸린다. 사실이다. 그러나 어쩐지 방향이 좀 다른 것 같다. 어쩌면 스비드리가일로프하고도 싸워야 할지 모른다. 어쩌면 스비드리가일로프도 훌륭한 출구가 될지 모른다. 하지만 포르피리는 문제가 다르다.'

'그러니까 포르피리는 직접 라주미힌에게 설명했단 말이지! **심리적**으로 해설해주었다고! 또 그 저주스러운 심리적 방법을 끄집어냈군! 그런데 그 포르피리가? 그때 나하고 그런 일막극이 있었는데도, 미콜카가 나타나기까지 나와 얼굴을 맞대고 그런 장면을 연출했는데도, 그 포르피리가 단 1분이나마 미콜카를 범인으로 생각할 리 있겠는가! 그때 일에 대해서는 단 한 가지 해석이 있을 뿐, 다른 올바른 해석은 있을 수도 없지 않으냐 말이다! (라스콜니코프는 지난 며칠 동안 몇 번이나 포르피리와의 일막극을 단편적으로 상기했을 뿐, 전체적으로 기억을 되살릴 수는 없었다.) 그때 그와 나 사이에는 그만큼 분명한 말이 오갔고, 그런 거동과 그런 태도가 있었으며, 그처럼 의미 있는 시선이 교환되었고, 게다가 그처럼 큰 소리로 몇몇 사실이 언급되어 결국은 거의 최후의 일선까지 다다른 셈인데, 이제 와서 그 미콜카 따위에 ―포르피리는 미콜카의 첫 말과 그 동작에서 이미 그 뱃속을 훤히 들여다볼 수 있었을 것이다― 그런 미콜카 따위에 포르피리의 근본적 신념이 뒤흔들릴 리는 없지 않은가.'

'그러나 도대체 어찌 된 일일까! 라주미힌까지도 나한테 혐의를 두게 되다니! 그리고 보면 그 복도 램프 옆에서의 일막극은 그것으로 끝난 게 아니었구나. 거기서 그는 포르피리한테 달려갔던 거다… 하지만 포르피리는 무슨 속셈으로 그를 속이려 했을까? 라주미힌의 눈을 미콜카에게 돌리게 한 목적은 무엇일까? 그렇다, 그자는 확실히 무언가를 궁리해냈을 것이다. 거기에는 반드시 계략이 있다. 그러나 어떤 계략일까? 사실 그날 아침부터 많은 시간이 지났다. 너무나, 너무나 많은 시간이 지났을 정도다. 그런데도 포르피리한테서는 아무런 소식도 없다. 물론 이건 좋은 징조가 아닌 게 분명하다…' 라스콜니코프는 모자를 집어 들고는 생각에 잠기면서 방을 나갔다. 요 며칠 동안 그가 스스로 어느 정도 건전한 의식을 가지고 있다고 느낀 것은 오늘이 처음이었다. '우선 스비드리가일로프와 결판을 지어야겠다'고 그는 생각했다. '무슨 일이 있더라도 되도록 빨리 해치우는 게 좋다. 그자도 필시 내가 찾아오길 기다리고 있을 것이다.' 그러자 그 순간 그의 피곤한 마음속에서부터 형용할 수 없는 증오가 치밀어올라서 스비드리가일로프거나 포르피리거나, 둘 중 어느 쪽이든 죽여버릴 것 같은 느낌이 들었다. 지금 당장이 아니더라도 언젠가 나중에 해치울 수 있을 것 같았다. '하여튼 두고 보자, 두고 보자' 하고 그는 속으로 되풀이했다.

그러나 복도로 나가는 문을 열었을 때 그는 뜻밖에도 포르피리와 마주쳤다. 포르피리는 마침 그의 방으로 들어가려는 참이었다. 라스콜니코프는 한순간 못 박힌 듯 멈춰 섰다. 그러나 그것은 순간적인 일이었다. 이상하게도 그는 포르피리의 출현에 그다지 놀라지 않고 겁을 집어먹지도 않았다. 조금 움찔했을 뿐 순식간에 마음의 준비를 갖추었다. '어쩌면 이것으로 결판이 날지도 모르겠다! 그러나 어째서 이자는 고양이처럼 살그머니 왔을까? 인기척이라곤 들리지도 않았는데? 설마 엿듣고 있지는 않았겠지?'

"이런 손님은 뜻밖이겠죠, 로지온 로마느이치" 하고 포르피리 페트로비치는 웃으면서 외쳤다. "벌써 꽤 오래전부터 한번 들러보려 했었는데, 마침 이 앞을 지나가다가 5분쯤 실례해도 괜찮겠지 하고 들어왔습니다. 어디 가시던 길이군요? 그럼 방해하진 않겠습니다. 그저 담배 한 대 피울 동안만 허락해주신다면."

"자, 앉으시죠, 포르피리 페트로비치, 어서 앉으세요." 만약 자기 자신을 볼 수 있었다면 스스로 놀랐을 만큼 만족스럽고 친밀한 태도로 라스콜니코프는 손님에게 자리를 권했다. 하지만 그것은 항아리 밑바닥에 남은 찌꺼기까지 박박 긁어내는 듯한 노력이었다! 사람은 흔히 이런 식으로 강도와 직면한 죽음 같은 공포를 반 시간쯤은 견디어내는 법이지만, 막상 목에 칼끝이 와 닿게 되면 오히려 공포는 사라지는 수가 있다. 그는 포르피리와 정면으로 마주 앉아서 눈 한 번 깜박이지 않고 상대방을 바라보았다. 포르피리는 눈을 가늘게 뜨고 담배를 피우기 시작했다.

'자, 말해봐라, 어서 말해봐.' 이런 말이 라스콜니코프의 가슴에서 튀어나올 것만 같았다. '아니, 왜, 왜 아무 말도 안 하는 거지?'

2

"사실 말이지 이 담배라는 건!" 한 대 피우고 숨을 돌리면서 마침내 포르피리는 말문을 열었다. "해롭습니다, 정말 해로워요. 그런데도 끊을 수가 없군요! 기침이 나고, 목이 근질근질하고, 숨이 가빠집니다. 나는 겁이 많아서 요전에 B씨한테 진찰을 받으러 갔었습니다만, 그 사람은 환자 한 사람을 진찰하는 데 최소한 30분은 걸립니다. 글쎄, 나를 바라보면서 껄껄 웃기까지 하더라니까요. 몸을 두드려보고 청진기를 대보기도 하더니… 당신에겐 특히 담배가 해롭습니다, 양쪽 폐가 좋지를 않아서, 하는 겁니다. 그렇지만 어디 끊을 수가 있습니까? 그 대신 할 게 있어야죠? 술도 못 마시니까 정말 곤란합니다. 헤, 헤, 헤, 못 마시는 게 곤란하단 말입니다! 세상만사는 모두 상대적인 겁니다. 로지온 로마느이치, 모든 게 상대적이란 말이에요!"

'무슨 소릴 하는 거야? 또 요전처럼 관청식 수단을 쓰려는 건가?' 라스콜니코프는 혐오를 느끼면서 생각했다. 지난번에 있었던 그들의 마지막 회견 광경이 별안간 그의 기억 속에 되살아났다. 그리고 그때의 감정이 파도처럼 그의 가슴에 밀려들었다.

"나는 그저께 저녁에도 한 번 들렀었어요. 모르셨나요?" 하고 방을 둘러보면서 포르피리 페트로비치는 말을 이었다. "방 안에까지, 이 방 안에까지 들어왔었죠. 오늘처럼 이 앞을 지나는 길에 한번 들러볼까 하는 생각이 나서요. 와보니 방문이 활짝 열려 있더군요. 그래서 방 안을 살피며 잠시 기다려보다가, 하녀에게도 말하지 않고 그냥 나가버렸습니다. 문은 잠그지 않나요?"

라스콜니코프의 얼굴은 점점 어두워질 뿐이었다. 포르피리 페트로비치는 그의 마음속을 환히 꿰뚫고 있는 것 같았다.

"실은 해명을 하려고 온 겁니다, 로지온 로마느이치, 해명을 하려고요! 나는 당신에게 해명을 해두어야 할 의무가 있으니까요." 그는 웃으며 말을 잇고는 손바닥으로 라스콜니코프의 무릎을 살짝 치기까지 했다. 그러나 그와 거의 같은 순간에 그의 얼굴은 심각하고 초조한 표정을 지었을 뿐 아니라, 놀랍게도 어딘지 한 가닥 우수의 그늘조차 띤 것같이 보였다. 라스콜니코프는 지금까지 한 번도 이런 얼굴을 본 적이 없거니와, 또 이 사내가 그런 표정을 지을 수 있으리라고는 상상조차 못했다. "로지온 로마느이치, 전번엔 우리 두 사람 사이에 정말 기묘한 장면이 연출되었죠. 하긴 처음 만났을 때도 우리 사이엔 기묘한 장면이 연출되었다고 할 수 있겠으나, 그래도 그때는… 아니, 지금 생각해보면 그게 그거죠! 그래서 말입니다, 어쩌면 나는 당신에게 큰 잘못을 저질렀는지도 모르겠습니다. 나는 그렇게 느끼고 있어요. 사실 그때 우리가 어떤 식으로 헤어졌습니까, 기억하십니까? 당신도 몹시 흥분해서 무릎을 덜덜 떨었고, 나도 역시 흥분해서 무릎을 덜덜 떨었으니까요. 그리고 그때는 어떻게 된 일인지 쌍방이 다 엉망이어서 둘 다 비신사적이었어요. 하지만 우린 역시 신삽니다. 어떠한 경우에도, 어디까지나 우린 신사니까요. 이건 잘 알아둘 필요가 있습니다. 그때 우리가 어디까지 갔었는지 기억하고 계시겠죠… 그야말로 예의고 뭐고 없었을 정도니까요."

'도대체 이자는 무슨 말을 하는 걸까, 나를 어떻게 생각하고 있지?' 라스콜니코프는 얼굴을 번쩍 들고 눈을 크게 부릅뜨고서 포르피리를 바라보며, 놀란 듯이 이렇게 자문했다.

"그래서 나는 생각했습니다, 우리가 서로 흉금을 털어놓고 솔직히 얘기하는 편이 좋겠다고요." 포르피리는 전번의 희생물을 자기의 시선으로 더는 당황케 하고 싶지도 않고, 또 전번과 같은 수법이나 잔재주를 쓰고 싶지도 않다는 듯이 약간 외면을 하고 눈을 내리뜨면서 말을 계속했다.

"사실 그런 혐의나 장면은 오래 계속될 수 없는 것이니까요. 그때는 미콜카가 나타나서 결말을 지어주었기에 망정이지, 그렇잖았다면 우리가 어디까지 갔을지 짐작도 할 수 없습니다. 그때 내 사무실 칸막이 뒤에서는 그 저주스러운 상인 놈이 앉아 기다리고 있었으니까요. 이런 일을 상상하실 수 있겠습니까? 하긴 당신도 물론 아시겠죠. 그때 그자가 나중에 당신 집에 들른 건 나도 알고 있으니까요. 하지만 그때 당신이 예상했던 것 같은 그런 일은 하나도 없었습니다. 나도 그때는 아직 아무도 소환하지 않았고, 아무런 조치도 취하지 않았으니까요. 왜 아무런 조치도 취하지 않았느냐고요? 글쎄요, 어떻게 대답하면 좋을까요. 그때는 나 자신도 그런 여러 가지 일에 부딪쳐서, 이를테면 좀 어리둥절했거든요. 그저 문지기를 소환하도록 조치한 것이 고작이었으니까요, 당신도 아마 지나다가 문지기를 보셨겠죠? 그런데 그때 어떤 생각이 내 머릿속을 번개처럼 스치고 지나갔습니다. 하여간 그때는 틀림없다고 믿고 있었거든요. 로지온 로마느이치, 그래서 나는 이렇게 생각했어요… 지금은 한쪽을 놓치더라도 그 대신 다른 쪽 꼬리를 잡을 테다, 적어도 내가 노린 것만은, 내가 노린 것만은 놓치지 않겠다… 그런데 로지온 로마느이치, 당신은 선천적으로 성미가 급하신 것 같아요. 당신의 성격과 감정의 여러 가지 근본적 특질을 고려한다면, 나도 그 일부는 이해하고 있다고 자부합니다만, 아무래도 정도가 지나친 것 같습니다. 그야 물론 나는 그때도 사람이 좀 흥분했다고 해서 대번에 모든 비밀을 죄다 지껄여버리는 일은 그렇게 흔치 않다는 걸 판단하지 못했던 건 아닙니다. 그야 물론 사람이 참다못해 분통을 터뜨릴 때와 같은 특수한 경우에는 그럴 수도 있겠지만, 어쨌든 매우 드문 일이니까요. 그건 나도 알고 있었습니다. 그래서 나는 생각했죠… 아무리 사소한 것이라도 좋다! 아무리 사소한 것이라도 좋으니 그저 심리적인 것이 아닌 손으로 잡을 수 있는 것, 구체적인 사실이기만 하면 무엇이든지 좋다고 생각했습니다. 왜냐하면 만약 사람에게 죄가 있다면, 어떤 경우에나 반드시 무슨 구체적인 사실이 나타나게 마련이라고 생각했기 때문입니다. 때로는 정말로 뜻하지 않은 결과를 기대할 수도 있는 법이니까요. 그때 나는 당신의 성격에 기대를 걸고 있었습니다. 로지온 로마느이치, 무엇보다도 그 성격에 기대를 걸었단 말입니다! 정말이지 그때는 당신에게 희망을 걸었습니다."

"그렇지만 당신은… 무엇 때문에 지금 그런 말을 하시는 거죠?" 자기 질문의 뜻도 잘 생각해보지 않고 라스콜니코프는 가까스로 이렇게 중얼거렸다. '이 사람은 무슨 소리를 하고 있는 것일까?' 그는 내심으로 몹시 어리둥절했다. '정말 나를 무죄라고 생각하고 있나?'

"무엇 때문에 그런 말을 하느냐고요? 나는 해명을 하려고 왔으니까요. 이를테면 신성한 의무로 생각해서요. 나는 지금까지의 모든 것을 죄다, 그때의 내 오해를 남김없이 죄다 털어놓고 싶습니다. 나는 당신을 몹시 괴롭혔으니까요, 로지온 로마느이치. 그러나 나도 악인은 아닙니다. 나도 잘 알고 있어요, 여러 가지 사정에 시달리면서도 고결하고 자부심 강하고 특히 성미가 급한 사람에게는 이런 괴로움을 계속 짊어지게 한다는 것이 얼마나 참을 수 없는 일인가 하는 것쯤은 알고 있습니다! 하여튼 나는 당신을 더없이 고결한 분으로서, 아니 그뿐만 아니라 지극히 관대한 소질을 지닌 분으로서 존경하고 있습니다. 그렇지만 당신의 모든 신념에 전적으로 동의하는 건 아닙니다. 이것은 나의 의무로서 솔직하게, 충분한 성의를 가지고 미리 말씀드립니다. 나는 무엇보다도 남을 속이는 걸 싫어하니까요.

나는 당신의 사람됨을 알고 나서 당신에게 애착을 느꼈습니다. 내가 이런 말을 하면 당신은 아마 웃으실 테죠? 아니, 당신에겐 충분히 그럴 권리가 있습니다. 당신이 나를 처음 만나는 순간부터 나를 싫어하셨다는 건 나도 알고 있어요. 하긴 또 좋아하실 리도 없지만 말입니다. 그러나 당신이 어떻게 생각하시든, 지금 나로서는 온갖 방법으로 여태까지의 인상을 지워버리고 내가 성의도 있고 양심도 있는 인간이라는 걸 증명하고 싶습니다. 진심으로 하는 말입니다."

포르피리 페트로비치는 위엄 있게 말을 끊었다. 라스콜니코프는 그 어떤 새로운 공포심이 끓어오르는 것을 느꼈다. 포르피리가 자기를 무죄로 보고 있다는 생각이 갑자기 그를 놀라게 한 것이다.

"그때 돌발적으로 일어난 전말을 일일이 순서대로 이야기할 필요는 없을 것 같습니다" 하고 포르피리 페트로비치는 말을 이었다. "나는 오히려 불필요한 일이라고 생각합니다. 게다가 나 자신 그렇게 이야기할 수 있을 것 같지도 않고요. 또 어떻게 그런 상태를 설명할 수 있겠습니까? 우선 첫째로 소문이 돌기 시작했다. 그게 어떤 소문이며, 언제 누구의 입에서 나왔느냐… 그리고 어떤 동기에서 당신에게까지 미치게 됐느냐 하는 것도 역시 쓸데없는 이야기라고 생각합니다. 나 개인의 관점에서 말한다면, 그것은 우연의 결과로서 일어난 일입니다. 그야말로 우연 가운데 우연이어서, 일어날 수도 있고 일어나지 않을 수도 있었던 겁니다. 그럼 대체 그건 어떤 우연이냐? 흠, 이것도 새삼스레 말할 것은 없다고 생각합니다. 즉 모든 것이, 그런 소문과 우연이 그때 내 머릿속에서 부합되어 한 가지 생각을 낳게 했던 겁니다. 어차피 털어놓을 바에야 모든 걸 깨끗이 털어놓겠습니다만, 실은 그때 당신에게 혐의를 건 사람은 내가 맨 먼저였습니다. 그 저당물에 노파의 메모가 있었느니 뭐니 한다 해도, 그런 건 아무 쓸데도 없는 겁니다. 그런 건 몇백 가지라도 꼽을 수 있으니까요. 그때 마침 나는

270

그 경찰서에서 일어난 사건을 자세히 들을 수 있는 기회를 얻었습니다. 이것도 물론 우연이죠. 그러나 우연이라고 해도, 지나는 길에 어쩌다 몇 마디 들은 것이 아니고 권위 있는 어느 특정인한테서 자세히 들었습니다. 그 사람 자신은 눈치채지 못했으면서도 그때의 장면을 놀랄 만큼 잘 기억하고 있더군요. 결국 이런 일들이 하나하나 자꾸 계속해서 겹쳐져 나갔던 겁니다. 로지온 로마느이치! 자, 그러니 어찌 그 방면으로 생각이 기울지 않을 수 있겠습니까? 백 마리 토끼로도 한 마리 말을 만들 수 없는 것처럼, 백 가지 혐의도 결국 하나의 증거는 되지 못합니다. 영국 속담 그대롭니다! 그러나 이것은 올바른 분별력을 가지고 있을 때나 그렇다는 말이지, 무슨 일에 골똘히 열중해 있을 때는 어림도 없는 이야깁니다. 예심판사도 역시 인간이니까요. 게다가 나는 당신의 논문을 상기했습니다. 처음 당신이 찾아오셨을 때 자세히 이야기하신 그 잡지의 논문 말입니다. 나는 그때 당신을 놀렸죠. 그러나 그것은 당신을 유혹해서 더 지껄이게 하기 위해서였습니다. 되풀이해서 말씀드립니다만, 로지온 로마느이치, 당신은 너무나 참을성이 없고 너무나 병적입니다. 당신은 대담하고, 자부심이 강하고, 진지하고, 그리고… 감수성이 강합니다. 지나치게 강하단 말입니다. 그건 나도 훨씬 전부터 잘 알고 있었습니다. 이러한 여러 가지 느낌은 내게 낯선 것이 아니어서, 당신의 논문만 해도 나는 일종의 친근감을 가지고 읽었습니다. 그런 논문은 잠이 오지 않는 밤에 미칠 듯이 흥분된 기분에서 착상되는 것입니다. 가슴이 뛰고 억눌린 흥분 속에서 쓰이는 것입니다. 이 억눌린 긍지에 찬 흥분은 젊은 사람에겐 매우 위험한 것입니다! 나는 그때 당신을 놀리기도 했습니다만, 이제는 솔직히 말하겠습니다. 나는 대체로, 아니 문학 애호가로서 당신의 그 젊고 열렬한 최초의 습작을 몹시 사랑합니다. 그것은 연기입니다, 안개입니다, 안개 속에서 현(絃)이 울리고 있는 겁니다. 당신의 논문은 어디까지나 불합리하긴 합니다만, 말할 수 없는 성의가 엿보입니다. 젊디젊은 불굴의 긍지가 있습니다. 거기엔 절망적인 용기가 보입니다. 음산한 논문입니다만, 그런대로 멋있습니다. 나는 당신 논문을 읽고 따로 간직해두었습니다… 따로 간직해두면서 이런 생각을 했어요. '이 사나이는 결코 이대로 무사할 리 없다!' 자, 어떻습니까, 말씀해보세요. 이런 일들이 있었는데 어찌 그다음에 일어난 사건에 열중하지 않을 수 있겠습니까! 내가 말하고 있는 건 무리일까요! 나는 제멋대로 단정을 내리고 있는 걸까요? 그때 내가 느낀 것은 이것뿐입니다. 도대체 생각할 게 뭐겠습니까? 아무것도 없다… 정말 아무것도 없다, 그야말로 아무것도 없다… 그러나 이토록 일에 열중한다는 것은 예심판사인 나로서는 온당치 못한 짓이었습니다. 내 손안에 이미 미콜카가 들어와 있을뿐더러 구체적인 사실까지 드러나 있었으니까요. 어쨌든 그건 사실임에 틀림없었거든요! 이자도 역시 자기 나름의 심리적인 방법을 쓰고 있습니다. 이자도 방심해서는 안 되죠, 아무튼 생사가 걸린 문제니까요. 그런데 지금 나는 무엇 때문에 이런 걸 설명하고 있을까요? 그건 다름 아니라 당신이 그 양식과 이성으로 사태를 잘 양해해주시고, 그때의 내 간악한 행동을 책망하지 않으시길 바라기 때문입니다. 하긴 결코 간악한 것은 아니었습니다만, 정말입니다. 헤, 헤! 그래, 당신은 내가 그때 당신 집에 가택수색을 하러 오지 않은 줄 아십니까? 왔습니다, 왔었어요, 헤, 헤! 당신이 여기 자리에 누워 계실 때 왔었죠. 정식으로도 아니고 나 개인으로서도 아니지만 하여튼 왔었습니다. 그리고 당신 집에 있는 것은, 증거가 없어지기 전에 조사해두려고 머리털 하나도 남기지 않도록 샅샅이 조사했습니다. 그러나 umsonst('허사'라는 뜻)였어요! 그래서 나는 이렇게 생각했습니다. 이제 이 사나이는 올 것이다, 자기 쪽에서 올 것이다, 머지않아 올 것이다, 만약 죄가 있다면 그땐 반드시 올 것이다, 다른 사람이라면 몰라도 이 사나이는 꼭 올 것이다, 라고요. 그리고 기억하고 있습니까, 라주미힌이 여러 말을 떠들어낸 것을? 그건 당신을 흥분시키려고 우리가 꾸민 일이고, 그가 당신에게 말하도록 일부러 소문을 퍼뜨린 겁니다. 아무튼 라주미힌은 그런 일로 분격하면 도저히 참지 못하는 사나이거든요. 그러나 자묘토프의 관심을 끈 것은 무엇보다도 당신의 분격과 그 개방적인 대담성이었습니다. 그도 그럴 것이, 요릿집 같은 데서 느닷없이 '내가 죽였다!'라고 뇌까리다니, 그건 너무나 불손하고 너무나 대담합니다. 그래서 나는 만약 이 사나이가 유죄라면 정말 무서운 적수다, 라고 생각했지요! 정말 그땐 그렇게 생각했습니다. 그리고 기다렸습니다! 당신이 오길 목을 빼고 기다렸습니다! 하지만 자묘토프는 그때 당신에게 압도당하고 말았어요… 바로 여기에 이것도 아니고 저것도 아닌 저주받을 심리적 농간이 있는 겁니다! 이렇게 당신을 기다리고 있는데 문득 당신이 나타나시지 않았겠어요! 정말이지 난 가슴이 철렁했습니다! 당신은 그때 꼭 오셔야 할 이유라곤 없었거든요? 그리고 그 웃음, 기억하고 계시겠죠. 그때 들어오면서 낸 그 웃음소리, 나는 마치 유리창 너머로 보듯 모든 걸 환히 알아차렸습니다. 만약 그런 특수한 사정에서 당신을 기다리고 있는 게 아니었다면 아무것도 알아채지 못했겠습니다만. 그런 기분으로 있기란 참으로 무서운 겁니다. 그리고 그때 라주미힌이… 아, 참, 그렇군! 돌, 돌, 기억하십니까? 장물을 숨겨두었다는 그 돌 말입니다! 나는 어느 채소밭에 있는 그 돌을 눈앞에 보는 듯했습니다. 채소밭이라는 것은 확실히 당신이 말씀하신 거죠, 자묘토프에게. 그리고 나한테도 또 한 번 그렇게 말씀하셨고요. 그런데 그때 우리가 당신의 그 논문을 검토하기 시작하고 당신이 의견을 말하기 시작했을 때, 내게는 당신의 한 마디 한 마디가 마치 그 뒤에 딴말이 숨겨져 있는 듯이 이중으로 들렸습니다! 로지온 로마느이치, 그래서 나는 마지막 기둥까지 이르러 거기다 이마를 부딪치고는 비로소 제정신으로 돌아왔던 겁니다. 아니, 내가 이게 무슨 꼴이람! 마음만 먹으면 이런 것은 모두 최후의 한 점에 이르기까지 반대되는 방향으로 설명할 수도 있는 게 아닌가, 오히려 그 편이 더 자연스럽게 보일 것이다, 라고 자인하지 않을 수 없었단 말입니다. 정말 고민했습니다! '하다못해 털끝만 한 증거라도 잡았으면!' 하고 생각하던 중에 바로 그 초인종 이야기를 들은 겁니다. 나는 온몸이 얼어붙는 듯하고 부르르 몸을 떨기까지 했습니다. '자, 이게 바로 털끝만 한 증거다! 그렇다!' 나는 그때 이것저것 생각하지 않았습니다. 생각해보고 싶지도 않았고요. 사실 그때 당신을 **내 눈으로** 볼 수만 있다면 1천 루블쯤 기꺼이 내던졌을 겁니다. 그 상인이 당신한테 직접 맞대 놓고 '살인자'라고 말했는데도 당신이 그 사나이와 100보쯤이나 나란히 걸어가면서 그동안 한마디도 그 사나이에게 물어볼 용기조차 없던 그때의 당신 얼굴이 보고 싶었습니다! … 어때요, 등골이 오싹해진 그 전율, 병중에 반쯤 열에 들뜬 채 잡아당긴 초인종… 그러니까 로지온 로마느이치, 그때 내가 당신에게 그렇게 짓궂게 장난을 쳤다 해도 별로 놀랄 건 없잖습니까? 그리고 왜 당신은 하필이면 그런 때 나한테 왔습니까? 마치 누군가가 당신을 떼밀기라도 한 듯이 말이에요. 안 그래요? 만약에 그때 미콜카가 우리를 떼어놓지 않았더라면, 그야말로… 그때의 그 미콜카를 기억하고 계시겠죠! 잘 기억하고 계시겠죠? 정말 그것은 청천벽력이었어요! 구름 속에서 울려 퍼지는 천둥 번개의 화살이 번쩍이는 것과 같았습니다! 한데 나는 그를 어떻게 받아들였을까요? 나는 그런 번개 따위는 조금도 믿지 않았습니다. 그건 당신 자신이 보신 대로입니다! 그걸 누가 믿겠습니까! 당신이 돌아가신 뒤에 그 사나이가 몇 가지 점에서 사리에 맞는 답변을 시작하는 바람에 나도 좀 놀라긴 했습니다만, 그래도 나는 털끝만큼도 믿지 않았습니다! 이건 내가 다이아몬드처럼 굳어져 있기 때문입니다. 그리고 나는 생각했죠. 어디 두고 보자! 미콜카 따위가 어떻게 그런 짓을 할 수 있느냐 말이야, 라고요."

"라주미힌이 조금 전에 나한테 말하더군요. 당신은 지금도 니콜라이를 유죄라고 인정하고, 그걸 라주미힌한테 역설하셨다고요……."

라스콜니코프는 숨이 막혀서 끝까지 말할 수가 없었다. 그는 상대편 속을 빤히 꿰뚫어 보듯이 형언할 수 없는 흥분 속에서 귀를 바싹 기울이고 있었으나, 속으로는 자기 말을 부정하고 있었다. 그는 믿기가 두려웠고, 또 믿고 있지도 않았다. 아직도 양쪽으로 해석할 수 있는 상대방의 말 속을 열심히 더듬으며, 그는 더 정확하고 결정적인 것을 잡아내려고 애쓰고 있었다.

"라주미힌 씨 말인가요?" 지금까지 침묵만을 지키던 라스콜니코프의 질문이 자못 반갑다는 듯이 포르피리는 외쳤다. "헤, 헤, 헤! 라주미힌 씨는 그렇게 해서 옆으로 밀어낼 필요가 있었습니다. 둘이면 족한 일을 제삼자까지 끼울 필요는 없다는 거죠. 라주미힌이 참견할 일이 아니거든요, 그 사람은 국외자예요, 창백한 얼굴로 남의 집에 뛰어들기나 하는… 아니, 그 친구는 그냥 내버려두면 됩니다. 여기 끌어들일 필요는 없어요! 그런데 미콜카 말입니다만, 그자가 어떤 사람이며, 즉 내가 그자를 어떻게 보고 있는가를 알고 싶지 않습니까? 첫째, 그자는 아직 나이가 덜 찬 풋내기입니다. 그리고 겁쟁이랄 정도는 아니지만, 일종의 예술가 비슷한 친구죠. 아니, 정말입니다. 내가 그자를 이렇게 설명했다고 해서 웃진 마십시오. 순진하고, 무슨 일에나 감동하기 쉬운 사내지요. 감정이 풍부한 몽상가예요. 그 사나이는 노래도 하고, 춤도 추고, 얘길 시키면 다른 곳에서 일부러 들으러 올 만큼 잘한다는 겁니다. 학교도 좀 다녔고, 사소한 일에도 허리가 끊어지도록 웃어대는가 하면, 정신을 잃도록 술을 마시기도 합니다. 하지만 술도 도락으로 마시는 게 아니라 어쩌다 술판에 끼게 되면 마시는 정도인데, 아직도 어린애 같은 친구죠. 그때 그는 절도를 하고서도 자기 자신은 전혀 모르고 있었습니다. '마루에 떨어진 걸 집었는데 뭐가 도둑이

275

냐?'라는 겁니다. 그런데 당신은 그자가 라스콜니키(17세기 러시아 정교회에서 이탈한 분리파 교도)라는 걸 아십니까? 아니 분리파 교도까지는 아니지만, 무슨 다른 종파의 교도입니다. 그의 집안에는 베군파(분리파 교도의 일종, 원칙적으로 사제의 존재를 인정치 않음)가 있었으니까요. 그 자신도 최근까지 만 2년 동안이나 마을의 어느 장로 밑에서 수도 생활을 했다더군요. 이런 이야기는 모두 미콜카 자신과, 그와 동향인 자라이스키 마을 사람한테서 들은 겁니다. 그뿐만이 아닙니다! 늘 황야로 가고 싶어 했다는 거예요! 여간 열심이 아니어서 밤마다 하느님에게 기도를 올리는가 하면, 낡은 '성서'를 탐독했답니다. 그런데 페테르부르크, 특히 여자와 술이 그에게 심한 영향을 주었습니다. 원래 감수성이 강한 사나이인지라 곧 장로고 뭐고 다 잊고 말았습니다. 이런 이야기도 있습니다. 이곳의 어느 화가가 그 사나이에게 호감을 느껴서 찾아다니게 되었답니다. 그런데 바로 그때 이 사건이 터진 것입니다! 덜컥 겁을 집어먹고 목을 매고 죽는다느니, 도망을 쳐야겠다느니 하는 소동이 일어났습니다! 법률에 대한 우리 민중의 관념은 참으로 말이 아닙니다. 개중엔 '재판을 받는다'는 말만 들어도 겁먹는 사람이 있으니까요. 이건 누구의 죄입니까! 새로운 재판 제도는 여기에 대해서 무슨 해답이 있을 겁니다. 제발 그래주길 바라죠! 자, 그건 그렇고, 정작 감방에 들어가니까 또다시 고마운 장로 생각이 난 모양입니다. 그래서 또 성경책이 나타났습니다. 로지온 로마느이치, 그런 족속에게 '고난을 받는다'는 것이 무엇을 뜻하는지 아십니까? 그것은 누굴 위해서가 아니라 그저 '고통을 받아야 한다', 즉 고통을 받는다는 그 자체가 중요한 겁니다. 하물며 나라에서 내리는 고통이라면 더욱 좋다는 식이죠. 내가 이런 예를 하나 알고 있습니다. 어떤 지극히 온순한 죄수가 만 1년이나 감옥살이를 하는 동안 매일 밤 페치카 위에서 성서만 읽었습니다. 너무나 열심히 탐독한 결과, 아무 일도 없는데 공연히 벽돌을 주워다가 나쁜 짓이라곤 하나도 하지 않

276

은 간수장에게 그걸 내던졌습니다. 그런데 그 던지는 방법이 걸작입니다. 즉 상대방에게 상처를 주지 않으려고 일부러 두어 자쯤 옆으로 던졌단 말이에요! 하지만 상관에게 물건을 던진 죄수가 어떻게 될지는 뻔한 일입니다. 그렇게 해서 결국 '고통을 받았다'는 겁니다. 그래서 나도 지금 미콜카가 '고난을 받으려' 하고 있든가, 아니면 그와 비슷한 짓을 하려 한다고 생각하는 겁니다. 나는 사실에 입각해서 모든 걸 명확히 알고 있습니다. 다만 내가 안다는 것을 본인이 모를 뿐이죠. 어떻습니까, 그런 민중 가운데 이런 공상가가 나온다는 걸 당신은 부정하십니까? 천만에요, 그런 예는 얼마든지 있어요. 거기다가 또 그 장로가 그의 마음에 작용하기 시작한 겁니다. 특히 목을 매려 했던 뒤부터는 장로 생각이 더욱 절실했겠죠. 그러나 이제 곧 제 발로 와서 나한테 모든 걸 자백할 겁니다. 당신은 그자가 끝까지 버티어낼 것 같습니까? 두고 보십시오, 이제 곧 손을 들고 말 테니! 나는 그자가 자기 진술을 부정하러 오기를 이제나저제나 하고 기다리고 있습니다. 나는 그 미콜카가 마음에 들었으므로 한번 철저히 연구해볼 작정입니다. 그래, 당신은 어떻게 생각하십니까! 헤, 헤, 헤! 그자는 어떤 점에 대해서는 무척 조리 있게 답변을 했습니다. 아마 필요한 정보를 얻어서 제법 잘 준비를 했던가 봐요. 그런데 그 밖의 점에 대해서는 물구덩이에 빠지기라도 한 것처럼 아무것도 모릅니다. 하나도 아는 게 없어요. 게다가 자기가 아무것도 모른다는 걸 자신이 조금도 이상하게 생각지 않는단 말이에요! 아니, 로지온 로마느이치, 이건 절대 미콜카 짓이 아닙니다! 이건 환상적인 음산한 사건입니다. 현대적인 사건입니다. 인간의 양심이 마비되고, 피로 '싹 쓸어버린다'는 말이 도처에 인용되며, 안락만이 인생의 전부라고 주장하는 현대의 산물입니다. 이건 탁상공론이고, 논리적으로 자극받은 마음의 산물입니다. 거기에는 첫걸음을 내디딘 의지가 보입니다. 그러나 그것은 특수한 성질의 결의입니다. 마치 산 위에서 몸을 던진

277

다거나 종루에서 껑충 뛰어내리는 듯한 기분으로 결심한 것이기 때문에 범죄를 결행하는 마당에서도 제정신이 아니었던 것 같습니다. 그는 방 안에 들어가서 문을 잠그는 것조차 잊었으면서도 사람을 죽였습니다. 그것도 두 사람이나 죽였습니다. 이론에 의거해서 말입니다. 그러나 죽이긴 죽였지만 돈은 가지고 나오지도 못하고, 성급히 가지고 나온 것은 돌 밑에 감추어버렸습니다. 더욱이 문 뒤에 숨어 있을 때 밖에서 문을 두드리기도 하고 초인종을 울리기도 했는데, 그때의 고통만으로 부족했는지 그는 그 후 열병을 앓으면서도 또다시 초인종 소리를 상기하려고, 등골을 스친 그 오한을 다시 경험하고 싶은 욕망에서 그 빈집을 찾아갔습니다… 그러나 그건 병의 탓으로 돌리더라도, 이건 또 어떻게 된 겁니까… 그는 사람을 죽여놓고도 자길 결백한 인간이라고 생각하고 남을 멸시하면서 창백한 천사 같은 얼굴로 돌아다니고 있으니 말이에요. 아니, 이건 미콜카 따위는 도저히 생각지도 못할 일입니다. 로지온 로마느이치, 이건 미콜카의 짓이 아닙니다!"

이 마지막 말은 지금까지 늘어놓은, 부정하는 듯한 말투의 연속으로서는 너무나 뜻밖이었다. 라스콜니코프는 마치 무엇에 찔리기라도 한 듯이 온몸을 와들와들 떨기 시작했다.

"그럼… 대체… 누가… 죽였다는 겁니까?" 그는 참다못해 숨을 헐떡이며 이렇게 물었다. 포르피리는 뜻하지 않은 질문에 놀란 듯이 의자 등받이에 몸을 기대기까지 했다.

"누가 죽였느냐고요?" 자신의 귀를 믿을 수 없다는 듯이 그는 이렇게 되물었다. "그건 **당신**이지 누구겠습니까, 로지온 로마느이치! 당신이 죽였습니다." 그는 완전히 자신에 찬 음성으로 거의 속삭이듯이 이렇게 덧붙였다.

라스콜니코프는 소파에서 벌떡 일어나 몇 초 동안 그냥 버티고 서 있다가, 한마디 말도 없이 다시 자리에 앉았다. 가느다란 경련이 갑자기 그의 안면을 스쳐 갔다.

"입술이 또 그때처럼 떨리는군요." 마치 동정하는 듯한 어조로 포르피리는 중얼거렸다. "그러고 보니 로지온 로마느이치, 당신은 내 말을 잘못 해석하신 것 같습니다." 잠시 입을 다물었다가 그는 다시 덧붙였다. "그러기에 그렇게 깜짝 놀라셨겠죠. 내가 오늘 방문한 것은, 모든 걸 죄다 말하고 일을 분명히 처리하고 싶었기 때문입니다."

"내가 죽이지 않았습니다." 무슨 나쁜 짓을 하다가 들켜서 놀란 어린애처럼 라스콜니코프는 속삭이듯이 말했다.

"아니, 당신입니다, 로지온 로마느이치, 당신이에요, 다른 사람일 수 없어요." 자신에 찬 엄격한 음성으로 포르피리는 속삭였다.

두 사람 다 입을 다물어버렸다. 그리고 그 침묵은 이상할 만큼 길게 거의 10분이나 이어졌다. 라스콜니코프는 탁자 위에 팔꿈치를 괴고 말없이 손가락으로 머리를 긁적거렸고, 포르피리 페트로비치는 조용히 앉아서 기다리고 있었다. 갑자기 라스콜니코프는 멸시하는 듯한 눈으로 포르피리를 쳐다보았다.

"포르피리 페트로비치, 또 그 낡은 수법이군요! 이건 당신의 그 상투적인 수법이에요! 그래도 아직 싫증이 안 나는가 보죠."

"그런 말 마세요, 지금 내 처지에 수법이 다 뭡니까! 그야 이 자리에 증인이라도 있다면 별문제지만, 우선 지금은 단둘이서 이야기하고 있습니다. 당신도 보시다시피 나는 토끼를 몰아 잡듯이 당신을 잡으러 온 건 아닙니다. 그러나 자백하시든 말든 지금 여기서는 마찬가지입니다. 당신이 아무 말 안 하시더라도 나는 속으로 확신하고 있으니까요."

"그렇다면 뭣 하러 오셨습니까!" 하고 라스콜니코프는 초조하게 물었다. "다시 전의 질문을 되풀이하겠습니다만, 만약 나를 유죄라고 인정한다면 왜 구속하지 않으시죠?"

"아, 그 문제 말입니까! 좋습니다. 요점을 추려서 대답하겠습니다. 첫째, 당신을 그렇게 성급히 체포하는 건 나한테 불리하기 때문이죠."

"왜 불리합니까! 만약 당신에게 그런 확신이 있다면 의당 그렇게 해야 할 게 아닙니까……."

"아니, 내 확신이란 게 뭡니까? 아직은 내 공상에 지나지 않으니까요. 그리고 당신을 그런 데다 편안히 쉬게 해서 뭘 하겠습니까? 당신은 스스로 그걸 요구하고 계실 정도니까, 잘 아실 겁니다. 예를 들어 내가 당신을 그 상인하고 대질시키더라도 당신은 이렇게 말하실 테죠. '자넨 취했는가 보군? 내가 자네와 같이 있는 걸 누가 봤나? 나는 다만 자넬 주정뱅이로만 알아왔어. 게다가 사실 자넨 취했었잖냐 말이야.' 자, 이렇게 나오면 난 거기에 대해 뭐라고 말하면 좋습니까. 더욱이 그자가 하는 말보다는 당신의 말이 더욱 진실에 가깝게 들릴 테니 말입니다. 그자의 진술은 심리적인 것에 지나지 않지만—이건 그런 상판을 한 친구에겐 어울리지 않습니다—당신 쪽은 그야말로 급소를 찌르고 있거든요. 왜냐하면 그자는 고주망태로 유명하니 말입니다. 그리고 나 자신 이미 몇 번이나 고백했듯이, 심리라는 것에는 양쪽에 꼬리가 있고 두 번째 꼬리가 더 크고 더 그럴싸하게 보이는 데다가 아직도 나로서는 그것 말고 당신에 대한 반증이라곤 하나도 없으니 말입니다. 그러나 어쨌든 나는 당신을 수감하게 될 겁니다. 그래서 이렇게 모든 걸 미리 당신에게 설명하려고 일부러 찾아온 거죠. 상식적인 방법은 아닙니다만. 그리고 당신에게 솔직히, 이것 역시 보통 방법은 아닙니다만, 이런 짓을 하는 건 나한테 불리하다고 말씀드리고 있는 겁니다. 그리고 내가 온 두 번째 이유는……."

"그래, 두 번째 이유는?" 라스콜니코프는 아직 숨을 헐떡이고 있었다.

"두 번째 이유는, 아까도 말했듯 당신에게 해명을 해드리는 것이 내 의무라고 생각했기 때문입니다. 나는 당신이 나를 악인으로 생각하시는 걸

원치 않습니다. 더욱이 믿으시든 안 믿으시든 상관없습니다만, 나는 당신에게 진심으로 호의를 갖고 있으니까요. 따라서 세 번째로, 깨끗이 자수하라고, 솔직하고도 기탄없는 권고를 드리려고 여기까지 온 것입니다. 이것은 당신을 위해서 얼마나 유리한지 모르며, 또 나를 위해서도 훨씬 유리한 겁니다. 아무튼 무거운 짐을 어깨에서 내려놓는 셈이니까요. 자, 어떻습니까, 이만하면 나로서는 솔직한 태도라고 할 수 있잖습니까?"

라스콜니코프는 잠시 생각에 잠겼다.

"이거 보세요, 포르피리 페트로비치, 당신은 자기 입으로 심리에 지나지 않는다고 말하면서 역시 수학적인 계산까지 하고 계시는군요. 그런데 만약 당신이 잘못 생각했다면 어떻게 하시겠습니까?"

"아니, 로지온 로마느이치, 잘못 생각했을 리가 없습니다. 털끝만 한 증거는 쥐고 있으니까요. 그 털끝만 한 걸 나는 그때 발견했습니다. 하느님께서 주신 겁니다!"

"털끝만 한 것이라니?"

"그건 말하지 않겠습니다, 로지온 로마느이치. 하여튼 이제는 더 시간을 끌 권리가 없으니까 수감해야겠습니다. 그러니 잘 생각하십시오. **이렇게 된 이상** 나한텐 어차피 마찬가집니다. 그러니까 다만 당신을 위해서 말하고 있는 겁니다. 정말 그렇게 하시는 편이 당신을 위해서도 좋을 테니까요, 로지온 로마느이치!"

라스콜니코프는 증오에 넘친 웃음을 흘렸다.

"이쯤 되면 웃어넘길 수도 없군요. 뻔뻔스럽다고 해야 할 지경입니다. 설사 내가 범인이라고 하더라도, 그렇다고 시인하는 건 결코 아닙니다만, 당신 자신이 이미 나를 수감하여 편안히 쉬게 하겠다고 말하시는데 내 편에서 일부러 자수하고 나설 필요가 어디 있습니까?"

"아아, 로지온 로마느이치, 내 말을 액면 그대로 받아들이시면 안 됩니다. 어쩌면 그렇게 편안히 쉬게 되지 않을지도 모르니까요! 그건 다만 이론에 지나지 않으며, 그것도 나 자신의 이론일 뿐입니다. 나 같은 게 당신 앞에서 무슨 권위가 있겠습니까? 어쩌면 나는 지금도 당신에게 무언가 숨기고 있는지도 모릅니다. 나라고 해서 모든 걸 당신한테 남김없이 털어놓아야 한다는 법은 없거든요, 헤, 헤! 다음엔 당신한테 어떤 이익이 있느냐하는 문젭니다. 그 결과로서 당신이 얼마나 감형을 받게 될지, 그건 당신도 아시겠죠? 당신의 자수가 어느 때 어떤 순간에 행해지는가, 그 점을 잘 생각해보십시오! 이미 다른 사나이가 죄를 도맡아서 사건을 완전히 뒤엎어버린 때가 아니냔 말입니다. 하느님 앞에 맹세하겠습니다. 나는 당신의 자수가 완전히 돌발적으로 일어난 것처럼 '법정에서' 잘 꾸며드리겠습니다. 그런 심리주의는 전혀 없었던 것으로 하고, 당신에 대한 혐의도 모두 잊도록 하겠습니다. 그렇게 하면 당신의 범죄도 일종의 정신적 혼미라고 할 수 있거든요. 하기는 정직하게 말해서 혼미인 것만은 사실이니까요. 나는 정직한 인간입니다. 로지온 로마느이치, 약속은 반드시 지킵니다."

라스콜니코프는 침울하게 입을 다문 채 고개를 떨어뜨렸다. 그는 한참 동안 생각하고 있었으나, 이윽고 다시금 히죽 웃었다. 그러나 그 웃음은 얌전하고 서글펐다.

"아니, 필요 없습니다!" 이미 포르피리에겐 숨길 필요도 없다는 듯한 어조로 그는 말했다. "그럴 가치가 없어요! 나는 구태여 당신들한테서 감형을 받을 필요가 없습니다."

"바로 그겁니다, 내가 염려하던 건!" 포르피리는 거의 정신없이 열띤 어조로 외쳤다. "바로 그걸 나는 두려워했습니다, 감형 같은 건 필요 없다고 나올까 봐서요."

라스콜니코프는 침울한 눈으로 뚫어질 듯이 그를 바라보았다.

"아니, 생명을 소중히 여기셔야 합니다!" 하고 포르피리는 말을 이었다.

"당신은 아직도 앞날이 창창하니까요. 감형이 필요 없다니, 어째서 필요 없다는 거죠! 당신은 정말 참을성이 없는 사람이군요!"

"앞날에 무엇이 있단 말입니까?"

"인생이 있죠! 도대체 당신은 예언자입니까, 뭡니까. 얼마나 많이 알고 있습니까? '구하라 그러면 얻으리라'라는 말을 아시겠지요. 아마 하느님도 그 점을 당신에게 기대하고 계신지 모릅니다. 그리고 그것도 영원한 것은 아니니까요, 쇠사슬도 말입니다……."

"감형이 있으니까요……." 라스콜니코프는 웃었다.

"뭡니까, 당신은 부르주아적인 치욕을 꺼리고 있습니까! 아마도 그것을 꺼리면서 자기 자신을 알지 못하고 있는가 보군요. 그러니까 아직 젊다는 겁니다! 그러나 당신이 그런 걸 무서워하거나 자수를 부끄러워할 이유는 하나도 없다고 봅니다."

"쳇, 듣기도 싫소!" 라스콜니코프는 입도 놀리기 싫다는 듯이 혐오에 찬 얼굴로 멸시하듯 속삭였다. 그는 어디로 나가려는 듯이 다시 몸을 일으켰으나, 이내 절망의 빛을 띠며 다시금 자리에 앉았다.

"뭐요, 듣기도 싫다고요? 바로 그겁니다! 당신은 남을 믿지 않게 되었기 때문에 내가 당신에게 아부라도 하는 걸로 생각하고 계십니다. 도대체 당신은 얼마나 많은 인생 경험을 가지고 계십니까? 세상일은 얼마나 많이 아십니까? 당신은 하나의 이론을 생각해냈지만, 그 일이 뜻대로 되지 않고 너무나 평범한 결과를 초래했기 때문에 부끄러워진 겁니다! 결과가 비열했다는 건 사실입니다. 그러나 당신은 전혀 가망성 없는 비열한은 아닙니다. 절대로 그런 비열한은 아닙니다! 적어도 당신은 오랫동안 자기 자신을 현혹함이 없이 대번에 최후의 기둥에 부딪쳤으니까요. 내가 당신을 어떻게 보는지 아십니까? 내가 보기에 당신은 만일 신앙이나 신 같은 걸 발견하기만 하면, 창자를 찢긴다 하더라도 꿋꿋이 서서 미소를 머금고 자신을 박해하는 사람을 바라볼 수 있는 그런 종류의 인간입니다. 그러니까 빨리 그것을 발견하십시오, 그러면 살아갈 수 있습니다. 당신은 무엇보다 먼저, 이미 오래전에 공기를 일변시킬 필요가 있었습니다. 아니, 고통도 좋긴 하죠. 고통을 받으십시오. 어쩌면 고통을 받고 싶어 하는 미콜카의 생각이 옳을지도 모릅니다. 나도 당신이 믿기는 어려우리라는 건 잘 알고 있습니다. 그러나 영리한 듯이 너무 재주를 부릴 생각은 마시고 곧장 생활에 뛰어드십시오. 걱정할 건 없어요, 바로 강변으로 끌어올려서 땅 위에 세워드릴 테니까. 어떤 강변이냐고요? 그걸 내가 어떻게 압니까? 나는 단지 당신이 아직도 오랫동안 살아야 한다는 것만을 믿고 있을 뿐이죠. 당신이 지금 내 말을 무슨 상투적인 설교같이 생각하리라는 건 나도 압니다. 그러나 언젠가는 상기하게 될 테고 도움이 될지도 모릅니다. 그러니까 나도 이렇게 말하는 겁니다. 당신이 노파를 죽이는 정도로 끝난 건 그래도 다행한 일입니다. 만약에 당신이 무슨 다른 이론을 생각해냈더라면, 그야말로 몇억 배나 더 추악한 짓을 저질렀을지 모르니까요! 그러니까 하느님께 감사를 드려야 할 겁니다. 무엇 때문에 하느님이 당신을 지켜주시는지 그건 당신도 모릅니다. 당신은 큰마음을 가지고 좀 더 대담해지십시오. 눈앞에 다다른 위대한 실천을 당신은 두려워하는 겁니까? 아니, 그런 걸 다 두려워하다니, 그야말로 수치스럽습니다. 일단 그렇게 걸음을 내디딘 이상 좀 더 마음을 굳게 가져야 합니다. 이건 이미 정의의 문제니까요. 자, 정의가 요구하는 걸 실행하십시오. 당신에게 신앙이 없다는 건 나도 잘 알고 있습니다만 문제없습니다. 인생이 당신을 이끌어줄 테니까요. 그리고 끝내는 인생이라는 걸 좋아하게 될 겁니다. 지금 당신에겐 공기가 부족할 뿐입니다, 공기가, 공기가!"

라스콜니코프는 움찔하고 몸을 떨었다.

"도대체 당신은 뭡니까!" 하고 그는 외쳤다. "당신은 예언자라도 됩니까? 왜 그렇게 거드름을 피우며 높은 데서 내려다보듯이 그 잘난 예언을 하는 겁니까?"

"내가 뭐냐고요? 나는 이미 끝장을 본 인간입니다. 그 이상의 아무것도 아니에요. 그야 감정도 있고, 동정심도 있고, 게다가 다소 지식도 있는지는 모르겠습니다만, 하여튼 이젠 끝장을 본 인간입니다. 하지만 당신은 다릅니다. 하느님은 당신에게 생명을 마련해주셨으니까요. 하긴 당신의 경우도 연기처럼 사라져서 아무것도 남지 않을지도 모르지만, 그런 건 아무도 알 수 없습니다. 당신이 인간의 다른 부류로 옮겨진다고 해서, 그게 어떻다는 겁니까? 설마 당신 같은 마음을 가진 사람이 안일한 생활에 미련을 갖진 않으시겠죠? 또 너무나 오랫동안 아무도 당신을 못 보게 될지도 모르지만, 그게 대체 어쨌단 말입니까? 문제는 시간에 있는 게 아니라 당신 자신 속에 있습니다. 태양이 되십시오. 그러면 만인이 당신을 우러러볼 겁니다! 태양은 어디까지나 태양이어야 합니다. 당신은 왜 또 웃으십니까? 내가 실러 같은 소릴 하기 때문입니까? 내기를 해도 좋습니다만, 당신은 필시 내가 지금 당신에게 아부를 한다고 생각하시겠죠! 아니, 어쩌면 정말로 아부를 하고 있는지도 모르죠, 헤, 헤, 헤! 하지만 로지온 로마느이치, 당신은 내 말 같은 건 믿지 않는 게 좋겠습니다. 앞으로도 절대 믿지 않는 게 좋을 거예요. 이것이 나의 악벽(惡癖)이니 하는 수 없죠. 그런데 한마디만 덧붙이겠습니다만, 내가 얼마나 비굴한 인간이고 또 얼마나 정직한 인간인지는 당신 자신이 판단할 수 있으리라는 겁니다!"

"당신은 언제 나를 체포할 생각입니까?"

"글쎄요, 아직 하루 반이나 이틀쯤은 산책할 수 있게 해드리죠. 잘 생각하시고, 하느님께 기도나 올려두십시오. 그 편이 더 유리해요, 암, 유리하고말고요."

"하지만 내가 도망친다면?" 이상하게 히죽거리면서 라스콜리코프는 이렇게 물었다.

"아니, 당신은 도망치지 않습니다. 농부라면 도망치겠죠, 요즈음 유행
하는 이단자라면 달아나겠지요, 남의 사상의 추종자라면 말입니다. 왜냐
하면 그런 패는 해군 소위 드이르카처럼 손가락 끝을 조금 보이기만 해도
아무거나 이쪽이 원하는 대로 한평생 믿게 할 수 있으니까요. 하지만 당
신은 이미 자기 자신의 이론도 믿지 않는데 갖고 달아날 게 뭐가 있습니
까? 그리고 도망쳐서 무엇을 할 수 있습니까? 도망 생활이란 지긋지긋하
게 괴로운 법입니다. 그러나 당신에게 필요한 건 무엇보다도 생활입니다.
안정된 환경, 거기에 알맞은 공기가 필요합니다. 어때요, 거기에 당신의 공
기가 있다고 생각하십니까? 일단 도망치더라도 제 발로 되돌아옵니다. **당
신은 우릴 떠나서는 살아갈 수 없으니까요.** 만약 내가 당신을 감옥에 가
둔다면… 한 달이나 두 달이나 석 달쯤 지나는 사이에 당신은 문득 내 말
을 상기하고 스스로 자백하러 올 겁니다. 자기도 모를 정도로 뜻밖에 말
입니다. 설마 자기가 자백하러 가리라고는 한 시간 전만 해도 모를 겁니
다. 뿐만 아니라 나는 이렇게 확신하고 있어요, 당신은 반드시 '고난을 받
으려는' 생각이 일어날 것이라고. 지금은 내 말을 믿지 않으시지만 자연히
그렇게 되게 마련입니다. 왜냐하면 로지온 로마느이치, 고통이란 위대한
것이니까요. 내가 이렇게 살이 쪘다고 해서 이상하게 보실 것까진 없습니
다. 나도 잘 알고 있으니까요. 제발 웃지는 마십시오. 고통 속에는 이념이
있습니다. 미콜카의 말이 맞아요. 아니, 당신은 도망칠 사람이 아닙니다,
로지온 로마느이치."

라스콜니코프는 자리에서 일어나 모자를 집었다. 포르피리도 따라 일
어섰다.

"산책이라도 하시렵니까? 오늘 밤은 날씨가 좋을 겁니다. 소나기만 오
지 않으면 좋겠는데. 그러나 오는 것도 괜찮겠죠. 공기를 깨끗이 해주니

까……."

그도 역시 모자를 집어 들었다.

"포르피리 페트로비치, 제발 엉뚱한 생각은 말아주십시오." 거칠게 달라붙는 듯한 어조로 라스콜니코프는 말했다. "내가 지금 자백한 건 아니니까요. 당신이 너무 이상한 사람이라 다만 호기심으로 듣고 있었을 뿐입니다. 나는 아무것도 당신에게 자백하지 않았습니다… 이 점을 잘 기억해주십시오."

"아니, 그건 잘 압니다, 기억해두죠. 그런데 왜 그렇게 떠십니까! 걱정하실 건 없어요, 당신 뜻대로 될 테니까요. 산책을 좀 하시는 것도 좋겠죠. 그러나 너무 오랜 산책은 좋지 않습니다. 그리고 만일을 위해서 한 가지 부탁이 있습니다." 그는 소리를 낮추어 덧붙였다. "아주 사소하지만 그래도 중요한 일입니다. 만약에, 만일의 경우—이런 건 나도 믿지 않습니다, 당신이 그런 짓을 할 수 있는 사람이라고는 생각지 않으니까요—하여튼 만약의 경우 앞으로 40 내지 50시간 안에 무언가 다른 엉뚱한 방법으로 이 사건을 처리해버리려는 생각이 당신 머리에 떠오르면, 즉 스스로 자기 몸에 손을 대고 싶은 생각이 떠오르면—어리석기 짝이 없는 예상이니 용서하십시오—그때는… 간단해도 좋으니 요령 있게 쓴 메모 같은 걸 남겨두고 가십시오. 그저 두어 줄, 한두 마디면 족합니다. 그리고 그 돌 이야기도 써주십시오, 그게 더 고상하니까요. 그럼 또 뵙겠습니다… 훌륭한 사색과 현명한 행동을 하시길 빕니다!"

포르피리는 되도록 라스콜니코프를 보지 않으려는 듯이 이상하게 구부정한 자세를 하고 밖으로 나가버렸다. 라스콜니코프는 창가로 다가가 속으로 시간을 재면서, 포르피리가 밖으로 나가서 멀리 사라지기만을 이제나저제나 하고 조바심을 떨며 기다렸다. 그리고 나서 자기도 황급히 방을 나섰다.

3

그는 스비드리가일로프한테로 발길을 재촉했다. 도대체 이 사나이에게
서 무엇을 기대할 수 있는지, 그것은 그 자신도 몰랐다. 그러나 이 사나이
에게는 그를 지배하는 일종의 위력이 잠재해 있었다. 일단 그것을 의식하
자 그는 가만있을 수가 없었다. 그리고 지금은 그 시기에 다다른 것이다.

도중에 한 가지 의문이 특히 그를 괴롭혔다. 혹시 스비드리가일로프가
포르피리를 찾아갔던 건 아닐까?

적어도 그가 판단한 결과 맹세해도 좋다고 생각한 것은, 절대로 찾아
가지 않았다는 게 그 대답이었다. 그는 생각을 거듭하고 포르피리의 방문
을 남김없이 상기하고는 다음과 같이 단정을 내렸다. 아니, 찾아가지 않았
다, 절대로 찾아갔을 리 없다!

하지만 아직 찾아가지 않았다면, 앞으로 그는 포르피리를 찾아갈 것인
가, 가지 않을 것인가?

그러나 지금 같아서는 찾아가지 않을 것만 같았다. 왜? 그는 그것을 설
명할 수가 없었다. 하지만 설사 설명할 수 있다 해도 지금은 특히 그런 문
제로 골치를 앓고 싶지 않았을 것이다. 그는 이런 모든 문제로 괴로움을
당하고 있었으나, 또 한편으로는 그런 데까지 관심을 가질 겨를이 없는
것 같기도 했다. 참으로 기묘한 이야기라서 아무도 곧이듣지 않을지 모르
겠으나, 그는 현재 눈앞에 박두한 자기 운명에 대해서는 그저 어렴풋이 막

연한 주의밖에 돌리고 있지 않았다. 무언가 그와는 다른 훨씬 중대한, 심상치 않은 문제가 그를 괴롭히고 있었다. 그것은 다른 누구도 아닌 바로 그 자신의 문제였지만, 그래도 무언가 색다른 중대한 일인 것만은 틀림없었다. 게다가 이날 아침은 지난 이삼일에 비해서 그의 이성이 훨씬 정확하게 작용하는데도 그는 극도의 정신적 피로를 느끼고 있었다.

더욱이 이미 그런 일까지 있은 지금, 이제 새삼스레 이런 대수롭잖은 새 곤란을 극복하기 위해 일부러 노력할 가치가 있겠는가? 예컨대 스비드리가일로프가 포르피리를 방문하지 않도록 애써 잔꾀를 부릴 필요가 있을까? 스비드리가일로프 따위 인간을 연구하고 조사하고 그 때문에 시간을 허비할 만한 가치가 있느냐 말이다!

아아, 그런 일들은 모두 지긋지긋할 만큼 싫증이 났다!

그런데도 그는 여전히 스비드리가일로프한테로 발길을 재촉했다. 그는 이 사나이에게 무슨 새로운 암시나 탈출구 같은 것을 기대하고 있진 않았을까? 사람은 누구나 급해지면 지푸라기라도 잡으려 하는 법이니까! 그들 두 사람을 결합시키려는 것은 일종의 숙명, 일종의 본능이 아니었을까? 어쩌면 이것은 다만 피로의 결과, 절망의 결과였는지도 모른다. 그리고 어쩌면 필요한 것은 스비드리가일로프가 아니라 누군가 다른 사람일 수도 있고, 스비드리가일로프는 우연히 거기에 개재되었을 뿐인지도 모른다. 그럼 소냐일까? 하지만 무엇 때문에 지금 소냐한테 가야 하는가? 또다시 그녀에게 눈물을 구걸하기 위해서인가? 그렇잖아도 그는 소냐가 두려웠다. 소냐는 그에게 확고부동한 선고였고 변할 수 없는 결정이었다. 문제는… 그녀의 길을 택하느냐, 그 자신의 길을 걸어가느냐에 있다. 특히 지금의 심정으로는 소냐를 만나고 싶지가 않았다. 차라리 그보다는 스비드리가일로프를 시험해보는 편이 좋지 않을까? 도대체 그자는 어떤 놈일까? 그러자 그는 무엇 때문인지는 몰라도 이 사나이가 이미 오래전부터 자기에게 필요한 존재였던 것 같은 생각이 들었다.

그러나 그들 사이에 대체 어떠한 공통점이 있다는 것일까? 같은 악행이라도 두 사람의 그것은 결코 같지 않았다. 게다가 이 사나이는 대단히 불쾌한 인상을 주었고, 말할 수 없이 음탕할뿐더러 교활하기 이를 데 없는 거짓말쟁이임에 틀림없었다. 그리고 무서울 만큼 간악한 인간인지도 모른다. 스비드리가일로프에 대해서는 굉장한 소문이 퍼지고 있었다. 하긴 카체리나 이바노브나의 아이들을 도와준 것만은 사실이다. 그러나 그것이 무엇 때문인지, 어떤 의미를 지니는지는 아무도 모르지 않는가? 이 사나이에게는 항상 어떤 야심이나 계략이 숨어 있는 것이다.

지난 이삼일 동안 끊임없이 라스콜니코프의 머릿속에 어른거리면서 그를 무서운 불안 속에 몰아넣고 있는 또 한 가지 상념이 있었다. 그는 열심히 그 상념을 몰아내려고 애썼으나 그토록 그를 괴롭혔던 것이다. 그 상념이란 이런 것이었다. 스비드리가일로프는 노상 자기 주변에서 맴돌았고 지금도 그러고 있다. 스비드리가일로프는 자기의 비밀을 알아챘다. 스비드리가일로프는 두냐에게 야심을 품고 있다. 만약 지금도 품고 있다면? 이 물음에 대해서는 거의 확실히 그렇다고 대답할 수 있다. 여기서 그가 자기의 비밀을 알고 있고 또 그것으로 말미암아 자기에 대한 지배권을 장악한 지금, 그것을 두냐에 대한 무기로 사용하려 한다면?

이 생각은 이따금 꿈속에서조차 라스콜니코프를 괴롭혔으나, 이토록 명백히 의식적으로 나타난 것은 지금 스비드리가일로프한테로 발길을 돌린 이 순간이 처음이었다. 그는 이렇게 생각만 해도 울컥 분노가 치밀어올랐다. 첫째, 그렇게 되면 모든 것이 아주 달라진다. 그 자신의 상태에도 변화가 올 것이다. 그렇다면 지금 두냐에게 비밀을 고백하지 않으면 안 된다. 경우에 따라서는 두냐에게 무슨 추악한 짓을 하지 못하도록 자기 자신을 적의 손에 넘기지 않으면 안 될지도 모른다. 아 참, 편지가 왔다고 했지? 오늘 아침 두냐는 어디선가 편지를 받았다고 했다. 이 페테르부르크에서 그 애한테 편지를 보낼 사람이 과연 누굴까, 혹시 루쥔일까? 물론 그쪽은 라주미힌이 경계하고 있겠지만 그는 아직 아무것도 모른다. 어쩌면 라주미힌한테도 고백해야 할지 모르겠군! … 라스콜니코프는 혐오감을 느끼면서 이런 생각을 했다.

이러나저러나 한시바삐 스비드리가일로프를 만나야겠다고 그는 마음속으로 단호히 결심했다. 다행히도 여기서 필요한 것은 소상하고 자질구레한 점보다는 오히려 사건의 본질이었다. 그러나 만약 그가 능히 그런 짓을 할 수 있는 인간이라면, 즉 스비드리가일로프가 두냐에 대해서 무언가 음모를 꾸미고 있다면, 그때는…….

라스콜니코프는 최근, 특히 지난 한 달 동안 너무나도 지쳐 있었으므로 이제 이런 문제에 부딪히면 '그땐 그놈을 죽여버려야겠다'는 단 한 가지 대답밖에는 달리 어떻게 결심할 도리가 없었다. 그는 차가운 절망을 느끼면서 지금도 그렇게 생각했다. 괴로운 중압감이 심장을 짓눌렀다. 그는 길 한복판에서 걸음을 멈추고, 자기가 어느 길에 있고 또 어디로 가고 있는지 사방을 둘러보았다. 그는 방금 지나온 센나야에서 30, 40보쯤 떨어진 ○○거리에 와 있음을 알았다. 왼쪽에 있는 한 건물 1층은 전부 요릿집이 차지하고 있었다. 창이란 창은 모조리 활짝 열려 있었다. 창가에서 움직이는 그림자로 보아 요릿집은 손님으로 꽉 차 있는 모양이었다. 홀에서는 노랫소리가 흘러나오고, 클라리넷과 바이올린 소리가 들리고, 터키 북이 울려 퍼지고 있었다. 째지는 듯한 여자들 교성도 들려왔다. 그는 무엇 때문에 자기가 ○○거리로 접어들었는가를 의심하면서 다시 온 쪽으로 되돌아가려고 했다. 그러나 그 순간, 한쪽 구석의 열린 창가에 파이프를 입에 물고 탁자 앞에 앉아 있는 스비드리가일로프의 모습이 문득 눈에 띄었다. 그는 오싹 소름이 끼칠 정도로 놀랐다. 스비드리가일로프는 그에게 눈을 준 채 묵묵히 지켜보고 있었다. 또 한 가지 라스콜니코프를 깜짝 놀라게 한 것은, 그가 자기에게 들키지 않도록 슬그머니 자리를 뜨려고 몸을 일으켰다는 사실이었다. 라스콜니코프는 이내 자기 쪽에서도 그를 알아보지 못하고 생각에 빠진 채 옆을 바라보는 듯한 시늉을 해 보였다. 그러면서도 그는 계속해서 곁눈으로 그를 지켜보았다. 심장이 방망이질을 했다. 스비드리가일로프는 분명히 남의 눈에 띄는 것을 꺼리고 있는 듯했다. 그는 입에서 파이프를 떼고 얼른 몸을 감추려 했다. 그러나 일어나서 의자를 밀어내는 순간 라스콜니코프가 자기를 발견하고 관찰하고 있음을 눈치챈 모양이었다. 두 사람 사이에는, 라스콜니코프가 잠자고 있을 때 그 방에서 이루어졌던 그들의 맨 처음 회견과도 흡사한 기묘한 장면이 벌어졌다. 능글맞은 웃음이 스비드리가일로프의 얼굴에 나타나는가 했더니 차츰 번져갔다. 그리고 두 사람은 쌍방이 다 보고 서로 관찰하고 있었음을 깨달았다. 마침내 스비드리가일로프는 큰 소리로 껄껄 웃어대기 시작했다.

"자, 자! 괜찮으시다면 어서 들어오십시오. 난 여기 있습니다!" 그는 창 너머로 외쳤다.

라스콜니코프는 요릿집으로 들어갔다.

그는 큰 홀 옆에 붙은, 창문이 하나밖에 없는 조그만 구석진 방에서 스비드리가일로프를 발견했다. 홀에서는 상인들과 관리들, 그 밖의 온갖 종류의 사람들이 스무 개쯤 되는 조그만 탁자에 앉아 가수들의 합창을 들으면서 차를 마시고 있었다. 어디선지 당구 치는 소리가 들려왔다. 스비드리가일로프 앞의 조그만 탁자에는 마개를 딴 샴페인 병과, 반쯤 술이 담긴 컵이 놓여 있었다. 그리고 방 안에는 조그만 손풍금을 든 아이와, 줄무늬 치맛자락을 치켜들고 리본이 달린 티롤리언 모자를 쓴, 볼이 빨갛고 건강해 보이는 열여덟 살가량의 여자 가수가 있었다. 처녀는 옆방 합창 소리에

292

도 위축되지 않고 손풍금 반주에 맞춰서 몹시 쉰 콘트랄토로 무슨 속된 노래를 부르고 있었다.

"이제 그만!" 스비드리가일로프는 라스콜니코프가 들어오는 것을 보고 그녀의 노래를 중단시켰다.

처녀는 얼른 노래를 그치고 공손히 그 자리에서 대기했다. 그녀는 운을 맞춘 그 저속한 노래를 부를 때도 역시 공손하고 진지한 표정을 띠고 있었다.

"이봐, 필립, 컵" 하고 스비드리가일로프는 외쳤다.

"난 술을 안 합니다" 하고 라스콜니코프는 말했다.

"좋도록 하십시오. 이건 당신을 위한 게 아닙니다. 자, 마셔라, 카챠! 오늘은 이제 필요 없으니 그만 가!" 그는 처녀에게 술을 한 잔 따라주고 황색 지폐(1루블)를 한 장 꺼냈다. 카챠는 여자들이 흔히 하듯이 단숨에, 즉 입을 떼지 않고 스무 모금쯤으로 잔을 비우고 나서, 지폐를 받아 들고 스비드리가일로프의 손에 키스했다. 이쪽은 무척 의젓하게 거드름을 피우며 그 키스를 허용했다. 처녀는 방을 나갔다. 손풍금을 가진 사내아이도 뒤따랐다. 그들은 거리에서 불려 들어왔던 것이다. 스비드리가일로프가 페테르부르크에 온 지는 아직 일주일도 되지 않았으나, 그의 주변 사람들은 누구나 다 그를 족장처럼 대하고 있었다. 이 집 급사인 필립도 벌써 '단골'이 된 그 앞에서는 연방 굽실거렸고, 홀로 통하는 문도 닫게 되어 있었다. 스비드리가일로프는 이 방을 자기 집처럼 생각하여, 어떤 때는 며칠이고 여기서 묵기도 했다. 요릿집은 너저분하고 불결해서 중류급도 안 될 정도였다.

"마침 당신한테 가는 길이었는데, 이렇게 찾아냈군요." 라스콜니코프가 입을 열었다. "그런데 어떻게 센나야에서 이 거리로 나왔는지 나도 모르겠습니다! 나는 여태까지 한 번도 이쪽으로 접어든 적이 없고 여기 들른 일도 없었거든요. 언제나 센나야에서 오른쪽으로 접어들곤 했는데 말입니다. 게다가 당신한테 가는 길은 여기가 아닙니다. 그런데 어쩌다 이쪽으로 접어들자 이렇게 당신을 만난 겁니다! 참 이상하군요!"

"왜 솔직히 말하지 않습니까, 이건 기적이라고!"

"하지만 단순한 우연인지도 모르죠."

"정말 이곳 사람들에게는 이상한 버릇이 있어 탈이거든!" 스비드리가일로프는 큰 소리로 웃어댔다. "속으로 기적을 믿으면서도 겉으로는 결코 자백하지 않으니 말이오! 지금만 해도 당신은, 단순한 우연인지도 '모른다'고 하셨잖느냐 말입니다. 자기 자신의 의견에 대해서 이곳 사람들이 모두 얼마나 겁쟁이인지, 당신은 상상조차 못하실 겁니다, 로지온 로마느이치! 당신을 두고 하는 말은 아닙니다. 당신은 자기 자신의 의견을 갖고 있고, 또 그것을 두려워하지 않았습니다. 내 호기심을 끈 것도 실은 그 점입니다."

"그 외에는 아무것도 없습니까?"

"그것만으로 충분하죠."

스비드리가일로프는 분명히 흥분해 있었으나, 그리 대단한 것은 아니었다. 술도 아직 반 컵밖엔 마시지 않고 있었다.

"하지만 당신은 내가 자기 자신의 의견을 가질 수 있는 인간이라는 걸 알기 전에 찾아오셨던 것 같은데요?" 하고 라스콜니코프는 캐물었다.

"아니, 그때는 이야기가 다릅니다. 누구나 저마다의 목적이 있으니까요. 기적이라는 말이 나왔으니 말입니다만, 아마 당신은 지난 이삼일 동안 줄곧 주무시기만 한 것 같군요. 나는 이미 당신한테 이 요릿집을 가르쳐드렸으므로 당신이 곧장 이리로 오셨다고 해서 별로 기적이랄 건 없습니다. 이리로 오는 길은 자세히 설명하고, 이 요릿집의 위치와 여기서 나를 만날 수 있는 시간까지 가르쳐드렸으니까요. 기억하고 계십니까?"

"잊었습니다." 라스콜니코프는 놀란 표정으로 대답했다.

"그러실 테죠. 나는 당신에게 두 번이나 말했어요. 그러니까 이 집 주소는 기계적으로 당신의 기억에 새겨졌던 겁니다. 그래서 당신은 자기도 모르는 사이에 그 기억의 지시에 따라 기계적으로 이쪽으로 꺾어든 거죠. 하긴 나도 그 말을 하면서, 당신이 내 말을 알아들었으리라고는 믿지 않았습니다. 당신은 너무나도 자기 자신을 노출시키는 것 같아요, 로지온 로마느이치. 그리고 또 한 가지, 페테르부르크에는 길을 걸으며 혼잣말을 하는 사람이 많더군요, 확실해요. 반미치광이의 도시예요. 만약 우리나라에 과학이라는 게 있다면, 의사든 법률가든 철학자든 각기 전공에 따라서 페테르부르크를 대상으로 지극히 귀중한 연구를 할 수 있을 겁니다. 페테르부르크만큼 인간의 마음에 침울하고 강렬하고 기괴한 영향을 미치는 곳은 아마 없을 겁니다. 기후의 영향만 해도 대단하니까요! 게다가 이곳은 전 러시아의 행정적 중심이므로 그 특성이 만사에 반사되지 않을 수 없습니다. 그러나 지금의 문제는 그런 게 아닙니다. 문제는 내가 이미 몇 번이나 당신을 옆에서 관찰하고 있었다는 겁니다. 당신은 집을 나설 때면 고개를 곧바로 쳐들고 걷습니다. 그러나 스무 걸음쯤 걸으면 어느새 머리가 푹 수그러지고 손을 뒤로 돌려 뒷짐을 집니다. 그리고 눈을 뜨고는 있지만 앞도 옆도 아무것도 보지 않습니다. 그러다가 입술을 우물거리면서 혼잣말을 시작합니다. 게다가 때로는 한 손을 내저으며 무슨 연설을 하는 듯한 몸짓을 하는가 하면, 마침내는 한길 복판에 언제까지나 멍청히 서 계십니다. 이건 아주 좋지 않습니다. 어쩌면 나 말고도 당신을 눈여겨보고 있는 사람이 없다고 할 수 없으니까요. 이런 일은 몹시 불리해요. 실은 나한텐 아무래도 상관없는 일이죠, 당신을 치료하자는 건 아니니까. 그러나 당신은 물론 내 말을 알아들으시리라 믿습니다."

"그럼 당신은 내가 미행당하고 있다는 걸 아십니까?" 하고 라스콜니코프는 상대방의 눈치를 살피며 물었다.

"아니, 아무것도 모릅니다." 자못 놀란 표정을 지으며 스비드리가일로 프는 대답했다.

"그럼 내 일엔 참견하지 말아주십시오." 라스콜니코프는 미간을 찌푸리며 중얼거리듯 말했다.

"좋습니다. 당신 일엔 참견하지 않겠습니다."

"그보다 한마디 묻고 싶은 것은, 당신이 이 집에 자주 들르시고 나한테도 두 번이나 이리 온다고 가르쳐주셨다면, 지금 내가 거리에서 창문을 쳐다봤을 때 왜 슬그머니 가버리려고 했습니까? 나는 분명히 그걸 눈치챘습니다."

"헤, 헤! 그럼 언젠가 내가 당신 방 문지방에 서 있을 때, 당신은 왜 눈을 감고 소파에 누운 채 자지도 않으면서 자는 체하셨죠? 나도 분명히 그걸 눈치챘었습니다."

"나한텐… 그럴 만한 이유가 있었는지도 모르죠. 그건 당신 자신도 아실 겁니다."

"나한테도 그럴 만한 이유가 있었는지 모르죠. 당신은 그걸 모르시겠지만."

라스콜니코프는 오른쪽 팔꿈치를 탁자에 괴고 손가락으로 턱을 받치고서 뚫어질 듯이 스비드리가일로프를 응시했다. 그는 한 1분쯤 상대방 얼굴을 찬찬히 바라보았다. 그전에도 그는 그 얼굴에 여러 번 놀라움을 느꼈다. 그것은 어딘지 가면을 연상케 하는 이상야릇한 얼굴이었다. 타는 듯한 선홍빛 입술에, 밝은 아마 빛 턱수염과 짙은 금발 머리의 혈색 좋은 희멀건 얼굴이었다. 눈은 지나칠 정도로 파란 느낌을 주고 그 시선은 무섭게 고정되어 있었다. 나이에 비해 무척 젊어 보이는 아름다운 얼굴은 어쩐지 몹시 불쾌한 느낌을 주었다. 그의 옷은 산뜻하고 멋있는 여름 차림이었는데, 특히 셔츠에 멋을 부리고 있었다. 손가락에는 큼직한 보석 반지를 끼고 있었다.

"대관절 나는 당신에게까지 이렇게 마음을 써야 하는 겁니까?" 라스콜니코프는 경련적인 초조감에 휩쓸리며 느닷없이 이렇게 노골적으로 말했다. "해를 입히려고만 한다면 당신은 내게 가장 위험한 인물일 수도 있겠으나, 나는 나 자신을 더는 괴롭히고 싶지 않습니다. 지금 당장 증명해 보일 수도 있지만, 나는 당신이 생각하는 만큼 스스로를 소중히 여기지는 않습니다. 아시겠습니까, 내가 당신을 찾아온 건 다름 아니라, 만약 당신이 아직도 내 누이동생한테 야심을 품고서 최근에 탐지한 사실을 거기에 이용하려 한다면 당신이 나를 감옥에 집어넣기 전에 죽여버리겠다는 말을 직접 전하기 위해서입니다. 내 말은 어김없습니다. 내가 자기 말을 실천할 수 있는 인간이라는 건 당신도 아시겠죠. 또 하나, 만약 나한테 무슨 하고 싶은 말이 있으면, 요전부터 당신은 내게 무슨 말을 하고 싶어 하는 눈치였으니까, 만약 그렇다면 빨리 말해주십시오. 시간은 소중합니다, 어쩌면 늦을지도 모르니까요."

"아니, 어딜 가려고 그렇게 서두르십니까?" 호기심에 찬 눈으로 그를 바라보면서 스비드리가일로프는 물었다.

"사람은 누구나 저마다의 목적이 있으니까요." 라스콜니코프는 침울한 어조로 조급히 대답했다.

"당신은 방금 자기 입으로 솔직하게 이야기하자고 해놓고는, 첫 질문부터 벌써 대답을 피하시는군요." 스비드리가일로프는 싱긋 웃으면서 지적했다. "당신은 내게 무슨 안 좋은 목적이라도 있는 듯이 생각하니까 언제나 나를 의심스러운 눈으로 보시는 겁니다. 하긴 당신으로선 무리도 아니겠죠. 나는 우리가 친해지길 무척 원하고 있긴 합니다만, 그렇다고 일부러 당신의 의심을 풀려고 애쓰지는 않겠습니다. 아무리 애써봤자 헛수고에 지나지 않을 테니까요. 그리고 나는 무슨 특별한 일로 당신하고 이야기하고 싶었던 것도 아니고요."

"그럼 왜 그땐 내가 그렇게 필요했습니까? 당신은 노상 내 꽁무니만 쫓아다니지 않았느냐 말이에요?"

"그건 다만 흥미 있는 관찰 대상이었기 때문이죠. 당신의 그 환상적인 처지가 마음에 든 겁니다, 바로 그 때문이에요! 그 밖에도 당신은 또 내 마음을 사로잡은 여성의 오빠이며, 전에 나는 그 여성한테 당신 얘기를 수없이 들어왔으므로 당신이 그녀에게 큰 영향력이 있으리라고 판단했기 때문입니다. 이래도 아직 부족하십니까, 헤, 헤, 헤! 그러나 사실 당신의 질문은 내게 상당히 복잡합니다. 그러니까 대답은 곤란합니다. 이를테면 지금 당신이 나한테 온 것도 단순한 용건뿐만이 아니라 무언가 새로운 것을 탐지하기 위해서가 아니겠습니까? 그렇잖아요? 그렇죠?" 능글맞게 웃으면서 스비드리가일로프는 물고 늘어졌다. "자, 이걸 생각해보십시오. 나 자신 이리로 오는 기차 안에서 당신이라는 사람에게 기대를 걸고, 당신은 무슨 새로운 것을 들려주겠지, 당신한테서 무언가 빌어낼 수 있겠지, 하고 생각했었단 말입니다. 어때요, 우린 서로 굉장한 부자들이 아닙니까!"

"대체 무엇을 빈다는 겁니까?"

"글쎄, 뭐라고 말하면 좋을까요? 내가 어떻게 그런 걸 알 수 있겠어요? 보시다시피 나는 노상 이런 싸구려 음식점에나 틀어박혀 있으니 말이오. 그래도 난 여기에 만족합니다. 아니, 별로 만족한다는 건 아니지만, 아무튼 나도 어디든 앉아야 할 게 아닙니까. 그 불쌍한 카챠만 해도… 보셨겠죠? … 그래서 예를 들어 내가 대식가라든지 클럽에 드나드는 미식가라든지, 그런 것이라도 된다면 별문제지만, 보시다시피 나는 저런 것도 서슴지 않고 먹을 수 있거든요! (그는 손가락으로 한쪽 구석을 가리켰다. 그곳 조그마한 탁자에는 양철 접시에 감자를 곁들인 지독한 비프스테이크 찌꺼기가 남아 있었다.) 그런데 당신은 식사를 하셨습니까? 나는 조금 먹었더니 더 먹고 싶지 않군요. 술도 거의 못하는 편이죠. 샴페인 말고는 전혀 입에 대지 않으니까요. 하지만 샴페인도 하룻저녁에 겨우 한 잔. 그것만으로도 두통을 느낍니다. 지금 이걸 가져오게 한 건 약간 기운을 북돋기 위해섭니다. 어디 좀 가볼 데가 있어서요. 그래서 보시다시피 나는 이렇게 기분이 들떠 있습니다. 내가 조금 전에 초등학교 아동처럼 숨은 건 당신한테 혹시 방해를 받지 않을까 생각했기 때문이죠. 그러나 아직(하고 그는 시계를 끄집어냈다) 한 시간쯤은 더 이야기할 수 있을 것 같습니다. 4시 반밖엔 안 됐으니까. 정말이지 무슨 일이라도 좋으니 하는 일이 있었으면 좋겠습니다. 예를 들어 지주라든지, 한 집의 가장이라든지, 창기병(槍騎兵)이라든지, 사진사라든지, 잡지 기자라든지… 그런데 아무것도 없어요. 아무것도 전념하는 일이 없단 말입니다. 때로는 따분하기까지 합니다. 사실 나는 무슨 신기한 이야기라도 들려주실 줄 알았습니다만.”

“대체 당신은 누구요? 페테르부르크엔 뭣 하러 왔소?”

“내가 누구냐고요? 당신도 아시잖습니까… 귀족 출신이며, 2년쯤 기병대에 근무했고, 그 뒤 이 페테르부르크에서 굴러먹다가 마르파 페트로브나와 결혼해서 시골에 파묻혀 살았죠. 이것이 내 경력입니다!”

“당신은 도박꾼이었죠?”

“천만에요, 내가 도박꾼이라니! 사기꾼입니다. 도박꾼이 아니라.”

“사기꾼이었다고요?”

“그렇습니다, 사기꾼이었죠.”

“그럼 얻어맞기도 했겠군요!”

“그런 일도 있었죠. 그게 어쨌단 말입니까?”

“그럼 결투를 신청할 수도 있었겠군요… 하여튼 그게 더 재미있으니까요.”

"그 말에 반대하진 않겠습니다. 더구나 난 철학 냄새 같은 건 피울 줄 모르니까요. 실은 내가 이번에 급히 이곳으로 온 건 주로 여자 때문입니다."

"마르파 페트로브나의 장례를 치른 지가 언젠데 벌써?"

"예, 그렇습니다." 스비드리가일로프는 일부러 보란 듯이 노골적인 웃음을 지었다. "그래서 그게 어쨌단 말입니까? 그러고 보니 당신은 내가 여자에 대해서 이렇게 말하는 걸 불쾌하게 여기시는 것 같군요?"

"그 말인즉 내가 음탕을 나쁘게 보느냐 어떠냐 하는 뜻입니까?"

"음탕이라뇨? 아니, 당신은 너무 비약하고 계십니다! 하지만 순서에 따라서 먼저 일반적인 여자 문제부터 대답하겠습니다. 실은 나도 좀 지껄이고 싶어지는군요. 그건 그렇고, 나는 뭣 때문에 내 스스로를 억제해야 한단 말입니까? 만약에 내가 그토록 여자를 좋아하는 호색가라면 어째서 여자를 멀리할 필요가 있겠어요? 그것도 하나의 일인데 말입니다."

"당신은 여기서 다만 음탕에만 희망을 걸고 계시단 말이군요?"

"그래, 그게 어쨌다는 거죠! 음탕이면 어때요! 음탕이란 말이 무척 마음에 드신 모양이군요. 그러나 나는 솔직한 질문을 좋아합니다. 적어도 음탕에는 자연에 뿌리박고 있는, 공상에 지배되지 않는 일종의 항구적인 것이 있습니다. 끊임없이 피어오르는 탄불 같은 것이 핏속에 있어서 그것이 항상 불을 지르는 작용을 합니다. 그리고 나이를 먹어도 좀처럼 끌 수가 없습니다. 어때요, 이것도 일종의 일이 아닐까요?"

"하지만 그런 데 무슨 기쁨이 있다는 겁니까? 그건 병입니다, 병도 아주 위험한 병입니다."

"아하, 당신은 또 그런 데로 말머리를 돌리시는군요! 그야 물론 일정한 도를 넘는 것이면 무엇이나 다 그렇듯이, 나도 이것이 일종의 병이라는 데는 동의합니다. 더욱이 이 경우에는 반드시 도를 넘지 않을 수가 없거든요. 그러나 여기에는 첫째로 사람마다 정도의 차이가 있는 것이고, 둘째로는 무슨 일이든 간에 물론 정도라는 걸 지켜야 하지만 비록 비굴할망정 무슨 타산이 작용하는 데는 어쩔 도리가 없지 않겠습니까? 결국 이것이 없으면 권총 자살이라도 할 수밖에 없겠죠. 나도 물론 지체 있는 의젓한 인간은 심심하고 따분한 걸 참아야 할 의무가 있다는 데는 동의합니다만, 그래도 역시······."

"당신은 권총 자살을 할 수 있습니까?"

"아하, 또 그런 소릴!" 스비드리가일로프는 혐오 어린 표정으로 받아넘겼다. "제발 그런 소린 하지 마십시오" 하고 그는 황급히 덧붙였으나, 지금까지 말끝마다 엿보이던 허세 같은 것이 싹 없어지고 얼굴 표정까지 달라진 것 같았다. "내게 용서 못 할 약점이 있다는 걸 자인합니다만, 그러나 어쩔 도리가 없습니다. 나는 죽음을 두려워해서 그런 얘길 하는 걸 좋아하지 않습니다. 이래 봬도 내가 다소 신비론자라는 건 당신도 아실 테죠?"

"아아, 마르파 페트로브나의 유령 말인가요! 어떻습니까, 지금도 계속해서 나옵니까?"

"아니, 그 이야기는 꺼내지 마십시오. 페테르부르크에선 아직 안 나옵니다. 하지만 그런 건 아무래도 좋습니다!" 하고 그는 어쩐지 초조한 빛으로 외쳤다. "아니, 그보다도 차라리 저··· 그렇지만··· 저런! 이젠 시간이 얼마 남지 않아서 오래 이야기할 수도 없군요. 유감입니다! 아직도 하고 싶은 말이 있습니다만."

"뭡니까, 여자에게 볼일이라도 있습니까?"

"맞습니다, 여자 일이죠. 그저 뜻밖의 어떤 우연한 일로··· 아니, 내가 하려는 말은 그런 게 아닙니다."

"그럼 이처럼 주위의 추악한 환경을 보고도 아무것도 느끼지 않는단 말입니까? 당신은 이미 자제할 힘을 잃고 말았군요."

"당신은 힘을 요구하십니까? 헤, 헤, 헤! 당신은 정말 사람을 놀라게 하시는군요, 로지온 로마느이치. 하긴 그럴 거라고 진작부터 알고는 있었습니다만. 당신은 나한테 음탕이니 미학이니 설교를 하십니다! 그럼 당신은 실러군요, 이상주의자예요! 물론 그래야만 당연하고, 만약 그렇지 않으면 오히려 이상할 지경입니다만, 실제로는 역시 그렇지가 못하거든요… 아아, 유감스럽게도 시간이 없습니다. 하여튼 당신은 정말 흥미 있는 분입니다. 말이 나왔으니 말입니다만, 당신은 실러를 좋아하십니까? 나는 무척 좋아합니다!"

"아무튼 당신은 굉장한 허풍선이로군요!" 하고 약간 혐오를 띤 어조로 라스콜니코프는 말했다.

"아니, 천만에요, 절대로 그렇지 않습니다!" 스비드리가일로프는 껄껄 웃으면서 대답했다. "그러나 굳이 반박은 하지 않겠습니다. 허풍선이라면 허풍이라도 좋습니다. 하지만 별로 남에게 해가 되지 않는다면 허풍은 좀 떨어도 무방하지 않을까요. 나는 7년 동안이나 마르파 페트로브나하고 시골에 파묻혀 살았기 때문에 지금 당신 같은 총명한, 총명하고도 지극히 흥미 있는 사람을 만나면 덮어놓고 마구 지껄이고 싶어집니다. 게다가 반 컵 마신 술이 이젠 머리에까지 올라왔거든요. 그러나 무엇보다도 지금 내 마음을 들뜨게 하는 한 가지 사건이 있습니다만, 그건… 말하지 않겠습니다. 아니, 당신은 어디로 가시죠?" 갑자기 스비드리가일로프는 놀란 듯이 물었다.

라스콜니코프는 자리에서 일어나려고 했다. 그는 숨 막힐 듯 답답한 느낌이 들어 여기 온 것이 불쾌하기까지 했다. 스비드리가일로프라는 인물에 대해서는 이 세상에서 가장 실없고 몹쓸 악당이라는 확신을 얻었다.

"자, 그러시지 말고 좀 더 앉았다 가십시오" 하고 스비드리가일로프는 간청했다. "그리고 차라도 시키는 게 어떻습니까? 자, 어서 앉으십시오. 아니, 쓸데없는 소린 더 지껄이지 않겠습니다. 자기 자랑 같은 소리 말입니다. 그보다도 당신한테 할 이야기가 있어요. 괜찮으시면 어떤 여자가 나를, 당신 말을 빌리면 '구해준' 이야기나 할까요! 이것은 당신의 첫 질문에 대한 대답도 될 테니까. 왜냐하면 그 여성은 바로 당신의 매씨이기 때문입니다. 이야기해도 좋습니까? 심심풀이 삼아 들어보시죠."

"이야기하십쇼, 하지만 당신은 설마……."

"아아, 걱정 마십시오! 더욱이 아브도치야 로마노브나는 나같이 천하고 실없는 인간에게조차 깊은 존경심을 불러일으킨 분이니까요."

4

"당신도 아실지 모르겠습니다만, 아 참, 내가 이미 말씀드렸죠" 하고
스비드리가일로프는 말하기 시작했다. "나는 이 페테르부르크에서 엄청
난 빚을 걸머지고 전혀 갚을 길이 없어서 마침내 감옥에 갇힌 일이 있었
습니다. 그때 마르파 페트로브나가 나를 구해준 이야기는 새삼스레 늘어
놓을 필요도 없군요. 도대체 여자라는 건 한번 반하면 어느 정도로 미치
는지 당신은 아십니까? 그 여자는 정직하고 제법 영리한 편이었습니다,
교육은 전혀 받지 못했습니다만. 그런데 상상해보십시오. 그 질투심 강하
고 정직한 여자가 온갖 앙탈을 부리며 소동을 일으키곤 하더니, 마침내는
나한테 굴복하여 어떤 계약을 맺었을뿐더러 결혼 생활 내내 그것을 죽 실
행했단 말입니다. 문제는 그 여자가 나보다 훨씬 나이가 많고, 게다가 노
상 입에서 고약한 냄새를 풍겼다는 겁니다. 나는 상당히 추악한 반면에
또 어느 면에선 꽤 정직한 인간이므로, 그녀에게만 완전히 충실할 수는 없
다는 걸 솔직히 말했습니다. 이 고백을 듣고 그녀는 미치도록 격분했지만,
그래도 나의 난폭한 솔직함이 어떤 의미에선 그녀의 마음에 든 것 같았습
니다. '미리 이렇게 말하는 걸 보니 자기도 나를 속이기는 싫은 모양이군'
하는 식이죠. 질투심 강한 여자에겐 이것이 가장 중요하죠. 꽤 오랫동안
울고불고 한 끝에 우리 사이에는 이런 약속이 이루어졌습니다. 첫째, 나는
절대로 마르파 페트로브나를 버리지 않고 영원히 그녀의 남편으로 있을

것. 둘째, 아내의 허가 없이는 아무 데도 여행하지 않을 것. 셋째, 절대로 일정한 정부를 두지 말 것. 넷째, 그 대신 마르파 페트로브나는 이따금 내가 하녀에게 손대는 것을 허용하지만 이것도 미리 아내의 승낙을 얻을 것. 다섯째, 우리와 동일한 계급에 속하는 여자는 절대로 사랑하지 말 것. 여섯째, 이런 일이 일어나면 큰일이지만, 만약에 강렬하고도 진지한 정열이 나를 사로잡는 일이 생기면 반드시 마르파 페트로브나에게 고백할 것. 그러나 이 마지막 조건에 관해선 마르파 페트로브나도 항상 안심하고 있었습니다. 아내는 영리한 여자라서 나를 진정한 사랑 같은 건 할 수 없는 진짜 난봉꾼으로밖엔 보지 않았기 때문입니다. 하지만 영리한 여자라는 점과 질투심이 강한 여자라는 점은 각각 성질이 달라서 바로 여기에 난점이 있는 겁니다. 그러나 어떤 종류의 인간을 공평하게 비판하려면 먼저 그에 대한 선입감이라든가, 보통 우리를 둘러싸고 있는 인물이나 사물에 대한 일상적인 습관을 버리고 덤비지 않으면 안 됩니다. 그래서 당신의 판단이라면, 나는 누구의 어느 비판보다도 신뢰할 수 있는 셈입니다. 당신은 이미 마르파 페트로브나에 관해서 지극히 우스꽝스럽고 엉터리없는 이야기를 많이 들으셨을 줄 압니다. 사실 아내에게는 몇 가지 우스꽝스러운 버릇이 있었습니다. 그러나 솔직히 말씀드려서, 나 때문에 일어난 수많은 슬픈 일에 대해서는 진심으로 후회하고 있습니다. 그러나 착한 남편이 착한 아내에게 바치는 지극히 적절한 oraison funèbre('조사(弔辭)'라는 뜻)로서도 이 정도면 충분하겠죠. 부부 싸움을 할 때는 되도록 입을 다물고 화를 내지 않았습니다. 이 신사적인 태도는 거의 언제나 목적을 달성했습니다. 이것이 아내에게 어떤 영향을 주어 그녀의 마음에 들었던 겁니다. 간혹 그녀는 나를 자랑스럽게 여기기까지 했으니까요. 그렇지만 당신의 매씨만은 아무래도 참을 수가 없었나 봅니다. 도대체 어쩌자고 아내는 그런 절세미인을 가정교사로 끌어들일 생각을 했을까요! 그것은 마르파 페트로브나가 정열적이고 감수성이 강한 여자여서 자기편에서 먼저 매씨에게 홀딱 반해버렸다, 문자 그대로 반해버렸기 때문이라고 나는 해석하고 싶습니다. 사실 매씨가 어디 이만저만한 미인입니까? 나는 첫눈에 벌써 이건 좋지 않겠는걸, 하고 똑똑히 느꼈습니다. 그래서 내가 어떻게 했다고 생각하십니까? 나는 매씨에게 눈도 돌리지 않기로 결심했습니다. 그런데 오히려 아브도치야 로마노브나 쪽에서 먼저 나한테 접근해왔단 말입니다. 아마 당신은 곧이들리지 않으시겠죠? 그리고 이것도 곧이들리지 않으실지 모르겠습니다만, 마르파 페트로브나는 점점 더 열을 띠게 되어 매씨의 이야기를 해도 내가 잠자코 있다고 화를 내기까지 했습니다. 자기가 쉴 새 없이 매씨를 칭찬하는데 내가 아무런 반응도 보이지 않는 것이 못마땅하다는 겁니다. 사실 아내가 무엇을 원했는지, 나 자신 아직도 알 수가 없습니다! 이런 형편이었으니 아내가 아브도치야 로마노브나에게 내 비밀을 속속들이 이야기했으리라는 것은 틀림없었습니다. 그녀에게는 아무나 붙잡고 집안의 비밀을 털어놓고 나에 대한 불평을 마구 늘어놓는 나쁜 버릇이 있었으니까요. 그러니 이 새로 생긴 아름다운 친구를 어떻게 가만 놔둘 수가 있었겠습니까? 아마도 두 사람 사이에 내 이야기 말고는 화제가 없었을 겁니다. 그래서 아브도치야 로마노브나도 남들이 나한테 덮어씌우려는 음침하고 신비스런 에피소드들을 죄다 알게 되었으리라는 건 의심할 여지가 없었습니다… 나는 내기를 해도 좋습니다만, 당신도 그런 종류의 이야길 이미 누구한테 들으셨겠죠?"

"들었습니다. 당신 때문에 아이가 하나 죽기까지 했다고 루쥔이 당신을 비난하더군요. 사실입니까?"

"제발 그 더러운 이야기는 그만두십시다." 스비드리가일로프는 혐오어린 표정으로 불쾌하다는 듯이 말했다. "만약에 당신이 그 터무니없는 이야기의 전말을 꼭 듣고 싶으시다면 언제든 다시 이야기하겠습니다. 하지만 지금은……."

"그리고 시골에서 당신의 하인이 어떻게 되었다는 이야기도 들었습니다. 그것도 역시 당신이 무슨 원인이 되었다고 하더군요."

"제발 그만두십시오!" 하고 스비드리가일로프는 도저히 참을 수 없다는 듯이 다시금 말을 막았다.

"죽은 후에도 당신 파이프에 담배를 담아주러 왔다는 바로 그 하인 아닙니까? 언젠가 당신 자신이 나한테 이야기하셨죠?" 라스콜니코프는 갈수록 초조해지는 것 같았다.

스비드리가일로프는 라스콜니코프를 유심히 바라보았다. 라스콜니코프는 상대방의 그 눈길 속에 독기를 품고 가느다란 웃음이 번개처럼 퍼뜩 스치고 지나간 것같이 느꼈다. 그러나 스비드리가일로프는 그 미소를 억제하면서 아주 공손한 어조로 대답했다.

"바로 그 사람입니다. 보아하니 당신도 역시 그런 데 매우 흥미를 느끼시는 것 같군요. 적당한 기회가 오면 모든 점에서 당신의 호기심을 만족시키는 걸 나의 의무로 생각하고 있겠습니다. 참, 세상일이란! 나는 내가 누군가의 눈에 정말 소설적인 인간으로 보인다는 것도 잘 알고 있습니다. 그러고 보면 돌아간 마르파 페트로브나가 나에 대해 매씨에게 비밀스런 흥미를 느끼게 하는 이야기를 많이 해준 데 대해 얼마나 감사해야 할지 모르겠습니다. 어떤 인상을 주었는지에 대해서는 왈가왈부할 수 없습니다만, 어쨌든 나한테 유리했던 것만은 사실입니다. 아브도치야 로마노브나는 나에 대해서 지극히 당연한 혐오를 느끼고 있었음에도, 또 내가 언제나 침울하고 불쾌한 얼굴을 하고 있었음에도 결국은 나를 가엾게 여기기 시작한 겁니다. 타락할 대로 타락한 사내가 측은해진 셈이죠. 그런데 아가씨의 마음속에 **불쌍하다**는 생각이 들면, 물론 이것은 본인에게 무엇보다 위험한 법입니다. 그렇게 되면 반드시 '구해주고' 싶고, 반성하게 해주고 싶고, 부활시켜주고 싶고, 보다 고결한 목적을 향해 나가도록 이끌어주고 싶고, 새 생활과 활동을 향해서 갱생시켜주고 싶다⋯ 이런 식으로 온갖 공상을 하게 마련이니까요. 나는 이내 새가 내 그물 속으로 날아들리라는 걸 알고, 이쪽에서도 그런 마음의 준비를 했습니다. 아니, 로지온 로마느이치, 당신은 미간을 찌푸리시는 것 같군요. 걱정 마세요, 사건은 아시다시피 시시하게 끝나버렸으니까. 제기랄, 내가 왜 이렇게 자꾸 술을 마실까! 실은 말입니다, 나는 언제나, 애초부터 이런 생각을 했습니다. 운명의 신이 당신 매씨를 2세기나 3세기 시대에 어느 왕가나 태수나 소아시아 총독의 공주로 태어나게 하지 않은 것을 유감스럽게 생각했습니다. 그랬더라면 매씨는 틀림없이 순교의 고난을 끝까지 이겨낸 여성 가운데 한 사람이었을 겁니다. 뻘겋게 단 부젓가락으로 가슴을 지질 때도 물론 입가에 웃음을 머금었을 테죠. 매씨는 일부러 자진해서 고난을 감수하는 그런 사람이니까요. 그런데 4세기나 5세기경이었다면, 틀림없이 이집트 사막으로 은둔하여 거기서 30년쯤 풀뿌리를 씹으며 신에 대한 환희와 환상으로 일생을 보냈을 겁니다. 그녀가 갈망하고 요구하는 것은 단 하나, 누구를 위해서 무엇을 위해서도 좋으니 한시바삐 고통을 자기 몸에 떠맡고 싶다는 겁니다. 만약에 그런 고통이 주어지지 않으면 스스로 높은 창문에서 몸을 내던질지도 모릅니다. 나는 라주미힌이라는 사람의 이야기를 좀 들었습니다. 소문에 상당히 분별 있는 청년이라더군요. 그 사람 성(姓)만 봐도 알 수 있습니다(라줌은 '이성(理性)'이라는 뜻), 아마 신학생일 테죠, 틀림없이. 그러니 그 사람으로 하여금 매씨를 보호하게 하면 될 겁니다. 하여튼 나는 매씨의 사람됨을 완전히 이해했다고 여기고 그것을 명예로 생각합니다. 그러나 그때는, 그러니까 처음 알게 되었을 때는 아시다시피 언제나 경솔하고 우둔한 생각을 품게 마련이라 그릇된 관찰을 하거나 터무니없는 판단을 내리기 일쑤거든요. 정말이지 어쩌면 그렇게도 아름다울까요! 그러니 내 잘못만은 아닙니다. 한마디로 말해서 도저히 억제할 수 없는 정욕의 발작에서부터 일은 시작된 겁니다. 아브도치야 로마노브나는 전무후무할 만큼 더없이 순결한 여성입니다… 아시겠어요, 이건 매씨에 관한 하나의 사실로서 알려드리는 건데, 그분은 그토록 총명한데도 아마 병적이라고 할 만큼 순결하고, 이것이 그분에게 해를 입히는 겁니다. 마침 그때 하녀들 가운데 파라샤라는 눈이 까만 처녀가 있었어요. 전에는 한 번도 그 애를 본 적이 없었습니다. 그 무렵에 다른 마을에서 갓 데려온 아이였으니까요. 아주 예쁘게 생긴 처녀였습니다. 그러나 아주 형편없는 저능아여서 온 집안이 떠나가게 울어대는 바람에 그만 추문이 일어나고 만 겁니다. 그런데 하루는 식사 뒤에 아브도치야 로마노브나가 정원 가로수 길에 혼자 있는 나를 일부러 찾아와서, 눈물이 글썽한 눈으로 불쌍한 파라샤를 제발 괴롭히지 말아달라고 요구했습니다. 아마 이것이 우리 두 사람이 주고받은 최초의 대화였다고 생각합니다. 나는 물론 그분 희망을 충족시키는 것을 명예로 여기고, 놀란 듯한 표정을 지으면서 겸연쩍은 시늉을 해 보이려고 애썼습니다. 한마디로 말해서 멋지게 연기를 해낸 셈이죠. 이렇게 교섭이 시작되어 비밀스런 대화, 교훈, 설교, 간청, 애원, 그리고 나중엔 눈물까지 흘렸어요. 거짓말 같지만 눈물까지 흘렸다니까요! 정말이지 아가씨 가운데는 전도에 대한 정열이 이 정도에까지 이르는 수가 있단 말입니다! 나는 물론 모든 걸 운명 탓으로 돌리고는 광명을 동경하고 갈망하는 시늉을 했습니다만, 이윽고 결정적으로 여자의 마음을 정복하는 가장 위대하고도 가장 확실한 방법을 쓰기로 했습니다. 그것은 누구에게나 성공을 보장해주는 방법이어서 세상의 모든 여성에게 절대로 효과가 있는 것입니다. 다름 아니라 누구나 다 아는 방법, 곧 아첨입니다. 세상에서 정직처럼 어려운 것도 없거니와 또 아첨처럼 쉬운 것도 없습니다. 만약 정직에 100분의 1이라도 거짓이 섞인다면 대번에 부조화를 일으키고, 그다음에는 추태가 벌어질 것입니다. 그러나 아첨은 처음부터 끝까지 거짓말투성이라도 제법 만족을 느끼면서 기분 좋게 들을 수가 있습니다. 비록 저속한 만족이라 할지라도, 어쨌든 만족을 느끼게 마련이니까요. 아첨이라는 것은 아무리 터무니없다 해도 적어도 절반쯤은 정말인 것처럼 느껴집니다. 이 방법은 사회의 온갖 계급, 온갖 종류의 사람에게 그대로 적용할 수 있습니다. 아첨만 들고 나서면 베스타 여신에게 몸을 바친 순결한 처녀라도 능히 유혹할 수 있죠. 더구나 보통 인간은 말할 것도 없습니다. 지금도 생각날 때마다 웃지 않을 수 없는 것은, 남편과 자식과 정절에 몸 바치고 있는 한 부인을 유혹했을 때의 일입니다. 참, 그렇게 유쾌할 수도 없었거니와 그토록 쉬운 일도 없었습니다! 그 부인은 진짜 정숙했거든요. 적어도 자기 나름으로 말입니다. 내가 쓴 전술은 지극히 간단해서, 그저 부인의 정조에 노상 압도된 듯 그 앞에 엎드려 있기만 하면 됐습니다. 나는 낯이 간지러울 정도로 아첨을 늘어놓았고, 간혹 어쩌다가 부인한테서 악수나 눈짓 같은 걸 얻으면 이내 자신을 책망했습니다. '이건 당신이 열심히 반항하는데 내가 강제로 빼앗은 것이다. 만약 내가 이런 철면피한이 아니었다면 절대로 아무것도 얻지 못했을 정도로 당신은 반항했다. 당신은 스스로 결백하니까 남의 교활함을 알아차리지 못하고 엉겁결에 저도 모르게 끌려든 것이다'라고 운운하는 식으로 말입니다. 한마디로 말해서 나는 그것으로 완전히 목적을 달성해버렸습니다. 그런데 나의 그 부인은 여전히 자기는 결백하고 정숙하며 모든 의무와 책임을 다하고 있고, 다만 어쩌다 저도 모르게 정조를 더럽혔을 뿐이라고 굳게 믿었습니다. 그래서 나중에 내가, 확신하는 바에 따르면 당신도 나와 똑같이 쾌락을 찾고 있었던 것이다, 라고 말해주었을 때 그 부인의 놀라움이란 정말 대단했습니다. 가엾게도 마르파 페트로브나 역시 아첨엔 무척 약한 여자였습니다. 그러니까 내가 마음만 먹었다면 물론 아내의 재산은 이미 그녀가 살아 있는 동안 몽땅 내 명의로 바꿔놓을 수도 있었던 겁니다… 그런데 내가 너무 마시고 지나치게 지껄이는 것 같군요. 자, 그럼 그와 똑같은 효과가 아브도치야 로마노브나한테서 나타나기 시작했다고 말하더라도 화를 내진 않으시겠죠. 그러나 내가 성급하게 바보짓을 했기 때문에 그만 일을 망쳐버리고 말았습니다. 아브도치야 로마노브나는 그전에도 몇 번인가, 한번은 특히 심한 것 같았습니다만, 내 눈에 나타난 표정을 지독히 싫어하곤 했습니다. 당신은 이걸 믿을 수 있습니까? 한마디로 말해서 그 표정에는 일종의 정염이 점점 강하게 노골적으로 타오르기 시작했단 말입니다. 그것이 매씨를 놀라게 하고, 마침내는 증오감을 일으킨 겁니다. 더 자세히 말할 필요도 없습니다만, 결국 우리는 헤어지고 말았습니다. 게다가 내가 또 어리석은 짓을 했거든요. 즉 지나치게 무례하게 그분의 전도와 훈계를 조롱했습니다. 파라샤가 다시금 무대에 등장했습니다. 그것도 그 애 하나만이 아니었죠. 한마디로 말해서 난장판이 벌어진 겁니다. 아아, 로지온 로마느이치, 만약 당신이 평생 단 한 번이라도 매씨의 눈이 이따금 얼마나 아름답게 빛나는지 보셨더라면! 지금 내가 취했든 이렇게 술 한 잔을 다 들이켰든, 그런 건 문제가 아닙니다. 나는 진실을 말하고 있으니까요. 정말이지 나는 그 눈을 꿈에서까지 봤습니다. 마침내는 그분이 옷자락을 끄는 소리만 들어도 견딜 수가 없었습니다. 사실 나는 지랄병이라도 일으키지 않나 싶을 지경이었죠. 그토록 열중할 수 있으리라고는 꿈에도 생각지 못했던 겁니다. 요컨대 나는 꼭 화해를 하고 싶었습니다만, 그건 이미 불가능한 일이었습니다. 그래서 그때 내가 어떻게 했는지 아십니까? 정말이지 미치광이처럼 열중해버리면 사람은 얼마나 우둔해지는지 모릅니다! 로지온 로마느이치, 사람은 열중하면 무엇 하나 제대로 하질 못합니다. 그래서 나는 아브도치야 로마노브나가 거지처럼 가난하다는―앗, 용서하십시오, 이런 식으로 말하려던 건 아니었는데… 하지만 같은 관념을 나타내는 말이라

311

면 어느 쪽이든 마찬가지 아니겠습니까—즉 자기 힘으로 벌어서 살아간
다는 점을 이용해서, 어머니와 당신을 부양해야 한다는 사정을—이런 제
기랄, 또 얼굴을 찌푸리시는군요—고려해서 그분에게 나의 전 재산을 제
공하기로 결심한 겁니다… 3만 루블까지는 그때도 마음대로 할 수 있었거
든요. 나와 함께 이곳 페테르부르크로라도 도망치자는 조건이었습니다.
물론 나는 그 자리에서 영원한 사랑이라든가, 더없는 행복이라든가, 그 밖
의 모든 걸 다 맹세했습니다. 당신은 믿지 않으실지 모르지만 나는 그때
얼마나 반해버렸던지, 만약에 그분이 나한테 마르파 페트로브나를 찔러
죽이든가 독살하든가 해서 자기하고 결혼해달라고 말했다면 당장에라도
그 일을 해치울 수 있을 것만 같았습니다. 그때 마르파 페트로브나가 그
비열하기 짝이 없는 루쥔을 손아귀에 넣어 결혼을 거의 성사시킬 단계에
까지 몰고 갔다는 걸 알았으니 내가 얼마나 미칠 듯이 격분했겠는지, 당
신도 상상하실 수 있을 줄 압니다… 왜냐하면 그것도 본질적으론 나의 제
의와 다를 것이 없었기 때문입니다. 그렇잖습니까? 어때요? 그렇죠? 보아
하니 당신은 아주 열심히 내 말에 귀 기울이고 계시는 것 같군요… 정말
당신은 재미있는 청년이십니다……."

스비드리가일로프는 참을 수가 없었던지 주먹으로 탁자를 탕 쳤다. 그
의 얼굴은 홍당무가 되어 있었다. 라스콜니코프는 한 모금씩 마시는 동안
에 어느덧 다 마셔버린 한 잔 내지 한 잔 반의 샴페인이 그에게 병적인 작
용을 미치게 한 것을 분명히 알아차렸다. 그래서 그는 이 기회를 이용하기
로 결심했다. 스비드리가일로프가 그에게는 매우 의심스러운 사내였던 것
이다.

"이제 그 말을 듣고 보니 확실히 알겠습니다… 당신은 역시 내 누이동
생을 염두에 두고 이곳에 온 거죠?" 그는 상대방을 더욱 초조하게 만들려
고 정면으로 들이댔다.

"아아, 그만해두세요." 문득 제정신으로 돌아온 듯 스비드리가일로프는 말했다. "아까 다 말하지 않았느냐 말이에요… 그리고 매씨 쪽에서도 나를 용서해주지 않을 거고요."

"그래요, 그 애가 용서하지 않으리라는 건 나도 확신하고 있습니다. 그러나 지금은 그게 문제가 아닙니다."

"그분이 용서하지 않으리라는 걸 당신은 확신하신다고요?" 스비드리가일로프는 눈을 가늘게 뜨고 비웃는 듯이 히죽 웃었다. "말씀대롭니다. 그분은 나를 좋아하지 않아요. 하지만 부부나 애인들 사이에 있었던 일은 결코 보증할 수 없습니다. 거기에는 어떤 경우든 간에 이 세상에서 아무도 모르는, 다만 그들 두 사람만이 아는 조그마한 구석이 있는 법입니다. 당신은 아브도치야 로마노브나가 반드시 혐오의 눈으로 나를 보았다고 보증할 수 있습니까?"

"지금까지의 당신 말투나 어조로 보아서, 당신이 아직도 두냐에 대해 나름의 속셈과 다급한 계획을 가지고 있다는 것을 알아차릴 수 있습니다. 물론 비열하기 짝이 없는 계획 말입니다."

"뭐라고요! 내가 그런 말투나 어조로 말을 했던가요?" 스비드리가일로프는 자기 계획에 주어진 형용사에는 전혀 주의를 돌리지 않고 정직한 경악의 빛을 보였다.

"뭐, 그건 지금도 드러내고 있습니다. 자, 보세요, 당신은 무엇을 그렇게 두려워하십니까? 왜 그렇게 깜짝 놀라시죠?"

"내가 두려워하고 놀란다고요? 당신을 두려워하고 있다는 겁니까? 오히려 당신이 나를 두려워해야 할 텐데요, cher ami.('친애하는 벗이여'라는 뜻) 그러나 이런 건 모두 시시한 이야깁니다… 그건 그렇고, 아무래도 내가 좀 취한 것 같군요… 나도 압니다. 아니, 또 쓸데없는 소릴 지껄일 뻔했군. 이 망할 놈의 술 때문이죠! 이봐, 물 좀 가져와!"

그는 술병을 집어서 아무렇게나 창밖으로 던져버렸다. 필립이 물을 가져왔다.

"다 쓸데없는 이야깁니다." 스비드리가일로프는 수건을 적셔서 머리에 갖다 대며 말했다. "나는 단 한마디로 당신을 납작하게 만들고 당신의 혐의에서 깨끗이 벗어날 수가 있어요. 예를 들면 내가 결혼하려는 걸 알고 계십니까?"

"그건 전에도 한 번 말씀하셨습니다."

"말했다고요? 잊고 있었습니다. 그러나 그때만 해도 확실한 이야기는 할 수 없었죠. 아직 신붓감도 보지 않은 때라 다만 그런 의향이 있었을 뿐이니까요. 그런데 지금은 이미 상대가 결정되어 혼담이 완전히 성립되었습니다. 만약 긴급한 용무만 없다면 나는 물론 당신을 데리고 당장 그 집으로 안내하겠습니다만… 왜냐하면 당신의 의견을 묻고 싶기 때문이죠. 이런, 제기랄! 이제 10분밖에 안 남았군. 자, 이 시계를 좀 보십시오. 하지만 역시 말씀드리기로 하죠. 사실 이 혼담은 좀 재미있으니까요. 물론 색다른 데가 있긴 합니다만… 아니, 당신은 어디로? 또 가시려는 겁니까?"

"아니, 이렇게 된 이상 나는 돌아갈 수 없습니다."

"절대로 돌아갈 수 없다는 거군요? 어디 두고 봅시다! 내가 당신을 그 집으로 안내하겠습니다. 정말이에요. 그리고 신붓감을 보여드리겠습니다. 그러나 지금이 아닙니다. 지금은 당신도 가봐야 할 시간이 되었을 테니까. 당신은 오른쪽, 나는 왼쪽으로. 그런데 레슬리흐 부인을 아십니까? 지금 내가 하숙하고 있는 바로 그 레슬리흐 부인 말입니다. 아십니까? 아니에요, 그게 아니라, 계집애가 한겨울에 물속에 뛰어들었다는 소문이 있는 그 여자 말이에요… 이젠 아셨습니까? 아셨어요? 이번 혼담은 전적으로 그 여자가 성사시켜주었죠. 내가 너무 따분해 보이니까 기분을 좀 푸는 게 어떻겠느냐고 하면서 말입니다. 사실 나는 침울하고 따분한 인간이니까요. 당신은 내가 쾌활한 인간이라고 보십니까? 천만에요, 침울한 인간이죠. 별로 나쁜 짓은 하지 않지만, 언제나 구석에 틀어박혀서 때로는 사흘쯤 말을 하지 않을 때도 있거든요. 그런데 그 레슬리흐라는 여자가 굉장한 능구렁이라서 저 나름의 속셈이 있는 겁니다. 즉 내가 싫증이 나서 색시를 버리고 어디로 가버리면 그 색시는 제 손아귀에 들어오니까 그걸 또 딴 데로 돌리려는 거죠! 역시 우리 같은 계급이나, 아니면 좀 더 나은 데로 말입니다. 레슬리흐의 말로는, 그 색시 아버지가 어느 퇴직 관리인데 몸이 몹시 약해져서 안락의자에 앉은 채 벌써 3년 동안이나 자기 발로는 움직여본 적도 없다는 겁니다. 어머니도 있다는데, 그 어머니는 상당히 똑똑한 여자라더군요. 아들은 어느 현 관리로 있으나 살림살이를 도우려 하지 않고 큰딸은 시집간 후 찾아오지도 않는다. 게다가 자기 아이들만으론 부족한지 어린 조카를 둘씩이나 거느리고 있다. 그래서 막내딸은 아직 졸업도 하기 전에 여학교를 그만두게 했다, 이제 한 달만 지나면 만 열여섯 살이 되니까, 즉 한 달만 지나면 시집을 보낼 수가 있으니까 그 애를 나한테 중매해주겠다는 겁니다. 그래서 나는 레슬리흐와 함께 가보았습니다. 그때 그 우스운 꼴이란. 나는 이런 식으로 자기소개를 했습니다. 지주이며 홀아비이고, 유서 있는 가문의 출신이라 이러이러한 친척들이 있으며, 상당한 재산도 있다. 자, 이쯤 되면 내가 쉰 살이고 그 소녀가 아직 열여섯 살도 채 안 되었다는 게 무슨 상관이겠습니까? 네, 얼마나 유혹적이에요, 하, 하! 내가 그 아버지와 어머니하고 이야기하는 장면을 당신이 보셨다면! 그때 내 모습은 정말이지 돈을 내고라도 한번 봐둘 가치가 있었을 겁니다. 이윽고 신붓감이 들어와서 사뿐 인사를 하는데, 아직 짧은 치마를 입고 있는 게 마치 방긋이 피기 시작한 꽃봉오리 같은 모습이더란 말입니다. 소녀는 낯을 붉히며 아침놀처럼 빨개지더군요, 물론 이야기를 들었을 테죠. 당신이 여자의 얼굴을 어떻게 생각하시는지 모르겠습니다만, 내 생각에 열여섯 살이라는 나이, 아직도 앳된 눈매, 겁먹은 듯 머뭇거리는 모습과 수치의 눈물, 내 생각으로 이것은 미(美) 이상입니다. 게다가 소녀 자체가 그림처럼 아름답다 그 말입니다. 조그만 꼬리처럼 똘똘 말린 엷은 색 머리칼, 빨갛고 귀여운 토실토실한 입술, 조그마한 발… 얼마나 멋집니까! 이렇게 서로 알게 되자, 나는 집안 사정으로 서둘러야겠다고 말했으므로 이내 그 이튿날, 즉 그저께 우리 두 사람은 축복을 받게 되었습니다. 그다음부터 나는 집에 가기만 하면 이내 무릎 위에 소녀를 올려 앉히고 내려놓질 않습니다… 그러면 소녀는 아침놀처럼 얼굴을 붉히지만, 나는 연방 키스 세례를 퍼붓습니다. 물론 색시 어머니는, 네 남편이니까 그렇게 해야 한다고 일러주는 거죠. 한마디로 말해서 그 달콤한 맛이란! 그리고 보면 지금 같은 약혼자라는 상태가 오히려 남편의 상태보다는 나을지도 모릅니다. 여기엔 이른바 La nature et la vérité('자연과 진실'이라는 뜻)라는 것이 있으니까요! 하, 하! 나는 그녀와 두 번쯤 이야기를 나눠보았는데, 여간 영리한 소녀가 아니었습니다. 어쩌다가 한번은 살며시 나를 바라보더군요. 그 타는 듯한 눈으로 말입니다. 그런데 그 얼굴은 라파엘의 마돈나와 흡사해요. 시스티나의 마돈나는 환상적인 느낌이 드는 슬픈 광신자의 얼굴이거든요. 당신도 느끼셨습니까? 하여튼 그런 종류의 얼굴입니다. 양친의 축복을 받자 곧 그 이튿날 나는 1천500루블어치의 선물을 가져갔습니다. 다이아몬드 장식이 하나, 진주가 하나, 부인용 은제 화장함, 이만한 크기의 함인데 갖가지 물건이 다 들어 있습니다. 그랬더니 색시도, 그 마돈나도 얼굴이 빨갛게 타오르더군요. 어제도 나는 그 애를 무릎 위에 앉혔습니다만, 아마 너무 거칠게 다루었던 게죠… 얼굴이 홍당무가 돼서 눈물을 흘렸습니다. 그리고 그 꼴을 보이는 게 부끄러웠던지 온몸이 불덩이처럼 달아오르더군요. 이윽고 다른 사람들은 모두 나가버리고 우리 두 사람만 남게 되자 소녀는 느닷없이 내 목에 덤벼들어, 자기 쪽에서 그런 짓을 한 건 처음입니다만, 그 조그만 손으로 나를 꼭 껴안고 키스하면서, 자기는 나를 위해 온순하고 충실하고 선량한 아내가 되어 나를 행복하게 해주겠다, 그리고 자기 일생을, 자기 생활의 1분 1초까지도 모두 내게 바쳐 어떤 일이라도 모두 희생하겠다, 그 대신 자신은 다만 내가 자기를 존중해주기만을 바랄 뿐 그 외에는 '아무것도, 아무것도 필요 없어요, 선물 같은 건 하나도 필요 없어요!'라고 맹세하는 겁니다. 아직 열여섯 살밖에 안 된 천사 같은 소녀가 처녀다운 부끄러움에 얼굴을 빨갛게 물들이면서, 눈에는 감격의 눈물이 글썽해서 이러한 고백을 했다면, 아마 당신도 짐작이 가시겠지만, 얼마나 매혹적입니까! 얼마나 매혹적이냐 말입니다! 확실히 무엇에 비길 만한 가치는 있지 않습니까, 네? 어때요, 그만한 가치는 있겠죠? 자… 우리 함께 내 약혼녀한테라도 가보실까요… 하지만 지금은 안 되겠군요!"

"한마디로 말해서 육체적인 연령과 정신적인 연령의 이 엄청난 차이가 당신의 정욕을 북돋워준 거로군요! 그래, 당신은 정말 그런 결혼을 하실 작정입니까?"

"왜 안 됩니까? 반드시 하고 말겠습니다. 누구나 자기 일에 대해서는 스스로 생각하는 거고, 누구보다도 자기 자신을 잘 기만하는 자가 누구보다도 유쾌하게 살아가는 법입니다. 하, 하! 대체 당신은 무엇 때문에 덕행만을 내세우며 기를 쓰는 겁니까? 좀 너그럽게 대해주십시오, 나는 죄 많은 인간이니까요, 헤, 헤, 헤!"

"아무튼 당신은 카체리나 이바노브나네 아이들을 돌봐주었습니다. 그러나… 그러나 거기엔 그만한 이유가 있었을 겁니다… 나는 이제 모든 걸 다 알았습니다."

"나는 대체로 아이들을 좋아합니다, 아이들을 무척 좋아해요" 하고 스비드리가일로프는 큰 소리로 웃었다. "이에 관해서는 지극히 재미있는 한 가지 에피소드를 말해드릴 수 있습니다. 현재까지도 계속되고 있는 이야기지만요. 이곳에 도착한 바로 그날 나는 음탕한 소굴들을 여러 군데 돌아다녀봤습니다. 7년 만이라 덮어놓고 달려간 거죠. 당신도 아마 느끼셨겠지만, 나는 동료와 옛 친구를 만나는 걸 그다지 서두르지 않았습니다. 되도록 그들과는 만나지 않을 생각이었습니다. 실은 말입니다, 시골에서 마르파 페트로브나 곁에 있을 무렵 그런 비밀 장소에 관한 기억이 죽도록 나를 괴롭혔습니다. 그런 장소에서는 조금이라도 그 방면의 지식을 가진 사람이면 얼마든지 재미있는 것을 발견할 수 있으니까요. 제기랄! 일반 대중은 술에 취해 있고, 교육받은 청년은 무위(無爲)와 나태 때문에 실현할 수 없는 꿈이나 망상에 생명을 불태우며 갖가지 이론으로 정신적 불구가 되어갑니다. 그리고 어디서 나타나는지 유대인들이 밀려와서 돈을 긁어모으는가 하면, 그 밖의 사람들은 모두 하나같이 방탕을 일삼고 있습니다. 그래서 이 페테르부르크라는 거리는 들어서기가 무섭게 내 얼굴에다 옛날의 그 익숙한 냄새를 확 끼얹어준 겁니다. 나는 어느 무도회라는 데 가봤는데, 무서운 소굴이더군요… 그런데 난 그렇게 더러운 소굴이 좋단 말입니다. 그야 물론 딴 데서는 볼 수 없는, 또 우리 시절에는 없었던 캉캉〔다리를 높이 쳐드는 프랑스 춤〕 춤이었습니다. 역시 그것도 진보라고 할 수 있겠죠. 문득 보니 귀여운 옷차림을 한, 열세 살쯤 돼 보이는 계집아이가 어느 베테랑하고 같이 춤추고 있더군요. 그녀 앞에선 다른 한 쌍이 또 춤을 추고 있었습니다. 벽가 의자에는 소녀의 어머니가 앉아 있고요. 그런데 그게 어떤 캉캉인지는 아마 상상도 못하실 겁니다! 소녀는 어쩔 줄 몰라서 얼굴을 붉히고 있었습니다만, 마침내 분해서 울음을 터뜨리고 말았습니다. 베테랑은 소녀를 껴안고 뺑뺑 돌리면서 여러 가지 재주를 부려 보입니다. 그러면 주위에서 와 하고 웃음이 터져 나옵니다… 나는 이런 때의 우리 구경꾼들을 좋아하죠. 비록 캉캉 춤의 관객이라고는 하지만 큰 소리로 웃어대며 소리를 지르거든요. '잘한다. 그래야 해! 어린애를 이런 데 데려오는 게 잘못이지!' 하고 말입니다. 하지만 나는 그런 것엔 아랑곳없습니다. 그들이 제멋대로 즐기고 있는 것이 논리적이든 비논리적이든 내가 알 바 아닙니다! 나는 이내 내가 앉을 자리를 점찍었다가 그 어머니 옆에 앉았습니다. 그리고 나도 역시 시골에서 올라온 사람이라는 이야기부터 시작하여, 여기 있는 자들은 모두 하나같이 형편없는 무식쟁이들뿐이며 진실로 가치 있는 것을 인정하여 적당한 경의를 표할 줄도 모르는 자들이라고 말하고 나서, 내게 돈이 많다는 것을 은근히 비치고 내 마차로 바래다주겠노라고 제의했습니다. 이렇게 집까지 바래다주고 우린 서로 사귀게 되었습니다… 그 모녀는 어느 셋집에서 조그마한 방 한 칸을 빌려 살고 있더군요. 시골서 갓 올라온 모양이었습니다. 거기서 그 어머니는 나하고 사귀게 된 것은 자기에게도 딸에게도 더없는 영광일 수밖에 없다고 말하더군요. 나는 그들 모녀가 무일푼 신세며 어느 관청에 무슨 탄원을 하러 올라왔다는 것을 알고 일도 거들어주겠다고 약속하고 돈까지 주었습니다. 알고 보니 두 사람은 거기서 정말 무도를 가르쳐주는 줄 알고 잘못 갔다는 것이었습니다. 그래서 내가 자진해서 젊은 딸의 프랑스어와 무도 교육을 맡겠노라고 제안했더니 몹시 기뻐하며, 영광으로 생각한다면서 승낙하더군요. 그래서 그때부터 죽 사귀고 있는데… 원하신다면 함께 가봅시다. 하지만 지금 당장 가자는 건 아닙니다."

"집어치우십시오, 그런 천하고 더러운 이야기는 그만두세요. 정말 당신은 더럽고 음탕한 호색한이군요!"

"실러여, 실러여, 나의 실러여! Où va-t-elle la vertu se nicher?('어디선들 덕(德)이 둥지를 틀지 못하리오'라는 뜻) 실은 말입니다, 나는 당신이 소리치는 걸 듣고 싶어서 일부러 이런 이야길 끄집어냈습니다. 참 유쾌하군요!"

"어련하겠소, 나 자신 이 순간의 스스로를 우습게 생각지 않는 줄 아십니까?" 하고 라스콜니코프는 증오를 되씹듯이 중얼거렸다.

스비드리가일로프는 목이 터져라 큰 소리로 웃어댔다. 이윽고 그는 필립을 불러 셈을 하고 일어날 채비를 했다.

"아아, 나도 꽤 취했습니다. Assez causé! ('그만 지껄여야지'라는 뜻)" 하고 그는 말했다. "아, 정말 유쾌하군!"

"물론 당신이 유쾌하지 않을 리 없겠죠." 라스콜니코프도 따라 일어나며 이렇게 외쳤다. "완전히 타락해버린 음탕자에겐, 더욱이 그 음탕자가 무슨 기괴한 야심을 품은 경우 그런 여러 가지 정사(情事) 이야기를 하는 게 유쾌하지 않을 리가 없겠죠. 더군다나 이런 상황에서 나 같은 사람을 상대하니까… 흥분하지 않을 리 없을 겁니다."

"아니, 만약 그렇다면." 좀 놀라는 빛까지 띠고 라스콜니코프를 바라보며 스비드리가일로프는 대답했다. "만약 그렇다면 당신 자신도 상당한 파렴치한이군요. 적어도 상당한 소질을 내포하고 있어요. 당신은 많은 걸 인식할 수 있습니다, 많은 걸… 그리고 많은 걸 실행할 수도 있고요. 그러나 그만둡시다. 당신하고 충분히 이야기를 나누지 못한 걸 진심으로 애석히 여깁니다. 그렇지만 당신은 내 옆에서 떠나지 못할 겁니다… 조금만 더 기다리시면…….

스비드리가일로프는 요릿집에서 밖으로 나왔다. 라스콜니코프도 뒤따랐다. 스비드리가일로프가 그렇게 많이 취한 것은 아니었다. 머리에 취기가 올라온 것은 잠시뿐이었고, 시간이 감에 따라 취기도 조금씩 사라져갔다. 그는 무언가 굉장히 큰 걱정거리라도 있는지 잔뜩 이맛살을 찌푸리고 있었다. 그 어떤 기대가 그를 흥분시키고 그를 불안하게 하고 있는 것이 분명했다. 라스콜니코프에 대한 그의 태도도 마지막 몇 분 사이에 갑자기 돌변해서 갈수록 더 무례하고 조소적인 빛을 띠어갔다. 라스콜니코프는 그 모든 것을 눈치채고 역시 불안에 휩쓸렸다. 스비드리가일로프라는 인간이 더욱더 수상쩍게 보였다. 그는 뒤따라가리라고 결심했다.

"자, 당신은 오른쪽으로, 나는 왼쪽으로. 그렇잖으면 그 반댄가요? 하여튼 adieu, mon plaisir!('안녕, 나의 기쁨이여'라는 뜻) 또 뵙겠습니다"

이렇게 말하고 그는 오른쪽 센나야 쪽으로 걸어갔다.

5

라스콜니코프는 그의 뒤를 따라갔다.

"왜 이러시는 겁니까!" 뒤를 돌아다보면서 스비드리가일로프가 외쳤다. "나는 당신한테 말했을 텐데요……."

"아니, 그저 이젠 당신 곁을 떠나지 않겠다는 것뿐입니다."

"뭐, 뭐라고요?"

두 사람은 걸음을 멈추었다. 한 1분쯤 그들은 서로 눈치를 살피듯이 상대방을 바라보았다.

"거나하게 취해서 늘어놓은 이야기로 보아" 하고 라스콜니코프는 날카로운 어조로 딱 잘라 말했다. "당신은 내 누이동생에 대해서 그 추악하기 짝이 없는 야심을 내버리지 않았을뿐더러, 오히려 전보다 더욱 열중해 있다는 걸 나는 분명히 깨달았습니다. 오늘 아침에 그 애가 무슨 이상한 편지를 받았다는 것도 나는 다 알고 있습니다. 당신은 아까부터 줄곧 안절부절못하는 표정이었어요… 설사 당신이 한길 어디서 색싯감을 발견했다는 게 사실이라 하더라도, 그건 아무런 의미도 없습니다. 나는 직접 확인하고 싶습니다."

라스콜니코프는 자기가 지금 무엇을 원하고 있으며 무엇을 직접 확인하고 싶다는 건지 스스로도 명확히 판단할 수 없었다.

"아니, 뭐라고요! 그럼 지금 순경을 불러도 좋습니까?"

"부르시오!"

두 사람은 다시금 얼굴을 맞댄 채 잠시 버티고 서 있었다. 이윽고 스비 드리가일로프의 표정이 돌변했다. 자기 위협이 좀처럼 라스콜니코프에게 먹혀들지 않는 것을 깨닫자, 그는 갑자기 몹시 유쾌하고 친밀한 표정을 지었다.

"대단하시군요! 나는 당신 사건에 무척 흥미를 느끼면서도 일부러 당신에게 그 말을 끄집어내지 않았습니다. 환상적인 사건이니까요. 그래서 다음 기회까지 미뤄두기로 했는데, 당신은 그야말로 죽은 사람까지도 노하게 하는 재주를 가지고 있군요… 자, 그럼 가보실까요. 그러나 미리 말해둡니다만, 나는 지금 돈을 가지러 잠깐 집에 들렀다가 방을 잠그고 다시 나와서, 마차를 잡아타고 건너편 섬으로 가서 밤새껏 놀다 올 작정입니다. 그러니 당신은 내 뒤를 따라와서 어떻게 하시겠다는 겁니까?"

"그럼 나도 우선 그 집으로 가겠습니다. 당신이 아니라 소피야 세묘노브나한테 말이오. 장례식에 못 간 걸 사과도 할 겸."

"그건 당신 자유겠지만, 소피야 세묘노브나는 집에 없을 겁니다. 그녀는 아이들을 다 데리고, 내 오랜 지기이며 현재 어느 고아원 감독으로 있는 유명한 노부인한테 갔으니까요. 나는 카체리나 이바노브나의 세 아이의 양육비 조로 돈을 내놓았을뿐더러 고아원에 기부까지 해서 그 노파를 완전히 구워삶았지요. 그리고 소피야 세묘노브나의 신상에 대해서도 숨김없이 죄다 이야기했더니, 오히려 굉장한 효과가 있었습니다. 그래서 오늘 곧 소피야 세묘노브나는 노파가 별장에서 나와서 임시로 머물고 있는 어느 호텔로 찾아가게 된 것입니다."

"상관없어요. 아무튼 나는 들르겠습니다."

"마음대로 하십시오. 어차피 당신은 나하고 어울릴 수 없을 테니까 나는 아무래도 마찬가집니다. 아, 벌써 집에 왔군요. 그런데 당신이 나를 의심스런 눈초리로 보는 건 내가 너무나 조심스러워서 여태까지 여러 가지 질문으로 당신을 괴롭히지 않았기 때문이라고 나는 확신하는데요… 내 말을 알아들으시겠습니까? 당신은 아마 보통 일이 아니라고 느끼셨겠죠? 내기를 해도 좋습니다. 틀림없이 그럴 테니까! 그러니 당신도 이제부턴 좀 더 조심해야 할 겁니다."

"그러니 문 뒤에서 엿들으라는 건가요!"

"아아, 당신은 그 이야길 하시는 겁니까!" 스비드리가일로프는 웃었다. "하긴 이 모든 일이 있은 후에도 당신이 끝내 이야길 꺼내지 않으셨다면 나는 오히려 놀랐을지도 모르죠. 하, 하! 그야 나도 당신이 그때 거기서 장난삼아 소피야 세묘노브나에게 지껄인 말 가운데 다소는 이해할 수 있을 것 같기도 합니다만, 그러나 그건 대체 뭡니까? 나는 어쩌면 시대에 너무 뒤떨어진 인간이라 아무것도 이해할 수 없는지도 모르니까요. 제발 설명을 좀 해주십시오. 가장 새로운 이론으로 계몽을 해주십사 하는 겁니다."

"당신이 들었을 리가 없습니다. 당신은 거짓말을 하고 있는 겁니다!"

"아니, 내가 하는 말은 그런 게 아닙니다. 그게 아니에요. 비록 내가 좀 엿듣기는 했다 해도 말이죠. 내 말은, 무엇 때문에 당신은 연방 탄식을 하고 계시느냐 그겁니다! 당신 내부에서는 끊임없이 실러가 소란을 피우고 있습니다. 그래서 지금도 문 뒤에서 엿듣지 마라는 둥 하는 겁니다. 정 그렇다면 정정당당히 출두해서 여사여사해서 이런 일을 저질렀다, 이론상으로 약간의 착오를 일으켰기 때문이다, 하고 자백하면 될 게 아닙니까. 그렇지 않고 문 뒤에서 엿듣는 건 나쁘지만 자기만족을 위해 노파 따위는 아무렇게나 죽여도 좋다는 확신이 있으시다면 한시바삐 아메리카로라도 도망을 치는 겁니다! 도망치란 말이에요! 아직도 늦지는 않았습니다. 진심으로 하는 말입니다. 돈이 없나요? 여비는 내가 대드리죠."

"그런 생각은 조금도 없습니다." 혐오의 빛을 띠며 라스콜니코프는 말을 막았다.

"알겠습니다… 하긴 너무 무리는 하지 마십시오. 그리고 너무 입을 놀리지 않는 편이 좋습니다. 나는 어떤 문제가 현재 당신을 괴롭히고 있는지 압니다. 도덕적인 문제죠? 시민으로서의, 인간으로서의 문제죠? 그런 건 내버려두세요. 그런 게 지금 당신에게 무슨 소용이 있습니까? 헤, 헤! 하지만 역시 당신은 한 사람의 시민이요 인간이다, 그 말씀인가요? 그렇다면 참견할 필요가 없었던 겁니다. 공연히 남의 일에 손댈 필요가 없었단 말이에요. 차라리 권총 자살을 하시죠. 어떻습니까, 그것도 싫습니까?"

"당신은 나를 쫓아버리려고 일부러 약을 올리고 있나 보군요……."

"허, 참 이상한 사람 다 보겠군. 자, 이젠 다 왔습니다. 어서 층계를 올라가십시오. 보세요, 여기가 소피야 세묘노브나의 방문입니다. 어때요, 아무도 없죠! 거짓말 같습니까? 그럼 카페르나우모프한테 물어보십시오. 소피야 세묘노브나는 언제나 그 집에다 열쇠를 맡겨두곤 하니까요. 마침 저기 카페르나우모프 부인이 나왔군요. 네? 뭐라고요? 저 여잔 귀가 좀 멀어서요. 나갔다고요? 어디로? 자, 이젠 들으셨죠? 그 여자는 지금 없고, 어쩌면 밤늦게까지 돌아오지 않을지도 모릅니다. 이번엔 내 방으로 갑시다. 나한테도 들르겠다고 하셨죠. 자, 이게 내 방입니다. 레슬리흐 부인은 집에 없어요. 그 여잔 날마다 분주히 나돌아치죠. 그러나 좋은 사람입니다, 정말이에요. 그건 그렇고, 당신에게 좀 더 분별이 있었다면, 그 여자는 당신에게도 도움이 됐을지 모르죠. 자, 보십시오, 나는 이 사무용 탁자에서 5푼 이자의 채권을 한 장 꺼냅니다. 아직도 이렇게 많이 남아 있습니다! 오늘 이것을 환금 업자한테서 현금으로 바꾸렵니다. 자, 보셨습니까? 이젠 더 시간을 허비할 필요가 없습니다. 탁자 서랍을 잠그고, 다시 방문을 잠그고, 우리는 다시 층계로 나왔군요. 자, 어떻습니까, 마차라도 부를까요? 나는 섬으로 가는 길이니까요. 드라이브라도 좀 하실까요? 나는 이 마차로 예라긴 섬으로 갑니다만, 뭐라고요? 싫으시다고요? 끝까지 버텨낼 수가 없으신가 보군? 그러지 말고 드라이브라도 합시다. 뭐 괜찮아요, 비가 올 것 같지만 상관없습니다. 포장을 치면 되니까요……."

스비드리가일로프는 이미 포장마차에 올라타 있었다. 라스콜니코프는 자기의 의심이 적어도 이 순간만은 온당치 않다고 판단했다. 그는 대꾸도 한마디 없이 몸을 홱 돌려 방금 온 센나야 쪽을 향해 걷기 시작했다. 만약 그가 이때 도중에 한 번만이라도 뒤를 돌아보았다면, 스비드리가일로프가 100보도 가기 전에 마부에게 돈을 지불하고 보도로 내려서는 것을 볼 수 있었을 것이다. 그러나 그는 아무것도 보지 못하고 길모퉁이로 접어들고 말았다. 말할 수 없는 혐오감이 그를 스비드리가일로프에게서 떠나게 했던 것이다. '아아, 어째서 나는 그 야비한 악당에게, 그 음탕한 비열한에게 비록 순간적이나마 무엇을 기대했던가!' 하고 그는 저도 모르게 소리쳤다. 사실 라스콜니코프는 너무나 성급히, 너무나 경솔하게 판단을 내려버렸던 것이다. 스비드리가일로프를 둘러싸고 있는 전체 상황에는 신비라고까지는 할 수 없지만 적어도 어떤 색다른 느낌을 주는 무엇인가가 있었다. 하지만 그러한 여러 가지 중에서도 라스콜니코프는 누이동생에 관한 한 스비드리가일로프가 절대 포기하지 않을 것이라고 굳게 믿었다. 그러나 이런 일을 자꾸 되풀이해서 생각하기란 도저히 참을 수 없을 만큼 괴로웠다!

그는 혼자가 되자 언제나의 버릇대로 20보도 채 가기 전에 깊은 생각에 빠지고 말았다. 다리를 건너가다가 그는 난간 옆에서 걸음을 멈추고 물을 내려다보기 시작했다. 그사이에 아브도치야 로마노브나가 그의 등 뒤에 와 있었다.

그는 다리목에서 누이동생을 만났지만, 그녀의 얼굴을 제대로 보지도 않고 그대로 지나쳤던 것이다. 두네치카는 여태까지 한 번도 이런 모습으로 거리를 거닐고 있는 오빠를 본 적이 없었으므로 소스라치게 놀랐다.

그녀는 걸음을 멈추었으나 오빠를 부를지 말지 망설였다. 문득 그녀는 센나야 쪽에서 황급히 다가오고 있는 스비드리가일로프를 발견했다.

그러나 스비드리가일로프는 조심스럽게 살금살금 다가오는 눈치였다. 그는 다리 위로는 올라오지 않고, 라스콜니코프의 눈에 띄지 않으려고 무척 애를 쓰면서 보도 한쪽 옆에 걸음을 멈추었다. 벌써부터 두냐를 알아보고 있던 그는 그녀에게 손짓을 하기 시작했다. 그녀에게는 그 손짓이, 오빠를 부르지 말고 그대로 내버려둔 채 자기 쪽으로 와달라는 뜻인 것 같았다.

두냐는 그렇게 했다. 그녀는 살그머니 오빠 뒤를 돌아서 스비드리가일로프에게 다가갔다.

"자, 빨리 갑시다" 하고 스비드리가일로프는 그녀에게 속삭였다. "로지온 로마느이치에게 우리가 만났다는 걸 알리고 싶지 않으니까요. 미리 말해둡니다만, 실은 오빠 쪽에서 나를 찾아왔기 때문에 이제까지 저 요릿집에 앉아 있다가 지금 간신히 떼어놓고 오는 길입니다. 어떻게 알았는지 오빠는 내가 당신에게 편지를 보낸 걸 알고 이상하게 나를 의심하고 있더군요. 물론 당신이 말한 건 아니겠죠? 당신이 아니라면 도대체 누굴까요?"

"자, 이젠 모퉁이를 돌았으니까" 하고 두냐는 상대방의 말을 가로챘다. "오빠의 눈에 띄지는 않을 거예요. 미리 말해두지만요, 더는 당신을 따라가지 않겠습니다. 여기서 다 말해주세요. 그런 용건은 모두 한길에서도 이야기할 수 있으니까요."

"첫째로 이 이야기는 도저히 한길에서 할 수 없으며, 둘째로 당신은 소피야 세묘노브나의 이야기도 들으실 필요가 있습니다. 또 셋째로는 두서너 가지 서류도 보여드려야 하겠고… 하지만 당신이 내 집에 오기 싫으시다면 나도 모든 설명을 집어치우고 곧 이대로 물러가겠습니다. 겸해서 말해둡니다만, 당신이 소중히 여기시는 오빠의 지극히 중대한 비밀이 완전히 내 손안에 들어 있다는 걸 잊지 마시기 바랍니다."

두냐는 망설이듯 그 자리에 선 채 꿰뚫을 듯한 눈초리로 스비드리가일 로프를 응시했다.

"무엇을 두려워하시는 겁니까!" 그는 침착하게 말했다. "도회지는 시골과 다릅니다. 시골에서도 당신은, 내가 당신에게 한 것보다도 나에게 더 심하게 하시지 않았나 말이에요. 그런데 여기는……."

"소피야 세묘노브나도 알고 계시나요?"

"아니, 그 여자한텐 아무 이야기도 하지 않았습니다. 그리고 지금 집에 있는지도 확실하지 않습니다. 그러나 아마 집에 있겠죠. 바로 오늘 계모의 장례식을 치렀으니까, 아무리 뭐래도 오늘만은 손님을 구하러 나다니진 않을 겁니다. 나는 적당한 시기가 올 때까지 아무한테도 이 이야기를 하고 싶지 않았으므로, 당신한테 알린 것도 약간 후회가 될 지경입니다. 이런 경우엔 어떤 사소한 부주의라도 밀고나 다름없어지고 마니까요. 나는 바로 저기 살고 있습니다. 바로 저 집에. 다 왔군요. 저 사람이 이 집 문지기입니다. 문지기는 나를 알고 있죠. 보세요, 나한테 인사를 하잖아요. 저 친구는 내가 여성하고 함께 걷고 있는 걸 봤으니까, 물론 당신 얼굴도 기억할 겁니다. 만약 당신이 나를 두려워하고 의심하고 계시다면, 당신에겐 매우 유리할 테죠. 아니, 이렇게 무례한 말을 하는 걸 용서하십시오. 나는 이 셋집 사람한테서 방을 빌려 쓰고 있습니다. 소피야 세묘노브나는 나하고 벽 하나를 사이에 둔 이웃인데 역시 세 든 사람한테서 방 하나를 빌리고 있죠. 층마다 셋방살이들로 꽉 차 있습니다. 그런데 뭘 그렇게 어린애처럼 두려워하십니까? 내가 그렇게 무서운 사내로 보입니까?"

스비드리가일로프의 얼굴이 겸손의 미소로 일그러졌다. 그러나 그는 지금 미소 같은 데 마음을 쓸 겨를이 없었다. 심장이 두근거리고, 숨이 막힐 것만 같았다. 그는 점점 심해져가는 흥분을 감추려고 일부러 큰 소리로 말했다. 그러나 두냐는 그의 이상한 흥분을 눈치챌 만한 여유가 없었다. 어린애처럼 자기를 두려워한다는 말이며, 자기가 그렇게 무서운 사내로 보이느냐는 상대방의 말이 그녀의 마음을 몹시 자극했던 것이다.

"나는 당신이 파렴치한 사내라는 건 알지만 조금도 두려워하지는 않아요. 어서 앞서 가세요." 그녀는 겉보기엔 무척 침착한 태도로 이렇게 응수했으나 그 얼굴은 새파랗게 질려 있었다.

스비드리가일로프는 소냐의 방 앞에서 걸음을 멈추었다.

"어디 집에 있나 없나 확인해봅시다. 없군요. 내 예상이 빗나갔는걸! 하지만 그 여잔 곧 돌아올 겁니다. 난 알고 있습니다. 그 여자가 외출을 했다면, 고아들의 일로 어느 부인을 찾아간 게 틀림없습니다. 애들 어머니가 돌아갔으니까요. 나도 좀 참여해서 일을 거들어주었죠. 만약에 소피야 세묘노브나가 10분이 지나도 돌아오지 않으면 오늘 중으로라도 곧 당신한테 가도록 하겠습니다. 자, 이게 내 방입니다. 방 두 개를 쓰고 있죠. 문 저쪽은 주인인 레슬리흐 부인 방입니다. 그럼 이번엔 이쪽을 보십시오. 중대한 증거를 보여드릴 테니. 이 문은 내 침실에서 현재 비어 있는 두 개의 방으로 통하게 되어 있습니다. 자, 이게 그 방들이죠… 이건 좀 자세히 봐두실 필요가 있습니다……."

스비드리가일로프는 꽤 넓은, 가구가 딸린 방 두 개를 빌려 쓰고 있었다. 두네치카는 의심쩍은 눈으로 방 안을 둘러보았으나, 장식이나 가구 등속의 배치에도 별로 색다른 것은 눈에 띄지 않았다. 하긴 다소 이상한 점도 없지는 않았는데, 예를 들어 스비드리가일로프의 방이 거의 사람이란 살지 않는 텅 빈 두 방 사이에 끼어 있다는 정도가 좀 이상하게 느껴졌을 뿐이다. 그의 방으로 들어가려면, 직접 복도에서가 아니라 거의 언제나 비어 있는 안주인네 방을 두 개나 지나야만 했다. 스비드리가일로프는 침실에서 열쇠로 잠근 문을 열고 역시 텅 비어 있는 방을 두네치카에게 보여주었다. 두네치카는 무엇 때문에 그런 것을 보여주는지 영문을 몰라서 문지방에 멈춰 서려 했다. 그러나 스비드리가일로프가 황급히 설명을 하기 시작했다.

"자, 이쪽을, 이 두 번째 큰 방을 보십시오. 그리고 이 문에 유의하시기 바랍니다. 여기엔 열쇠가 채워져 있습니다. 그리고 문 옆에 의자가 있고요. 두 방에서 의자는 하나밖에 없습니다. 이것은 내가 엿듣는 데 편리하도록 내 방에서 갖다 놓은 겁니다. 그리고 문 저쪽에 소피야 세묘노브나의 탁자가 있고, 그 여자는 거기 앉아서 로지온 로마느이치와 이야길 한 거죠. 한편 나는 이 의자에 앉아서 이틀 밤이나 연달아, 두 번 다 거의 두 시간씩 여기서 이야기를 엿들은 겁니다. 그러니까 물론 나는 어떤 사실을 알아낼 수 있었을 게 아닙니까, 어떻게 생각하세요?"

"당신이 엿들으셨다고요?"

"그렇습니다, 그럼 다시 내 방으로 갑시다. 여기는 앉을 데도 없으니까요."

그는 아브도치야 로마노브나를 데리고 응접실로 쓰고 있는 첫 번째 방으로 되돌아와서 그녀를 의자에 앉혔다. 그리고 자기는 적어도 그녀에게서 2미터쯤 떨어진, 탁자 맞은편 끝에 자리를 잡았다. 그러나 그의 눈 속에는 언젠가 두네치카를 위협했을 때와 똑같은 불길이 어느새 빛을 발하고 있는 것 같았다. 그녀는 부르르 몸을 떨고는 다시 한 번 경계하듯이 주위를 둘러보았으나, 이 거동은 무의식적인 것이었다. 그녀는 불신의 빛을 얼굴에 나타내고 싶지는 않았던 것 같다. 그러나 스비드리가일로프의 방의 외딴 분위기는 마침내 그녀를 불안 속에 몰아넣었다. 그녀는 안주인이라도 집에 있는지 물어보고 싶었으나, 끝내 물어보지 않았다. 자존심이 허락하지 않았던 것이다. 게다가 또 하나, 자기 자신에 대한 불안과는 비교도 되지 않을 만큼 큰 고통이 그녀의 마음속에 있었다. 그녀는 참을 수 없는 고통에 마음이 뻐개질 것만 같았다.

"이것이 당신 편지지만" 하고 그녀는 편지를 탁자 위에 꺼내놓고 말문을 열었다. "당신이 쓰신 것 같은 일이 과연 가능할까요? 당신은 오빠가 저질렀다는 범죄에 대해서 암시하고 있습니다. 당신은 너무나도 명백히 암시하고 계십니다. 그러니 이제 와선 뭐라고 변명할 수도 없을 거예요. 하기는 당신한테서 듣기 전에도 그런 터무니없는 이야기를 듣긴 들었습니다만, 나는 털끝만큼도 믿지 않았어요. 그건 더럽고 우스꽝스런 모함입니다. 나는 어떻게 해서 무엇이 원인이 되어 그런 소문이 나왔는지도 잘 알고 있습니다. 당신에게 무슨 증거 같은 게 있을 리 없어요. 당신은 증명하겠다고 약속하셨으니까, 자, 어서 말해보세요! 그러나 미리 말해두지만요, 나는 당신을 믿지 않습니다. 믿지 않아요!"

두네치카는 성급히 서두르며 빠른 어조로 이렇게 말해버렸다. 그 순간 그녀의 얼굴은 빨갛게 달아올랐다.

"정말로 나를 믿지 않으셨다면, 모험을 하면서까지 이렇게 혼자서 나를 찾아오실 수 있었을까요? 대체 무엇 때문에 오셨느냐 말입니다. 단지 호기심 때문인가요?"

"나를 괴롭히지 마시고, 어서 말해주세요!"

"당신이 대담한 아가씨라는 건 새삼스레 말할 필요도 없겠죠. 그런데 솔직히 말해서 나는 당신이 라주미힌 씨에게 부탁해서 여기까지 함께 오실 줄 알았습니다. 그런데 그는 당신하고 함께 오시지 않았고, 당신 주변에 보이지도 않았습니다. 나는 자세히 살펴보았죠. 정말 대담합니다. 결국 당신은 로지온 로마느이치를 구해주고 싶었던 겁니다. 하긴 당신이 하시는 일은 모두가 성스러우니까. 그런데 당신 오빠에 관해선데, 글쎄 뭐라고 말해야 좋을까요? 당신도 방금 당신 눈으로 그분을 보셨겠죠, 어떤 모양을 하고 계시던가요?"

"당신은 설마 그것만을 근거로 삼고 말하는 건 아니겠죠?"

"물론 아닙니다. 그분 자신의 말을 근거로 하는 거죠. 그분은 이 집에, 소피야 세묘노브나한테 연이어 이틀 밤이나 왔습니다. 두 사람이 어디 앉아 있었는지는 방금 보여드린 대로입니다. 오빠는 그 여자에게 모든 걸 다 고백했어요. 오빠는 살인자예요. 오빠는 노파를 죽인 겁니다. 그리고 노파를 죽인 현장에 우연히 들어온, 노파의 동생인 리자베타라는 헌옷 장수 여자까지 죽여버렸습니다. 두 사람 다 준비해 간 도끼로 죽인 거죠. 물건을 빼앗기 위해 사람을 죽였고, 실제로 돈과 몇 가지 물건을 훔쳤습니다. 오빠는 모두 상세하게 소피야 세묘노브나한테 이야기했습니다. 그래서 비밀을 아는 건 그 여자 한 사람뿐입니다만, 그러나 그 여자는 말로나 행동으로나 살인에는 아무 관계도 없습니다. 오히려 지금의 당신처럼 그 여자도 소스라치게 놀랐을 정도니까요. 하지만 안심하십시오. 그 여잔 절대 오빠를 배반하지 않습니다."

"그럴 리가 없어요!" 두네치카는 죽은 사람같이 파랗게 질린 입술로 중얼거렸다. 그녀는 숨까지 헐떡였다. "절대 그럴 리가 없어요. 그럴 이유라곤 조금도 없단 말이에요. 그럴 만한 동기도 없고요. 그건 거짓말이에요! 거짓말이에요!"

"오빠는 물건을 강탈했습니다, 바로 여기에 모든 원인이 있습니다. 오빠는 현금과 물건을 훔쳤단 말입니다. 하기는 그분 자신의 자백에 따르면, 돈이나 물건엔 조금도 손대지 않고 어느 돌 밑에 파묻어두었으며 지금도 거기 있답니다. 그러나 그건 단지 손댈 용기가 없었기 때문이죠."

"아니, 정말 오빠가 물건을 훔치거나 강탈할 수 있는 사람이라고 보세요? 오빠는 그런 건 생각조차 할 수 없는 사람이에요." 두냐는 이렇게 외치면서 의자에서 벌떡 일어났다. "당신도 오빠를 아시잖느냐 말이에요, 만나보셨죠? 그래, 오빠가 도둑질을 할 수 있는 사람이던가요?"

그녀는 마치 스비드리가일로프에게 애원이라도 하는 듯한 표정이었다. 그녀는 자기 자신의 공포 같은 것은 이미 염두에도 없었다.

"아브도치야 로마노브나, 이런 일에는 몇천 몇만 가지의 조합과 분류가 있는 법입니다. 도둑놈은 물건을 훔치기만 하지만, 그 대신 마음속으론 자기가 비열한이라는 것을 잘 알고 있습니다. 그런데 나는 어떤 훌륭한 신사가 우편물을 약탈했다는 이야기를 들은 적이 있습니다만, 그 사나이는 어쩌면 자기가 정말로 훌륭한 짓을 했다고 생각했는지도 모른단 말입니다! 그야 물론 그 얘기를 남한테서 들었다면, 나도 당신과 마찬가지로 절대로 믿지 않았을 겁니다. 하지만 자기 자신의 귀를 믿지 않을 수는 없거든요. 오빠는 소피야 세묘노브나에게 그런 짓을 하게 된 모든 이유를 설명하셨지만, 여자도 처음엔 자기 귀를 믿지 않더군요. 그러나 마침내는 눈을 믿었습니다. 자기 자신의 눈을 믿은 거죠. 오빠 자신의 입으로 여자에게 말했으니까요."

"대체 그 이유란… 뭡니까?"

"이야길 하자면 길어지죠, 아브도치야 로마노브나. 거기엔 뭐랄까, 일종의 이론이라고 할 만한 것이 있더군요. 예를 들어 근본 목적만 좋다면 악행 한 번쯤은 허용될 수 있다는 것과 똑같은 이론입니다. 한 가지 악행과 백 가지 선행이라는 거죠! 그야 물론 자존심 강하고 재능 있는 청년으로서는, 예를 들어 불과 3천 루블가량의 돈만 있으면 입신출세의 길도, 인생이 목표로 하는 장래 생활도 모두 일변시킬 수 있는데 그 3천 루블이 없다고 의식하는 경우 굴욕을 느끼지 않을 수 없는 겁니다. 게다가 굶주림과 비좁은 방과 남루한 의복, 사회적 비참함에 대한 자각, 그와 동시에 누이동생과 어머니의 처지를 생각하는 마음, 이런 데서 일어나는 초조감을 계산에 넣어서 생각해보십시오. 무엇보다도 큰 것은 허영심입니다. 자부심과 허영심이죠. 그러나 어쩌면 이것은 좋은 경향인지도 모릅니다. 결코 그 사람을 힐난하는 건 아닙니다. 제발 그렇게는 생각지 마십시오. 게다가 나하고는 아무 관계도 없는 일이니까요. 그리고 거기에는 또 하나의 독특한 이론이 있었습니다… 제 나름의 이론이긴 합니다만, 그 이론에 따르면 말입니다, 사람은 물질적인 인간과 특수한 인간으로 분류되고, 특수한 인간이란 그 높은 지위에 의해서 법의 적용을 받지 않을뿐더러 오히려 그밖의 인간들, 즉 한낱 티끌에 지나지 않는 물질적인 인간을 위해서 법령을 제정해준다는 겁니다. 아무것도 새로울 것이 없는 이론이죠. Une théorie comme une autre.('다른 이론과 다른 것이 없으니까요'라는 뜻) 그리고 오빠는 나폴레옹에 굉장히 열중했나 봅니다. 즉 수많은 천재적 인간들이 개개의 악에 구애받지 않고 대담하게 그것을 짓밟고 넘어갔다는 점에 마음이 끌린 겁니다. 오빠도 아마 자기를 천재적인 인간이라고 생각했던 모양입니다… 적어도 얼마 동안만은 그렇게 확신했던 것 같습니다. 오빠는 무척 고민했습니다. 그리고 지금도 고민하고 계시는데, 이론을 만들어낼 수는 있었으나 대담하게 짓밟고 넘어갈 용기가 없다, 따라서 자기는 천재적인 인간일 수는 없다고 생각한 겁니다. 자존심 강한 청년에겐 그야말로 굴욕이랄 수 있죠. 특히 요즈음 같은 세상에서는……."

"그렇지만 양심의 가책은? 그럼 당신은 오빠에게 도덕적 감정 같은 건 전혀 없다고 생각하시는 건가요? 과연 오빠가 그런 인간일까요?"

"아, 아브도치야 로마노브나, 요즈음은 모든 게 엉망진창입니다. 하기는 그전에도 특별히 질서라고 할 만한 건 하나도 없었지만 말입니다. 대체로 러시아 사람들이란, 아브도치야 로마노브나, 그 국토와 마찬가지로 마음들이 광막해서 환상적인 일이나 무질서한 일에 무척 마음이 끌리나 봅니다. 하지만 특수한 천재라는 것도 없이 그저 마음이 광막하다는 것만으론 곤란하죠. 당신도 기억하십니까, 시골에 있을 때 저녁마다 식사 후에 당신과 둘이서 테라스에 앉아서 이런 식의 이야기를 이와 똑같은 테마에 대해 여러 가지로 주고받던 것을. 더욱이 당신은 바로 그 광막이라는 것에 대해서 나를 비난하기까지 했는데, 어쩌면 오빠가 여기 누워서 자기의 이론을 생각하던 바로 그 시각에 우리도 그런 이야기를 주고받았는지도 모를 일이죠. 원래 우리 교양 계급에는 특히 신성한 전통이란 게 없으니까요, 아브도치야 로마노브나. 그저 누군가가 여러 가지 책에서 꾸며내든가… 아니면 연대기 같은 데서 끄집어내는 게 고작이오. 그러나 그런 건 대부분 학자들이 하는 짓이라서 모두 어리석은 이야기입니다. 그러니까 세상 사람들에겐 너무나도 거리가 먼 이야기죠. 하지만 당신도 대략 아시다시피 나는 절대로 남을 비난하지 않는 성격입니다. 나 자신이 고등룸펜이고, 또 그런 생활 방식을 고수하고 있으니까요. 그러나 여기에 관해서는 우리도 여러 차례 이야기했죠. 내 의견에 당신이 흥미를 느끼는 것을 보고 나는 행복해졌을 정도니까요. 그런데 안색이 무척 좋지 않으시군요, 아브도치야 로마노브나!"

"나도 그 이론을 알고 있어요. 모든 것이 허용된 인간을 논한 오빠의 논문을 잡지에서 읽었습니다… 라주미힌 씨가 가져다주셔서."

"라주미힌 씨가? 당신 오빠의 논문을? 잡지에 실린 것을? 그런 논문이 있었나요? 난 몰랐습니다. 무척 재미있는 논문일 것 같군요! 그건 그렇고, 당신은 지금 어디로 가시렵니까, 아브도치야 로마노브나?"

"소피야 세묘노브나를 만나보고 싶어요." 두네치카는 가냘픈 음성으로 말했다. "그 방엔 어떻게 가죠? 이젠 돌아와 있을지도 모르니까. 꼭 지금 만나고 싶어요. 그 여자라면……."

아브도치야 로마노브나는 말끝을 맺을 수가 없었다. 문자 그대로 숨이 콱 막혔던 것이다.

"소피야 세묘노브나는 밤늦게야 돌아올 겁니다. 내 생각엔 그래요. 벌써 돌아왔어야 하는데, 그렇지 않은 걸 보니 훨씬 늦어질 겁니다……."

"아아, 당신은 거짓말을 했군요! 이젠 알겠어요… 거짓말을 했어요! …
처음부터 거짓말만 했어요! 난 당신을 믿지 않아요! 믿지 않아!" 두네치카
는 완전히 제정신을 잃고 진짜로 미친 사람처럼 이렇게 외쳐댔다.

그녀는 거의 실신한 듯이 스비드리가일로프가 황급히 갖다 바친 의자
위에 쓰러졌다.

"아브도치야 로마노브나, 왜 이러십니까? 정신을 차리세요! 자, 물입니
다. 한 모금 드세요…….."

그는 두네치카에게 물을 끼얹었다. 그녀는 부르르 몸을 떨며 정신을
차렸다.

"효과가 너무 컸나 보군!" 스비드리가일로프는 미간을 찌푸리면서 혼
잣말처럼 중얼거렸다. "아브도치야 로마노브나, 진정하십시오! 오빠에겐
친구라는 게 있으니까요. 우린 오빠를 도울 수 있고 구해낼 수 있습니다.
원하신다면 내가 오빠를 외국으로 데려갈 수도 있고요. 내겐 돈이 있습니
다. 사흘 안에 여권도 구할 수 있습니다. 오빠가 사람을 죽였다고는 해도
앞으로 얼마든지 좋은 일을 할 수 있고, 또 그것으로 모든 걸 속죄받을 수
도 있는 겁니다. 제발 진정하십시오. 아직도 얼마든지 훌륭한 사람이 될
수 있는 거예요. 아니, 왜 그러십니까? 기분이 어떠세요?"

"이 악당 같으니라고! 아직도 사람을 놀리다니. 어서 나를 내보내줘
요…….."

"어디로? 어디로 가시려고요?"

"오빠한테요. 오빠는 어디 있죠? 당신은 알겠죠? 왜 이 문이 잠겨 있
죠? 언제 이 문을 잠갔어요?"

"우리가 여기서 이야기하는 걸 모든 이웃에 다 들리게 할 순 없잖아요.
나는 절대로 놀리고 있는 게 아닙니다. 단지 나는 언제까지나 그런 식으
로 말을 주고받기가 싫어졌을 뿐이죠. 당신은 그런 꼴을 하고 어딜 가시

겠다는 겁니까? 설마 오빠를 넘기고 싶진 않으시겠죠? 그런 짓을 하면, 당신은 오빠를 미치게 할 뿐이고 오빠는 또 오빠대로 자기 자신을 팔아버리게 될 겁니다. 오빠는 지금 요주의 인물로 감시받고 있다는 걸 아셔야 합니다. 당신은 오빠를 내주게 될 뿐입니다. 기다리십시오. 난 방금 오빠를 만나서 이야길 해보았습니다만 아직은 구제할 여지가 있습니다. 조금만 기다리세요. 자, 여기 앉아서, 우리 함께 잘 생각해봅시다. 내가 당신을 부른 것도, 실은 둘이서 이 문제를 상의해서 좋은 해결책을 찾기 위해서입니다. 자, 어서 앉으라니까요!"

"어떤 방법으로 오빠를 구할 수 있다는 거죠? 정말로 오빠를 구할 수 있나요?"

두냐는 자리에 앉았다. 스비드리가일로프는 그 옆에 앉았다.

"그건 전적으로 당신에게 달렸습니다. 당신에게, 당신 하나에." 그는 눈을 번득이면서, 너무 흥분한 나머지 다른 말은 입 밖에 내지도 못하고 띄엄띄엄 속삭이듯 말했다.

두냐는 깜짝 놀라며 그에게서 멀찍이 비켜섰다. 그도 역시 몸을 후들후들 떨고 있었다.

"당신은, 당신 말 한마디로 오빠를 구할 수 있습니다! 내가… 내가 오빠를 구해드리죠. 내게는 돈과 친구들이 있습니다. 나는 곧 오빠를 떠나보내겠습니다. 여권도 내가 장만하겠습니다. 두 개, 하나는 오빠 것으로 또 하나는 내 것으로. 내게는 친구들이 있습니다. 모두 수완 있는 친구들입니다. 어떻습니까? 그리고 당신 여권도 마련하겠습니다… 당신 어머니 것도… 라주미힌 따위가 무슨 필요가 있습니까? 나도 역시 당신을 사랑합니다… 끝없이 사랑하고 있어요. 제발 당신 옷자락이라도 좋으니 키스하게 해주십시오. 네, 부탁입니다! 나는 당신의 옷자락 스치는 소리만 들어도 미칠 지경입니다. 제발 그렇게 하라고 말해주십시오, 그러면 나는 반드시 실행하겠습니다. 불가능한 일이라도 가능하게 해 보이겠습니다. 당신이 믿는 거라면 나도 믿겠습니다. 나는 무엇이든지, 무엇이든지 하겠습니다! 아아, 보지 마세요, 제발 그런 눈으로 나를 보지 마세요. 당신은 아십니까, 내 생명이 당신에게 달렸다는 것을……."

그는 헛소리까지 지껄이기 시작했다. 갑자기 머리를 얻어맞은 사람처럼 그는 정신을 가누지 못하는 것 같았다. 두냐는 벌떡 일어나서 문 쪽으로 달려갔다.

"열어주세요! 열어줘요!" 그녀는 두 손으로 문을 흔들고 문 너머로 사람을 부르면서 이렇게 외쳤다. "빨리 문을 좀 열어줘요! 밖에 아무도 없어요?"

스비드리가일로프는 자리에서 일어나자 제정신으로 돌아왔다. 독기 어린 조소가 여전히 떨리는 그의 입술에 서서히 퍼져갔다.

"거긴 아무도 없습니다." 그는 나직한 목소리로 띄엄띄엄 말했다. "안주인은 외출했으니까 그렇게 크게 소릴 질러도 소용없을 겁니다. 공연히 자기 자신만 흥분시킬 뿐이죠."

"열쇠는 어디 있어요? 당장 문을 여세요, 어서! 비겁한 인간 같으니!"

"열쇠는 잃어버렸습니다. 찾아낼 수가 없군요."

"아니, 그럼 폭행을 하려는 거군요!" 두냐는 이렇게 외치자 죽은 사람처럼 새파랗게 질려 한쪽 구석으로 달려가더니, 손에 잡힌 탁자를 방패 삼아 방어 태세를 취했다. 그녀는 더 소리를 지르지는 않았으나 상대를 뚫어지게 쏘아보면서 그 일거일동을 예리하게 지켜보았다. 스비드리가일로프도 그 자리에서 움직이지 않고 그녀와 대치한 채 반대쪽에 버티고 서 있었다. 그는 자신을 억제할 만한 여유가 있었다. 적어도 겉으로는 그렇게 보였다. 그러나 얼굴빛은 여전히 창백했다. 그는 아직도 비웃는 듯한 미소를 머금고 있었다.

"당신은 지금 '폭행'이라고 하셨죠, 아브도치야 로마노브나. 만약 폭행이라고 한다면, 내가 취한 조처가 얼마나 완벽했는지 아실 겁니다. 소피야 세묘노브나는 집에 없고, 카페르나우모프네 방까지는 너무 먼 데다가 빈 방이 다섯이나 사이에 있습니다. 끝으로 나는 당신보다 최소한 곱절은 힘이 셉니다. 게다가 나로서는 아무것도 두려워할 게 없습니다. 왜냐하면 당신은 나중에 고소할 수도 없을 테니까요. 설마 오빠를 넘기는 짓은 할 수 없을 테죠? 그리고 당신을 믿을 사람은 아무도 없습니다. 그렇잖습니까, 젊은 아가씨가 혼자서 독신 남자를 찾아올 때는 다 알 만하지 않느냐 말입니다. 그러니까 설사 오빠를 희생시키더라도 결국은 아무런 증거도 내세울 수 없습니다. 폭행 여부를 증명하기란 무척 어려운 일이거든요, 아브도치야 로마노브나."

"비겁한 자식 같으니!" 두냐는 격분에 떨며 중얼거렸다.

"마음대로 말하십쇼. 하지만 나는 어디까지나 하나의 가정으로 그런 말을 했을 뿐입니다. 나 자신의 신념으로도 당신의 말은 지극히 당연합니다. 폭행은 비열한 짓입니다. 다만 내가 하고 싶은 말은, 만약 당신이 내가 제의한 대로 자진해서 오빠를 구출하려고 결심하셨다 해도 당신 양심에는 아무런 거리낌도 있을 수 없다는 점입니다. 당신은 다만 환경에 굴복한 데 지나지 않으니까요. 만약에 이 환경이란 말이 적당치 않다면, 폭행이라고 해도 무방합니다. 그리고 이런 점도 생각해보십시오, 오빠와 어머니의 운명이 전적으로 당신 손에 달렸다는 것을. 나는 당신의 노예가 되겠습니다… 한평생… 자, 나는 여기서 언제까지나 기다리겠습니다……."

스비드리가일로프는 두냐에게서 여덟 걸음쯤 떨어진 소파에 앉았다. 이제는 무엇으로도 그의 결심을 움직일 수 없다는 것은 의심할 여지가 없었다. 더욱이 그녀는 그의 성질을 잘 알고 있었다.

별안간 그녀는 호주머니에서 권총을 꺼내 노리쇠를 올리고, 권총을 쥔 손을 탁자 위에 놓았다. 스비드리가일로프는 자리에서 벌떡 일어났다.

"아아! 그렇게 됐군요!" 그는 놀라면서 표독스런 미소를 흘리며 이렇게 외쳤다. "이쯤 되면 사건의 형세가 역전되어버리는걸! 당신은 내 일을 훨씬 수월하게 해주시는 셈입니다, 아브도치야 로마노브나! 한데 그 권총은 도대체 어디서 났습니까? 라주미힌 씨가 구해주던가요? 아니! 그건 내 권총이군! 아, 그건 옛날 내 권총이군요! 그때 나는 그걸 얼마나 찾았는지 모릅니다! … 그러고 보니 내가 시골에서 가르쳐드릴 영광을 가졌던 사격 연습도 역시 헛수고만은 아니었군요."

"네 권총이 아니야. 네가 죽인 마르파 페트로브나 거란 말이다. 이 악당 같으니라고! 그 집에 네 물건이라곤 하나도 없었어. 난 네가 무슨 짓이든 다 할 수 있는 놈이라고 의심하게 되면서부터 이걸 간수해두었지. 자, 한 발짝이라도 움직여봐라, 당장에 쏴 죽일 테니!"

두냐는 이미 제정신이 아니었다. 그녀는 권총을 쳐들어 쏠 자세를 취했다.

"그럼 오빠는 어떻게 되죠? 호기심에서 한번 묻고 싶군요." 여전히 같은 자리에 선 채 스비드리가일로프는 물었다.

"고발할 테면 어서 고발해! 꼼짝 마! 움직이기만 하면 쏠 테다! 너는 부인을 독살한 놈이야, 난 다 알고 있어, 너야말로 살인자야!"

"당신은 내가 마르파 페트로브나를 독살했다고 확신하는 겁니까?"

"너지, 누구야! 너 자신이 나한테 암시하지 않았느냐 말이다. 독약 이야길 하면서… 네가 독약을 사러 시내에 갔다 온 것도… 난 다 알고 있어… 너는 전부터 그런 계획을 세우고 있었던 거야… 누가 뭐래도 네가 틀림없어… 이 악당 놈!"

"설사 그게 사실이라 해도 그건 모두 당신 때문이었지… 역시 당신이 원인이었단 말이오."

"거짓말 마! 난 언제나 널 증오했어, 언제나······."

"아니, 아브도치야 로마노브나! 당신은 전도에 열을 올리면서 제정신이 아니던 걸 잊었습니까? 그날 밤 달이 밝은 데다 밤꾀꼬리까지 울고 있었는데······."

"거짓말 마!" 두냐의 눈에선 미칠 듯한 분노가 번쩍였다. "거짓말 말란 말이야, 이 천하의 거짓말쟁이 같으니라고!"

"거짓말이라고? 아니, 어쩌면 거짓말인지도 모르지, 거짓말이라고 해 둡시다. 여자니까 그런 걸 상기할 필요도 없을 거요." 그는 피식 웃었다. "나는 당신이 쏘리라는 건 알고 있어, 귀여운 야수, 자, 쏴보시지!"

두냐는 권총을 쳐들었다. 그리고 죽은 사람처럼 창백한 얼굴에 핏기가 가신 아랫입술을 파르르 떨면서, 불길처럼 타오르는 커다란 검은 눈으로 상대방을 지켜보았다. 그녀는 이미 마음의 준비를 갖추고 상대방의 첫 동작만을 조심스럽게 기다리고 있었다. 그는 이토록 아름다운 그녀를 이제껏 한 번도 본 적이 없었다. 그녀가 권총을 쳐든 순간 그 눈에서 번쩍이는 불길에 그는 온몸이 타버리는 것 같았다. 그의 심장은 아프도록 죄어들었다. 그는 한 발자국 앞으로 내디뎠다. 그러자 발사의 음향이 울려 퍼졌다. 총알은 그의 머리칼을 스치고 등 뒤의 벽에 박혔다. 그는 걸음을 멈추고 조용히 웃었다.

"벌에 쐬었군! 정통으로 머리를 겨누다니··· 이게 뭐야? 피 아냐!"

그는 오른쪽 관자놀이를 따라 가늘게 흘러내리는 피를 닦으려고 손수건을 꺼냈다. 총알은 두개골 피부를 살짝 스친 모양이었다. 두냐는 권총을 내리고, 공포라기보다는 도깨비에라도 홀린 듯한 얼떨떨한 표정으로 스비드리가일로프를 바라보았다. 그녀는 자기가 무엇을 했는지, 또 무엇이 어떻게 되고 있는지 전혀 알지 못하는 것 같았다.

"자, 빗나갔으니 다시 한 번 쏘시오! 기다리고 있을 테니" 하고 스비드리가일로프는 조용히 말했다. 여전히 입가엔 미소를 띠고 있었으나 그 표정은 어딘지 침울해 보였다. "그러시면 노리쇠를 올리기 전에 당신은 내게 붙잡히고 맙니다!"

두네치카는 파르르 몸을 떨고, 재빨리 노리쇠를 젖히고는 다시금 권총을 추켜들었다.

"날 건드리지 말아요!" 하고 그녀는 절망적으로 외쳤다. "정말 다시 쏠 거예요… 이번엔… 꼭 죽이고 말 테니까…….."

"그야 그럴 테죠… 세 발짝 거리면 못 죽일 리가 없지. 그러나 만약에 죽이지 못한다면… 그때는…….." 그의 눈이 번쩍 빛났다. 그는 다시 두 발짝을 내디뎠다.

두네치카는 방아쇠를 당겼다. 그러나 불발이었다.

"장전이 서툴렀군요. 아니, 괜찮습니다! 뇌관이 하나 더 있을 거요. 어서 고치시오, 기다릴 테니."

그는 그녀 앞 두 발짝 떨어진 곳에 버티고 서서, 야성적인 결의와 정열에 불타는 괴로운 눈초리로 그녀를 바라보며 기다리고 있었다. 두냐는 그가 자기를 놓칠 바엔 차라리 죽음을 택하리라는 것을 알고 있었다. '그렇다… 이번만은 그를 죽일 수 있을 거야, 두 발짝 거리에서…….'

그러나 별안간 그녀는 권총을 내던졌다.

"내던졌군!" 스비드리가일로프는 놀란 듯이 말하고 깊은 한숨을 몰아쉬었다. 무언가가 대번에 그의 가슴에서 떨어져 나간 듯한 느낌이었다. 그러나 그것은 죽음의 공포만은 아닌 성싶었다. 어쩌면 이 순간 그는 거의 그런 것을 느끼지 않았을지도 모른다. 그것은 그 자신이 아무리 애써도 이해할 수 없는, 더 슬프고 더 침울한 별개의 감정에서의 해방감이었다.

그는 두냐에게 다가가서 한 손으로 조용히 그녀의 허리를 끌어안았다. 그녀는 반항하지 않았으나 온몸을 사시나무 떨듯 하면서 애원하는 눈으로 그를 바라보았다. 그는 뭐라고 말하려 했으나, 다만 입술이 일그러졌을 뿐 입을 열 수가 없었다.

"놔주세요!" 두냐는 애원하듯 말했다.

스비드리가일로프는 움찔했다. 그녀의 말투에는 무언가 전과는 다른 느낌이 있었다.

"그럼 날 사랑하지 않소?" 그는 나직이 물었다.

두냐는 고개를 가로저었다.

"정말 안 된다는 거요? … 절대로?" 그는 절망적인 어조로 속삭였다.

"절대로!" 하고 두냐는 속삭이듯이 대답했다.

스비드리가일로프의 가슴속에서는 무서운 암투의 한순간이 지나갔다. 형언할 수 없는 눈초리로 그는 두냐를 바라보았다. 그러나 별안간 두냐에게서 손을 떼고 돌아서더니, 급히 창문 쪽으로 달려가 그 앞에 멈춰 섰다.

다시 한순간이 지나갔다.

"자, 열쇠요!" 그는 열쇠를 왼쪽 호주머니에서 꺼내 두냐 쪽은 보지도 않고 몸을 돌리지도 않은 채 등 뒤의 탁자 위에다 놓았다. "집으시오. 그리고 빨리 나가주시오……."

그는 뚫어질 듯이 창밖을 응시하고 있었다.

두냐는 열쇠를 집으려고 탁자 쪽으로 다가갔다.

"빨리요! 빨리!" 여전히 꼼짝 않고 선 채 뒤돌아보려고도 하지 않으며 스비드리가일로프는 되풀이했다. 그러나 이 '빨리'라는 말에는 분명히 그 어떤 무서운 느낌이 서려 있었다.

두냐는 그것을 깨달았다. 그녀는 열쇠를 집어 들자 문으로 달려가서 재빨리 문을 열고는 방에서 뛰어나갔다. 그리고 1분 후에는 미친 사람처럼 정신없이 운하가로 달려가서 ○○다리 쪽을 향해 줄달음치고 있었다.

스비드리가일로프는 3분쯤 더 창가에 서 있었다. 이윽고 천천히 돌아서서 사방을 둘러보고는 조용히 손바닥으로 이마를 쓸었다. 이상한 미소가 그의 얼굴을 일그러뜨렸다. 처량하고 슬프고 가냘픈 미소, 절망의 미소였다. 이미 굳어지기 시작한 피가 손바닥에 묻었다. 그는 증오에 찬 눈으로 그 피를 들여다보고는 수건을 적셔서 관자놀이를 닦았다. 두냐가 내던져서 문께에 뒹굴고 있는 권총이 문득 눈에 띄었다. 그는 권총을 집어 들고 살펴보았다. 그것은 조그마한 구식 회중용 3연발 권총이었다. 속에는 아직 탄환 두 알과 뇌관이 한 개 남아 있었다. 한 번은 더 쏠 수 있었다. 그는 잠시 생각하다가 권총을 호주머니에 쑤셔 넣고는 모자를 집어 들고 밖으로 나갔다.

6

그날 밤 그는 10시경까지 여러 요릿집과 음탕한 소굴을 이리저리 싸돌아다녔다. 어디선가 카챠도 찾아냈다. 그녀는 이번에도 어느 '고약한 난봉꾼'이 '카챠에게 키스하기 시작했다'는 저속한 유행가를 부르고 있었다.

스비드리가일로프는 카챠에게도, 손풍금수에게도, 급사에게도, 어느 관청의 서기 두 사람에게도 술을 사주었다. 그가 이 서기들과 어울리게 된 것은 그들 두 사람의 코가 다 비뚤어져 있기 때문이었다. 한 사람은 오른쪽으로, 또 한 사람은 왼쪽으로 비뚤어져 있었는데, 이것이 스비드리가일로프의 호기심을 끌었다. 그들은 나중에 스비드리가일로프를 어느 유원지로 이끌었는데, 거기서도 그는 그들의 입장료를 내주었다. 거기에는 가느다란 3년생 전나무 한 그루와 초라한 관목 숲이 세 군데 있었다. 그 밖에 '유락장'도 있었으나, 실제로는 비어홀과 다를 게 없었다. 하여튼 차 정도는 주문할 수 있었고, 초록빛 탁자와 의자도 몇 개 놓여 있었다. 엉터리 가수들의 합창단과 빨간 코의 어릿광대 같은, 그러나 왠지 맥이 빠져 보이는 술 취한 뮌헨 태생의 독일 사람이 손님들을 즐겁게 해주고 있었다. 두 서기는 거기 온 다른 서기들과 언쟁을 하다가 하마터면 난투극을 벌일 뻔했다. 그래서 스비드리가일로프가 그들의 중재역을 맡게 되었다. 그는 15분가량이나 말려봤으나 모두 너무나 떠들어대는 바람에 뭐가 뭔지 하나도 알아들을 수가 없었다. 그럭저럭 짐작하기로는, 그들 가운데 하나가 무슨 물건을 훔쳐서 마침 그 자리에 있던 어느 유대인에게 팔아버리는 데 성공했는데 팔아서 받은 돈을 동료들끼리 나누어 먹으려고 하지 않는 것 같았다. 결국 판 물건은 유락장에서 훔친 스푼이라는 게 판명되었다. 유락장에서도 그 사실을 알아채 일은 시끄러워졌다. 스비드리가일로프는 스푼 값을 치르고는 자리에서 일어나 유원지를 나왔다. 시간은 이럭저럭 10시경이었다. 그 자신은 그때까지 술을 한 방울도 입에 대지 않았다. 다만 유락장에서 차 한 잔을 청했을 뿐인데, 그것도 체면에 못 이겨 시킨 데 지나지 않았다. 숨 막힐 듯이 답답하고 우울한 밤이었다. 10시가 가까워지자 사방에서 무서운 비구름이 밀려와서 천둥이 울리며 비가 억수로 퍼부었다. 빗물은 한 방울씩 떨어지는 게 아니라 흐름처럼 줄지어 내리며 대지를 두드렸다. 번개는 끊임없이 번쩍이고, 환해질 때마다 다섯까지는 셀 수가 있었다. 그는 속옷까지 흠뻑 젖어 집으로 돌아와 방문을 잠그고는 사무용 탁자 서랍을 열어서 있는 돈을 다 꺼냈다. 그리고 두서너 가지 서류를 찢어버렸다. 이윽고 돈을 호주머니에 쑤셔 넣고 옷을 갈아입으려고 했으나, 창밖을 내다보고 천둥소리와 빗소리에 귀를 기울이다가 단념한 듯이 고개를 내젓고는 모자를 집어 들고 문을 잠그지도 않은 채 방을 나섰다. 그는 곧장 소냐의 방으로 갔다. 그녀는 집에 있었다.

그녀는 혼자가 아니었다. 카페르나우모프네 어린아이들 넷이 그녀를 둘러싸고 있었다. 소피야 세묘노브나는 애들에게 차를 먹이고 있었던 것이다. 그녀는 말없이 공손하게 스비드리가일로프를 맞았으나, 흠뻑 젖은 그의 옷을 보자 깜짝 놀란 듯한 표정이었다. 그러나 그녀는 아무 말도 하지 않았다. 아이들은 몹시 겁을 집어먹고 쏜살같이 달아나버렸다.

스비드리가일로프는 탁자 앞에 와서 앉더니, 소냐보고도 옆에 와서 앉으라고 말했다. 그녀는 겁에 질린 표정으로 그의 말을 기다리고 있었다.

"나는 말이오, 소피야 세묘노브나, 어쩌면 미국으로 가게 될지도 모릅니다" 하고 스비드리가일로프는 말했다. "그래서 당신하고 만나는 것도 아마 이게 마지막일 것 같아서 몇 가지 일을 청산하려고 찾아왔습니다. 그런데 당신은 오늘 그 부인을 만나보셨나요? 그 부인이 당신한테 한 말은 나도 다 알고 있으니까 새삼스레 들을 필요도 없습니다. (소냐는 전전긍긍하며 얼굴을 붉혔다.) 그런 사람들에겐 판에 박은 격식이란 게 있으니까요. 그건 그렇고, 당신의 여동생과 남동생 일은 다 처리된 셈입니다. 그리고 그들에게 필요한 돈은 각각 증서를 받고 확실한 데다 맡겨두었습니다. 그 증서는 당신이 맡아두십시오. 뭐, 만일을 위해서죠. 자, 받으십시오! 그럼 이 문젠 이것으로 끝났고, 여기 5푼 이자 채권이 석 장 있습니다. 다 합해서 3천 루블입니다. 이것은 당신 자신의 것으로 받아두십시오. 이것은 우리 두 사람만 알기로 하고, 앞으로 무슨 소릴 듣더라도 아무한테도 알리지 말아주십시오. 이 돈은 반드시 당신에게 도움이 될 겁니다. 왜냐하면 소피야 세묘노브나, 여태까지의 생활은… 아무래도 아름답지 못했으니까요. 그리고 앞으론 또 그럴 필요도 없고요."

"당신한텐 정말 많은 신세를 졌습니다. 아이들도, 돌아가신 어머니도." 소냐는 성급히 말했다. "그런데도 여태까지 감사의 말씀도 제대로 드리지 못해서… 그 점은… 제발 너그럽게 생각해주세요……."

"아니, 천만에요. 그런 말은 마십시오."

"하지만 아르카지 이바노비치, 이 돈은, 호의는 정말 감사합니다만 지금은 별로 필요가 없습니다. 나 한 사람쯤은 먹고 살아갈 수 있으니까요. 제발 은혜를 모른다고 생각하지 말아주세요. 그토록 동정심이 많으시다면 차라리 이 돈은…….."

"당신 겁니다, 당신 거예요, 소피야 세묘노브나. 제발 아무 말 말고 받아두세요. 나도 이러고 있을 시간이 없으니까요. 당신도 이제 돈이 필요해질 겁니다. 로지온 로마느이치에겐 두 갈래 길밖에 없습니다. 자기 이마에다 총알을 박든가, 아니면 블라지미르카(시베리아 유형수가 지나가는 길)로 가든 가 둘 중 하나죠. (소냐는 미심쩍은 눈으로 그를 바라보며 부르르 몸을 떨었다.) 아니, 걱정하실 건 없습니다. 나는 그 사람한테서 직접 들어서 모든 걸 다 알고 있습니다. 그러나 나는 그렇게 입이 가벼운 인간이 아닙니다. 아무한 테도 말하지 않겠습니다. 그때 당신이 자수하라고 권하신 건 참 잘하신 일입니다. 그쪽이 그 사람을 위해서도 훨씬 유리하니까요. 그런데 블라지 미르카로 선고가 내려서 그 사람이 그리로 가게 되면, 당신도 그 사람을 따라가시겠죠? 그렇죠? 그렇죠? 만약 그렇다면 당장에 돈이 필요할 게 아 닙니까? 그 사람을 위해서 필요하단 말입니다. 아시겠어요? 당신에게 드 리는 건 그 사람에게 주는 거나 다름없습니다. 그리고 당신은 아말리야 이바노브나에게도 빚을 갚겠다고 약속하셨죠? 나는 들었습니다. 소피야 세묘노브나, 어쩌자고 당신은 언제나 아무 생각도 없이 그런 약속이나 의 무를 도맡으십니까? 그 독일 여자에게 빚을 진 건 카체리나 이바노브나지 당신이 아니잖냐 말이에요. 그러니까 당신은 그 독일 여자 따위는 상대도 하지 말았어야 하는 겁니다. 그래서는 이 세상을 살아갈 수 없습니다. 그 건 그렇고, 만약 누가 당신한테 내일이나 모레라도 내 이야기나 나에 관한 이야기를 묻더라도, 반드시 당신에게 물을 텐데, 내가 지금 여기 들렀다는 말은 하지 말고 그 돈도 절대로 보이지 않도록 하십시오. 그리고 내가 당 신에게 돈을 드렸다는 것도 절대로 입 밖에 내서는 안 됩니다, 누구한테 도. 자, 그럼 안녕히 계십시오. (그는 의자에서 일어났다.) 로지온 로마느이치 에게 안부나 전해주십시오. 그리고 덧붙여 말해두지만, 그 돈은 필요할 때 까지 라주미힌 씨한테라도 맡겨두는 게 좋겠군요. 라주미힌 씨는 아시죠? 그야 물론 아실 테지. 참 좋은 청년입니다. 그 사람한테 내일이라도, 아 니… 언제든 시간이 있을 때 가져가도록 하십시오. 그때까진 될 수 있는 대로 잘 감춰두십시오."

소냐도 역시 의자에서 벌떡 일어나 놀란 눈으로 그를 바라보았다. 그녀는 무언가 말하고 싶고 무언가 물어보고 싶었으나, 처음 얼마 동안 그럴 용기가 없었거니와 어떻게 말을 시작해야 할지도 몰랐다.

"왜 당신은… 왜 당신은 이렇게 비가 쏟아지는데 떠나시려는 겁니까?"

"아니, 미국까지 가겠다는 놈이 이런 비를 두려워하겠습니까, 헤, 헤! 안녕히 계십시오, 귀여운 소피야 세묘노브나! 오래 사십시오, 오래오래 사세요! 당신은 남에게 필요한 존재니까요. 그리고 라주미힌 씨에게도 내 안부를 전해주십시오. 이렇게 전해주시오, 아르카지 이바노비치 스비드리가일로프가 안부를 전하더라고. 꼭 부탁합니다."

나중에야 알려진 일이지만, 그는 이날 밤 11시가 지나서 또 한 군데 지극히 기괴하고도 뜻하지 않은 방문을 했다. 비는 여전히 계속해서 내리고 있었다. 그는 흠뻑 젖은 몸으로 11시 20분경에 바실리예프스키 섬 말르이 거리 3가에 있는 약혼녀의 비좁은 집을 찾아 들어갔다. 그는 마구 문을 두드려 억지로 문을 열게 해서 처음에는 굉장히 큰 소동을 일으킬 것 같았다. 그러나 원래가 마음만 먹으면 지극히 매력적인 몸가짐을 취할 수 있는 사람인지라, 아마 어디서 곤드레만드레 술에 취해 인사불성이 된 채 찾아온 게 틀림없으리라는 약혼녀 부모의 그럴듯한 첫 번째 추측도(하기는 무척 그럴듯한 추측이긴 했지만) 이내 해소시킬 수 있었다. 마음씨 착하고 분별 있다는 어머니는 쇠약한 아버지를 바퀴 달린 안락의자에 태워서 스비드리가일로프한테로 밀고 나왔다. 그리고 여느 때의 버릇대로 이것저것 우회적인 질문을 하기 시작했다. (이 부인은 절대로 단도직입적으로 질문하는 일이 없고, 언제나 처음에는 미소와 손을 비비는 것으로 시작해서 꼭 알아야 할 일이 있으면, 예를 들어 스비드리가일로프 쪽에서는 결혼식을 언제 거행하는 것이 좋겠느냐는 것 등을 물어보려 할 때면 우선 파리나 그곳의 궁중 생활에 관한 호기심에 넘치는 질문으로 시작해서 차츰 순서를 따라 바실리예프스키 섬 3가까지 끌고 왔다.) 물론 여느 때 같으면 이런 것도 깊은 존경을 불러일으켰겠지만, 이때의 스비드리가일로프는 유달리 마음이 조급해 보여서, 이 집에 들어오자마자 약혼녀가 이미 잠자리에 들었다는 얘기를 들었음에도 약혼녀를 보고 싶다고 단호히 요청했다. 물론 약혼녀는 나왔다. 스비드리가일로프는 그녀에게 직접 자기는 어떤 지극히 중대한 용건 때문에 잠시 페테르부르크를 떠나야만 하므로 각종 증권과 은화로 도합 1만 5천 루블을 그녀에게 가져왔다. 넉넉지는 못하나마 벌써부터 결혼 전에 증여하려고 생각하고 있던 것이니 선물로 알고 받아주기 바란다고 말했다. 이 선물과 갑작스런 출발이며, 밤늦게 비가 오는데도 꼭 찾아오지 않으면 안 되었던 사정 사이에 어떤 특수한 논리적 관계가 있는지는 물론 이 설명만으로 해명될 수가 없었다. 그러나 이야기는 지극히 순조롭게 진행되었다. 이런 경우에 으레 따르게 마련인 '오오'라든가 '아아'라는 탄성이나, 여러 가지 질문이나 놀라움조차 어찌 된 셈인지 갑자기 온화하게 자제되고 말았다. 그 대신 더없이 열렬한 감사가 표시되었고, 그것은 지극히 분별 있는 어머니의 눈물로 뒷받침되었다. 스비드리가일로프는 일어나서 껄껄 웃으며 약혼녀에게 키스를 하고 그녀의 볼을 살짝 두드리면서 곧 돌아오겠노라고 되뇌었으나, 처녀의 눈 속에 어린애다운 호기심과 함께 무언가 굉장히 진지한, 입밖에 내지 않는 의혹의 빛이 숨어 있는 것을 발견하고는 잠시 생각하고 나서 다시 한 번 그녀에게 키스했다. 그리고 자기의 선물이 가장 분별 있는 그 어머니의 손으로 곧 자물쇠가 채워져 간직되리라는 생각이 들자 은근히 화가 났다. 그는 이 집 사람들을 비상한 흥분 속에 남겨둔 채 훌쩍 나가버렸다. 그러나 마음씨 고운 약혼녀의 어머니는 반쯤 속삭이는 듯한 빠른 소리로 이내 몇 가지 중대한 의혹에 해답을 내렸다. 즉 스비드리가일로프는 통이 큰 사람이며, 여러 가지 사업에도 관계하고 있을뿐더러 교제도 넓은 부자이므로 머릿속에서 무슨 생각을 하고 있는지 자기들로서는 알 도리가 없다. 생각이 나면 어디론지 출발하고 마음이 내키면 돈을 준다. 그러니까 별로 놀랄 것도 전혀 없다. 물론 온몸이 흠뻑 젖어서 온 건 좀 이상하지만 예를 들어 영국인은 그보다 더 괴상한 짓을 한다지 않는가. 그리고 그만한 신분이 있는 사람이면 남들이야 무슨 소리를 하든 조금도 개의치 않는 법이다. 어쩌면 그이는 아무것도 무서울 게 없다는 걸 보이려고 일부러 그런 꼴을 하고 돌아다니는지도 모른다. 그러나 뭣보다 중요한 점은 이 일을 남에게 한마디도 하지 말아야 한다는 것이다. 왜냐하면 이제부터 무슨 일이 일어날지 모르기 때문이다. 그리고 이 돈은 한시 바삐 자물쇠로 잠가 간직해둬야 한다. 하지만 무엇보다 다행인 것은 하녀인 페도시야가 죽 부엌에만 있었다는 점이다. 그렇지만 가장 중요한 것은 절대로, 절대로, 무슨 일이 있어도 그 교활한 레슬리흐 부인한텐 아무 말도 하지 말아야 한다는 것 등이었다. 그들은 밤 2시경까지 자지 않고 앉아서 소곤소곤 이야기하고 있었다. 그러나 약혼녀인 딸은 훨씬 일찍 잠자리에 들어갔으나, 어딘지 얼빠진 사람처럼 다소 처량한 표정만 하고 있었다.

한편 스비드리가일로프는 한밤중에 페테르부르크스카야 구(區)를 향해서 ○○다리를 건너가고 있었다. 비는 그쳤으나 바람이 휘몰아치고 있었다. 그는 후들후들 떨기 시작했다. 그리고 잠시 동안 그 어떤 특별한 호기심과 의혹의 빛을 띤 채 소 네바 강의 검은 수면을 내려다보았다. 그러나 곧 다리 위에 서 있는 것이 몹시 춥게 느껴졌다. 그는 몸을 돌려 ○○거리를 이미 꽤 오랫동안, 거의 30분이나 걸어갔으나, 그러면서도 호기심 어린 표정으로 쉴 새 없이 한길 오른쪽에서 무엇인가를 찾았다. 어딘지 이 근처 거리 끝에서 얼마 전에 이 거리를 지나다가 목조 건물이긴 하지만 꽤 큰 여관 하나를 보아둔 일이 있었다. 여관 이름은 그가 기억하기로 무슨 '아드리아노폴리'인가 하는 것이었다. 그의 짐작은 틀리지 않았다. 그 여관은 이런 변두리 어둠 속에서도 뚜렷이 눈에 띌 만큼 컸다. 검게 그을린 기다란 목조 건물인데, 이미 시간이 늦었는데도 안에는 아직 불이 켜져 있고 사람들이 법석거리는 기색이 느껴졌다. 그는 들어가서 복도에서 마주친 허름한 옷차림의 사나이에게 방이 있느냐고 물었다. 허름한 옷차림의 사나이는 스비드리가일로프를 흘긋 보고 몸을 흔들더니, 복도 끝 층계 밑에 있는 숨 막힐 정도로 답답한 구석방으로 곧 손님을 안내했다. 그 밖에는 방이 없었다. 손님이 차 있었던 것이다. 허름한 옷차림의 사나이는 분부를 기다리는 듯 스비드리가일로프를 바라보았다.

"차는 있나?" 스비드리가일로프는 물었다.

"있습죠."

"그 외에 또 뭐가 있나?"

"쇠고기와 보드카와 자쿠스카(술안주)가 있습니다."

"쇠고기와 차를 가져다주게."

"그 밖에 또 주문하실 것은 없습니까?" 허름한 옷차림의 사나이는 좀 의아스러운 얼굴로 물었다.

"없어, 아무것도 없어!"

허름한 옷차림의 사나이는 완전히 실망해서 나가버렸다.

'여긴 꽤 쓸 만한 장소 같군' 하고 스비드리가일로프는 생각했다. '어째서 나는 여길 몰랐을까. 아마 나도 어디 '카페 샹탕' 같은 데서 돌아오는 길에 한바탕 무슨 일을 저지르고 여기 굴러든 걸로 아는 모양이지. 그런데 대체 여긴 어떤 녀석들이 와서 자고 가는지, 자못 흥미로운걸?'

그는 촛불을 켜고 방 안을 자세히 둘러보았다. 그것은 스비드리가일로프의 머리가 거의 천장에 닿을 듯한, 창문이 하나밖에 없는 조그마한 방이었다. 말할 수 없이 더러운 침대와 거칠게 페인트를 칠한 탁자와 의자가 거의 방 하나를 다 차지하고 있었다. 사방의 벽은 널빤지를 이어 붙인 위에다 벽지를 바른 듯했으나, 그 벽지라는 것도 색(황색)은 아직 분간할 수 있었지만 무늬는 전혀 알아볼 수 없을 만큼 먼지가 끼고 너덜너덜 찢어져 있었다. 벽과 천장 일부는 흔히 지붕 밑 방에서 보듯이 비스듬히 잘려 있었으나, 여기서는 그 경사진 위쪽이 층계였다. 스비드리가일로프는 촛불을 놓고 침대에 앉아서 생각에 잠겼다. 그러나 끊임없이 기묘하게 들려오면서 이따금 외침 소리처럼 높아지곤 하는 옆방의 속삭임이 마침내 그의 주의를 끌었다. 그는 귀를 기울였다. 누군가가 욕을 하면서 울먹이는 소리로 상대방을 힐난하고 있었으나, 들리는 것은 한 사람의 목소리뿐이었다. 스비드리가일로프는 일어나서 한 손으로 촛불을 가렸다. 그러자 곧 벽의 틈바구니가 빛났다. 그는 다가가서 들여다보기 시작했다. 이쪽 방보다 좀 커 보이는 방 안에는 손님이 두 사람 있었다. 그중 한 사람은 지독한 고수머리에 빨갛게 상기된 얼굴을 하고, 윗도리를 벗고서 변사 같은 자세를 취하고 몸의 균형을 잡느라고 두 다리를 벌리고 선 채 한 손으로 자기 가슴을 치면서 상대방을 책망하고 있었다. 상대방이 아무 직업도 없는, 거지와 다름없는 신세라는 둥, 또 그런 것을 자기가 진창에서 끌어내주었다는 둥, 따라서 언제든지 마음대로 쫓아낼 수도 있다는 둥, 이 모든 것은 하느님만이 보고 계시다는 둥 비장한 어조로 책망하고 있었다. 책망을 받는 쪽은 의자에 앉아서 재채기가 금방 나올 것 같으면서도 좀처럼 나오지 않는 것 같은 얼굴을 하고 있었다. 그는 이따금 양처럼 유순한 눈으로 멀거니 변사를 바라보았으나, 도대체 지금 무슨 이야길 하고 있는지 하나도 알아듣지 못하는 듯한 표정이었다. 듣고 있는지도 의심스러울 정도였다. 탁자 위에는 거의 다 타버린 양초와 텅 비다시피 한 보드카 병과 술잔, 빵, 컵과 오이, 그리고 오래전에 마셔버린 빈 찻잔 등이 놓여 있었다. 이 광경을 주의 깊게 살펴보고 나서 스비드리가일로프는 흥미 없다는 태도로 틈바구니에서 물러나 다시금 침대에 앉았다.

차와 쇠고기를 들고 돌아온 허름한 옷차림의 사나이는 다시 한 번 물어보지 않을 수 없었는지 "또 필요하신 건 없습니까?"라고 물어보았으나, 다시금 부정적인 대답을 듣자 그대로 나가서 다시는 나타나지 않았다. 스비드리가일로프는 몸을 녹이려고 급히 차부터 마셨다. 한 컵을 다 마셨으나 식욕이 전혀 없어서 고기는 한 조각도 들 수가 없었다. 아마도 열이 나기 시작한 모양이었다. 그는 외투와 재킷을 벗고 담요로 몸을 감고서 침대에 누웠다. 그는 화가 치밀었다. '이럴 땐 무엇보다도 건강이 제일 소중한데.' 그는 이렇게 생각하고 쓴웃음을 지었다. 방 안은 무더웠다. 촛불은 어두컴컴하게 타고, 바깥에는 바람이 휘몰아치고, 어느 구석에선가 쥐가 바스락거렸다. 방 안엔 쥐 냄새와 가죽 냄새 같은 것이 온통 서려 있었다. 그는 누워서 마치 열병에라도 걸린 것 같은 느낌이었다. 갖가지 상념이 꼬리에 꼬리를 물었다. 그는 무엇이든 한 가지 상념에 골똘히 열중하려고 애쓰는 듯했다. '이 창 밑엔 아마 어떤 뜰이 있을 테지' 하고 그는 생각했다. '나무가 술렁이는군. 폭풍이 부는 캄캄한 밤중에 나무가 술렁이는 것처럼 듣기 싫은 게 없단 말이야. 기분 나빠 죽을 지경이라니까!' 문득 그는 아까 페트로프스키 공원 옆을 지나치면서 혐오에 찬 기분으로 그렇게 생각했던 것을 상기했다. 그러자 뒤이어 ○○다리와 소 네바 강이 떠올랐다. 그는 다시금 아까 그 다리 위에 섰을 때처럼 등골이 오싹해짐을 느꼈다. '나는 여태까지 한 번도 물을 좋아한 적이 없었다. 그림에서 보는 것조차 싫었으니까.' 그는 다시 이렇게 생각했으나 갑자기 또 한 가지 이상한 상념이 떠올라 쓴웃음을 지었다. '이제 와서 그런 미학이니 쾌락 따위는 문제도 되지 않을 텐데, 이 지경에 이르러서 오히려 까다롭게 가리려 들다니… 이건 마치… 이런 경우에 반드시 좋은 장소를 선택하는 야수와 똑같군. 차라리 아까 페트로프스키 공원 쪽으로 접어들었어야 하는 건데! 아마 어둡고 추워 보였던 게지, 헤, 헤! 이런 경우에도 쾌감이 필요한 걸까! … 그건 그렇고, 왜 나는 촛불을 끄지 않는 거지?' 그는 촛불을 껐다. '옆방에서도 잠이

든 모양이군.' 조금 전의 그 틈바구니에서 불빛이 보이지 않았으므로 그는 이렇게 생각했다. '자, 마르파 페트로브나, 지금이야말로 내 앞에 나타나기에 꼭 알맞은 때요. 어둡고 장소도 어울리는 데다 시간도 적절하지 않소. 정말이지 이렇게 좋은 때 나타나지 않다니……'

그는 문득 아까 두네치카에 대한 계획을 실행하기 한 시간 전에 라스콜니코프에게 누이동생을 라주미힌의 보호 아래 맡기는 게 좋겠다고 권했던 일이 생각났다. '사실 나는 그때 무엇보다도 나 자신에 화가 나서 그런 말을 했는지도 모르지, 라스콜니코프도 그걸 알아차린 모양이었지만. 그러나 아무튼 라스콜니코프는 정말 대담한 놈이야! 굉장한 걸 해치웠거든. 그 바보 같은 생각만 내버린다면 앞으로 굉장한 악당이 될 수도 있을 거야. 하지만 지금은 지나치게 살고 싶어 하더군! 그런 점에서 보자면, 그자들은 모두 비열한이야. 그러나 그런 친구는 아무래도 좋아. 될 대로 되라지, 내가 알 게 뭐람.'

그는 좀처럼 잠을 이룰 수가 없었다. 아까 만났던 두냐의 모습이 차츰 눈앞에 떠오르기 시작했다. 갑자기 무서운 전율이 그의 몸을 스쳐 갔다. '아니다, 이런 생각은 싹 쓸어버려야 한다' 하고 그는 정신을 차리고 생각했다. '무슨 다른 일을 생각하자. 참으로 이상하기도 하고 우습기도 하거니와, 나는 여태껏 누구에 대해서도 깊은 증오를 느껴본 일이 없고, 특히 복수를 하고 싶다고 생각한 적도 없다. 이건 좋지 않은 징후다, 좋지 않은 징후야! 누구와 토론하는 것도 좋아하지 않았고, 따라서 열을 올린 적도 없었다… 이것 역시 나쁜 징후다! 그런데 아까 나는 그 여자한테 얼마나 많은 걸 약속했던가. 쳇, 제기랄! 정말이지 그녀라면 어떻게든지 나를 뜯어고칠 수 있었으련만……' 그는 다시 입을 다물고 이를 악물었다. 또다시 두네치카의 환상이 눈앞에 나타났다. 그녀가 처음에 한 방을 쏘고 나서 몹시 겁먹고 권총을 내리고는, 죽은 사람처럼 새파랗게 질려 그를 응시하던 바로 그때와 똑같은 모습이었다. 그는 그때 두 번이나 그녀를 껴안을 기회가 있었다. 만약에 그 자신이 그녀에게 주의를 환기시켜주지 않았다면, 그녀는 손을 들어 방어 태세도 취하지 못했을 것이다. 그는 그 순간에 어째서인지 그녀가 몹시 불쌍해져서 가슴이 죄어드는 듯이 느껴졌던 것을 상기했다. '이런, 제기랄! 또 이런 생각을… 이런 건 머릿속에서 싹 쓸어버려야 한다, 싹 쓸어버려야 해!'

그는 이미 망각 상태에 빠져들고 있었다. 열병 같은 전율도 가라앉았다. 별안간 무언가 담요 밑에서 팔과 다리 위를 줄달음쳐 지나갔다. 그는 움찔했다. '에잇, 제기랄, 쥐새끼가 틀림없군!' 그는 생각했다. '그러고 보니 내가 쇠고길 탁자 위에 그냥 놔뒀구나.' 그렇다고 담요를 떨치고 일어나서 추위를 맛볼 생각은 추호도 없었다. 그러나 갑자기 또 뭔가가 발 근처에서 기분 나쁜 소리로 바삭거렸다. 그는 담요를 걷어차고 촛불을 켰다. 열병적인 오한에 떨면서 침대를 살펴보려고 몸을 굽혔다. 아무것도 보이지 않았다. 그는 담요를 털었다. 그러자 별안간 쥐 한 마리가 시트 위로 튀어나왔다. 그는 덤벼들어 잡으려고 했으나, 쥐는 침대에서 달아나지 않고 이리저리 사방으로 왔다 갔다 하며 그의 손가락 밑으로 빠져나가기도 하고 손등에 기어오르기도 하다가 갑자기 베개 밑으로 파고들었다. 그는 베개를 내동댕이쳤다. 그러나 그 순간 뭔가가 그의 품안으로 뛰어드는가 싶더니, 이리저리 몸을 따라 어느새 셔츠 밑으로 해서 잔등으로 돌았다. 그는 경련을 일으키듯 몸을 떨며 눈을 떴다. 방 안은 캄캄했고, 자신은 아까처럼 담요로 몸을 감은 채 침대에 누워 있었다. 창 밑에서는 바람이 울부짖었다. '기분 참 더럽군!' 그는 끓어오르는 울분과 더불어 이렇게 생각했다.

그는 일어나서 등을 창문 쪽으로 돌리고 침대 끝에 걸터앉았다. '아예 자지 않는 편이 낫겠군' 하고 그는 결심했다. 그러나 창문에서는 한기와 습기가 밀려왔다. 그는 그대로 앉은 채 담요를 끌어다가 몸을 감쌌다. 촛불은 켜지 않았다. 그러나 망상은 자꾸만 꼬리를 물고 일어나서, 시작도 끝도 연결도 없는 단편적인 상념들이 어른거렸다. 그는 마치 반쯤 조는 상태로 빠져드는 것 같았다. 추위인지, 어둠인지, 습기인지, 아니면 창 밑에서 나무를 뒤흔들며 울부짖는 바람인지, 어쨌든 그의 마음속에 어떤 집요한 환상적 경향과 욕망을 불러일으키는 것이 있었다. 그러는 사이에 그의 눈에는 자꾸만 꽃이 나타나기 시작했다. 그의 공상 속에 아름다운 경치가 떠올랐다. 밝고 따스한, 거의 더위까지 느껴지는 성령강림절 축일이었다. 집 주위 화단에 심은 향기 그윽한 꽃들로 둘러싸인 호화롭고 멋진 영국식 목조 별장, 담쟁이가 얽히고 장미꽃 화단에 둘러싸인 현관, 사치스런 양탄자가 깔리고 중국식 화병에 꽂은 진기한 꽃으로 장식된 맑고 상쾌한 층계. 특히 그의 눈을 끈 것은 창 위에 놓인 단지에 담긴, 부풀어오른 연초록빛 긴 줄기 끝에 진한 향기를 풍기며 다소곳이 고개를 수그리고 있는 가냘픈 백수선 꽃다발이었다. 그 옆을 떠나고 싶지 않을 지경이었다. 그러나 그는 층계를 올라가서 천장이 높고 널찍한 홀로 들어갔다. 그러자 거기에도 사방에, 창가에도, 테라스 쪽으로 열려 있는 문가에도, 그리고 그 테라스에도 어디를 보나 꽃으로 파묻혀 있었다. 마룻바닥에는 갓 베어 온 향기롭고 싱싱한 풀이 깔리고, 열어젖힌 창문에서는 상쾌하고 신선한 미풍이 방 안으로 흘러들고, 창 밑에서는 새들이 지저귀고 있었다. 홀 한복판에는 흰 공단을 씌운 탁자 위에 관이 놓여 있었다. 그 관은 흰 비단으로 싸여 있고, 두툼한 흰 술로 빽빽이 누벼져 있었다. 갖가지 화환들이 사방에서 그 관을 둘러싸고 있었다. 관 속에는 그물 모양으로 짠 흰옷을 입은 소녀가 온통 꽃에 둘러싸여, 흡사 대리석으로 조각한 듯한 손을 가슴 위에 마주 잡고 누워 있었다. 그러나 그 풀어헤친 밝은 금발은 축축이 젖어 있고 장미꽃 화관이 둘러져 있었다. 이미 굳어버린 준엄한 그녀의 옆모습도 대리석으로 조각한 듯했으나, 그 창백한 입술에 감도는 미소는 어딘지 소녀답지 않은 한없는 비

357

애와 크나큰 애원의 표정을 띠었다. 스비드리가일로프는 이 소녀를 알고 있었다. 관 옆에는 성상도, 촛불도 없고 기도 소리도 들리지 않았다. 소녀는 강에 몸을 던진 자살자였다. 이제 겨우 열네 살이지만, 그 마음은 이미 처참하게 부서지고 능욕당한 모욕을 참을 길 없어서 자기 스스로 목숨을 끊었던 것이다. 그 젊고 고된 의식을 위협하고 놀라게 한 능욕은 천사와도 같이 깨끗한 그녀의 영혼을 수치심으로 몰아넣어, 마침내는 바람이 휘몰아치는 습기 찬 눈 녹는 밤에 어둠과 추위 속에 아무도 들을 수 없는 절망의 마지막 비명을 남기면서 스스로 제 몸을 멸망시켰다.

스비드리가일로프는 눈을 뜨고 침대에서 일어나 창가로 다가갔다. 그는 손더듬이로 문고리를 찾아 창문을 열었다. 모진 바람이 좁은 방으로 밀려들며, 마치 얼어붙은 서리 같은 것을 그의 얼굴과 셔츠 바람인 가슴패기에 뿌려주었다. 과연 창 밑에는 정원 같은 것이 있었다. 역시 유원지 비슷한 곳인 듯싶었다. 아마 낮에는 여기서도 가수가 노래를 부르고 탁자 위에 차를 나르곤 했을 것이다. 그러나 지금은 수목과 관목 숲에서 물방울이 창으로 날아올 뿐 땅굴처럼 캄캄하기만 했다. 여기저기 거뭇거뭇한 반점으로 무슨 대상이 있다는 것을 간신히 알아볼 수 있을 정도였다. 스비드리가일로프는 허리를 굽히고 창턱에 팔꿈치를 괸 채 벌써 5분쯤이나 눈을 떼지 않고 이 안개 속을 응시하고 있었다. 밤의 어둠을 뚫고 대포 소리가 울려 퍼졌다. 계속해서 또 한 방.

'아아, 호포(군대에서 신호로 쏘는 총이나 대포)다! 홍수가 난 게로군' 하고 그는 생각했다. '아침 녘에는 낮은 지대와 한길에 물이 밀어닥쳐서 지하실과 움은 물에 잠길 것이다. 지하실의 쥐들이 둥둥 떠오르고, 사람들은 비바람이 부는 가운데 서로 욕지거리를 하며 흠뻑 젖어서 저마다 너절한 세간을 위층으로 끌어올리겠지. 그건 그렇고, 대체 몇 시나 됐을까?' 그가 이런 생각을 하는 순간, 어딘지 가까운 곳에서 똑딱똑딱 열심히 서두르면서 벽시계가 3시를 쳤다. '아, 이제 한 시간만 지나면 날이 새겠군! 기다릴 거라곤 없잖은가? 이제 곧 나가서 곧장 페트로프스키 공원으로 가자. 거기서 비에 흠뻑 젖은 큼직한 관목 숲을 찾도록 하자, 살짝 어깨로 건드리기만 해도 몇백만의 물방울이 온몸을 적셔줄 커다란 숲을…….' 그는 창문에서 물러나 쇠고리를 내리고 촛불을 켜고 조끼와 외투를 입고 모자를 쓴 다음, 촛불을 들고 복도로 나왔다. 그 근방의 어느 조그만 골방에서 너저분한 가구들과 타다 남은 초 사이에서 잠자고 있을 헌옷 차림 사나이를 찾아내어 셈을 치르고 밖으로 나가려 했던 것이다. '지금이 가장 좋은 시각이다. 이보다 더 좋은 시각이 있을 수 없다!'

그는 오랫동안 길고 좁은 복도를 오락가락했으나 아무도 눈에 띄지 않았으므로 큰 소리로 사람을 불러볼까 생각했다. 그런데 그때 갑자기 낡은 찬장과 문 사이의 캄캄한 구석에서 무슨 생물 같은 이상한 것이 눈에 들어왔다. 촛불을 든 채 몸을 굽혀 보니 어린애였다. 다섯 살쯤 돼 보이는 계집애가 걸레처럼 흠뻑 젖은 누더기 옷을 걸치고 몸을 떨면서 울고 있었다. 그 애는 스비드리가일로프를 보고도 무서워하는 기색도 없이 크고 까만 눈에 흐리멍덩한 놀라움을 나타내며 쳐다보았다. 그리고 오랫동안 울다가 간신히 울음을 그친 아이가 이미 기분이 가라앉았는데도 어쩌다가 이따금 흑흑 흐느끼듯이, 이 아이도 간간이 흐느끼곤 했다. 계집아이의 얼굴은 파리하게 여위고 추위에 꽁꽁 굳어 있었다. '어떻게 이런 데 들어왔을까? 아마 여기 숨어서 밤새껏 자지 않고 있었나 보군.' 그는 여러 가지로 계집애에게 물어보았다. 계집애는 갑자기 기운을 내서, 아직 잘 돌지 않는 혀로 뭐라고 빨리 지껄이기 시작했다. 그 말에는 '엄마'가 어떻게 했다느니, '엄마가 때렸다'느니 찻잔을 '깨뜨렸다'느니 하는 얘기가 섞여 있었다. 계집애는 계속해서 쉬지 않고 지껄였다. 그런 말을 종합해보니 겨우 다음과 같은 사연을 짐작할 수 있었다. 이 아이는 어른들한테서 미움을 받고 있는 것 같았고, 아마 이 여관 부엌에서 식모 노릇을 하며 노상 취해 있는 어머니가 늘 이 애를 을러메고 때리는 모양이었다. 이 애는 어머니의 찻잔을 깨뜨리고는 지레 겁을 집어먹고, 저녁때부터 도망쳐 나와서 꽤 오랫동안 비를 맞으며 뒤뜰 어느 구석에 숨어 있다가 결국 이곳으로 들어와서 찬장 뒤에 몸을 숨기고 습기와 어둠, 그리고 그런 짓을 했기 때문에 호되게 얻어맞으리라는 공포심에 떨고 울면서 밤새도록 웅크리고 앉아 있었을 것이다. 그는 계집아이를 안고 자기 방으로 데려와서 침대 위에 앉히고 옷을 벗기기 시작했다. 맨발에 신은 구멍투성이 신은 밤새도록 물구덩이에 잠겼던 것처럼 흠뻑 젖어 있었다. 옷을 벗긴 다음 그는 계집아이를 침대에 누이고 머리서부터 담요로 폭 감싸주었다. 계집애는 곧 잠들어버렸다. 이 일을 끝내자 그는 다시금 침울한 얼굴로 생각에 잠겼다.

'아니, 또 이런 일에 마음을 쓰다니!' 그는 문득 무겁고 불쾌한 기분으로 이렇게 생각했다. '어리석기 짝이 없군!' 그는 혼자 화를 내며 촛불을 집어 들고, 이번만은 어떻게든 헌옷 차림의 사나이를 찾아내서 한시바삐 여기를 떠나야겠다고 생각했다. '에잇, 저 계집애 때문에!' 방문을 열면서도 그는 저주스러운 듯이 이렇게 생각했으나, 다시 한 번 계집아이를 보러 되돌아왔다. 잠이 들었을까, 어떻게 하고 자고 있을까? 그는 살며시 담요 끝을 쳐들었다. 계집애는 기분 좋게 폭 잠들어 있었다. 그런데 이상게도 그 볼의 빛이 보통 아이들보다 훨씬 더 선명하고 짙어 보였다. '이건 열띤 붉은빛이다' 하고 스비드리가일로프는 생각했다. '마치 술을 마신 듯한 붉은빛이다. 한 컵 가득히 술을 마신 것 같은 붉은빛이야. 입술은 불을 내뿜듯이 새빨갛구나. 대체 어떻게 된 걸까?' 갑자기 계집애의 길고 까만 속눈썹이 바르르 떨리고 깜박이더니 스스로 위로 들리는 것처럼 보였다. 그리고 그 밑에서 교활하고 날카로운 눈, 어딘지 아이답지 않게 눈짓하는 듯한 이상한 눈이 나타났다. 계집애는 자지 않고 일부러 자는 체하고 있는 것 같았다. 그렇다, 그것은 사실이었다. 계집애의 입술에는 미소가 번지고,

360

그 양쪽 입술 끝은 억지로 웃음을 참으려는 듯이 씰룩거렸다. 그러나 그녀는 이미 참기를 중지하고 말았다. 그것은 이미 웃음이었다. 틀림없는 웃음이었다. 무엇인지 파렴치하고 도발적인 것이 아이답지 않은 그 얼굴에 빛났다. 그것은 음탕의 빛이었다. 그것은 창부의 얼굴이었다. 그것은 웃음을 파는 여인의 얼굴, 프랑스의 파렴치한 창녀의 얼굴이었다. 저런, 이젠 감추려고도 하지 않고 두 눈을 번쩍 뜨고 있다. 그 눈은 불타는 듯한 파렴치한 시선으로 그를 바라보고, 그를 부르고, 그에게 웃음을 던지고 있다… 그 웃음, 그 눈, 그리고 그 계집애 얼굴에 떠오른 온갖 추악한 표정에는 무엇인지 모를 한없이 추악하고 모욕적인 것이 깃들어 있었다. '아니! 다섯 살짜리 계집애가!' 스비드리가일로프는 깜짝 놀라면서 중얼거렸다. '이게 대체 어떻게 된 일이냐?' 그러나 그녀는 이미 불타는 얼굴을 완전히 그에게로 돌리고 양손을 내밀고 있지 않는가…… '에잇, 이 저주받을 년이!' 스비드리가일로프는 계집애에게 손을 번쩍 쳐들며 공포에 질린 채 이렇게 외쳤다. 그러나 그 순간에 그는 눈을 떴다.

그는 아까와 같은 침대 위에서 역시 같은 담요를 몸에 감고 있었다. 촛불은 켜져 있지 않았으나, 이미 날이 샜는지 희끄무레한 아침 빛이 창문을 비치고 있었다.

'밤새껏 악몽에 시달렸군!' 온몸을 호되게 얻어맞은 듯한 피로감을 느끼면서 그는 험상궂은 표정으로 몸을 일으켰다. 뼈 마디마디가 아팠다. 바깥은 짙은 안개가 자욱하여 아무것도 분간할 수가 없었다. 이미 5시가 가까웠다. 늦잠을 잤군! 그는 일어나서 아직 축축한 재킷과 외투를 입었다. 호주머니 속에서 권총이 손에 닿자, 그것을 꺼내어 뇌관을 매만졌다. 그러고는 다시 앉아 호주머니에서 수첩을 꺼낸 다음, 가장 눈에 띄기 쉬운 첫 페이지에 큼직하게 두서너 줄을 써 넣었다. 그것을 다시 한 번 읽어보고는 탁자에 팔꿈치를 괴고서 깊은 생각에 잠겼다. 권총과 수첩은 그대로 팔꿈치 옆에 놓

361

여 있었다. 잠이 깬 파리들이 같은 탁자 위에 그대로 놓여 있는, 손도 대지 않은 쇠고기 접시에 잔뜩 달라붙어 있었다. 그는 한참 동안 그것을 바라보다가, 이윽고 오른손으로 파리를 한 마리 잡으려 들었다. 그는 꽤 오랫동안 무진 애를 썼으나 아무리 해도 잡을 수가 없었다. 그러나 마침내 이 재미있는 일에 열중하고 있는 자신을 발견한 그는 부르르 몸을 떨고, 벌떡 일어나 단호한 표정으로 방을 나섰다. 1분 후에는 이미 거리에 나와 있었다.

젖빛처럼 짙은 안개가 온 거리를 뒤덮고 있었다. 스비드리가일로프는 미끄러운 흙투성이 목판 보도를 따라 소 네바 강 쪽으로 걷기 시작했다. 그의 머릿속에는 밤사이에 부쩍 불어난 소 네바 강의 물이며, 페트로프스키 섬이며, 젖은 공원의 오솔길이며, 젖은 풀이며, 젖은 수목과 관목 숲이며, 그 수풀까지도 환상처럼 떠올랐다. 그는 무언가 다른 것을 생각하려고 찌푸린 얼굴로 주위의 집들을 둘러보기 시작했다. 거리에는 통행인 한 사람도, 마차 한 대도 보이지 않았다. 싯누런 페인트를 칠한 조그만 목조 건물들은 덧문을 닫은 채 음산하고 불결한 모습으로 그를 보고 있었다. 추위와 습기가 몸 구석까지 스며들어 그는 오한을 느끼기 시작했다. 이따금 잡화상이나 야채 가게 간판이 나타나면, 그는 하나하나 주의해서 읽었다. 지저분한 강아지 한 마리가 추위에 떨면서 꼬리를 감고 그의 앞을 가로질렀다. 외투를 입은, 죽은 듯 취한 사나이 하나가 얼굴을 땅에 대고 보도를 가로막고 쓰러져 있었다. 그는 그것을 흘긋 보고 앞으로 걸어갔다. 오른쪽에 높다란 망루가 퍼뜩 눈에 띄었다. '그렇지!' 하고 그는 생각했다. '바로 저기가 좋겠다. 뭣 하러 페트로프스키까지 가느냐 말이야? 적어도 관청의 증인 앞에서…….' 그는 이 새로운 착상에 웃고 싶을 정도였다. 그는 ○○거리 쪽으로 접어들었다. 거리에는 망루가 있는 큰 건물이 서 있었다. 그 닫힌 정문 옆에 회색 군인 외투를 입고 아킬레우스 같은 철모를 쓴 작달막한 사나이가 한쪽 어깨를 문에 기대고 서 있었다. 그는 졸린 듯한 눈으로 다가오는 스비드리가일로프에게 싸늘하게 곁눈질을 했다. 그 얼굴에는 모든 유대 족의 얼굴에 예외 없이 새겨져 있는 영원한 불만의 슬픔이 어려 있었다. 스비드리가일로프와 아킬레우스는 잠시 말없이 서로 상대방을 훑어보았다. 마침내 아킬레우스는 별로 취하지도 않은 사나이가 앞에 버티고 선 채 한마디도 없이 자기를 훑어보고 있는 것이 아무래도 심상치 않았던 모양이다.

"대체 당신, 여기 무슨 볼일이 있소?" 그는 이렇게 말했으나, 여전히 몸을 움직이려고 하지 않고 자세를 바꾸려고도 하지 않았다.

"아니, 아무것도 아니오. 안녕하시오!" 하고 스비드리가일로프는 대꾸했다.

"여긴 당신이 올 장소가 아니오."

"이봐요, 난 이제부터 외국으로 가려는 거요."

"외국으로?"

"미국으로."

"미국으로?"

스비드리가일로프는 권총을 꺼내어 노리쇠를 젖혔다. 아킬레우스는 미간을 찌푸렸다.

"대체 뭘 하오, 여긴 그런 장소가 아니오!"

"왜 그런 장소가 아니란 말이오?"

"장소가 아니니까 아니라는 거요."

"아무튼 마찬가지요. 여긴 장소가 좋아. 만약 누가 물으면 미국으로 갔다고 대답하시오."

그는 권총을 오른쪽 관자놀이에 갖다 댔다.

"아아, 여기는 안 돼, 여긴 장소가 아냐!" 하고 아킬레우스는 점점 더 크게 눈을 치뜨면서 공포에 몸을 떨었다.

스비드리가일로프는 방아쇠를 당겼다.

7

같은 날이지만 이미 저녁 6시가 좀 지난 무렵, 라스콜니코프는 어머니와 누이동생이 거처하는 집으로 다가가고 있었다. 그곳은 라주미힌이 주선해준 바칼레예프네 집 셋방이었다. 층계 입구는 한길 쪽으로 나 있었다. 라스콜니코프는 아직도 들어갈까 말까 망설이는 듯 걸음을 늦추면서 천천히 다가갔다. 그러나 그는 무슨 일이 있어도 결코 되돌아설 수 없었다. 이미 결심은 서 있었던 것이다. '어차피 마찬가지다, 그들은 아직까지 아무것도 모르고 있으니까' 하고 그는 생각했다. '그리고 나에 대해선 그전부터 괴짜 취급을 하는 데 익숙해져 있으니까…….' 그의 옷차림은 말이 아니었다. 어제 밤새도록 비를 맞았기 때문에 온통 진흙투성이고, 찢어지고 구겨져 있었다. 그의 얼굴은 피로와 악천후와 육체의 쇠약과, 거의 하루 꼬박 계속된 자기 자신과의 투쟁 때문에 거의 추악해 보일 정도로 변해 있었다. 그가 간밤에 어디서 혼자 밤을 새웠는지 아무도 모르지만, 적어도 결심만은 서 있었다.

그가 문을 노크하자 어머니가 문을 열었다. 두네치카는 집에 없었다. 하녀도 때마침 집에 없었다. 풀헤리야 알렉산드로브나는 너무 기쁘고 놀란 나머지 처음에는 말도 잘 못했다. 그녀는 아들의 손을 잡고 방 안으로 끌어당겼다.

"아아, 드디어 와주었구나!" 그녀는 기쁨에 겨워 말을 더듬으면서 입을 열었다. "로쟈, 이렇게 바보같이 눈물을 흘리면서 너를 맞는다고 화내진 말아다오. 우는 게 아니라 웃고 있는 거니까. 넌 내가 울고 있는 줄 아니? 아니다. 나는 기뻐서 그러는 거야. 나는 이런 바보 같은 버릇이 있어서 걸 핏하면 눈물이 나오는구나. 네 아버지가 돌아가셨을 때부터 생긴 버릇인 데 무슨 일이 있으면 이내 눈물부터 나온단다. 자, 앉아라, 피곤하지? 다 알고 있다. 저런, 옷이 말이 아니구나."

"어제 비를 맞고 다녀서 그래요, 어머니…" 하고 라스콜리코프는 말하 기 시작했다.

"아니, 괜찮다, 괜찮아!" 풀헤리야 알렉산드로브나는 말을 막으면서 소 리쳤다. "너는 내가 옛날 늙은이의 습관대로 쓸데없는 걸 귀찮게 캐물으려 는 줄 알겠지만, 그런 걱정은 하지 마라. 나는 알고 있어, 다 알고 있다니 까. 나는 요즘 벌써 이곳 풍습에도 익숙해졌다. 그리고 과연 이곳 사람들 이 더 영리하다는 걸 똑똑히 깨달았다. 나 같은 게 어떻게 네 생각을 이해 하고, 너한테 무얼 물어볼 수 있겠니. 너에겐 아무도 생각지 못할 여러 가 지 일과 계획이 있고, 사상이니 뭐니 하는 것도 머릿속에 떠오를 테니까. 그러니 네 손을 잡고 무슨 생각을 하고 있느냐고 괴롭힐 수야 있겠니? 나 는 말이다… 아아, 내가 왜 이럴까! 어째서 이렇게 미친 사람처럼 이것저 것 마구 뇌까릴까… 나는 말이다, 로쟈, 잡지에 실린 네 논문을 벌써 세 번 이나 읽었다. 드미트리 프로코피치가 가져다주었단다. 나는 그걸 보고 감 탄했다. 정말 나는 바보였다고 마음속으로 생각했어. 그 애는 이런 것을 하고 있었구나, 이것으로 내 수수께끼는 풀렸다! 학자란 언제나 그런 거 다. 그 애 머리에는 지금 이 시각에도 무슨 새로운 사상이 떠올랐을지 모 른다. 그 애는 생각에 골몰하고 있는데 나는 그 애를 괴롭히며 귀찮게 굴 고 있었구나… 이렇게 생각했다. 그런데 얘야, 읽기는 읽었으나 물론 알지 못할 것이 많더구나. 하지만 그건 당연한 일일 테지. 어떻게 나 같은 게 알겠니?"

"좀 보여주세요, 어머니."

라스콜니코프는 잡지를 집어 들고 자기 논문을 재빨리 훑어보았다. 그의 입장이나 현재 상황에 무척 모순되는 일이기는 하지만, 자기가 쓴 것이 인쇄된 것을 처음 본 필자가 경험하는 그 야릇한 찌르는 듯이 감미로운 기분을 그도 역시 느꼈다. 더욱이 스물셋이라는 나이 탓도 있었다. 그러나 그것은 한순간뿐이고, 두서너 줄 읽다가 그는 이내 얼굴을 찌푸렸다. 무서운 우수가 그의 심장을 죄는 듯했다. 최근 두세 달 동안 있었던 자기의 투쟁이 일시에 전부 되살아났다. 그는 혐오를 느끼며 논문을 탁자 위에 던졌다.

"그렇지만 로쟈, 내가 아무리 바보라 해도 네가 머지않아 요즘의 학자들 중에서 비록 제일 훌륭한 사람은 아니더라도 훌륭한 사람들 가운데 하나가 되리라는 것쯤은 다 알고 있다. 그런데 그 사람들은 글쎄 네가 미쳤다고들 생각했으니, 이런 우스운 일이 어디 있겠니. 하, 하! 너는 모르겠지만… 그 사람들은 정말 그런 생각을 했단다! 아무렴, 그런 천한 벌레 같은 자들이 어떻게 훌륭한 사람의 머릿속을 알 수 있겠니! 그러나 두네치카까지도 하마터면 그걸 곧이들을 뻔했단다, 정말 기가 막혀서! 돌아가신 네 아버지도 두어 번 잡지사에 원고를 보낸 적이 있었다. 처음에는 시(詩)였고—내가 그 원고를 잘 간직해두었으니까 언젠가 너에게 보여주마—두 번째는 훌륭한 소설이었는데, 나는 억지로 아버지께 청해서 정서를 해드렸단다. 그리고 우리는 둘이서 제발 실리게 해달라고 기도를 올렸지만, 끝내 실리지 않더구나! 나는 말이다, 로쟈, 일주일 전까지만 해도 네 옷차림이라든가, 네 방이라든가, 먹고 있는 것이라든가, 신고 다니는 신발 같은 걸 보고 얼마나 마음이 아팠는지 모른다. 그러나 지금은 이 역시 내가 바보였다는 것을 알았다. 만약에 네가 마음만 먹는다면 지금이라도 곧 네 머리와 재주로 무엇이든 손에 넣을 수 있을 테니 말이다. 그러니까 너는 지금 그런 건 원하지 않고 훨씬 중요한 일을 하고 있는 거겠지……."

"두냐는 집에 없나요, 어머니?"

"없단다, 로쟈. 그 애는 요즘 곧잘 집을 비우고 나만 혼자 남겨두는구나. 그러나 고맙게도 드미트리 프로코피치가 들러서 내 말벗이 돼주곤 한단다. 언제나 네 이야길 하는데, 그는 너를 좋아하고 존경하고 있더구나, 로쟈. 뭐 네 누이가 나를 소홀히 한다는 건 아니다. 나는 아무런 불편도 없다. 그 애에게는 그 애의 생각이 있고, 내게는 또 나대로의 생각이 있으니까. 그 애한테 무슨 비밀이 생긴 것 같기도 하지만, 나는 너희들한테 감출 게 하나도 없다. 하기는 나도 두냐가 무척 영리한 아이라는 걸 알고 있다. 또한 이 어미나 너를 사랑하고 있다는 것도 잘 알지만… 그러나 결국 우리가 어떻게 될지는 도무지 알 길이 없구나. 지금도 로쟈, 너는 이렇게 와서 나를 기쁘게 해주고 있는데, 그 애는 어디로 훌쩍 나가버리고 없잖니. 돌아오면 말해주겠다, 네가 없는 사이에 오빠가 왔었는데 대체 어디서 한가하게 시간을 보내고 있었느냐고. 그렇지만 로쟈, 너무 내 비위를 맞추려고 애쓸 필요는 없다. 형편이 허락하면… 가끔 들러다오. 그렇지 못하면… 할 수 없는 일이고. 나는 언제까지나 이렇게 기다리고 있겠다. 그러나 네가 나를 사랑해주고 있는 걸 아니까 여러 사람한테서 네 소문을 듣기도 하고, 그러고 있노라면 또 네가 나를 찾아줄 게 아니냐. 그보다 더 좋은 일이 어디 있겠니? 지금도 이렇게 이 어미를 위로하러 와주었는데… 나는 잘 알고 있다……."

이렇게 말하고 풀헤리야 알렉산드로브나는 갑자기 울음을 터뜨렸다.

"내가 왜 또 이럴까? 제발 이 바보 같은 어미 생각은 말아다오! 아니, 나 좀 봐, 어쩌자고 이렇게 멍청히 앉아만 있을까." 갑자기 자리에서 벌떡 일어나며 그녀는 외쳤다. "커피가 있는데 너한테 대접할 생각도 하지 않고! 늙은이는 제 생각만 한다는 말이 맞는가 보다. 내 얼른 가지고 오마, 얼른!"

"어머니, 그만두세요, 난 곧 가야 하니까요. 난 그런 일 때문에 온 게 아닙니다. 제발 내 이야길 좀 들어주세요."

풀헤리야 알렉산드로브나는 겁에 질린 표정으로 아들의 곁으로 다가갔다.

"어머니, 무슨 일이 일어나더라도, 나에 관해서 무슨 소문을 들으시더라도, 또 내 일로 누가 어머니한테 무슨 소릴 하더라도 어머니는 지금처럼 나를 사랑해주시겠습니까?" 그는 자기 말을 생각해보지도 않고, 말투에 신경을 쓰지도 않으면서 가슴에서 터져 나오는 대로 다짜고짜 이렇게 물었다.

"얘, 로쟈, 너 왜 그러니? 아니, 새삼스레 그게 무슨 말이냐? 도대체 누가 네 이야길 나한테 한다는 거냐? 나는 누구의 말도 믿지 않겠다. 누가 와도 상대하지 않고 이내 쫓아버리겠다."

"저는 말입니다, 어머니, 제가 언제나 어머니를 사랑했다는 걸 어머니한테 똑똑히 알려드리려고 온 거예요. 그래서 지금 어머니와 단둘이 있는 게 저는 기쁩니다. 두네치카가 없어서 오히려 잘됐다고 생각될 정돕니다." 그는 여전히 흥분된 어조로 말을 이었다. "저는 직접 어머니한테 말씀드리려고 온 거예요… 설령 어머니가 앞으로 불행해지시더라도, 어머니의 아들은 자기 자신보다도 어머니를 더 사랑한다는 걸 믿어주세요. 제가 냉혹한 인간이 되어 어머니를 사랑하지 않는다고 여기신다면 그건 잘못된 생각입니다. 저는 언제든 어머니를 사랑하지 않을 때라곤 없을 겁니다. 자, 이젠 됐어요. 저는 우선 이것부터 말씀드려야겠다고 생각했습니다."

풀헤리야 알렉산드로브나는 말없이 아들을 가슴에 꼭 품으면서 소리 없이 흐느꼈다.

"왜 그러니, 로쟈, 나는 도무지 영문을 모르겠구나." 마침내 그녀는 이렇게 말했다. "나는 그동안 네가 우리한테 싫증을 느꼈는가 보다 생각했지만, 이제는 모든 걸 다 알았다. 너한테는 커다란 슬픔이 있어서 그것 때문에 고민하고 있었더구나. 실은 벌써부터 나는 그걸 느꼈다, 로쟈. 이런 말을 하는 걸 용서해다오. 언제나 이런 생각만 하느라고 밤에 잠도 제대로 못 잔단다. 간밤엔 두냐도 밤새도록 잠꼬대를 하며 자꾸 네 말을 하더라. 나도 몇 마디 듣기는 들었다만, 도대체 무슨 소린지 알아들을 수가 있어야지. 그래서 오늘은 아침부터 사형이라도 받으러 가는 것처럼 자꾸 무슨 일이 일어날 것 같은 예감이 들어서 조마조마하게 기다리고 있었는데, 결국 이렇게 되고 말았구나! 애, 로쟈, 넌 어디로? 너 어디 여행이라도 떠나니?"

"떠납니다."

"나도 그렇게 생각했다! 그리고 만약 그럴 필요가 있다면, 나도 너하고 같이 떠날 수 있다. 두냐도 마찬가지지. 그 애는 너를 사랑한단다. 한없이 널 사랑하고 있어. 그리고 필요하다면 소피야 세묘노브나도 우리하고 같이 떠나도 좋다. 나는 기꺼이 그 여자를 딸로 맞을 용의까지 있다. 드미트리 프로코피치가 떠날 채비를 해주시겠지… 그런데… 대체 넌 어디로… 가는 거냐?"

"그럼 안녕히 계십시오, 어머니."

"아니, 오늘 당장 떠나는 거냐!"

영원히 아들을 잃기라도 하는 듯이 그녀는 외쳤다.

"이러고 있을 순 없습니다. 시간이 없어요. 반드시 꼭 가야 해요……."

"나도 따라가면 안 되겠니?"

"그럴 순 없어요. 그보다 어머니, 무릎을 꿇고 저를 위해 기도를 올려주세요. 어머니의 기도는 꼭 이루어질 테니까요."

"그럼 너한테 성호를 긋게 해다오, 너를 축복해줄 테니. 자, 됐다, 됐어. 아아, 우리는 지금 무엇을 하고 있는 걸까!"

사실 그는 기뻤다. 아무도 없는 데서 어머니와 단둘이 있게 된 것이 무엇보다 기뻤다. 몸서리치게 괴로웠던 그의 마음은 일시에 누그러진 듯했다. 그는 어머니 앞에 몸을 던져 그 발에 키스했다. 그들 모자는 서로 끌어안고 울었다. 어머니도 이제는 별로 놀라지 않고 캐묻지도 않았다. 그녀는 벌써부터 자기 아들에게 무언가 심상치 않은 일이 일어났고, 이제 그에게 무서운 순간이 다가왔다는 것을 알아차리고 있었다.

"로쟈, 귀여운 내 아들, 로쟈" 하고 그녀는 흐느끼면서 말했다. "지금 이러고 있는 너를 보니 어렸을 적의 너와 똑같구나. 너는 언제나 이렇게 내 곁에 와서 나를 껴안고 키스해주었지. 아직 아버지도 살아 계셔서 가난에 시달릴 때 오직 너만이, 네가 같이 있어주는 것만이 우리에게 위안이 되었단다. 그리고 아버지가 돌아가신 다음엔 몇 번이나 이렇게 서로 껴안고 산소 옆에서 울었는지 모른다. 내가 아까부터 이렇게 울고만 있는 건 어미의 육감으로 너한테 불행이 다가오리라는 걸 알았기 때문이다. 나는 그날 저녁에, 너도 기억하고 있겠지, 우리가 이곳에 도착하자마자 처음 너를 보았을 때 네 눈초리만으로 모든 걸 알아차렸다. 나는 그때 심장이 덜컥 내려앉는 것 같더라. 그런데 오늘도 너한테 문을 열어주고 네 얼굴을 보는 순간 드디어 운명적인 시각이 왔구나 생각했단다. 로쟈, 로쟈, 너는 지금 곧 가는 건 아니겠지?"

"아닙니다."

"그럼 또 와주겠니?"

"네… 오고말고요."

"로쟈, 화내진 말아다오. 꼬치꼬치 캐묻진 않겠다. 그런 걸 물을 수 없다는 건 나도 잘 알고 있으니까. 하나만 한두 마디만이라도 말해주렴, 어디 먼 데로 가니?"

"아주 먼 뎁니다."

"그럼 거기에 무슨 직장이라든가, 어떤 출세의 길 같은 게 있는 거냐?"

"모든 것은 하느님 뜻에 달렸습니다… 그러니 저를 위해서 기도해주세요……."

라스콜니코프는 문 쪽으로 걸음을 옮겼다. 그러나 어머니는 그를 부둥켜안고 절망 어린 눈길로 그의 눈을 바라보았다. 그녀의 얼굴은 공포로 일그러졌다.

"자, 이젠 됐어요, 어머니." 여기 올 생각을 했던 것을 깊이 후회하면서 라스콜니코프는 말했다.

"이게 마지막은 아니겠지? 설마 영원한 이별은 아니겠지? 또 와주겠지, 내일이라도?"

"오겠습니다, 오겠어요. 안녕히 계십시오."

그는 가까스로 뿌리치고 밖으로 나왔다.

상쾌하고 맑은, 따스한 저녁이었다. 날씨는 이미 아침부터 맑게 개어 있었던 것이다. 라스콜니코프는 자기 숙소를 향해 걷기 시작했다. 그는 급히 서둘렀다. 모든 일을 해 질 무렵까지 매듭짓고 싶었던 것이다. 그때까지는 아무도 만나고 싶지 않았다. 그는 자기 방으로 올라가는 길에 나스타시야가 사모바르에서 몸을 돌려 뚫어질 듯이 자기를 주시하고 있음을 느꼈다. '누가 내 방에 와 있는 게 아닐까?' 하고 그는 생각했다. 그러자 혐오감과 함께 포르피리의 얼굴이 퍼뜩 떠올랐다. 그러나 자기 방으로 올라가서 문을 열자 두네치카의 모습이 눈에 띄었다. 그녀는 혼자 깊은 생각에 잠겨 있었다. 퍽 오래전부터 기다린 모양이었다. 그는 문턱에서 걸음을 멈추었다. 그녀는 놀란 듯이 소파에서 일어나 그의 앞에 우뚝 섰다. 골똘히 오빠의 얼굴에 쏟고 있던 그녀의 눈길엔 공포와 한없는 슬픔이 어려 있었다. 그 눈초리만으로 그는 누이가 이미 모든 것을 알고 있음을 대번에 알아차렸다.

"네 옆에 가도 좋겠니, 아니면 도로 나갈까?" 하고 그는 자신 없는 어조로 물었다.

"나는 온종일 소피야 세묘노브나한테 가 있었어요. 둘이서 오빠를 기다렸어요. 오빠가 반드시 그리로 오실 것 같아서……."

라스콜니코프는 방 안으로 들어가 털썩 의자에 앉았다.

"나는 좀 쇠약해진 것 같아, 두냐. 피로해 죽겠어. 실은 이 순간만이라도 좀 냉정하게 감정을 억제하고 싶지만." 그는 의심쩍은 눈으로 여동생을 보았다.

"오빠 밤새 어디 계셨어요?"

"분명히 기억할 수가 없구나. 애, 두냐, 나는 단호한 결심을 하려고 네바 강 근처를 몇 번이나 오락가락했다. 그것만은 기억하고 있어. 거기서 모든 것을 해결해버리려 했는데… 그러나 그렇게 할 수가 없었어……." 다시금 의혹을 품은 눈으로 두냐를 보면서 그는 속삭이듯 말했다.

"참 다행이에요! 우리도 역시 그걸 걱정했어요. 나도, 소피야 세묘노브나도! 그러니까 오빠 아직 삶을 믿고 계시는 거예요. 다행이에요, 정말 다행이에요!"

라스콜니코프는 쓴웃음을 지었다.

"믿고 있었던 건 아니야. 그렇지만 방금 나는 어머니와 껴안고 함께 울었어. 나는 믿지는 않지만 어머니한텐 나를 위해 기도해달라고 부탁을 드렸거든. 이게 도대체 어떻게 된 일인지 나도 알 수가 없구나. 두네치카, 나도 여기에 대해선 아무것도 모르겠어."

"어머니한테 다녀오셨군요? 그럼 어머니한테 얘기하셨나요?" 공포에 질린 얼굴로 두냐는 외쳤다. "그래, 결심을 하고 그걸 말하셨나요?"

"아니, 말하지는 않았다… 입으로는. 그러나 어머니는 대강 아셨을 거야. 어머니는 밤중에 네가 잠꼬대하는 소릴 들으셨어. 아마 어머니도 절반쯤은 알고 계시리라고 나는 믿는다. 어쩌면 내가 갔던 게 오히려 나빴는지도 모르지. 무엇 때문에 갔었는지 그것조차 모르겠어. 나는 비열한 인간이다, 두냐."

"비열한 인간이라고요? 하지만 고난을 받으러 갈 각오는 돼 있겠죠? 오빠는 가시겠죠?"

"가겠다. 지금 곧. 나는 이 치욕에서 벗어나기 위해 투신자살을 하려고 했어, 두냐. 그러나 물 위에 몸을 굽히고 서서 이렇게 생각했지. 만약에 내가 여태까지 자기를 강자라고 생각하고 있었다면, 지금 이 정도의 치욕을 두려워할 건 없다고 말이야." 그는 생각을 앞지르며 말했다. "그러나 이건 오만일까, 두냐?"

"오만이에요, 오빠."

그의 흐릿한 눈 속에 불꽃이 번쩍 일어난 것 같았다. 자기가 아직도 오만할 수 있는 것이 유쾌하다는 듯한 표정이었다.

"하지만 두냐, 너는 내가 물을 보고 갑자기 무서운 생각이 들었다고는 생각지 않니?" 그는 보기 흉한 미소를 짓고 누이의 얼굴을 들여다보며 이렇게 물었다.

"아아, 로쟈, 그만두세요!" 하고 두냐는 외쳤다.

2분쯤 침묵이 흘렀다. 그는 고개를 떨어뜨리고 앉아서 방바닥을 응시하고, 두네치카는 탁자 건너편에 서서 괴로운 듯이 오빠를 바라보고 있었다. 그는 벌떡 일어났다.

"이러다간 늦겠다. 가야 할 때가 왔어. 나는 이제부터 자수하러 간다. 그렇지만 무엇 때문에 자수하러 가는지 나도 모르겠어."

구슬 같은 눈물이 그녀의 볼을 따라 흘러내렸다.

"두냐, 넌 울고 있구나. 그런데 넌 나한테 손을 내줄 수 있겠니?"

"오빠 그런 것까지 의심하세요?" 그녀는 오빠를 꼭 끌어안았다.

"오빠는 이제부터 고난을 받으러 가시는 거니까, 벌써 죄의 절반은 씻어버린 거나 다름이 없잖을까요?" 오빠를 꼭 껴안고 키스하면서 그녀는 이렇게 외쳤다.

"죄라니? 무슨 죄?" 그는 갑자기 광적인 흥분에 사로잡히며 이렇게 외쳤다. "내가 그 백해무익하고 더러운 이(蝨)를, 아무에게도 도움이 되지 않는 돈놀이 노파를 죽인 걸 말하는 거냐? 가난뱅이의 피를 빨아먹는 그따위 노파를 죽인 것만으로도 오히려 마흔 가지 죄를 용서받아야 마땅할 거다. 그게 죄란 말이냐? 나는 그렇게 생각하지 않는다. 그러니까 나는 그걸 씻어버리려고도 하지 않은 거야. 그런데 왜 모두 사방에서 '죄다, 죄다!' 하고 떠들어대느냐 말이야. 이제야, 이런 쓸데없는 치욕을 받으러 가기로 결심한 이제야 비로소 나는 내 소심함과 어리석음을 똑똑히 깨달은 거다! 내가 이렇게 결심한 것은 오로지 나의 비굴과 무능 때문이야. 그리고 또 어쩌면 그… 포르피리가 권한 이익을 생각했기 때문인지도 모르지!"

"오빠, 오빠, 오빠는 무슨 말을 하세요! 오빠 남의 피를 흘리게 하지 않으셨느냐 말이에요!" 두냐는 절망적인 표정으로 외쳤다.

"누구나가 다 흘리는 피 말이냐!" 그는 거의 정신없이 말을 받았다. "이 세상에서 폭포처럼 흘리고 있고, 또 지금까지 끊임없이 흘려왔던 피 말이냐? 모든 사람이 샴페인처럼 흘리고 있고, 또 그렇게 많은 피를 흘리게 했다 해서 신전에서 왕관을 받고, 그 후엔 인류의 은인으로 칭송되는 그 피 말이냐? 너도 좀 더 눈을 크게 뜨고 똑똑히 보아라! 나는 인류를 위해서 선(善)을 원했던 거야. 그리고 또 실제로 몇백 몇천의 선을 행했을지도 모르지. 그러나 결국은 이런 우열한 짓 하나밖에 못했어. 아니, 우열하다기보다는 졸렬한 짓이 되고 말았다. 이 사상 자체는, 실패로 끝난 지금에 와서 생각하듯이 그토록, 그토록 우열한 것은 절대로 아니란 말이다…
무슨 일이든 실패하면 반드시 우열해 보이는 거니까! 이 우열한 행위로
나는 나 자신을 독립적인 위치에 올려놓고, 생활의 첫걸음을 내디딜 자금
을 얻으려 했던 거야. 그렇게만 되면 그다음은 모든 것이 비교도 될 수 없
는 커다란 이익으로 보상되리라 생각했지. 그런데 나는, 나는 첫걸음조차
제대로 지탱해내지 못했어. 그것은 내가 비열한 인간이기 때문이야! 모든
문제는 바로 여기 있어! 그러나 어쨌든 너희들의 견해를 따를 생각은 없
다. 만약에 내가 성공했다면 모든 사람한테서 칭송을 받았을 테지. 그러나
난 지금 함정에 빠지고 만 거야."

"하지만 그건 틀린 생각이에요. 절대로 그렇지가 않아요! 오빠, 오빠는
무슨 말을 하시는 거예요!"

"그래! 형식이 틀렸단 말이냐, 심미적인 아름다운 형식이 아니란 말이
냐? 그러나 나는 아무래도 이해할 수가 없구나. 수많은 인간을 폭탄이나
정규적인 포위 공격으로 살육하는 것이 어째서 더 존경할 만한 형식이란
말이냐? 심미적인 공포는 무력(無力)의 첫 번째 징후야! … 나는 여태까지
한 번도, 단 한 번도 지금처럼 뚜렷이 이걸 의식한 적이 없었어. 그리고 나
는 지금 그 어느 때보다도 내 행위가 범죄라는 걸 납득할 수가 없다! 나는
한 번도, 지금까지 한 번도 지금처럼 강하게, 지금보다 강한 확신을 가진
적이 없었어!"

피로에 지친 그의 파리한 얼굴에 홍조가 떠오르기까지 했다. 그러나
이 최후의 말을 외쳤을 때 그는 문득 두냐의 시선과 마주쳤다. 그리고 그
눈길 속에서 자기에 대한 깊고 깊은 고뇌를 발견하고 저도 모르게 퍼뜩
제정신으로 돌아왔다. 어쨌든 자기는 가엾은 두 여인을 불행하게 만들었
구나 생각했다. 어쨌든 자기가 원인인 것만은 틀림없는 사실이었다.

"두냐, 귀여운 두냐! 만약 내게 죄가 있다면 제발 용서해다오… 하지만

내게 정말 죄가 있다면 용서할 수도 없겠지. 그럼 잘 있어라! 논쟁은 이제 그만두자! 갈 때가 됐다. 이젠 정말 갈 때가 됐어. 제발 부탁이니 내 뒤는 따라오지 말아다오, 나는 또 들를 데가 있으니까. 너는 지금 곧 돌아가서 어머니 곁에 붙어 있어다오. 이건 너한테 거듭 부탁한다! 내가 너한테 간청하는 가장 큰 마지막 부탁이다. 한시도 어머니 곁을 떠나지 말아다오. 나는 어머니를 불안 속에 남겨두고 왔지만, 어머니가 극복해낼지 어떨는지 의문이야. 어머니는 돌아가시든가, 아니면 미쳐버릴지도 모르지. 꼭 옆에 있어다오. 라주미힌도 옆에서 도와줄 게다. 내가 말해두었으니까. 나 때문에 울 건 없다. 나는 설령 살인자라도 평생토록 남자답게 성실한 인간이 되도록 힘껏 노력할 테니까. 혹시 언젠가 내 이름을 듣게 될지도 모르지만, 하여튼 나는 너희의 명예를 더럽히는 짓은 하지 않겠다. 두고 보렴, 앞으로 그 증거를 보여줄 테니. 그러나 지금은 이것으로 이별이다." 그의 마지막 말과 약속을 들었을 때 다시금 두냐의 눈에 일종의 형언할 수 없는 표정이 나타난 것을 보고, 그는 급히 이렇게 말을 맺었다. "아니, 넌 왜 자꾸 우는 거냐? 울지 마라, 울지 마. 이것으로 아주 영영 이별하는 것도 아닌데! … 아, 참! 잠깐만, 내가 잊었었군!"

그는 탁자로 다가가서 먼지투성이의 두툼한 책 한 권을 집어 들더니, 그것을 펼치고 상아에다 수채화로 그린 조그마한 초상화를 책갈피에서 빼냈다. 그것은 전에 열병으로 죽은 하숙집 안주인의 딸이며 그의 약혼녀이기도 했던, 늘 수도원에 가고 싶어 하던 그 이상한 처녀의 초상화였다. 그는 잠시 동안 표정이 풍부한 그 병적인 얼굴을 유심히 들여다보고는 초상화에 키스하고 두네치카에게 그것을 내주었다.

"바로 이 여자하고 난 **그 일에 대해서** 많은 이야길 주고받았어, 오직 이 여자하고만." 그는 생각에 잠기는 얼굴로 말했다. "나는 이 여자의 가슴에 많은 것을 들려주었어. 그게 나중에 그런 추악한 꼴로 실현된 거지. 하지만 근심할 건 없어." 그는 두냐 쪽으로 몸을 돌렸다. "그 여자도 너와 마찬가지로 동의했던 건 아니니까. 그래서 나는 지금 그 여자가 없는 걸 다행으로 생각한다. 그런데 중요한 것은, 모든 것이 지금 새로운 방향으로 나가면서 두 토막으로 갈라져 나가고 있다는 점이다." 별안간 자기의 우수 속으로 되돌아가면서 그는 이렇게 외쳤다. "모든 것이, 그야말로 모든 것이. 하지만 나는 그걸 받아들일 준비가 돼 있는 걸까! 나 스스로가 그걸 원하고 있는 걸까? 사람들은 나를 위해 그런 시련이 필요하다고 말한다! 그러나 무엇 때문에, 대체 무엇 때문에 그런 무의미한 시련이 필요하다는 거야? 그것이 대체 무슨 소용이란 말인가? 내가 20년 유형 생활 끝에 갖은 고초에 시달려 백치와 다름없는 무력한 노인이 되어서 자각하는 편이, 어째서 지금 자각하는 것보다 낫다는 거야? 그렇게 되면 나는 무엇을 위해 살아간다는 거지? 이제 와서 어떻게 그런 삶에 동의할 수 있겠느냐 말이야? 아아, 나는 내가 비열한 사내라는 것을 절실히 깨달았어, 오늘 새벽녘 네바 강가에 섰을 때 말이야!"

마침내 두 사람은 밖으로 나왔다. 두냐는 괴로웠다. 그렇지만 그녀는 오빠를 사랑했다! 그녀는 걷기 시작했으나, 50보쯤 걸어가자 다시 한 번 오빠를 보려고 뒤돌아보았다. 아직도 그의 모습이 보였다. 모퉁이까지 이르자 그도 뒤돌아보았다. 두 사람은 마지막 시선을 주고받았다. 그러나 누이동생이 자기를 보고 있음을 깨닫자 그는 참을 수 없다는 듯이 화까지 내면서 어서 가라고 손짓을 해 보였다. 그리고는 홱 모퉁이를 돌아버리고 말았다.

'나는 심보가 나쁜 놈이야, 나도 알고 있다.' 잠시 후 그는 두냐에게 화를 내며 손짓해 보인 것을 부끄럽게 여기면서 속으로 생각했다. '그러나 어째서 그들은 나를 그토록 사랑해주는 걸까. 내게 그럴 만한 가치라곤 하나도 없는데! 아아, 만약에 내가 혼자뿐이며 누구 하나 사랑해주는 사람도 없고, 또 나 자신도 결코 남을 사랑하지 않는다면! **그때는 이 모든 일도 일어나지 않았을 것이다!** 그런데 과연 난 어떻게 될까. 앞으로 15년이나 20년 동안 내 마음이 완전히 꺾여져서 말끝마다 스스로를 살인강도라고 부르며 모든 사람 앞에 머리를 숙이고 훌쩍이게 될 거란 말인가? 그렇다, 그렇게 될 것이 틀림없다! 바로 그것을 위해 놈들은 지금 나를 유형 보내려는 거다. 그들에게 필요한 건 바로 이거야. 지금도 놈들은 거리를 이리저리 싸다니고 있지만, 놈들은 하나의 예외도 없이 모두 비열한 아니면 도둑놈이다. 아니, 그보다 못한 천치야! 그렇지만 만약에 내가 유형을 면제받으면, 놈들은 일제히 의분을 느끼며 미쳐 날뛸 테지! 아아, 저 모든 놈들이 왜 이다지도 미울까!'

그는 깊이 한 가지 생각에 골몰했다. '대체 어떤 과정을 밟으면 내가 마침내 그들 앞에 무조건 굴복해버리는 일이 일어날 수가 있을까? 확신을 가지고 굴복하는 일이? 하지만 또 어째서 그런 일이 절대 있을 수 없다고 장담할 수 있으랴? 물론 그렇게 되게 마련인 것이다. 20년 동안의 끊임없는 압박이 철저하게 나를 때려누이지 못할 리 없으니까. 낙숫물도 돌에 구멍을 뚫는다지 않는가. 그렇다면 도대체 무엇 때문에 살아갈 필요가 있는 걸까? 나는 지금 무엇 때문에 걷고 있느냐 말이야. 모든 것은 책에도 쓰여 있듯이 반드시 그렇게 될 것이고, 그렇게 말고는 어떻게도 될 수 없다는 걸 알면서!'

그는 어젯밤부터 아마 골백번 이런 질문을 자신에게 던졌을 것이다. 그러나 그는 여전히 걸어가고 있었다.

8

그가 소냐 방으로 들어갔을 때는 이미 황혼이 깃들기 시작할 무렵이었다. 소냐는 온종일 무서운 흥분 속에서 그가 오기만을 기다리고 있었다. 그녀는 두냐와 함께 기다렸다. 두냐는 소냐가 '이 일을 알고 있다'고 한 어제 스비드리가일로프의 말을 상기하고, 아침부터 그녀를 찾아왔었다. 두 여인의 자세한 대화 내용이며, 눈물이며, 그다음에 둘 사이가 얼마나 가까워졌는지에 대해서는 지금 새삼스레 말할 필요도 없을 것이다. 두냐는 이 만남을 통해 적어도 오빠는 앞으로 혼자가 아니라는 한 가지 위안을 얻었다. 오빠는 그녀한테, 즉 소냐한테 맨 먼저 참회하러 왔다. 오빠는 자기에게 인간이 필요해졌을 때 그녀에게서 인간을 찾았던 것이다. 소냐라면 운명이 이끄는 대로 이 세상 어디까지든 오빠를 따라갈 것이다. 두냐는 아무것도 묻지 않았으나 반드시 그렇게 되리라는 것을 알고 있었다. 그녀가 소냐를 보는 눈에는 일종의 존경심까지 어려 있었으므로 처음에는 그 경건한 태도로 상대방을 당황시키기까지 했다. 소냐는 하마터면 울음을 터뜨릴 뻔했다. 소냐는 오히려 자기 같은 인간은 두냐를 쳐다볼 자격도 없다고 생각하고 있었다. 라스콜니코프의 방에서 처음 만났을 때부터, 두냐가 아주 조심스럽고도 존경에 찬 태도로 인사를 한 그 순간부터 두냐의 아름다운 모습은 소냐의 생애에서 가장 아름다운, 도저히 도달할 수 없는 환영의 하나로서 영원히 그녀의 마음속에 아로새겨졌던 것이다.

두네치카는 마침내 더 참지를 못하고 오빠 집에서 기다리려고 소녀를
남겨두고 가버렸다. 아무래도 오빠가 먼저 자기 숙소에 들를 것만 같았기
때문이다. 혼자 남겨지자 소냐는 갑자기 그가 정말 자살을 하지나 않았을
까 하는 무서운 생각에 고민하기 시작했다. 하기는 두냐도 역시 그것을
두려워하고 있었다. 그러나 두 사람은 온종일 온갖 이유를 들어가며 절대
그럴 리는 없다고, 서로 열심히 부정하고 있었다. 그래서 둘이 같이 있을
때는 어느 정도 마음이 놓였는데, 지금 이렇게 헤어지고 보니 두 사람 다
이 일만을 생각하기 시작했다. 소냐는 어제 스비드리가일로프가 라스콜니
코프에겐 두 갈래 길밖에 없다, 블라지미르카 행이냐 그렇잖으면… 하던
말이 생각났다. 게다가 소냐는 그의 허영심이며, 오만이며, 자존심이며, 무
신앙 등을 잘 알고 있었다. '다만 소심하고 죽음이 두렵다는 공포만으로
그를 죽음에서 구해낼 수 있을는지?' 그녀는 마침내 절망에 싸여서 이렇
게 생각했다. 어느새 해는 저물기 시작했다. 그녀는 침울하게 창가에 서서
열심히 밖을 내다보았다. 그러나 이 창문에서는 다만 이웃집의 거친 외벽
이 보일 뿐이었다. 마침내 그녀가 그 불행한 사나이의 죽음을 완전히 확
신하게 되었을 때 장본인인 그가 방에 들어섰다.

기쁨의 탄성이 그녀의 가슴속에서 터져 나왔다. 그러나 그의 얼굴을
유심히 바라보고 나서 그녀는 갑자기 파랗게 질려버렸다.

"아, 그렇지!" 라스콜니코프는 웃으며 말했다. "난 당신의 십자가를 받
으러 온 거야, 소냐. 당신은 제 입으로 나보고 네거리에 나가라고 하잖았으
냐 말이야. 그런데 정작 실행할 단계에 이르러 왜 그렇게 겁을 내는 거지?"

소냐는 놀란 얼굴로 그를 쳐다보았다. 그 어조가 이상하게 느껴졌기
때문이다. 온몸에 오싹 소름이 끼쳤다. 그러나 곧 다음 순간, 그의 어조도
그 말 자체도 모두 일부러 그러는 것임을 알았다. 그는 그녀에게 말을 하
면서도 어째선지 한쪽 구석만을 보며, 그녀의 얼굴을 정시하기를 피하고

380

있는 듯한 눈치였다.

"나는 말이야, 소냐, 그렇게 하는 편이 아마 유리하다고 생각한 거야. 거기에는 어떤 사정이 있지만… 그러나 이야기하자면 길어지고, 또 새삼스레 말할 것도 없겠지. 다만 내가 참을 수 없는 건 뭐냐 하면, 그 어리석은 짐승 같은 상통을 한 자들이 이내 나를 둘러싸고, 눈알을 부릅뜨고 얼굴을 빤히 들여다보며 우둔한 질문에 대한 대답을 강요하고 손가락질을 할 것이다 생각하면, 그게 화가 나서 죽겠다는 거야… 제기랄! 나는 포르피리한테 가지 않겠어. 그자는 지긋지긋해. 차라리 나와 사이가 좋은 그화약 중위한테 가겠어. 그놈을 깜짝 놀래줘야지. 그쪽이 더 효과가 있을 테니 말이야. 아무튼 난 좀 더 냉정해져야겠어. 요즘 나는 성미가 너무 급해진 것 같아. 당신은 곧이듣지 않을지도 모르지만, 지금도 나는 두냐가 마지막으로 나를 보려고 돌아다보았다고 주먹을 휘두르며 위협하는 시늉을 했으니 말이야. 이런 어리석은 짓이 어디 있어! 정말 나는 왜 이렇게까지 돼버렸는지? 자, 그건 그렇고, 십자가는 어디 있지?"

그는 제정신이 아닌 것 같았다. 한자리에 1분도 서 있지를 못했고 한 가지 일에 주의를 집중하지도 못했다. 그의 상념은 여기저기로 비약하는가 하면, 말 자체에도 두서가 없었다. 그의 손은 가볍게 떨리고 있었다.

소냐는 말없이 서랍에서 노송나무와 구리로 된 십자가 두 개를 꺼냈다. 그리고 자기 가슴에 성호를 긋고 그에게도 성호를 그어준 다음, 그의 가슴에 노송나무로 된 십자가를 걸어주었다.

"이건 말하자면 나 자신이 십자가를 지고 있다는 상징이군그래, 헤, 헤! 그럼 아직도 내가 고생을 덜했다는 게 되지 않느냐 말이야! 노송나무 십자가는 흔히 평민들이 지니는 것이지. 구리 십자가는 리자베타 것이니까 당신이 지니겠다는 건가, 좀 보여줘! 이게 그 여자가 걸고 있었던 거로군… 그때? 나는 이와 비슷한 십자가를 두 개 보았어, 은으로 된 것과 성상이 붙은 것을. 그때 그걸 노파 가슴에다 내던지고 왔지. 차라리 그게 지금 있었으면 좋겠군. 정말이야. 그걸 내가 걸었으면 좋았을걸. 그건 그렇고, 나는 쓸데없는 말만 하고 중요한 말은 잊고 있었네. 아무래도 내가 정신이 좀 나간 모양이야. 그런데 소냐, 내가 여기 온 건 다름 아니라, 당신에게 미리 알리기 위해서야. 당신이 알아두도록 하기 위해서… 단지 그뿐이야… 다만 그 때문에 온 거야… 혹 그 밖에도 뭔가 좀 할 말이 있었던 것 같기도 한데. 그리고 나보고 가라고 한 사람도 당신 자신이었으니까. 그래서 나는 지금부터 감옥으로 가는 거야. 이것으로 당신의 소원도 성취된 셈이지. 그런데 당신은 왜 우는 거야? 당신도 마찬가지군. 자, 그만둬, 됐어. 아아, 이 모든 게 얼마나 괴로운 일이냐 말이야!"

그러나 그 어떤 감정이 그의 마음속에서 고개를 쳐들었다. 그녀를 보고 있노라면 그의 심장이 바싹 죄어드는 것 같았다. '아니, 이 여자는, 이 여자는 왜 이럴까?' 하고 그는 속으로 생각했다. '그리고 나는 또 이 여자에게 뭐란 말인가? 왜 이 여자는 울고 있을까? 뭣 때문에 이 여자는 어머니와 두냐처럼 나를 걱정할까? 내 유모라도 되겠다는 건가!'

"한 번만이라도 좋으니 성호를 긋고 기도를 드리세요." 겁먹은 듯 떨리는 목소리로 소냐는 애원했다.

"아아, 그런 거라면 당신이 원하는 대로 얼마든지 해주지! 그것도 진심으로 말이야, 소냐, 진심으로……."

그러나 그는 무언가 다른 말을 하고 싶었던 것이다.

그는 몇 번인가 성호를 그었다. 소냐는 숄을 집어 머리에 썼다. 그것은 녹색의 드라데담직 숄이었다. 언젠가 그때, 마르멜라도프가 이야기한 그 '가족용' 숄이 틀림없었다. 라스콜니코프에게는 문득 이런 생각이 떠올랐으나, 구태여 물어보지는 않았다. 사실 그는 벌써부터 자기가 심한 허탈 상태에 빠져들고 있으며 보기 흉할 만큼 초조해하고 있음을 스스로 느끼기 시작했다. 그는 그 점에 스스로 놀랐다. 동시에 소냐가 자기와 함께 나가려고 하는 것을 보고는 더욱 놀라지 않을 수 없었다.

"왜 그래! 어딜 가는 거야? 그만둬. 그만두란 말이야. 난 혼자 가겠어!" 그는 공연히 화를 내면서 짜증 섞인 어조로 이렇게 외치고는 문 쪽으로 갔다. "이런 일에 무슨 동반자가 필요하담!" 그는 나가면서 중얼거렸다.

소냐는 방 한가운데 남아 있었다. 그는 소냐에게 작별 인사도 하지 않았다. 이미 그녀에 대해선 잊고 있었던 것이다. 다만 독기에 찬 반항적인 의혹만이 마음속에서 들끓고 있었다.

'과연 이렇게 해야 할까, 정말 이렇게 해야 하는 걸까?' 그는 층계를 내려가면서 다시금 이렇게 생각했다. '다시 한 번 걸음을 멈추고 모든 것을 돌이킬 수는 없을까… 그리고 자수하지 않는 길은 없을까?'

그러나 역시 그는 걷고 있었다.

그는 문득 자기 자신에게 물을 거라곤 아무것도 없음을 분명히 느꼈다. 한길로 나서면서 그는 소냐에게 작별 인사를 하지 않은 것을 상기했다. 그리고 그가 외치는 바람에 꼼짝도 하지 못하고 그 녹색 숄을 머리에 쓴 채 방 한가운데 남아 있던 그녀의 모습을 떠올리고는 갑자기 걸음을 멈추었다. 그 순간 문득 한 가지 상념이 선명하게 그의 마음을 비췄다. 그 것은 마치 그를 완전히 놀라게 하려고 일부러 기다렸던 것처럼 느껴졌다.

'도대체 무엇 때문에, 무슨 볼일이 있어 나는 지금 그 여자한테 갔었을까? 나는 그 여자한테 볼일이 있어서 왔다고 했다. 대체 어떤 볼일이냐? 볼일이라곤 하나도 없잖느냐 말이다! 자수하러 간다고 말하기 위해선가? 도대체 그게 어쨌다는 거냐? 그럴 필요가 어디 있단 말인가! 혹시 나는 그 여자를 사랑하고 있는 게 아닐까? 하지만 그럴 수 있을까? 그럴 리는 없다! 지금도 나는 그 여자를 개처럼 뿌리치지 않았던가. 그렇다면 과연 그 여자한테서 십자가를 받아야 할 필요가 있었을까? 아아, 나도 이젠 어지간히 타락했구나! 아냐, 나는 그 여자의 눈물을 원했던 거야! 나는 그 여자가 깜짝 놀라는 꼴을 보고 싶었던 거야! 그 여자가 가슴 아파하는 꼴을 보고 싶었던 거야! 무엇에든지 매달려서 시간을 끌고 싶었던 거야! 사람을 보고 싶었던 거야! 이렇게 나는 나 자신에게 희망을 걸어보려 했던 거다, 나 자신에 대해서 공상하려고 했던 거다! 나는 거지다, 나는 얼간이다, 비열한이다, 비열한이야!'

그는 운하를 따라 걷고 있었다. 이젠 목적지도 얼마 남지 않았다. 그러나 다리에 다다르자 그는 잠시 걸음을 멈추었다. 그러고는 갑자기 몸을 돌려 다리를 건너서 센나야 쪽으로 걷기 시작했다.

그는 탐욕스럽게 좌우를 둘러보며 하나하나의 대상에 일일이 긴장된 시선을 보냈으나, 어느 하나에도 주의를 집중할 수는 없었다. 모든 것이 잽싸게 미끄러져 달아났다. '이제 일주일이나 한 달이 지나면, 나는 죄수 호송 마차에 실려서 이 다리를 건너 어디론지 끌려갈 것이다. 그때 나는 이 운하를 바라보며 지금 일을 어떻게 상기할 것인가?' 이런 생각이 그의 머리를 스쳤다. '저기 저 간판만 해도 그때 나는 저 글자를 어떤 기분으로 읽을 것인지? 아아, 저기 '상회'라고 쓰여 있다. 그런데 저 A를, A라는 글자를 기억해두었다가 한 달 후에 다시 저 A를 본다면, 그때 나는 어떤 기분으로 볼 것인가? 그때 나는 무엇을 느끼고, 무엇을 생각할 것인가? … 아아, 이건 모두 하찮은 일에 틀림없다. 이런 시시한 일들을 다 근심하다니! 물론 그건 또 그 나름대로… 흥미 있는 일일지도 모르지… 하, 하, 하! 내가 무슨 생각을 하는 거야! 나는 어린애가 되어버렸구나. 나는 나 자신에게 허세를 부리고 있는 거야. 아니, 난 무엇 때문에 나 자신을 부끄럽게 만드는 거지? 제기랄, 마구 부딪치는군! 바로 지금 나한테 부딪친 저 뚱뚱보는 틀림없이 독일 놈일 게다. 대체 누구한테 자기가 부딪쳤는지 알고나 있을까? 그리고 아이를 데리고 구걸하는 저 아낙네는 나를 자기보다 더 행복하다고 생각하고 있을 테니, 재미있는 일이지! 어디 장난삼아 한번 적선이나 해볼까. 저런, 호주머니에 아직도 5코페이카가 남아 있었군, 어디서 났을까? 자, 어서… 받아두시오, 아주머니!'

"하느님의 보호가 있으시길!" 하는 여자 거지의 울먹이는 목소리가 들렸다.

그는 센나야로 들어섰다. 그는 군중 속에 끼어드는 것이 불쾌했으나, 그래도 사람이 더 많이 보이는 쪽으로 걸음을 옮겼다. 그는 홀로 있을 수 있다면 이 세상의 모든 것을 기꺼이 내던질 수 있을 지경이었으나, 그래도 이제는 단 1분도 혼자 있을 수는 없음을 스스로 느끼고 있었다. 군중 속에서 어떤 주정뱅이가 추태를 부리고 있었다. 연방 춤을 추려고 하는 것 같았으나 자꾸만 옆으로 쓰러지기만 했다. 구경꾼들이 그 사나이를 둘러싸고 있었다. 라스콜리코프는 사람들을 헤치고 잠시 주정뱅이를 바라보다가, 별안간 짤막하고 찢어지는 듯한 목소리로 웃어댔다. 그러나 1분 후엔 이미 그 사나이에 대해서 완전히 잊어버리고, 그 사나이를 보고는 있지만 눈에는 들어오지 않는 모양이었다. 이윽고 그는 자기가 지금 어디 있는지조차 모르면서 그곳을 떠났다. 그러나 광장 한복판까지 이르렀을 때 별안간 그는 어떤 충동을 느꼈다. 그 어떤 느낌이 일시에 그를 휩쓸어 마음과 몸을 온통 사로잡고 말았다.

그는 문득 소냐의 말이 생각났던 것이다. '네거리에 서서 모든 사람 앞에 고개를 숙이고 땅에 입을 맞추세요. 당신은 대지에 대해서도 죄를 범했으니까요. 그리고 온 세상을 향해 큰 소리로, 나는 살인자입니다, 하고 말하세요.' 이 말을 상기하자 그는 온몸을 와들와들 떨기 시작했다. 그때 이후 줄곧, 특히 최후의 몇 시간 동안 도저히 빠져나갈 수 없는 우수와 불안에 완전히 압도당해 있었으므로 그는 마침내 이 순수하고 새로운 충만된 감정의 가능성 속으로 뛰어들고 말았다. 그것은 일종의 발작처럼 별안간 그를 엄습해 그의 마음속에서 하나의 불꽃이 되어 타오르고, 순식간에 불길처럼 모든 걸 삼켜버렸다. 순간 그의 내부에 있는 모든 것이 확 풀어지며 눈물이 솟구쳐 나왔다. 그는 서 있던 그 자리에서 땅에 털썩 주저앉았다.

그는 광장 한복판에 무릎을 꿇고는 땅바닥에 머리를 숙여 환희와 행복을 느끼면서 그 더러운 대지에 키스했다. 그는 일어나서 다시 한 번 머리를 숙였다.

"저것 봐, 어지간히 취했군그래!" 그의 옆에서 한 젊은이가 말했다.

웃음소리가 터져 나왔다.

"저 사람은 예루살렘으로 가는 길이에요, 여러분. 자식들과 고향 땅에 이별을 고하고, 세상 사람들에게 작별 인사를 하고 있어요. 수도 성 페테르부르크와 그 땅에다 키스하고 있는 겁니다." 거나하게 취한 상인 차림의 사나이가 이렇게 덧붙였다.

"그러기엔 아직 젊은데!" 하고 또 한 사람이 끼어들었다.

"귀족 출신이야!" 누군가가 듬직한 어조로 말했다.

"요즘은 누가 귀족이고 누가 평민인지 도대체 분간할 수가 없단 말야."

이런 모든 외침이며 말소리가 라스콜니코프의 충동을 제지했다. 거의 혀끝까지 나왔던 '나는 사람을 죽였습니다'라는 말도 그대로 입속에서 굳어버렸다. 그러나 그는 태연히 이런 외침 소리를 귓전으로 흘리며 뒤도 돌아보지 않고 골목길로 빠져 곧장 경찰서를 향해 걷기 시작했다. 도중에 어떤 한 모습이 눈앞에 어른거렸으나 그는 별로 놀라지도 않았다. 그는 으레 그러리라 예감하고 있었다. 그가 센나야에서 두 번째로 머리가 땅에 닿도록 절을 할 때, 문득 왼쪽을 돌아다보는 순간 50보쯤 떨어진 곳에서 소냐의 모습을 발견했던 것이다. 그녀는 광장에 있는 목조 바라크 뒤에, 그의 눈에 띄지 않도록 몸을 숨기고 있었다. 그러고 보니 그녀는 시종 그의 비통한 행진을 전송하고 있었던 것이다! 라스콜니코프는 이 순간, 이제는 소녀가 영원히 자기에게서 떠나지 않고 운명이 자기를 어디로 이끌든, 비록 이 세상 끝까지라도 따라오리라는 것을 느꼈고, 또 그것을 이해했다. 그는 마음속이 온통 뒤집어지는 듯한 느낌이었다. 그러나 이미 그는 운명적인 장소에 다다라 있었다.

그는 제법 힘찬 걸음걸이로 구내로 들어갔다. 3층까지 올라가야 했다. '아직도 올라갈 동안의 시간 여유는 있는 셈이군' 하고 그는 생각했다. 아무튼 그에게 운명을 결정하는 순간까지는 아직도 멀고, 그때까지는 아직도 상당한 시간이 남아 있어서, 아직도 여러 가지를 고쳐 생각할 수 있는 여지가 있는 것처럼 느껴졌다.

나선형 층계에는 여전히 쓰레기가 쌓여 있고, 여전히 무슨 조각들이 뒹굴고 있었다. 이날도 각 아파트 문들은 활짝 열려 있고, 여러 부엌에서는 여전히 숯 냄새와 악취가 풍겨 나왔다. 라스콜니코프는 그때 와본 이후로는 오늘이 처음이었다. 다리가 마비돼서 자꾸 휘청거렸으나, 그래도 그는 계속해서 걸었다. 그는 옷차림을 매만지고 **사람다운 모습으로** 들어가기 위해서 숨도 돌릴 겸 잠시 걸음을 멈추었다. '그러나 대체 무엇을 위해서? 무엇 때문에?' 그는 자기 자신의 동작을 비판하고 나서 갑자기 이렇게 생각했다. '어차피 이 잔을 들이켜야만 한다면 결국 마찬가지 아닌가? 보기 흉하면 흉할수록 오히려 좋지 않으냐 말이야.' 이 순간 그의 머릿속에 화약 중위 일리야 페트로비치의 모습이 떠올랐다. '정말 그자한테 꼭 가야만 하는 걸까? 니코짐 포미치면 어때? 지금이라도 되돌아서서 직접 서장 집으로 찾아갈까? 그러면 적어도 개인적으로 말할 수가 있을 텐데… 아니다, 아니다! 역시 화약 중위가 낫다, 화약 중위가! 어차피 마실 잔이라면 단숨에 마셔버리는 것이 낫다!'

오싹 소름이 끼치며 거의 자기 자신을 의식하지 못한 채 그는 사무실 문을 열었다. 이번에는 서내에도 사람이 별로 없어서, 문지기 같은 한 사람과 그 밖에 평민 차림 사나이가 한 사람 있었다. 문지기도 자기 자리인 칸막이 저쪽에서 얼굴을 내밀지 않았다. 라스콜니코프는 다음 방으로 들어갔다. '어쩌면 아직 말하지 않아도 좋을지 모른다.' 이런 상념이 그의 머리를 스쳤다. 거기엔 평복을 입은 서기 같은 사람 하나가 사무용 탁자에 앉아서 무언가를 쓸 준비를 하고 있었다. 한쪽 구석엔 또 다른 서기가 앉아 있었다. 자묘토프는 없었다. 니코짐 포미치도 물론 나와 있지 않았다.

"아무도 없습니까?" 라스콜니코프는 사무용 탁자에 앉아 있는 사나이에게 물었다.

"누굴 찾으시죠?"

"야, 이것 참! 목소리를 안 듣고 얼굴을 보지 않아도 러시아인의 냄새가 풍긴다더니… 아마 어느 옛이야기에 있었지요… 어느 이야긴지는 잊었습니다만, 잘 오셨습니다!" 별안간 귀에 익은 목소리가 이렇게 외쳤다.

라스콜니코프는 부르르 몸을 떨었다. 그의 앞에는 화약 중위가 서 있었다. 그는 느닷없이 세 번째 방에서 뛰쳐나온 것이었다. '이거야말로 운명이라는 거군' 하고 라스콜니코프는 생각했다. '왜 이 사나이가 여기 있을까?'

"우릴 찾아왔습니까? 무슨 일로요?" 하고 일리야 페트로비치는 외쳤다. 보아하니 그는 지금 무척 기분이 좋고, 게다가 다소 흥분한 듯도 했다. "만약 볼일이 있어서 오셨다면 좀 이릅니다. 나도 오늘은 어쩌다 우연히 이렇게 나와 있는 겁니다… 하지만 무슨 일이든 할 수 있는 거라면… 저… 실례지만… 뭐라셨죠… 성함이?"

"라스콜니코프입니다."

"아, 참, 라스콜니코프! 당신은 설마 내가 당신을 잊었다고는 생각지 않으시겠죠! 제발 날 그런 인간으로 보지는 마십시오… 로지온 로… 지오느이치, 아마 그러시죠?"

"로지온 로마느이치입니다."

"네, 네, 네! 로지온 로마느이치, 로지온 로마느이치! 바로 그겁니다, 내가 알고 싶었던 건. 여러 번 조사까지 해봤을 정도죠. 솔직히 말해서 나는 그때부터, 그때 우리가 당신에 대해서 그런 짓을 한 걸 진심으로 후회했습니다. 나중에 설명을 듣고 알았습니다만, 당신은 문학가인 동시에 학자라고도 할 수 있는 분이어서, 이를테면… 그것이 첫 시도였다는 것을 알았습니다. 그땐 정말 놀랐습니다! 하지만 대체 문학가나 학자 중에서 기발한 착상으로 첫걸음을 내딛지 않은 사람이 어디 있습니까! 나와 아내는 둘이 다 문학을 존중하는 편이고, 더군다나 아내는 아주 열광적입니다! … 문학과 예술에! 아무튼 사람만 훌륭하면 그 밖의 것은 무엇이든, 재능과 지식과 이성과 천재도 손에 넣을 수가 있으니까요! 모자, 이를테면 모자 같은 게 무슨 뜻이 있겠습니까! 모자는 핫케이크나 다름없어서 그런 건 침메르만의 상점에서 나라도 얼마든지 살 수 있어요. 그러나 모자 밑에 보호되고 있는 것, 모자로 가려져 있는 것으로 말하자면, 아무리 사려고 해도 살 수가 없는 겁니다. 실은 댁으로 해명을 하러 갈까도 생각했습니다만 아무래도 당신은… 아니, 그건 그렇고, 미처 여쭈어보지도 않았군요. 당신은 정말 용무가 있어서 왔습니까? 들리는 말로는, 가족 되는 분들이 오셨다고요?"

"네, 어머니와 누이동생이."

"매씨하곤 이미 만나뵐 영광과 행운을 가졌습니다. 교양 있는 정말 아름다운 분이시더군요. 사실 말이지, 그때 당신하고 그토록 흥분했던 걸 나는 얼마나 유감스럽게 생각했는지 모릅니다. 보기 드문 일이었죠! 그때 나는 당신이 졸도하시는 걸 좀 이상하게 보긴 했습니다만, 그것도 나중에 아주 명백한 해석을 얻었습니다! 바로 광신과 파나티즘('광신' 또는 '열광'이라는 뜻)이었죠! 그러니 당신의 분격도 당연할 수밖에요. 그럼 가족이 오셨으니 이사라도 하려는 겁니까?"

"아, 아닙니다. 나는 그저… 좀 물어볼 일이 있어서 들렀습니다… 혹시 자묘토프라도 만날 수 있을까 해서요."

"아, 그러시군요! 당신들은 친해지셨다죠. 나도 들었습니다. 그러나 자묘토프는 여기 없어요, 만나실 수 없게 되었습니다. 우리는 알렉산드르 그리고리예비치를 잃었습니다! 어제부터 여기 나오지 않습니다. 전임됐어요… 게다가 전임해 가면서 여러 사람하고 싸움까지 했거든요… 정말이지 예의라는 건 하나도 모르는… 경솔한 애송이, 그 이외엔 아무것도 아니에요. 그래도 장래가 촉망된다고 생각했습니다만. 어쨌든 그런 작자들 때문에 큰일이라니까요, 주제넘게 날뛰는 우리나라 청년들 말입니다! 그 친구는 무슨 시험을 치르겠다고 말했습니다만, 그자들의 시험이란 그저 몇 마디 지껄이고 허세를 좀 부려 보이면 그것으로 끝나고 맙니다. 그야 물론, 예를 들어 당신이나 당신 친구인 라주미힌 씨 같은 분하고는 전혀 다르죠! 당신의 전문은 학문이니까, 절대로 실패는 있을 수 없습니다! 당신에겐 인생의 온갖 아름다움도, 이를테면 nihil est('공허한 것'이라는 뜻)이고, 따라서 당신은 일종의 금욕주의자이며, 수도사이며, 은자(隱者)일 겁니다! 당신에게는 책이나 귀에 낀 펜이나 학술적 연구만이 소중해서 그러한 것들 속에서 당신의 정신은 드높이 날개치고 있는 겁니다! 나도 다소는… 그건 그렇고, 리빙스턴의 수기는 읽어보셨나요?"

"아뇨."

"난 읽었습니다. 하지만 요즈음은 허무주의자들이 너무 많이 생겨서. 그러나 그것도 무리는 아닙니다. 시대가 시대니까요. 그렇잖습니까? 그렇지만 나는 당신하고… 당신은 물론 허무주의자는 아니시겠죠? 제발 솔직히 좀 말해주십시오, 솔직히!"

"아, 아닙니다……"

"아니, 적어도 나한테는 조금도 사양 마시고, 혼자 계시는 것과 다름없이 솔직히 말해주십시오! 하지만 '슬루지바'('직무'라는 뜻)는 별문제니까, 별문제죠… 당신은 내가 '드루지바'("우정"이라는 뜻)를 잘못 말했다고 생각하십니까? 아니, 잘못 생각하셨습니다! 우정이 아니라 시민으로서, 인간으로서의 감정입니다. 인도적 감정, 전능하신 신에 대한 사랑의 감정입니다. 나도 직무에 있어서는 하나의 공인(公人)이 될 수 있습니다만, 그러나 나는 항상 자기를 일개의 시민이며 인간이라고 느끼고 그 책임을 다해야 한다고 생각하고 있습니다… 지금 당신은 자묘토프 얘길 하셨습니다만, 자묘토프 같은 친구는 수상한 장소에 드나들며 샴페인과 돈 지방의 거품 술을 마시면서 프랑스식 추태나 부리는 족속입니다. 당신의 자묘토프는 바로 그런 사나이입니다! 그렇지만 나는 이래 봬도 충성과 고결한 감정에 불타고 있을뿐더러 신분도 있고, 관등도 있고, 의젓한 직업도 차지하고 있습니다. 그리고 아내도 있고, 아이들도 거느리고 있습니다. 나는 시민으로서, 인간으로서의 의무를 다하고 있습니다만, 도대체 그 자묘토프란 자는 뭡니까, 한번 묻고 싶군요? 나는 당신을 교양 있는 훌륭한 신사로 보고 이야기하는 겁니다. 그런데 요즈음 그 산파 족속들이 마구 늘어나고 있더군요."

라스콜니코프는 의아스러운 듯이 눈썹을 추켜세웠다. 방금 식사를 마치고 나온 듯한 일리야 페트로비치의 말은 거의 대부분 공허한 음향으로 그의 앞에 내던져지고 뿌려졌다. 그러나 일부는 이럭저럭 알아들을 수 있었다. 그는 의아스런 표정으로 상대방의 얼굴을 보고 있었으나, 이 대화가 어떻게 끝날지는 자기도 알 수 없었다.

"나는 그 단발머리 계집애들에 대해서 말하는 겁니다" 하고 수다스러운 편인 일리야 페트로비치가 말을 이었다. "나는 그 족속들에게 산파라는 별명을 지어주었죠. 그리고 이 별명은 아주 딱 들어맞는다고 생각합니다, 헤, 헤! 그들은 대학에 들어가서 해부학 같은 걸 배우고 있어요. 그러나 생각해보십시오, 만약에 내가 병에 걸린다면 그런 계집애들한테 왕진을 청할 수 있겠느냐 말입니다. 헤, 헤!"

일리야 페트로비치는 자기 기지에 무척 만족한 듯 큰 소리로 웃어댔다.

"그야 물론 문명에 대한 갈망은 끝이 없겠죠. 그렇지만 어느 정도 개화가 됐으면 그걸로 족합니다. 무엇 때문에 그걸 남용할 필요가 있겠습니까? 도대체 무엇 때문에 훌륭한 인격을 모욕할 필요가 있는 겁니까? 그 바보 같은 자묘토프가 하듯이 말이에요. 그 친구는 무엇 때문에 나를 모욕했을까요? 어디 한번 묻고 싶군요. 그리고 또 자살은 왜 그렇게 많이 늘었습니까? 당신은 아마 상상도 할 수 없을 정도입니다. 모두 다 마지막 한 푼까지 써버린 다음에 자살을 하더군요. 조그만 계집애부터 사내아이, 노인에 이르기까지… 바로 오늘 아침에도 최근에 상경한 어느 신사에 관한 보고가 있었습니다만. 닐 파블르이치, 여보게, 닐 파블르이치! 아까 보고가 들어온 신사는 이름이 뭐라고 했지? 페테르부르크스카야 구에서 권총 자살을 한 사람 말이야?"

"스비드리가일로프입니다." 누군가 옆방에서 쉰 목소리로 무뚝뚝하게 대답했다.

라스콜니코프는 흠칫 몸을 떨었다.

"스비드리가일로프! 스비드리가일로프가 자살했다고!" 하고 그는 소리쳤다.

"아니! 당신은 스비드리가일로프를 아십니까?"

"네… 압니다… 얼마 전에 상경한 사람입니다……."

"맞아요, 얼마 전에 상경했습니다. 상처를 한 다음, 아주 행실이 좋지 못한 사내였는데 별안간 권총 자살을 한 겁니다. 게다가 상상할 수도 없을 만큼 추악한 방법으로 말이에요. 그리고 수첩에는, 자기는 건전한 판단 아래 죽는 거니까 자기 죽음에 대해서는 아무에게도 죄를 묻지 말아달라고 두서너 마디 적어놓았답니다. 그 사나이는 돈을 가지고 있었다나 봐요. 당신은 어떻게 그 사람을 아시죠?"

"그저 좀… 압니다… 내 여동생이 그 사람네 집 가정교사로 있었으니까요."

"아, 그러시군요… 그럼 당신은 그 사나이에 대해서 좀 말씀해주실 수 있겠군요. 혹시 뭐 좀 이상하다고 생각한 적은 없으십니까?"

"나는 어제 그를 만났습니다… 술을 마시고 있더군요… 나는 아무것도 몰랐습니다."

라스콜니코프는 무언가 위에서 떨어져 내려와서 자기를 짓누르기라도 하는 듯한 느낌이었다.

"당신은 또 안색이 좋지 않으신 것 같군요. 여기는 공기가 좋지 않아서……."

"네, 이젠 돌아가봐야겠습니다" 하고 라스콜니코프는 중얼거렸다. "죄송합니다. 방해를 해서……."

"천만의 말씀을! 언제든지 또 들러주세요! 덕분에 유쾌했습니다. 난 정말 이렇게 이야기를 나누는 게 얼마나 기쁜지……."

일리야 페트로비치는 악수를 청하기까지 했다.

"나는 그저… 자묘토프를 좀 만나려고……."

"알고 있습니다. 알고 있어요. 덕분에 정말 유쾌했습니다."

"나도… 참 기쁩니다… 그럼 안녕히 계십시오…" 하고 라스콜니코프는 씽긋 웃어 보였다.

그는 밖으로 나왔다. 다리가 휘청거렸다. 현기증이 났다. 그는 자기가 서 있는지 어떤지 그조차 느끼지 못했다. 오른손으로 벽을 짚으면서 그는 층계를 내려가기 시작했다. 장부를 손에 든 어떤 문지기가 경찰 사무실 쪽으로 올라오다가 그에게 몸을 부딪친 것 같았다. 아래층 어디에서 개 짖는 소리가 들리더니, 한 여자가 방망이를 내던지며 고함을 지르는 것 같기도 했다. 그는 층계를 내려와서 뜰로 나왔다. 그러자 거기 출입문 옆에 죽은 사람처럼 파랗게 질린 얼굴로 소녀가 서 있었다. 그녀는 말할 수 없이 무서운 눈초리로 그를 바라보고 있었다. 그는 여자 앞에 멈춰 섰다. 그녀의 얼굴에는 병적이면서도 괴로운 그 어떤 절망의 빛이 감돌았다. 그녀는 양손을 탁 쳤다. 보기 흉한, 실의의 미소가 그의 입가에 배어 나왔다. 그는 잠시 서 있다가 히죽 웃고는 다시 위층의 경찰 사무실로 되돌아갔다.

일리야 페트로비치는 앉아서 무슨 서류를 뒤적이고 있었다. 그 앞에는 방금 층계를 올라오며 라스콜니코프에게 부딪쳤던 그 문지기가 서 있었다.

"아, 저런! 또 오셨군요! 뭐 잊으신 거라도? … 아니, 왜 그러십니까?"

라스콜니코프는 핏기 가신 입술을 하고 앞에다 시선을 못 박은 채 조용히 그에게로 다가갔다. 그는 탁자까지 다다르자 그 위에 한 손을 짚고 무언가 말하려 했으나, 제대로 말할 수가 없었다. 다만 종잡을 수 없는 음향이 새어 나올 뿐이었다.

"기분이 언짢으시군요, 이봐, 의자! 자, 이 의자에 앉으시죠, 자, 어서! 여기 물 좀 가져와!"

라스콜니코프는 털썩 의자에 주저앉았으나, 지극히 불쾌한 경악에 사로잡힌 일리야 페트로비치의 얼굴에서 한시도 눈을 떼지 않았다. 두 사람은 1분쯤 서로 얼굴을 마주 보면서 기다렸다. 물을 가져왔다.

"그건 납니다…" 하고 라스콜니코프는 입을 열었다.

"자, 물을 좀 드세요."

라스콜니코프는 한 손으로 물을 밀어내고, 나직한 음성으로 한 마디 한 마디 떼어가며 분명한 어조로 말했다.

"그건 납니다. 그때 관리의 미망인인 노파와 그 동생 리자베타를 도끼로 죽이고 금품을 강탈한 건."

일리야 페트로비치는 입을 딱 벌렸다. 사방에서 사람들이 밀려들었다.

라스콜니코프는 자기의 진술을 되풀이했다.

에필로그

1

시베리아. 광막한 대하(大河) 기슭에 러시아 행정 중심지의 하나인 도시가 서 있다. 거기에는 요새가 있고, 요새 안에는 감옥이 있다. 2급 유형수 로지온 라스콜니코프는 이미 9개월이나 그 감옥에 갇혀 있다. 그의 범행일로부터 거의 1년 반이라는 세월이 흘렀던 것이다.

그의 사건 심리는 큰 곤란 없이 진척되었다. 범인은 사태를 뒤얽거나 자기의 이익을 위해 조건을 완화시키거나 사실을 왜곡하거나 하는 일 없이, 지극히 사소한 점까지도 잊지 않고 단호하고도 정확 명료하게 진술을 고집했다. 그는 살인의 전 과정을 하나도 빠짐없이 상세히 진술함으로써, 피살된 노파의 수중에서 발견된 **저당물**(금속판을 댄 나뭇조각)의 비밀을 해명해주었다. 그리고 피살된 노파의 손에서 열쇠를 빼앗은 장면을 자세히 이야기하고 그 열쇠의 모양을 설명한 다음, 트렁크의 겉모습과 그 내용물까지도 설명했다. 그리고 그 안에 있었던 몇몇 물건에 대해서는 그 품목까지 일일이 열거했을 정도다. 그는 또한 리자베타 살해에 관한 수수께끼도 풀어주었다. 코흐가 와서 문을 두드린 일이며, 그 뒤에 대학생이 찾아왔던 일, 그리고 그들이 주고받은 대화의 내용까지 죄다 이야기했다. 그리고 범인인 그가 층계를 뛰어 내려가다가 미콜카와 미치카가 서로 외치는 소리를 듣고 빈방에 숨었던 일이며, 그 후에 집으로 돌아갔던 일들을 이야기하고, 끝으로 보즈네센스키 거리의 어느 뜰 안 대문 밑에 돌이 있음을 명시했다. 그 돌 밑에서는 장물과 지갑이 발견되었다. 한마디로 말해서 사건은 명백해진 것이다. 예심판사와 재판관은 지갑과 물건을 쓰지도 않고 돌 밑에 감추어두었다는 사실에 특히 놀랐으나, 그보다도 더욱 놀란 것은, 그가 자기 손으로 훔친 금품의 명목을 기억하지 못할뿐더러 그 가짓수도 제대로 알지 못하고 있었다는 사실이었다. 그가 한 번도 지갑을 열어보지 않고 속에 돈이 얼마나 들었는지조차 몰랐다는 사실은 특히 있을 수 없는 일같이 생각되었다(지갑 속에는 지폐로 317루블과 20코페이카짜리 은전 세 닢이 들어 있었다. 오랫동안 돌 밑에 깔려 있었기 때문에 위쪽의 고액권 지폐 두서너 장은 몹시 상해 있었다). 피고는 다른 모든 것을 자진해서 정직하게 자백하면서도 왜 이 한 가지에 대해서만 거짓말을 할까? 이 점을 규명하는 데 사람들은 오랫동안 고심했다. 결국 몇몇 인사들은(특히 심리학자들 몇몇은) 그가 정말로 지갑을 열어보지 않았으며, 따라서 그 속에 무엇이 들었는지도 모르고 그냥 돌 밑에 감추어버릴 수도 있는 일이라고 시인했다. 이런 점에서 볼 때 범죄 그 자체는 일시적인 정신착란, 즉 무슨 이득을 위한 앞으로의 목적이나 타산 같은 것이 없는, 살인강도의 병적인 편집광에서 생긴 것으로 볼 수밖에 없다는 결론에 도달했다. 마침 거기에는 오늘날 가끔 어떠한 종류의 범인에게 적용하려고 노력하고 있는, 일시적 정신착란이라는 최신 유행 이론이 알맞게 적용되었다. 게다가 라스콜니코프의 고질적인 우울증 증상이 많은 증인들에 의해서, 의사 조시모프며, 예전의 학우들이며, 하숙집 안주인이며, 하녀 등에 의해서 정확히 증언되었다. 이러한 모든 사정은 라스콜니코프가 흔히 있는 살인범이나 강도나 도둑들과는 전혀 닮지도 않은, 무언가 좀 색다른 유형에 속한다고 결론짓는 데 도움이 되었다. 다만 이 의견을 주장한 사람들이 가장 유감스럽게 생각한 것은 범인 자신이 거의 자기변호를 하려 들지 않았다는 점이다. 대체 무엇이 그로 하여금 약탈을 하게 했는가, 라는 궁극적인 질문을 받았을 때 그는 명료하고도 거칠 정도의 정확한 어조로, 일체의 원인은 자기의 추악한 정신 상태와 가난과 무력한 처지에 있었다고 대답하고, 노파를 죽이면 얻을 수 있으리라 기대했던 적어도 3천 루블이란 돈을 밑천 삼아 출세의 첫걸음을 굳건히 내디뎌보려 했다고 말했다. 그가 살인을 결심했던 것은 소심하고도 경솔한 자기의 성격 때문이며, 거기에 궁핍과 불행으로 초조해진 성격이 작용했다는 것이다. 그럼 자수를 결심하게 된 동기는 무엇이냐는 질문에 대해서, 그는 솔직히 진심으로부터의 회오라고 대답했다. 이 모든 것을 그는 난폭할 만큼 거친 어조로 대답했다.

그러나 판결은 사람들이 그 죄목으로 미루어 추측했던 것보다 훨씬 관대했다. 아마도 범인이 추호도 자기변호를 하려 들지 않았을뿐더러, 오히려 범인 자신이 되도록 자기 죄를 무겁게 하려는 희망을 표시했기 때문이라고 생각된다. 그리고 이 사건이 지니는 기괴하고 특수한 성격들이 모두 고려되었다. 범죄 수행 전에 범인이 병적인 비참한 심적 상태에 있었다는 점은 조금도 의심을 받지 않았다. 그가 장물을 이용하지 않은 것은 한편으로 회오의 정이 싹트게 되었기 때문이고, 또 한편으로는 범행 당시의 정신 능력이 충분히 건전하지 못했기 때문이라고 판정되었다. 우발적으로 리자베타를 죽인 것도 오히려 이 가정을 뒷받침하는 예증으로서 도움이 되었다. 두 사람이나 살인한 범인이 그 시간에 방문이 열려 있는 것조차 잊고 있었으니 말이다! 그리고 마지막으로, 의기소침한 광신자 니콜라이가 허위 자백을 하는 바람에 사건이 몹시 뒤엉킨 데다 진범인 자신에 대해서는 명백한 증거는 고사하고 거의 혐의조차 받고 있지 않았는데도(포르피리는 끝까지 약속을 지켰다) 바로 그런 시기에 자수를 했다는 것, 이 모든 것이 피고의 운명을 덜어주는 데 결정적인 도움을 주었다.

그 밖에도 피고를 몹시 유리하게 만드는, 전혀 생각지도 않았던 새로운 사실들이 드러났다. 전에 대학생이었던 라주미힌이 어디서 듣고 왔는지, 피고 라스콜니코프가 대학 재학 시절에 궁색한 호주머니를 털어서 가난한 폐병 환자인 어느 학우를 도와주고 거의 반년 동안이나 돌봐주었다는 사실을 제시한 것이다. 그 학우가 죽자 그는 뒤에 남은 그 학우의 노쇠한 아버지를 돌봐주었고(그 학우는 열세 살 때부터 제 힘으로 살림을 도맡으며 아버지를 부양해왔다), 나중에는 그 노인을 입원까지 시켰으며, 그 노인이 세상을 떠났을 때는 장례도 치러주었다는 것이다. 이 모든 사실은 라스콜니코프의 운명을 결정하는 데 상당히 좋은 영향을 주었다. 그리고 그전 하숙집 안주인이며 라스콜니코프의 죽은 약혼녀의 어머니인 자르니츠이나 미망인도, 그들이 아직 퍄치 길목에 살았을 당시 밤중에 불이 났을 때 이미 불길에 싸인 한 집에서 라스콜니코프가 두 어린아이를 구출해냈고 그 때문에 화상까지 입은 일이 있음을 증언했다. 이 사실은 면밀히 조사되었고, 많은 증인들에 의해서 충분히 증명되었다. 결국 한마디로 말해서, 범인이 자수한 점과 그 밖의 몇 가지 정상을 참작해서 2급 징역 선고를 내리고 형기도 겨우 8년으로 결정되었다.

재판 초기부터 라스콜니코프의 어머니는 병을 앓기 시작했다. 그래서 두냐와 라주미힌은 재판 기간 동안 그녀를 페테르부르크에서 딴 곳으로 옮기려고 했다. 라주미힌은 재판의 자세한 내용을 정확하게 아는 동시에 가능한 한 자주 두냐와 만날 수 있도록 페테르부르크에서 가까운 어느 철도 연변의 도시를 택했다. 풀헤리야 알렉산드로브나의 병은 이상한 신경성의 일종이었는데, 완전히 그렇다고는 할 수 없어도 어느 정도는 정신착란의 징후까지 수반했다. 두냐가 오빠와 마지막 면회를 하고 돌아와 보니, 어머니는 벌써 완전히 병이 나서 열에 들떠 헛소리를 하고 있었다. 그날 밤 그녀는 라주미힌하고 상의하여 어머니가 오빠 이야기를 묻는 경우 어떻게 대답할 것인가를 결정하고, 라스콜니코프는 장래 돈과 명예를 얻게 될 어떤 사적인 임무를 띠고 러시아의 먼 국경 지방으로 떠났다는 이야기를 미리 궁리해두기까지 했다. 그러나 놀랍게도 풀헤리야 알렉산드로브나는 그때든 그 이후든 간에 그 일에 대해서는 한 번도 물어본 적이 없었다. 뿐만 아니라 그녀 자신도 아들의 갑작스런 출발에 관해서 이야기를 하나 꾸며놓고 있었다. 그녀는 눈물을 흘리면서, 로쟈가 자기한테 작별 인사를 하러 왔을 때의 일을 이야기했다. 그리고 그녀 혼자만이 지극히 중대한 여러 가지 비밀을 알고 있다는 것과, 로쟈에겐 몹시 강력한 적들이 많으므로 피신할 필요가 있다는 것 등을 넌지시 암시했다. 아들의 장래 출세에 관해서는 몇 가지 불리한 사정만 해소되면 틀림없이 눈부신 성공을 거두리라고 그녀는 생각하고 있었다. 그녀는 라주미힌에게 자기 아들은 앞으로 국가적인 인물이 될 것이며, 그것은 그의 논문과 빛나는 문학적 재능이 증명하고 있다고 주장했다. 그 논문을 그녀는 끊임없이 되풀이해서 읽었다. 때로는 소리를 내어 낭독까지 할 정도여서 그야말로 밤에도 껴안고 잘 지경이었다. 그러나 현재 로쟈가 어디에 있느냐 하는 점에 대해서 그녀는, 모두가 이야기를 꺼리는 것이 분명하고 또 그것만으로도 의심을 품기에 충분했는데도 거기에 대해서는 물어보려고 하지도 않았다. 마침내 그들은 몇 가지 점에 관한 풀헤리야 알렉산드로브나의 이상한 침묵을 두려워하게 되었다. 이를테면 전에 시골에 있을 적에는 사랑하는 로쟈의 편지가 한시바삐 오기를 바라는 희망과 기대만으로 살던 그녀였지만, 지금은 그에게서 편지가 오지 않는 것을 조금도 불평하지 않게 된 것이다. 이것은 아무리 하여도 설명할 길이 없었으므로, 두냐의 가슴은 더욱 불안해질 뿐이었다. 두냐의 머릿속에는 이런 생각까지 떠올랐다. 어쩌면 어머니는 아들의 운명에 무언가 무서운 것을 예감했기 때문에, 그보다 더 무서운 일을 듣게 되지나 않을까 우려해 이것저것 자세히 캐묻기를 꺼리는 것이 아닐까. 어쨌든 두냐는 어머니가 건전한 정신 상태에 있지 않다는 것을 분명히 깨달았다.

하기는 두어 번쯤 어머니 쪽에서, 지금 로쟈가 어디 있는지를 대답하지 않을 수 없도록 이야기를 유도해간 적이 있었다. 그리고 그 대답이 부득이 불만스럽고 의심스러울 수밖에 없을 때면, 그녀는 갑자기 침울하고 슬픈 얼굴이 되면서 입을 다물어버리고 그 상태가 무척 오랫동안 죽 계속되곤 했다. 나중엔 두냐도 거짓말을 하거나 말을 꾸며대는 일이 수월치 않음을 깨닫고, 몇 가지 점에서는 아예 침묵을 지키는 게 상책이라는 최후의 결론에 도달했다. 그러나 가엾은 어머니가 무언가 무서운 것을 의심하고 있다는 사실은 갈수록 점점 더 명백해졌다. 그러는 동안 두냐는 마지막 운명적인 날이 닥쳐오기 전날 밤, 즉 그녀와 스비드리가일로프의 그 일막극이 있었던 그날 밤에 자신이 헛소리하는 것을 어머니가 들었다던 오빠의 말을 상기했다. 어머니는 그때 무슨 말을 들으신 게 아닐까? 이따금 몇 날 몇 주일이나 침울한 침묵과 무언의 눈물이 계속된 뒤에 병자는 갑자기 히스테릭하게 활기를 띠며, 큰 소리로 아들의 일이며 자기의 희망과 장래의 일 등을 거의 숨도 돌리지 않고 지껄여대기도 했다. 그녀의 상상은 때로 지극히 괴이한 것이었다. 두 사람은 그녀를 위로하면서 열심히 맞장구를 쳤다(그녀 자신도 어쩌면 두 사람이 단지 자기를 위로해주려고 맞장구를 치고 있다는 것을 잘 알고 있었는지도 모른다). 그러나 그녀는 여전히 자기 얘기를 계속했다.

범인이 자수한 지 다섯 달 뒤에 판결이 내렸다. 라주미힌은 면회가 허가되는 대로 자주 감옥으로 찾아가서 그를 만났다. 소냐 역시 마찬가지였다. 마침내 이별할 때가 다가왔다. 두냐는 오빠에게 이 이별이 영원한 것이 아니라고 맹세했다. 라주미힌도 그렇게 말했다. 젊은 피에 불타는 라주미힌의 열정적인 머리에는 앞으로 3, 4년 동안 되도록 장래의 기반이 될 만큼이나마 돈을 모아가지고, 모든 점에서 토지가 비옥하고 일손과 인재와 자본이 부족한 시베리아 지방으로 이주하려는 계획이 굳게 아로새겨져 있었다. 그리고 로쟈가 이송되는 도시에다 같이 자리를 잡고, 거기서…… 모두가 함께 새 생활을 시작하자는 것이었다. 헤어질 때는 모두 울었다. 라스콜니코프는 마지막 며칠 동안 줄곧 깊은 생각에 잠겨, 어머니 일을 꼬치꼬치 캐물으며 어머니 걱정만 했다. 두냐가 근심하던 것과 똑같이 그도 어머니에 대해서 근심하고 있었다. 그는 어머니의 증상에 대한 상세한 보고를 듣고는 한층 더 우울해졌다. 소냐하고는 왜 그런지 유달리 말이 적었다. 소냐는 스비드리가일로프가 남겨준 돈으로 이미 오래전부터 마음의 준비를 마치고, 이제 그가 끼여갈 죄수 일행을 뒤따를 채비를 하고 있었다. 이 일에 대해서는 그녀도 라스콜니코프도 아직 한 번도 입 밖에 낸 적이 없었으나, 반드시 그렇게 되리라는 것은 두 사람 다 알고 있었다. 이윽고 마지막 이별을 고할 때 동생과 라주미힌이 출옥 후의 행복한 미래에 관해 열심히 맹세하자, 그는 야릇한 미소로 답하며 어머니의 병적 상태는 머지않아 불행으로 끝나리라고 예언했다. 그와 소냐는 드디어 출발했다.

두 달 뒤에 두네치카는 라주미힌과 결혼했다. 결혼식은 슬프고도 조용했다. 초대받은 손님들 중에는 포르피리 페트로비치와 조시모프도 끼어 있었다. 최근 라주미힌의 얼굴에는 언제나 굳은 결심의 빛이 어려 있었다. 두냐는 그가 반드시 자기의 모든 계획을 실현할 것이라고 무조건 믿었고, 또 믿지 않을 수도 없었다. 그에게서는 강철 같은 의지가 엿보였기 때문이다. 그러는 동안에도 그는 학업을 마치기 위해서 다시 강의를 들으러 대학에 나가기 시작했다. 그들 두 사람은 끊임없이 미래의 계획을 세워 나갔고, 5년 후에는 반드시 시베리아로 이주하기로 굳게 결심하고 있었다. 그때까지는 거기에 가 있는 소냐에게 희망을 걸기로 하고…….

풀헤리야 알렉산드로브나는 라주미힌과 결혼할 딸을 기쁜 마음으로 축복해주었다. 그러나 그 결혼식을 마치자 그녀는 어째선지 더욱 침울해지고 더욱 근심스러워진 것 같았다. 라주미힌은 조금이라도 장모를 기쁘게 해주려고, 폐병을 앓던 대학생과 그의 늙은 아버지에 관한 이야기며, 작년에 로쟈가 두 어린아이의 목숨을 건지느라고 화상을 입었을뿐더러 병까지 앓았다는 이야기를 들려주었다. 이러한 보고는 그렇잖아도 머리가 좀 이상해진 풀헤리야 알렉산드로브나를 환희의 절정으로 몰아넣고 말았다. 그녀는 노상 이 이야기만 했고, 한길에서까지도 이 이야기를 끄집어냈다(물론 그 옆에는 언제나 두냐가 붙어 있었지만). 그녀는 합승마차 안에서도, 가게에서도 아무나 닥치는 대로 붙들고 자기 아들 이야기, 그의 논문 이야기, 그가 학우를 도와준 이야기, 화재 때 부상을 입은 이야기 등으로 화제를 끌고 갔다. 두네치카는 어떻게 어머니를 말려야 할지 모를 지경이었다. 이러한 병적인 흥분 상태가 위험하다는 것 말고도, 거기에는 또 하나의 위협이 있었다. 즉 누군가가 언젠가의 재판 사건에서 나온 라스콜니코프의 성을 상기하고 그 말을 끄집어낼지도 모른다는 위협이었다. 풀헤리야 알렉산드로브나는 불 속에서 아들이 구해낸 어린아이의 어머니가 사는 주소까지 알아내서는 꼭 한 번 그 집을 방문하겠다고 조르기 시작했다. 그러는 동안에 그녀의 불안은 극도로 심해졌다. 그녀는 걸핏하면 갑자기 울음을 터뜨리기도 하고, 자주 앓아누워 열에 들떠 헛소리를 하기도 했다. 어느 날 아침, 그녀는 별안간 자기 계산으로는 로쟈가 이제 곧 돌아올 것이다, 그 애는 자기와 헤어질 때 아홉 달 후엔 꼭 돌아오겠다고 말했고 자기는 그걸 똑똑히 기억하고 있다고 말했다. 그러고는 집 안을 깨끗이 치우면서 아들을 맞을 준비를 시작하고, 로쟈 것으로 정한 방(즉 자기 자신의 방)을 장식하는가 하면, 가구를 닦고 커튼을 빨아 갈아 달기도 했다. 두냐는 마음이 아팠으나 아무 말도 하지 않고 오빠를 맞기 위해 방을 치우는 일을 거들기까지 했다. 끊임없는 환상과 기쁨에 넘친 꿈과 눈물 속에서 불안한 하루가 지나자, 그날 밤부터 그녀는 다시 앓기 시작하여 이튿날 아침엔 벌써 열이 높아져서 헛소리만 하게 되었다. 열병이 시작된 것이다. 그리하여 두 주일 후에 그녀는 세상을 떠나고 말았다. 헛소리를 하는 가운데 그녀의 입에서 흘러나온 말로 미루어 볼 때, 그녀는 옆에서 예상했던 것보다 아들의 무서운 운명을 훨씬 더 의심하고 있었음을 알 수 있었다.

시베리아 생활이 시작된 초기부터 페테르부르크와는 연락이 이루어지고 있었으나, 라스콜니코프는 오랫동안 어머니의 죽음을 모르고 있었다. 편지 연락은 소냐를 통해서 이루어졌다. 그녀는 매달 어김없이 페테르부르크의 라주미힌 앞으로 편지를 보냈고, 자기도 페테르부르크에서 답장을 받았다. 처음에 소냐의 편지는 두냐와 라주미힌에게 어쩐지 시들하고 못마땅하게 여겨졌으나, 나중에는 그들 두 사람도 그보다 더 잘 쓸 수는 없다는 것을 알게 되었다. 왜냐하면 그들은 결국 그녀의 편지로 불행한 오빠의 운명에 관해서 더없이 충실하고 정확한 관념을 가질 수 있었기 때문이다. 소냐의 편지는 지극히 평범한 그날그날의 일상생활과 라스콜니코프의 유형 생활 전반에 걸친, 아주 간결하고도 명료한 기술만으로 가득차 있었다. 거기에는 그녀 자신의 희망의 표시나, 미래에 대한 상상이나, 그녀 자신의 감정 묘사 같은 것이 전혀 없었다. 그의 정신 상태라든가 그의 내면생활을 설명하는 대신에, 그저 사실의 나열이 있을 뿐이었다. 즉 그가 한 말이며, 그의 건강 상태에 관한 상세한 보고며, 어느 날 면회 때 그가 무엇을 원했고 또 무엇을 부탁했으며 어떤 일을 위임했다느니 하는 것들이었다. 이 모든 것이 너무나 소상하게 적혀 있었으므로, 나중에는 불행한 오빠의 모습이 저절로 떠오르면서 명확하고도 정확히 눈앞에 그려졌다. 거기에는 틀림이 있을 여지가 없었다. 왜냐하면 모든 것이 정확한 사실이었기 때문이다.

그러나 두냐와 그 남편은 이 보고에서, 특히 처음에는 그다지 기쁨을 느낄 수가 없었다. 소냐는 번번이 그가 언제나 침울하며 말수가 적다고 알려왔다. 페테르부르크에서 편지가 올 때마다 소냐가 여러 가지 소식을 알려주어도 그는 거의 아무런 관심도 보이지 않는다는 것이었다. 어쩌다가 어머니 소식을 묻기도 했으나, 이제는 거의 진상을 눈치채고 있으리라 생각하고 마침내 소냐가 어머니의 별세를 알렸는데, 놀랍게도 그는 어머니의 사망 소식을 듣고도 별로 큰 충격을 받은 것 같지 않았다. 적어도 겉보기에는 그렇게 느껴졌다는 것이다. 특히 그는 자기 자신 속에 깊숙이 틀어박힌 채 모든 사람과의 교제를 끊고 있는 듯이 보이지만, 그래도 자기의 새 생활에 대해서는 지극히 솔직하고 단순한 태도를 취하고 있다고 전해 왔다. 그는 자기 처지를 분명히 이해하고, 가까운 장래에 아무런 좋은 변화도 기대하지 않거니와, 아무런 경솔한 희망도 품지 않고(그의 처지로서는 당연한 일이다), 그전하고는 무엇 하나 닮지도 않은 새 환경에 둘러싸인 채 거의 아무 일에도 놀라는 기색이 없다는 것이었다. 그러나 소냐는 그의 건강은 만족할 만하다고 보고했다. 그는 노역에도 나가곤 했는데 별로 그것을 피하는 것 같지도 않고, 그렇다고 자진해서 열심히 일하는 것 같지도 않았다. 음식에 대해서도 거의 무관심했으나, 그 음식은 일요일과 축일을 제외하고는 말할 수 없이 지독했으므로, 그도 결국은 자진해서 그녀 곧 소냐한테서 돈을 얼마간 받아가지고 매일 차를 마시기도 했다는 것이다. 그러나 그 밖의 모든 것에 대해서는 근심하지 말아달라, 오히려 그것은 자기를 불쾌하게 만들 뿐이라고 그녀에게 당부했다고 한다. 그녀는 또 감옥 내의 거처는 다른 죄수들과 함께 쓰는 공동 감방이라고 알려왔다. 그녀는 감옥 내부를 본 적이 없으나, 좁고 더럽고 건강에 해로운 곳이라고 단언했다. 그는 담요를 깔고 판자 침상에서 자지만, 그 이외에는 아무것도 원하는 것이 없었다. 그러나 그가 이토록 조잡하고 궁색한 생활을 감수하고 있는 것은 결코 미리부터 생각한 어떤 계획이나 의도 때문이 아니라, 다만 자기 운명에 대한 외면적인 무관심과 부주의 때문이었다. 소냐는 또 솔직히 다음과 같이 쓰고 있었다. 그는 특히 처음 얼마 동안 그녀가 면회를 하러 가도 아무런 관심도 보이지 않았을뿐더러, 오히려 그녀에게 짜증을 내며 말도 하지 않고 무뚝뚝한 태도로 대했었으나, 나중에는 그 면회가 그에겐 습관이라기보다 요구처럼 되어버려서 요즘은 혹시 그녀가 병이라도 나서 이삼 찾아가지 못하면 무척 그리워하게끔 되었다는 것이다. 두 사람은 축일마다 감옥 정문 옆이나 위병소에서 면회를 하는데 그가 4, 5분 동안 그곳으로 불려 나왔다. 평일에는 그녀 자신이 일터로 찾아가고, 때로는 작업장, 때로는 벽돌 공장, 때로는 이르트이쉬 강변의 오두막집 같은 데서 만났다. 자기 자신에 대해 소냐는 시내에서 몇 사람 안면이 생기고 후원자까지 생겼으며, 자기는 양재 일을 하고 있는데 그곳엔 양재사라곤 거의 없기 때문에 여러 집에서 소중히 떠받드는 존재가 되었다고 알려왔다. 다만 그녀 덕택에 라스콜니코프가 장관의 보호를 받아 노역도 경감되고 있다는 사실에 대해서는 한마디도 언급하지 않았다. 끝으로 (두냐는 최근에 그녀에게서 받은 편지 몇 통에서 일종의 특별한 동요와 불안을 느끼기까지 했으나) 그가 모든 사람을 피하고 있다는 것, 그리고 그 자신도 며칠씩이나 입을 다물고 있고 안색도 몹시 나빠져간다는 소식이 왔다. 그리고 마지막 편지에서, 소냐는 그가 중병에 걸려 감옥 병원에 누워 있다고 알려왔다.

2

그는 이미 오래전부터 병을 앓고 있었다. 그러나 그의 건강을 해친 것은 감옥 생활의 공포도, 노역도, 음식도, 빡빡 깎은 머리도, 누더기 같은 죄수복도 아니었다. 아아! 그에게 그 정도의 고생과 고초쯤은 아무것도 아니었다! 오히려 그는 노역을 기뻐할 정도였다. 육체적인 노동으로 녹초가 되면 적어도 몇 시간은 편히 잘 수가 있었다. 그리고 그에게 음식 따위가 무슨 의미가 있었으랴? 바퀴가 둥둥 뜬 멀건 수프도 그에겐 문제가 되지 않았다. 그전 학생 시절에는 그조차 얻지 못한 적이 여러 번 있었다. 죄수복은 따뜻해서 그의 생활양식에 안성맞춤이었다. 그는 족쇄조차 몸에서 느끼지 못할 정도였다. 그렇다면 빡빡 깎은 머리나 표지가 붙은 재킷이 부끄럽기라도 했단 말인가? 그러나 누구에 대해서? 소냐에 대해서? 소냐는 오히려 그를 두려워하고 있다. 그녀에게 수치를 느낄 건 아무것도 없지 않은가?

그럼 대체 뭐냐? 그는 소냐 앞에서까지 수치를 느꼈고 그 때문에 모욕에 찬 난폭한 태도로 그녀를 괴롭혔다. 그러나 그가 부끄러워한 것은 빡빡 깎은 머리도, 족쇄도 아니었다. 다만 그의 자부심이 너무나 심한 상처를 입었기 때문이었다. 그가 병이 든 것도 상처 입은 자부심 때문이었다. 아아, 만약에 그가 스스로 자기 죄를 인정할 수만 있었다면 그는 얼마나 행복했을까! 그러면 그는 수치도, 굴욕도 모든 것을 감수해냈을 것이다.

그러나 그는 준엄하게 자기 자신을 판단해보았으나, 냉혹하도록 무자비한 그의 양심은 누구에게나 있을 수 있는 단순한 **실패** 말고는 자기의 과거에서 이렇다 할 무서운 죄를 발견하지 못했다. 그가 부끄러워한 것은 다름 아니라 자기, 즉 라스콜니코프가 맹목적인 운명의 판결에 의해서 이토록 어이없이 애매하고 우열하게 절망적으로 파멸해버렸다는 사실, 그리고 조금이라도 자기 자신을 안정시키려면 그 판결의 '무의미함'과 타협하여 그 앞에 무릎을 꿇어야 한다는 사실이었다.

현재에 있어서는 대상도 없고 목적도 없는 불안, 미래에 있어서는 아무것도 얻을 수 없는 끊임없는 희생, 이것이 이 세상에서 그를 기다리고 있는 전부였다. 앞으로 8년이 지나도, 그는 겨우 서른두 살밖에 안 된다. 다시 새로운 생활을 시작할 수 있다고 하더라도, 대체 거기에 무슨 뜻이 있겠는가! 무엇 때문에 살아야 하는가? 무엇을 목표로 삼는단 말인가? 무엇을 향해서 나가야 하는가? 다만 존재하기 위해서 살아야 한단 말인가? 그러나 그는 이미 전부터 몇천 번이나 사상을 위해서, 희망을 위해서, 심지어는 공상을 위해서까지도 자기의 존재를 기꺼이 내던질 각오가 되어 있지 않았던가. 단순한 존재 그 자체는 그에게 어느 때나 대수로울 것이 못되었다. 그는 언제나 그 이상의 것을 원했다. 아마도 그는 단지 자기의 욕구의 힘만으로, 그 당시 남들보다 더 많은 것이 허용된 인간이라고 스스로 생각했는지도 모른다.

설혹 운명이 그에게 회오를 보내준다면, 심장을 부수고 꿈을 내쫓는 타는 듯한 회오, 그 무서운 고통을 견딜 수 없어 목매어 죽을 밧줄과 깊은 낭떠러지만을 생각나게 하는 그 회오를 운명이 보내준다면! 오오, 그는 그것을 기뻐했을지도 모른다! 고통과 눈물, 그 역시 생활이 아니냐 말이다. 그러나 그는 자기의 범죄에 대해서는 아무 회오도 찾아내지 못했다.

적어도 그는 자기 자신의 우열함에 대해서, 그를 감옥으로까지 이끌어온 자기 자신의 추악하고도 우열한 행위에 대해서 그전에 느꼈던 것처럼 지금도 울분을 느낄 수는 있었을 것이다. 그러나 지금, 이미 감옥에 있으면서 **자유의 몸**이 된 그는 자기 과거의 행위를 다시 한 번 되씹고 음미해 보았으나, 전에 운명적인 순간에 느꼈던 것처럼 그렇게까지 추악하고 우열하다고는 생각되지 않았다.

'대체 어떤 점에서' 하고 그는 생각했다. '대체 어떤 점에서 나의 사상이, 천지개벽 이래 이 세상에 득실거리며 서로 부딪치고 있는 다른 사상이나 이론에 비해서 우열하단 말이냐? 완전히 독립된, 평범한 편견에 사로잡히지 않는 넓은 관점에서 사태를 관찰하기만 한다면, 그때는 물론 나의 사상도 결코 그렇게까지는… 기괴하게 보이지 않을 것이다. 오오, 5코페이카의 값어치도 없는 부정주의자(否定主義者)와 현인들이여, 왜 너희들은 그런 어중간한 곳에서 머물고 있는가!'

'그런데 어째서 그들의 눈에는 나의 행위가 그토록 추악하게 보이는 걸까?' 하고 그는 마음속으로 중얼거렸다. '그것이 나쁜 짓이기 때문일까? 그러나 나쁜 짓이란 대체 무엇을 의미하는가? 나의 양심은 어디까지나 평온하기만 하다. 물론 형법상 범죄는 저질렀다. 물론 법의 조문은 유린되고 유혈이 있었던 것도 사실이다. 그렇다면 법의 조문에 따라 내 목을 자르면 된다… 그러면 되는 거야! 물론 그렇게 되면, 권력을 계승하지 않고 스스로 그것을 탈취한 수많은 인류의 은인들도 그 첫걸음에서 의당 처벌되었어야 한다. 그러나 그들은 끝내 자기의 걸음을 버티어 나갔다. 그러기에 **그들은 정당한** 것이다. 그러나 나는 끝까지 버티지를 못했다. 그러고 보면 나는 그 첫걸음을 자신에게 허용할 권리가 없었던 것이다.'

바로 이 한 가지 점에서 그는 자기의 범죄를 인정했다. 끝까지 견디어 내지 못하고 자수했다는 그 한 가지 점에서만.

그는 또 이런 상념 때문에 고민했다. 왜 자기는 그때 자살하지 않았던가? 왜 그때 강 위에 섰으면서도 자수의 길을 택했던가? 과연 살려는 이 욕망 속에는 그토록 강한 힘이 숨어 있었을까, 그리고 그것을 정복하기가 그렇게도 힘들었을까? 죽음을 두려워하던 스비드리가일로프조차 그것은 정복하지 않았던가?

그는 이런 문제를 자기 자신에게 던지며 괴로워했다. 그러나 그는 이미 강가에 서 있을 때 자기 자신 속에, 그리고 자기의 신념 속에 깊은 허위를 예감하고 있었는지도 모른다는 것을 깨닫지 못했다. 또 그 예감이야말로 그의 생애에 있어서의 미래의 전환, 미래의 부활, 미래의 새로운 인생관의 전조였는지도 모른다는 것을 그는 미처 깨닫지 못했다.

그는 오히려 거기서 막연한 본능의 힘만을 인정했다. 그는 그것을 떼어버릴 수도 없거니와 그것을 밟고 넘어갈 힘도 없었다(무력함과 나약함 때문에). 그리고 그는 옥중의 자기 동료들을 보고 그들 역시 모두가 인생을 사랑하고 또 존중하고 있다는 데 놀랐다. 그에게는 그들이 자유로울 때보다 옥중에 갇혀 있는 편이 훨씬 더 인생을 사랑하고, 그 가치를 인정하며, 존중하고 있는 것같이 느껴졌다. 그들 가운데 어떤 죄수, 예를 들면 부랑자 같은 자들이라고 가혹한 고통이나 고문을 겪지 않았으랴! 그런데도 한 줄기 햇살이나 울창한 삼림, 어딘지 모르는 깊은 숲 속에서 어쩌다 3년 전에 발견한 얼음같이 찬 옹달샘 같은 것이 그들에게는 어떤 뜻을 지녔던가? 그 부랑자는 마치 연인과의 밀회라도 기다리듯이 그 샘물을 만나기를 동경하고, 샘물을 둘러싼 파란 풀과 수풀 속에서 지저귀는 새들을 꿈에서까지 보았다. 이렇게 관찰을 하면 할수록 그는 더욱더 해명할 수 없는 여러 가지 실례에 부딪쳤다.

그는 감옥 안에서 자기를 둘러싸고 있는 많은 것을 이해하지 못했고, 또 아예 이해해보려고도 하지 않았다. 그는 마치 눈을 내리깔고 생활하는 것과 다름없었다. 그런 것을 보면 혐오를 느끼게 되고 화가 났다. 그러나

411

그러는 동안에 차츰 여러 가지 일들이 그를 놀라게 했다. 그리하여 그는
그전 같으면 생각지도 않던 것을 저도 모르게 깨닫기 시작했다. 뭣보다
그를 놀라게 한 것은 그와 다른 모든 죄수들 사이에 놓여 있는 그 무서운,
뛰어넘을 수 없는 심연이었다. 그와 그들은 마치 완전히 다른 인종 같았
다. 그와 그들은 서로 불신과 적의에 찬 눈으로 바라보고 있었다. 그는 이
러한 불화의 일반적인 원인을 알고 또 이해도 했으나, 원인이 실제로 이토
록 뿌리 깊고 강력할 줄은 꿈에도 몰랐다. 감옥에는 유형 온 폴란드인 정
치범도 있었다. 그들은 다른 죄수들을 다만 무식한 노예처럼 생각하며 덮
어놓고 멸시했다. 그러나 라스콜니코프는 그렇게 생각할 수 없었다. 그는
이들 무교육자들이 많은 점에서 오히려 그들 폴란드인보다 훨씬 현명하
다는 것을 똑똑히 깨달았다. 감옥에는 또한 이들 무교육자들을 극단적으
로 멸시하는 러시아 사람들도 있었는데, 장교 출신 한 명과 신학생 두 명
이었다. 라스콜니코프는 그들의 오류도 명백히 인정했다. 그런데도 모두
라스콜니코프를 좋아하지 않고 피하려 들었다. 뿐만 아니라 나중에는 그
를 미워하기까지 했다. 왜 그럴까? 그는 그것을 몰랐다. 모두 그를 경멸하
고 조소하며, 그보다 훨씬 죄가 무거운 죄인들이 그의 범죄를 비웃었다.

"너는 양반이 아니냐 말이야!" 그들은 말했다. "도끼를 가지고 다녔다
니 말도 안 되지. 그런 건 양반이 할 짓이 못 돼."

대재기(大齋期) 둘째 주일에 그가 감방 죄수들과 함께 재계(齋戒)하는
차례가 왔다. 그는 교회에 가서 다른 사람들과 같이 기도를 올렸다. 무엇
이 원인이었는지 그 자신도 알 수 없었으나 싸움이 벌어졌다. 모두가 미
친 듯이 격분하며 한꺼번에 그에게 달려들었다.

"이 불신자 놈아! 너는 하느님을 안 믿지!" 하고 그들은 외쳤다. "너 같
은 놈은 때려 죽여야 해."

그는 한 번도 하느님이나 신앙 문제를 그들하고 이야기한 적이 없었

다. 그런데도 그들은 그를 무신론자로 규정하고 죽이려 했다. 그는 침묵을
지킨 채 아무 대꾸도 하지 않았다. 한 죄수는 정말 미친 듯이 그에게 달려
들려 했다. 라스콜니코프는 침착하게 말없이 기다리고 있었다. 눈썹 하나
까딱하지 않았고, 얼굴 근육 하나 움직이지 않았다. 때마침 간수가 그와
살인자 사이에 뛰어들었다. 그렇지 않았더라면 피를 보지 않고는 끝나지
않았을 것이다.

그에게는 또 하나 납득 안 가는 문제가 있었다. 다름이 아니라, 왜 그들
이 모두 하나같이 소냐를 좋아하게 되었느냐는 것이다. 그녀는 별로 그들
비위를 맞추려 하지도 않았고, 또 그들도 어쩌다 간혹 그녀를 볼 뿐이었
다. 그녀가 그를 만나러 잠깐씩 찾아오곤 할 때 작업장에서 가끔 보는 정
도였다. 그런데도 모두가 그녀를 알았다. 그녀가 **그의 뒤를 쫓아왔다**는 것
도, 그녀가 어디서 어떻게 살고 있다는 것도 잘 알고 있었다. 소냐는 그들
에게 돈을 준 일도 없거니와 별로 돌봐준 일도 없었다. 다만 크리스마스
때 한 번 죄수 전원에게 피로그와 둥근 빵을 선사했을 뿐이다. 그러나 그
들과 소냐 사이에는 차츰 일종의 가까운 관계가 이루어져갔다. 그녀는 그
들을 대신해서 가족에게 보내는 편지를 써주기도 하고, 그것을 우편으로
부쳐주기도 했다. 이 도시로 찾아오는 그들의 가족은 그들 자신의 지시에
따라 그들에게 가져온 물품이나 돈까지도 소냐에게 맡겨두고 갔다. 그들
의 아내와 애인들도 그녀를 알고 있어서 그녀한테 찾아오곤 했다. 그녀가
라스콜니코프를 찾아 작업장에 나타나거나 노역에 가는 죄수 일행과 길
에서 만났을 때는, 모두 모자를 벗고 그녀에게 인사를 했다. "소피야 세묘
노브나, 당신은 우리의 어머니입니다. 착하고 인자하신 어머니란 말이오!"
이들 난폭한, 낙인찍힌 죄수들이 이 조그맣고 여윈 여인에게 이렇게 말을
건네는 것이었다. 그러면 그녀는 방긋 웃으며 답례를 했다. 그들은 모두
그녀의 웃는 얼굴을 좋아했다. 그들은 그녀의 걷는 모습까지 좋아했다. 모

두 그녀가 걸어가는 모습을 보려고 일부러 뒤돌아보고는 그녀를 칭찬하는 것이었다. 그들은 그녀의 몸집이 그렇게 작은 것까지 칭찬했으며, 나중에는 무엇을 칭찬해야 좋을지 모를 지경이었다. 개중에는 병을 치료받으려고 그녀를 찾아가는 사람까지 있었다.

그는 대재기가 끝날 무렵과 부활제 주간까지 죽 병원에 누워서 보냈다. 차츰 회복기에 들어서자 그는 아직 열에 들떠 헛소리를 하던 때의 꿈을 상기했다. 그는 병중에 이런 꿈을 꾸었다. 아시아 대륙에서 유럽을 향해 오는, 지금까지 듣도 보도 못한 어떤 가공할 만한 전염병 때문에 전 세계가 희생될 운명에 직면했다. 극히 소수의 선택된 몇 사람을 제외하고 인류는 죄다 멸망하지 않으면 안 되었다. 인체에 파고드는 현미경적 존재인 일종의 새로운 선모충이 출현한 것이다. 그런데 이 생물은 지능과 의지가 부여된 정령이었다. 그래서 그것에 걸린 사람들은 이내 귀신에 홀린 듯이 미쳐버리고 말았다. 그러나 인간은 여태껏 이것에 전염된 환자들만큼 자기 자신을 확고부동한 진리를 파악한 현인처럼 생각한 적이 한 번도 없었다. 그들만큼 자기의 판단이나 학술상의 결론, 도덕적인 확신과 신앙 등을 움직일 수 없는 진리인 양 생각한 사람은 전무후무했다. 마을이란 마을, 도시란 도시, 그리고 국민이란 국민이 차례차례 그것에 전염되어 미쳐버렸다. 모두가 불안한 마음에 사로잡혀 서로 이해하려 하지는 않고 저마다 자기 한 사람만이 진리를 파악하고 있는 것처럼 생각하면서, 남을 보고는 번민하고 자기 가슴을 두드리고 손을 비비면서 울어댔다. 그리고 누구를 어떻게 재판해야 할지도 모르고, 무엇을 악으로 삼고 무엇을 선으로 삼아야 하는지에 대해서도 의견 일치를 보지 못했다. 또 누구를 유죄로 하고, 누구를 무죄로 할 것인지도 몰랐다. 사람들은 아무 까닭도 없는 증오에 사로잡혀서 서로 죽이고 또 죽였다. 서로 대항하기 위해서 대군(大軍)이 조직되었으나, 그 군대는 벌써 행군 도중에 별안간 자기들끼리 싸움을 시작해서 대열은 무너지고, 병사들은 서로 덤벼들어 찌르고 자르고 물어뜯고 잡아먹었다. 도시마다 온종일 경종을 울려서 사람을 소집했으나 누가 뭣 때문에 불렀는지 아는 사람은 하나도 없고 모두 불안에 휩싸여 있을 뿐이었다. 일상적인 일들은 모두 내던져버렸다. 저마다 제멋대로 의견과 수정안을 내세우지만 일치를 볼 수 없었기 때문이다. 밭농사도 중지되었다. 사람들은 여기저기 한 무리씩 모여서 무슨 결의를 하고 다시는 분열하지 않기로 맹세했다. 그러나 그 혀끝도 채 마르기 전에 방금 자기네들이 예정했던 것과는 전혀 닮지도 않은 다른 짓들을 하기 시작해서, 서로 상대방을 비난하고 주먹다짐을 하고 칼부림을 시작했다. 화재가 일어나고, 기근이 시작되었다. 모든 사람, 모든 것이 멸망해갔다. 질병은 기세를 뻗쳐 점점 더 멀리 만연되어갔다. 세상에서 이 재액을 모면한 사람은 불과 몇 명밖에 없었다. 그것은 새로운 종족과 새로운 생활을 창조하며 이 지상을 갱신하고 정화할 사명을 띤, 선택된 순결한 사람들이었다. 그러나 아무도, 그리고 어디서도 그러한 자를 본 사람은 없었고, 그들의 말이나 음성을 들은 사람도 없었다.

라스콜니코프는 이 무의미한 악몽의 기억이 그토록 서글프고 그토록 괴롭게 메아리치는 것이 괴로웠고, 이 열에 들뜬 꿈의 인상이 그토록 오랫동안 사라지지 않는 것이 괴로웠다. 그것은 이미 부활제가 지나고 두 주일째였다. 따뜻하고 밝은 봄 날씨가 계속되었다. 감옥 병원에서도 창문이 열렸다(창살이 달린 것으로, 그 밑에는 보초가 거닐고 있었다). 소냐는 그가 입원한 동안 두 번밖에 문병을 하지 못했다. 그때마다 허가를 얻어야 했는데, 그것이 수월하지 않았기 때문이다. 그러나 그녀는 자주, 특히 저녁녘에 병원 뜰로 와서는 병실 창문 밑에 서 있곤 했다. 또 때로는 멀리서라도 잠시 병실 창문을 보려고 일부러 찾아오기도 했다. 어느 날 저녁 무렵에 이미 거의 완쾌 단계에 있던 라스콜니코프는 곤히 잠들어 있었다. 이윽고 그는 눈을 뜨고 무심코 창가로 다가갔다가 문득 멀리 병원 문 옆에서 소냐를 발견했다. 그녀는 거기 서서 무엇을 기다리고 있는 듯했다. 이 순간 무엇인가가 그의 심장을 푹 찌르는 것 같았다. 그는 흠칫 몸을 떨고 황급히 창가에서 물러났다. 다음 날 소냐는 오지 않았다. 그다음 날도 마찬가지였다. 그는 불안 속에 그녀를 기다리고 있는 자기 자신을 발견했다. 마침내 그는 퇴원했다. 감옥으로 돌아가서 동료 죄수한테 들으니, 소피야 세묘노브나는 병이 나서 집에 누운 채 아무 데도 나가지 않고 있다는 것이었다.

그는 몹시 걱정이 되어 그녀의 병세를 알아보려고 사람을 보냈다. 이윽고 그는 그녀의 병이 위험하지는 않다는 것을 알았다. 소냐는 소냐대로 그가 그토록 자기를 그리워하고 걱정하고 있음을 알고는 연필로 쓴 쪽지를 보내왔다. 이제 몸이 퍽 좋아지고 병도 가벼운 감기이므로, 곧 작업장으로 만나러 가겠노라고 알려왔다. 이 편지를 읽었을 때 그의 심장은 아프도록 세차게 고동쳤다.

다시금 맑게 갠 포근한 날이었다. 이른 아침 6시경에 그는 강변에 있는 작업장으로 나갔다. 그곳 헛간에는 석고를 굽는 가마가 걸려 있어서, 거기서 구운 돌을 빻는 일이었다. 모두 세 사람의 죄수가 그리로 갔다. 죄수 가운데 한 사람은 간수를 따라 무슨 연장을 가지러 요새로 갔고, 또 한 사람은 장작을 모아서 가마 속에 쌓아올리기 시작했다. 라스콜니코프는 헛간을 나와 강기슭으로 걸어가서 헛간 옆에 쌓여 있는 통나무에 걸터앉아 황량하고 넓은 강을 바라보기 시작했다. 높은 강기슭이나 주위의 경치가 한눈에 들어왔다. 멀리 강 건너 언덕에서 노랫소리가 아련히 들려왔다. 햇빛이 퍼붓는 그 끝없는 초원 위에 유목민의 천막들이 간신히 알아볼 수 있을 정도로 점점이 얼룩져 있었다. 거기에는 자유가 있었다. 그리고 이곳 사람들하고는 조금도 닮지 않은 별개의 인간들이 생활하고 있었다. 거기서는 시간조차 걸음을 멈추고, 흡사 아브라함과 그의 가축의 시대가 아직도 그대로 이어지고 있는 것같이 보였다. 라스콜니코프는 앉아서 움직일 생각도 하지 않고 물끄러미 바라보고 있었다. 그의 상념은 환상과 깊은 명상으로 옮겨갔다. 그는 아무 생각도 하지 않았으나, 까닭 모를 우수가 그를 흥분시키고 괴롭혔다.

별안간 그의 곁에 소냐가 나타났다. 그녀는 발소리를 죽여가며 다가와서 그와 나란히 앉았다. 이른 아침이라 아직 아침 냉기가 풀리지 않고 있었다. 그녀는 초라하고 낡은 외투를 걸치고, 녹색 수건을 머리에 쓰고 있었다. 그 얼굴엔 아직 병색이 남아 있어 여위고 창백하고 핼쑥했다. 그녀는 정답게 기쁜 얼굴로 방긋 웃어 보였으나, 언제나처럼 머뭇거리며 그에게 손을 내밀었다.

그녀는 언제나 머뭇거리며 손을 내미는 버릇이 있었다. 어떤 때는 뿌리치지나 않을까 두려워하는 듯이 아예 손을 내밀지 않는 수도 있었다. 언제나 그는 내키지 않는 듯한 표정으로 그녀의 손을 잡아주었고, 왜 그런지 못마땅한 태도로 그녀를 맞았다. 간혹 그녀가 옆에 있는 동안 끝까지 입을 열지 않을 때도 있었다. 그러면 그녀는 혼자 마음만 졸이다가 깊은 슬픔에 잠겨 돌아갔다. 그러나 지금은 두 사람의 손이 떨어지지 않았다. 그는 흘긋 그녀를 보고는 아무 말도 하지 않고 눈을 내리깔았다. 그들은 단둘뿐이었다. 아무도 그들을 보는 사람은 없었다. 간수는 이때 딴 쪽을 보고 있었던 것이다.

어째서 그렇게 되었는지 그 자신도 알 수 없었으나, 갑자기 무언가가 그를 휘어잡고 그녀의 발밑에 내던진 것 같았다. 그는 울면서 그녀의 무릎을 껴안았다. 처음 한순간 그녀는 소스라치게 놀라며 마치 죽은 사람처럼 새파랗게 질리고 말았다. 그녀는 벌떡 자리에서 일어나 전율에 떨며 그를 바라보았다. 그러나 다음 순간, 그녀는 곧 모든 것을 이해했다. 그녀의 눈에는 끝없는 행복이 반짝였다. 그녀는 이해했다. 그가 자기를 사랑하고 있다는 것, 끝없이 사랑하고 있다는 것은 이제 의심할 여지가 없었다. 마침내 이 순간이 다가오고 만 것이다.

그들은 무슨 말을 하고 싶었으나 할 수가 없었다. 두 사람 다 눈에는 눈물이 맺혀 있었다. 두 사람 다 파리하게 야위어 있었으나, 그 병들어 지친 창백한 얼굴에는 새로운 미래로의 서광, 새 생활에 대한 완전한 부활의 서광이 빛나고 있었다. 그들을 부활시킨 것은 사랑이었다. 그리고 한 사람의 마음은 또 한 사람의 마음을 위해서 영원한 삶의 원천이 된 것이다.

그들은 참고 기다리기로 결심했다. 그들에게는 아직도 7년이란 세월이 남아 있었다. 그때까지는 얼마나 참기 힘든 고통과, 얼마나 한없는 행복이 기다리고 있을 것인가! 그러나 그는 부활했다. 그리고 그 자신도 그것을 알고 있었다. 갱생한 자기의 온 존재로서 그것을 완전히 느꼈던 것이다. 그러나 그녀는… 아니, 그녀는 오로지 그의 생활을 자기 것으로 믿으며 살아온 여자가 아니었던가!

그날 저녁 이미 감방 문도 닫혔을 무렵, 라스콜니코프는 판자 침상 위에 누워서 그녀를 생각하고 있었다. 이날은 그때까지 그의 적이었던 죄수들까지도 벌써 다른 눈으로 그를 보는 것만 같았다. 그래서 그는 자진해서 그들에게 말을 건넸을 정도였다. 그러자 저쪽에서도 상냥하게 대답해 주었다. 그는 지금 그것을 상기했다. 그러나 그것은 의당 그렇게 되게 마련이었다. 지금 모든 것이 일변해서는 안 된다는 법은 없지 않은가?

그는 그녀를 생각했다. 그는 자기가 끊임없이 그녀를 괴롭히고 얼마나 그녀 마음을 아프게 했는가 상기했다. 그녀의 창백하게 여윈 조그만 얼굴이 눈앞에 떠올랐다. 그러나 지금은 이런 생각을 떠올려도 거의 고통을 느끼지 않았다. 그는 지금 얼마나 크고 깊은 사랑으로 그녀의 모든 고통을 보상해야 하는지 알고 있었던 것이다.

그리고 그러한 **모든**, 모든 과거의 고통이 지금 무어란 말인가! 이제는 모든 것이, 자기의 범죄와 선고와 유형조차도 이 돌발적인 감격에 휩쓸려서 어쩐지 외면적인 괴상한 일처럼, 마치 자기에게 일어나지 않았던 듯 느껴졌다. 그러나 그는 이날 밤 무슨 일이든 오랫동안 곰곰이 생각하거나 생각을 집중할 수가 없었다. 그렇다, 지금의 그로서는 무슨 일이든 그것을 의식적으로 해결할 수는 없었을 것이다. 그는 다만 느꼈을 뿐이다. 변증법 대신에 생활이 온 것이다. 따라서 의식 속에도 무언가 전혀 다른 것이 형성되어야만 했다.

그의 베개 밑에는 복음서가 놓여 있었다. 그는 기계적으로 그것을 집어 들었다. 이 책은 그녀의 것이었다. 전에 그에게 나사로의 부활을 읽어준 바로 그 책이었다. 그는 유형 생활이 시작될 때 그녀가 종교 이야기로 자기를 괴롭히고 복음서 이야기를 꺼내면서 책을 읽도록 강요하리라고 생각했다. 그러나 그가 적이 놀라지 않을 수 없었던 것은, 그녀는 한 번도 그런 이야기를 꺼내지 않았을뿐더러 복음서를 권해본 일조차 없었다. 그래서 그는 병에 걸리기 얼마 전에 자진해서 그녀에게 복음서를 갖다 달라고 부탁했던 것이다. 그녀는 아무 말도 없이 그에게 책을 가져왔다. 그러나 여태까지 그는 그것을 펼쳐보지도 않았던 것이다.

지금도 그는 그것을 펼치지는 않았다. 문득 한 가지 상념이 그의 머리를 스쳤다. '이제 와서 그녀의 신념이 나의 신념이 아니라고 장담할 수 있을까? 적어도 그녀의 감정, 그녀의 갈망은…….'

그녀도 역시 이날은 하루 종일 흥분 상태에 있었으나 밤에는 다시 병이 나고 말았다. 그러나 그녀는 행복했다. 그녀는 너무나 행복해서 오히려 자기 행복에 겁이 날 지경이었다. 7년, 겨우 7년! 이 행복스런 초기에, 그리고 어쩌다 어느 순간마다 그들은 이 7년을 7일 맞잡이로 보고 싶은 마음이 들기도 했다. 그는 이 새로운 생활이 거저 얻어지지 않으며, 그것을 사들이려면 아직도 많은 대가를 지불하지 않으면 안 되고, 또 그것을 보상하려면 앞으로 더욱 위대한 헌신적 행위를 쌓아야 한다는 것조차 모르고 있을 정도였다.

그러나 거기에는 이미 새로운 이야기, 하나의 인간이 점차로 소생되어 가고 그가 점차로 갱생되어가는 이야기, 한 세계에서 다른 세계로 옮겨가면서 여태까지 전혀 미지의 세계였던 새로운 현실을 알게 되는 이야기가 시작되고 있었다. 이것은 새로운 이야기의 주제가 되기에 충분하지만, 그러나 우리의 이 이야기는 이것으로 끝이 났다.

작품 해설

1. 도스토옙스키론(論)

광기의 시인, 잔인한 천재

"문학의 한계를 뛰어넘은 작가들 중에서도 도스토옙스키는 오늘날 가장 위대하다. 이 격정적인 사나이, 이 비정상적인 인간처럼 많은 영혼의 신대륙을 발견한 사람은 하나도 없었다. … 그의 모든 업적을 열거한다는 것은 거의 불가능하다. 그는 얼음에 뒤덮인 사상의 산줄기를 넘어 무의식의 가장 심오한 근원으로까지 내려가서 자기 인식이라는 현기증 나는 절정을 향해 몽유병자처럼 거슬러 올라갔다. 모든 척도를 초월한 이 위대한 인간이 없었다면 인간은 인류 고유의 비밀을 훨씬 적게 알게 되었으리라."

오스트리아의 문호 슈테판 츠바이크의 말이다.

상도(常道)를 이탈한 분열과 고뇌 속에 가는 곳마다 한계를 뛰어넘으며 광신자, 정신병자, 천재로서 살다 간 도스토옙스키. 그가 죽은 지 백 년이 훨씬 지났지만 그의 문학은 날이 가고 해가 거듭될수록 끊임없이 우리면전에서 성장하고 있다. 사실 동서고금의 작가치고 도스토옙스키만큼 다양한 평가와 새로운 문제를 제시해주는 작가도 드물 것이다.

그를 스승이라 부른 니체로부터 그를 선구자의 한 사람으로 추앙한 프랑스의 실존주의자들에 이르기까지 유럽 지성(知性)에 미친 그의 영향은 말할 수 없을 정도로 크다. 도스토옙스키는 유럽 여러 나라에 새로운 문학 조류를 불러일으키고 문체와 형식 면에서도 수많은 모방과 아류를 낳았다. 그에 대한 평가도 다양해서 그를 '예언자', '선각자'라고 부르는가 하면 또 어떤 사람은 '광기(狂氣)의 시인', '잔인한 천재'라고 부르기도 한다. 도스토옙스키에 대한 이처럼 다양한 평가는 그의 문학 세계의 난해성과 이원적인 모순성, 강렬무비(強烈無比)한 독창적인 사상성을 단적으로 입증해준다. 그리고 이것은 또한 그의 병적인 성격과 포착하기 힘든 실존주의적인 발상, 그리고 그가 몸소 상처를 입으며 탈출해 나온 19세기 러시아 사회의 복잡다단한 사회상에 기인한다 할 것이다.

그러나 도스토옙스키에 대한 이러한 평가는 비단 문학 분야에만 한한 것이 아니다. 그의 작품을 정신병리학적인 충동의 구현으로 보는 프로이트파로부터 그를 종교적인 신비주의자로 보는 신학자에 이르기까지, 그리고 철학자, 범죄학자, 모럴리스트, 정치가, 역사학자에 이르기까지 도스토옙스키는 그들에게 놀랄 만한 교훈을 주어왔다.

이렇듯 도스토옙스키는 지난 1세기 동안 경이적인 천재로 받아들여졌지만, 기구한 운명으로 점철된 그의 60 평생은 그 생애 자체가 소설적일 정도로 극적이었다. 일생을 괴롭힌 불치의 간질병, 사형선고, 사형 집행 몇 분 전의 감형, 10년에 걸친 시베리아 유형 생활, 광적인 도박벽, 불운의 애정 행각, 그리고 끝없는 궁핍과 고난 속에서 육체적으로나 정신적으로 인간이 겪을 수 있는 최대의 시련을 다 겪었다. 그러면서도 한쪽에서는 인간의 잔학성과 악마성을 규명하고, 또 한쪽에서는 인간의 본질적인 선성(善

性)과 신성(神性)을 투시한 작가다. 따라서 그의 소설은 인생의 복음서라고도 불리지만 동시에 고통과 저주에 넘친 현대의 묵시록 또는 예술적인 병리학서라고도 불리고 있다.

선과 악, 양면의 자유

도스토옙스키의 창작 과정은 크게 두 계열로 나눌 수 있다. 벨린스키의 극찬을 받으며 극적으로 문단에 데뷔한 처녀작 《가난한 사람들》(1846)로부터 《죽음의 집의 기록》(1861)까지가 한 계열이고, 《지하 생활자의 수기》(1864) 이후 《카라마조프 가의 형제들》(1880)까지가 후반기 계열에 속한다. 도스토옙스키는 《가난한 사람들》, 《이중인격》, 《백야》 등의 작품을 통해 주로 학대받는 비소(卑小)한 사람들의 숨은 고민과 눈물을 대변하는 인도주의적인 리얼리스트로 알려져왔다. 그러나 시베리아 유형지에서 돌아온 후 《지하 생활자의 수기》를 시발점으로 그의 문학은 철학과 종교, 사회사상을 다룬 관념적인 사상 소설로 방향을 바꾸었다. 그의 첫 장편 《죄와 벌》(1866)은 이러한 창작 경향을 완전히 구상화한 최초의 본격적인 장편소설이었다. 그 후 《백치(白痴)》, 《악령》, 《미성년》 등을 거치는 동안 도스토옙스키의 철학적인 사색, 인간관, 종교관, 세계관은 깊이와 원숙미를 더해갔고, 최후의 대작 《카라마조프 가의 형제들》에서 완성의 극치에 달했다.

도스토옙스키의 전 작품에 걸쳐 그의 사상적인 기조를 이루는 것은 인간 생활에 있어 상호 모순되는 2대 요소, 곧 선(善)과 악(惡)의 투쟁에 있다. 즉 광명의 복음 원리와 암흑의 악의 요소와의 대결이다.

도스토옙스키는 '신(神)은 있느냐, 없느냐', 여기서 신이 없으면 '자기 자신이 곧 신이다'라는 인신(人神)의 테마와 그 정반대인 신인(神人)의 테마에서 자신의 중심 테마를 추구해 나갔다. 그리고 이 '인신'과 '신인'의 테마에서 문제가 되는 것은 인간은 '자유'이고, 이 자유의 부담을 의식하는 고통의 현상학(現象學)이 그의 문학의 초점이다. 즉 자유는 인간에게 고뇌와 중하(重荷)를 안겨주지만 자유가 없이 인간은 인간다울 수 없다는 것이 도스토옙스키의 기본적인 사고방식이다.

이러한 자유는 크게 두 가지로 나뉜다. 즉 신에 대한 복종에서 나타나는 기독교적인 '참된 자유'와, 고독의 힘을 인식하면서 독재적인 권력을 지향하는 '비극적 실존의 자유'다. 말할 필요도 없이 전자는 소냐(《죄와 벌》의 여주인공), 조시마 장로, 일료샤(《카라마조프 가의 형제들》의 등장인물들) 등의 세계이고, 후자는 라스콜니코프, 이반 카라마조프의 그것이다. 그리스도에 대한 자유로운 사랑과 참된 신앙으로 조화를 얻으려는 신앙인들과 신도 없고 불사(不死)도 없다면 '모든 것이 허용된다'는 확신 속에서 아무에게도 의지하지 않고 자신의 권력의지를 확립하려는 니힐리스트들, 이들 의식 과잉의 주인공들이 신념을 뒷받침하는 합리적인 근거는 현실에서의 악의 존재다.

베르쟈예프는 이 악의 존재에 대한 반역자들이 '모든 것은 허용된다'는 사상 속에 파멸되어가는 프로세스를 자유의 변질, 자의지(自意志)로 변한 자유로 본다. 도스토옙스키는 자의지, 반역의 길의 막바지까지 그들을 끌고 가서 바로 그 자의지에 의해서 자유가 파괴되고 반역에 의해서 인간이 부정되는 것을 우리에게 보여주는 것이다.

희곡적 인물 묘사

도스토옙스키는 자주 톨스토이와 비교된다. 두 사람이 동시대의 작가였고, 또 두 사람 다 생존 중에 러시아 문학의 신화를 낳은 위대한 문호였기 때문이다. 그리고 두 사람 다 인생의 근본 문제가 종교에 귀착되었던 사상가였다. 그러나 이러한 공통점이 있음에도 두 사람은 그 방법론적 견지에서 많은 차이점을 보여준다. 톨스토이는 러시아인의 생활을 사실 그 대로 입체적으로 묘사해 보였으므로 그 하나하나의 장면들은 작품을 떠나서도 독자의 뇌리에 잊을 수 없는 영상을 남겨준다.

그러나 도스토옙스키는 인물 묘사에는 별로 관심을 두지 않고 우선 그 인물의 심리, 감정, 사고 등을 전하려고 한다. 그리고 등장인물의 성질이나 인격은 그가 토로하는 말에 의해서 비로소 명확해진다. 즉 도스토옙스키에게 있어 '말'은 메타피지컬한 영역과 경계를 접하는 피지컬한 요소인 것이다. 이러한 수법은 다른 리얼리스트들의 그것과는 현저한 대조를 이루고 있다. 메레시콥스키는 이렇게 말하고 있다.

"… 톨스토이는 육체에서 정신으로 외부에서 내부로 옮겨진다. 그러나 도스토옙스키는 내부에서 외부로, 심적인 것에서 육적인 것으로 이행한다. 톨스토이의 경우 우리는 보이기 때문에 듣지만, 도스토옙스키의 경우는 듣기 때문에 보이는 것이다."

이와 같이 도스토옙스키의 소설에선 대화가 크나큰 역할을 담당한다. 《죄와 벌》에서도 살인 사건 이후 이 철학적인 관념 소설을 이끌어 나가는 것은 주인공의 독백, 대화, 사색뿐이다. 결국 모든 것은 대화에 의해서 맺어지고 또 대화에 의해서 풀리기도 한다. 바로 이것이 그의 문학이 갖는 희곡성(戱曲性)이랄 수 있다.

도스토옙스키의 리얼리즘을 흔히 '환상적 리얼리즘'이라고 부른다. 그것은 도스토옙스키의 리얼리즘이 보통 리얼리즘과는 달리 더욱 고차원의 현실, 즉 정신적 세계의 리얼리티에 관련되어 있기 때문이다. 아무튼 러시아 최초의 도시 출신 작가이며 직업 작가였던 도스토옙스키는 어둠에 깔린 러시아의 고뇌와 인간 내면세계에 깃든 비밀의 곡절을 투시한 위대한 진리의 창도자였다.

19세기 사상계에 미친 지대한 영향

그는 러시아뿐만 아니라 유럽 각국에 놀랄 만한 영향을 주었다. 프랑스의 앙드레 지드, 헤르만 헤세, 츠바이크 등은 도스토옙스키에게 미신적일 만큼 존경을 표시한 작가들이었다. 특히 인간 존재의 부조리 속에서 실존을 추구한 그의 실존주의적 발상은 프랑스 실존주의에 적지 않은 영향을 주었다. 그 한 예로 카뮈의 《시지프의 신화》에서는 키릴로프(《악령》의 주인공)의 변증법이 부조리 사상을 뒷받침하고, 《반항적 인간》에서는 이반 카라마조프를 형이상학적인 반역의 지지자로 보고 있다.

도스토옙스키는 프랑스 실존주의에만 영향을 준 것이 아니라, 이른바 '누보로망파(派)'에도 현저한 영향을 미쳤다. 카프카, 조이스, 프루스트를 세 주춧돌로 삼고 그 정점에 도스토옙스키를 앉히는 구도를 처음으로 정식화(定式化)한 나타리 샤르트는 인간 의식의 가장 깊은 밑바닥에 꿈틀거리는 혼돈과 동요를 조준했기에 도스토옙스키는 위대하다고 평하면서 《지하 생활자의 수기》를 최고의 작품이라고 추천했다.

영국의 어느 비평가는 도스토옙스키의 문학을 아편이라고 말했다. 한 번 그의 문학 세계에 빠지면 발을 빼기가 힘들다는 뜻이다. 사실 1세기가 지난 오늘날까지도 현대 독자들이 그의 작품에서 자기(磁氣)와 같은 마력을 느끼는 이유는 무엇일까? 그것은 그의 소설의 고전적인 가치만으로 설명될 수는 없으리라. 그것은 일반적인 개념에서 문학의 한계를 초월한 형이상학적인 명제들, 이를테면 신과 인간, 신앙과 불신, 복종과 반역의 갈등 속에 몸부림치는 그의 주인공을 통해 우리는 인간 실존의 부조리, 출구 없는 현실에 고민하는 현대인의 산 초상을 보기 때문이다.

인간의 부조리와 불합리 속에서 숨은 진리를 발견한 도스토옙스키, 그는 비극적인 자신의 주인공을 통해 현대의 위기 상황을 정확히 예견하고, 오늘날의 수많은 문제점을 정확히 선지(先知)했다. 바로 여기에 사상가로서의 도스토옙스키의 위대성이 있고 그의 예언자적인 현대성이 있다고 할 것이다.

2.《죄와 벌》론(論)

가장 불행했던 시기의 작품

도스토옙스키가《죄와 벌》을 쓰던 1865년은 그의 생애에서도 가장 고통스러운 한 해였다. 그 전해인 1864년 4월에 그의 아내 마리야 이사예바가 세상을 떠났고, 뒤이어 6월에는 그의 둘도 없는 정신적 지주였던 형 미하일이 막대한 부채를 남기고 세상을 떠났다. 게다가 그의 간질병 발작은 더욱 빈번해졌고, 그가 발행하던 월간지 〈세기(世紀)〉도 폐간의 운명을 겪지 않으면 안 되었다.

1865년 〈세기〉가 폐간되면서부터 거액의 부채와 악전고투하는 시기가 계속되었다. 그는 지금까지 쓴 모든 작품의 판권에다 앞으로 쓸 한 편의 소설까지 합해서 3천 루블을 받고 스텔로프스키라는 출판인에게 모든 걸 넘겨주고는, 도망치듯 독일로 여행을 떠나 비스바덴에 머물면서 도박으로 마음의 고통을 달래보려고 했다. 그는 도박에서 돈을 몽땅 잃고 비참한 궁핍 가운데 뻔질나게 전당포를 드나드는 신세가 되었는데,《죄와 벌》의 전당포 노파 살해 장면은 이때 착상한 것이라고 한다.

아무튼 이러한 빈궁과 고통, 그리고 출판사의 빗발치는 독촉 속에 도스토옙스키는《죄와 벌》집필을 계속해 1866년 〈러시아 통보〉 1월호에 그 1부가 실리게 되었고, 이어 그해 말까지 8회에 걸쳐 연재 형식으로 발표된

다음, 그 이듬해인 1867년에 단행본으로 출간되었다.

도스토옙스키가 《죄와 벌》을 쓸 당시는 러시아에 '사회의 불의를 시정하기 위해서는 모든 것이 허용된다'는 허무주의적인 초인 사상(超人思想)이 유행하던 시기였다. 《죄와 벌》의 주인공 라스콜니코프도 이러한 초인 사상의 소유자였다.

페테르부르크의 가난한 대학생이었던 그는 현실적으론 무력하고 빈곤했지만 강인한 개성을 지닌 이지적이고도 사색적인 청년이었다. 그는 인간을 범인(凡人)과 비범인(非凡人), 즉 평범한 인간과 천재적인 인간의 두 종류로 나누어 생각했다. 그리고 범인은 기성의 법률과 도덕에 복종할 의무가 있으나, 비범인은 그러한 법률과 도덕을 초월할 권리를 가진다고 확신했다. 특히 인류 전체의 이익을 목적으로 할 때는 그 일부분을 희생시킨다는 것이 불가피하고 또 마땅히 허용되어야 한다는 것이었다.

라스콜니코프는 생각한다. '누가 나폴레옹의 살인죄를 물었던가? 나폴레옹은 사상 최대의 살인자인데도 사람들은 그를 영웅으로 존경하고 있지 않은가! 그것은 나폴레옹이 범인이 아니었기 때문이다.' 여기서 그는 가난한 사람의 피를 빨아먹는 것 말고는 아무런 가치도 없고, 아무런 존재의 이유도 없는 전당포의 노파를 살해할 생각을 품는다. 즉 자기는 비범인이기 때문에 사회의 기생충과도 다름없는 전당포의 노파를 살해할 권리가 있으며, 이 권리 행사는 또한 정당하다는 그의 독특한 논리적인 결론에 도달했던 것이다.

그 후 라스콜니코프는 치밀한 계획으로 전당포의 노파를 도끼로 내리쳐 살해한다. 그리고 그때 마침 집으로 돌아온 노파의 여동생까지도 살해하고 만다. 범죄를 목격한 사람은 아무도 없었다.

그러나 라스콜니코프는 범행 직후부터 양심의 가책으로 갈등하기 시작한다. 이러한 고민과 가책은 그가 전혀 예기치 못했던 것이었다. 이 고

428

민은 논리와 이지(理智)가 명령한 논리적 의지(意志)와, 인간 내부에서 발하는 선(善)과 정의의 정신적 의지의 충돌에서 생기는 투쟁이었다. 이 양자는 라스콜니코프의 내면에서 서로 충돌하며 투쟁을 계속한다. 그리고 이 충돌과 투쟁이 심해지면 심해질수록 그의 고민은 심각해져갔다. 이러한 고민과 착란, 그리고 무한한 고독과 추적 망상증 속에서 그는 드디어 자신이 무가치한 범인을 마음대로 처분할 수 있는 비범인이 아니라는 것을 자각하기 시작한다. 벌써 양심의 가책을 느낀다는 것부터가 비범인이 아니라는 증거였던 것이다. 그리고 만일 자신이 비범인이 아니었다면 자신은 분명히 사람을 죽인 범죄자가 아닐 수 없었다. 이 모든 것을 라스콜니코프는 자인하지 않을 수 없었다.

그는 기독교적인 권화(權化)라 할 수 있는 소냐를 찾아가 자신의 범죄를 고백한다. "나는 노파를 죽인 것이 아니라 나 자신을 죽인 거야. 노파를 죽인 것은 악마의 짓이었어!" 여기서 라스콜니코프가 '나 자신을 죽였다'는 것은 자신의 초인 철학이 한낱 보잘것없는 범인인 노파에 의해서 무참히 분쇄되고 말았음을 뜻한다.

논리적 권력의지와 신성 불가침한 선의 투쟁

도스토옙스키의 모든 작품에서 공통된 문제가 되고 있는 것은 선과 악, 신과 인간의 문제다.《죄와 벌》에서는 악을 대표하는 라스콜니코프의 논리적 의지가 선의 상징인 소냐 앞에 굴복하고 만다. 이것은 합리주의적인 무신론적 이지에 대한 신성(神性)의 승리라고도 할 수 있다. 그러나 라스콜니코프의 회오와 갱생에 의해서《죄와 벌》의 주제는 일단 해결되었다고는 하지만, 그의 철두철미한 개인주의와 권력의지의 사상이 논리적으로 완벽을 기하고 있는 데 반해서, 소냐의 신(神)과 양심의 사상은 그 논리적 무장이 거의 무방비 상태에 놓여 있음을 도스토옙스키도 모를 리는 없었다. 그러나 신과 양심의 문제를 이론으로 증명하는 것은 불가능한 일이었기 때문에, 그는 주로 반대 방향에서부터 접근해서 무신론적인 개인주의를 변증법적으로 검토하고, 그 개인 의지에서 발생하는 악을 신성불가침의 선과 대결시키는 수법을 썼던 것이다.

선과 신성의 상징으로서의 소냐의 사명은 죄인 라스콜니코프를 '구원의 길'로 인도하는 것이었다. 그러나 창녀의 형상 속에 절대적인 선과 신성을 부여한다는 것은 안일한 감상주의에 빠질 위험이 많았다. 여기서 도스토옙스키는 소냐를 신화적인 여인으로 승화시키지 않고 오히려 원시적인 지상의 여인으로 격하시켰다. 따라서 소냐의 신앙은 확고부동하고 절대적인 동시에 어리석을 정도로 순진하고 무의식적이다. 그녀의 도덕적인 순결성도 이러한 절대적인 순수한 신앙을 바탕으로 하고 있기 때문에 어떠한 악이나 부정에 의해서도 침해받을 수 없었다. 이와 같이 도스토옙스키는 감상적으로 흐르기 쉬운 전설과 신화적인 요인들을 소냐에게서 배제하면서, 숭고한 영혼을 지닌 지상의 수난자의 모습을 그녀의 형상 속에 예술적으로 조화시키는 데 성공할 수 있었다.

라스콜니코프와 소냐 외에 《죄와 벌》에서 빼놓을 수 없는 또 하나의 중요한 등장인물은 스비드리가일로프라는 선악의 한계를 모르는 육욕(肉慾)의 화신이다. 그는 라스콜니코프의 '제2의 자아(自我)'로서 라스콜니코프처럼 도덕이나 법률의 제약을 인정하지 않는 강자(强者)다. 그러나 양자의 차이는 라스콜니코프가 이지적이고 논리적인 데 반해서, 스비드리가일로프의 강자의 정열은 악마적이고 육욕적이라는 데 있다. 따라서 스비드리가일로프에게서는 라스콜니코프에게서와 같은 양심의 고뇌와 번민을 찾아볼 수 없다. 그는 자기 아내를 독살하고 소녀를 능욕하여 자살케 하고도 아무런 양심의 가책도 느끼지 않는다. 이렇게 스비드리가일로프는 태연히 남의 피를 밟고 넘어가는 강자이지만, 그의 마음속은 언제나 복잡하고 모순에 차 있다. 라스콜니코프가 때로 종교심의 잠재를 보이고 있듯이 악마적이고 방탕한 스비드리가일로프 역시 내세의 존재를 믿고 있다. 다만 그의 마음에 비치는 내세는 그의 데카당적인 성격에 들어맞고 있을 뿐이다. 그의 내세관은 그토록 추악한 것이지만, 이미 내세의 존재를 인정하는 이상 그것은 어떤 의미에서 종교의 경지라고도 할 수 있다. 즉 도스토옙스키는 스비드리가일로프를 통해서 아무리 잔인한 악인이라도 뼛속까지 철두철미한 악인은 없다는 점을 말해주고 있다.

이지, 정열, 미지의 세계

앙드레 지드는 도스토옙스키의 작품을 분석하여, "이지(理智)의 세계와 정열의 세계, 그리고 이지와 정열만으로는 이해할 수 없는 미지(未知)의 세계로 구성되어 있다"고 말한 적이 있다. 이것은 그의 작품 대부분에 해당되는 말로서,《죄와 벌》에서 이지의 세계는 라스콜니코프의 논리적 관념의 세계이고, 정열의 세계는 스비드리가일로프의 악마적 행동의 세계이며, 논리와 정열만으로 이해할 수 없는 미지의 세계는 소냐의 기독교적인 신성의 세계라고 말할 수 있다. 그리고 이 작품에서 이지의 세계와 정열의 세계는 모두 멸망하고 만다. 라스콜니코프는 노파를 살해한 후 소냐의 사랑으로 갱생되었다고 하지만 강자의 논리가 부서짐으로써 합리주의적인 자아를 잃게 되었고, 스비드리가일로프는 자신의 정열의 세계가 두냐에 의해서 붕괴되었을 때 자살로써 악마적 행동의 세계를 결산하고 만다. 오직 신의 상징이며 기독교의 권화인 소냐만이 미지의 세계로서 승리를 거두는 것이다. 그러나 여기서 중요한 것은 라스콜니코프나 스비드리가일로프는 모두 자기가 신봉하는 원리 원칙 때문에 파멸한다는 점이다. 이 두 사람의 파멸의 차이는, 전자가 정신적인 자살을 한 데 반해서 후자는 육체적인 자살을 했다는 것뿐이다.

이 밖에도 도스토옙스키는 라스콜니코프를 끈질기게 추적하는 예심판사 포르피리, 자기 딸 소냐를 창녀로까지 전락시킨 퇴직 관리 마르멜라도프, 오빠를 위해서라면 어떠한 희생도 감수하려는 두냐, 눈물겨운 모성애로 독자의 가슴을 뭉클하게 만드는 풀헤리야 알렉산드로브나 같은 인물들을 등장시키면서 인간의 내면세계를 다각도로 예리하게 파헤치고 있다. 우리는 이들을 통해 그의 소설의 다면성, 다음향적(多音響的)인 특징들을 실감하게 된다.

그러나 이 작품의 근본적인 관념은 라스콜니코프가 대변하는 협의(狹意)의 개인주의 내지는 합리주의적 원리와, 소냐의 기독교적 원리의 대립에 있다. 도스토옙스키가 인생에 있어서의 이 악마적인 내적 원리와 신성한 정신적인 원리라는 2대 원리의 투쟁을 항상 집요하게 추구했다는 것은 그의 어느 작품을 통해서도 알 수 있는 현저한 사실이다. 그러나 그는 예민한 예술가로서, 한편으론 인간에게서 완전하고도 고상한 이상을 바란다는 것은 불가능하다는 것을 알고 있었고, 또 한편으론 이 세상에는 전혀 구제받을 수 없는 완전한 죄인도 없다는 것을 잘 알고 있었다. 따라서 인생에서의 이 2대 원리의 투쟁을 연구한다는 것이 조금이라도 인간을 이상(理想)으로 접근시킬 수 있는 수단이라고 생각했다.

탐정 · 심리 소설적인 형식 도입

모든 위대한 작품이 다 그렇듯이 이 작품도 작자의 인생관 내지는 그 사상이 중요한 가치를 지니고 있지만, 《죄와 벌》은 그 작법(作法)에서 세계 문학 사상에 또 하나의 새로운 양식을 창조해냈다. 즉 도스토옙스키는 범죄 심리에 관심을 집중시키는 탐정소설적인 수법을 통해 사상적인 관념소설을 처음으로 예술적으로 결정(結晶)시킨 작가였다. 독자는 라스콜니코프가 어떻게 살인을 구상하고 어떻게 살인을 저지르는지 소상히 알게 된다. 그 후 작자는 라스콜니코프의 관념적인 독백, 사색, 대화, 숨 막히는 추적 망상증, 그리고 그 스릴에 찬 심리 상태의 변천만으로 시종일관 독자를 이끌어나가면서, 엽기적인 사건에 대한 통속적인 탐정소설의 흥미보다는 인간의 사상과 관념에 대한 분석과 심리적인 추구가 작품 형성상의 기조인 동시에 목적이었다는 것을 보여주고 있다.

《죄와 벌》이 독서계에 미친 영향은 말할 수 없이 컸다. 독자들은 곳곳에서 이 작품의 중압감과 괴로운 감명을 이야기했고, 독일의 철학가 니체는 도스토옙스키를 자기의 스승이라 불렀으며, 범죄학자들은 범죄심리학의 표본이라고까지 찬사를 아끼지 않았다.

간혹 비평가들 사이에는 라스콜니코프가 그 논리적인 초인철학을 최후까지 관철시키지 못하고 소냐의 기독교적인 모럴 앞에 굴복당한 것을 안타까워하는 사람들이 있다. 그러나 작자는 관념상의 초인을 주장하려고 한 것이 아니라, 오히려 하나의 산 인물을 창조함으로써 이러한 허황된 초인 사상을 부정하려고 했던 것이다. 도스토옙스키의 그러한 사상은 이미 그의 《지하 생활자의 수기》에서 표명된 바 있다. 그는 《죄와 벌》에서도 개인의 자유는 어떠한 외력(外力)에 의해서도 침해될 수는 없다는 자신의 귀중한 도덕적 신념을 다시 한 번 만천하에 천명했다. 그리고 바로 여기에 《죄와 벌》이 지니는 반합리주의적인 준엄한 선언이 있는 것이다.

3. '도스토옙스키'를 어떻게 읽을 것인가?

심리 묘사의 난해성

사람에 따라 어딘지 모르게 사귀기 쉬워 보이는 사람이 있는가 하면, 어떤 사람은 첫인상부터 몹시 까다로운 느낌을 주기도 한다. 작가의 경우도 예외는 아니다. 러시아 문학의 경우 체호프나 투르게네프 같은 작가는 부담 없이 쉽게 친해질 수 있는 사람처럼 보이지만, 도스토옙스키나 톨스토이 같은 문호는 어딘지 모르게 범접하기 힘든 어려운 작가처럼 느껴진다. 특히 그중에서도 도스토옙스키는 난해한 느낌을 주는 대표적인 작가라고 할 수 있으리라. 그 포착하기 힘든 실존주의적 발상, 등장인물들의 다면적인 성격, 작가 특유의 이원적인 혼돈과 부조리, 다른 무엇보다도 4, 5천 매에 달하는 방대한 장편소설의 규모에 독자들은 우선 위압감을 가지게 마련이다.

그러나 그렇게 까다롭고 무뚝뚝해 보이던 사람도 일단 사귀고 나면 뜻밖에 인간미가 있고 성실하고 재미있는 사람일 때가 있다. 물론 오랜 접촉 후에야 알게 되는 일이지만, 도스토옙스키의 소설은 바로 이런 인물에 비유할 수 있다. 일단 용기와 인내를 가지고 달라붙으면 자기도 모르게 끝까지 읽지 않고는 못 배기는 것이 또한 도스토옙스키의 매력이 아닐 수 없다.

그러면 도스토옙스키의 작품을 어떻게 이해하고 어떻게 읽어야 할까? 여기서 독자의 이해를 돕기 위해 도스토옙스키의 작품이 지니는 몇 가지 특성과 알아둬야 할 점들을 간략하게나마 살펴보는 것이 순서일 것 같다.

우선 도스토옙스키의 소설에서 투르게네프의 아름다운 자연 묘사나 고골의 통쾌한 유머, 톨스토이의 완벽에 가까운 인물 묘사 등을 기대하기는 힘들다. 문장 표현의 기술이나 서술 면에서 볼 때 도스토옙스키는 확실히 능숙한 소설가라고 할 수는 없다. 도스토옙스키는 외적인 현상보다는 내적인 갈등에 더 중요성을 두었기 때문에, 독자들은 처음부터 소용돌이치는 사건 속으로 말려 들어가게 마련이다. 그의 소설은 대부분이 서두부터 혼돈되어 있어서 독자를 당황케 만드는 것이 상례다. 입구가 어딘지 전혀 분간할 수 없기 때문이다. 《죄와 벌》의 경우 독자는 라스콜니코프의 초인 철학을 알게 되고 라스콜니코프의 범죄 장면을 직접 목격하게 되지만, 그 진정한 살인 동기가 어디에 있는지는 분명치 않다. 그 혼돈과 분열, 독백, 대화 등 내적인 모놀로그를 통해서 한참 후에야 어렴풋이 살인 동기를 알게 되지만, 라스콜니코프의 이지적인 두뇌는 자기 자신의 부당성을 액면 그대로 받아들이기에는 너무나도 합리적이고 너무나도 논리적이다. 이 이율배반적인 논리적 인간은《죄와 벌》이후에 등장하는 의식 과잉의 주인공들에 의해서 계승된다. 따라서 도스토옙스키의 작품은 어느 한 편만으로 그 주제와 사상을 이해할 수 없다. 따라서《죄와 벌》은 그 후에 쓰인 일련의 철학적인 관념소설의 시발점이라고 볼 때 비로소 그의 문학의 중요한 한 단계를 우리는 이해했다고 말할 수 있다.

다면적 성격의 '도스토옙스키적 인물'

도스토옙스키의 작품을 난해하게 하는 것은 작중 인물의 다면적인 성격이라고 할 수 있다. 그의 등장인물들은 거의 모두가 상호 모순되는 이중인격의 소유자이거나 분신(分身)을 가지고 있다. 분신의 경우 라스콜니코프와 스비드리가일로프, 이반과 스메르쟈코프(《카라마조프 가의 형제들》)를 들 수 있고, 이중인격 내지 자기 분열의 경우 보건 체조를 게을리하지 않으면서 자살만을 생각하는 키릴로프(《악령》), 자신의 영혼을 신과 악마의 격투장이라고 말하는 드미트리(《카라마조프 가의 형제들》), 상대방을 사랑하는지 증오하는지 알 수 없는 나타샤(《학대받는 사람들》) 등 이른바 '도스토옙스키적(的) 인물'의 다면적인 성격이 처음으로 도스토옙스키를 대하는 독자들을 어리둥절하게 만드는 것이 사실이다.

그러나 신과 악마, 사랑과 증오, 자만과 겸손, 선과 악 등 한 인간의 내부에 깃들어 있는 이 모순의 공존이야말로 도스토옙스키가 가장 힘들여 역설하려고 한 인간성의 복합적인 요소라고 할 수 있다. 고통의 쾌락과 추악미를 추구하고 2×2=4보다 2×2=5를 주장한 도스토옙스키, 그는 온갖 면에서 인간성을 추구하고 공략하며 파헤쳐 내려갔다. 그의 평생에 걸친 노력은 바로 이 한 가지에 있다고 해도 과언은 아닐 것이다. 그리고 이것을 성실하게 묘사한 결과가 그의 인물의 다면성으로 나타난 것이다. 따라서 만일 그의 작중 인물 속에서 살아 움직이는 복합적인 인간성을 파악할 수 없다면, 이 '인간성의 깊은 통찰자'에게서 아무것도 얻어낼 수 없을 것이다.

그의 서술의 혼돈성의 일부도 실은 이것과 밀접한 관계가 있어서 이따금 상호 모순되는 인간성의 묘사가 독자에게 혼란을 가져오기도 한다. 이것은 확실히 모순임에 틀림없다. 그러나 그것은 있을 수 있는, 있어야 할, 아니 반드시 있지 않으면 안 될 모순이라는 것을 잊어서는 안 된다.

영원한 갱생을 위한 현재의 병적 고통

이와 아울러 그의 작품에서 간과할 수 없는 특색은 그의 소설이 주는 병적인 성격이다. 그의 작품에는 언제나 간질병 환자, 백치, 알코올중독자, 색마, 히스테리 환자 같은 병적인 불구자들이 많이 등장한다. 그렇지만 여기서 중요한 것은 이 같은 병자들이 단순히 병자에 그치지 않고 앞으로 영원한 건강인으로 갱생하기 위한 바탕으로서의 고통을 받고 있다는 사실이다. 도스토옙스키의 작품이 부조리에 가득 찬 소설이면서도 성전(聖典)이라고 불리는 것도 그의 작품 밑바닥에 깔려 있는 이러한 인도주의적인 복음 사상에서 유래한다.

끝으로 그의 소설의 난해성은 그 사상성(思想性)에 있다. 이 점에서 그의 소설은 문학적이라기보다는 사상적이라고 말할 수 있으리라. 그 자신이 "나는 소설에 중점을 두기보다는 사상에 중점을 두고 있다"고 말한 바 있지만, 이것은 《죄와 벌》 이후에 쓴 모든 장편에 해당되는 말이다. 초인 철학을 논하고 무신론을 이야기하고 슬라브주의를 추구하는 그의 소설은 확실히 사상 소설이다. 이것은 예를 들어 투르게네프가 《아버지와 아들》에 대해서 "내가 이 작품에서 니힐리즘을 다룬 것은 바자로프가 있었기 때문에 니힐리즘이 있은 것이지, 니힐리즘이 있었기 때문에 바자로프가 있은 것은 아니다"라고 말하고 있는 것과는 완전히 상치되는 것으로, 무신론을 다룬 《카라마조프 가의 형제들》, 초인 사상을 주제로 한 《죄와 벌》 등 도스토옙스키로 하여금 펜을 들게 한 최대의 매력은 인물도 사건도 아니고 오로지 그 사상이었다.

도스토옙스키의 사상에 대해서는 이미 앞에서 여러 번 기술한 바 있기 때문에 여기서는 다시 반복하지 않기로 한다. 흔히 도스토옙스키를 '자학(自虐)의 작가'니 '잔인한 천재'니 '위대한 예언자'라고들 말하지만, 이 위대한 문호를 그러한 단적인 표현으로 요약하기는 힘들다. 산의 매력은 그 산을 오르는 사람만이 알 수 있다. 도스토옙스키에 대해서는 다른 어느 작가보다도 이 사실을 강조하지 않으면 안 된다고 생각한다. 도스토옙스키란 거봉(巨峰)은 험준하고 사납지만, 오르면 오를수록 이 신비에 가려진 태산준령은 여러 독자의 의혹을 풀어주고 지적인 갈증을 면케 해줄 것이다. 그리고 그의 작품을 읽으면 읽을수록 그의 위대함은 여러분 마음속에 깊이 파고들어, 나중에는 둘도 없는 강한 애착과 사랑으로 변해가리라는 것을 믿어 의심치 않는다.

끝으로 앙드레 지드의 말을 인용함으로써 이 소론(小論)을 마치기로 한다.

"톨스토이라는 거대한 산봉우리가 아직도 지평선을 가로막고 서 있다. 그러나 산악 지대에 가면, 산에서 멀리 떨어지면 떨어질수록 눈앞에 가로막은 산봉우리로 인해 보이지 않던 더 높고 웅대한 준봉이 그 뒤로 나타나는 것을 보게 될 때가 있는데, 이와 마찬가지로 진취적인 정신을 가진 몇몇 사람들은 이미 거인(巨人) 톨스토이의 배후에서 도스토옙스키의 웅장한 모습이 점점 커져 감을 느낄 것이다. 아직도 반은 가려져 있는 준봉, 신비에 넘친 연산(連山)의 하나, 이것이 바로 도스토옙스키다. 오늘날 유럽의 갈증을 면하게 해주는 가장 큰 대하 중의 몇몇은 거기에 하원(河源)을 박고 있다. 입센이나 니체와 비견할 수 있는 것은 톨스토이가 아니라 도스토옙스키다. 그는 입센과 니체와 마찬가지로 위대하고, 아마 이 세 사람 중에서도 가장 중요한 인물이리라."

표도르 도스토옙스키 연보

1821년   구력으로 10월 30일(그레고리력으로 11월 11일), 모스크바 마린스키 빈민구제병원의 의사인 아버지와 신앙심이 깊은 자상한 어머니 사이에서 둘째 아들로 태어남.

1834년   형 미하일과 함께 명문인 모스크바 체르마크 기숙학교에 입학함.

1837년   2월 어머니가 폐병으로 사망함. 문학을 공부하고 싶었으나 아버지의 권유로 육군공병학교에 입학하고자 5월 페테르부르크로 가서 예비학교에 등록함. 아버지는 퇴직 후 시골 영지로 이주함.

1838년   육군공병학교에 입학했으나 사교적이지 않은 성격 탓에 공병학교 생활에 적응하지 못함. 프랑스인 문학 교사의 영향으로 발자크, 위고, 호프만, 괴테의 저서를 탐독하고 글쓰기를 계속하면서 문학적 감수성을 키움.

1839년   6월 아버지가 자기 영지의 농노들에게 살해당함.

1842년   육군 소위로 임관해 이듬해 8월 페테르부르크 공병단 제도국에 배치되어 복무함.

1844년	10월 육군 중위로 진급한 후 문학 창작에 전념하기 위해 전역함.
1846년	문예지에 소설《가난한 사람들》을 발표하며 문단에 데뷔함. 이 작품이 선풍적인 인기를 끌면서 이후 활발히 작품을 집필하고 발표함. 혁명적 성향의 귀족 청년 페트라솁스키와 알게 되어 교유함.
1847년	페트라솁스키를 중심으로 한 사회주의 청년 모임에 가입해 정기적으로 출석함.
1849년	4월 사회주의 청년 모임에서 '고골에게 보낸 벨린스키의 편지'를 낭독했다는 죄로 체포되어 다른 회원들과 함께 페트로파블롭스크 요새 감옥에 감금됨. 이후 사형선고를 받았으나 12월 22일, 사형 집행 직전에 황제의 특별사면을 받아 4년간 사병 근무로 감형됨.
1854년	형기를 마치고 시베리아 국경 수비대에서 사병으로 근무함. 이때 세무 관리의 아내 마리야 드미트리예브나 이사예바를 만남.
1857년	남편과 사별한 마리야와 2월 6일 결혼함.
1859년	소위로 전역해 페테르부르크로 귀환을 허락받아 12월 이주함.
1861년	형 미하일과 함께 월간지《시대》를 창간해《학대받는 사람들》과《죽음의 집의 기록》을 연재함.
1864년	1월 새 잡지《세기》를 창간하고 소설《지하생활자의 수기》를 발표함. 4월 아내 마리야가 폐결핵으로 사망하고 7월 정신적 지주였던 형 미하일이 막대한 빚을 남기고 사망함.
1865년	재정난으로《세기》를 폐간하고, 형이 남긴 빚과 자신이 도박으로 얻은 빚 때문에 이반 투르게네프 등 지인에게 돈을 빌려

달라고 요청함. 여름에 새 장편《죄와 벌》의 집필을 시작함.

1866년 1월부터《러시아 통보》에《죄와 벌》을 연재하기 시작함. 빚 탕감을 위해 작품을 빨리 집필하고자 속기사 안나 스니트키나를 채용함. 출판업자에게 빌린 돈을 갚기 위해 구술로 26일 만에 소설《도박자》를 완성함.

1867년 2월 속기사 안나와 결혼함. 4월부터 채권자를 피해 안나와 함께 유럽으로 떠나 4년 넘게 유럽 여러 도시를 떠돌며《백치》,《영원한 남편》,《악령》등의 작품들을 구상하고 집필함.

1871년 페테르부르크로 돌아와 작품 활동을 이어가며 이듬해부터 보수 성향의 주간지《시민》의 편집장으로 재직함.

1874년 4월 건강상의 이유로《시민》에서 퇴직하고 6월부터 독일을 여행하며 소설《미성년》을 구상함.

1876년 1월 월간지《작가 일기》발간을 시작해 여러 작품과 비평을 발표함.

1879년 1월부터 소설《카라마조프가의 형제들》을《러시아 통보》에 연재함. 7월 런던에서 개최된 국제작가회의에서 국제작가협회 명예 위원으로 선출됨. 신체적, 정신적으로 매우 쇠약해진 상태에서도《카라마조프가의 형제들》집필을 이어감.

1880년 11월《카라마조프가의 형제들》을 완성해 12월 단행본으로 출간함. 며칠 만에 초판이 모두 소진됨.

1881년 1월 26일, 각혈 후 의식을 잃음. 28일(그레고리력으로 2월 9일) 저녁 다시 각혈하고 의식을 잃은 후 세상을 떠남. 31일, 추도식에 5~6만 명에 달하는 조문객이 참석함. 2월 1일, 페테르부르크 성 알렉산드르 넵스키 수도원 묘지에 안장됨.

옮긴이 **김학수**

한국외국어대학교 노어과를 졸업, 미국 인디애나대학교 대학원에서 러시아문학을 전공하고 석사학위를 받았다. 한국외국어대학교와 고려대학교에서 노어과 교수를 역임했다. 옮긴 책으로 이반 투르게네프의 《첫사랑》《사냥꾼의 수기》《루진》, 레프 톨스토이의 《부활》《인생의 길》, 안톤 체호프의 《체호프 단편선》, 표도르 도스토옙스키의 《신과 인간의 비극》, 알렉산드르 솔제니친의 《이반 데니소비치의 하루》《1914년 8월》《수용소군도》, 블라디미르 두진체프의 《빵만으로 살 수 없다》 외 다수가 있다.

죄와 벌 2

1판 1쇄 발행 2013년 8월 25일
2판 1쇄 발행 2024년 10월 15일

지은이   표도르 도스토옙스키 │ 옮긴이   김학수
펴낸곳   (주)문예출판사 │ 펴낸이   전준배
출판등록 2004. 02. 11. 제 2013-000357호 (1966. 12. 2. 제 1-134호)
주소   04001 서울시 마포구 월드컵북로 21
전화   02-393-5681 │ 팩스   02-393-5685
홈페이지 www.moonye.com │ 블로그 blog.naver.com/imoonye
페이스북 www.facebook.com/moonyepublishing │ 이메일 info@moonye.com

ISBN 978-89-310-2392-3 04800
      978-89-310-2365-7 (세트)

• 잘못 만든 책은 구입하신 서점에서 바꿔드립니다.

&문예출판사® 상표등록 제 40-0833187호, 제 41-0200044호

■ 문예세계문학선

★ 서울대, 연세대, 고려대 필독 권장 도서　▲ 미국대학위원회 추천 도서
● 《타임》 선정 현대 100대 영문 소설　▽ 《뉴스위크》 선정 세계 100대 명저

(뒷면 계속)